Anna-Len

Die Wächter

Dubiose Ve

Anna-Lena Strauß

Die Wächter von Brient

Dubiose Verbündete

Fantasy-Krimi

Impressum

Bibliografische Information der Deutschen Nationalbibliothek:
Die Deutsche Nationalbibliothek verzeichnet diese Publikation in der Deutschen Nationalbibliografie; detaillierte bibliografische Daten sind im Internet über http://dnb.dnb.de abrufbar.

© 2020 Anna-Lena Strauß
Cover: Jaqueline Kropmanns
Kapitelgrafik: Katharina Strauß
Herstellung und Verlag: BoD – Books on Demand, Norderstedt

ISBN: 978-3-7519-5680-2

Für alle Introvertierten,

weil man nicht laut sein muss,

um etwas Bedeutsames zu sagen.

NORDVIERTEL

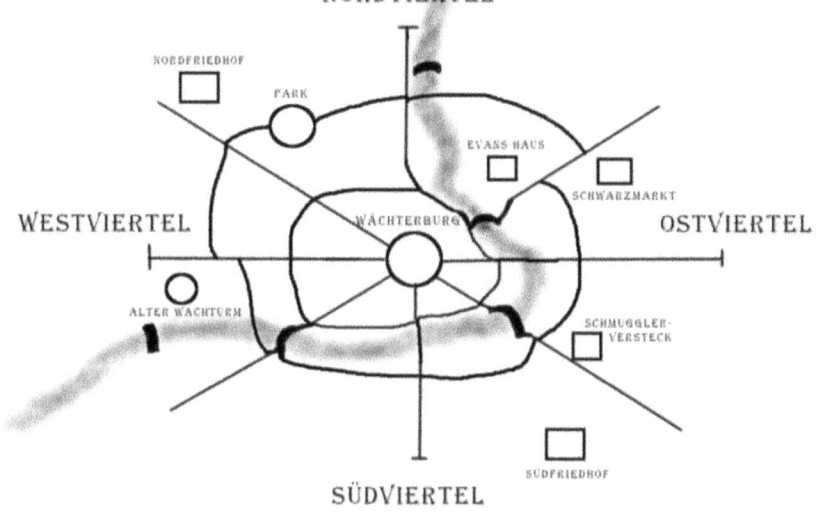

NORDFRIEDHOF

PARK

EVANS HAUS

SCHWARZMARKT

WESTVIERTEL

WÄCHTERBURG

OSTVIERTEL

ALTER WACHTURM

SCHMUGGLER-
VERSTECK

SÜDFRIEDHOF

SÜDVIERTEL

BRIENT

PROLOG

Schmerz.

Ein Dolch in seinem Rücken, flüssiges Feuer, das sich durch seine Adern und Muskeln fraß. Er stolperte gegen die Wand und kämpfte darum, stehen zu bleiben. Der Angreifer war hinter ihm, irgendwo, doch er schaffte es nicht, sich umzudrehen. Sein Sichtfeld verschwamm, während er unverständliche Worte hervorbrachte. Dann knickten seine Beine ein. Er war zu schwach, um sich selbst zu retten. Der Schmerz verschwand, mehr konnte er nicht tun.

Schritte entfernten sich. Er drehte den Kopf und sah, wie der Schatten mit der Nacht verschmolz.

Mit dem nächsten Atemzug stand er auf einem Turm, die dunklen Dächer der Stadt unter ihm. Der glühende Stahl in seinem Rücken war verschwunden, zusammen mit dem Schwächegefühl. Er streckte einen Arm aus, bewegte die Finger und beobachtete das Spiel der Sehnen und Muskeln unter der Haut. Der Wind stellte die feinen Härchen in seinem Nacken auf.

Er war tot, zweifellos.

Aber er hatte sich noch nie so lebendig gefühlt.

Abgesehen von einem Detail ... er *fühlte* nichts. Keine Wut über den Verrat, kein Vergeltungsbedürfnis gegenüber seinen Auftraggebern, keine Furcht vor dem Tod, keine Euphorie darüber, dass er nicht in einem endlosen Nichts gelandet war. Nicht einmal Nervosität vor dem, was ihn nun erwarten würde.

»Dann ist es also wahr«, sagte er laut. »Das war nicht das Ende.«

Schweigen. Als nichts geschah, drehte er sich zögernd um. Der Turm war kaum mehr als ein befestigter Aussichtspunkt: Fünf mal fünf Schritt groß, eine Luke in der Mitte, und eine kniehohe Begrenzungsmauer. Sonst nichts. Und niemand.

Er war davon überzeugt gewesen, dass ihn jemand erwarten würde. Welchen Sinn hatte es, einen weiteren Weg zu beschreiten, wenn ihm niemand eine Landkarte gab? Verdammt, er wusste ja nicht einmal, ob er ein zweites Mal sterben würde, wenn er von diesem Turm sprang. »Hallo?«, rief er. »Ich will wirklich nicht undankbar klingen, aber das hier hilft mir überhaupt nicht.«

»Du klingst nicht undankbar, du bist es.«

Er fuhr herum. Dort, wo er eben selbst aufgetaucht war, standen zwei Schemen aus purem Licht. Sie besaßen keine Konturen, keine Gesichtszüge oder körperliche Merkmale, an denen er irgendetwas hätte ablesen können. *Geister*, dachte er und trat unwillkürlich einen Schritt zurück. *Noch dazu welche, die mir offensichtlich nicht wohlgesonnen sind.*

»Tut mir leid«, erwiderte er. »Das war nicht meine Absicht.«

Der linke Schemen glitt ein Stück in seine Richtung. »Du hast den Tod über uns gebracht. Für eine Entschuldigung ist es zu spät.«

»Was?«, fragte er entgeistert. »Ich habe niemanden getötet!«

»Noch nicht. Zeit spielt hier keine Rolle. Wir werden sterben, sind gestorben, tun es jetzt gerade.«

Er schüttelte den Kopf. »Das muss ein Missverständnis sein. Ich bin doch selbst tot! Wie soll ich da etwas …«

Ein neuer Gedanke ließ ihn verstummen. Warum waren diese beiden Toten durchsichtige Gestalten aus Licht, während er selbst noch seinen Körper aus Fleisch und Blut besaß? Das ergab keinen Sinn. Außer er stand erst am Rand des Todes.

»Du bist tot«, unterbrach ihn der zweite Schemen. Seine Stimme war heller als die des anderen, ganz so, als wäre er früher eine Frau oder ein Kind gewesen. »Dein Herz schlägt nicht mehr. Deine Taten werden uns den Tod bringen.«

Er starrte die beiden an. Sein Leben rauschte vor seinem inneren Auge vorbei, die letzten Wochen und Monate klarer als der Rest. Er hatte nie die Hand gegen jemanden erhoben, hatte nie das Gesetz gebrochen, bis ... »Die Steine. Seid ihr deswegen hier? Ich habe nur meine Arbeit gemacht. Wenn ich es nicht getan hätte, hätten sie einen anderen gefunden.«

»Du bereust es nicht«, stellte der erste Schemen fest.

»Ich fühle hier oben nichts«, antwortete er. »Wie soll ich da Reue empfinden?«

»Du hast es auch vorher nicht bereut.«

Doch, das hatte er. In dem Moment, in dem er den Dolch in seinem Rücken gespürt hatte, hatte er sich nichts mehr gewünscht als die Zeit zurückdrehen zu können. Er hatte nie darüber nachgedacht, wofür seine Arbeit verwendet werden würde, hatte die Zweifel beiseitegeschoben, wenn sie an die Oberfläche drangen. Als er jetzt die beiden ansah, die genauso schändlich aus dem Leben gerissen worden waren wie er, konnte er sich nicht mehr ablenken. Er konnte die Fragen nicht mehr verdrängen und so tun, als würde ihn das alles nichts angehen.

»Nur ihr zwei?«, fragte er tonlos. »Oder noch mehr?«

»Das hängt davon ab, wie du dich entscheidest.«

Er runzelte die Stirn. »Was?«

»Uns kannst du nicht mehr retten«, sagte der weibliche Schemen. »Aber für die anderen ist es noch nicht zu spät. Du kannst versuchen, das Richtige zu tun.«

»Wie? Es wäre mir neu, dass Tote in der Welt der Lebenden etwas zu sagen haben.«

»Wir können dich zurückschicken, für diese eine Aufgabe. Du hast die Chance, das Ausmaß deiner Tat zu mildern.«

Er dachte nicht nach. Die Entscheidung fiel unbewusst, getrieben von dem Überlebensinstinkt, der noch immer in ihm war. Er bemerkte sein eigenes Nicken erst, als die beiden Schemen auf ihn zukamen. »Moment, wartet! Wie soll ich das anstellen?«

Gleißendes Licht umfing ihn. Eine Antwort erhielt er nicht.

1. LIV

»Es wird schwierig«, sagte ich. »Die Zukunft ist ein schwer einzuschätzendes Gebiet. Manchmal tritt meine Vorhersage ein, manchmal nicht.«

Der Mann vor mir runzelte die Stirn. Als er mein Zelt betreten hatte, hatte mich ein mulmiges Gefühl beschlichen, doch ich hatte es auf meine letzte Mahlzeit geschoben. Bei Lindas Pasteten wusste man nie, ob sie irgendwelche Zaubertränke hineingekippt hatte, um ein neues Rezept auszuprobieren.

Dass es nicht daran liegen konnte, wurde mir erst klar, als mein Besucher sich mir mit unergründlicher Miene gegenübergesetzt hatte. Normalerweise waren meine Kunden nervös, mit zittrigen Gesten und umherhuschenden Blicken. Leicht zu durchschauen und noch leichter über den Tisch zu ziehen. Aber der hier war anders.

»Aber Ihr seid doch Liviana, die Wahrsagerin?« Er wartete, bis ich leicht nickte, ohne mich aus den Augen zu lassen. Oder auch nur zu blinzeln. »Mir wurde gesagt, Ihr wärt in der Lage, einen Einblick in die Zukunft zu geben. Wenn Ihr jene Liviana seid – was Ihr gerade bestätigt habt –, müsst Ihr mir auch eine Vorhersage geben können.«

»Ganz so einfach ist es nicht«, widersprach ich. In Momenten wie diesen verfluchte ich mein jüngeres Ich, sich für diesen Einkommensweg entschieden zu haben. Warum war ich nicht eine Bedienstete im *Schwarzen Stein* geworden? Irgendwelchen Betrunkenen Getränke auszuschenken, wäre zumindest weniger riskant als das hier. So, wie der Kerl aussah, wäre es nicht verwunderlich, wenn er von den Wächtern geschickt worden wäre: unauffällig, mittleres Alter, keine besonderen Merkmale. Niemand, an den man sich im Zweifel erinnern würde. »Ich kann nur konkrete Fragen beantworten – und auch das nur mit ja oder nein. Aber selbst dann ist nicht sicher, ob es am Ende eintreffen wird. Es gibt zu viele Dinge, die die Zukunft beeinflussen, wenn Ihr versteht.«

Mein Gegenüber starrte mich weiterhin an. Derart intensiv, dass ich mich zu fragen begann, ob er womöglich mit offenen Augen eingeschlafen war oder es auf anderem Weg geschafft hatte, seinen Geist an einen weit entfernten Ort zu verfrachten. Ich rutschte auf meinem Stuhl hin und her, während ich aus den Augenwinkeln die Entfernung zum Ausgang abschätzte. Prinzipiell könnte ich in wenigen Schritten dort sein, mit etwas Glück so schnell, dass er nicht rechtzeitig reagieren konnte. Wenn er von den Wächtern geschickt worden war, musste ich die anderen warnen. Oder noch besser: mich aus dem Staub machen, solange es ging. Im schlimmsten Fall waren die Wächter längst auf dem Weg hierher. In dieser Situation war die einzig richtige Entscheidung, mich selbst in Sicherheit zu bringen, während die anderen sie gezwungenermaßen ablenkten. Um Linda würde es mir leidtun, aber sie würde sicher jemanden finden, der ihr half.

Kurz bevor ich aufspringen konnte, blinzelte der Mann endlich. »Eine konkrete Frage also.«

Ich lockerte meine angespannten Muskeln ein wenig und bemühte mich um ein Lächeln. »Ja. Aber nur eine auf einmal, sonst funktioniert es nicht.«

Er nickte knapp, lehnte sich ein wenig nach vorn und wischte über einen Fleck auf dem Tisch. Es war das erste Mal, seit er das Zelt betreten hatte, dass er den Blick von mir nahm, und ich atmete innerlich auf. Meine Anspannung verflog nicht vollständig, doch sie lockerte sich zumindest so weit, dass ich meine verschränkten Finger voneinander lösen konnte. Dann sah er mich wieder an. »Werden sie mich erwischen?«

Wobei?, hätte ich fast gefragt. Und wer waren *sie*? Mein mulmiges Gefühl kehrte zurück, doppelt so stark wie zuvor. Normalerweise stellten meine Kunden andere Fragen. *Werde ich ihn heiraten? Wird sie ihren Ehemann für mich verlassen? Werden sich meine Befürchtungen bestätigen? Werde ich mit dieser Entscheidung glücklich werden?*

Fragen, die sich leicht beantworten ließen. Man musste nicht in die Zukunft sehen können, um die Antworten zu finden. Bei den meisten Kunden genügte ein Blick in ihr erwartungsvolles oder ängstliches Gesicht, ein genaues Hinhören auf ihren Tonfall. Sie wussten schon, wie meine Antwort lauten würde, tief in ihrem Inneren und verrieten es mir im selben Atemzug, in dem sie ihre Frage stellten. Wenn ich mich genug konzentrierte, spürte ich, ob Wahrheit oder Lüge hinter ihren Worten steckte. Ich hatte mich auch auf die Frage dieses Mannes konzentriert – und die Antwort, die mir mein Gefühl übermittelte, behagte mir nicht.

Es war eine Lüge. Er war davon überzeugt, dass sie – wer auch immer das war – ihn nicht erwischen würden.

»Nein«, erwiderte ich zögernd. Eigentlich hätte ich begrüßt, was hier gerade vorging. Ich gehörte schließlich ebenfalls zu jenen, die nicht erwischt werden wollten, zumindest wenn es um die Wächter ging. Ich konnte nicht sagen, auf wen er sich bezog. Noch weniger sogar, um was es dabei ging. Vielleicht gehörte er doch zu meinen üblichen Kunden und hatte eine Affäre mit einer verheirateten Frau, bei der er nicht ertappt werden wollte. Oder es ging um etwas vollkommen Banales. Den Diebstahl eines wertlosen Schmuckstücks etwa. Es bestand kein Grund zur Beunruhigung, und doch konnte ich einen Anflug von Furcht nicht unterdrücken, als ein Grinsen über seine Lippen huschte. Es war zu schnell, um seinen Hintergrund erkennen zu können, doch die Art, wie er dabei die Augenlider senkte, hatte etwas Unangenehmes an sich.

Noch unheimlicher war nur das charmante Lächeln, das er mir einen Moment später zuwarf. »Danke«, sagte er, erhob sich und verließ ohne ein weiteres Wort mein Zelt.

Ich blieb wie gelähmt sitzen. Er schuldete mir meinen Lohn, aber ich konnte mich nicht dazu überwinden, aufzustehen und ihm zu folgen. Dafür war ich zu froh, ihn so schnell losgeworden zu sein. Ich wollte nicht noch mehr Zeit mit ihm verbringen. Aus welchem Grund auch immer mein Gefühl der Ansicht war, mich lieber von ihm fernzuhalten.

»Was ist denn mit dir los? Du siehst aus, als hättest du einen Geist gesehen.«

Um ein Haar wäre ich mitsamt meinem Stuhl umgekippt. »Raphael«, murmelte ich und atmete tief ein, in der Hoffnung, mich beruhigen zu können. Jetzt hatte der Fremde es geschafft, mich so schreckhaft zu machen, dass ich selbst bei Raphael zusammenfuhr. Dabei hatte ich mich längst an sein unvermitteltes Auftauchen gewöhnt. Wenn er wollte, konnte er sich lautlos bis auf eine handbreit entfernt an jemanden heranschleichen. Wie er das anstellte, blieb sein Geheimnis. Obwohl die meisten Elben sich anmutig bewegten, kannte ich außer Raphael keinen, der so leise war.

»Womöglich habe ich das tatsächlich«, antwortete ich.

Raphaels schmale Augenbraue zuckte nach oben, während er auf mich zukam. Er warf einen vielsagenden Blick zurück zum Zelteingang und ließ sich auf den freien Stuhl fallen. »Der Kerl, der hier eben rausspaziert ist? Der sah harmlos aus, wenn du mich fragst.«

Dann hatte er ihn zumindest auch gesehen. Gut – das sprach dafür, dass es sich nicht doch um einen Geist gehandelt hatte, der mich heimsuchte. »Ich weiß, dass er harmlos aussah.«

»Aber?«

Ich schwieg. Raphael etwas von einem komischen Gefühl zu erzählen, erschien mir wenig sinnvoll. Er gehörte nicht zu den Männern, für die Emotionen eine nennenswerte Rolle spielten. Abgesehen von

Angst. Das war das einzige Gefühl, in dem er einen echten Nutzen sah.

»Stell dich nicht so an, Livi«, sagte Raphael und lehnte sich in seinem Stuhl zurück. »Wenn du etwas über den Kerl weißt, spucks aus.«

Ich sah zu, wie er die Beine ausstreckte und kurzerhand auf dem Tisch zwischen uns platzierte. Er wusste, dass ich es hasste, wenn er mich so nannte. Was vermutlich auch der Hauptgrund war, warum er es überhaupt tat. »Ich weiß gar nichts über ihn. Er kam mir einfach merkwürdig vor.«

»Merkwürdig«, wiederholte Raphael gedehnt und beugte sich interessiert vor. »Soll das heißen, er ist ein Schnüffler? Falls ja, schicke ich meine Leute sofort hinter ihm her. Der letzte hat uns schon genug Ärger bereitet.«

»Nein. Ich glaube nicht, dass er zu den Wächtern gehört«, antwortete ich. Einen Moment lang hatte ich darüber nachgedacht, das Gegenteil zu behaupten. Wenn Raphaels Untergebene sich um den Fremden kümmern würden, würde er mir definitiv keine Probleme mehr machen. Aber ich hatte auch keine Lust, dass Raphael das als Anlass nahm, mich in seiner Schuld stehen zu sehen.

»Na, dann nicht.« Raphaels Blick blieb an der Kristallkugel neben seinen Füßen hängen. Bevor ich es verhindern konnte, griff er danach und begann, sie in die Luft zu werfen und wieder aufzufangen. Ich bereute es, sie nicht rechtzeitig aus seiner Reichweite gebracht zu haben. Man konnte damit nicht wirklich in die Zukunft sehen – so etwas gab es selbst hier auf dem Schwarzmarkt nicht –, doch sie war mit einer Reihe von Zaubern versehen, die ich selbst noch nicht völlig entschlüsselt hatte. Mir genügte es, sie für einige kunstvolle Effekte bei meinen Kunden zu benutzen. Außerdem diente sie mir als Lampe in der Nacht – und war verdammt schwer zu beschaffen gewesen.

»Weißt du, warum ich hier bin, Livi?«

»Um dir die Zukunft vorhersagen zu lassen?«, riet ich. Die Kugel flog in einem hohen Bogen über Raphaels Kopf und wäre auf dem

Boden zersprungen, wenn er nicht rechtzeitig die Hand ausgestreckt hätte.

»Mach dich nicht lächerlich«, knurrte er. »Ich bin nicht so dämlich zu glauben, dass du wirklich die Zukunft kennst. Deine Kunden kannst du meinetwegen betrügen, aber nicht mich.«

Ich zuckte zusammen, widerstand dem Drang, mir die Kugel zurückzuholen, und hielt den Blick sorgsam auf den Tisch gerichtet. Im Profil seines rechten Stiefels glitzerte etwas. Vermutlich Glasscherben vom letzten Stand, den er dem Erdboden gleich gemacht hatte. »Hältst du mich für leichtsinnig genug, ausgerechnet dich zu betrügen?«

Die Stiefel bewegten sich, verließen den Tisch und wurden von zwei Händen ersetzt. Meine Glaskugel rollte auf den Boden. Raphael war aufgestanden, stützte sich auf dem Tisch ab und beugte sich dicht zu mir herunter. »Nein, ich hatte dich als klüger eingeschätzt. Aber dir ist offenbar entgangen, dass du mit den Zahlungen längst im Verzug bist. Stichtag war vor zwei Wochen, Livi.«

Verdammt. Ich hatte gehofft, dass er es nicht merken würde, obwohl ich wusste, wie verrückt das war. Auf dem Schwarzmarkt erzählte man sich hinter vorgehaltener Hand einiges über Raphael. Nicht selten ging das Gerücht um, dass erneut jemand verschwunden war, der seinen Tribut an ihn nicht zahlen konnte.

Mein Mund wurde trocken und ich rutschte ein Stück tiefer. Ich hätte es wissen müssen. Niemand schaffte es, Raphael hereinzulegen. »Ich … ich kann das nachholen«, stammelte ich. »Beim nächsten Mal zahle ich dreimal so viel, ehrlich! Ich brauche nur etwas Zeit, um …«

»Um mehr zu besorgen?«, fuhr er an meiner Stelle fort. »Glaub mir, du bist nicht die Erste, die das behauptet. Aber du wärst die Erste, die es schaffen würde.« Er richtete sich wieder auf und musterte mich langsam. »Es wäre schade um dich, Livi. Mir würden ein paar Wege einfallen, wie du deine Schulden dennoch begleichen kannst.«

Ich sprang auf, als er einen Schritt um den Tisch herum machte. »Das ist nicht nötig, wirklich nicht! Ich habe sonst immer pünktlich gezahlt, Raphael. Gib mir nur noch diese eine Chance, bitte!«

Raphael zögerte. Ich sah ihm an, dass er etwas anderes im Sinn hatte. Es gab mit Sicherheit Wege, auf denen er deutlich mehr Gewinn mit mir machen konnte als die Abgaben, die ich wie jeder auf dem Schwarzmarkt an ihn zahlte. Er hatte jede Möglichkeit, diese Wege einzuschlagen, ohne von irgendjemandem zur Rechenschaft gezogen zu werden. Aber das war nicht Raphaels Stil. Er würde sich holen, was ihm seiner Meinung nach zustand, ja – doch zuvor würde er den gnädigen Richter spielen.

»Du hast drei Tage«, verkündete er schließlich. »Keine Stunde länger.«

Er bedachte mich mit einem Blick, der deutlich machte, wie sehr er davon überzeugt war, dass ich es in drei Tagen unmöglich schaffen würde, und wandte sich von mir ab. Am Eingang des Zeltes hielt er inne, drehte den Kopf leicht in meine Richtung. »Ach ja, eines noch: Komm nicht auf den Gedanken, abzuhauen. Das würde dir nicht gut bekommen.«

»Würde ich nie tun«, murmelte ich, während die Plane hinter ihm zufiel. Die Kristallkugel hatte er achtlos liegengelassen. Ich ging nach vorne, um sie aufzuheben, sank jedoch stattdessen neben sie, weil meine Beine nachgaben. *Das ist das Ende*, dachte ich betäubt. Es war extrem schwierig, genügend Geld für den monatlichen Tribut aufzutreiben. Innerhalb von drei Tagen die dreifache Menge zu finden, war Wahnsinn. Unmöglich, selbst wenn ich mein Glück als Diebin versuchen würde. Ich würde scheitern. Raphael würde zurückkommen und mich holen, um ... was auch immer mit mir zu tun. Man hörte nie mehr etwas von jenen, die er mitgenommen hatte.

An eine Flucht war nicht zu denken. Raphaels Leute würden mich Tag und Nacht im Auge behalten, davon war ich überzeugt. Selbst wenn ich es schaffen würde, ihnen zu entkommen – wohin sollte ich mich wenden? Ich hatte mir in dieser Stadt ein Leben aufgebaut, wenn auch kein besonders gutes. Zurück in meine alte Heimat konnte ich nicht, und die umliegenden Dörfer erschienen mir nicht sicher genug.

Jetzt wünschte ich mir mit aller Kraft, der unheimliche Fremde wäre in Wirklichkeit ein Schnüffler und würde jeden Augenblick mit einem Aufgebot der Wächter zurückkehren. Wenn sie dabei Raphael dingfest machten, würde ich sogar mit meiner eigenen Festnahme leben können. Ich könnte Glück haben. Wenn sie so sehr auf Raphael und den Rest seiner Leute konzentriert waren, würden sie nicht sonderlich auf mich achten und mich nach einer Verwarnung wieder gehen lassen. Es wäre die perfekte Lösung. Dumm nur, dass sie vollkommen unrealistisch war.

Ich musste einen anderen Weg finden. Irgendetwas, das mich aus diesem Schlamassel befreite. Mich selbst an die Wächter wenden und um ihren Schutz bitten? Ausgeschlossen. Sie würden alles wissen wollen. Mein jahrelanges Versteckspiel wäre für nichts und wieder nichts geschehen. Ich könnte mich verstecken. Doch auch das würde nicht lange gut gehen. Dafür müsste ich einen Ort kennen, an dem sie mich nie vermuten würden, und obendrein ungesehen dorthin gelangen. Beides Dinge, die ich nicht erfüllen konnte. Jetzt bereute ich es, meine Haare blau gefärbt zu haben.

Ebenso wenig konnte ich jemanden um Hilfe bitten. Jeder, den ich kannte, arbeitete selbst auf dem Schwarzmarkt und würde sich nicht gegen Raphael stellen. Und so viel Geld konnte mir erst recht niemand leihen.

Ich umklammerte die Kristallkugel fester, um das Zittern meiner Hände zu unterdrücken. Sollte es darauf hinauslaufen, dass ich die nächsten drei Tage damit verbrachte, mich auf die folgende Zukunft vorzubereiten? Untätig herumzusitzen, weil ich nicht sofort eine Lösung sah? Das konnte es nicht sein. Es gab immer einen Ausweg, eine schmale Nische, durch die ich entkommen konnte. Ich musste sie nur finden.

2. SKADI

Das musst du dir ansehen!«, murmelte Skadi ehrfürchtig. Sie hatte es sich in den vergangenen Wochen zum Morgenritual gemacht, auf dem schmalen Fensterbrett ihres Zimmers zu balancieren und nach draußen zu sehen. Ein Bein aufgestützt, das andere locker in den Raum hängend. Tag für Tag hatte sie hier gesessen, egal wie müde sie war. Manchmal war sie zu spät aufgewacht, an anderen Tagen hingen dicke Wolken über der Stadt und nahmen ihr die Sicht. Doch heute schien sie Glück zu haben. Als die Sonne sich gemächlich über den Horizont erhob, war es, als würde die Zeit still stehen. Ihr Licht verwandelte den Fluss in glitzerndes Gold, ergriff nach und nach die Häuser im östlichen Viertel, bahnte sich seinen Weg durch die schmalen Gassen, wurde von den farbenfrohen Glasscheiben im Nordviertel zurückgeworfen, und vertrieb die Düsternis aus dem Anblick der Wächterburg.

Ja, für dieses Ereignis hatte sich Skadis Geduld bezahlt gemacht. Es würde lange dauern, bis die wärmenden Strahlen sie erreichen würden, doch das störte sie nicht. Es hatte durchaus seine Vorteile, ganz im Westen von Brient zu leben, im obersten Stockwerk eines alten Wachturms. Von hier aus hatte sie einen Blick über die gesamte Stadt – das glich selbst die beschränkte Größe ihres Zimmers aus.

»Ich meine es ernst, Magnus«, sagte sie. »Du verpasst das Beste. Wie oft hat man hier schon die Gelegenheit, den Sonnenaufgang ohne

Wolken am Himmel zu beobachten? Wenn du noch länger wartest, wirst du nichts mehr davon sehen.«

Sie erhielt keine Antwort. An einem anderen Tag hätte sie sich umgedreht, um zu überprüfen, ob Magnus überhaupt noch da war. Aber heute wollte sie den Blick keinen Wimpernschlag lang von der Stadt unter sich nehmen. Der Sonnenaufgang war wunderschön, doch insgeheim wartete Skadi auf etwas anderes. Heute war der perfekte Tag für diesen Moment. Den würde sie mit Sicherheit nicht verpassen, weil Magnus zu faul war, zu ihr zu kommen.

Ein Rascheln ertönte. Einen Augenblick später sprang etwas auf ihren Schuh, krallte sich in ihre Hose, kletterte an ihrem Bein nach oben und ließ sich auf ihrem Schoß nieder. Skadi grinste, als die schwarze Ratte ihr einen vorwurfsvollen Blick zuwarf. »Ich falle schon nicht herunter. Und du musst zugeben, dass die Aussicht von hier aus fantastisch ist.«

Magnus schüttelte den Kopf und presste sich fester an sie. Skadi vermutete, dass er Höhenangst hatte und es ihr übel nahm, sich für dieses Zimmer entschieden zu haben. Noch mehr verübelte er es ihr, dass sie sorglos auf diesem Fensterbrett saß, gut 100 Fuß über dem Boden. Sie müsste sich nur erschrecken, den Halt verlieren und geradewegs in den Tod stürzen. Seiner Meinung nach zumindest. Skadi konnte die Gelegenheiten, an denen Magnus direkt mit ihr kommuniziert hatte, an drei Fingern abzählen. Das erste Mal, als sie sich kennengelernt hatten. Zweitens, als er beschlossen hatte, bei ihr zu bleiben. Das letzte Mal, um ihr mitzuteilen, für wie leichtsinnig und gefährlich er ihr Verhalten hielt. Abgesehen von diesen drei Malen musste sie sich darauf beschränken, seine Körpersprache zu interpretieren. Mittlerweile war ihr klar, dass er keine gewöhnliche Ratte war – denn die konnten sicher nicht gedanklich mit jemandem sprechen –, aber sie hatte ihm auch nicht entlocken können, was er dann war.

Magnus verdrehte die Augen und überlegte offensichtlich, ob er nicht lieber zurück auf sicheren Boden kehren sollte – für den Fall, dass Skadi gleich aus dem Fenster stürzte, während er auf ihr saß. Skadi streichelte ihn beruhigend, bevor sie den Blick wieder auf die Stadt richtete. Es konnte nicht mehr lange dauern. Jeden Moment mussten sie ... Da! Von dem mittleren Turm der Wächterburg erhob sich eine einzelne Gestalt in die Luft. Sie flog in einer geraden Linie nach oben und wechselte dann zu einem ausladenden Kreis über der Burg. Kurz danach folgten weitere Wächter, in perfekter Formation. Sie folgten anmutig ihrem Anführer und verteilten sich übereinander in der Luft, bis die Kreise, die sie flogen, eine abwärts gerichtete Spirale bildeten. Skadi hielt den Atem an, als immer mehr Wächter sich in die Spirale einreihten, die Formation schließlich langsam aufbrachen und sich zu einer großen Gruppe zusammenfanden. Sie verharrten in dieser Position. Ein schwarzer Fleck, der inmitten des blauen Himmels über der Wächterburg schwebte. Dann traf ein Sonnenstrahl auf einen gewölbten Spiegel am Fuß der Burg und wurde in Richtung der Gruppe geworfen. Als er sie traf, zersplitterte die Formation in alle Himmelsrichtungen. Die Wächter verließen die Burg, auf dem Weg in die Stadt, um dort ihrer Bestimmung zu folgen.

Skadis Blick folgte den letzten von ihnen, bis sie im morgendlichen Chaos untergegangen waren. Es war das erste Mal, dass sie eine solche Vorführung beobachten konnte – bis dahin war sie entweder nicht zur richtigen Zeit da gewesen oder die Wächter hatten sich dafür entschieden, *normal* den Tag zu beginnen. Sie war nicht sicher, welchem Zweck das Kunststück überhaupt diente. Vielleicht war es eine Art Training, eine Tradition, schlichtweg etwas Spaß, oder es sollte eine Erinnerung an die Bevölkerung sein, dass die Wächter da waren. In jedem Fall war es atemberaubend, ihnen dabei zuzusehen.

Skadi war noch nie einem Wächter näher als ein halbes Dutzend Schritte gekommen – und hatte es auch nicht in Zukunft vor –, doch manchmal fragte sie sich, wie es wohl wäre. Ob sich die schwarzen Federn genauso seidig weich anfühlen würden, wie sie es sich vorstellte. Und wie es wäre, zu fliegen. Wenn sie nur selbst mit schwarzen Flügeln auf dem Rücken statt als normaler Mensch geboren worden wäre …

Ein scharfer Schmerz fuhr durch ihren Daumen. Sie zuckte zusammen, verlagerte unwillkürlich ihr Gewicht und verlor den Halt. Der Fall kam überraschend – beinahe so sehr, wie der Aufprall danach. Skadi landete hart auf der Schulter, nur eine Armeslänge von ihrem Bett entfernt, und stieß einen leisen Schmerzenslaut aus. Magnus tippelte aus sicherer Entfernung auf sie zu.

»Verflixt, Magnus! Was sollte das denn?«, fluchte Skadi. Als sie sich vorsichtig aufrichtete, pochte ihre Schulter schmerzhaft, dicht gefolgt von ihrer Hüfte, die als zweite auf dem Boden aufgetroffen war. Nicht zu vergessen ihr Daumen. Dort, wo Magnus sie gebissen hatte, bildete sich ein dunkler Blutstropfen. »Willst du doch, dass ich den nächsten Tag nicht mehr erlebe?«

Magnus legte den Kopf schief und rümpfte die Nase.

»Mir ist sehr wohl etwas passiert«, sagte Skadi. »Den Sturz werde ich noch tagelang spüren.«

Gut so, schien Magnus' zufriedener Blick zu sagen. Er begann in grotesker Weise auf und ab zu hüpfen, als würde er über heiße Kohlen laufen, und sich dabei im Kreis zu drehen. Dann blieb er mitten in einem Schritt stehen, blinzelte Skadi mit großen Augen an – und kippte in einer ausladenden Bewegung um.

Skadi versuchte vergeblich, ernst zu bleiben. Sie nahm es Magnus wirklich übel, sie gebissen zu haben. Aber es war unmöglich, für längere Zeit auf ihn wütend zu sein. Vor allem dann, wenn er alles daran setzte, sie zum Lachen zu bringen. »So verhalte ich mich ganz sicher nicht«, murmelte sie kichernd. »Du stellst das völlig übertrieben dar.«

Magnus war wieder auf die Füße gekommen und fuhr in seiner hüpfenden Darstellung der Wächter fort. Diesmal nicht mehr in Kreisen, sondern in einer Schlängellinie, die sich auf Skadi zubewegte. Kurz vor ihr stoppte er, richtete sich auf den Hinterbeinen auf und hob huldvoll die Nase.

»Du solltest dich nicht über sie lustig machen. Immerhin haben wir es ihnen zu verdanken, in Frieden und Sicherheit leben zu können.« Obwohl Skadi ihre Worte ernst meinte, schaffte sie es nicht, die beabsichtigte Strenge in ihre Stimme zu legen. Stattdessen klang es eher nach dem Tonfall, den Magnus jetzt sicher an den Tag legen würde, wenn er sprechen könnte: Die überspitzte Darstellung eines Wächters, der versuchte für Ordnung zu sorgen.

Dabei teilte Skadi Magnus' schlechte Einstellung gegenüber den Wächtern nicht einmal. Sie war froh, die Wächter Tag für Tag in der Nähe zu wissen und darauf zählen zu können, dass sie begangenes Unrecht strafen und Unruhen in der Stadt verhindern würden, und fragte sich oft, warum Magnus ein solches Misstrauen gegen sie hegte. Er antwortete nie darauf, und inzwischen hatte sie das Fragen aufgegeben. Wenn er es ihr irgendwann mitteilen wollte, würde er es von sich aus tun – doch bis dahin musste er damit leben, dass sie sich nicht konsequent von den Wächtern fernhalten würde. Sie beim Fliegen zu beobachten, barg Skadis Ansicht nach keinerlei Gefahr.

Auch wenn Magnus das offenbar anders sah.

Als Skadi ihr Zimmer verließ, waren die meisten anderen Bewohner des Turms längst verschwunden. Sie hatte in den vergangenen Monaten nur wenige Male einen von ihnen zu Gesicht bekommen, doch im Laufe der Zeit lernte sie dennoch ihre Gewohnheiten kennen. Die Wände waren dünn, und auch wenn man nichts sah, hörte man doch so einiges. Die Türen ließen sich nur mit Geduld leise schließen und die Bodendielen knarrten an so vielen Stellen, dass Skadi es inzwischen aufgegeben hatte, sie vermeiden zu wollen. Um wirklich einschätzen zu können, wer gerade das Haus verlassen oder betreten hatte, musste sie jedoch auf die Schritte auf der Treppe lauschen. Im Gegensatz zu den einzelnen Zimmern hatte sich nie jemand die Mühe gemacht, die alte Treppe zu reparieren. Es glich einem Balanceakt, von einer Etage in die nächste zu gelangen. Etwa alle fünf Stufen war eine in der Mitte zerbrochen, auf dem mittleren Stück fehlten drei hintereinander und acht Stufen darüber waren nur noch zwei Schritt breit der Stufen am rechten Rand übrig geblieben. In der Anfangszeit hatte Skadi es nicht gewagt, die Treppe bei Nacht zu benutzen, voller Angst, im Dunkeln daneben zu treten und in den Abgrund zu stürzen.

Mittlerweile könnte sie die Treppe wohl mit geschlossenen Augen hinter sich bringen. Doch ihre Vorsicht überwog. Einmal war eine morsche Stufe direkt unter ihr eingebrochen, und sie hatte wenig Lust, dieses Erlebnis zu wiederholen.

Für eine Unterkunft im Westviertel war dieser Zustand grenzwertig. Skadis Eltern wären verrückt vor Sorge, wenn sie wüssten, *wie* sie lebte. Wäre es nicht die einzige bezahlbare Schlafmöglichkeit in diesem Viertel, hätte Skadi sie selbst in Anbetracht der Aussicht lieber gegen eine andere ausgetauscht. Es war jeden Tag ungewiss, ob sie nicht auf der Treppe stürzen und sich alle Knochen brechen würde. Aber dafür konnte sie ihren Eltern ruhigen Gewissens schreiben, dass sie nicht im ärmsten Stadtteil lebte und dass das wenige Geld, das sie ihr regelmäßig schickten, nicht umsonst war. Und das war jedes Balancieren auf einem schmalen Grat wert.

Magnus kletterte auf ihre Schulter, kurz bevor sie den letzten Abschnitt heruntersprang, und gab ein missbilligendes Geräusch von sich.

»Du musst dich schon etwas genauer ausdrücken«, murmelte Skadi. Sie eilte durch den düsteren Gang, wich dem tief liegenden Balken aus und machte einen Bogen um das Loch im Boden, bis sie die Tür erreichte und aufdrückte.

Magnus' Antwort beschränkte sich darauf, den Kragen ihrer Jacke ein Stück beiseitezuschieben und sich darunter zu verkriechen.

Er verharrte dort, während Skadi bei dem Bäcker auf der anderen Straßenseite einen Laib Brot kaufte, und sich von dort auf den Weg nach Osten machte. Sein Gewicht auf ihrer Schulter hatte wie immer eine beruhigende Wirkung auf Skadi. Es gab ihr Sicherheit, deutlich mehr sogar als sie es bei ihrem Kennenlernen für möglich gehalten hatte. Jeder brauchte eine Bezugsperson. Jemanden, dem man sich anvertrauen konnte, egal wie schmutzig die eigenen Geheimnisse waren. Und in Skadis Fall war dieser jemand Magnus.

Es versprach ein sonniger Tag zu werden, und entsprechend viele Wesen waren auf den Straßen unterwegs. Skadi hielt die Augen nach ungewöhnlichem Verhalten offen, nur für den Fall, dass sie schnell verschwinden musste. Normalerweise mied sie die Hauptstraße nach Osten. Zu viele Leute, eine zu große Gefahr, von jemandem versehentlich als Diebin bezichtigt zu werden, und ein zu hohes Risiko, in eine Kontrolle der Wächter zu geraten. Auch heute standen drei von ihnen im Schatten der Häuser, die schwarzen Schwingen eng auf dem Rücken zusammengefaltet. Sie hatten die Blicke aufmerksam auf die vorbeiziehende Menge gerichtet, jederzeit bereit, im Notfall einzugreifen. Skadi zwang sich dazu, ihren Blick kurz über die drei schweifen zu lassen, und nickte grüßend, als einer von ihnen sie freundlich anlächelte. Sie ging keine fünf Fuß entfernt an ihnen vorbei, obwohl sie am liebsten bis an den anderen Straßenrand ausgewichen wäre. Ihr war klar, dass sie sich damit verdächtig verhalten würde, aber der Drang bestand dennoch. Im Augenblick hatte sie nichts zu verbergen. Aber das würde nicht lange so bleiben.

Skadi war schon an den Wächtern vorbei, als hinter ihr Tuscheln einsetzte. Sie warf im Gehen einen Blick zurück, entdeckte, dass sich einer der Wächter aus dem Schatten gelöst hatte, und unterdrückte mühsam ihre auflodernde Panik. Er wollte mit Sicherheit nicht zu ihr. Jemand anderes hatte sich auffällig verhalten oder war ihm bereits bekannt. Sie sah erneut zurück, trotz des Risikos, damit aufzufallen – und stolperte vor Schreck über einen losen Stein vor sich. Der Wächter folgte ihr.

Nun, nicht zwingend ihr. Vielleicht auch dem Mann links vor ihr, der den Kopf zwischen den Schultern eingezogen hatte und ständig von einer Straßenseite zur anderen wechselte. Oder der Vampirin rechts von Skadi, die einen Bogen auf dem Rücken trug.

Skadi hatte Mühe, ihre Schritte nicht zu beschleunigen. Ihre Gedanken rasten. In der Menge könnte sie ihn abhängen, wenn sie sich beeilte. Dafür müsste sie jedoch wissen, ob er es überhaupt auf sie abgesehen hatte. Wenn es nicht so war, würde sie durch die Flucht erst recht in sein Visier geraten. Sie könnte einfach weitergehen, aber dann würde er sie entweder einholen oder ihr bis zu ihrem Ziel folgen. Stehenbleiben war die letzte Möglichkeit. Es würde ihr die Chance zur Flucht nehmen, aber nur so konnte sie sicher wissen, ob er zu ihr wollte oder ob sie es sich einbildete.

Bei einem Obststand bot sich die nächste Gelegenheit, aus dem Strom auszubrechen. Skadi schwenkte zur Seite, blieb vor dem Stand stehen und musterte vorgeblich voller Interesse die matschigen Früchte vor sich. Ihr Herz schlug laut und kraftvoll in ihren Ohren, während sie wartete. Der Wächter war nur wenige Schritte hinter ihr gewesen. Er müsste sie jeden Moment erreichen oder vorbeigehen.

Etwas berührte sie an der Schulter. Skadi fuhr zusammen, wirbelte herum – und fand sich Auge in Auge mit einem zierlichen Falken wieder. Der Vogel hatte sich auf einer der Zeltstangen des Standes niedergelassen und musterte sie mit schräg gelegtem Kopf. Magnus presste sich fester an sie und stieß ein warnendes Fauchen aus, als der Falke den Kopf zu seinen Klauen senkte und etwas von dem roten Band darum löste. Skadis Herzschlag beschleunigte sich weiter. Sie wusste, was nun kommen würde, und ein Teil von ihr wäre am liebsten auf dem Absatz umgedreht und hätte sich in der Menge aus dem Staub gemacht. Das winzige Stück Papier, das der Falke von dem Band löste, verwandelte sich binnen eines Wimpernschlags in einen handtellergroßen Brief, den er ihr entgegenstreckte. Beim letzten Mal hatte Skadi den Brief nicht einmal in Empfang genommen. Sie hatte den Falken mit seiner Botschaft ignoriert, ganz so als würde sie nicht offensichtlich ihr gelten, und war den halben Tag lang im Zickzack durch die Stadt gelaufen. Vergeblich. Er hatte sie damals gefunden, wieder und wieder, bis sie endlich den Brief angenommen hatte, und er würde es auch heute tun.

Skadi nahm den Brief zaudernd entgegen. Drei Wochen war es her, seit sie den letzten erhalten hatte. Beinahe hatte sie ihn schon aus ihren Gedanken verdrängt, davon überzeugt, dass man sie in Frieden lassen würde, wenn sie nichts tat. Doch dieser zweite Brief sprach eine andere Sprache: Sie hatten sie nicht vergessen.

Der Falke breitete die Flügel aus und flog so knapp über sie hinweg, dass Skadi den Kopf einziehen musste. Die anderen Wesen beachteten sie nicht, wunderten sich nicht einmal über den Falken. Skadi sah ihm unwillkürlich nach. Einen Moment lang überlegte sie, was wohl passieren würde, wenn sie den Brief ungeöffnet zerriss und in der Pfütze vor sich ertränkte. Dann löste sich ihr Blick von dem Falken, glitt zurück in die Menge und traf auf einen anderen. Ein Schauer rann über ihren Körper und ohne sich bewusst dazu entschieden zu haben, ging sie zurück. Einen Schritt, zwei, drei, bis genug Leute zwischen ihnen waren, um sich gefahrlos umdrehen und in einer Gasse verschwinden zu können, so schnell ihre Füße sie trugen.

Der Wächter war nicht an ihr vorbeigegangen.

Skadi wagte es nicht, ihre Schritte zu verlangsamen. Sie hatte keine Ahnung, ob der Wächter ihr folgte, doch falls er es tat, wollte sie kein Risiko eingehen. Den direkten Weg zum Versteck vermied sie, lief stattdessen in großen Umwegen durch die Stadt, durch schmale Gassen und belebte Straßen, bis sie sich sicher war, allein zu sein. An einen Zufall konnte sie nicht glauben. Dieser Wächter hatte sie beobachtet – wahrscheinlich, um sicherzustellen, dass sie den Brief von dem Falken annahm. Skadi zweifelte nicht daran, dass er entsprechende Maßnahmen ergriffen hätte, wenn sie den Brief zurückgewiesen hätte.

Zumindest bedeutete das, dass er im Moment kein weiteres Interesse an ihr haben sollte. Sie hatte den Brief erhalten, mehr dürfte für ihn nicht von Bedeutung sein. Es war nur ein Brief. Keiner, den sie gerne erhalten hatte, aber letztlich blieb er ein Stück Papier, das ihr nichts anhaben konnte. Vielleicht wäre es sogar das Beste, ihn gar nicht erst zu öffnen. Solange sie ihn nicht gelesen hatte, konnte nichts, das darin stand, sie beunruhigen oder ihr Angst einjagen.

Als sie den äußeren Rand des Ostviertels erreichte, hatte Skadi ihre aufwallende Sorge erfolgreich verdrängt. Der Brief lag zusammengefaltet tief in ihrer Tasche und hatte seinen Schrecken für den Moment verloren. Damit würde sie sich später befassen, wenn sie ihr eigentliches Vorhaben erledigt hatte. Gewohnheitsmäßig sah sie sich gründlich um, ehe sie in die Gasse neben der Ruine einbog. *Geisterhaus*, nannten die Kinder der Gegend dieses Gebäude gern, und manchmal war Skadi geneigt, ihnen zu glauben. Es gab Dutzende verfallene Häuser in diesem Viertel, doch kaum eines besaß eine ähnlich düstere Atmosphäre. Ein Teil davon stand noch, genug um zu erkennen, dass es sich hierbei nicht um die zugigen Hütten handelte, in denen die Armen inzwischen lebten. Vielmehr hätte es in das Nordviertel gepasst. Skadi war nicht oft dort, doch die gigantischen Villen der Reichen wiesen verblüffende Ähnlichkeit zu dem Geisterhaus auf. Der gleiche großzügige Grundriss, präzise geschliffene Steine und imposante Eingangstüren. Unter den eingebrochenen Mauern des Geisterhauses ließen sich sogar Ornamente und steinerne Girlanden erkennen, die einst die Fassade geschmückt haben mussten.

Heutzutage lebten nur noch die Ärmsten hier. Skadi hatte selbst nicht viel Geld zur Verfügung und sie war jeden Tag dankbar, dass es immerhin für das Zimmer in dem alten Wachturm reichte. Im Ostviertel leben zu müssen, wollte sie sich nicht einmal vorstellen. In der Luft lag immer etwas, das sie bei ihrem ersten Besuch hier nicht einordnen konnte. Hoffnungslosigkeit, gepaart mit Furcht, Krankheit und Verzweiflung. Die Bewohner schienen es nicht zu bemerken, und je länger Skadi hier verweilte, desto mehr gewöhnte sie sich ebenfalls daran.

Wenn es nach ihr ginge, würde sie das Ostviertel nur im äußersten Notfall betreten. Zu ihrem Leidwesen war ausgerechnet hier der Treffpunkt, das Versteck, der Ort der Übergabe – wie auch immer man es nennen wollte. Und solange keiner der Wächter dahinterkam, würde er es auch bleiben. Letztlich konnte sie sich glücklich schätzen, dass er nicht auch noch das Geisterhaus, sondern nur in dessen Nähe war.

Skadi blieb vor der niedrigen Tür unter dem zertrümmerten Giebel stehen, sah sich erneut um und klopfte. Einmal, einen Atemzug später zweimal rasch hintereinander, gefolgt von einer weiteren Pause und dem letzten Klopfen. Sie wippte vor und zurück und widerstand dem Drang, in den Keller zu stürmen. Die Begegnung mit dem Wächter zeigte stärkere Nachwirkungen als sie dachte.

Das Klopfzeichen wurde erwidert, kurz bevor Skadi von dreißig heruntergezählt hatte und ohnehin hineingegangen wäre. Einen Wimpernschlag später stolperte sie in den Raum und knallte die Tür hinter sich zu, mit einem Mal der festen Überzeugung, hier drin am sichersten zu sein.

»Hallo, Skadi«, sagte Luke.

Ärger durchschoss Skadi, vollkommen unerwartet. Normalerweise kam sie gut mit Luke aus, und unter anderen Umständen wäre sie froh gewesen, dass ausgerechnet er und niemand sonst hier war. Aber in diesem Moment verfluchte sie ihn dafür, da zu sein. Sie wollte sich nicht mit ihm unterhalten müssen. Genau genommen wollte sie nicht einmal in seiner Nähe sein. Es wäre ihr hundertmal lieber, allein zu sein – von Magnus abgesehen – und in aller Ruhe über den Brief, den Wächter und deren Bedeutung nachdenken zu können. Luke konnte nichts dafür, und doch wünschte sie ihn an das andere Ende der Stadt.

»Ich habe Frühstück mitgebracht«, murmelte sie und bemühte sich um ein Lächeln. Es war selten, hier wirklich auf jemanden zu treffen. Um jeden Einzelnen zu schützen, der das Versteck nutzte, hatten sie sich darauf geeinigt, wer an welchen Tagen, zu welchen Zeiten kommen durfte. Manchmal überschnitten sich die Besuche dennoch, so wie heute. Luke war zu spät.

»Darauf hatte ich gehofft.« Luke fing das Brot geschickt mit einer Hand auf und war schon bei dem dreibeinigen Tisch, ehe Skadi einen weiteren Schritt in den Raum machen konnte. Ihr Blick wanderte durch das kleine Zimmer, auf der Suche nach etwas, das sich seit ihrem letzten Besuch verändert hatte. Der Schrank mit der schief hängenden Tür stand noch an derselben Stelle und verdeckte zuverlässig den Zugang zu dem Versteck dahinter, im Kamin lag die Asche vom letzten Winter, selbst der dunkle Fleck auf dem Boden war unverändert. Nur die Lampe auf dem Tisch war ausgetauscht worden.

Skadi ging zur linken Wand, drei Schritte von der Tür entfernt. Etwa auf Höhe ihrer Knie befand sich ein Astloch im Holz, das von einem Unwissenden übersehen worden wäre. Sie tastete es ab, fand den Halt, den sie suchte und zog. Ein Stück der Wand, nicht größer als ihr Handballen, löste sich und offenbarte einen schmalen Hohlraum. Leer, wie Skadi enttäuscht feststellte. Ein Auftrag hätte jetzt mit Sicherheit dabei geholfen, sie abzulenken.

Luke war damit beschäftigt, das Brot zu zerschneiden, und hatte ihr den Rücken zugekehrt. Als Skadi sich auf den Schemel neben ihm fallen ließ, hob er nur kurz den Blick. »Du bist früh dran.«

»Ich weiß«, antwortete sie. »Und du bist zu spät.«

Luke grinste. »Absichtlich. Wir haben uns schon seit Wochen nicht gesehen. Obwohl wir in derselben Stadt wohnen. Findest du das nicht komisch?«

»Du weißt, dass wir uns eigentlich nicht einmal hier drin über den Weg laufen sollten – geschweige denn außerhalb davon. Keiner war jemals hier, keiner weiß etwas von den anderen–«

»–und keiner wird den Wächtern was erzählen«, fuhr Luke fort.. »Ehrlich, Skadi, wir sind *Schmuggler*. Diese Geheimniskrämerei ist völlig übertrieben. Ich weiß ja nicht mal, zu welcher Art du gehörst.«

Er streckte ihr eine Scheibe des Brotes entgegen, ehe er den anderen Schemel besetzte. Magnus sprang von Skadis Schulter, riss ein Stück von der Brotscheibe ab, und verschwand mit seiner Beute auf ihrem Schoß.

Skadi nahm zögernd einen Bissen Brot, um über ihre Antwort nachdenken zu können. Luke hatte in gewisser Weise recht. Ihr erschienen die Regeln ebenfalls ein wenig übertrieben, aber das hieß nicht, dass sie sie außer Acht lassen würde. Das Schmuggeln war derzeit ihre einzige verfügbare Einkommensquelle. Sie konnte es sich nicht leisten, darauf verzichten zu müssen. Zumal die Regeln durchaus Sinn ergaben. Wenn einer von ihnen von den Wächtern gefasst wurde, konnte er die anderen nicht verraten. Es klang von Anfang an sicherer für sie und bisher hatte sie kein Interesse daran gehabt, etwas daran zu ändern. Auch nicht bei Luke. Ihre Anwesenheit hatte sich in der Vergangenheit zwar gelegentlich überschnitten, sodass sie sich unweigerlich miteinander unterhalten hatten, doch sie hatte nie den Eindruck gehabt, er würde diese Bekanntschaft vertiefen wollen.

»Ich bin ein Mensch«, erwiderte sie schließlich und ignorierte Magnus' protestierenden Blick. Sie würde Luke mit Sicherheit nicht ihre gesamte Lebensgeschichte erzählen oder ihm verraten, wo sie lebte. Aber es interessierte sie, worauf er hinauswollte, ob er etwas Bestimmtes damit bezweckte. »Warum?«

Luke zuckte mit den Schultern. »Nur so, ich war neugierig. Ich bin auch einer.«

Sie nickte. Viel mehr andere Möglichkeiten hätte es sowieso nicht gegeben. Luke besaß weder die verschiedenfarbigen Augen der Vampire noch die feinen Gesichtszüge der Elben oder das sternförmige Mal auf der linken Hand der Magier. Und die schwarzen Flügel der Wächter hatte er schon gar nicht. Ein Mischwesen wäre die letzte Variante gewesen. Womöglich ging es ihm auch nur darum, mehr über sie zu erfahren, um sie kennenzulernen. Diese Erklärung rief Anspannung in Skadi hervor. Sie war es nicht gewohnt, dass jemand eine

Beziehung zu ihr aufbauen wollte, die über das geschäftliche Miteinander hinausging – zumal Luke gut zehn Jahre älter als sie sein musste.

Luke sah sie erwartungsvoll an und Skadi wurde bewusst, dass sie ihm keine Antwort gegeben hatte. Aber was sollte man darauf auch erwidern? *Wie schön, dann haben wir ja eine Gemeinsamkeit?* Das wäre in etwa so komisch, wie einem Wächter zu sagen, dass man unschuldig war, obwohl er einen auf frischer Tat ertappt hatte.

Der Gedanke rief unerwünscht die Begegnung auf dem Markt in Skadis Gedächtnis. Dieser Wächter hatte sie derart intensiv angesehen, dass sie davon überzeugt war, dass er unmöglich aus Zufall dort gestanden haben konnte. Was auch immer in diesem Brief stand – Skadi täte gut daran, ihn zu lesen. So schnell wie möglich, obwohl sie ihn am liebsten ungeöffnet verbrennen würde. Ein drängendes Gefühl kämpfte sich an ihren inneren Mauern vorbei. Wenn dieser Brief eine Drohung oder etwas Ähnliches enthielt, kam es auf jeden einzelnen Moment an. Wer wusste schon, wie viel Zeit ihr blieb. Im schlimmsten Fall waren sie längst auf dem Weg zu ihr.

War das möglich?, dachte sie panisch. Konnten sie sie aufspüren? Selbst der Falke hatte es geschafft.

»Stimmt was nicht?«, fragte Luke. »Du bist kreideweiß geworden.«

»Mir gehts gut«, erwiderte Skadi und zwang sich zu einem Lächeln. »Ich … ich frage mich nur gerade … Glaubst du, man kann den Wächtern entkommen? Wenn sie schon einen Verdacht gegen einen haben?«

Luke lehnte sich stirnrunzelnd zurück. Einen Moment später stieß Magnus warnend Skadis Hand an. Ihr war klar, worauf er anspielte, doch es war zu spät, um es rückgängig zu machen. Wenn Luke ahnte, warum sie diese Frage stellte, konnte sie nichts daran ändern. Probleme würde sie in jedem Fall bekommen, so viel stand fest. Und mit etwas Glück konnte Luke ihr sogar helfen. Vielleicht hatte er in dieser Hinsicht ja mehr Erfahrung als sie.

»Ich weiß nicht. Wenn sie genug über dich wissen, um einen konkreten Verdacht zu haben, wird es sehr knapp. Solange sie keine Ahnung haben, was du getan hast, bist du sicher. In allen anderen Fällen – nein. Warum interessiert dich das? Hat dich jemand beim Schmuggeln erwischt?«

Sie schüttelte den Kopf. »Nein. Ich ... habe einfach nur darüber nachgedacht. Also meinst du, es ist nicht möglich? Selbst dann nicht, wenn man sich gut versteckt?«

»Dann müsstest du dich dein ganzes Leben verstecken.« Luke zuckte mit den Schultern und stand auf. »Man kann den Wächtern nicht entkommen, Skadi. Versuch lieber, ihnen nicht aufzufallen.«

»Zu spät«, flüsterte sie, als Luke die Tür hinter sich geschlossen hatte. Das waren ernüchternde Aussichten. Sie wusste, dass die Wächter jeden fanden, den sie suchten, und doch hatte sie auf das Gegenteil gehofft. Es bedeutete, dass sie keine Chance hatte, aus dieser Situation zu entkommen. Zumal sie kein Leben führen wollte, in dem sie immerzu fliehen oder sich verstecken musste.

Magnus kletterte mit dem Rest seines Brotstückes zurück auf den Tisch und warf ihr einen verärgerten Blick zu.

»Was?«, fragte Skadi. »Es hätte doch sein können, dass er etwas weiß.«

Sie selbst verspürte keinen Hunger mehr. Die Aussicht auf ihre Zukunft hatte jedes andere Bedürfnis in den Hintergrund gedrängt. Womöglich verurteilte man sie zu mehreren Jahren Sklaverei – allein der Gedanke daran genügte, um Übelkeit in ihr zu wecken. »Ich reagiere überhaupt nicht über«, fügte sie hinzu, als Magnus theatralisch den Kopf auf den Tisch fallen ließ. »Du willst doch immer, dass ich mich von den Wächtern fernhalte. Tu bloß nicht so, als würdest ausgerechnet du glauben, dass dieser Brief vollkommen harmlos ist.«

Er erwiderte ihren Blick regungslos.

Skadi starrte zurück. Das war ihre Art, über etwas zu diskutieren. Magnus sah sie solange an, bis sie irgendwann nachgab oder er die

Lust daran verlor. Zu Skadis Leidwesen war er enorm gut darin. Sie konnte sich an kaum eine Gelegenheit erinnern, in der er aufgegeben hatte. In den meisten Fällen schaffte er es, sie zu überzeugen. Selbst dann, wenn sie sich wie heute fest vorgenommen hatte, bei ihrem Standpunkt zu bleiben.

»Ich bleibe trotzdem dabei, dass das nichts Gutes bedeutet«, beharrte Skadi schließlich. Ihre Hände zitterten, als sie den Brief aus ihrer Tasche kramte und auseinanderfaltete. Ihn zu öffnen, dauerte dreimal so lang wie normalerweise, und Magnus machte bereits den Eindruck, es in Erwägung zu ziehen, das Ganze selbst zu erledigen. Als sie den Brief endlich aus dem Umschlag befreit hatte, zauderte sie. Es waren nur wenige Zeilen und sie hatte sich fest vorgenommen, alles der Reihe nach zu lesen. Doch ihr Blick flog wie von selbst über die Wörter, ohne ihre Bedeutung zu erfassen, nur auf der Suche nach einem einzigen. *Anhörung*, las Skadi und ließ den Brief sinken. Sie hatte es gewusst. Die Wächter verschickten keine harmlosen Nachrichten.

Magnus lief über den Brief, um ihn zu lesen. Im Gegensatz zu Skadi hatte er genug Interesse an dem Rest der Nachricht – oder er hoffte nur, irgendetwas Bestimmtes darin zu finden. Für sie selbst spielte es keine Rolle. Was auch immer dort stand, würde die Aufforderung nicht besser machen. Eine Anhörung. Schlimmer konnte das Ganze nicht mehr werden.

Als hätte er ihre Gedanken gehört, gab Magnus ein aufgeregtes Quietschen von sich, und tippte derart bestimmt auf eine der Zeilen, dass Skadi sich gezwungen sah, es doch zu lesen. Er hatte recht – es *ging* noch schlimmer.

Die Anhörung war in drei Stunden.

3. LIV

Als ich das Zelt verließ, wirkte alles wie immer. Unverändert, als hätte Raphael mir nicht gerade ein Ultimatum gestellt, das ich unmöglich erfüllen konnte. Die beiden Jungen an dem Stand gegenüber lungerten herum, als würden sie darauf warten, dass endlich etwas Interessantes geschah; der Magier neben mir kämpfte wie jede Woche mit den Folgen eines schiefgelaufenen Zaubers – diesmal hatte sich eine Gewitterwolke über seinem Tisch gebildet –, und in der Luft hing der Geruch nach Lindas Pasteten, süßen Tränken und etwas Metallischem. Keiner in meiner Umgebung achtete auf mich, als ich begann, über den Platz zu schlendern. Kein Vergleich zu meinen ersten Wochen hier. Um Zutritt zum Schwarzmarkt zu erhalten, musste man die richtigen Leute kennen. Leute, die einem den geheimen Zugang verrieten und dafür sorgten, dass man nicht augenblicklich wieder herausgeworfen wurde.

Das Glück einer solchen Bekanntschaft hatte ich nicht – und ich bereute es immer noch, niemanden gesucht zu haben. Den Eingang zu finden war kein großes Kunststück, doch es wäre mir erspart geblieben, die misstrauischen Blicke der anderen Händler zu erleben. Neulinge sah hier niemand gern – von Kunden einmal abgesehen. Zu riskant. Man konnte nie wissen, ob jemand von den Wächtern geschickt wurde und sich nur in die Gemeinschaft einschlich, um sie im nächsten

Augenblick zu verraten. Der Markt selbst war durch seine Lage als großzügiger Innenhof und eine Reihe verschiedener Schutzzauber perfekt getarnt, doch die Wächter mussten zumindest wissen, *dass* es ihn gab.

Es war eine merkwürdige Gemeinschaft, die sich hier jeden Tag aufs Neue versammelte. Menschen, die Waffen verkauften, die vonseiten der Wächter entweder verboten oder nur verdammt schwer auf dem freien Markt zu bekommen waren – in Gift getränkte Klingen, messerscharfe Bumerangs, die zuverlässig zu ihrem Besitzer zurückkehrten, verzauberte Stäbe, die es Nicht-Magiern erlaubten, in gewissem Maße Magie zu wirken. Elben, die seltene Pflanzen und Tiere im Angebot hatten, von bunt leuchtenden Schmetterlingen bis zu Rosen, die unvermittelt ihre Dornenranken um etwas schwangen und es nicht mehr losließen. Magier, die Amulette und anderen Kram verkauften, deren Zweck sie selbst oftmals nicht kannten – meine Kristallkugel beispielsweise. Oder die drei Vampire in der nördlichsten Ecke, die alte Bücher und Schriftstücke anboten. Nicht zu vergessen die immateriellen Angebote: Diese Frau mit dem fehlenden rechten Auge, die auf Wunsch Dinge in die Wächterburg oder gar in die Verliese dort brachte. Der Halb-Elbe, der immer verborgen im Schatten stand und an jedem Körperteil eine andere Waffe zu tragen schien. Was genau er anbot, hatte ich noch nicht herausgefunden – wahrscheinlich kümmerte er sich um gewisse Probleme. An ihm vorbeizulaufen, ließ mein Herz immer schneller schlagen. Es war fast so unangenehm wie bei der Gruppe ein paar Schritte neben ihm. An der Stelle hinter dem Waffenstand trafen sich Vampire und alle anderen Wesen. Menschen zumeist, die keine andere Lösung mehr sahen. Geld wechselte den Besitzer, sie verschwanden in den Schatten, und kehrten kurz darauf wieder. Die Vampire meist mit einem zufriedenen Lächeln, ihre Begleiter blass und schwach auf den Beinen. Es war nicht verboten, sein Blut zu verkaufen. Auf dem freien Markt gab es einen ähnlichen Stand, doch dort wurde streng überwacht, wie viel man verkaufte. Auf dem Schwarzmarkt gab es keine solche Regulierung; man konnte deutlich mehr verdienen, doch es war schon vorgekommen, dass jemand das Ganze nicht überlebt hatte.

Es hätte eine gute Gemeinschaft sein können, die zwar nicht jedem vertraute, aber doch auf ihre Art zusammenhielt – wären da nicht Raphael und seine Untergebenen. Irgendwie hatten sie es geschafft, die Kontrolle über den Schwarzmarkt an sich zu bringen. Wer hier etwas verkaufen wollte, musste es zu ihren Bedingungen tun, allem voran der monatliche Tribut. Im Gegenzug kümmerten sie sich darum, dass es keine Streitigkeiten gab, und sorgten angeblich dafür, dass die Wächter sich von uns fernhielten.

Womit ich wieder an dem Punkt war, von dem ich mich eigentlich ablenken wollte.

»Liv?«

Ich wirbelte herum, fest davon überzeugt, dass Raphael es sich anders überlegt und mir seine Leute hinterhergeschickt hatte. Einen Wimpernschlag später ging mir auf, dass die mich kaum mit Liv angesprochen hätten.

Linda senkte langsam den Blick auf das Messer an ihrer Kehle und trat einen Schritt zur Seite. »Wenn ich gewusst hätte, dass du heute so schreckhaft bist, hätte ich dich nicht angesprochen.«

»Entschuldige«, sagte ich. »Ich dachte, du wärst jemand anders.«

»Den hättest du *damit* aber sicher nicht eingeschüchtert.« Sie nahm mir kopfschüttelnd das Messer aus der Hand und fuhr kritisch mit dem Finger über die Klinge. »Scharf ist was anderes. Wann besorgst du dir endlich mal was Neues?«

Wenn ich genug Geld zusammengekratzt habe, um Raphael zu bezahlen, dachte ich resigniert. Vorher würde es eh keinen Sinn machen. Ich war bisher mit dem alten Messer ausgekommen, und das würde ich auch in Zukunft. Vorausgesetzt, ich hatte dann noch die Möglichkeit, eine eigene Waffe zu tragen. »Sobald ich das hier verliere, schätze ich.«

»Dafür kann ich sorgen«, sagte Linda. Sie hob den Arm, holte aus und hätte das Messer wohl weggeworfen, wenn ich ihr nicht in den Arm gefallen wäre. »Ganz ehrlich, Liv, wie willst du mal einen Kampf gewinnen? Du kannst nicht immer weglaufen.«

Ich wich ihrem Blick aus, während ich das Messer zurück an seinen Platz an meinem Gürtel schob. Weglaufen, darin war ich gut. Weitaus besser als im Kämpfen und es hatte noch keine Situation gegeben, in der ich mir das Gegenteil gewünscht hätte. Linda tickte da anders als ich. Wenn es zu einer gefährlichen Situation kam, ging sie eher darauf zu, als zu verschwinden, ganz nach ihrem Grundsatz: Wer zuerst angreift, siegt. Einmal waren wir gemeinsam nach Hause gegangen und von einer Gruppe Männer überrascht worden. Linda hatte mir etwas zugerufen, doch da war ich schon losgerannt, hatte sie allein zurückgelassen, um mich selbst zu retten. Als ich mich kurz umgedreht hatte, war sie gerade dabei, den Letzten der vier niederzuschlagen. Ich hätte zurückgehen können, doch in diesem Moment hatte ich mich zu sehr geschämt, um ihr wieder in die Augen zu sehen.

Manchmal fragte ich mich, ob sie mir meine Flucht übel genommen hatte, es womöglich noch immer tat. Aber in ihrem Tonfall lag kein Vorwurf. Es war eine schlichte Feststellung.

»Weglaufen funktioniert überraschend gut«, erwiderte ich und setzte mich wieder in Bewegung.

»Ja, aber was ist, wenn du es nicht kannst? Wenn du in einer Sackgasse bist?« Linda schloss zu mir auf und warf mir einen fragenden Blick zu. »Willst du deinen Gegner dann freundlich bitten, dich vorbeizulassen?«

»Natürlich nicht! Etwas viel Besseres.«

»Ah ja?«

Ich setzte das beste ernste Gesicht auf, zu dem ich in der Lage war. »Ich würde die Wächter rufen.«

Linda zog die Augenbrauen so dicht zusammen, dass sie sich fast berührten. Ihr Blick glitt prüfend über mich, und fast erwartete ich, dass sie stehen bleiben, mich an den Schultern packen und kurzerhand schütteln würde. In Momenten wie diesen wurde besonders deutlich, dass in der Reihe ihrer Vorfahren ein Elb sein musste. Niemand sonst war in der Lage, derart verwirrt, verärgert und genervt zugleich auszusehen. »Das sollte hoffentlich ein Scherz sein.«

»Kein besonders guter«, räumte ich ein. »Mir ist nichts Besseres eingefallen.«

»Gut. Sie würden eh nicht rechtzeitig auftauchen.«

Zumal ich mir damit nur noch mehr Probleme bereiten würde. Abgesehen davon mochten die Wächter zwar dafür zuständig sein, für Recht und Ordnung zu sorgen, scheiterten dabei aber im Ostviertel grandios. Im Süd- und Nordviertel schafften sie es, im Westen meistens auch, aber in den ärmeren Gegenden hatten sie keine Chance. Wenn man nachts durch das Ostviertel ging, zweifelte man früher oder später daran, dass sie sich dort jemals blicken ließen. *Wenn* sie es täten, müsste man nicht mehr damit rechnen, alle paar Schritte überfallen zu werden.

Auf dem Schwarzmarkt mochte keiner die Wächter. Wie auch, wenn wir hier alle verbotenen Geschäften nachgingen? Würden wir alle ehrlich unser Geld verdienen, würden wir sie vermutlich anders wahrnehmen.

»Vielleicht auch doch«, antwortete ich halbherzig. »Sie würden es zumindest versuchen.«

»So, wie du versuchst, Raphael auszuweichen«, fügte Linda hinzu. Ich fuhr zusammen. Als ich ihren Blick erwiderte, war Lindas sonst leicht amüsierter Gesichtsausdruck einem ernsten gewichen. »Ich habe ihn aus deinem Zelt kommen sehen. Was wollte er von dir?«

»Raphael hat nicht besonders viele Gründe, jemandem einen Besuch abzustatten«, erwiderte ich leise.

»Und keiner davon ist angenehm, das musst du mir nicht erzählen. Ich bin länger hier als du, Liv, schon vergessen?« Sie nahm meinen Arm und zog mich mit erstaunlicher Kraft in den Zwischenraum hinter dem Stand, der Zaubertränke anbot. Der Platz reichte gerade so, um nicht mit den Schultern gegen die Wand zu stoßen. »Konntest du den Tribut nicht zahlen?«

Ich löste vorsichtig ihre Hand von meinem Arm und lehnte mich gegen die Wand des angrenzenden Hauses. Um diese Uhrzeit müssten die Steine angenehm kühl sein, doch als ich mit der Hand darüber fuhr, fühlten sie sich warm und glatt an. Der Schutzzauber ließ sich also auch hier nicht durchdringen. »Ich hatte gehofft, es würde nicht auffallen. Wenn man ein einziges Mal nicht zahlt … wie groß ist schon die Chance, dass er es bemerkt?«

»Eindeutig zu groß«, sagte Linda heftig. »Du weißt genau, dass er alles entdeckt, wenn es um sein Geld geht. Warum hast du mich nicht um Hilfe gebeten? Wenn ich das gewusst hätte, hätte ich dir etwas leihen können!«

Die Enttäuschung in ihrer Stimme traf mich härter als erwartet. Ich hatte damals darüber nachgedacht, ihr von meinen Problemen zu erzählen, doch ich wollte sie nicht ebenfalls in diesen Teufelskreis hereinziehen. Wenn Raphael erfahren hätte, dass sie mir geholfen hatte – und das hätte er mit Sicherheit –, hätte er das zum Anlass genommen, ihre Tributzahlungen zu erhöhen. Wer jemand anderem Geld leihen konnte, hatte offensichtlich genug, um ihm noch mehr zu zahlen. Linda war meine Freundin. Ich konnte es nicht über mich bringen, ihr weitere Probleme zu bereiten. »Ich wollte nicht, dass Raphael auch auf dich aufmerksam wird«, antwortete ich kleinlaut. »Diese Gelegenheit hätte er sich nicht entgehen lassen.«

»Dann hätten wir einen anderen Weg gefunden, Liv. Irgendeine Lösung hätte es gegeben. Aber jetzt …« Sie hielt inne, schloss die Augen und lehnte sich neben mich. »Wie viel will er?«

»Das dreifache«, antwortete ich zögernd. Dass dieser Vorschlag ursprünglich von mir gekommen war, verschwieg ich vorsichtshalber. Einen Besseren hätte ich von Raphael sowieso nicht bekommen. »Und ich habe drei Tage Zeit dafür.«

Linda stieß scharf die Luft aus und sah mich ungläubig an. »Das ist unmöglich.«

»Ansonsten hätte er dem Ganzen nicht zugestimmt«, murmelte ich.

»Es muss machbar sein, irgendwie.«

»Dieses eine Mal, ja. Aber was wird danach kommen? Glaubst du wirklich, dass er dich dann in Frieden lässt?«

Diesen Punkt hatte ich in meinen Überlegungen bisher verdrängt. Raphael glaubte nicht daran, dass ich die geforderte Summe aufbringen konnte. Aber wenn ich es doch tat, würde er davon ausgehen, dass ich es immer wieder schaffte. Es war ein Kreislauf, und ich hatte keinen Schimmer, wie ich daraus ausbrechen sollte.

»Darüber mache ich mir Sorgen, wenn es so weit ist«, sagte ich. »Für den Moment würde es mir schon reichen, ihn den nächsten Monat lang vom Hals zu haben.« Wenn ich Glück hatte, bot sich dann auch die Gelegenheit, zu verschwinden.

Linda behielt ihren skeptischen Blick bei, nickte jedoch. »Verstehe. Und wie willst du das schaffen?«

»Überlege ich noch.« Mit meinen gefälschten Wahrsagekünsten würde ich es auf keinen Fall schaffen, so viel war klar. Ich könnte mich den Wächtern als Hilfe anbieten, doch ich bezweifelte, dass sie mir genug bezahlen würden. Zumal allein ihr Versuch zu ermitteln, ob ich wirklich unterscheiden konnte, ob jemand log oder die Wahrheit sagte, die drei Tage bereits überschreiten dürfte. Außerdem würden sie keine Hilfe annehmen, ohne meine Identität zu kennen – und dann konnte ich mich ebenso gut Raphael ausliefern.

»Ein bisschen könnte ich dir trotzdem geben, aber das wird bei weitem nicht reichen«, überlegte Linda. »Hast du schon darüber nachgedacht, dein Blut zu verkaufen?«

Ihr Vorschlag ließ mich trotz meiner Jacke frösteln. Es war nur logisch; um in kurzer Zeit möglichst viel Geld zu beschaffen, war der Verkauf des eigenen Blutes die am weitesten verbreitete Variante. Wenn ich früh genug damit begann, konnte ich sogar genug zusammenkriegen, ohne dabei draufzugehen. Doch dafür war ich nicht verzweifelt genug. Mit den Schmerzen des Bisses würde ich leben können, aber die Vorstellung jagte mir dennoch Angst ein. Man sagte, Vampire würden in die Tiefen des Geistes einer Person sehen können, während sie ihr Blut tranken. Solange es eine andere Möglichkeit gab, wollte ich meinen Geist lieber für mich behalten.

»Das wäre der letzte Ausweg, den ich wählen würde«, sagte ich. »Bis dahin suche ich lieber nach anderen Optionen.«

»Allzu viele gibts da nicht mehr, fürchte ich.« Linda runzelte konzentriert die Stirn und rieb abwesend über das Amulett um ihren Hals. Obwohl ich nicht vorgehabt hatte, sie einzuweihen, war ich froh über ihre Hilfe. Im Gegensatz zu mir hatte sie ihr gesamtes Leben in dieser Stadt verbracht, die Hälfte davon auf dem Schwarzmarkt. Wenn jemandem einfiel, wie ich den Tribut zahlen konnte, dann ihr. »Du könntest versuchen, an Informationen zu kommen. Es gibt immer jemanden, der dafür eine ordentliche Summe bietet.«

Informationen sammeln klang zumindest um einiges besser, als mein Blut zu verkaufen. Es war nur eine kleine Chance, innerhalb von drei Tagen sowohl die passende Information als auch einen Käufer dafür zu finden, doch einen Versuch war es wert.

»Das könnte funktionieren«, antwortete ich und spürte, wie sich ein erleichtertes Lächeln den Weg auf meine Lippen bahnte.

»Vorausgesetzt, du fängst sofort damit an«, schränkte sie ein. Dann machte sie einen Schritt auf mich zu – und zog mich in eine feste Umarmung. »Sei vorsichtig.«

Ich erwiderte die Umarmung und hatte Mühe, den bitteren Beigeschmack nicht zu beachten. Das fühlte sich zu stark nach Abschied an.

Als wir uns voneinander lösten, zögerte Linda. Sie zog einen der unzähligen Ringe von ihrer Hand und hielt ihn mir entgegen. »Hier. Ich glaube, den kannst du besser gebrauchen als ich.«

Ich nahm den Ring vorsichtig entgegen. Linda trug ausschließlich verzauberten Schmuck, dafür aber eine ganze Menge davon. Bei dem

Großteil hatte ich keinen Schimmer, wozu er diente. Dieser hier bestand aus reinem Stahl, soweit ich das beurteilen konnte. Kein Gold oder Silber, keine Schmucksteine – dafür ein Muster aus eingeritzten Kreuzen. »Wofür?«

»Er schützt dich«, antwortete sie. »Aber du solltest dich nicht nur darauf verlassen. Schutzzauber wie der sind für den Notfall gedacht. Und er funktioniert auch nur, wenn du den Ring trägst.«

Als ich den Schwarzmarkt verließ, drehte ich mich mehrmals um, auf der Suche nach möglichen Verfolgern, die Raphael geschickt hatte. *Dass* er einige seiner Leute auf mich angesetzt hatte, stand für mich außer Frage. Irgendwie musste er dafür sorgen, dass ich nicht aus der Stadt verschwand, ohne meine Schuld abzubezahlen. Das größte Problem lag wohl darin, sie auch zu erkennen. Jeder wusste, dass ein Teil der Händler auf dem Schwarzmarkt keinen Tribut an ihn zahlte und stattdessen kleinere Aufträge für ihn erledigte – doch niemand vermochte zu sagen, wer genau das war. Jeder könnte die Augen und Ohren für ihn offen halten, und das machte es verdammt schwierig einzuschätzen, wem man vertrauen konnte.

Auf dem Weg durch die geheime Tür, die zum *Schwarzen Stein* führte, folgte mir meiner Ansicht nach niemand, und mit jedem weiteren Schritt fiel ein Teil meiner Anspannung von mir ab. Lindas Vorschlag hatte mir Hoffnung gemacht. Ich konnte es schaffen, mich aus Raphaels Schlinge zu befreien. Drei Tage klangen im ersten Moment nicht viel, doch wenn man Glück hatte, reichten sie vollkommen aus.

Bevor ich mich als Wahrsagerin angeboten hatte, hatte ich versucht, hinter das System aus Botschaften zu kommen, die sich rasend schnell durch die ganze Stadt verbreiteten. Es gab Leute, die wussten, dass die Wächter jemanden festnehmen wollten – weniger als eine Stunde, nachdem diese das beschlossen hatten. Andere konnten sagen, wer mit wem im Streit lag, obwohl keiner der beiden je ein Wort darüber verloren hatte. An jeder Straßenecke, auf jedem Platz, in jedem größeren Gebäude gab es jemanden, der im Stillen beobachtete, zuhörte und die gewonnenen Informationen bei nächster Gelegenheit an geeignete Interessenten weitergab. Die meisten Bewohner von Brient kümmerten sich nicht darum, solange es sie nicht betraf. Doch da selbst die Wächter gelegentlich auf dieses Netz aus Informanten zurückgriffen, gab es niemanden, der dem Ganzen Einhalt gebieten würde. Meines Wissens konnte man sich ihnen problemlos anschließen.

Der beste Platz dafür war die Straße, die vom Ostviertel in Richtung Süden führte. Dort waren die meisten Leute unterwegs, und mit ihnen die besten Gelegenheiten, etwas Sinnvolles aufzuschnappen.

Der Schwarzmarkt war nur wenige Kreuzungen davon entfernt. Es dauerte nicht lange, bis die unterschwelligen Geräusche von der Hauptstraße lauter wurden – das Murmeln Dutzender Stimmen, schreiende Händler, die ihre Ware am Straßenrand anboten, bellende Hunde und wiehernde Pferde. Darunter mischte sich mit einem Mal etwas anderes: Schritte, die hektisch über den Boden flogen, und von den umliegenden Häusern zurückgeworfen wurden. Ich hatte den Weg durch die schmalen Gassen gewählt, um mögliche Verfolger abzuschütteln, und war der festen Überzeugung gewesen, allein zu sein – bis jetzt. Die Schritte wurden lauter. Ich wich zurück. Im selben Moment hetzte jemand um die Ecke vor mir, prallte schmerzhaft gegen mich und riss mich zu Boden. Mein Kopf knallte auf den Lehm und mir wurde schwarz vor Augen. Als ich die schwarzen Punkte mühsam weg blinzelte, stand die junge Frau wieder. In ihrem Blick lag eine stumme Bitte – dann war sie auch schon in der Gasse links von mir verschwunden.

Ich rappelte mich langsam auf und unterdrückte ein Stöhnen, als sich ein intensives Pochen über meiner Schläfe ausbreitete. Sie hätte sich wenigstens entschuldigen können, wenn sie mich schon unbedingt umrennen musste. Als ich eine Hand an die verletzte Stelle führte, glänzte kein Blut daran. Das war aber das einzig Gute. Vor wem auch immer sie geflohen war, er würde jeden Moment ebenfalls hier auftauchen. Ich konnte nur hoffen, dass er nicht an mir interessiert war. Weglaufen kam mit meinem dröhnenden Kopf nicht in Frage, kämpfen sowieso nicht. Wieder näherten sich Schritte, und ich presste mich fester an die Wand. Einmal umgerannt zu werden reichte.

Als diesmal jemand um die Ecke schoss, stockte mir der Atem. Das war gut, für mich. Für die Frau eher weniger.

Der Wächter stoppte abrupt vor mir und fing seinen Schwung ab, indem er seine Flügel ein Stück weit öffnete. Unter anderen Umständen konnten sie eine Spannweite von bis zu sieben Fuß haben, doch die Häuser hier standen zu eng dafür. Ob ihm bewusst war, dass er damit die gesamte Gasse ausfüllte und mir jede Möglichkeit nahm, an ihm vorbeizukommen, konnte ich nicht sagen.

Sein Blick huschte abwägend über mich. Auf seinem dunklen Hemd zeichneten sich Schweißflecken ab. »Hier muss eben eine junge Frau vorbeigekommen sein«, sagte er außer Atem. »Habt Ihr sie gesehen?«

Nicht nur gesehen, dachte ich. Aber das hatte er sich wahrscheinlich schon selbst zusammengereimt. Ich nickte und traf gleichzeitig eine Entscheidung. Die Frau hatte nicht ausgesehen, als hätte sie ein schwerwiegendes Verbrechen begangen. »Sie ist da lang gelaufen.«

Der Blick des Wächters folgte meinem ausgestreckten Arm, ehe er zu mir zurückkehrte. »Danke«, erwiderte er, nickte mir zu und sprintete nach rechts. Entweder sah ich vertrauenswürdig aus oder er traute generell niemandem zu, ihn anzulügen. So oder so hatte ich es vielleicht geschafft, jemanden vor den Wächtern zu retten.

4. SKADI

Skadi verließ rastlos das Versteck. Sie wusste nicht, wie genau die Wächter vorgingen – ob sie sie suchen würden, falls sie bei der Anhörung nicht auftauchen würde oder ob sie ihr einen weiteren Brief schickten. Doch das hier war der zweite. Im ersten, den sie erhalten hatte, stand nichts von einer Anhörung. Er enthielt lediglich die Bitte, einige Fragen zu beantworten. Im Nachhinein gesehen war es dumm gewesen, der Bitte nicht zu folgen. Vielleicht wäre diese Befragung weniger unangenehm geworden als das, was ihr aller Wahrscheinlichkeit nach jetzt bevorstand. Aber woher hätte sie wissen sollen, dass auf den ersten ein weiterer Brief folgen würde? Die Wächter suchten ständig jemanden, um ihre Fragen zu stellen. Wenn sich derjenige nicht dazu bereit zeigte, ließen sie ihn in Ruhe – vorausgesetzt, sie hatten keinen echten Verdacht gegen ihn. Das war das größte Problem. Eine Anhörung fand nach Skadis Wissen nur dann statt, wenn ein handfester Verdacht bestand, womöglich sogar Beweise vorlagen. In dem Brief stand nicht, welches Verbrechen man ihr zur Last legte, aber die Auswahl war verschwindend gering. Sie konnte sich nicht erklären, woher die Wächter von ihrer Tätigkeit als Schmugglerin wissen sollten, aber das tat nichts zur Sache.

Tatsache war, *dass* sie es wussten. Zumindest hielt Skadi es für äußerst unwahrscheinlich, fälschlicherweise eine Vorladung erhalten zu haben. Sie würde lügen müssen, wenn sie keine harte Strafe riskieren wollte. Dabei galt eine Lüge gegenüber einem Wächter – sofern sie nicht aus echter Not heraus getan wurde – ebenfalls als verboten.

Wenn ich wenigstens wüsste, welche Strafen mich hier erwarten, dachte sie unbehaglich. Das war eine Sache, die sie versäumt hatte und es nun bitter bereute. Es war ihr nie wichtig erschienen, zu wissen, wie streng die Wächter hier urteilten und ob sie sich auf einen Kompromiss einlassen würden. Schmuggel war bei Weitem nicht das schlimmste Verbrechen, aber es war auch keines, für das sie mit einer geringen Geldstrafe büßen konnte. Die Wächter in ihrem Heimatdorf hätten sie vermutlich mit einer Verwarnung davonkommen lassen. Aber dort gab es ohnehin kaum Verbrechen, und im Gegensatz dazu war Brient die größte Stadt im ganzen Land.

Für den Moment erschien es ihr als das Sinnvollste, die Anhörung zu verpassen. Es würde sie nicht davor bewahren, aber es würde ihr Zeit verschaffen. Zeit, um sich vorzubereiten, vielleicht sogar jemanden zu finden, der sie unterstützte. Sie könnte auch die Stadt verlassen, doch sie war sich nicht sicher, ob es das wert war. Sie hatte sich hier ein Leben aufgebaut. An einem anderen Ort noch einmal komplett neu anzufangen ... darüber musste sie erst nachdenken.

Sie bog auf eine der breiteren Straßen nach Süden ab, gemeinsam mit einer Gruppe junger Vampire und Magier. Magnus war der Ansicht gewesen, dass sie lieber im Versteck bleiben sollten, und Skadi hatte seine Bedenken geteilt. Vermutlich war das Versteck einer der sichersten Orte, doch es engte Skadi ein. Falls die Wächter sie inmitten der Stadt aufspüren konnten, würden sie auch den Weg zum Versteck finden. Skadi war es lieber, durch die Straßen zu laufen. Sie hoffte, unbehelligt zu bleiben, solange sie in Bewegung war.

Diese Gegend war vor allem von Handwerkern bewohnt und wie üblich herrschte reger Betrieb auf der Straße. Die Anwesenheit der anderen beruhigte Skadi, als könnte sie sich einem Blatt in einem Laubhaufen gleich in der Menge tarnen und abwarten, bis der Sturm vorbei war. So wunderte sie sich auch nicht, als sie jemanden neben sich spürte. Wenn sie dieser Person zu langsam lief, würde sie sie schon überholen.

»Das ist die falsche Richtung.«

Skadi stolperte, erschrocken, dass derjenige sie angesprochen hatte. Einen Moment später streckte Magnus die Nase aus ihrer Jacke und begann wild herumzuzappeln. Als Skadi sich wieder gefangen hatte und einen vorsichtigen Blick nach rechts riskierte, blieb sie schlagartig stehen. Der Wächter hielt einen Atemzug später an und drehte sich zu ihr um. *So* nah war sie einem von ihnen noch nie gewesen. Er stand keine zwei Schritte von ihr entfernt, die schwarzen Schwingen locker auf seinem Rücken gefaltet. Die Erinnerung an das morgendliche Schauspiel schob sich in ihre Gedanken und ihre Augen blieben an den dunklen Federn hängen. Aus der Nähe sahen sie anders aus, als Skadi sie sich vorgestellt hatte: Sie glänzten im gleichen intensiven Schwarz wie der Nachthimmel, und hatten dennoch etwas eigenartig Weiches an sich. Skadi konnte gerade noch den Impuls unterdrücken, die Hand auszustrecken und den ersten Eindruck zu überprüfen.

Sie löste mühsam ihren Blick von den Schwingen und musterte ihr Gegenüber stattdessen auf der Suche nach Anzeichen, dass er sie auf der Stelle hier wegzerren würde. Hinter seiner rechten Schulter schaute ein Kampfstab hervor, doch andere Waffen konnte sie nicht entdecken. Seine Haltung war locker, soweit das bei einem Wächter überhaupt möglich war. Und sein Gesicht … war dasselbe, das sie beim Erhalt des Briefes beobachtet hatte.

Skadi schluckte. »Ich weiß nicht, wovon Ihr sprecht.«

Der Wächter zog seine linke Augenbraue kaum merklich nach oben. Eine schmale Narbe teilte sie. »Zur Burg geht es nach Norden, soviel ich weiß. Ihr seid aber eindeutig auf dem Weg nach Süden.«

Ob sie eine Chance hatte, ihn loszuwerden? Weglaufen war nicht möglich. Nicht, solange er ihr so nahe war und nur eine Hand ausstrecken musste, um sie aufzuhalten. Skadi setzte ein unverbindliches

Lächeln auf und hoffte, dass er ihr rasendes Herz nicht bemerkte. »Das ist richtig. Ich wüsste aber nicht, warum es Euch interessieren sollte, wohin ich gehe.«

»Es ist für mich von Interesse, weil ich dafür Sorge zu tragen habe, dass Ihr bei Eurer Anhörung erscheint«, erwiderte er und warf einen Blick über sie. Vermutlich auf die Turmuhr in der Nähe. »Die ist immerhin in einer Stunde.«

Skadi erstarrte. Also war er doch hier, um sie mitzunehmen. Sie hatte es gerade mal zwei mickrige Stunden geschafft, ihnen zu entkommen.

»Das ist mehr als genug Zeit, um noch etwas zu erledigen«, sagte sie zögernd.

Der Wächter nickte. Fast wäre sie auf sein freundliches Lächeln hereingefallen. »Selbstverständlich.«

Skadi wandelte ihren verblüfften Ausruf gerade noch in ein Husten um. *Selbstverständlich.* Sollte das etwa bedeuten, dass er sie nicht weiter belästigen würde? Sie war fest darauf gefasst gewesen, auf direktem Weg zur Wächterburg gebracht zu werden – die Möglichkeit, entkommen zu können, hatte sie bei seinem Auftauchen ausgeschlossen. Das war zu einfach. Wenn er – seinen eigenen Worten nach – dafür sorgen musste, dass sie zu ihrer Anhörung erschien, wäre er verdammt dumm, sie ohne Weiteres gehen zu lassen.

Als er keine Anstalten machte, etwas hinzuzufügen, ging Skadi einen Schritt zurück. Er rührte sich nicht, und sie wagte es, sich umzudrehen und ihren bisherigen Weg fortzusetzen. Vier Schritte weit, dann spürte sie ihn wieder neben sich. Schweigend, schräg hinter ihr, als würde er sich bemühen, keinen vertrauten Eindruck herzustellen und gleichzeitig darauf achten, dass sie ihn aus den Augenwinkeln sehen konnte. Sobald sie schneller lief, beschleunigte auch er, wenn sie stehen blieb, verharrte er hinter ihr, und wenn sie an einer Kreuzung abbog, folgte er ihr unmittelbar.

In den ersten Momenten versuchte Skadi, ihn zu ignorieren. Sie hoffte, dass er es irgendwann aufgeben würde. Doch er schien keinerlei Grund dazu zu sehen. Sie seufzte leise. Auf *diese* Art würde sie ihn offensichtlich nicht loswerden. Und die Zeit spielte gegen sie. »Habt Ihr nichts Besseres zu tun?«, fragte sie beiläufig. »Jemanden retten oder Verbrecher verhaften?«

»Was glaubt Ihr denn, was ich gerade mache?« Die Antwort kam so unerwartet, dass Skadi es nicht schaffte, sich über den amüsierten Tonfall zu ärgern.

»Eure Zeit verschwenden«, sagte sie. Aus den Augenwinkeln bemerkte sie, dass er weiter zu ihr aufgeschlossen hatte. Nun lief er neben ihr. Nicht gerade das, was sie bezwecken wollte. »Ich bin sicher, es gibt unzählige Dinge, die wichtiger sind, als mich zu bewachen. Was würdet Ihr tun, wenn an der nächsten Kreuzung jemand angegriffen werden würde?«

Er warf ihr einen irritierten Blick zu. »Eingreifen, selbstverständlich. Und dann würde ich Euch zu Eurer Anhörung begleiten.«

Was auch sonst. Skadi fragte sich, ob er davon überzeugt war, dass sie in aller Ruhe auf ihn warten würde, falls so etwas geschehen sollte. Oder ob es nicht doch fälschliche Arroganz war, die ihn dazu verleitete zu glauben, sie im Zweifel problemlos wiederzufinden. Andererseits … Nein, Arroganz passte nicht zu ihm. Dafür hatte er weder den passenden Blick noch Tonfall. Im schlimmsten Fall war es eine berechtigte Annahme, und diese Möglichkeit behagte ihr weit weniger als die mit der Arroganz. Sie hoffte, dass tatsächlich etwas passieren würde – ein kleiner Diebstahl, eine handgreifliche Meinungsverschiedenheit, *irgendetwas*, das ihr die Gelegenheit zur Flucht geben würde. Doch ausgerechnet heute schien niemand auf der Straße Interesse an einem Zusammenstoß mit einem Wächter zu haben. Die meisten Leute, die ihr entgegenkamen, machten einen Bogen um sie. Eine ungewöhnliche Situation für Skadi. Normalerweise verhielt sie sich derart unauffällig, dass sie geflissentlich übersehen wurde.

»Wo wir schon dabei sind«, fuhr er zwanglos fort, »allmählich wird es Zeit, umzukehren. Wenn Ihr nicht gerade zur Burg rennen wollt.«

Skadi wollte ihm sagen, dass sie das Zuspätkommen herzlich wenig interessierte – doch sie kam nicht mehr dazu. Magnus war in der Zwischenzeit auf ihre Schulter geklettert, tat einen beherzten Sprung und landete auf dem Wächter. Sie sprintete los, ohne dessen Reaktion abzuwarten. Die Ablenkung reichte, um ihr einen Vorsprung zu verschaffen, und sie hatte nicht vor, diese Chance zu verschenken. Drei Schritte weiter hörte sie ein unterdrücktes Fluchen und beschleunigte. Skadi rannte an hastig zur Seite springenden Wesen vorbei, verwünschte sie dafür, sich nicht dem Wächter in den Weg zu stellen, und sich selbst im gleichen Atemzug, weil sie die Gegend hier nicht halb so gut kannte, wie es nötig gewesen wäre. Es gab keine Nebengassen, nichts, in dem sie sich verstecken konnte. Auf der Hauptstraße weiterzulaufen, während sich die Menge vor ihr teilte, würde nur noch wenige Augenblicke gut gehen. Die Schritte des Wächters trommelten hinter ihr über die Pflastersteine, fast meinte sie schon, seine Fingerspitzen an ihrem Arm zu spüren – und schlitterte mit voller Geschwindigkeit in die nächste Abzweigung. Als der Wächter die Kurve nicht bekam und stattdessen weiter rannte, konnte sie ein Grinsen nicht unterdrücken. Das war leichter als gedacht. Wäre er nicht einen Wimpernschlag später erneut aufgetaucht.

»Bleibt stehen!«, brüllte er.

Skadi war schon losgehechtet, ehe er den Satz beendet hatte. Er war schnell, viel zu schnell für sie. Auf gerader Strecke hätte er sie längst eingeholt, und wenn sie nicht bald etwas unternahm, würde dieser Fall demnächst eintreten. Sie nahm die nächste Kurve ebenso knapp, fand sich auf der Hauptstraße wieder und entschied sich kurzerhand, zurück nach Osten zu laufen. Dort gab es weitaus mehr Möglichkeiten, jemanden abzuschütteln. Vorausgesetzt, sie schaffte es bis dahin. Sie spürte seine Anwesenheit, näher und näher, während ihr Blick über die Straße fegte. Er blieb an einem Weinhändler und dessen Wagen hängen, wenige Atemzüge, bevor sie dort war. *Das ist verrückt*, dachte Skadi. Dann sprang sie auf den Wagen, kletterte auf die gestapelten Fässer, verharrte schwankend und versuchte ihr Gleichgewicht wiederzufinden. Der Wächter blieb unter ihr stehen und starrte nach oben. In seinem Blick lag etwas, das sie nicht zu deuten wusste. Ärger war dabei, gemischt mit … Sorge?

Skadi blieb keine Zeit, länger darüber nachzudenken. Der Wächter machte einen Schritt nach vorn, und bevor sie es sich anders überlegen konnte, sprang sie auf das Dach zu ihrer Linken zu. Ihre Finger fanden Halt und sie knallte gegen die senkrecht abfallende Mauer. Ein scharfer Schmerz schoss durch ihre Knie. Der Wächter rief irgendetwas, doch seine Worte wurden von Skadis eigenem Keuchen übertönt. Sie winkelte die Beine an, zog sich mühsam auf die Dachkante und verharrte kniend dort. Eine kurze Atempause. Skadi machte sich keine Illusionen – ihr Ausflug auf das Dach würde den Wächter nicht lange aufhalten. Sie verdrängte das Brennen in ihren Beinen und richtete sich langsam auf, die Arme zu beiden Seiten ausgestreckt. Die Dachkante war nur etwas breiter als ihr Fuß. Rechts ging es geradewegs auf die Straße, links war das schräg abfallende Dach. Es mussten gut fünfzehn Fuß bis zum Boden sein, und Skadis ohnehin schon rasender Herzschlag schien sich zu verdoppeln. Wenn sie jetzt fiel …

»Seid Ihr wahnsinnig?«, herrschte jemand sie an. Skadi strauchelte, schwankte zu beiden Seiten und spürte, wie sie dabei war zu fallen, hätte sie nicht jemand im letzten Moment festgehalten.

Der Wächter flog eine Armeslänge von ihr entfernt. Die gleichmäßige Bewegung seiner Flügel ließ das Licht auf den schwarzen Federn so brechen, dass sie zu funkeln schienen. Skadi starrte ihn fasziniert an. Das war es, wovon sie insgeheim immer geträumt hatte – einmal von Nahem sehen, wie die Wächter sich anmutig in der Luft hielten. Und genau wie Magnus immer befürchtet hatte, war es ein denkbar schlechter Zeitpunkt dafür. In dem Blick des Wächters lag eine ähnliche Verblüffung, wie Skadi sie in ihrem eigenen vermutete. Er schien nicht zu verstehen, warum sie auf das Dach geklettert war, doch zumindest hatte er die Geistesgegenwart besessen, sie festzuhalten, nachdem er sie schon erschreckt hatte. Seine Hand umklammerte noch immer ihre, obwohl Skadi längst ihr Gleichgewicht wiedergefunden hatte und mit einem Mal wurde ihr klar, dass ihre Flucht damit so gut wie gescheitert war. Er müsste sie nur zu sich ziehen und festhalten.

»Wahrscheinlich«, antwortete sie, riss sich los, ließ sich auf das Dach fallen und rutschte rücklings darauf herunter. Der Wächter schrie noch »Vorsicht!« – oder etwas in der Art – und einen Moment später verließen Skadis Beine das Dach. Sie schaffte es, sich im Fallen umzudrehen und die Dachrinne mit einer Hand zu ergreifen. Ein scharfer Ruck ging durch ihren Arm und der aufflammende Schmerz trieb ihr Tränen in die Augen. Aber sie lebte.

Ihre Finger begannen von der Rinne zu rutschen. Skadi riskierte einen zweifelnden Blick nach unten. Keine fünfzehn Fuß mehr, nur etwa das Doppelte ihrer eigenen Größe von ihrer ausgestreckten Hand bis zum Boden. Es würde keine angenehme Landung werden, aber besser als zuvor. Eine andere Wahl hatte sie ohnehin nicht – außer sie wollte darauf warten, dass der Wächter um die Ecke bog und sie wie einen reifen Apfel vom Baum pflückte.

Skadi ließ los. Sie kam hart auf, ging in die Knie und atmete zischend ein. Ihre Füße brannten von dem Aufprall. Immerhin nur das – wenn sie es nicht geschafft hätte, sich festzuhalten, wäre die Landung nicht ohne starke Verletzungen an ihr vorübergegangen. Skadi warf einen Blick zurück, ehe sie in etwas langsameren Tempo die Gasse entlang lief. Durch den Umweg über das Dach hatte sie es geradewegs in eine Sackgasse geschafft, deren Ende durch jenes Haus begrenzt wurde. Mit etwas Glück würde das den Wächter aufhalten, weil er erst den Eingang suchen musste, doch irgendetwas ließ Skadi zweifeln, dass dieser Fall eintreten würde. Ihrer Einschätzung nach würde er schon deshalb auftauchen, um zu überprüfen, ob sie sich bei dem Sprung den Hals gebrochen hatte. Ein Teil von ihr fragte sich, wie er in diesem Fall reagiert hätte. Letztlich hätte die Schuld schließlich bei ihm gelegen, weil er sie losgelassen hatte.

Ihre Überlegungen hatten nur einen Haken: Warum war der Wächter nicht längst über das Dach geflogen und ihr dann gefolgt? Weder hörte sie Schritte noch das Schlagen der Flügel. Ein mulmiges Gefühl breitete sich in Skadi aus und verstärkte sich mit jedem weiteren Schritt. Irgendetwas stimmte hier nicht. Sie blieb kurzerhand stehen und drückte sich in einen Hauseingang, in der Hoffnung, dass ihn niemand allzu bald benutzen würde. Ihr Blick schweifte über die Umgebung, auf der Suche nach Hinweisen für das Verschwinden des Wächters, streifte herumliegenden Müll und zerlumpte Wäsche auf der Leine über ihr, bis er bei einer Ratte im gegenüberliegenden Eingang hängen blieb.

»Magnus?«, flüsterte Skadi und streckte vorsichtig die Hand aus. Die Ratte sträubte ihr Fell und verschwand in einer Mauernische, ehe Skadi eine weitere Bewegung machen konnte. *Also nicht Magnus*, dachte sie enttäuscht. Nachdem die Bedrohung durch den Wächter für den Moment gebannt zu sein schien, schlich sich nagende Sorge um die schwarze Ratte in ihre Gedanken. Sie konnte nur hoffen, dass der Wächter ihn zurück auf die Straße gesetzt hatte, bevor er ihr gefolgt war.

Im besten Fall war er längst auf dem Weg zurück zum Turm. Auf demselben Weg, auf dem sie selbst ebenfalls sein sollte, doch Skadi hatte keinen Schimmer, wo sie sich überhaupt befand. Die Häuser um sie herum waren zum Teil verfallen, die Fenster und Türen zugenagelt oder notdürftig mit einem angelehnten Brett verschlossen. Es war weit und breit niemand zu sehen, und doch hatte Skadi das unangenehme Gefühl, von allen Seiten beobachtet zu werden. Ganz so, als hätten sich die Bewohner bei ihrem Auftauchen schleunigst versteckt und würden erst wieder hervorkommen, wenn sie verschwunden war.

Skadi zog die Schultern höher, als sie weiter durch die Gasse schlich. Sie versuchte, sich die ihr bekannten Straßen ins Gedächtnis zu rufen, kam jedoch zu keinem Ergebnis, wo sie hier gelandet war. Sie war zu selten im Ostviertel und wenn dann hielt sie sich nur in der Nähe des Schmugglerverstecks auf. Wie sie von hier aus zurück nach Hause finden sollte, war ihr ein Rätsel.

Die Gasse mündete in eine größere Straße, die ähnlich verlassen wirkte. Skadi sah unschlüssig nach links und rechts, in der unsinnigen Hoffnung, auf etwas Bekanntes zu treffen. Früher oder später musste sie irgendwo herauskommen, einen Anhaltspunkt finden, der ihr die richtige Richtung wies. Sie verdrängte erfolgreich die Vorstellung, tagelang durch das Ostviertel zu irren, und wandte sich auf gut Glück nach links. Die Häuser auf dieser Seite machten einen einladenderen Eindruck und wenn ihr Orientierungssinn sie nicht vollständig verlassen hatte, würde sie in der anderen Richtung nur tiefer in das Labyrinth der schmalen Gassen eintauchen.

Sie hatte keine zwei Ecken hinter sich gebracht, als sie sie hörte – eilige Schritte aus der Gasse, aus der sie gekommen war. Skadi erstarrte, während verschiedene Möglichkeiten durch ihren Kopf rasten. Es war definitiv eine Sackgasse. Wer auch immer da kam, musste entweder aus einem der Gebäude gekommen sein oder denselben Weg wie sie genommen haben. Er oder sie würde sie mit Sicherheit sehen, selbst wenn sie noch so sehr mit der verdreckten Wand zu verschmelzen versuchte. Weglaufen würde noch mehr Aufmerksamkeit auf sie ziehen.

Dann verstummten die Schritte. Skadis Blick war an den Eingang der Gasse gefesselt, bewegungsunfähig darauf wartend, dass jemand daraus hervortreten würde. Nur langsam senkte sie ihn, erkannte in dem Schatten auf dem Boden die Form von Flügeln – und ihr Instinkt übernahm. Sie war schon losgerannt, bevor sie die Situation vollständig analysiert hatte. Einen Moment später hörte sie erneut die Schritte, deutlich schneller diesmal, und dieselbe Stimme wie bei ihrer letzten

Flucht. Der Wächter rief ihr erneut zu, dass sie stehen bleiben sollte, und sie schlitterte blindlings in die nächste Gasse. Er durfte nicht die Chance bekommen, zu fliegen und sie aus der Luft zu ergreifen – so viel war ihr klar. Zu Fuß konnte sie vielleicht entkommen, doch in der Luft würde er sie mühelos einholen.

Es graute ihr davor, erneut durch das Labyrinth der Gassen zu irren, doch noch mehr fürchtete sie, dem Wächter in die Hände zu fallen. Hier gab es Stellen, in denen die Häuser nur etwas breiter als ihre Schultern waren – zu schmal, um mit ausgebreiteten Flügeln hindurchzugelangen. Wahrscheinlich würde er schon Schwierigkeiten haben, ihr zu Fuß zu folgen, ohne ständig irgendwo anzuecken. Das war Skadis Chance, ihm heute ein für alle Mal zu entkommen, womöglich sogar die letzte. Sich zu verirren, nahm sie dafür gern in Kauf.

Sie hastete um die nächste Ecke und knallte gegen jemanden aus der anderen Richtung. Skadis Schwung riss sie gemeinsam zu Boden und sie landete halb auf der anderen Person. Skadi rappelte sich so schnell wie möglich auf, aber der Zusammenprall hatte wertvolle Zeit gekostet. Einen Moment lang hielt sie keuchend inne, starrte die am Boden liegende Frau mit den kurzen blauen Haaren an, die sich stöhnend an den Kopf fasste, und bekniete sie innerlich, sie nicht an den Wächter zu verraten. Dann fuhr sie herum, an der nächsten Kreuzung nach links statt nach rechts und an den folgenden in einem stetigen Wechsel. Sie hoffte, damit den Wächter abhängen zu können, und tatsächlich: Sie hörte keine Schritte mehr hinter sich.

Dieser Umstand erlaubte ihr eine kurzer Erholungspause. Inzwischen konnte sie nicht mehr unterscheiden, was ihr mehr Schmerzen bereitete: Das Brennen ihrer Lunge, die protestierenden Beinmuskeln oder ihre Knie, die seit dem Knall gegen die Mauer im Takt ihres Herzschlags pulsierten.

Skadi wollte nur noch nach Hause. In das klapprige Bett im Wachturm fallen und den Rest des Tages nicht mehr aufstehen. Inzwischen war sie davon überzeugt, schon auf dem Weg dorthin zu sein – allmählich begann die Gegend ihr bekannt vorzukommen –, doch dann tauchte am Ende ihrer Straße eine große dunkle Gestalt auf.

»Verdammt«, entfuhr es Skadi, und sie wich zurück. Er musste irgendwo falsch abgebogen und dennoch in ihrer Richtung geblieben sein. Warum war dieser Wächter nur dermaßen hartnäckig?

Er fing an zu rennen. Skadi folgte ihrer alten Taktik und bog ab, nur um sich unvermittelt in einem Innenhof wiederzufinden. Sackgasse, stellte sie panisch fest, als sie die Mauer am Ende erreichte. Keine Tür, keine Fenster, nichts wohin sie flüchten könnte.

»Würdet Ihr nun *endlich* stehen bleiben?«

Skadi wirbelte herum. Der Wächter kam langsam auf sie zu, ohne sie aus den Augen zu lassen. Er atmete ähnlich angestrengt wie sie selbst, doch im Gegensatz zu ihr schien er davon überzeugt zu sein, jetzt das Ende dieser Verfolgungsjagd erreicht zu haben.

Skadi antwortete nicht. Sie versuchte, ihre Möglichkeiten abzuschätzen. Der Hof war breit genug, um im richtigen Augenblick an dem Wächter vorbeizukommen. Sie durfte sich nur nicht von ihm in eine der Ecken treiben lassen.

Als hätte er ihre Gedanken gehört, breitete der Wächter mit grimmiger Miene die Flügel aus, offensichtlich fest entschlossen, sie nicht ein weiteres Mal entkommen zu lassen. Skadi ermahnte sich, sich nicht von diesem Anblick einschüchtern zu lassen. Genau das bezweckte er schließlich, doch es spielte keine Rolle, wie ehrfurchtgebietend die mächtigen Schwingen auf sie wirkten und dass sie die beiden Enden selbst mit ausgebreiteten Armen nur gerade so erreichen würde. Der Wächter war dennoch ein lebendiges Wesen, mit ebensovielen Schwächen wie Stärken. Skadi konnte es schaffen. Sie brauchte nur noch etwas Zeit.

»Ihr habt lange gebraucht, um über das Dach zu kommen«, bemerkte sie und ging bedächtig von einer Seite des Hofs zu anderen. Der Wächter richtete sich nach ihr aus, ohne innezuhalten. Skadi erkannte zu spät, dass ihr Plan, ihn zum Kreisen zu bewegen, nicht aufgehen würde. Sie suchte fieberhaft nach Indizien, ein kaum merkliches Humpeln etwa, das auf eine frühere Verletzung hindeuten könnte.

»Ich wurde aufgehalten«, sagte der Wächter. Er war nur noch fünf oder sechs Schritte von ihr entfernt, als Skadis Blick an dem Stab über seiner rechten Schulter hängen blieb. Sie hatte keinen Schimmer, wie man mit dieser Waffe umging, doch es erschien ihr logisch, sie mit der anderen Hand zu ziehen. Rechts war seine schwache Seite – oder Skadi täuschte sich und machte einen gewaltigen Fehler. Aber es blieb keine Gelegenheit mehr, ihren Verdacht zu bestätigen. Der Wächter hatte sie fast erreicht, Skadi rannte auf seine linke Seite zu, sah, wie er sich in ihre Richtung lehnte, und schwenkte im letzten Augenblick nach rechts. Sie spürte die seidige Glätte der Federn an ihrer Wange, als sie den Flügel streifte, fühlte den Luftzug, als der Wächter nach ihr griff und einen Moment später herumwirbelte, und rannte mit der Kraft der Verzweiflung weiter.

Es war, als würde sie selbst jeden Augenblick abheben, obwohl sie diese Geschwindigkeit nur wenige Atemzüge durchhalten würde. Dann riss etwas mit einer solchen Heftigkeit ihre Beine zur Seite, dass sie der Länge nach zu Boden schlug. Sie schaffte es noch, den Aufprall mit den Armen abzudämpfen, doch das half nicht viel. Das Gewicht ihres eigenen Körpers presste ihr die Luft aus den Lungen, sie schmeckte Blut und ihre aufgeschürften Handballen brannten.

»Wenn du stehen geblieben wärst, wäre das nicht nötig gewesen.«

Skadi drehte langsam den Kopf. Der Wächter war neben ihr in die Hocke gegangen, den Kampfstab in der Linken. Der Vorwurf in seiner Stimme überraschte sie weitaus mehr als der Ärger, den er ausstrahlte. Er gab ihr ernsthaft die Schuld dafür, sie verletzt zu haben?

Sie presste die Zähne zusammen und zog die Beine an, um mit dem letzten Rest ihrer Würde aufzustehen. Die ausgestreckte Hand des Wächters ignorierte sie. »Ich bin lieber in Bewegung.«

»Ja, das habe ich gemerkt«, sagte er trocken und richtete sich in einer fließenden Bewegung auf. Die Hand, die er ihr eben noch als Hilfe angeboten hatte, platzierte er stattdessen auf Skadis Schulter. Als sie zurückzuckte und zur Seite ausweichen wollte, verstärkte er den Griff. »Und noch einmal werde ich sicher nicht den Fehler machen, dich loszulassen.«

Skadi verzog unwillkürlich das Gesicht, verzichtete jedoch auf Protest. Sie war klug genug, eine Situation zu akzeptieren, wenn sie ausweglos war – und das traf auf diese hier mit absoluter Sicherheit zu. Der letzte Fluchtversuch hatte ihr jegliche Kraft für einen weiteren geraubt und sie bezweifelte, den Wächter dazu bringen zu können, seinen Griff zu lockern. Zumal er noch immer den Stab in der anderen Hand hielt, als wollte er sie daran erinnern, dass sie innerhalb eines Atemzugs erneut am Boden liegen konnte.

»Warum eigentlich dieser ganze Aufwand?«, fragte Skadi. Vor allem, um das anhaltende Schweigen zu brechen. Auf dem Weg durch die Stadt hatte es ihr nichts ausgemacht. Im Gegenteil, sie war sogar froh, sich nicht zwanghaft mit dem Wächter unterhalten zu müssen. Doch je näher sie der Wächterburg kamen, desto nervöser wurde Skadi. So sehr, dass sie es sogar in Kauf nahm, ein Gespräch mit dem Wächter anzufangen, um ihren eigenen rasenden Gedanken zu entkommen. Sie hatte keine Vorstellung davon, was sie erwartete, aber dafür Dutzende unangenehme Möglichkeiten in Betracht gezogen. »Ich meine, ich bin doch nur ...«

Der Griff des Wächters um ihre Schulter verstärkte sich, als sie stockte. »Ja?«

»Unschuldig«, fuhr Skadi zögernd fort. In dem Brief hatte nicht gestanden, warum sie zu einer Anhörung musste. Es war naheliegend, dass es um die Schmuggelei ging, doch sicher konnte sie sich nicht sein. Und wenn es *wirklich* darum ging, war das Dümmste, das sie tun konnte, ganz nebenbei dem Wächter davon zu erzählen.

»Unschuldige ergreifen nicht die Flucht, wenn sie zu einer Anhörung sollen«, erwiderte er ruhig. »Schon gar nicht riskieren sie es, sich beim Sturz von einem Dach den Hals zu brechen.«

Manchmal schon, dachte Skadi. Man musste nicht zwingend schuldig sein. Angst war vermutlich die häufigere Ursache für eine Flucht: Angst vor der Strafe, wenn man Schuld hatte, doch ebenso Angst, fälschlicherweise verurteilt zu werden, keine Gelegenheit zu bekommen, sich zu verteidigen, oder einfach nur Angst vor der Anhörung selbst. Davor, sich den bohrenden Fragen der Wächter stellen zu müssen, zu wissen, dass sie sich ein Urteil bildeten, dessen Ausgang man nur bedingt beeinflussen konnte.

»Ob man schuldig ist, hängt immer vom Richter ab«, sagte Skadi. »Wenn man damit rechnen muss, verurteilt zu werden, obwohl man unschuldig ist, handelt man auch wie ein Schuldiger.«

Sie verließen den Schutz der letzten Häuser und steuerten auf die Burg zu. Rund um die Anlage hatte man einen kreisförmigen Platz freigehalten, etwa fünfzig bis hundert Schritt breit, je nachdem, ob man so großzügig ausschritt wie der Wächter oder nicht. Skadi hatte diesen Bereich noch nie betreten, und wusste auch nicht besonders viel darüber. Es gab mit Sicherheit einen Grund für sein Dasein, doch bisher hatte es sie nicht interessiert. Wahrscheinlich sollte sich niemand unbemerkt der Burg nähern, doch es hatte den unangenehmen Nebeneffekt, dass Skadi sich fühlte, als wäre sie mitten auf dem Weg in ihren persönlichen Untergang.

»Das ergibt keinen Sinn«, antwortete der Wächter und riss sie für einen Moment aus ihren Gedanken. »Wenn man sich nichts zu Schulden kommen lassen hat, hat man auch nichts zu befürchten. Es ist verständlich, sich bei einer Anhörung dennoch Sorgen zu machen, aber man sollte Vertrauen haben. Und mit Verlaub – *Ihr* habt nicht den Eindruck gemacht, als wärt Ihr zu Unrecht hier.«

Skadi verzichtete darauf, ihm zu widersprechen. Sie bezweifelte, ihn vom Gegenteil überzeugen zu können, selbst wenn es die Wahrheit wäre. Sein Eindruck hatte sich spätestens in dem Moment vollständig verfestigt, als er sie in dieser Sackgasse erwischt hatte. Er würde es nach Skadis bisheriger Einschätzung nicht zugeben, aber ihre Flucht war zu irgendeinem Zeitpunkt etwas Persönliches für ihn geworden. Es gab keine logische Erklärung, warum er ihr sonst derart konsequent gefolgt war. *So* wichtig war es dann auch wieder nicht, einer einfachen Schmugglerin das Handwerk zu legen, und für etwas anderes hielt er sie wohl kaum. Wahrscheinlich hatte er ihre Flucht als persönliche Niederlage empfunden – sie dann doch noch in die Finger zu kriegen, musste ein Gefühl tiefer Befriedigung gewesen sein. Ein Gefühl, das er im Zweifel wohl damit erklären würde, eine Verbrecherin dingfest gemacht zu haben.

Immerhin hatte er es inzwischen geschafft, seine Beherrschung wiederzufinden. Obwohl es Skadi sogar lieber wäre, wenn er dabei geblieben wäre, sie zu duzen. Ein wenig Vertrautheit würde bei dem, was ihr bevorstand, nicht schaden.

Sie hielt den Blick sorgsam auf den Boden gerichtet und gab sich Mühe, an irgendetwas anderes zu denken. Es hatte ihr gereicht, einen kurzen Blick auf die Burg zu werfen, um festzustellen, dass sie aus der Nähe zwar weniger imposant wirkte als aus der Ferne, dafür aber auch weitaus besser gesichert. Die Mauern waren doppelt so groß wie sie, das Tor war offen, aber von zwei Wächtern bewacht, die sie reglos passieren ließen. Skadis Begleiter ließ ihr nicht einmal eine Gelegenheit, den Innenhof zu analysieren. Kaum, dass sie das Tor durchquert hatten, schob er sie durch eine Tür links vom Eingang.

Ein einzelner Schweißtropfen suchte sich den Weg von Skadis Schulterblättern über ihre Wirbelsäule nach unten, als ihr klar wurde, dass nur noch wenige Schritte zwischen ihr und der Anhörung liegen konnten. Sie versuchte, langsamer zu laufen, stolperte dabei aber nur, weil der Wächter sie beständig vorwärts drückte.

»Sind … sind wir nicht schon längst zu spät?«

»Nein«, antwortete er und lotse sie nach rechts. »Sie warten.«

Dieser eine Satz genügte, um Skadis mühsam aufrecht erhaltene Beherrschung bröckeln zu lassen. Schlimm genug, dass es offenbar mehrere Wächter waren. Warum mussten sie dann auch noch warten? Das war so, als wäre es wirklich wichtig, diese Anhörung durchzuführen. Als wäre *sie* wirklich wichtig. Und das, obwohl sie nicht einmal den Grund dafür kannte. Ihr fiel ein, dass der Wächter ihre Frage, warum für sie ein derart großer Aufwand betrieben wurde, nicht beantwortet hatte. In dem Moment hatte sie schlicht angenommen, dass er keine nachvollziehbare Erklärung hatte, aber was, wenn es sie doch gab? Wenn Skadi hier war, weil es um etwas viel Größeres ging?

Sie rang mit sich, ob dieser Umstand gut oder schlecht für sie war. Vielleicht gut, wenn sie nur indirekt mit dem Ganzen zu tun hatte. Wahrscheinlich aber eher schlecht, weil sie es nicht mehr vermeiden konnte, mit hineingezogen zu werden – so wie es aussah, war sie bereits mittendrin. Sie gab ihr Bestes, ihre Panik zu unterdrücken und mehr Ruhe auszustrahlen. Je ängstlicher sie da drin wirkte, desto schwieriger würde es werden, die Wächter von ihrer Unschuld zu überzeugen.

Ihr Blick huschte über den Gang, in der Hoffnung, sich ablenken zu können. Die Wände waren überraschend hell, nicht so düster, wie sie es sich immer vorgestellt hatte. Alle paar Schritte war ein Fenster eingelassen, das warmes Tageslicht hereinließ und eine angenehme Atmosphäre erzeugte. Draußen sah sie andere Wächter vorbeigehen, manche bewaffnet, andere mit einem Buch in der Hand oder in ein Gespräch vertieft. Sie drehte den Kopf, um einer Wächterin mit einem Kind an der Hand nachzusehen und bemerkte erst einen Moment später, dass der Wächter sie mittlerweile losgelassen hatte.

Der Verblüffung darüber folgte die Erkenntnis, warum er das getan hatte, und ihre anfängliche Erleichterung verflog mit einem Schlag. Sie hatten eine offene Tür erreicht, durch die sie schon vor dem Betreten des Raumes erahnen konnte, was sie erwartete. Es waren die gleichen schmucklosen, weiß gestrichenen Wände wie auf dem Gang, die gleichen Fenster auf der gegenüberliegenden Wand, und doch schlug Skadi eine Kälte entgegen, die sie einen Schritt zurücktreten und gegen den Wächter hinter sich prallen ließ. Es war nicht der Raum selbst, der diese Kälte ausstrahlte. Sie ging einzig und allein von den drei Wächtern vor den Fenstern aus. Zwei Männer und eine Frau, die auf einem erhöhten Podest saßen und sie regungslos musterten.

»Entschuldigt die Verspätung, wir wurden aufgehalten«, sagte Skadis Begleiter und drückte sie bestimmt in Richtung Raummitte. Skadi überlegte, warum er den eigentlichen Grund für die Verspätung verschwieg. Es musste doch eine Rolle für den Ausgang der Anhörung spielen, dass sie versucht hatte zu fliehen – oder hatte er genau deshalb geschwiegen? Um die Richter nicht vorschnell urteilen zu lassen?

Sie hatte keine Zeit mehr, darüber nachzudenken. Als sie widerstrebend in der Mitte des Raumes stehen blieb, bemerkte sie, dass sie eindeutig in der unterlegenen Position war. Obwohl sie stand, war sie durch das Podest nicht mit den drei Wächtern auf Augenhöhe, und sie wurde durch das hereinfallende Licht geblendet. Die Wächter rührten sich weiterhin nicht. Skadi verschränkte die Arme, in der Hoffnung, ihr Zittern verbergen zu können. Dann zerschnitt ein Klacken die Stille, und Skadis Blick flog über ihre Schulter. Ihr Begleiter hatte die Tür geschlossen und sich mit neutraler Miene davor positioniert.

Ein Räuspern lenkte ihre Aufmerksamkeit zurück nach vorne. Die Wächterin las etwas auf ihrem Tisch, ehe sie Skadi wieder ansah. »Skadi Cadogan?«

Skadi nickte nach kurzem Zögern. Leugnen würde nichts nützen. Im Zweifel könnten sie etwas Blut von ihr nehmen und einen Abgleich mit ihren gesammelten Informationen machen. So wie es in den meisten Städten üblich war, hatte Skadi ihre Identität bei den Wächtern angeben müssen, um ein Zimmer mieten zu dürfen.

Es war ungewohnt, ihren vollen Namen zu hören. Seit vor einigen Jahren ein Skandal das ganze Land erschüttert hatte, in dem Namen gemeinsam mit Suchzaubern genutzt wurden, um Überfälle zu planen, kannten nur die wenigsten Leute die vollen Namen von anderen. Abgesehen von den Wächtern – die kannten jeden einzelnen. Vorausgesetzt, die jeweilige Person hatte sich nicht um den Identitätsnachweis herumgedrückt.

Der Mann links von der Wächterin beugte sich in Skadis Richtung und beäugte sie eingehend. Die dunklen Haare hingen ihm in glänzenden Strähnen auf die Schultern und er hielt den Kopf seltsam schräg geneigt, was sich in Kombination mit seinem eindringlichen Blick anfühlte, als könnte er geradewegs in ihre Gedanken sehen. »Ihr wisst, warum Ihr hier seid?«

Skadi grub ihre Fingernägel fest in ihre Arme, um sich davon abzuhalten, den Blick von dem Wächter abzuwenden. Sie entschloss sich spontan, ihn Krähe zu taufen. Seinen Namen würde sie offensichtlich nicht erfahren. Krähe legte den Kopf noch ein wenig schiefer, als sie nicht antwortete. Skadi ahnte, dass er und die anderen ihr Zögern missbilligen würden, doch sie hielt es für sinnvoller, ihre Antwort genau abzuwägen. Obwohl ihr das Wissen, damit die Anhörung in die Länge zu ziehen, Übelkeit bereitete. »Ich weiß, dass das hier eine Anhörung ist. Aber ich weiß nicht, warum ich vorgeladen wurde.«

Krähe machte den Eindruck, als würde diese Antwort ihn noch misstrauischer machen, als er ohnehin schon war, doch Skadi achtete nicht länger auf ihn. Der dritte Wächter – rechts von der Wächterin – war mit Abstand der Älteste der drei und er war der Einzige, der ihr ein Lächeln schenkte. Skadi ahnte, dass das Teil der Taktik sein könnte, und dass sie nicht auf das Lächeln hereinfallen sollte. Trotzdem … egal, ob die Freundlichkeit nur dazu diente, sie zum Reden zu bringen oder nicht, sie nahm ihr einen Teil der Nervosität.

»Wir haben nur ein paar Fragen an Euch, das ist alles«, sagte er. »Je schneller Ihr sie beantwortet, desto schneller könnt Ihr gehen.«

Skadi nickte. Sie bezweifelte insgeheim, dass das so leicht war, wie es klang.

»Fangen wir mit etwas Einfachem an: Womit verdient Ihr Euren Lebensunterhalt?«, fragte die Wächterin. Ihrem Tonfall war nicht zu entnehmen, auf wessen Seite sie stand. Ebenso gut hätte sie Skadi nach dem Wetter fragen können.

Obwohl die Frage beiläufig gestellt war, nahm Skadi die leichte Veränderung an ihren Richtern wahr. Sie alle wirkten gespannter, richteten ihre Blicke fest auf sie. Gingen sie tatsächlich davon aus, Skadi würde ihnen ohne Weiteres gestehen, zu schmuggeln? Oder rechneten sie doch mit einer Lüge und gaben ihr Bestes, um sie zu durchschauen? »Ich betreibe Handel.«

»Handel«, wiederholte Krähe gedehnt. »Mit was denn?«

Wieder ließ sich Skadi Zeit mit ihrer Antwort. »Wart Ihr schon einmal in der Situation, etwas kaufen zu wollen, aber keine Zeit oder Möglichkeit zu haben, es zu besorgen?«, setzte sie an. »Ich helfe den Leuten, denen es genauso geht. Dementsprechend sind es verschiedene Dinge, mit denen ich handle.«

Der ältere Wächter nickte verständnisvoll, die Wächterin verzog keine Miene und Krähe machte ein Gesicht, das ein einziges Fragezeichen ausdrückte. »Könntet Ihr das genauer ausführen?«

»Ich erfahre von Leuten, was sie brauchen und besorge es ihnen.« Skadi löste langsam ihre verkrampften Finger von ihren Armen und atmete tief ein. Diese Fragen konnte sie beantworten, ohne zu lügen. Aber es war fraglich, wie lange das gut gehen würde.

»Also kauft Ihr etwas auf dem Markt und verkauft es jenen, die es benötigen, für einen höheren Preis?«, fragte die Wächterin. »Andernfalls hättet Ihr nichts davon.«

Skadi biss sich gerade noch auf die Zunge, bevor sie Ja sagen konnte. Sie kannte die Handelsgesetze – etwas teurer weiterzuverkaufen als es auf dem Markt angeboten wurde, war verboten. »Sie bezahlen mich für meine Tätigkeit.«

Für einen Wimpernschlag huschte Irritation über das Gesicht der Wächterin. Skadi konnte nicht einschätzen, ob die andere sich darauf eingestellt hatte, sie jetzt zu überführen – welchen Verbrechens auch immer – oder ob sie unsicher war, wie sie diese Antwort auffassen sollte. Ihr Zögern reichte zumindest, um dem älteren Wächter die Gelegenheit zum Sprechen zu geben.

»Könnt Ihr uns einen Eurer Kunden nennen, der das Ganze bestätigen würde?«

Skadi schüttelte den Kopf. »Ich kenne ihre Namen nicht.«

Auch das war keine Lüge, dafür aber auch keine Antwort, die man zu ihren Gunsten auslegen würde. *Wenn* es jemanden gäbe, der in dieser Hinsicht für sie lügen würde, würde Skadi seinen Namen dennoch nicht nennen. Zu groß wäre die Gefahr, dass sie sich dann gegenseitig in Lügen verstrickten.

»Was ist mit dem Schwarzmarkt?«, warf Krähe derartig unvermittelt ein, dass Skadi ein »Was?« herausrutschte, bevor sie es verhindern konnte. Er verengte die Augen und verzog die Lippen zu einem grimmigen Lächeln, offenbar davon überzeugt, sie erfolgreich aus dem Konzept gebracht zu haben. »Der Schwarzmarkt. Wart Ihr schon einmal dort?«

»Nein.«

»Seid Ihr sicher?«, warf der ältere Wächter ein. »Daran ist nichts Verbotenes. Ihr könnt es uns ruhigen Gewissens sagen.«

Ein feines Pochen regte sich hinter Skadis rechter Schläfe. Das ständige Hin und Her der Fragen, nie zu wissen von wem die nächste kommen und um welches Thema sie sich drehen würde, strengte sie an. Fast so sehr wie der Zwang, jede ihrer Antworten genau abwägen zu müssen. Gemeinsam mit den Verletzungen, die sie sich auf der Flucht zugezogen hatte, bestärkte das Pochen beständig ihren Wunsch, das alles schnellstens hinter sich zu bringen. »Ich war mit Sicherheit noch nie auf dem Schwarzmarkt. Ich weiß nur, dass es ihn gibt, dass er von verschiedenen magischen Schutzschilden umgeben ist, und dass man deshalb einen geheimen Zugang zu ihm kennen muss.«

»Als Schmugglerin sollte man diesen Zugang kennen, nicht wahr?«

Skadi bemühte sich um eine desinteressierte Miene, während das Zittern wieder zunahm. »Wenn man Dinge vom Schwarzmarkt schmuggelt, ist das wohl unumgänglich. Aber das wisst Ihr besser als ich.«

Der Blick von Krähe schnellte in ihre Richtung. Einen winzigen Augenblick lang hatte sie gehofft, er würde es dabei belassen, seine Fingernägel zu betrachten. »Was wollt Ihr damit andeuten?«

»Nichts«, erwiderte Skadi. »Aber wie ich schon sagte – ich war noch nie auf dem Schwarzmarkt, und ich kenne auch den Zugang dazu nicht.«

Krähe brachte den Kopf zurück in eine aufrechte Position und lehnte sich auf seinem Stuhl zurück. Er warf den anderen beiden einen Blick zu, den Skadi nicht zu deuten wusste, doch sie hoffte das Beste. Bis sich der ältere Wächter erneut vorbeugte und die Stimme senkte. »Ganz unter uns. Habt Ihr in der Vergangenheit geschmuggelt oder tut es noch immer?«

Skadi sah von einem zum anderen, auf der Suche nach Indizien, ob sie die Wahrheit kannten oder blufften. Keiner von ihnen trug ein siegessicheres Lächeln zur Schau, nicht einmal ihre Haltung hatte sich merklich gelockert. »Nein.«

Es war die erste Lüge, die sie den Wächtern gegenüber äußerte.

Einige Atemzüge lang herrschte Schweigen. Ganz so, als hofften sie, Skadi durch die Stille dazu zu bringen, weiterzusprechen. Dann erhob sich die Wächterin, gefolgt von den anderen beiden, und nickte Skadi zu. »Das war alles. Danke für Eure Kooperation – Keldan wird Euch nach draußen bringen.«

Es dauerte einen Moment, bis ihre Worte zu Skadi durchdrangen. Innerlich war sie fest davon überzeugt, dass das nicht ernst gemeint sein konnte, insbesondere angesichts von Krähes Miene. *Er war offen-*

sichtlich enttäuscht, dass die Anhörung vorbei sein sollte. Doch da niemand Anstalten machte, etwas hinzuzufügen, zwang sie sich zu einem unverbindlichen Lächeln, drehte sich langsam um und ging auf die Tür zu. Der Wächter, der sie hergebracht hatte – Keldan –, ließ sie vorbei, folgte ihr und schloss die Tür hinter ihnen wieder. Die Anspannung fiel schlagartig von Skadi ab und hinterließ ein Zittern, das das vorige bei Weitem übertraf. Anstatt weiterzugehen, blieb Skadi stehen, lehnte sich gegen die Wand und versuchte die Kontrolle über ihren Körper zurückzuerlangen. Mitten im Gang umzukippen, weil ihre Beine nachgaben, würde kein gutes Licht auf sie werfen.

»War das Eure erste Anhörung?«

Skadi öffnete widerwillig die Augen. »Ja. Wie kommt Ihr auf die Idee, es wäre nicht so?«

»Eure Antworten«, erwiderte er und musterte sie kurz in ähnlicher Weise, wie es Krähe getan hatte. »Ich bin nicht sicher, ob Ihr gut gelogen oder die Wahrheit gesagt habt. In jedem Fall waren die Antworten derart mit Bedacht formuliert, dass man nichts Verwerfliches in ihnen sehen konnte.«

»Ihr sagt das, als wäre es etwas Gutes«, murmelte Skadi. Ein leiser Teil von ihr erinnerte sie daran, dass die Anhörung zwar offiziell vorbei war, sie diesem Wächter aber dennoch nicht vertrauen sollte. Aber allmählich fehlte ihr die Energie, um die nötige Konzentration aufzubringen und besser auf ihre Antworten zu achten. Sie entschloss sich, ihre zitternden Beine zu ignorieren und diesen Ort zu verlassen. Bevor ihr doch etwas Falsches herausrutschte.

»Ich finde es interessant«, bemerkte Keldan und folgte ihr. »Die wenigsten Leute denken so ruhig über ihre Antworten nach, wenn sie in einer derart stressigen Situation sind.«

Skadi schwieg. Interessant klang eher so, als würde er sich freuen, weil sich dieses Rätsel nicht so leicht lösen ließ. Als wäre es eine willkommene Abwechslung für ihn, nicht auf Anhieb zu wissen, ob sie die Wahrheit sagte oder log. Sie erinnerte sich an ihre Überlegung, dass er sie vor allem verfolgt hatte, weil sein Ehrgeiz nichts anderes zugelassen hatte. Derselbe Ehrgeiz könnte ihr erneut zum Verhängnis werden, wenn sie ihn nicht schnellstens loswurde.

»Dass niemand darauf bestanden hat, mich hierzubehalten ...«, setzte sie an. »Das heißt doch, ich darf gehen, nicht wahr?«

Keldan nickte. »Selbstverständlich. Den Weg habt Ihr Euch ja augenscheinlich eingeprägt.«

Hatte sie das? Auf dem Hinweg hatte Skadi nicht bewusst darauf geachtet, welche Abzweigung sie wo nahmen. Jetzt noch nicht falsch abgebogen zu sein, war reine Glückssache. »Und Ihr werdet mir nicht folgen?«

Der Wächter zögerte zu lange, als dass seine Verneinung glaubhaft auf Skadi gewirkt hätte. Wenn sie ehrlich war, hatte sie nichts anderes erwartet. Irgendwie mussten die Wächter auf den Gedanken gekommen sein, ausgerechnet in ihr eine Schmugglerin gefunden zu haben, und auch wenn die Quelle dieser Annahme nicht reichte, um sie ohne Beweise zu verurteilen, genügte sie, um ein Auge auf sie zu haben. Zumal Keldan wusste, dass sie fliehen wollte. Hätte er das in ihrer Anhörung erwähnt, wäre sie sicher nicht weiterhin auf freiem Fuß.

»Es ist nicht auszuschließen, dass wir weitere Fragen an Euch haben werden«, fügte Keldan hinzu, als sie das Tor erreichten. Die beiden Wachen standen ebenso regungslos wie bei ihrer Ankunft in der Nähe. »Es würde helfen, wenn Ihr dann auf die erste Einladung reagieren würdet. Ich würde Euch ungern noch einmal durch die halbe Stadt jagen.«

»Ich werde dran denken«, murmelte Skadi. Und das würde sie in der Tat. Falls ein weiterer Brief sie erreichen würde, würde sie sich im Voraus Antworten überlegen und vorbereitet hier auftauchen. Diese eine Gemeinsamkeit hatte sie zumindest mit dem jungen Wächter: Einmal erfolglos vor ihm zu fliehen reichte. Sie warf ihm einen letzten abschätzenden Blick zu, fest davon überzeugt, dass er sich plötzlich umentscheiden und sie zurück in den Anhörungsraum schleifen würde. Als er sie lediglich abwartend ansah, drehte sie sich um, straffte die Schultern und entfernte sich von ihm.

»Ach, Skadi«, rief er einen Moment später. Skadi erstarrte und zwang sich dazu, sich ihm zuzuwenden. Seine ernste Miene überraschte sie. »Falls Euch doch noch etwas einfällt, das Ihr aus Sorge vor Vergeltung eben für Euch behalten habt – zögert nicht, hierher zu kommen.«

Sie hielt inne, unsicher was sie davon halten sollte. Magnus würde sie dazu drängen, schweigend weiterzugehen. Aber er war nicht hier und Skadis Neugier siegte. »Warum sollte ich das tun?«

Keldans Schultern sanken ein wenig herunter, als wäre er enttäuscht über diese Frage. Als er antwortete, war seine Stimme leiser als zuvor. »Weil wir in erster Linie schützen, nicht strafen.«

5. LIV

Der Zusammenprall mit der Frau und dem Wächter sollte das einzig Interessante bleiben, das ich im Laufe des restlichen Tages erlebte. Mein Plan, mich jenen anzuschließen, die mit Informationen handelten, war gründlich gescheitert. Ich hatte es zwar geschafft, mir einen Platz unter einem bogenförmigen Türrahmen zu sichern, doch für mehr hatte mein Überzeugungstalent nicht gereicht. Egal, wen ich ansprach – niemand war gewillt, mir ein paar Tricks zu verraten oder gar etwas zu erzählen, das ich in Geld umwandeln konnte. Selbst lauschen hatte nichts gebracht. Alles was ich hörte, klang dermaßen banal, dass ich irgendwann davon überzeugt war, es mit einer Art Code zu tun zu haben. Die Namen mussten in Wirklichkeit für wichtige Personen der Stadt stehen, anders konnte ich es mir nicht erklären. Wenn man es so sah, musste ich es nur noch schaffen, den Code zu entschlüsseln und aus den gewonnenen Informationen etwas vollkommen Neues schaffen. Etwas, auf das bisher keiner der anderen gekommen war, und das irgendjemanden brennend interessierte. Nichts leichter als das, wenn man nur noch zwei Tage Zeit dafür hatte.

Wenn ich ehrlich war, glaubte ich nicht mehr daran, auf diesem Weg das Geld für Raphael zusammenzukriegen. Es war ein kurzer Lichtblick gewesen, der binnen eines Wimpernschlags wieder erloschen war. Vielleicht würde ich in den nächsten Tagen einen Fortschritt machen, doch viel wahrscheinlicher war das Gegenteil. Ich würde nur einen weiteren Tag verschwenden, während ich am Straßenrand herumlungern und auf heranwehende Gesprächsfetzen lauschen würde. In diesem Fall wäre es sinnvoller, sofort darauf zu verzichten und nach einer anderen Möglichkeit zu suchen. Da wäre immer noch die Variante mit dem Blutverkauf, obwohl sie mir jetzt keinen Deut angenehmer vorkam als Stunden zuvor. Ich fühlte mich bei dem Gedanken weiterhin unwohl, doch ich musste mir selbst eingestehen, dass es keinen anderen Ausweg gab. Ich hatte sogar darüber nachgedacht, meine gesamten Besitztümer zu verkaufen. Die Kristallkugel war vermutlich noch das Wertvollste, aber der Preis, für den ich sie gekauft hatte, machte nicht mehr als ein Viertel von meiner Schuld aus. Mit dem Rest würde ich es bis zur Hälfte schaffen, sofern ich ein paar betrunkene Käufer fand. Aber dann fehlte trotzdem ein großer Teil, auf den Raphael mit Sicherheit nicht verzichten würde.

Hätte ich mir doch einen anderen Verdienst gesucht, dachte ich missmutig und tastete nach Lindas Ring in meiner Tasche. Ich hatte *wirklich* geglaubt, man könnte hier genug Leuten eine nichtssagende Antwort auf ihre Fragen geben und sich mit dieser Wahrsagerei ein gutes Leben aufbauen. Stattdessen stand ich mir vor einem verlassenen Haus mitten in der Nacht die Beine in den Bauch, weil ich hoffte, doch noch irgendetwas Interessantes mitzubekommen. Gerüchten zufolge trafen sich um diese Uhrzeit finstere Gestalten in den Schatten der Häuser, tauschten Waren aus, machten Geschäfte miteinander oder verabredeten sich zu ihrem nächsten Vergehen. Ich gab nicht viel auf Gerüchte, doch ich hatte es dennoch bisher immer vermieden, hier in der Nacht vorbeizukommen – völlig zu Unrecht. Seit ich meinen Posten bezogen hatte, war nichts und wieder nichts geschehen. Keine geduckten Männer, die sich an die Mauern drückten, kein geheimer Austausch von Botschaften, nicht einmal jemand, der eilig nach Hause torkelte. Keine Lichter in den Gebäuden, keine Katzen auf Rattenjagd, kein

Geschrei eines streitenden Paars. Es war, als wäre dieser Teil des Ostviertels mit Anbruch der Nacht ausgestorben. Und ich war dumm genug gewesen, das Gegenteil zu erwarten.

Trotz der unbequemen Position beschloss mein Körper, dass es Zeit zum Schlafen war. Ich hatte nicht bemerkt, wie mein Kopf an die Wand neben mir gesunken war. Als ich mich einmal in die Mauerecke geschmiegt hatte, wurden meine Augen schwerer, bis ich ihnen nachgab.

Ich schreckte auf. Dann blinzelte ich orientierungslos in die Dunkelheit, ehe ich mich erinnerte, wo ich war – und warum. Es war unmöglich zu sagen, wie lange ich geschlafen hatte. Es konnten wenige Atemzüge ebenso wie mehrere Minuten gewesen sein. Die Nacht war genauso schwarz wie zuvor, noch immer lag eine tiefe Stille über der Straße. Und doch hatte sich etwas verändert. Ich spürte, dass ich nicht mehr allein war.

Unschlüssig drückte ich mich tiefer in die Mauerecke und suchte die Umgebung nach verdächtigen Stellen ab. Es war nicht auszuschließen, dass der- oder diejenige längst in einem der Gebäude verschwunden war, oder sich ähnlich wie ich versteckte und auf etwas wartete. Dann bewegte sich etwas. Zwei Gestalten traten auf die Straße und ich traute meinen Augen kaum.

Das waren Wächter, verdammt. Wächter, die sich mitten in der tiefsten Nacht durch ein verlassenes Viertel schlichen, als würden sie selbst jemanden um die Ecke bringen wollen – was schon an und für sich viel zu absurd klang, um wahr zu sein. Wären sie auf einer gewöhnlichen nächtlichen Patrouille, würden sie nicht derart verstohlen herumlaufen. Ich sollte zusehen, dass ich unbemerkt hier wegkam – stattdessen folgte ich ihnen in sicherem Abstand. Ein Teil von mir hoffte auf brisante Informationen, mit denen ich meine Freiheit erkaufen konnte, ein anderer wurde von Neugier angetrieben. Zusammen überstimmten sie die eindringliche Warnung, die mein Bauchgefühl mir zuschrie.

Die beiden Wächter schienen davon überzeugt zu sein, keine Verfolger befürchten zu müssen. Obwohl sie darauf achteten, sich leise und möglichst im Schatten zu bewegen, drehten sie sich nie um.

Selbst dann nicht, als sie in eine Gasse einbogen, von der ich sicher war, dass sie keinen weiteren Zugang besaß. Ich blieb an der Ecke stehen, hielt den Atem an und zögerte. Noch konnte ich gehen. Verschwinden und so tun, als hätte ich nichts bemerkt. Sie würden nie erfahren, dass ich ihnen gefolgt war und versucht hatte herauszufinden, was sie um diese Tageszeit hier trieben.

Gerüchte über Wächter, die selbst gegen das Gesetz verstießen, kamen mir in den Sinn. In diesem Augenblick, an die raue Mauer des Hauses gepresst und darauf lauschend, was sich in der Gasse abspielen mochte, erschienen sie mir nicht mehr ganz so weit hergeholt. Wenn ich einem Wächter zutrauen würde, sich an anderen zu vergehen, dann am ehesten den beiden vor mir. Ein Grund mehr, zu verschwinden. Und gleichzeitig ein weiterer, um zu bleiben. Falls die zwei hier jemanden angreifen oder überwältigen würden – ohne einen berechtigten Grund dazu zu haben –, würde ich handeln müssen. Vor einem Kleingauner wegzulaufen war die eine Sache. Untätig zuzusehen, wie jene, die Verbrechen verhindern sollten, selbst eins begangen, eine vollkommen andere. Dafür war selbst ich nicht selbstsüchtig genug. Zumindest redete ich mir das in diesem Moment ein.

Nicht zu vergessen, konnte eine solche Information meine Schulden auf einen Schlag decken, wenn ich den richtigen Käufer fand.

In der Hoffnung, dass sie zu sehr mit sich selbst beschäftigt waren, um mich zu bemerken, schob ich mich dichter an die Mauerkante und warf einen raschen Blick in die Gasse. Ich hatte Glück. In einem der Häuser brannte eine Kerze im Fenster und vertrieb die Finsternis weit genug, um neben den Wächtern eine dritte Gestalt ausmachen zu können. Sie zog etwas unter ihrem Mantel hervor, das zu klein war, um es eindeutig zu erkennen. Ein Beutel vielleicht, was auch immer darin sein mochte. Der kleinere der beiden Wächter nahm ihn entgegen und ... meine Nase begann zu kribbeln. Ich wich zurück, versuchte panisch, das Unvermeidliche zu unterdrücken. Einen Moment gelang es mir – dann schallte mein verräterisches Niesen durch die Stille. Ich rang noch damit, in welche Richtung ich rennen sollte, als sich eilige Schritte näherten. Instinktiv sprang ich zurück, tat mein Bestes, um so auszusehen, als wäre ich zufällig gerade hier vorbeigekommen.

Einen Moment später bog der kleinere Wächter um die Ecke, stoppte abrupt vor mir und sah mich verblüfft an. »Was macht Ihr hier?«

»Ich ... bin falsch abgebogen«, antwortete ich und hätte mich dafür ohrfeigen können. Eine noch einfallslosere, offensichtlichere, dümmere Antwort hätte ich nicht geben können. Anspannung schoss durch meinen Körper, erfasste jeden Muskel und ließ mich innerlich vibrieren, bereit, sofort die Flucht zu ergreifen.

Doch so weit kam es nicht. Entweder hatte der Wächter keine Lust, sich mit den anderen möglichen Gründen für meine Anwesenheit auseinanderzusetzen, oder meine Ausrede kam in der Realität häufiger vor, als ich dachte. Er beschränkte sich darauf, zu nicken. »Es ist gefährlich, sich nachts in dieser Gegend aufzuhalten. Wir werden Euch nach Hause bringen.«

Als wäre das sein Stichwort gewesen, trat der andere Wächter aus der Gasse. Von der dritten Person war nichts zu sehen. Ich warf ihm einen raschen Blick zu und stellte fest, dass er eine ebenso undurchdringliche Miene wie sein Partner aufgesetzt hatte. Falls sie davon ausgingen, dass ich etwas gesehen oder gehört hatte, das nicht für mich bestimmt war, ließen sie es sich nicht anmerken.

»Das ist sehr freundlich«, antwortete ich zögernd, »aber ich will Euch nicht von wichtigeren Dingen abhalten. Wenn Ihr mir sagen könntet, wie ich zur Südstraße komme, würde das schon reichen.«

Sie tauschten einen stummen Blick, der alles und nichts bedeuten konnte. Dann zuckte der Kleinere die Schultern. »Wie Ihr wollt. Ihr kommt am schnellsten zurück, wenn Ihr Euch an der nächsten Kreuzung links haltet.«

Für ihn war der Fall damit offenbar geklärt. Er trat einen Schritt zurück, breitete die Flügel aus und erhob sich in den Nachthimmel. Der andere blieb unschlüssig zurück. Soweit ich es einschätzen konnte, war er mit der Entscheidung seines Partners nicht völlig einverstanden, sah jedoch keine Möglichkeit, sich dieser zu widersetzen.

»Seid vorsichtig«, sagte er und schob sich eine lange schwarze Strähne aus den Augen.

Ich murmelte, dass ich das immer war, und sah ihm nach, als er ebenfalls davonflog. Besser hätte die Begegnung aus meiner Sicht nicht laufen können: Sie hatten nicht bemerkt, dass ich sie beobachtet hatte, und ich war sie innerhalb kürzester Zeit losgeworden. Wenn sie darauf bestanden hätten, mich nach Hause zu begleiten, hätte das in einer äußerst unangenehmen Situation geendet. Auf dem Weg hätten sie genügend Zeit gehabt, sich dazu zu entscheiden, mich doch noch unschädlich zu machen. Auf welche Art auch immer.

Wirklich überraschend war nur die Warnung des zweiten Wächters. Ich wusste, dass es hier alles andere als sicher war. Doch ich kannte mich auch gut genug aus, um die gefährlichsten Stellen zu meiden. Jene, an denen sich die Wächter gefühlt einmal im Monat blicken ließen, wenn überhaupt. Diese hier gehörte nicht dazu. Selbst wenn doch – wäre es dann nicht ihre Pflicht gewesen, mich zu begleiten, obwohl ich abgelehnt hatte?

Ich sah mich noch einmal um, ehe ich die Gasse verließ und mich auf den Weg nach Hause machte. Es war genauso ruhig wie einige Stunden zuvor und ich glaubte nicht mehr daran, heute noch nützliche Beobachtungen zu machen. Die Sache mit den Wächtern kam mir weiterhin merkwürdig vor, aber ich wüsste nicht, wer sich dafür interessieren würde. Abgesehen von den Wächtern selbst, an die ich mich mit Sicherheit nicht wenden wollte. Vielleicht interpretierte ich auch zu viel in das Ganze hinein. Es gab bestimmt Gründe für sie, in dieser Gasse gewesen zu sein, *sinnvolle* Gründe. Ermittlungen, die geheim bleiben mussten, oder etwas in der Art. Oder es war eine rein private

Angelegenheit, die zu peinlich war, um sie in der Öffentlichkeit zu klären.

Schritte tauchten hinter mir auf und rissen mich aus meinen Gedanken. Ich drehte den Kopf und erinnerte mich schlagartig daran, dass ich ein entscheidendes Detail vergessen hatte: Ich hatte nicht gesehen, wie der dritte Mann die Gasse verließ.

Als ich aufwachte, dröhnte mein Kopf. Es fühlte sich an, als wäre er auf die doppelte Größe angeschwollen, während ein Schmied ihn bei jeder Bewegung als Amboss zu nutzen schien. Meine Zunge klebte am Gaumen, begleitet von einem pelzigen Geschmack, der sich auch durch mehrmaliges Schlucken nicht vertreiben ließ. Ich blinzelte, bis ich davon überzeugt war, dass die Dunkelheit um mich herum nicht plötzlich verschwinden würde. Schlagartig hatte ich Mühe, weiter ein- und auszuatmen. Ich hatte keinen Schimmer, was in den finsteren Ecken lauerte, was möglicherweise direkt *neben* mir war – und je länger ich darüber nachdachte, desto schlimmer wurde es.

Mein Atem klang zu laut. Abgehakt. Selbst dann, als ich mich dazu zwang, ihn langsamer werden zu lassen und meine Gedanken auf etwas anderes zu richten. Abgesehen von den Kopfschmerzen schien ich körperlich unversehrt zu sein. Ich konnte meine Arme und Beine bewegen und mich in eine sitzende Position bringen, ohne weitere Verletzungen festzustellen. Meine Erinnerungen an die vergangene Zeit waren bestenfalls dürftig. Ich wusste noch, dass plötzlich jemand hinter mir war und ich mich an den dritten Mann erinnert hatte. Dann ein scharfer Schmerz ... und nichts. Er musste mich bewusstlos geschlagen und hierher gebracht haben.

Dass ich inmitten eines dunklen Raums statt auf der Straße aufgewacht war, behagte mir nicht. Wenn derjenige mich lediglich ausgeraubt hätte, wäre ich zwar sämtliche Besitztümer los, dafür aber immer noch auf freiem Fuß. Das hier erschien mir deutlich schlimmer.

Es gab keine Fenster, durch die ich die Tageszeit abschätzen könnte. Es konnte tiefste Nacht sein, doch dafür waren meine Muskeln zu verspannt. Ich musste eine ganze Weile hier gelegen haben. Meine Jacke und mein Beutel waren verschwunden, und mit ihnen meine einzige Chance, etwas Licht zu erhalten. Die Kristallkugel hätte mich nicht befreien können, doch sie hätte einen entscheidenden Teil dazu beigetragen, mich wohler zu fühlen. Ich atmete tief ein und stand auf. In meinem Inneren wartete die Panik hinter einer dünnen Mauer darauf, hervorzubrechen und mich in ein zitterndes Nervenbündel zu verwandeln, aber ich war nicht bereit, ihr nachzugeben. Noch nicht. Nicht, solange ich etwas tun konnte, um mehr über meine derzeitige Lage zu erfahren.

Als ich mich an den kühlen Steinwänden entlang tastete, durchströmte mich Ernüchterung. Der Raum maß knapp fünf Schritt in der Länge und das gleiche in der Breite. Ich konnte zwar den Spalt einer Tür ertasten, doch es fand sich keine Möglichkeit, sie zu öffnen. Gleichzeitig hieß das aber, dass früher oder später jemand hier auftauchen musste. Es würde keinen Sinn ergeben, mich wegzusperren und dann verdursten zu lassen, ohne irgendetwas zu tun. Ich hatte immerhin den Vorteil, bereits wach zu sein und ungefähr zu wissen, wo die Tür war. Mir blieb Zeit, um darüber nachzudenken, was mich erwarten würde.

Ich kehrte zu der hintersten Wand zurück, positionierte mich mit dem Blick zur Tür davor und gab mir Mühe, meine Ruhe beizubehalten. Es gab nicht allzu viele Möglichkeiten, warum ich hier war. Raphael könnte dahinter stecken, doch wenn ich ehrlich war, glaubte ich nicht daran. Er hätte mindestens meine Schonfrist abgewartet, ehe er zugeschlagen hätte, und würde außerdem nicht darauf verzichten, mir dabei ins Gesicht zu grinsen. Zumal es ein sehr großer Zufall wäre, wenn der Mann aus der Gasse ausgerechnet mit ihm zusammenarbeiten würde. Die Alternative war jemand, der sich aus meiner Gefangennahme einen Gewinn erhoffte, wie auch immer der aussehen würde. Wenn ich Glück hatte, handelte es sich um eine Verwechslung und ich konnte ihn dazu überreden, mich gehen zu lassen. Andernfalls musste ich darauf vertrauen, seine Schwachstelle zu finden und bei nächster Gelegenheit fliehen zu können.

Es war merkwürdig, in die Dunkelheit zu starren, die derart allumfassend war, dass ich meine Hand nicht einmal dann sehen konnte, als ich sie unmittelbar vor mein Auge führte. Der Raum hätte dreimal so groß oder doppelt so klein sein können, es würde keinen Unterschied machen. Obwohl ich jede Ecke abgetastet hatte, fiel es mir schwer, mir die tatsächlichen Ausmaße vorzustellen. Beklemmung stieg in mir auf, weil mir jegliche Orientierung abhandengekommen war.

Irgendwann verlegte ich mich darauf, gedanklich zu zählen, um das Zeitgefühl zu behalten. Bis zur dreihundertfünfzig ging es gut. Dann brauchte ich ungewöhnlich lange bis zur vierhundert und stellte fest, dass ich mich mehrmals verzählt haben musste. Allmählich begann mir der Zweck dieses Raumes zu dämmern. Wenn man genug Zeit hier drin verbrachte, war man jedem, der einen hier rausholte, dankbar.

Bei vierhundertneunzehn – oder so ähnlich – nahm ich eine Veränderung wahr. Der Türspalt war sichtbar. Ich schloss gerade noch die Augen, dann flog die Tür auf und das hereinbrechende Licht blendete mich sogar hinter geschlossenen Lidern. Ich blinzelte hektisch und kam mühsam auf die Füße, während ich mein Gegenüber zu erkennen versuchte. Er stand taktisch klug im Gegenlicht, das es mir für den Moment unmöglich machte, sein Gesicht zu erkennen. Seine Statur glich in etwa der des Mannes, den ich zusammen mit den Wächtern in der Gasse gesehen hatte, doch das musste nichts heißen. Er trug auf den ersten Blick keine Waffen bei sich. Selbst wenn er welche gehabt hätte, wäre mir das in diesem Moment egal gewesen. Weitaus problematischer erschienen mir die schweren Ketten in seinen Händen. Ohne Hilfe von außen würde ich diesen Raum nicht verlassen.

6. SKADI

Die Wächter hatten Skadi tatsächlich nach ihrer Anhörung gehen lassen, *ohne* ihr zu folgen oder jemanden zu schicken, der sie im Auge behielt. Falls doch, war derjenige äußerst geschickt darin, sich zu verbergen. Sie war ohne einen weiteren Zwischenfall zum Wachturm gelangt und hatte zu ihrer Erleichterung dort Magnus vorgefunden. Ihrer Einschätzung nach war er nicht begeistert, dass sie sich trotz seines Ablenkungsmanövers schnappen lassen hatte, doch vor allem schien er froh zu sein, sie nicht in einer der Zellen der Wächterburg suchen zu müssen. Nachdem sie ihm vom Verlauf und dem Ausgang der Anhörung berichtet hatte, beruhigte er sich wieder. Er war wohl überzeugt, dass das Ganze nun vorbei war und die Wächter sich jemand anderen suchen würden, den sie belästigen konnten.

Vielleicht würde sich seine Meinung diesbezüglich ändern, wenn er von Keldan wüsste. Skadi hatte ihm nicht erzählt, welchen Eindruck der junge Wächter auf sie gemacht hatte. Dass sie das nagende Gefühl nicht loswurde, ihn nicht zum letzten Mal gesehen zu haben. Er sah irgendetwas in ihr, das ihn interessierte, und glaubte noch dazu fest daran, in ihr eine Schuldige gefunden zu haben. Ungeachtet der Tatsache, dass der zweite Teil der Wahrheit entsprach, bereitete die Kombination aus beidem Skadi die meisten Sorgen. Es war nicht gut, dass er ihr für ihr Verhalten während der Anhörung Respekt zollte. Das würde dafür sorgen, dass er sich länger als nötig an sie erinnerte. Kam dann noch der Wille hinzu, sie zu überführen, war es nur eine Frage der Zeit, bis er wieder in ihrer Nähe auftauchen würde. Das war der Hauptgrund für Skadi, sich in den folgenden Tagen wohlweislich vom Schmugglerversteck fernzuhalten.

Doch sie würde das nicht ewig durchhalten. Ihre wenigen Ersparnisse waren aufgebraucht und wenn sie nicht schnellstens eine Einkommensquelle fand, würde sie bald die Stadt verlassen müssen. Diese Option war die letzte, die sie ergreifen wollte. Ihre Eltern hatten lange gespart, um sie nach Brient schicken und ihr ein besseres Leben ermöglichen zu können. Zurückgehen und ihnen erfolglos unter die Augen treten zu müssen, wollte Skadi auf keinen Fall.

Die Aussicht auf Keldans Anwesenheit hatte sie so weit beunruhigt, dass sie andere – *legale* – Einkommenswege in Erwägung gezogen hatte, doch ihre Suche war erfolglos geblieben. Sie hatte auf den Märkten gefragt, ob jemand Hilfe benötigte, und war abgewiesen worden. Die Handwerker erinnerten sich noch an ihre Flucht vor Keldan und wollten kein Risiko eingehen, indem sie sie einstellten. Die Herbergen hießen Magnus' Anwesenheit nicht gut, und die Heiler bemängelten ihre fehlende Erfahrung.

Der kleine Laden, in dem sie heute vorstellig wurde, war ihr letzter Versuch. Wenn sie auch hier fortgeschickt wurde, würde sie wohl oder übel zum Schmuggeln zurückkehren müssen. Außer sie wollte ihr Glück auf dem Schwarzmarkt versuchen, doch das würde ihr nur zusätzlichen Ärger einbringen.

Skadi war sich nicht sicher, welche Bezeichnung am ehesten auf den Laden zutraf. Als sie unschlüssig davor stand und durch die verstaubten Schaufenster spähte, konnte sie nicht viel erkennen. Bunt zusammengewürfelte Dinge, von gesprungenem Geschirr über angelaufenen Schmuck bis hin zu einigen Steinen unterschiedlicher Größe. Offenbar verkaufte der Besitzer alles, was durch die Tür passte.

»Ich weiß nicht, Magnus«, murmelte sie. »Für mich sieht das nicht aus, als könnten die es sich leisten, eine zusätzliche Arbeitskraft zu bezahlen.«

Magnus war derjenige, der sie hergelotst hatte, doch allmählich zweifelte Skadi ernsthaft an seinem Urteilsvermögen. Eventuell war das hier vor Jahren ein florierendes Geschäft gewesen, aber jetzt wirkte es, als würde sich nur alle paar Wochen ein Kunde ins Innere verirren. Magnus stieß sie dennoch beharrlich an, bis sie sich schließlich in Bewegung setzte. Wenn es nach ihm ging, musste sie es offenbar wenigstens versuchen.

Eine leise Glocke verkündete Skadis Anwesenheit, als sie durch die Tür schlüpfte. Links von ihr befand sich ein Tresen, hinter dem eine alte Frau damit beschäftigt war, Gläser von Staub zu befreien. Sie warf Skadi nur einen kurzen Blick zu, ehe sie sich wieder auf ihre Arbeit konzentrierte.

Skadi zögerte, sie ohne Weiteres anzusprechen. Vorerst beschränkte sie sich darauf, im Laden umherzugehen und so zu tun, als würde sie sich für die ausgelegten Waren interessieren. Das meiste davon war in einem ähnlichen Zustand wie die Waren im Schaufenster. Auf dunklen Regalbrettern türmten sich Löffel, Vasen, Knöpfe, vergilbte Bücher, gesprungene Spiegel und grotesk geformte Statuen. Nichts davon folgte einer erkennbaren Ordnung, als hätte jemand nach und nach alles zusammengesammelt und sich nicht die Mühe gemacht, es im Nachhinein zu sortieren. In den hintersten Ecken entdeckte Skadi Spinnweben und auf manchen Gegenständen lag eine fingerdicke Staubschicht. Als sie ein einzelnes Buch durchblätterte, stieg ein modriger Geruch auf und ein Teil der vergilbten Seiten zerfiel in ihren Fingern in winzige Stücke. Sie ging hastig einen Schritt zurück, vergewisserte sich, dass die alte Frau das Missgeschick nicht gesehen hatte, und atmete flacher. Es war ihr ein Rätsel, wie der Laden überhaupt die vergangenen Jahre überlebt hatte. Offenbar war hier seit Ewigkeiten nichts bewegt, geschweige denn gekauft worden. Wahrscheinlich waren die Gläser auf dem Tresen das einzige, das jemals geputzt wurde.

Sie erreichte die hinterste Ecke, in der es derart dunkel war, dass Skadi Mühe hatte, etwas auf den Regalen zu erkennen. Zu ihrer Überraschung sah der Inhalt hier deutlich neuer aus. Die Staubschicht war wesentlich dünner, auf einigen Waren sogar vollkommen verschwunden. In der Mehrheit handelte es sich um schwere Amulette, wuchtige Ringe und schmale Messer, die hoffentlich schärfer waren, als sie aussahen. Dahinter lag eine Glaskugel, die sich angenehm in Skadis Handfläche schmiegte. Magnus warf einen misstrauischen Blick darauf und schien sich nicht entscheiden zu können, ob Skadi sie seiner Meinung nach zurück in das Regal legen sollte oder nicht. Im Inneren der Kugel waberten farbenfrohe Schlieren, die beständig ihre Größe und Richtung änderten.

Skadi begutachtete die Kugel fasziniert. Dann flog zwei Schritte neben ihr eine Tür auf, die sie zuvor glatt übersehen hatte. Sie umklammert instinktiv die Kugel und wich zurück, als eine Gruppe aufgebrachter Wesen aus dem angrenzenden Raum stürmte. Allen voran eine Magierin mit langen blonden Locken, die »Sie kommen!« kreischte. Ihnen folgte auf dem Fuß eine Reihe Wächter. Sie rannten an Skadi vorbei, ohne sie eines Blickes zu würdigen, teilten sich wortlos auf und setzten der Gruppe mit der Magierin nach. Skadi presste sich fester gegen das Regal. Ihr Herz raste und ihr Blick flog zur rettenden Eingangstür. Die Glocke darüber klingelte und weitere Wächter stürmten den Laden. Jeder mögliche Ausgang war versperrt, das Innere des Ladens ein einziges Chaos aus schreienden Leuten und kämpfenden Paaren. Ein Dolch zischte knapp neben Skadis Kopf durch die Luft und blieb zitternd in einem Regalbrett stecken. Sie sank auf die Knie, kauerte sich zusammen und versuchte mit dem Regal zu verschmelzen. In was war sie hier nur hineingeraten?

Sie hatte keine Möglichkeit, dem Chaos zu entkommen. Selbst wenn sie es unverletzt durch den Laden schaffen würde, würde sie nicht weit kommen. Die Wächter würden sie unweigerlich als Flüchtende ansehen und aufhalten, obwohl sie nichts mit dem Ganzen zu tun hatte. Skadi konnte sehen, wie sich nach und nach ein klares Bild kristallisierte: Die Wächter übernahmen systematisch die Oberhand über einzelne Männer und Frauen, überwältigten sie und brachten sie nach draußen. Der Laden leerte sich eben so schnell, wie alle aufgetaucht waren. Im ersten Moment war Skadi davon überzeugt gewesen, die nächsten Stunden hier drin festzusitzen, doch mit einem Mal war sie allein. Die Wächter waren gründlich. Das Ganze musste von langer Hand geplant gewesen sein. Umso verblüffender, dass Skadi ausgerechnet *jetzt* hier gelandet war. Als würde das Schicksal es darauf anlegen, ihr fünf Tage nach ihrer ersten richtigen Begegnung mit den Wächtern direkt eine weitere zu bescheren.

Skadi atmete langsam aus und ließ die Stirn auf ihre angewinkelten Knie sinken. Ihr Herz raste von dem Schrecken, den die plötzlichen Kämpfe in ihr ausgelöst hatten. Wenigstens hatte niemand sie weiter beachtet. Wenn sie eine Weile hier verharrte, konnte sie sich hoffentlich gefahrlos aus dem Laden wagen. Vielleicht sogar durch das Hinterzimmer, das offenbar einen weiteren Zugang besaß.

»Ihr schon wieder.«

Sie fuhr zusammen, so stark, dass Magnus von ihrer Schulter rutschte. Dann fragte sie sich, ob sich irgendjemand einen Scherz mit ihr erlaubte.

Als Skadi den Blick hob, stellte sie fest, dass ihr Gehör sie nicht getäuscht hatte. Keldan stand zwei Schritte von ihr entfernt und musterte sie mit einer Mischung aus Neugier und Misstrauen. Abgesehen davon hatte er sich seit ihrer letzten Begegnung nicht verändert – so weit sie das beurteilen konnte. Und offensichtlich erinnerte er sich an sie. Skadi hätte gern etwas Schlagfertiges erwidert, aber ehe ihr eine entsprechende Antwort eingefallen war, war Keldan schon näher getreten und hatte ihr die linke Hand entgegengestreckt. Sie zögerte, nicht zuletzt weil Magnus zurück auf ihre Schulter geklettert war und protestierende Geräusche von sich gab. Andererseits hatte sie diesmal wirklich nichts verbrochen.

»Ich habe nichts mit … allem hier zu tun«, sagte Skadi. Sie wusste nicht, wohin mit der Glaskugel, schob sie kurzerhand in ihre Jackentasche, ergriff Keldans Hand und ließ sich hochziehen. Doch anstatt sie wieder loszulassen, hielt er sie fest.

»Ich muss Euch dennoch bitten, mich zu begleiten«, erwiderte er höflich. »Es gibt ein paar Fragen, die Ihr mir beantworten solltet.«

Skadi konnte nicht einschätzen, ob er ihr nicht glaubte oder lediglich routinemäßig mit ihr sprechen wollte. Ihr war nicht wohl bei dem Gedanken, zurück in die Wächterburg zu müssen. Zumal Keldan etwas zu sehr darauf beharrte, sie nicht loszulassen, als dass nichts dahinter stecken könnte. »Eure Fragen kann ich auch hier beantworten.«

Er überging ihren Vorschlag. »Je eher wir in der Burg sind, desto eher könnt Ihr wieder gehen. Aber Ihr seid gerade eine Zeugin geworden – Ihr versteht sicher, dass ich nicht tatenlos zusehen kann, wie Ihr verschwindet, ohne mir alles gesagt zu haben, was Ihr wisst.« Sein Blick wanderte zu Magnus. »Auf den Trick mit der Ratte werde ich nicht noch einmal hereinfallen.«

Es war ohnehin zweifelhaft, ob Magnus das gleiche Ablenkungsmanöver wie beim letzten Mal ausprobiert hätte. Vermutlich würde er sich etwas anderes einfallen lassen, spätestens nachdem Keldan behauptet hatte, sich nicht von ihm beeinflussen zu lassen. Doch Skadi bezweifelte, dem Wächter entwischen zu können. Dafür war er inzwischen zu vorsichtig. Und schon den Versuch würde er unweigerlich als Schuldeingeständnis auffassen.

»Das ist auch nicht nötig«, antwortete sie. »Ich komme freiwillig mit.«

Die anderen Wächter waren mit ihren Gefangenen längst verschwunden, als Skadi neben Keldan zur Burg trottete. Das ersparte es ihr, von der übrigen Bevölkerung angesehen zu werden, als wäre sie ebenfalls festgenommen worden. Es war erstaunlich, welchen Unterschied es machte, nur neben einem Wächter zu gehen oder von ihm festgehalten zu werden – die Blicke der anderen streiften sie seltener, und wenn dann lag in ihnen schwache Neugier anstelle von Ablehnung.

Magnus hatte sich aus dem Staub gemacht, nachdem Skadi eingewilligt hatte, Keldan zu begleiten. Es hatte ihr einen Stich versetzt, dass er sie ohne Weiteres allein gelassen hatte. Sie wusste, dass er wütend über ihre Entscheidung war, und dass er tunlichst einen größtmöglichen Abstand zu allen Wächtern hielt. Dennoch hatte ein Teil von ihr gehofft, er würde um ihretwillen seine Abneigung überwinden und sie begleiten. Sie sah keine ernst zu nehmende Gefahr darin, Keldans Fragen zu beantworten, aber Magnus' Anwesenheit wäre ihr trotzdem lieb gewesen. Die Erinnerung an die Anhörung war zu präsent, um die Burg gänzlich ohne Beunruhigung zu betreten.

Auf dem gesamten Weg zur Burg verlor Keldan kein Wort, stellte weder eine seiner Fragen noch versuchte er, sie in ein belangloses Gespräch zu verwickeln. Skadi ertappte sich dabei, ihn immer wieder zu mustern, auf der Suche nach Hinweisen über das, was in seinem Inneren vorging. Es interessierte sie, ob er trotz ihrer Einwilligung damit rechnete, dass sie zu flüchten versuchte. Oder ob er darüber nachdachte, welches Urteil für sie angemessen wäre. Ob er insgeheim schon entschieden hatte, dass sie schuldig war. Aber so sehr sie sich auch bemühte, er ließ nichts nach außen dringen, aus dem sie etwas schließen könnte. Seine Haltung strahlte lediglich Wachsamkeit aus – nicht auf Skadi, sondern auf ihre Umgebung gerichtet. Ein Verhalten, das sie vermutlich bei jedem Wächter beobachten konnte.

Skadi hatte befürchtet, erneut in dem Anhörungssaal zu landen und sich einem Hagel von Fragen aus verschiedenen Richtungen stellen zu müssen. Dementsprechend überrascht war sie, als Keldan in der Burg wortlos eine andere Abzweigung nahm. Der Raum, den er auswählte, war um einiges kleiner als der Saal. Durch das fehlende

Fenster wirkte er auf Skadi regelrecht zusammengeschrumpft. Diesmal gab es einen Tisch und zwei Stühle. Skadi ließ sich auf dem hinteren nieder, um die Tür im Auge behalten zu können. Die Wände waren im selben schlammfarbenen Ton gehalten wie der Boden und die Tür. Die einzigen Ausnahmen waren die leuchtende Glaskugel an der Decke – ohne die es stockdunkel gewesen wäre – und der Spiegel an der linken Wand. Skadi warf einen flüchtigen Blick hinein, ehe sie sich schaudernd davon abwandte. Sie zweifelte nicht daran, dass dahinter ein weiterer Raum war, von dem aus man sie beobachten konnte.

»Es wird nicht lange dauern«, bemerkte Keldan und setzte sich ihr gegenüber. Skadi beobachtete, wie er die schwarzen Schwingen hinter der Stuhllehne platzierte und sich dann zurücklehnte. Ihm auf Augenhöhe gegenüberzusitzen, war deutlich angenehmer als die Anhörung, doch ein leichtes Unbehagen blieb. »Was habt Ihr in diesem Laden getan?«

»Ich ... war auf der Suche nach Arbeit.« Auch ohne Keldans Reaktion wusste Skadi, wie absurd das klang. Obwohl es die Wahrheit war. Aber sie war schließlich nicht weniger skeptisch gewesen, als Magnus die Idee dazu hatte. Berechtigt, wie sich herausgestellt hatte.

»Arbeit«, wiederholte Keldan, »ausgerechnet dort?«

»Es war einen Versuch wert. Es hätte ja sein können, dass es drinnen besser aussieht als draußen.« Und Magnus hatte darauf bestanden. Aber das würde der Wächter sicher nicht als Begründung akzeptieren.

Keldan sah sie schweigend an. Notizen zu machen, hielt er offenbar für unnötig. »Dann laufen Eure Handelsgeschäfte nicht mehr so gut?«

»Ich–« Skadi brach ab und räusperte sich. Nichts an seiner Haltung hatte sich verändert und darauf hingewiesen, dass sein Interesse sich verstärkt hatte. Es war mehr ein Gefühl, das Skadi warnte, vorsichtig zu sein. Objektiv gesehen ging es hier nur um den Zwischenfall in diesem Laden, aber das bedeutete nicht, dass sie alles andere missachten durfte. Die Anhörung war erst fünf Tage her.

»Ich brauche etwas Abwechslung«, fuhr sie einen Moment später fort.

Keldan nickte. »Verstehe. Ihr wart also auf der Suche nach Arbeit in dem Laden. Ist Euch dort etwas Ungewöhnliches aufgefallen?«

Skadi hatte sich darauf eingestellt, weiterem Nachhaken standhalten zu müssen, und begann sich zu entspannen, als die befürchteten Fragen ausblieben. »Nicht, bevor Ihr und die anderen Wächter aufgetaucht seid.«

»Seid Ihr sicher?«

Skadi dachte gründlich nach, das Ergebnis blieb jedoch dasselbe. Manche Leute hätten den ein oder anderen Gegenstand in den Regalen als ungewöhnlich bezeichnet, doch da der Laden offenbar mit fast allem handelte, war das nicht relevant. »Ja. Das Hinterzimmer war das einzige Ungewöhnliche, das mir aufgefallen ist.«

»Und Ihr wart nie zuvor dort?«

Eine merkwürdige Frage. Was spielte es für eine Rolle, ob sie zum ersten Mal in diesem Laden gewesen war? »Nein.«

Keldan verschränkte die Arme und sah scheinbar abwesend in den Spiegel. Als er sich ihr wieder zuwandte, lehnte er sich nach vorne, legte die Unterarme auf dem Tisch ab und musterte sie aufmerksam. »Ich will ehrlich zu Euch sein, Skadi. Wir haben einen Kundschafter, der seit Wochen den Laden im Auge behält. Es gibt niemanden, der dort hineingegangen ist, ohne auf der Suche nach verbotenen Waren zu sein oder Diebesgut loswerden zu wollen.«

Der unausgesprochene Vorwurf hing zwischen ihnen in der Luft. Die Kugel in ihrer Tasche war mit einem Mal schwer wie Blei. Skadi spürte, dass sie die Schultern zusammengezogen hatte, und zwang sich dazu, sie wieder zu lockern. Vielleicht hatte sich lediglich in diesen Wochen keiner außer ihr mit legalen Absichten dorthin verirrt. Es gab keinerlei stichhaltige Argumente, die ihr zum Verhängnis werden konnten. »War Euer Kundschafter selbst in dem Laden?«

Keldan runzelte die Stirn. »Selbstverständlich nicht.«

»Dann kann er unmöglich wissen, mit welchen Absichten jemand dort war«, erwiderte Skadi bedächtig. »So etwas sieht man niemandem direkt an.«

»Wollt Ihr damit andeuten, dass er lügt?«

»Ich will damit andeuten, dass Ihr blufft«, antwortete Skadi. »Nichts weiter.«

Dabei war sie selbst keinen Deut besser. Es erschien ihr unwahrscheinlich, dass dieser Kundschafter seine Aussage beweisen könnte, sofern er sie wirklich getätigt hatte. Aber sicher sein konnte sie sich nicht.

Keldan war in jedem Fall besser darin, seine Gefühle zu verbergen, als sie selbst. Er zögerte seine Antwort mit einer Gelassenheit heraus, die nur bedeuten konnte, dass er im Recht war. »Es ist die einzige sinnvolle Schlussfolgerung, dass Ihr ebenfalls aus besagten Gründen dort wart. Wahrscheinlich hängt das Ganze mit Eurem ... Handel zusammen.«

Das klang in Skadis Ohren zu unwahrscheinlich, um wahr zu sein. Er versuchte, sie zu einem Geständnis oder einer Antwort zu verleiten, die sie überführen würde. Dafür war es seiner Meinung nach offenbar vertretbar, sie anzulügen. Sie *wusste*, dass sie unschuldig war, und dennoch genügte Keldans Gelassenheit, um sie zu beunruhigen.

»Selbst wenn das der Wahrheit entsprechen würde«, erwiderte sie einen Moment später, »gibt es keine Beweise dafür. Ihr könntet nicht nachweisen, dass ich etwas mit den Vergehen dieser Leute zu tun habe, selbst wenn es so wäre. Ich kenne die Regelungen der Wächter: Solange es keine eindeutigen Beweise gibt, wird niemand verurteilt.«

Keldan zuckte mit den Schultern. »Richtig. Aber vielleicht gibt einer von den anderen an, dass Ihr mit ihnen Geschäfte macht. Das würde als Beweis reichen.«

»Sie könnten lügen, um ihre Strafe zu mildern.«

»Oder aus demselben Grund die Wahrheit sagen«, erwiderte er. »Ihr habt die gleiche Möglichkeit. Wenn Ihr kooperativ seid, könnten wir es bei einer Verwarnung belassen.«

Allmählich begann Skadi sich zu fragen, ob Keldan es absichtlich darauf anlegte, sie zu überführen, unabhängig davon, ob es berechtigt war oder nicht. Ihrer Meinung nach bestand auch kein Sinn mehr darin, ihn weiter vom Gegenteil überzeugen zu wollen. Sie hatte jedes Argument genannt, das ihr eingefallen war – mehr konnte sie mit Sicherheit nicht tun.

»Wie ich schon sagte, ich habe nichts damit zu tun«, wiederholte sie. »Weder kann ich Euch etwas über diese Leute sagen noch darüber, welche Geschäfte sie in Wirklichkeit betreiben.«

Diesmal zögerte Keldan. Er sah sie lange an, doch Skadi schwieg beharrlich. Sie war entschlossen, kein weiteres Wort in dieser Angelegenheit zu verlieren, solange sie wie eine eindeutig Schuldige behandelt wurde.

»Ihr habt wirklich nichts damit zu tun, oder?«, fragte er schließlich. »Ich hoffe, Ihr verzeiht mir meine Beharrlichkeit – nach unserer letzten Begegnung bin ich etwas misstrauisch gewesen.«

Skadi verzichtete auf eine Antwort. »Kann ich dann gehen?«

»Selbstverständlich«, erwiderte er, blieb aber reglos sitzen. »Nur eine Sache noch: Ihr sagtet, Ihr wärt auf der Suche nach Arbeit.«

Skadi nickte langsam.

»Ich würde Euch gern ein Angebot machen«, fuhr Keldan fort. »Was haltet Ihr davon, als Beraterin hier zu arbeiten?«

Skadi war zu verblüfft, um sofort eine Antwort parat zu haben. Sie hatte davon gehört, dass die Wächter gelegentlich auf die Hilfe von anderen zurückgriffen, doch sie kannte niemanden, der zu diesem Personenkreis gehörte. Solche Angebote erhielten eher Leute, die sich in einem bestimmten Bereich besonders gut auskannten, und zu denen gehörte Skadi ihrer Ansicht nach nicht. Ihre einzige Erfahrung bestand im Schmuggeln, von dem Keldan nichts wissen durfte.

»Ich ... verstehe nicht ganz, warum Ihr das wollt«, sagte sie. »Ich glaube nicht, dass ich eine geeignete Beraterin wäre.«

»Warum nicht? Ihr seid eine hervorragende Beobachterin, Skadi. Ihr hattet recht – der Kundschafter hat nie erwähnt, etwas Besonderes an den Kunden des Ladens beobachtet zu haben. Aber die meisten Leute hätten das Detail, dass er es von außen nicht feststellen könnte, schlicht übersehen. Im Gegensatz zu Euch. Ich glaube, Ihr könntet eine große Hilfe sein.«

Dann hatte er also tatsächlich gelogen. Das war schon Grund genug, um sein Angebot aus Prinzip abzulehnen – wäre da nicht ein Teil von ihr, der Skadi eindringlich ermahnte, länger darüber nachzudenken. Wenn sie darauf einging, wären ihre Geldprobleme gelöst. Die Wächter würden sie sogar besser bezahlen als das, was das Schmuggeln ihr eingebracht hatte. Und sie müsste sich nicht mehr darum sorgen, erwischt und festgenommen zu werden. Wenn sie auf Keldans Vorschlag einging, würde er sie vermutlich auch nicht länger verdächtigen. Dagegen sprach jedoch, dass sie dann täglich mit ihm oder gar anderen Wächtern zusammenarbeiten müsste. Das würde eine wesentliche Umstellung für sie werden. Und was wäre, wenn sie seinen Erwartungen nicht gerecht wurde? Musste sie dann damit rechnen, direkt wieder entlassen zu werden? Sobald sie einmal mit den Wächtern zusammengearbeitet hatte, würde sie nicht mehr zu ihrem Schmuggelgeschäft zurückkehren können. Nicht zuletzt wäre Magnus entsetzt und würde vermutlich wochenlang nicht mehr mit ihr kommunizieren.

Aber – und das war das Entscheidende – ihre Eltern wären unfassbar stolz auf sie. Eine solche Chance wurde nur Wenigen zuteil.

Sie räusperte sich. »Was genau müsste ich denn dann tun?«

»Beraten.« Keldan schmunzelte. »Ich würde mich freuen, wenn Ihr mich bei verschiedenen Gelegenheiten begleitet und mir Eure Ansichten mitteilt. Wir würden über Hinweise und mögliche Lösungen diskutieren, gegebenenfalls sprechen wir auch mit Zeugen oder Verdächtigen. Es hängt im Endeffekt davon ab, womit wir uns beide wohlfühlen.«

Skadi zögerte zu sagen, dass sie nicht gut darin war, sich mit anderen Leuten zu unterhalten. Abgesehen davon klang das Ganze nicht schwierig, und es wäre dumm, deshalb abzulehnen. Sie sollte es wenigstens versuchen.

7. LIV

Die Ketten um meine Knöchel rasselten, als ich mein Gewicht von einer Seite auf die andere verlagerte. Es war nur eine rasche, winzige Bewegung, die von den Wenigsten registriert worden wäre – doch Xenerion warf mir einen derart scharfen Blick zu, dass ich beinahe das Stechen der Peitsche auf meiner Haut spüren konnte.

Ich schluckte meinen aufflammenden Widerstand herunter. Wenn es etwas gab, das meine derzeitige Lage noch verschlimmern würde, dann aufsässiges Verhalten. Protest stand einer Sklavin nicht zu. Wäre ich nicht erst seit fünf Tagen eine solche, würde es mir wohl nicht so schwerfallen, das zu akzeptieren.

Ich schielte zu Xenerion herüber. Es wäre besser gewesen, wenn ich in dieser verfluchten Nacht auf das Angebot des Wächters eingegangen wäre. Er musste gewusst haben, dass das hier passieren würde. Vermutlich war das auch der Grund gewesen, weshalb die drei sich in dieser Gasse getroffen hatten: Die beiden Wächter wussten, dass Xenerion illegalen Sklavenhandel betrieb und er bestach sie, damit er damit ungeschoren davon kam.

Das minderte meine Chancen auf Flucht enorm. Die Wächter waren die einzigen, die jemanden zur Sklaverei verurteilen konnten, und folglich auch die einzigen, die die zugehörigen, verzauberten Amulette verteilten – sofern man sie sich nicht auf anderem Weg beschaffte.

Niemand außer ihnen konnte sie öffnen. Wenn ich sie um Hilfe bitten würde, müsste ich darauf hoffen, nicht ausgerechnet an die korrupten Wächter zu geraten.

Aber diese Variante schied ohnehin aus. Ich konnte mich nicht an die Wächter wenden, selbst wenn ich ernsthafte Hoffnung auf Hilfe hätte. Das Problem lag darin, dass ich ihnen unmöglich meinen vollständigen Namen sagen konnte – auf den sie bei einem Verdacht auf illegalen Sklavenhandel bestehen würden –, ohne mich dabei selbst in einem Gerichtsprozess wiederzufinden. Es hatte seinen Grund, dass ich meine Identität bisher geheim gehalten hatte.

Ich hatte die vergangenen Tage dafür genutzt, gründlich über meine aktuelle Situation nachzudenken. Mit etwas Glück würde mir der Status als Sklavin Raphael vom Hals halten, doch darauf konnte ich mich nicht verlassen. Im schlimmsten Fall erfuhr er davon und kam auf die Idee, mich zu kaufen und mich dann dazu zu zwingen, meine Schulden abzuarbeiten. Besser wäre es, einen anderen Herrn zu erwischen. Irgendjemanden, der unaufmerksam und nachlässig genug war, um mir die Flucht zu ermöglichen. Dabei spielte es keine Rolle, dass ich nicht wusste, wie ich das Sklavenamulett loswerden sollte. Früher oder später würde mir dazu schon noch etwas einfallen, davon war ich überzeugt.

Bisher stand leider zu befürchten, dass ich bei Xenerion versauerte. Seit wir vor drei Stunden am Straßenrand Stellung bezogen hatten, hatte niemand Interesse an mir oder den anderen beiden Frauen gezeigt. Es schien, als würde niemand hier eine Sklavin brauchen – falls doch, konnte er es sich nicht leisten.

Mein Blick huschte über die vorbeikommenden Wesen. Der Großteil Menschen, soweit ich das beurteilen konnte. Ein paar von ihnen besaßen die arrogante Ausstrahlung der Magier, und bei genauerem Hinsehen entdeckte ich die scharfen Gesichtszüge einiger Elben. Es war einer dieser Tage, an denen selbst in diesem belebten Teil der Stadt wenig los war. Ich kannte diese Straße gut genug, um zu wissen, dass Xenerion einen ungeeigneten Standort ausgewählt hatte. Hier trieben sich nicht die üblichen Kunden der Sklavenhändler herum. Diese Männer und Frauen wollten vor allem vom östlichen Stadtteil in jenen im Süden, auf dem Weg zu ihren Familien oder in das nächste Gasthaus. Keiner von ihnen würde stehen bleiben, um eine Sklavin zu kaufen – erst recht dann nicht, wenn er nichts mit ihr anzufangen wüsste.

Die Sonne stand mittlerweile tief am Himmel und der Geruch nach Regen hing in der Luft. Es konnte nicht mehr lang dauern, bis die ersten Tropfen fallen und Xenerions letzte potenzielle Kunden vertreiben würden. Wenn es so weiter ging, würde ich eine weitere Nacht in seinen Händen verbringen müssen. Ob das gut oder schlecht war, hing vor allem davon ab, wer die Alternative wäre. Für den Moment erschien es mir sogar erstrebenswert, von irgendjemandem gekauft zu werden.

»He, Ihr!«, brüllte Xenerion plötzlich und stieß mich auf die Straße. »Wie wäre es mit einer Bluthure? Jung und kerngesund!«

Ich fuhr zusammen. Der Mann, den er angesprochen hatte, hielt kurz inne – wohl mehr der Höflichkeit wegen. Er war von mittelgroßer Statur, weder auffallend schmal noch übergewichtig. Als der Wind seine braunen, von silber-glänzenden Strähnen durchsetzten Haare zurück wehte, erhaschte ich einen Blick auf seine Augen.

Eines grau, das andere dunkles Grün. Vampir. Wie auch immer Xenerion das so schnell bemerkt hatte. Abgesehen von den unterschiedlich farbigen Augen ließen sich Vampire kaum von den anderen Wesen unterscheiden. Mein Wunsch, bald von jemandem gekauft zu werden, verflog binnen eines Wimpernschlags.

»Kein Interesse«, erwiderte der Vampir, ohne mich auch nur angesehen zu haben. Erleichterung durchströmte mich, als er Anstalten machte, weiterzugehen.

Im selben Moment stand Xenerion wieder neben mir. Mein Arm flammte auf, als er kurzerhand seinen Dolch darüber zog. Ich keuchte auf. Nicht nur wegen des Schmerzes. Viel schlimmer war, dass Xenerions Plan aufzugehen schien. Der Vampir war schon an uns vorbei, blieb jedoch schlagartig stehen. Dann drehte er sich um, kam bedächtig auf mich zu, und machte so dicht vor mir Halt, dass ich die Wärme seines Körpers spürte. Er musterte mich eingehend, als würde er nach etwas suchen. Mein Blut zog eine feuchte Spur von meinem Oberarm hinab zu meinem Handgelenk, und tropfte auf den Boden. Irgendetwas daran hatte ihn dazu gebracht, seine Meinung innerhalb eines Herzschlags zu ändern. Roch mein Blut so gut? Der Gedanke jagte einen Schauer über meinen Rücken. Es war nicht unüblich, dass Vampire sich Blutsklaven kauften. Manche Leute auf dem Schwarzmarkt erzählten sogar, dass man als solcher ein gutes Leben führen konnte – doch das hieß nicht, dass ich mich zu ihnen zählen wollte. Die Vorstellung, wie er seine Zähne in meine Haut bohren würde, jedes verdammte Mal, wenn es ihn nach Blut gelüstete, bereitete mir Übelkeit.

»Wie viel?«, murmelte der Vampir. Er löste seine Augen von mir und warf Xenerion einen auffordernden Blick zu. »Oder wollt Ihr Euer Angebot zurückziehen?«

Xenerion stand schräg hinter mir. Auch ohne ihn zu sehen, ahnte ich, was in ihm vorging. Er hatte es geschafft, das fehlende Interesse des Vampirs in den Willen, mich zu kaufen, umzuwandeln. Allein indem er mich geschnitten hatte. Grund genug zur Annahme, ein gutes Geschäft machen zu können. »1000 Silberstücke, und Ihr könnt sie sofort mitnehmen.«

»1000?«, wiederholte der Vampir spöttisch. »Ihr macht Scherze. Das Mädchen hat offensichtlich seit Tagen nichts gegessen. Es würde mich nicht wundern, wenn sie mir unter den Händen wegstirbt.«

Er legte eine Hand unter mein Kinn und zwang mich dazu, den Kopf so weit zu drehen, dass er einen ungehinderten Blick auf meinen Hals hatte. Sein Daumen fuhr leicht über jene Stelle unter dem Kiefer, an dem ich das hektische Pulsieren meines Herzschlags spürte.

Dann ließ er mich ebenso überraschend los. »Wie ist dein Name?«

Wäre ich weniger in Panik gewesen, hätte ich mich über den freundlichen Tonfall gewundert. Dass ich ihm unter den Händen wegsterben könnte, konnte unmöglich ernst gemeint sein. So schwach war ich nicht. Er müsste schon viel ... sehr viel ... zu viel Blut nehmen. Ich hatte Vampire auf dem Schwarzmarkt beobachtet. Kaum einer der Menschen, die dort ihr Blut verkauft hatten, war daran gestorben. Er wollte einen besseren Preis aushandeln. Das musste es sein. Selbst ich wusste, dass Xenerions Forderung für eine weibliche Sklavin ohne nennenswerte Fähigkeiten maßlos übertrieben war.

Ein Funken Hoffnung loderte in mir auf. Der Vampir wollte mich nicht um jeden Preis. Vielleicht konnte ich dafür sorgen, dass er von diesem Vorhaben abließ. Dass ich mir dafür Xenerions Zorn zuziehen würde, war zweitrangig. Es war meine einzige Chance.

»Das geht Euch einen Dreck an«, fauchte ich.

Mein Gegenüber hob eine Augenbraue. »Aufsässig und ungehorsam ist sie also auch noch. Mehr als 300 Silberstücke wird Euch niemand, der bei Verstand ist, für sie zahlen.«

Ich konnte regelrecht spüren, wie Xenerion erbleichte. Er hatte die vergangenen Tage damit verbracht, mir systematisch seine Regeln einzuprügeln. Sprich nicht, wenn du nicht dazu aufgefordert wirst. Antworte respektvoll auf Fragen. Tu alles, was man dir sagt.

Nach meinem anfänglichen Widerstand hatte ich rasch akzeptiert, was er verlangt hatte. Ich hatte mich mustergültig verhalten. Nicht, weil er mich davon überzeugt hatte, dass ich nichts Besseres als das Leben einer Sklavin verdient hätte. Meine Motivation rührte allein aus der Gewissheit, auf diese Art meinen Aufenthalt bei ihm verkürzen zu können. Dass ich nun ausgerechnet vor dem einzigen heutigen Kunden das genaue Gegenteil eines angemessenen Verhaltens an den Tag legte, musste ihn rasend machen.

»300 ist zu wenig«, knurrte Xenerion. »Sie ist keine zwanzig Jahre alt, weder hässlich noch verwahrlost oder krank. Etwas Besseres findet man auf dem Markt nirgends. Es gibt genug Männer, die mir das Dreifache zahlen würden.«

»Ich bin einundzwanzig«, warf ich ein.

Xenerion wirbelte herum. Er zerrte mich einen Schritt zurück, sodass er vor statt hinter mir stand. Dann holte er aus. In der festen Erwartung eines Schlags schloss ich die Augen – und öffnete sie zögernd wieder, als er ausblieb.

»Ihr wollt Eure Ware doch wohl nicht beschädigen, während Ihr sie mir verkaufen wollt«, sagte der Vampir. Belustigung spiegelte sich in seinen Augen, als sein Blick einen Moment lang meinen traf. Ich war nicht sicher, was der Grund dafür war: mein Verhalten oder Xenerions.

Er wartete Xenerions unwilliges Nicken ab, ehe er dessen erhobenen Arm losließ. Dann wandte er sich wieder mir zu. Dass er Xenerion davon abgehalten hatte, mich zu schlagen, änderte nichts an meiner Haltung ihm gegenüber. Ich hatte noch immer das dringende Bedürfnis, zurückzuweichen, mich vor diesen unterschiedlich farbigen Augen zu verstecken. In der Vergangenheit hatte ich immer wieder mit Vampiren zu tun gehabt, aber kein einziges Mal war ich in der Situation gewesen, einem von ihnen als Nahrungsquelle dienen zu müssen. Ich war an ihre Anwesenheit und das Wissen, dass sie zusätzlich zu gewöhnlicher Nahrung regelmäßig Blut zum Überleben brauchten, gewöhnt, selbst an den Anblick, wie sie an jenes kamen. Sie waren ein normaler Teil der Gemeinschaft. Und doch sträubte sich alles in mir dagegen, einen Platz in diesem Gefüge einzunehmen.

Die Erinnerung an Lindas Vorschlag, meine Schulden bei Raphael mit Blut abzubezahlen, blitzte vor meinem inneren Auge auf. Wie ironisch, dass mein Unwille diesbezüglich mich ausgerechnet in diese Situation geführt hatte.

Der Vampir musterte mich erneut. Sein Blick blieb an der Wunde an meinem Arm hängen, verweilte einige Atemzüge lang dort, und wanderte dann weiter. Ich rechnete fast damit, dass er um mich herumgehen würde, um mich von allen Seiten zu betrachten. Doch er beließ es dabei, mir in die Augen zu sehen. Mich beschlich das Gefühl, dass er etwas über mich wusste. Irgendetwas, von dem ich selbst keinen Schimmer hatte.

Während ich noch darüber rätselte, richtete er den Blick erneut auf Xenerion. »Bedauerlich, dass unsere preislichen Vorstellungen derart weit auseinandergehen. Aber für diese Summe werde ich sie auf keinen Fall kaufen.«

Lüge, durchzuckte es mich. Er würde mich sehr wohl für diesen Preis kaufen. Sogar für einen weitaus höheren.

Ich hasste meine Fähigkeit in diesem Augenblick mehr als je zuvor. Es war selten, dass sie ungewollt hervorbrach und gerade jetzt wäre es mir lieber gewesen, sie hätte geschwiegen. Dann hätte ich voller Erleichterung zusehen können, wie der Vampir sich abwandte und uns stehen ließ. Ich hätte mich freuen können, weil er scheinbar aufgegeben hatte.

Stattdessen sah ich ihm resigniert nach und wartete. Er spekulierte darauf, dass Xenerion ihn zurückrufen würde – und ich wusste, dass er damit richtig lag.

»Wartet!« Xenerion griff erneut nach meinem Arm. Diesmal zumindest nur, um mich mit sich zu ziehen, als er einen Schritt in die Richtung des Vampirs machte. »Was haltet Ihr von 600? Weiter runter kann ich unmöglich gehen, das würde mich ruinieren.«

Der Vampir hielt scheinbar unschlüssig inne. Wüsste ich nicht genau, dass er sich längst entschieden hatte, würde ich sofort glauben, dass er mit sich rang. Sein Blick wanderte immer wieder von Xenerion zu mir, als würde ein Teil von ihm auf das Angebot eingehen wollen, während ein anderer ihn davon abhielt.

»550«, fügte Xenerion hinzu. »Das ist mein letztes Angebot.«

Sag Nein, dachte ich wider besseren Wissens. *Bitte sag Nein und geh.*

Doch der Vampir nickte leicht. Er kam zurück und schlug in Xenerions ausgestreckte Hand ein. »Einverstanden.«

Xenerion wartete lang genug, um das Geld in Empfang zu nehmen, ehe er sich daran machte, die Ketten aufzuschließen. Ich widerstand mühsam dem Drang, ihm das Grinsen aus dem Gesicht zu treten, als er jene um meine Fußknöchel löste. Die Ketten aus schwerem Eisen waren rostig und hatten trotz meiner Stiefel stellenweise so stark über meine Haut gerieben, dass sie Wunden hinterlassen hatten. Als meine Hände frei waren, schimmerten bunte Blutergüsse an den Stellen, an denen die Gelenke zusammengebunden waren. Ich fing den Blick meines neuen Besitzers auf und meinte, Mitleid darin zu sehen.

»Es hat mich gefreut, mit Euch Geschäfte zu machen«, sagte Xenerion und deutete eine Verbeugung an. Falls er hoffte, sich damit einschmeicheln zu können, hatte er sich getäuscht. Der Vampir verzog keine Miene. Ebenso wenig machte er Anstalten, diesen Ort zu verlassen.

»Was ist mit ihren Sachen?«

Xenerions schleimiges Grinsen verrutschte. »Was?«

»Ihre Sachen«, wiederholte der Vampir. »Ich würde meinen gesamten Besitz darauf verwetten, dass Ihr dieses Mädchen nicht rechtens in Eure Obhut gebracht habt. Wahrscheinlich habt Ihr sie irgendwo überfallen. Ich bezweifle, dass sie zu diesem Zeitpunkt nur in Hemd und Hose unterwegs war.«

Im ersten Moment war ich zu überrascht, um zu reagieren. Ich konnte mir nicht erklären, warum er sich dafür einsetzte, meine Sachen zurückzuerhalten. Falls er beabsichtigte, sie mir zurückzugeben, konnte ich mich glücklich schätzen.

»Dann täuscht Ihr Euch«, widersprach Xenerion energisch. »Sie wurde verurteilt und mir übergeben.«

»Er lügt«, sagte ich. »Ich bin nie verurteilt worden.«

Ein leises Lächeln huschte über die Lippen des Vampirs. Er trat einen Schritt näher an Xenerion heran und senkte die Stimme. »Glaubt nicht, dass Ihr Euch schützen könnt, nur weil Ihr den ein oder anderen Wächter bestochen habt. Es gibt genug andere, die nicht darüber hinwegsehen würden, wenn sie von Euren Machenschaften erfahren sollten. Wollt Ihr es darauf ankommen lassen?«

Xenerion presste die Lippen fest zusammen und verengte die Augen. Er hielt dem Blickkontakt einige Atemzüge lang stand. Dann brach er ihn, stieß ein frustriertes Schnauben aus und drehte sich um, um auf seinem Wagen herumzuwühlen. Als er zurückkam, hatte er meine Jacke in der Hand. Von meinem Dolch und meinem Beutel oder dessen Inhalt war nichts zu sehen; vermutlich hatte er beides bereits verkauft.

Er warf die Jacke dem Vampir zu. »Das ist alles.«

Womöglich hätte ich widersprechen können. Ich ahnte, dass der Vampir in diesem Fall weiter auf Xenerion eingeredet hätte, aber ebenso wusste ich, dass es zwecklos wäre. Wenn Xenerion alles andere, was ich an diesem Abend bei mir getragen hatte, ohnehin verkauft hatte, würde er auch nicht mehr herausgeben können. Gut möglich, dass er sich nicht einmal mehr erinnerte, welcher Teil seines Diebesguts einst mir gehört hatte.

Ich schwieg, und nach einem letzten abschätzenden Blick zu Xenerion übergab der Vampir mir meine Jacke und wandte sich ab. »Komm.«

Er machte sich nicht einmal die Mühe, nachzusehen, ob ich ihm folgte. Für einen Moment blieb ich unschlüssig stehen und sah ihm nach. Ich hätte verschwinden können, und ein Teil von mir drängte mich dazu, sofort in die entgegengesetzte Richtung zu laufen. Mein Blick wanderte zurück zu Xenerion, der mich lauernd beobachtete – und ich gab mir einen Ruck. Wenn ich jetzt floh, würde Xenerion innerhalb weniger Augenblicke schreien und jeden darauf aufmerksam machen.

Im schlimmsten Fall würde ich dann erneut bei ihm landen. Die Vorstellung, was mich bei meinem neuen Besitzer erwarten würde, behagte mir nicht, doch zumindest war er freundlicher zu mir als Xenerion. Ich hatte das starke Gefühl, dass er mich in jedem Fall besser behandeln würde. Für den Augenblick genügte das, um meine unterschwellige Furcht zu verdrängen.

Ich gab mir Mühe, mir den Weg durch die Straßen einzuprägen. Entgegen meiner Erwartung waren wir nicht dem Strom der anderen Passanten nach Süden gefolgt, sondern an der nächsten Kreuzung nach Norden abgebogen. Das Nordviertel war das einzige, das ich seit meiner Ankunft vor einem Jahr nicht betreten hatte. Es befand sich im äußeren Teil der Stadt, durch den Fluss von den anderen Vierteln getrennt, und in unmittelbarer Nähe der Wächterburg. Wer hier lebte, musste sehr wohlhabend sein. Ich hätte mir nicht einmal ein Bett für eine Nacht leisten können, wenn ich einen Monat lang dafür gespart hätte.

Die Wunden an meinen Knöcheln brannten bei jedem Schritt und ich wurde zunehmend langsamer. Als der Mann neben mir wortlos seine Geschwindigkeit anpasste, musterte ich ihn aus den Augenwinkeln. Volle Lippen, gerade Nase, hohe Wangenknochen, lockere aufrechte Haltung. Alles an ihm strahlte Wohlstand aus, der über mehrere Generationen vererbt wurde. Dabei konnte er trotz der hellen Strähnen in den schwarzen Haaren nicht älter als dreißig sein, selbst wenn Leute aus dem Nordviertel immer jünger aussahen als Bewohner des Ostviertels im gleichen Alter.

Einzig seine Kleidung passte nicht in das Bild. Sie war schlicht, in dunklen Tönen gehalten, und kein Vergleich zu den grellbunten, ausgefallenen Kleidungsstücken der Reichen, die ich aus der Ferne beobachtet hatte. Allein der fließende Stoff, der sich bei jeder Bewegung wie eine zweite Haut an ihn schmiegte, deutete darauf hin, dass er mehr Vermögen besaß als jeder, den ich kannte. So etwas konnte man sich in meinen Kreisen nicht leisten.

Wir überquerten eine der schmalen Brücken – und ich fühlte mich, als wäre ich mit einem Mal in einer vollkommen anderen Stadt. Die Häuser hier waren in einem wesentlich besseren Zustand und mit Verzierungen versehen, deren Namen ich nicht einmal kannte: Säulen, kleine Türme auf dem Dach, bunte Glasscheiben in den Fenstern, Blumen und Kringel, die in die Mauern gemeißelt waren. Die Straßen waren breiter, sogar zwischen den Häusern, sodass man sich nicht durch dunkle Gassen voller Unrat quetschen musste. Selbst die Luft erschien mir anders: Weniger drückend und auf eine nicht fassbare Art frischer. Die Leute, die uns entgegenkamen, schienen es alles andere als eilig zu haben – und nicht wenige musterten mich derart herablassend, dass ich den Blick senkte und fest auf die Steine unter meinen Füßen richtete. Dabei konnte ich nicht einmal sagen, woher ihre Verachtung rührte. Vielleicht war es die Tatsache, dass ich eine Sklavin war. Oder aber sie missbilligten schlicht meine verstaubte, teils eingerissene Kleidung und die Tatsache, dass ich selbst in keinem besseren Zustand war.

Auf dem weiteren Weg verlor keiner von uns beiden ein Wort. Ich hätte gern gefragt, wohin wir gingen, oder warum er mich überhaupt gekauft hatte, doch ich traute mich nicht, die Stille zu brechen. Solange ich seinen Charakter nicht einschätzen konnte, wollte ich kein unnötiges Risiko eingehen. Gut möglich, dass es ihn störte, wenn ich ihn in seinen Gedanken unterbrach.

In jedem Fall gab mir der lange Weg Gelegenheit, zur Ruhe zu kommen. Mein erster Eindruck meines Herrn war positiv. Er hatte offensichtlich nicht vorgehabt, eine Sklavin zu kaufen, und sah auch keinen Sinn darin, sie zu schlagen, weil sie eine Aussage korrigiert hatte. Obwohl ich auf der Hut bleiben sollte, bis ich mehr über ihn wusste, hatte ich Hoffnung: Er könnte zu jenen gehören, die das Sklavenamulett nicht als Freischein ansahen, jemanden wie Dreck zu behandeln.

Letztlich war ich so sehr darauf konzentriert, schweigend den Boden anzustarren, dass ich unser Ziel erst bemerkte, als wir davor stoppten. Ich konnte gerade noch feststellen, dass dieses Haus nicht so imposant wie die anderen wirkte und mich irgendetwas daran irritierte. Dann schob mich der Vampir ins Innere und nahm mir den Blick darauf. Mein Herzschlag beschleunigte sich, als ich erkannte, dass wir in *seinem* Haus sein mussten. Was auch immer er vorhatte, es würde hier passieren.

Ich schluckte und versuchte, meine Gedanken auf etwas anderes zu lenken. Der Eingangsbereich war angenehm hell, ebenso wie die anderen Räume, die ich durch offenstehende Türen sehen konnte. Doch was meine Aufmerksamkeit am meisten fesselte, war der Baum neben der Treppe nach oben. Ein Baum, inmitten des Hauses. Das war es, was mich im ersten Moment irritiert hatte. Ich hatte von außen die Krone und einige Äste aus dem Dach ragen sehen.

»Du hast später genügend Zeit, um dich umzusehen.«

Ich zuckte ertappt zusammen. Später würde ich Zeit dafür haben – aber was würde bis dahin geschehen? Ich folgte zögernd dem Klang seiner Stimme zu einem der Räume rechts von mir und blieb auf der Türschwelle stehen. Der Raum war kleiner, als ich erwartet hatte. Etwa fünf Schritt in der Breite und doppelt so viel in der Länge. An der linken Wand standen ein Regal, in dem in geordneter Reihe mehrere beschriftete Fläschchen und Dosen lagen, und ein schmaler Tisch. Gegenüber davon befand sich ein Sofa. Für mehr gab es keinen Platz.

Der Vampir stand vor dem Regal und suchte nach etwas. Als er mich bemerkte, nickte er leicht in Richtung des Sofas. »Setz dich.«

Ich folgte der Aufforderung so langsam wie möglich, ließ mich auf der Kante der weichen Polster nieder, und überlegte, was er von mir erwartete. Von dieser Position aus konnte ich nicht erkennen, was er tat. Bei der Tür hatte ich mich sicherer gefühlt. Weniger eingeengt, mit einer Möglichkeit, zurückzuweichen.

Als er sich umdrehte, hatte er ein Glas mit einer durchsichtigen Flüssigkeit in der Hand. Und mit einem Mal siegte mein Instinkt gegenüber der Unsicherheit, ihn anzusprechen.

»Was ist das?«, fragte ich leise und presste meine Jacke fester an mich. Die Bewegung brach den frischen Schorf auf dem Schnitt in meinem Arm wieder auf, und ich verzog das Gesicht. Neues Blut sickerte in den Stoff. Etwas, das ich unmöglich vor dem Vampir verbergen konnte.

»Wasser. Du musst durstig sein.« Er lächelte und überbrückte die wenigen Schritte bis zu mir, um mir das Glas entgegenzustrecken.

Doch ich nahm es nicht. Ich hatte mich fest auf seine Antwort konzentriert, darauf gebaut, dass mich meine Fähigkeit nicht im Stich lassen würde. Er hatte gelogen. »Nein«, sagte ich. »Das ist kein Wasser.«

Er hob beide Augenbrauen und neigte den Kopf zur Seite. »Dann sagen wir, es ist etwas, das dich stärken wird. Du kannst es bedenkenlos trinken.«

Obwohl ich spürte, dass er diesmal die Wahrheit sagte, nahm ich das Glas nur widerstrebend entgegen. Es kostete mich Überwindung, es auszutrinken. Wüsste ich nicht, dass ich durchaus etwas Stärkendes brauchte, hätte ich mich wohl geweigert. Die Flüssigkeit schmeckte so bitter, dass es mich schüttelte und ich die Augen schließen und tief einatmen musste, um die aufsteigende Übelkeit zu unterdrücken.

Im selben Moment ergriff der Vampir meinen verletzten Arm und löste ihn von meiner Jacke. Ich zuckte zurück und kniff meine Augen fester zusammen, in der sicheren Erwartung, jeden Augenblick das Stechen von messerscharfen Zähnen in meiner Haut zu spüren.

Stattdessen fühlte ich etwas Feuchtes, das angenehm kühl war. Ich öffnete zögernd die Augen. Wie erwartet saß er neben mir, doch er fuhr nur mit einem angefeuchteten Tuch von meinem Handgelenk aus über meinen Arm, um das getrocknete Blut zu entfernen.

Ich starrte ihn an. Auf dem Weg hierher hatte ich mir viele mögliche Situationen ausgemalt, doch diese war nicht dabei gewesen. Gleichzeitig versuchte ich mich daran zu erinnern, mit was ich eigentlich gerechnet hatte. Doch es wollte mir nicht mehr einfallen. Meine Gedanken hatten ein Eigenleben entwickelt. Wenn ich sie greifen und festhalten wollte, lösten sie sich in Luft auf. Aber es war ein gutes Zeichen, dass der Mann neben mir das Blut von meinem Arm wusch.

Er erwiderte meinen Blick und hob einen Mundwinkel. »Verrätst du mir vielleicht jetzt deinen Namen?«

»Liv«, antwortete ich langsam, innerlich auf der Suche nach dem Rest meines Namens. Meine Augen wurden schwerer. Ich hatte das starke Bedürfnis, mich in das Sofa zu kuscheln und zu schlafen. »Liv…iana. Mein Name ist … Liviana.«

Mein Gegenüber lächelte. »Evan«, erwiderte er und legte das Tuch beiseite.

Dann fielen mir die Augen zu.

Als ich aufwachte, war mein Kopf schwer. Einen Wimpernschlag lang fühlte ich mich zurück an den ersten Tag bei Xenerion versetzt, als ich mich mitten in einem dunklen Raum wiedergefunden hatte, ohne zu wissen, wo ich mich befand oder wie viel Zeit vergangen war. Diesmal war es ähnlich. Es war zwar trotz der Vorhänge hell im Zimmer, doch das half mir nur bedingt. Es konnten wenige Stunden vergangen sein, ebenso gut ein ganzer Tag. Ich lag in einem breiten Bett, das ein wenig zu hart war, um bequem zu sein, und den Großteil des Raumes einnahm. Ich konnte keine Hinweise auf den Besitzer finden – es gab weder Bilder an den Wänden noch Dekorationen und selbst der mitternachtsblaue Teppich wirkte unbenutzt. Offensichtlich wurde dieses Zimmer nur äußerst selten betreten.

Evan, schoss es mir durch den Kopf, als ich mich aufrichtete. Natürlich. Er hatte mich Xenerion abgekauft, hierher gebracht und mir etwas eingeflößt, das mich stärken sollte. Stattdessen hatte es vor allem dafür gesorgt, dass ich eingeschlafen war. So tief, dass ich nicht einmal bemerkt hatte, wie er mich in dieses Bett gebracht hatte. Wenn mir selbst das entgangen war, wie viel hatte ich dann noch verpasst? Eines musste ich zugeben: Er hatte nicht gelogen. Ich war ausgeruht, die Schwellungen an meinen Handgelenken waren zurückgegangen und ich fühlte mich weniger kraftlos. Als ich die Beine über den Bettrand schwang und aufstand, schwankte ich dennoch einen Moment.

Wenigstens trug ich noch meine eigene Kleidung. Andere Veränderungen konnte ich auch nicht feststellen. Selbst die Schmutzflecken auf meinen Händen waren geblieben. Meine Hand fuhr unwillkürlich zu meinem Hals, in der unsinnigen Hoffnung, das Amulett wäre verschwunden. Aber es war noch da, mit dem blutroten Glasanhänger, der mich höhnisch anzufunkeln schien und verkündete, dass ich noch immer denselben sozialen Status hatte. Entgegen besseren Wissens versuchte ich, den Verschluss zu öffnen, und scheiterte erneut. Egal, wie oft ich es auch probierte – ich blieb immer erfolglos.

Ich zögerte an der Tür. Mein Instinkt drängte mich dazu, dieses Zimmer zu verlassen und herausfinden, wie viel Zeit inzwischen vergangen war und vor allem, wie meine Zukunft hier aussehen würde. Doch sobald ich das tat, würde ich unweigerlich zurück in die Situation kommen, in der ich seit dem Verlassen des Marktes war – unwissend, wann Evan sich dazu entschließen würde, Blut von mir zu fordern. Dass er es tun würde, stand fest. Warum sonst hätte er mich kaufen sollen? Dazu passte nur nicht, dass er am Anfang kein Interesse an mir gezeigt hatte.

Ich sah mich erneut in dem Raum um. Diesmal blieb mein Blick an dem wuchtigen Schrank an der rechten Wand hängen, anstatt achtlos darüber zu gleiten. Ich ging unschlüssig darauf zu. In Anbetracht des restlichen Raumes erschien es mir unwahrscheinlich, irgendetwas darin vorzufinden, doch dieser Gedanke ließ mich gleichzeitig zögern. *Wenn* da drin etwas lagerte, brauchte es niemand oder es war vor langer Zeit versteckt und dann vergessen worden. Ich war nicht besonders scharf darauf, von einem Berg Dreckwäsche überrollt zu werden, sobald ich die Schranktür öffnete. Zumal ich nicht wusste, wie der Eigentümer reagieren würde, wenn ich in seinen Sachen herumschnüffelte.

Mit den verrücktesten Erwartungen im Kopf zog ich die linke Schranktür einen Spalt weit auf. Keine davon traf zu. Er war leer, von meiner ordentlich zusammengelegten Jacke abgesehen. Also wurde dieses Zimmer weder regelmäßig genutzt noch diente es als Lager für Dinge, die sonst keinen Platz fanden. Sonderbar. Das Haus hatte zwar äußerst geräumig ausgesehen, aber ich konnte mir dennoch nicht vorstellen, warum jemand einen Raum auf das Nötigste beschränkt einrichten und dann ungenutzt lassen sollte. Wenn hier häufiger Gäste übernachten würden, wäre die Staubschicht auf den Schrankbrettern nicht dick genug, um Bilder hineinmalen zu können.

Ich verschob die Lösung dieses Rätsels vorerst auf später und begann, die Taschen meiner Jacke zu durchsuchen. Ich glaubte nicht daran, dass Xenerion das vergessen hatte, aber mit etwas Glück hatte er etwas übersehen. Die offensichtlichen Taschen waren bis auf ein paar Krümel leer, doch die versteckte Tasche im rechten Ärmel hatte ihr Geheimnis bewahrt. Ich fummelte Lindas Ring heraus, drehte ihn unschlüssig in der Hand, und schob ihn kurzerhand auf meinen Finger. Wenn ich ihn nicht versteckt hätte, wäre er gemeinsam mit meinen anderen Sachen längst von Xenerion verschachert worden. Es wäre wahrscheinlich sicherer, ihn weiterhin in dem Jackenärmel aufzubewahren. Aber ich erinnerte mich an Lindas Worte. Wenn der Ring mir etwas nutzen sollte, musste ich ihn tragen. Auch auf das Risiko hin, dass Evan ihn mir abnehmen würde.

Die Tür war nicht verschlossen. Ich schlich nach draußen – und erstarrte, als etwas unter meinen Füßen knisterte. Ein Blatt Papier, stellte ich fest, mit klaren, schwunglosen Buchstaben bestückt.

Liviana,

fühl dich wie Zuhause. Ich warte in der Bibliothek auf dich.

Ein Schauer kroch über meinen Rücken. Aus der Nachricht selbst war nicht viel herauszulesen, aber ihr Platz zeigte deutlich, dass Evan damit gerechnet, sogar darauf gezählt hatte, dass ich mein Zimmer verlassen würde, ohne auf ihn zu warten. War ich so leicht zu durchschauen?

Das gefiel mir nicht. Wenn er schon jetzt vorhersagen konnte, wie ich mich verhielt, was würde dann passieren, wenn er mich erst besser kannte?

Ich holte tief Luft, faltete das Papier zusammen und schob es in meine Jackentasche. Damit würde ich mich später befassen. Für den Moment war es wichtiger, mehr Informationen zu sammeln, bevor ich Evan gegenüberstand. Ich war nicht sicher, ob es sich bei der Aufforderung, mich wie Zuhause zu fühlen, um eine Floskel handelte oder ob sie doch ehrlich gemeint war. In meinem Kopf hatte sich eine Liste von Fragen gebildet, die sich beständig erweiterte. Die wichtigste – warum war ich hier? – würde mir nur mein neuer Besitzer beantworten können, doch für einen Teil der anderen könnte ich Hinweise im Haus finden. Ob er allein lebte, beispielsweise.

Mein Zimmer befand sich im ersten Stock, rechts davon die geschwungene Treppe, links der restliche Gang, der einen Halbkreis beschrieb. Den Mittelpunkt des Hauses bildete der Baum, der mir schon bei meiner Ankunft aufgefallen war. Ich trat dicht an das Geländer heran und spähte nach oben. Es war nach wie vor unfassbar für mich, wie inmitten eines Hauses ein Baum wachsen konnte. Ich hatte es sogar in Erwägung gezogen, ihn geträumt zu haben – würde ich nicht mit eigenen Augen sehen, wie er durch das Dach wuchs, würde ich es auch jetzt nicht glauben.

Ich überlegte, ob Evan warten würde, bis ich von allein zu ihm ging. Vampire hatten ein weitaus feineres Gehör als andere Wesen. Falls er in der Nähe war, hatte er bereits gehört, dass ich wach war. Vielleicht hatte er aber auch die Zeit falsch eingeschätzt und war nach draußen gegangen, während ich geschlafen hatte. Ich lauschte, und als das Haus schwieg, wanderte ich weiter durch den Gang, froh über den dicken Teppich, der meine Schritte schluckte. An den Wänden hingen Landschaftsgemälde, doch sie hatten wenig Aussagekraft.

Jedes zeigte ein anderes Motiv, von schneebedeckten Berggipfeln über weite Grasebenen bis hin zu hügeligen Mooren. Es war unmöglich, daraus zu schließen, ob es sich um Dekoration oder Erinnerungen handelte.

Die meisten Türen standen offen oder waren nur angelehnt, sodass ich einen Blick auf weitere Gästezimmer erhaschte, die dem Beispiel von meinem folgten: Keine persönlichen Gegenstände und eine Einrichtung, die auf das Nötigste beschränkt war. Allein der Raum am Ende des Ganges war geschlossen. Mit Sicherheit hätte ich dort die meisten brauchbaren Informationen über Evan gefunden. Aber ich wollte beim besten Willen nicht von ihm dabei ertappt werden, wie ich in seinem Schlafzimmer herumschnüffelte.

Ich überlegte gerade, ob ich es wagen sollte, die Treppe herunterzugehen, als mich leise melodische Töne erreichten. Mein Fuß verharrte über der ersten Stufe. Das war ein eindeutiges Zeichen, dass ich *nicht* allein war. Im Gegenteil. Irgendjemand war dort unten und spielte eine Melodie, deren Wehmut mir Tränen in die Augen trieb. Die dunklen Töne vibrierten in mir, lockten mich und legten gleichzeitig eine fremde Schwere um mein Herz. Ich folgte ihnen bedächtig, getragen von der anschwellenden Musik, bis ich durch eine angelehnte Tür schlüpfte. Die Bibliothek, schoss es mir durch den Kopf. Dann blieb mein Blick an der Gestalt am Fenster hängen und für den Moment war der Raum um mich herum vergessen. Evan saß schräg vor dem Erker, ein Cello zwischen den Beinen. Er hatte die Augen geschlossen und bewegte sich in Einklang mit dem Bogen, den er über die Seiten des Instruments führte. Ganz so, als wären er und das Cello eine Einheit, die einen Tanz zusammen aufführten, dessen Ergebnis mich innehalten ließ. Ich spürte die Sehnsucht in der Musik tief in mir, den Schmerz und die Trauer. Sie übertrugen sich mit einer Intensität auf mich, die mir die Kehle zuschnürte. Als der letzte Ton verklungen war, blinzelte ich mühsam die Tränen weg und atmete tief ein, doch die Schwere in meiner Brust ließ sich nicht vertreiben.

Als Evan die Augen öffnete, wanderte sein Blick zielstrebig zu mir. »Du bist wach.«

Ich räusperte mich verlegen. Die Musik hatte mich tief berührt, doch ich zweifelte daran, dass sie für meine Ohren bestimmt gewesen war. Und sie hatte es geschafft, meine unterschwellige Furcht zu vertreiben. Ich dachte nicht mehr daran, warum Evan mich gekauft haben könnte. Stattdessen fragte ich mich, was er erlebt haben musste, um derart starke Emotionen in seine Musik legen zu können. »Tut mir leid. Ich wollte nicht stören.«

»Das hast du nicht«, antwortete er. »Es ist eine Weile her, seit ich das letzte Mal Zuhörer hatte.«

Ich sah zu, wie er aufstand und Cello und Bogen in einem Kasten bettete. Die eingetretene Stille kam mir unwirklich vor, als wäre ich gerade aus einem Traum aufgewacht. Als ich feststellte, dass ich immer noch in der Tür stand, gab ich mir einen Ruck und betrat die Bibliothek vollständig. Im Gegensatz zu den anderen Räumen erstreckte sie sich über den ersten Stock hinweg bis zum Dach. An den Wänden ragten breite Regale in die Höhe, zum Teil so dicht mit verschiedensten Büchern bedeckt, dass ich bezweifelte, eines herausziehen zu können, ohne eine ganze Reihe zum Umfallen zu bringen. Eine schmale Treppe führte zu einer Galerie, um die obersten Bücher zu erreichen, und in der Luft hing der Geruch nach altem Papier. Im Zentrum des Raumes stand ein langer Tisch mit Stühlen. Andere Möbel konnte ich auf Anhieb nicht entdecken.

»Genau genommen«, fuhr Evan fort, »ist es auch eine Weile her, dass ich Gäste hier hatte.«

»Gäste«, wiederholte ich. Abgesehen von ihm und mir war das Haus wie ausgestorben. Falls sich nicht gerade jemand in einem der Räume im Erdgeschoss aufhielt, die ich noch nicht erkundet hatte. »Ich bin Eure Sklavin, nicht Euer Gast.«

Er warf mir einen flüchtigen Blick zu, nahm einen Stapel Bücher vom Tisch und wandte sich damit den Regalen zu. »Ich halte nichts von der Sklaverei. Für mich bleibst du ein Gast. Und es wäre mir lieber, wenn du mich duzen würdest.«

Meine Verwirrung stieg ins Unermessliche. Das machte noch weniger Sinn, als ich es erwartet hatte. Niemand kaufte einen Sklaven, um ihn dann als Gast zu behandeln. Außer irgendein Verwandter oder Freund war in diese missliche Lage geraten. Positiv für mich, aber dennoch ungewöhnlich. »Warum habt … hast du mich dann überhaupt gekauft?«

»Weil du eine Seherin bist.« Er quetschte ein zweifingerdickes Buch in eine Lücke, die ich bis dahin nicht einmal wahrgenommen hatte. Dann ging er zu einem Regal auf der gegenüberliegenden Seite des Raumes.

Ich folgte ihm langsam und musterte im Vorbeigehen betont desinteressiert die Buchrücken. »Habe ich noch nie gehört. Was soll das sein?«

»Der Begriff ist nicht sonderlich bekannt«, erklärte er, drückte mir kurzerhand den Bücherstapel in die Arme und begann, irgendetwas in dem Regal zu suchen. »Wahrscheinlich, weil die meisten Seher annehmen, ihre Gabe wäre einzigartig, und sich nicht in der Öffentlichkeit zu erkennen geben.«

Ich schwankte unter dem Gewicht. Allmählich beschlich mich das Gefühl, dass er nicht ganz klar im Kopf war. Wenn es so etwas wie *Seher* – was auch immer das bedeutete – geben würde, hätte ich doch davon hören müssen. Erst recht, wenn ich einer von ihnen sein sollte. Aussprechen wollte ich meine Befürchtung lieber nicht. Bei Verrückten wusste man nie, wie sie reagieren würden.

Evan zog ein schmales Buch heraus, an das ich gerade so mit den Fingerspitzen gekommen wäre. Als er mich wieder ansah, beeilte ich mich, ein unverbindliches Lächeln aufzusetzen. Zu spät, wenn ich sein Stirnrunzeln richtig deutete. »Du glaubst, ich denke mir das aus.«

»Mir kommt es nur merkwürdig vor, nie davon gehört zu haben«, antwortete ich bedächtig.

»Was nicht heißt, dass sie nicht existieren.« Er begann, das Buch durchzublättern. »Du kannst erkennen, ob jemand lügt oder die Wahrheit sagt, nicht wahr?«

Seine beiläufige Bemerkung überraschte mich im selben Moment, als ich versuchte, den Stapel in eine bequemere Position zu bringen. Ich zuckte zusammen, die Bücher in meinen Armen schwankten gefährlich in Richtung Boden, bis ich mich zurücklehnte und sie zurück an meine Brust rutschen ließ. »Wie kommst du darauf?«

»Weil du eine Seherin bist«, wiederholte er geduldig. »Lüge von Wahrheit unterscheiden zu können, ist eure Gabe.« Kurz vor der letzten Seite schien er endlich gefunden zu haben, was er suchte. Er nahm mir den Bücherstapel ab, reichte mir stattdessen das aufgeschlagene Buch und fuhr damit fort, die Bücher einzusortieren.

Ich starrte auf die eng beschriebene Seite und versuchte, die verblassten Buchstaben zu entziffern. Es war nur ein kleiner Absatz, doch er bestätige Evans Behauptung. Seher waren offenbar die Nachkommen von Magiern und Menschen – obwohl nicht alle von diesen die Gabe des Sehens besaßen. Der Autor gab an, dass sie sich bei jedem Seher anders äußerte. Manche hörten wie ich die Lüge in der Stimme, andere fühlten sie und wieder andere sahen den Unterschied. Allen gemein war, dass ihre Gabe nicht ununterbrochen arbeitete. Sie mussten sich darauf konzentrieren und ihren Einsatz trainieren, um sie bewusst einsetzen zu können.

Es passte perfekt zu mir. Das war das Problem. Ich fand mich mühelos darin wieder – selbst der Teil mit meinen Eltern stimmte überein – und dennoch fühlte ich mich unwohl mit diesem Wissen. Dass andere diese Fähigkeit haben könnten, hatte ich bisher nur vermutet. Es zu wissen, hinterließ ein stumpfes Gefühl in mir. Ich wusste noch nicht, ob ich mich darüber freute oder nicht.

Noch beunruhigender war aber die Tatsache, dass Evan genau wusste, zu was ich in der Lage war. Vor allem, dass er mich allein aus diesem Grund gekauft hatte. Daher rührte seine Motivation und das konnte wiederum nur bedeuten, dass er daraus einen Nutzen ziehen wollte.

»Glaubst du mir jetzt?«

»Mir bleibt wohl nichts anderes übrig«, sagte ich und zögerte, ehe ich fortfuhr. »Obwohl ich nicht verstehe, woran du das erkannt hast.«

»Dein Blut«, erwiderte Evan. »Man erkennt es am Geruch. Beziehungsweise erkenne ich es. Ich schätze, für dich macht es keinen Unterschied.«

Ich presste die Lippen zusammen. Er hatte recht – für mich würde es keinen Unterschied machen. Ich war ja kein Vampir. Die Vorstellung, dass er am Blutgeruch erkennen konnte, welches Wesen vor ihm stand, war auf eine merkwürdige Art faszinierend und gleichzeitig beängstigend. »Dann hast du schon einmal einen Seher getroffen?«

Er schüttelte den Kopf und schob das letzte Buch an seinen Platz. »Nein. Das Blut jedes Einzelnen riecht unterschiedlich und hängt von verschiedenen Faktoren ab. Aber du rochst zumindest nach Mensch und Magier, also war die Wahrscheinlichkeit hoch. Einen Versuch war es wert.«

Ich schluckte. Die vorigen Minuten hatten meine Gedanken daran, warum Vampire normalerweise Sklaven kauften, verdrängt. Evan so selbstverständlich über Blut und dessen Geruch reden zu hören, brachte sie mit voller Kraft zurück.

Als Evan sich wieder zu mir drehte, huschte Verblüffung über seine Miene. »Ich habe nicht vor … falls du das denkst.«

Dein Blut zu trinken. Waren mir meine Gedanken derart stark anzusehen gewesen? Oder war es schlicht das Offensichtlichste, was mir durch den Kopf gehen konnte?

»Wenn ich nicht deshalb hier bin«, setzte ich an und vermied es tunlichst, den genauen Wortlaut auszusprechen. »Warum dann? Und sag bitte nicht schon wieder, weil ich eine Seherin bin. Den Teil habe ich mittlerweile verstanden.«

»Weil ich deine Hilfe brauche.«

Ich wartete schweigend, doch anstatt fortzufahren, sah Evan aus dem Fenster. Meine Vorstellung, *wobei* er Hilfe brauchen konnte, war äußerst schwammig. Er war offensichtlich wohlhabend und gebildet, was bei den meisten Problemen, die mir einfielen, eine schnelle Lösung versprach. Falls er sich mit irgendwelchen zwielichtigen Gestalten angelegt hatte, würde ich ihm auch da keinen Nutzen bringen. Besonders nicht, wenn es jemand war, bei dem ich selbst Schulden hatte.

Auf mich wirkte er allenfalls ein wenig einsam. Aber um das zu beheben, gab es deutlich bessere Methoden als eine Sklavin zu kaufen, obwohl man nichts von der Sklaverei hielt.

»Es geht um die Wächter«, sagte er schließlich. »Ich glaube, dass es unter ihnen einige gibt, die ihre Stellung ausnutzen, um selbst Verbrechen zu begehen. Aber es ist so gut wie unmöglich, das zu beweisen.«

Und an dieser Stelle kam offenbar ich ins Spiel.

»Oh nein, ganz sicher nicht«, widersprach ich entschieden. »Mir ist es egal, was die Wächter treiben. Ich werde mich nicht mit denen anlegen, selbst wenn das wahr wäre.«

Evan verließ seinen Platz am Fenster. »Aber ist nicht genau das der Punkt? Wie können wir wegsehen, während sie tun und lassen können, was sie wollen?«

Ich lauschte in mich hinein, auf der Suche nach einer ähnlich leidenschaftlichen Entrüstung über diese Tatsache, wie Evan sie an den Tag legte. Nichts. Nur ein Funke, dessen Aufblitzen durch das Bedürfnis nach Flucht verdeckt wurde. »Ich kann das ziemlich gut, um ehrlich zu sein. Das ist nicht meine Angelegenheit. Außerdem müssen sich die Wächter voreinander rechtfertigen. Wenn sie ihre eigenen Regeln nicht beachten, wird das einer von den anderen merken.«

»Es *ist* deine Angelegenheit«, sagte er scharf, blieb knapp vor mir stehen und funkelte mich an. »Andernfalls wärst du nicht hier. Oder bist du doch rechtmäßig zu dieser Strafe verurteilt worden?«

»Noch nicht«, murmelte ich. Dann trat ich einen Schritt zurück, langsam genug, um Evan hoffentlich klar zu machen, dass ich diesen Abstand mit voller Absicht erzeugte. »Dann hat Xenerion mich eben überfallen und ohne Genehmigung zur Sklavin gemacht. Das bedeutet nicht automatisch, dass irgendwelche Wächter daran beteiligt sind.«

Einen Moment später blitzte die Erinnerung daran auf, was ich beobachtet hatte, bevor Xenerion mich erwischt hatte. Er hatte sich in dieser Gasse mit den Wächtern getroffen, unterhalten und irgendetwas von ihnen bekommen. Wen wollte ich eigentlich wirklich vom Gegenteil überzeugen?

»Doch, heißt es. Irgendjemand deckt seine Machenschaften, sonst wäre ihm schon längst das Handwerk gelegt worden.«

Ich verschränkte die Arme und wich seinem Blick aus. Das war verrückt. Man beschuldigte die Wächter nicht, gegen ihre eigenen Gesetze zu verstoßen. Das konnte nur schief gehen. »Ein Grund mehr, sich da raus zu halten. Oder willst du auch als Sklave enden?«

Evan stieß einen tiefen Seufzer aus. »Es wäre nicht dein Schaden, mir zu helfen, Liviana. Du müsstest nur bezeugen, ob jemand lügt oder nicht. Bitte. Ich suche seit Jahren nach einem Weg, ihnen etwas nachzuweisen. Aber ich bin erst vor Kurzem darauf gestoßen, dass es Seher gibt und dass ihre Gabe helfen könnte. Es war eine spontane Idee, dich von diesem Sklavenhändler zu kaufen. Wenn das Ganze vorbei ist, helfe ich im Gegenzug dir.«

Aus seinem Mund klang es einfach. Risikolos. Etwas, das man getrost im Halbschlaf tun konnte. Als hätte er sich schon einen hieb- und stichfesten Plan zurechtgelegt. »Wobei willst du mir helfen?«

»Dabei, einen Wächter zu finden, der dir diese Kette abnimmt, ohne Fragen zu stellen. Deshalb hast du dich doch noch nicht an sie gewandt, oder? Weil sie wissen wollen würden, wer du bist. Und das hätte nicht die besten Folgen für dich.«

Zugegeben – das war nicht schwer zu erraten. Und das Angebot war durchaus verlockend. Ich wusste, dass ich nicht frei kommen würde, ohne mich an die Wächter zu wenden. Sie waren die Einzigen, die diese Amulette öffnen und damit das Sklavendasein beenden konnten. Doch das würde unweigerlich dazu führen, dass ich in einer ganz ähnlichen Situation landete. »Nur damit ich das richtig verstehe: Du willst die Vergehen der Wächter aufdecken und dann einen dazu bringen, für mich beide Augen zuzudrücken? Meiner Meinung nach widerspricht sich das.«

Evan zuckte mit den Schultern. »Es ist für einen guten Zweck. Also, was ist? Hilfst du mir?«

8. SKADI

Skadi verließ die Wächterburg mit zwiespältigen Gefühlen. Sie war sich mittlerweile nicht mehr sicher, inwiefern es klug gewesen war, Keldans Angebot direkt anzunehmen. Vielleicht hätte sie lieber eine Nacht darüber schlafen sollen. Wenn Keldan ein derart großes Interesse an einer Zusammenarbeit mit ihr hatte, wie er ihr glauben machen wollte, hätte er ihr diese Bedenkzeit mit Sicherheit eingeräumt. Sie hatte eingewilligt, ohne sich in vollem Umfang bewusst zu sein, worauf sie sich da eingelassen hatte. Wenn sie ehrlich war, hatte sie keinen Schimmer, was Berater der Wächter taten. Würde sie den ganzen Tag untätig in der Burg sitzen und darauf warten, dass Keldan irgendetwas fand, zu dem er ihre Meinung hören wollte? Allenfalls würde er sie gelegentlich mitnehmen, wenn er sich irgendwo umsehen oder einen Verdächtigen befragen wollte. Etwas anderes konnte sie sich beim besten Willen nicht vorstellen. Besser gesagt wollte sie es sich nicht vorstellen. Gemeinsam mit ihm durch die Stadt zu laufen, auf der Suche nach jemandem, der gegen die Gesetze verstieß, erschien ihr für den Moment wenig reizvoll. Ihre Gedanken schweiften zu ihren ehemaligen Schmugglerkollegen. Abgesehen von Luke kannte sie nur der Koordinator des Ganzen, doch das war schon zu viel. Wie würden sie reagieren, wenn sie erfuhren, dass Skadi mit den Wächtern zusammenarbeitete? Im schlimmsten Fall würden sie davon ausgehen, dass sie sie verraten hatte oder es noch tun würde.

Keldan hatte festgelegt, dass sie sich morgen früh am Tor der Burg treffen würden. Bis dahin würde er noch einmal nachhaken, ob einer der höhergestellten Wächter etwas gegen ihre Funktion als Beraterin hatte. Danach würde offiziell ihr erster Tag als eine von ihnen beginnen. In der Zwischenzeit musste sie es schaffen, Magnus davon abzuhalten, sie wegen dieser Entscheidung umzubringen ... oder zu verlassen. Dass er sie nicht ohne Weiteres akzeptieren würde, wusste sie, noch bevor sie den alten Turm betrat. Andererseits war sie nicht die Einzige, die etwas erklären musste. Es kam ihr mittlerweile überaus komisch vor, von ihm ausgerechnet in einen Laden geführt worden zu sein, der mit illegalen Waren handelte.

Als sie ihr Zimmer betrat, hatte sich auf den ersten Blick nichts verändert. Die Decke lag haargenau in demselben Knäuel am Fußende des Betts, wie sie sie am Morgen zurückgelassen hatte. Die Fensterläden waren geöffnet, die Krümel in den Bodenritzen noch vorhanden, die Vorladung zu der Anhörung unbeachtet auf dem Tisch. Es sah aus wie immer, obwohl es aus Skadis Sicht die Veränderungen der letzten Woche irgendwie hätte widerspiegeln müssen. Sie war vor einem Wächter geflohen, von ihm zu ihrer Anhörung gebracht worden, in eine Razzia in einem verstaubten Laden geraten, als Zeugin zu selbiger befragt worden und war von einer Schmugglerin zu einer Beraterin der Wächter aufgestiegen. Damit hätte sie selbst in ihren kühnsten Träumen nicht gerechnet.

»Magnus?« Skadi blieb auf der Türschwelle stehen und sah sich erneut gründlich im Raum um. »Ich weiß, dass du es mir übel nimmst, mit Keldan mitgegangen zu sein. Aber wir müssen uns unterhalten.«

Im ersten Moment blieb es still. Dann bewegte sich die Decke, und Magnus krabbelte hervor, ohne sie eines Blickes zu würdigen. Er kletterte auf den höchsten Punkt des Deckenhaufens und streckte demonstrativ die Nase in die andere Richtung.

Skadi seufzte. Das würde offensichtlich genauso unangenehm werden wie erwartet. Wahrscheinlich fand Magnus es schon schrecklich, dass sie Keldans Namen kannte und nutzte, anstatt *der Wächter* zu sagen. Sie ließ sich auf den Schemel neben dem Tisch sinken. »Du weißt doch noch, dass ich hier bin, weil meine Eltern mir ein besseres Leben ermöglichen wollten, oder? Dass ich nicht so wie sie Tag für Tag auf den Feldern eines Dorfes stehen muss und trotzdem nur gerade so über die Runden komme.«

Magnus nickte und warf ihr einen kurzen, verwirrten Blick zu. Dann besann er sich wohl wieder darauf, sie ignorieren zu wollen, und sah zur Tür.

»Sie wären nicht erfreut gewesen, dass ich geschmuggelt habe«, fuhr Skadi fort. »Sie … haben immer daran geglaubt, dass ich etwas Richtiges aus meinem Leben mache. Dass ich etwas tun würde, auf das man stolz sein kann. Und das war das Schmuggeln definitiv nicht. Aber stell dir vor, wie stolz sie wären, wenn ich … nur mal angenommen … eine Beraterin der Wächter wäre.«

Ihre letzten Worte verhallten in Stille. Magnus hatte es aufgegeben, sie ignorieren zu wollen, und starrte sie unverhohlen an. Er rührte sich nicht, als würde er versuchen zu verstehen, worauf sie hinauswollte. Skadi war überzeugt, dass er ihre Anspielung sehr wohl verstanden hatte. Nur glauben schien er sie nicht zu wollen. Als er weiterhin keine Reaktion zeigte, fasste sie neuen Mut. »Keldan« – diesmal sträubte Magnus bei der Erwähnung dieses Namens das Fell – »hat mir ein Angebot gemacht. Er glaubt, dass ich eine große Hilfe sein könnte.«

Magnus schüttelte vehement den Kopf.

»Ich habe eingewilligt«, fuhr Skadi leiser fort. Sie sah zu, wie Magnus blitzartig vom Bett sprang und zur Tür flitzte. »Warte! Ich weiß, dass du etwas gegen die Wächter hast. Aber das … das ist das Beste, was mir passieren konnte. Damit verschwinden alle unsere Probleme auf einen Schlag, Magnus. Wir werden keine Geldsorgen mehr haben, müssen nicht mehr damit rechnen, dass die Wächter uns beim Schmuggeln erwischen, und gehen einer ehrenvollen Aufgabe nach. Wir könnten Gutes tun, dabei helfen, dass jedem Gerechtigkeit zuteilwird. Ist dir das nichts wert?«

Magnus hielt inne. Er rang mit sich – den Kopf halb zu ihr gedreht, während seine Pfoten in Richtung Tür zuckten. Dann drehte er sich langsam um und sprang zurück auf das Bett. Weit genug von Skadi entfernt, um ihr deutlich zu zeigen, dass er ihr nicht etwa verziehen hatte. Aber immerhin schien er bereit zu sein, ihr zuzuhören.

»Es ist nicht so, dass wir ständig mit den Wächtern zu tun haben würden«, erklärte Skadi. Sie hoffte, dass das auch der Wahrheit entsprach. »Meine Bedingung war, nur mit Keldan zusammenzuarbeiten. Wenn es nur er ist, können wir uns an ihn gewöhnen. Und wenn wir feststellen, dass das überhaupt nicht unser Ding ist, können wir das Ganze auch abbrechen. Aber versuchen sollten wir es. So eine Chance bekommt man nicht alle Tage.«

Magnus zuckte mit den Ohren und verließ das Bett erneut. Statt zur Tür kam er diesmal auf sie zu, kletterte an ihr nach oben und landete auf dem Tisch. Dann setzte er sich auf die Vorladung und kratzte darauf herum.

»Ich glaube nicht, dass das ein Versuch sein soll, mich doch noch der Schmuggelei zu überführen. Das wäre zu ... hinterlistig für ihn. So etwas macht er nicht.«

Magnus' Blick zeigte deutlich, dass er es für äußerst bedenklich hielt, Skadi auf diese Art von Keldan reden zu hören. Sie musste zugeben, dass es wirklich ungewöhnlich war. Normalerweise wäre sie nicht innerhalb derart kurzer Zeit so sicher gewesen, jemanden in gewisser Hinsicht einschätzen zu können. Aber bei Keldan war sie davon überzeugt, einen wichtigen Teil seiner Persönlichkeit erkannt zu haben – er hatte feste Prinzipien.

Obwohl Magnus unter Vorbehalt zugestimmt hatte, dass Skadi es als Beraterin versuchen sollte, ließ er sich nichts zu dem Vorfall am Morgen entlocken. Es war ein Rätsel für Skadi, ob er von den illegalen Geschäften in dem Laden gewusst und es ihr absichtlich nicht mitgeteilt hatte oder ähnlich ahnungslos, wie sie gewesen war. Seiner Ansicht nach war das Thema inzwischen sowieso überflüssig, da sie ja jetzt eine weitaus lukrativere Arbeit gefunden hatte.

Skadi entschied schließlich, dass es Zufall gewesen sein musste. Selbst wenn Magnus etwas gewusst hätte, hätte er sie unter keinen Umständen ausgerechnet dann dorthin gebracht, als die Wächter dort auftauchen wollten. Zumal sie ohne das alles noch immer durch die Stadt irren und jeden fragen würde, ob er bei irgendetwas Hilfe brauchte. Und dann war da noch diese Glaskugel. Nach dem Gespräch mit Keldan hatte sie sie völlig vergessen, bis sie eben die Jacke ausgezogen und etwas in ihrer Tasche gespürt hatte. Sie würde schwören, dass es sich bei der Kugel auch um Diebesgut oder eines der verbotenen Artefakte handelte, die laut Keldan den Hauptbestandteil des Ladens ausgemacht hatten. Es wäre sinnvoller, sie ihm zu übergeben – so schnell wie möglich. Nur für den Fall, dass sie gefährlich war, von irgendjemandem vermisst wurde oder beides zusammen. Aber so weit ging ihr Vertrauen in den jungen Wächter dann doch nicht. Sie hatte den richtigen Moment verpasst, und jetzt würde er es ihr möglicherweise selbst als Diebstahl anlasten, sie mitgenommen zu haben. Außerdem konnten magische Gegenstände immer nützlich sein und diese Kugel sah aus, als würde sie den ein oder anderen Zauber beinhalten.

Sie würde sie behalten, fürs Erste zumindest. Und hoffen, dass die nächsten Tage nicht so aufregend werden würden wie der heutige.

Als sie am nächsten Tag vor dem Tor der Wächterburg wartete, war sie sich mit einem Mal nicht mehr sicher, ob Keldan überhaupt auftauchen würde. Es war nicht mehr ganz so unangenehm, hier zu sein, wie beim ersten Mal, dennoch war sie froh, draußen stehen bleiben zu können. Obwohl das bedeutete, dass sie im schlimmsten Fall bis zum Mittag sinnlos neben der Mauer lungerte, während Keldan schon längst irgendwo anders war. Zumindest schien es, als hätte er sie entweder vergessen, wäre aufgehalten worden oder hätte sich dazu entschieden, ihr auf diese Art mitzuteilen, dass er seine Meinung geändert hatte. Sie hatte eine Verschwiegenheitserklärung unterschreiben müssen, um überhaupt eine Chance auf den Job zu haben, doch sie hatte Zweifel, ob das reichen würde. Schließlich hatte man sie trotz allem im Verdacht gehabt, zu schmuggeln.

Magnus begann auf ihrer Schulter unruhig zu werden, und Skadi überlegte ernsthaft, ob sie umkehren und nach Hause gehen sollte. Die beiden Torwächter übersahen sie geflissentlich. Es war zu bezweifeln, dass sie ihr geholfen hätten, selbst wenn Skadi sich getraut hätte, sie anzusprechen. Theoretisch wäre es möglich, zielstrebig in die Burg hineinzuspazieren und Keldan zu suchen – aber das würde Skadi nur im äußersten Notfall tun. Sie wusste ja nicht einmal, wo sie suchen müsste, geschweige denn wohin sie durfte und wohin nicht.

Es war gar nicht so unwahrscheinlich, dass sie die Wächter in diesem Moment vollkommen falsch einschätzte. Die meisten von ihnen waren mit Sicherheit um einiges weniger arrogant als sie annahm, und würden sie nicht mit einem schiefen Blick bedenken, wenn sie zwischen ihnen herumirrte. Aber es gab eben auch jene, denen sie lieber nicht begegnen wollte – jenem, den sie bei ihrer Anhörung heimlich Krähe getauft hatte, beispielsweise. Irgendetwas sagte ihr, dass er nicht sonderlich viel von der Arbeit mit Beratern im Allgemeinen und ihr selbst im Besonderen hielt. Aber wenn sie Glück hatte, würde sie nie wieder etwas mit ihm zu tun haben. Falls doch, dann hoffentlich nachdem sie geholfen hatte, ein paar wichtige Fälle zu lösen.

Sie hatte sich derart auf die Burg und das Tor konzentriert, dass sie zusammenfuhr, als ein Geräusch direkt hinter ihr erklang. Sie wirbelte gerade noch rechtzeitig herum, um zu sehen, wie Keldan elegant landete. Sein Morgen hatte offenbar früher begonnen als ihrer.

»Du bist gekommen«, bemerkte er. »Ich muss zugeben, dass ich mir dessen nicht sicher war.«

Ich ebenso wenig, dachte Skadi. Dass er dazu übergegangen war, sie zu duzen, bedeutete dann wohl, dass es vonseiten der anderen Wächter keine Einwände gegen ihre Zusammenarbeit gab. »Ich war zu neugierig, um es nicht zu tun.«

Das war nicht einmal gelogen. Es interessierte sie wirklich, was sie in den nächsten Tagen und Wochen kennenlernen würde. Auf normalen Weg erfuhr man nur wenige Details über die Vorgänge in der Burg. Skadi wusste nicht, welche Methoden die Wächter anwandten, um Verbrechen aufzuklären, bei denen der Täter nicht auf frischer Tat ertappt wurde. Es gab Anhörungen und Befragungen, aber das konnte nicht alles sein.

Und – etwas, das sie nicht mal vor sich selbst zugeben wollte – in der vergangenen Nacht hatte sich ihre Nervosität in gespannte Erwartung gewandelt. Sie freute sich darauf, an der Arbeit der Wächter beteiligt zu sein. Sie ahnte, dass sich das spätestens beim ersten Anzeichen von Gefahr wieder verflüchtigen würde, doch für den Moment war sie voller Tatendrang.

Keldan lächelte flüchtig, wandte sich von der Burg ab und der Stadt zu. »Dann muss ich dich leider enttäuschen. Wir sind heute nur im Südviertel unterwegs. Ich glaube nicht, dass da etwas Aufregendes passieren wird.«

»Dann laufen wir nur durch die Stadt?« Skadi beeilte sich, zu ihm aufzuschließen. Dass in ihrer Stimme Enttäuschung mitgeschwungen hatte, konnte sie nicht verhindern. »Ich meine, ich weiß, dass das wichtig ist. Aber ich verstehe nicht ganz, warum ich dabei sein soll.«

Magnus gab ein zustimmendes Geräusch von sich. Als Keldan aufgetaucht war, hatte er regungslos auf ihrer Schulter verharrt – als würde er sich nicht entscheiden können, ob er ihn ignorieren oder so lange belästigen sollte, bis er ihrer Zusammenarbeit überdrüssig war. Es war für Skadi immer noch ein Wunder, dass er sich überhaupt dazu überreden lassen hatte, mitzukommen. Insgeheim vermutete sie, dass er sie nicht den ganzen Tag mit Keldan allein lassen wollte. Nur für den Fall, dass der irgendetwas im Schilde führte.

»Du bist dabei, weil vier Augen mehr als zwei sehen«, antwortete Keldan. »Zumal das dein erster Tag ist. Wir sollten noch einige Dinge besprechen.«

Sie ließen die Burg hinter sich und bogen in Richtung Süden ab. Skadi überlegte, worauf dieses Gespräch hinauslaufen sollte. Wenn er ihr jetzt mögliche Risiken erklären wollte, war es dafür längst zu spät.

»Dass du weglaufen kannst, hast du mir ja anschaulich bewiesen«, fuhr Keldan fort, »aber wie sieht es mit dem Kämpfen aus?«

»Nicht besonders gut.« Skadi zögerte. »Ist das wichtig?«

Keldan wich einem entgegenkommenden Ochsengespann aus, sah sich aufmerksam um und wechselte dann die Straßenseite. Skadi tat es ihm gleich und versuchte herauszufinden, ob ihm etwas aufgefallen war. Sie konnte nichts Ungewöhnliches entdecken. Wahrscheinlich war es reine Gewohnheit, die Umgebung nach möglichen Auffälligkeiten abzusuchen, bevor man irgendwo abbog. Eine Gewohnheit, die sie sich auch noch aneignen musste.

»Genau genommen nicht. Berater sollen sich eigentlich strikt aus allen Gefahren heraushalten, und wenn abzusehen ist, dass es Komplikationen geben und zum Kampf kommen wird, sollen wir euch nicht einmal mitnehmen.«

»Aber?«

»Aber das halte ich nicht für klug«, sagte er. »Du solltest in der Lage sein, dich verteidigen zu können. Weglaufen funktioniert nicht immer und es ist nicht auszuschließen, dass wir unvermittelt in einer solchen Situation landen. Wenn es dazu kommt, will ich nicht gleichzeitig ein Auge auf meine Gegner und dich haben müssen.«

Verständlich. In Skadis Augen machte die Vorschrift, dass Berater gefährliche Situationen meiden sollten, zwar Sinn, aber sie sah auch ein, dass sie nicht durchzusetzen war. Sie konnte doch schlecht tatenlos am Rand stehen, während Keldan gegen irgendjemanden kämpfte, nur weil sie sich nicht daran beteiligen durfte. Obwohl sie derzeit eher eine Belastung als ernst zu nehmende Hilfe in dieser Hinsicht wäre.
»Würdest du mir denn beibringen, zu kämpfen?«, fragte sie zögernd. »Beziehungsweise mich zu verteidigen?«

Keldan nickte abwesend. Dann fuhr er herum, so plötzlich, dass Skadi nur durch einen beherzten Sprung zur Seite verhinderte, von ihm erwischt zu werden. Im nächsten Moment kam sie sich albern vor, derart heftig reagiert zu haben. Er hatte wohl kaum vorgehabt, sie zu schlagen oder mit einem Dolch zu erstechen. Doch Keldan grinste nur. »An deiner Reaktionsfähigkeit müssen wir zumindest nicht arbeiten. Das ist eine annehmbare Grundlage.«

»Das sollte ein Test sein?« Skadi schüttelte irritiert den Kopf. Wenn das Kampftraining *so* aussehen sollte, würde sie nicht viel davon haben. Ihr Instinkt mochte ihr dabei helfen, rechtzeitig ausweichen zu können, doch er war auch immer dafür, zu fliehen. Um das Gegenteil zu erreichen, würde mehr als ein überraschender Angriff nötig sein.

»Selbstverständlich. Irgendwie muss ich ja herausfinden, wo wir ansetzen können.« Er warf Magnus einen abschätzenden Blick zu, als würde er damit rechnen, jeden Moment von ihm attackiert zu werden. »Ich glaube, deine Ratte mag mich nicht sonderlich.«

Wenn irgendwie möglich, plusterte Magnus sich noch mehr auf. Bei Keldans *Test* hatte er sich fest in Skadis Schulter gekrallt und ein warnendes Fauchen ausgestoßen.

»Ist nichts Persönliches«, murmelte sie. »Nicht direkt zumindest.«

Keldan schien sich dessen nicht sicher zu sein, verzichtete aber darauf, nachzuhaken. Sinnvolle Antworten hätte Skadi ihm ohnehin nicht geben können. Zumal sie sich ihrer eigenen Antwort nicht sicher war. Magnus hatte prinzipiell etwas gegen alle Wächter, aber es war möglich – sogar wahrscheinlich –, dass er Keldan ganz besonders wenig leiden konnte.

»Gibt es noch andere Dinge, die ich wissen sollte?«, fragte sie. »Regeln und Vorschriften, die für Berater gelten?«

»Das meiste versteht sich von selbst. Verstoße gegen keine Gesetze. Gib keine sensiblen Informationen an andere weiter. Versuch nicht, auf eigene Faust zu ermitteln. Halte dich an Anweisungen. Halte keine Informationen zurück. Verbreite keine Lügen. Nutze diese Position nicht, um private Streitigkeiten zu klären.« Er hielt inne und dachte einen Moment nach. »Das sollte das Wichtigste gewesen sein. Wenn du diese Grundsätze beachtest, solltest du nichts falsch machen können.«

Nichts leichter als das, dachte Skadi. Verstoße gegen keine Gesetze, halte dich an Anweisungen, und …? Den Rest würde sie sich hoffentlich mit der Zeit merken. Falls nicht, musste sie darauf vertrauen, sich intuitiv daran zu halten.

9. LIV

Ich wusste, dass ich keine andere Wahl gehabt hatte, als mit Evan ins Geschäft zu kommen. Doch später wünschte ich mir, zumindest die Bedingungen besser festgelegt zu haben. Ich sollte ihm helfen, die Verbrechen der Wächter aufzudecken – wusste aber weder wie das Vonstattengehen noch wie lange das Ganze dauern sollte. Er würde mir nur dann helfen, wenn mein Teil der Abmachung erfüllt war, der aber wiederum äußerst vage gehalten war. Was, wenn er sich das alles doch einbildete? Dann würde ich am Ende Jahre damit verbringen, seinen verrückten Ideen zu folgen, ohne beweisen zu können, dass es keinen Zweck mehr hatte. Es gab sicher schlechtere Arten, sein Leben zu verbringen – besonders in Anbetracht seines Wohlstandes –, aber die Vorstellung behagte mir dennoch nicht. Es würde bedeuten, Tag für Tag hier sein zu müssen, nicht selbst entscheiden zu können, wann ich weiterzog oder was ich mit dem Rest meines Lebens anfing.

Aus meiner Sicht gab es deshalb nur eine Lösung: Wir mussten diese angeblichen Verbrechen aufdecken, und zwar so schnell wie möglich. Auch wenn es bedeutete, sich vollen Bewusstseins mit den Wächtern anzulegen. Falls sie uns bei irgendetwas erwischen sollten, konnte ich die Schuld immerhin auf Evan schieben. Als seine Sklavin hatte ich schließlich nichts anderes getan, als seine Anweisungen zu befolgen ... theoretisch gesehen. Auch wenn keiner von uns beiden mich in dieser Position sah.

Wie lange Evan sich schon mit diesem Thema beschäftigte, konnte ich nur raten. Lang genug, um sich selbst von der Richtigkeit seines Tuns zu überzeugen, jeden Zweifel, dass er sich getäuscht haben könnte, zu vernichten, und einen perfekten Plan auszuarbeiten. Letzteres hatte er mir gegenüber zwar so ähnlich erwähnt, aber kein weiteres Wort dazu verloren. Bevor er mich in jenen Plan einweihte, wollte er ein paar Besorgungen machen und bestand darauf, mich mitzunehmen. Was den unangenehmen Nebeneffekt hatte, den halben Vormittag damit zu verschwenden, durch die Stadt zu laufen.

»Wenn du mir verraten hättest, was wir vorhaben, hätte ich die Zeit sinnvoller nutzen können«, bemerkte ich. »Vielleicht hätte ich schon längst einen Geistesblitz gehabt. Einen von der Sorte, der das ganze Problem auf einen Schlag löst.«

»Wenn es so einfach wäre, bräuchte ich deine Hilfe nicht«, erwiderte Evan. Er warf einen ungeduldigen Blick auf den Stand des Waffenhändlers, vor dem ich stehen geblieben war, und ging dann weiter. »Wir müssen Schritt für Schritt daran herangehen. Jede vorschnelle Handlung erhöht das Risiko, selbst vor Gericht zu enden.«

Ich folgte ihm deutlich langsamer. »Ich könnte auch zurückgehen und mich schon mal gedanklich damit befassen. Damit ich sozusagen auf dem aktuellen Stand bin.«

Falls Evan mir überhaupt zugehört hatte, war er diese Diskussion inzwischen derart satt, dass er es sich sparte, zu antworten. Tatsächlich steckte hinter meinem Arbeitseifer etwas anderes als der Wille, das Rätsel schnellstmöglich zu lösen. Zugegeben, er trug seinen Teil dazu bei. Nicht einmal ich glaubte daran, dass ein paar Stunden im Moment einen nennenswerten Unterschied machen würden. Aber Evans Ziel war der Schwarzmarkt. Obwohl ich gerne Linda wiedersehen und mit ihr sprechen würde, drängte alles in mir auf das Gegenteil. Wenn ich es wagte, mich auf dem Schwarzmarkt blicken zu lassen, würde ich Raphael begegnen. Raphael, der darauf beharren würde, dass ich meine Schulden beglich – auf welche Art auch immer. Es gab hundert Dinge, die ich lieber tun würde, als mich ihm zu stellen. Dass ich nun eine Sklavin war, würde für ihn keine Rolle spielen, und meine Drei-Tage-Frist war längst um. Wahrscheinlich ging er davon aus, dass ich doch heimlich die Stadt verlassen hatte, und war entsprechend aufgebracht deswegen. Und Linda würde ein Treffen mit mir in der derzeitigen Situation dementsprechend wenig bekommen.

»Abgesehen davon verstehe ich nicht, was so dringend sein soll, dass du es jetzt unbedingt–« Ich stockte, als Evan so plötzlich stehen blieb, dass ich gegen ihn lief. Er starrte in die Gasse rechts von uns. Eine von jenen, in denen die Pflastersteine der Hauptstraße nur vereinzelt zu finden waren, und in denen nachts Ratten ihr Unwesen trieben. Ich spähte an ihm vorbei, konnte jedoch nichts Ungewöhnliches entdecken. »Was ist?«

»Blut«, sagte er mit rauer Stimme. »Sehr viel Blut.«

Das klang für mich nach einem Grund, abzuhauen und so zu tun, als wären wir nie hier gewesen. Eine Menge Blut konnte vieles bedeuten. Nichts davon war etwas, in das ich verwickelt werden wollte. »Wir sollten–«

»–dem nachgehen«, unterbrach Evan mich. »Ja, das sehe ich auch so.«

Er löste sich aus seiner Erstarrung, während ich reglos dastand und zu verstehen versuchte, was in seinem Kopf vorging. Niemand bei klarem Verstand ging in eine enge, dunkle Gasse, wenn er wusste, dass dort etwas äußerst Unangenehmes wartete. Außer man war ein Wächter. Was, verdammt noch mal, weder er noch ich von uns behaupten konnten.

Evan drehte sich im Gehen um, als ich ihm nicht folgte. »Worauf wartest du?«

»Darauf, aus diesem Albtraum zu erwachen«, murmelte ich. Wir waren nicht weit vom Schwarzmarkt entfernt. So ungern ich es auch zugab – allein hier herumzustehen und darauf zu warten, dass einer von Raphaels Leuten mich entdeckte, war für mich das kleinere Übel. Widerwillig folgte ich Evan. Hoffentlich konnte er wenigstens kämpfen, falls wir in eine Gruppe Banditen stolperten. »Wenn wir wegen dir hier sterben, helfe ich dir nie wieder.«

»So schlimm wird es nicht werden.« Er beschleunigte seine Schritte, schob sich an Säcken mit Abfall vorbei und hängte mich trotz meiner Bemühungen ab. Ich kannte die Gassen des Ostviertels gut genug, um zu wissen, dass unser Ziel hinter einer der unzähligen Kreuzungen sein würde, vielleicht sogar verborgen in einem schmalen Durchgang, der neugierige Blicke fernhielt. Was auch immer es war, das Evans Aufmerksamkeit auf sich gezogen hatte. Ich bereute es, ihn nicht gefragt zu haben, wie seine Definition von »sehr viel« Blut aussah. Und welchen Ursprung es hatte. Mein Verstand sagte mir, dass er wohl kaum wegen einer geschlachteten Kuh hierhergekommen wäre. Doch ich wollte nicht an die erste Erklärung glauben, die mir bei seinen Worten durch den Kopf geschossen war. Dieser Fall musste nicht eingetreten sein. Vielleicht hatten auch ein paar Vampire Blut auf Vorrat gekauft und es versehentlich in dieser Gasse verschüttet. Oder so etwas in der Art.

Als Evan diesmal stehen blieb, war ich weit genug hinter ihm, um davon nicht überrascht zu werden. Es war eine Kreuzung, die in jede Himmelsrichtung führte – und Evan hatte sich jener nach Norden zugewandt. Er war blass geworden.

Ich blieb unschlüssig neben ihm stehen, sorgsam darauf bedacht, überall hinzuschauen, nur nicht nach Norden. Etwas in mir wollte unbedingt wissen, was dort war, doch der weitaus größere Teil wollte nur verschwinden. Mittlerweile konnte selbst ich den scharfen, metallischen Geruch von Blut wahrnehmen.

»Ich hatte gehofft, es wäre nicht so«, sagte Evan leise.

Dann setzte er sich erneut in Bewegung. Ich sah ihm unwillkürlich nach, und bereute es einen Augenblick später bitter. Der schlanke, schlaffe Körper hob sich deutlich vom schlammigen Boden ab. Ich erkannte lange Haare in einem schmutzigen Weizenton, halb verdeckt von einem Kleid in der gleichen Farbe. Nackte, verdreckte Füße, die in meine Richtung zeigten. Ein Zittern durchlief mich. Das war nicht richtig. Wir sollten nicht hier sein.

Evan hockte sich in einem knappen Abstand neben das Mädchen, während ich steif einen Schritt nach dem nächsten in seine Richtung machte. Sie war tot, daran bestand kein Zweifel. Mein Blick glitt über das blutgetränkte Oberteil ihres Kleides, blieb an der aufgeschlitzten Kehle hängen und mein Magen verkrampfte sich.

»Meinst … meinst du nicht, wir sollten die Wächter rufen?«, brachte ich stockend hervor. Als ich kurz das Gesicht der Toten musterte, stellte ich fest, dass ich mich getäuscht hatte. Sie war kein junges Mädchen mehr. Eher doppelt so alt wie ich. Aber das machte es nicht besser.

Evan sah nicht auf. Er war zu sehr damit beschäftigt, die Frau genau zu betrachten, als würde er nach Spuren suchen. »Nein. Wenn es einer von ihnen war, werden sie die Beweise wieder vernichten.«

»Das kannst du nicht ernst meinen«, entfuhr es mir. »Sie wurde ermordet! Wir können das doch nicht einfach … verschweigen.«

»Natürlich können wir das.«

Ich wich zurück. Das ging zu weit. Wenn er unbedingt daran glauben wollte, dass die Wächter ebenso Verbrechen begingen wie jede andere Art auch – von mir aus. Aber diese Frau wurde getötet. Das war kein Diebstahl oder Überfall, den wir jemandem nachweisen mussten. Es war das abscheulichste Verbrechen, das jemand begehen konnte. Wir waren es dieser Frau schuldig, den Täter zu finden. Etwas, das weit außerhalb unserer Möglichkeiten lag.

Ich rieb nervös mit den Fingerknöcheln über meinen Handballen und dachte nach. Ich könnte es wie immer halten und verschwinden, aber diesen Anblick würde ich nie mehr loswerden. Evan bei was auch immer er vorhatte helfen, kam für mich ebenfalls nicht in Frage.

Ich musste die Wächter rufen. So sehr es mir auch in anderen Situationen widerstrebte. In dieser hielt ich es für die einzig angemessene Lösung.

Evan war dazu übergegangen, die verkrampften Hände der Toten voneinander zu lösen. Ich drehte mich weg, für den Fall, dass er seine Aufmerksamkeit kurz auf mich lenken sollte, und fummelte an dem Amulett um meinen Hals herum. Sklaven waren nicht völlig schutzlos. Jedes dieser Amulette besaß einen Schalter, der beim Umlegen ein magisches Signal an den nächstbesten Wächter schickte. Eigentlich war er dazu gedacht, Sklaven vor ihren Besitzern zu schützen, wenn diese sich nicht an die Regeln hielten, aber diese Situation rechtfertigte die Nutzung meiner Meinung nach. Ich atmete tief ein und hoffte, dass ich damit keinen schweren Fehler beging. Dann betätigte ich den Schalter.

Es passierte – nichts. Ich hatte damit gerechnet, irgendetwas zu spüren, ein Zeichen, dass das Signal erfolgreich abgeschickt wurde. Vielleicht war ich als Halb-Magierin zu schwach, um den Nachhall des Zaubers wahrzunehmen ... oder es hatte nicht funktioniert. Ich erwägte, es noch einmal zu versuchen, ließ es aber bleiben. Davor sollte ich warten, ob einer der Wächter auftauchte. Allzu lange sollte es nicht dauern, bedachte man, dass das Signal für sehr dringend benötigte Hilfe stand.

»Du verstehst das nicht«, murmelte Evan. »Wenn wir herausfinden, wer diese Frau auf dem Gewissen hat, wenn einer der Wächter etwas damit zu tun hat, haben wir unsere Beweise.«

»Und was, wenn nicht?« Ich unterbrach meine Suche am Himmel und wandte mich ihm halb zu. »Ehrlich, Evan: Wie groß ist die Chance, dass die Wächter daran beteiligt waren? Und wie groß ist die, dass ausgerechnet wir ohne jede Hilfe herausfinden, wer das war? Am Ende kommt noch jemand auf die Idee, *uns* zu verdächtigen, weil wir es verheimlicht haben.«

Evan schüttelte den Kopf. »Sei nicht so pessimistisch. Natürlich können wir–«

Er stoppte abrupt und sah nach oben. Ich folgte seinem Blick, lauschte auf das Schlagen von Flügeln, das sich leise angebahnt hatte und nun immer deutlicher wurde. Einen Moment später tauchte über dem Haus rechts von uns ein Mann auf, überblickte die Lage kurz aus der Luft und landete dann neben mir. Sein Blick huschte von mir über die Tote zu Evan. Seine Flügel breiteten sich weiter aus und seine Hand zuckte, als würde er gleich den Holzstab hinter seinem Rücken hervorziehen wollen.

»Es ist nicht so, wie es aussieht«, beeilte ich mich zu sagen. »Wir haben sie so gefunden. Und ich hielt es für besser, Euch zu rufen, weil …«

Weil Evan sonst versucht, den Mord selbst zu lösen.

Der Wächter nickte. Ob er mir glaubte, ließ er nicht erkennen. Als er seinen Platz neben mir verließ, richtete sich Evan auf.

»Sie ist erst vor ein paar Stunden getötet worden. Wahrscheinlich im frühen Morgengrauen«, erklärte Evan routiniert, ohne sich anmerken zu lassen, wie ungelegen ihm das Erscheinen des Wächters kam. Der Blick, den er mir zuwarf, drückte sein Unverständnis für meine Handlung dafür umso besser aus.

Der Wächter bedeutete ihm mit einer Handbewegung, sich zu mir zu gesellen. Ich war unschlüssig, ob er uns schlicht aus dem Weg haben wollte, um zu verhindern, dass wir Beweismittel beeinträchtigten, oder ob etwas anderes dahintersteckte. »Habt Ihr irgendetwas hier verändert? Etwas vom Boden aufgehoben oder die Tote bewegt?«

Wir schüttelten gleichzeitig die Köpfe, was den Wächter dazu veranlasste, seinen forschenden Blick von uns zu lösen und dafür auf die Tote zu richten. Ihr Anblick schien ihm weitaus weniger auszumachen als mir oder er verbarg es außerordentlich gut. Ich hätte sagen können, dass Evan die Hände der Toten auseinandergezogen hatte, doch das würde er mir mit Sicherheit übel nehmen.

Was tat man in so einer Situation? Sollten wir hier stehen bleiben und zusehen, wie der Wächter ähnlich wie Evan zuvor die Tote intensiv musterte, oder konnten wir verschwinden? Mir wäre es lieber, wenn wir nie hier aufgetaucht wären, und auch jetzt hoffte ich noch, irgendwie unbeschadet aus der Sache herauszukommen. Solange der Wächter mit der Toten beschäftigt war, würde es ihm vielleicht nicht auffallen, wenn wir uns klammheimlich aus dem Staub machten.

Hastige Schritte unterbrachen meine Überlegungen. Wir bekamen Gesellschaft.

Ich drückte mich tiefer in den Schatten der Mauer und richtete den Blick auf die Gasse, aus der auch Evan und ich gekommen waren. Einen Augenblick später bog eine junge Frau um die Ecke, etwa in meinem Alter. Sie blieb ruckartig stehen, riss die Augen auf und kniff sie sofort wieder fest zusammen. Damit schied sie schon mal als Täterin aus, die zurückgekommen war, um ihre Spuren zu beseitigen.

Der Wächter sah kurz in ihre Richtung. »Skadi. Sieh dir das an.«

Skadi schüttelte den Kopf, öffnete jedoch zögernd wieder die Augen und kam näher. Auf ihrer Schulter entdeckte ich eine Ratte, die meinen Blick irritierend lang erwiderte und dann in irgendeiner Tasche verschwand.

»Als ich zugestimmt habe, mit dir zusammenzuarbeiten, dachte ich an andere, weniger … grausame Sachen«, sagte sie leise. Ihre Blick huschte nur kurz über Evan und mich, doch etwas sagte mir, dass sie uns sehr wohl bewusst wahrgenommen hatte.

»Ich hatte mir deinen ersten Tag auch anders vorgestellt«, erwiderte der Wächter und trat einen Schritt von der Toten zurück. Als ich die beiden so nebeneinander sah, beschlich mich das Gefühl, ihnen schon einmal begegnet zu sein. Doch das konnte täuschen. Wahrscheinlich hatte ich sie zufällig auf der Straße gesehen.

Ihre Aussage hatte mich stutzig gemacht. Sie war keine Wächterin, arbeitete aber mit ihm zusammen? Wie nannten sie das noch gleich? Berater? Bisher hatte ich mir die immer als arrogante Besserwisser vorgestellt, die in einem dunklen Raum über Geheimnissen brüteten. Sie sah nicht aus wie eine von denen. Ihre Kleidung bestand aus schlichten braunen Stoffen, stellenweise verblichen und die Ärmel der Jacke reichten nur knapp bis zu ihren Handgelenken. Immer noch besser als meine, aber auch nichts, das zu den glatten, maßgeschneiderten Kleidern der Wächter passte.

»Wir sollten verschwinden«, flüsterte ich. Als Evan nicht reagierte, zog ich unauffällig an seinem Ärmel, doch er schüttelte mich ab.

»Noch nicht«, murmelte er. »Ich will keine Beweise verpassen.«

Der Wächter hatte seine volle Aufmerksamkeit auf diese Skadi gerichtet – eine bessere Gelegenheit würden wir nicht bekommen. Ich überlegte ernsthaft, ohne Evan abzuhauen, verwarf die Idee aber wieder. Über ihn würden sie auch auf mich zurückkommen, und dann würde sich eine Flucht äußerst unvorteilhaft auswirken.

»Sag mir alles, was dir auffällt«, ordnete der Wächter an. Erster Tag also und direkt eine Bewährungsprobe an einer getöteten Frau. Ein Teil von mir empfand Mitleid mit der zierlichen Beraterin.

Skadi war anzusehen, dass es ihr Unbehagen bereitete, die Tote zu betrachten. Als sie anfing zu sprechen, war ihre Stimme leise, fast ein Flüstern. »Das … Blut ist im Boden versickert. In der näheren Umgebung sind keine anderen Blutspuren, was den Eindruck macht, als wäre sie direkt hier getötet worden. Keine sichtbaren Merkmale einer bestimmten Art. Entweder ein Mischwesen oder ein Mensch. Sie macht keinen ängstlichen Eindruck. Ich glaube nicht, dass sie geahnt hat, was passieren würde. Ihrer Kleidung nach zu urteilen, lebte sie hier im Ostviertel.«

Der Wächter nickte ermutigend. »Was glaubst du, ist passiert?«

»Ich bin nicht sicher«, sagte Skadi. »Kein Überfall.«

»Warum nicht?«

Skadi ging zögernd in die Hocke, ähnlich wie es Evan getan hatte. »Sie trägt noch ihren Ring. Ich glaube nicht, dass sie etwas anderes Wertvolles bei sich hatte. Ihre Kleidung ist intakt und ich kann keine anderen Verletzungen sehen. Es ist, als hätte hier jemand auf sie gewartet, sie überrascht und getötet – und wäre dann wieder verschwunden.«

»Evan«, beharrte ich, »lass uns gehen.«

Er reagierte nicht. Und als sich der Wächter diesmal zu uns umdrehte, wusste ich, dass es zu spät war. Wir hätten verschwinden sollen, solange wir die Möglichkeit dazu hatten.

Ich war nie scharf darauf gewesen, die Wächterburg von innen zu bewundern. Als ich nun die Gelegenheit dazu hatte, wusste ich auch warum. Es gab nichts – im Sinne von überhaupt nichts – Interessantes. Zumindest in dem Teil, in den man uns gebracht hatte. Leere Gänge, vereinzelte Türen, gelegentlich Wächter, die mich neugierig gemustert hatten. Und natürlich der Verhörraum, in dem sie mich allein zurückgelassen hatten.

Der Wächter hatte Verstärkung gerufen und dann darauf bestanden, dass wir ihn beide begleiteten. Ich musste es Evan zugutehalten, dass er versucht hatte, mich aus dem Ganzen herauszuhalten und allein zu gehen. Es war zu erwarten, dass der Wächter nicht damit einverstanden sein würde, doch der Versuch zählte. Bis jetzt war niemand auf die Idee gekommen, mich nach meinem vollständigen Namen zu fragen und ihn im System abzugleichen. Falls sie es doch noch tun würden, würden sie nichts finden. Als ich in die Stadt gekommen war, hatte ich es vermieden, an jemanden zu geraten, der beispielsweise für die Miete eines Zimmers einen Identitätsnachweis forderte. Ich hatte mich nie vorschriftsmäßig bei den Wächtern gemeldet.

Dabei war das im Moment wahrscheinlich mein geringstes Problem. Sie hatten uns getrennt, direkt nachdem wir die Burg betreten hatten. Ich ahnte, dass sie vermeiden wollten, dass wir uns absprachen, was wiederum nur eines bedeuten konnte: Wir waren keine reinen Zeugen, sondern Verdächtige.

Ich sah die meisten Gesetze eher als Richtlinien an, aber Mord …
Wenn sich dieser Verdacht nicht schnellstens legte, konnte er uns den Kopf kosten.

Während ich auf dem viel zu harten Stuhl saß und die dunkle Tischplatte vor mir anstarrte, überlegte ich beständig, was ich tun sollte. Falls sie schon mit Evan gesprochen hatten, könnte ich versuchen, ihnen Informationen darüber zu entlocken und meine Antworten entsprechend anzupassen. Falls nicht, würde ich vermutlich alles schlimmer machen. Wir waren zwar unschuldig, aber manchmal wirkte selbst die Wahrheit belastend. Und wenn unsere Aussagen nicht übereinstimmten – was ich bei Evan nicht ausschließen konnte –, würden sie noch mehr Verdacht schöpfen.

Ich fuhr zusammen, als die Tür geöffnet wurde. Es war jener Wächter, der uns hierhergebracht hatte – diesmal allein. Insgeheim hatte ich gehofft, er würde seine Beraterin Skadi mitbringen. Das wäre sicher angenehmer geworden, als allein mit ihm in diesem winzigen Raum zu sein.

Er lächelte. »Wie war noch mal Euer Name?«

Ich schluckte. Das war der entscheidende Moment. »Liviana.«

»Liviana«, wiederholte er. Dass das nur die Hälfte meines Namens war, störte ihn offenbar nicht. Sollte ich wirklich derartiges Glück haben? »Mein Name ist Keldan.«

Ich nickte, während er sich auf den Stuhl mir gegenüber setzte. Er breitete einen Bogen Papier vor sich aus, der zur Hälfte akribisch beschriftet war. Mein Versuch, irgendetwas davon zu lesen, scheiterte.

Als hätte er meinen Blick bemerkt, legte er seine Arme auf dem Papier ab und verschränkte die Hände. »Würdet Ihr mir den ganzen Vorfall aus Eurer Sicht schildern?«

Das klang nach einer Bitte, die ich ebenso gut verweigern konnte. Aber wenn es so wäre, wäre ich nicht hier.

»Wir waren auf dem Weg, um ein paar Einkäufe zu erledigen«, setzte ich an. »Dann sind wir an dieser Gasse vorbeigelaufen. Evan–«

»– Euer Herr?«

»Ja.« Es widerstrebte mir, ihn so zu bezeichnen. Aber ich konnte dem Wächter auch schlecht erklären, dass wir eher Geschäftspartner waren. »Evan meinte, er würde viel Blut riechen, und dass wir nachsehen sollten. Falls jemand Hilfe braucht«, fügte ich hinzu. Diese Erklärung erschien mir am vertretbarsten. »Dann haben wir sie gefunden, Evan hat nachgesehen, ob sie noch lebt, und ich, ich dachte, dass wir lieber die Wächter rufen sollten.«

Keldan lehnte sich näher zu mir. Sein Tonfall wurde weicher, vertrauensvoller. »Aber er wollte das nicht?«

Er glaubte mir kein Wort, nicht vollständig jedenfalls. Dafür war er davon überzeugt, dass Evan die Wächter nicht einschalten wollte … aus einem bestimmten Grund. In Anbetracht meines mangelnden Talents im Lügen war das aber auch kein Wunder.

»Nein«, antwortete ich zögernd. »Ich meine, doch, er wollte es schon. Nur nicht sofort, weil wir nicht sicher waren, ob der Täter in der Nähe war, und er wollte erst nachsehen, bevor wir jemanden holen und den Täter damit aufschrecken. Also, es hätte ja sein können, dass er irgendwo gewartet hat und wir ihn bei etwas unterbrochen hatten, und er zurückgekommen wäre, sobald wir verschwunden wären. Oder dass er alle Beweise vernichtet, während wir Hilfe holen, oder denjenigen angreift, der bei der Toten gewartet hätte, und …«

Ich stockte. Meine Handflächen waren klebrig, und selbst ich wusste, dass meine Erklärung überhaupt keinen Sinn machte. Man musste kein Seher sein, um zu erkennen, dass ich log. Und es wäre ein Wunder, wenn Keldan es nicht bemerken würde.

Er lehnte sich wieder zurück. Ich hatte erwartet, dass er sich Notizen machen würde, doch er las sich nur die bereits vorhanden erneut durch und sah mich dann mit einer Mischung aus Resignation und Verständnis an. »Hört zu, Liviana. Ich will Euch helfen, aber das kann ich nur, wenn Ihr mir gegenüber ehrlich seid. Wir wissen beide, dass Ihr Euch die letzten Sätze eben ausgedacht habt.«

»Ich brauche keine Hilfe.« Jedenfalls keine, wie er sie verstand. Und ich bezweifelte, dass er meinen Zustand als Sklavin ohne weitere Fragen aufheben würde, nur weil ich ihn darum bat.

»Das sehe ich anders«, erwiderte Keldan ruhig. »Warum sonst solltet Ihr mich gerufen haben? Es stimmt, dass man uns immer informieren sollte, wenn man Zeuge eines Verbrechens wird. Aber das hättet Ihr ebenso gut auf anderem Wege machen können. Stattdessen habt Ihr Euch dafür entschieden, ein Notsignal zu senden. Ich frage mich, was der Grund dafür war.«

Mir fiel keine passende Antwort ein. Da Lügen nicht die effektivste Variante zu sein schien, entschied ich mich zu schweigen. Ja, ich hätte Evan dort stehen lassen und mich auf die Suche nach einem Wächter machen können – spätestens an der Hauptstraße wäre ich fündig geworden. Aber ich traute es Evan zu, bis dahin schon längst mit allen wesentlichen Beweismitteln verschwunden zu sein. Vielleicht hätte er sogar die Leiche der Frau mitgenommen. Obwohl es fraglich wäre, wie man das anstellen sollte, ohne gesehen zu werden. In beiden Fällen hätte er damit die Ermittlungen behindert. Meiner Meinung nach war es nicht richtig, die Suche nach dem Mörder zu sabotieren und damit dafür zu sorgen, dass er nie gefunden wurde. Bei kleinen Diebstählen oder anderen Vergehen würde ich es anders sehen. Aber Mord?

»Man könnte glauben«, fuhr Keldan fort, »dass Euer Herr diese Frau getötet hat und Ihr deshalb Hilfe gerufen habt.«

Ich erstarrte. Einen Moment später bereute ich es, mich nicht besser auf ihn konzentriert zu haben. Es hätte mich interessiert, ob er das wirklich glaubte oder mich auf die Probe stellte. »Das ist verrückt.«

»Ist es das?«

»Natürlich! Sie war längst tot, als wir dort ankamen, das war doch nicht zu übersehen. Und wenn Evan es gewesen wäre, wäre er voller Blut gewesen. Außerdem wäre ich dann nicht seelenruhig da geblieben.«

Keldan zuckte mit den Schultern. »Ihr könntet so viel Angst vor ihm haben, dass Ihr keine Flucht gewagt habt. Dann wäret Ihr vielleicht die nächste gewesen.«

»Nein«, widersprach ich. Das lief in die komplett falsche Richtung. *Deshalb* hatte ich Evan dazu gedrängt, zu verschwinden, solange wir noch konnten. Weil wir allein durch unsere Anwesenheit in den Kreis der Verdächtigen gerutscht waren. Ein Kreis, aus dem man nicht ohne Weiteres entkommen konnte. Ich begann zu frieren. »Ich sagte doch schon, dass wir sie tot gefunden haben.«

»Ihr könntet sie auch gemeinsam getötet haben und ein paar Stunden später zurückgekommen sein, um die Spuren zu beseitigen.«

Meine Gabe ließ mich im Stich. Ich war zu nervös, um mich richtig konzentrieren zu können, und so war es unmöglich, zu sagen, ob er gelogen hatte. Diese Behauptung war aber derart weit hergeholt, dass er sie selbst nicht glauben konnte. Sein Blick blieb forschend auf mich gerichtet, mit einer Selbstverständlichkeit, als hätte er schon alle Beweise und würde nur noch ein Geständnis von mir brauchen.

Ich versuchte, mich zu beruhigen. Sie konnten uns keinen Mord anhängen, erst recht dann nicht, wenn alle bisherigen Beweise dagegen sprachen. Das musste seine Technik sein, möglichst viel aus mir herauszukriegen.

Ich begann mich zu fragen, ob er Evan dasselbe erzählt hatte.

»Das ist noch unwahrscheinlicher als Eure erste Vermutung«, antwortete ich, richtete mich möglichst selbstbewusst auf und erwiderte seinen Blick. »Wenn wir sie gemeinsam getötet und noch nicht währenddessen daran gedacht hätten, die Leiche verschwinden zu lassen, hätten wir es auch nicht danach getan. Selbst wenn doch, dann nicht am helllichten Tag. Und ich wäre nicht so dämlich gewesen, das Signal zu senden.«

»In dem Versuch, damit später eure Unschuld zu argumentieren, sehr wohl.«

Ich ließ den Kopf in die Hände sinken. Es war mir egal, dass Keldan das sah, und welche Schlüsse er daraus zog. Er legte es darauf an, jedes logische Argument zu widerlegen, ganz gleich wie weit hergeholt seine Erklärungen waren. »Und was – wenn ich fragen darf –, soll Eurer Meinung nach unser Motiv sein?«

»Daran arbeite ich noch. Aber um auf eine meiner vorigen Fragen zurückzukommen: Warum habt Ihr das Signal gesendet?«

»Weil ich in Panik war, verdammt!«, fuhr ich ihn an. »Ich wusste nicht, was dieser Frau passiert war, wer das getan haben könnte und ob er vielleicht noch in der Nähe war. Und obwohl es entgegen jeder Vernunft war, wollte Evan nachsehen, ob er einen Hinweis auf den Täter findet. Er interessiert sich dafür, und wenn er könnte, würde er selbst versuchen, den Mord aufzuklären – aber mir macht das Angst, weil er mich da unweigerlich mit reinziehen wird.«

Keldans Miene wechselte von »Ich weiß, dass du schuldig bist« zu einer, die aufrichtiges Interesse ausstrahlte. Doch diesmal würde ich nicht darauf hereinfallen. Einmal reichte. »Jetzt kommen wir der Sache schon näher.«

»Was?«

»Ich bin nicht dumm, Liviana. Auch wenn Ihr mich gerade dafür haltet«, sagte er, sichtlich amüsiert. »Dass Ihr oder Euer Herr etwas mit dem Mord zu tun habt, ist mehr als abwegig. Aber es gab ein paar Dinge, die auf den ersten Blick wenig Sinn ergeben haben. Eure letzte Aussage liefert eine sinnvolle Erklärung dafür.«

Ich starrte ihn schweigend an. Darum ging es die ganze Zeit? Er wollte mich nur weit genug aus der Fassung bringen, damit ich die Wahrheit sagte? *Das* war einer der Gründe, warum ich mich dafür entschieden hatte, so wenig wie irgend möglich mit den Wächtern zu tun zu haben. »Und das hättet Ihr mir nicht einfach sagen können?«

Er stand auf. »Ich sagte, es ist abwegig, nicht unmöglich. Meine Fragen dienten auch dazu, euch als Täter auszuschließen.«

10. SKADI

Es fühlte sich falsch an, allein in dem Raum hinter dem Spiegel zurückgelassen zu werden. Genau genommen war es Skadi bereits unangenehm, an ihrem ersten Tag mitten in einen Fall zu stolpern, der ihr viel zu bedeutsam erschien, um daran beteiligt zu sein. Als Keldan plötzlich aufgebrochen war, um einem Notsignal auf den Grund zu gehen, hatte sie mit einem Missverständnis gerechnet. Oder irgendetwas Kleinem. Sie waren gerade am äußersten Rand des Südviertels gewesen, in dem vor allem Handwerker ansässig waren. Streitigkeiten mit Kunden oder Diebstähle waren das Schlimmste, das dort passierte.

Es gab an den Ecken jeder größeren Straße magische Vorrichtungen, um ein Signal an die Wächter zu schicken. Skadi war davon ausgegangen, dass das auch der Ursprung dieses Notsignals gewesen war. Hätte Keldan ihr nicht eine rasche Wegbeschreibung gegeben, hätte sie ihm unmöglich folgen können. Wenn sie ehrlich war, hatte sie kurz darüber nachgedacht, es nicht zu tun. Wenn es nicht wichtig war, wäre Keldan schnell zurückgekommen. Aber falls es wichtig war, hatte sie in diesem Moment nichts damit zu tun haben wollen. Es war doch ihr erster Tag. Sie sollte sich mit Taschendiebstählen und Betrügern beschäftigen, nicht mit getöteten Frauen. Wenn sie nicht in der Nähe gewesen wären, hätte das Signal einen anderen Wächter erreicht. Und wenn die junge Frau in dem Verhörzimmer darauf verzichtet hätte, das Signal zu senden, hätte es sie erst recht nicht betroffen. Winzige Details, die sie unerwartet in die Situation gebracht hatten, hier zu sitzen, dem Verhör zuzusehen und sich Notizen zu machen. Zu sehen, wie Keldan mit der Frau – Liviana – sprach, erinnerte sie unangenehm an ihr eigenes Gespräch mit ihm da drin. Diesmal auf der anderen Seite zu sitzen, fühlte sich nur unwesentlich besser an. Es fiel ihr schwer, das Ganze objektiv zu beobachten. Sie ertappte sich dabei, sich bei Keldans Fragen ebenfalls unwohl zu fühlen, als würde sie an Livianas Stelle dort sitzen und versuchen, sich zu verteidigen. So unsinnig es auch war – ein Teil von ihr überlegte, wie sie sich in dieser Situation verhalten würde. Ob sie ruhig bleiben könnte, wenn man ihr vorwerfen würde, jemanden getötet zu haben.

Liviana schaffte es jedenfalls nicht. Als Keldan schließlich das Zimmer verließ, meinte Skadi, Erleichterung über ihr Gesicht huschen zu sehen. Genau so lange, bis sie realisierte, dass sie noch nicht gehen durfte. Immerhin hielten die Wächter es so, dass Verhöre in kleinerem Rahmen als Anhörungen stattfanden. Das dürfte aber auch ihr einziger Trost sein.

»Was hältst du von ihr?« Keldan schloss die Tür hinter sich und stellte sich neben Skadi, um ebenfalls durch den verzauberten Spiegel zu sehen. Skadi hatte sich noch nicht daran gewöhnt, dass sie durch die Scheibe hindurch blicken konnte, als wäre es Glas, während man auf der anderen Seite einen normalen Spiegel vor sich hatte. Sie hatte schon von solchen Dingen gehört, aber es war dennoch eine verblüffende Erfahrung.

»Ich glaube nicht, dass sie etwas mit dem Mord zu tun hat«, antwortete sie. Das war eine weitere Sache, die sie verunsicherte. Seit sie die Tote gefunden hatten, hatte Keldan Skadi regelmäßig nach ihrer Meinung gefragt. Zu Themen, bei denen sie sich sicher war, dass ihre Antwort bestenfalls gut geraten sein konnte. Es war fraglich, ob er davon ausging, nützliche Erkenntnisse zu erhalten, oder ihr auf diese

Art so etwas wie Übung zu verschaffen. Vielleicht war es auch eine Mischung aus beidem. Er hatte ihr zumindest schnell klar gemacht, dass er kein »Ich weiß nicht ... es könnte sein ... aber ich bin mir wirklich nicht sicher« hören wollte. Ganz ablegen konnte sie das nicht, doch sie schaffte es mit jedem Mal mehr, ihre Zweifel herunterzuschlucken und geradewegs zu antworten, ohne ewig zu zögern. »Ihre Reaktion war ehrlich schockiert, als du sie dessen bezichtigt hast.«

»Mhm.« Keldan trat näher an den Spiegel heran und sah zu, wie Liviana sich zurücklehnte und sich unruhig durch die kinnlangen, zerzausten blauen Haare fuhr. »Dem stimme ich zu. Die Geschichte, wie sie die Tote gefunden haben, dürfte weitgehend der Wahrheit entsprechen. Aber ich werde das Gefühl nicht los, dass sie irgendetwas verschweigt.«

»Die Frage ist, ob das etwas mit dem Mord zu tun hat.« Skadi dachte an ihre eigenen Erfahrungen hier. Sie würde den Wächtern nach Möglichkeit immer verschweigen, dass sie zu den Schmugglern gehört hatte. Jeder hatte seine Geheimnisse, und da dürfte Liviana keine Ausnahme sein. Magnus hätte ihr mit Sicherheit beigepflichtet – aber er weigerte sich, die Wächterburg zu betreten, sodass sie wieder allein mit Keldan war.

Liviana war inzwischen aufgestanden. Sie sah unschlüssig zur Tür, als würde sie überlegen, einfach zu gehen. Dann schüttelte sie leicht den Kopf, ging stattdessen um den Tisch herum und blieb vor dem Spiegel stehen. Skadi hatte nicht den Eindruck, als würde sie die Gelegenheit nutzen, ihr Äußeres zu betrachten. Vielmehr wanderte ihr Blick über die Scheibe, offensichtlich auf der Suche nach Auffälligkeiten.

Keldan sah auf sie hinab, und nach kurzem Zögern gesellte sich Skadi zu ihm. Es kam ihr komisch vor, Liviana zu beobachten, während sie sie nicht sehen konnte.

»Sie kommt mir bekannt vor«, sinnierte Keldan. »Ich kann mich nur nicht erinnern, woher.«

Skadi blinzelte überrascht. Ihr ging es genauso – die blauen Haare und der wachsame Blick riefen ein Echo in ihr hervor. Als Keldan es erwähnte, kehrte die Erinnerung schlagartig zurück: Skadi war auf ihrer Flucht vor ihm in Liviana hineingerannt. Sie musste ihrer stummen Bitte gefolgt sein und Skadi gedeckt haben, sonst hätte Keldan sie viel eher erwischt. Wenn sie ihn daran erinnerte, würde sich Livianas Position noch weiter verschlechtern.

Skadi musterte die andere mit einem neu erwachten Gefühl der Verbundenheit. Es waren nur wenige handbreit Platz zwischen ihnen. Auf diese Entfernung konnte Skadi die Blutergüsse an ihren Handgelenken erkennen. Die Überbleibsel einer Fesselung, wie sie bei den meisten Sklavenhändlern üblich war.

»Sie gehört noch nicht lange zu diesem Evan«, bemerkte sie. »Er muss sie erst vor Kurzem gekauft haben.«

»Wie kommst du darauf?«

»Ihre Handgelenke«, sagte Skadi, im selben Moment als Liviana begann, vor dem Spiegel hin und her zu laufen. Sie ging bedächtig von einer Seite zur anderen und blieb schließlich direkt vor ihnen stehen. Als sie den Blick hob, und scheinbar erst Keldan und dann sie selbst ansah, wäre Skadi beinahe einen Schritt zurückgewichen. »Sie kann uns doch nicht sehen, oder?«

Einer seiner Mundwinkel zuckte, ehe er den Kopf schüttelte. »Es ist möglich, dass er sie ebenfalls fesselt. Oder es zumindest früher getan hat.«

»So hat er auf mich nicht gewirkt.«

»Der erste Eindruck kann schnell täuschen«, erwiderte Keldan. Er beobachtete noch einen Moment Liviana, die sich wieder vom Spiegel abgewandt hatte, und ging dann zur Tür. »Aber ich werde ihn darauf ansprechen. Mal sehen, ob er auch etwas zu verheimlichen hat. Behalte Liviana im Auge. Vielleicht fällt dir noch etwas auf.«

Skadi bezweifelte, dass das der Fall sein würde. Ihrer Meinung nach war der Fall – was die beiden Zeugen betraf – geklärt. Sie hatten die Tote gefunden, alles andere betraf sie nicht mehr. Es wäre sinnvoller, mit der Suche nach dem Mörder zu beginnen. Inzwischen wurde das Blut der Toten sicher schon mit den Büchern verglichen. Wenn sie dort drin stand, was sehr wahrscheinlich war, könnte man bereits Nachforschungen in ihrem Umfeld anstellten. Oder was auch immer man normalerweise als nächsten Schritt unternahm.

Sie äußerte ihre Gedanken nicht, und als Keldan den Raum verließ, blieb sie genauso ratlos zurück wie zuvor. Er hatte ihre Notizen mitgenommen, sodass sie sich nicht einmal damit beschäftigen konnte.

Liviana hatte sich erneut auf ihrem Stuhl niedergelassen und fuhr abwesend mit dem Finger über die Tischplatte. Skadi ahnte, was in ihr vorgehen musste: Erst wurde sie eine gefühlte Ewigkeit allein in diesem Raum gelassen, dann musste sie Fragen beantworten, die eher den Charakter eines Verhörs hatten, um schließlich wieder allein zu bleiben. Ohne zu wissen, was als Nächstes geschehen würde und wann sie endlich gehen konnte. Je nachdem wie gesprächig sich dieser Evan zeigte, konnte gut eine weitere Stunde vergehen, bevor Keldan zurückkehrte. Und falls Evan ihm etwas lieferte, auf das er von Liviana ebenfalls eine Antwort wollte, würde sie nicht vor dem Abend die Burg verlassen.

War es falsch, Mitleid zu haben? Skadi war nach wie vor davon überzeugt, dass Liviana nichts mit dem Mord zu tun hatte, dennoch fragte sie sich, ob sie nicht objektiver sein sollte. Sie zögerte eine Weile, ehe sie sich dazu aufraffte, ihren Beobachtungsposten zu verlassen. Keldan hatte nur gesagt, sie solle Liviana im Auge behalten. Er hatte nicht definiert, wo sie dabei sein sollte.

Als sie das Verhörzimmer betrat, sah Liviana stirnrunzelnd auf. Skadi überlegte, ob sie wusste, dass sie theoretisch jederzeit hätte verschwinden können. Es standen keine Wachen vor der Tür, und der breite Gang war wie ausgestorben. Falls sie es ahnte, war sie offenbar klug genug, die vermeintliche Chance nicht zu nutzen.

»Ich habe Eurem Freund schon alles erzählt, was ich weiß«, sagte Liviana. »Ihr könnt Euch die Fragen sparen.«

»Er ist nicht mein Freund. Wir sind nur … Partner.« Skadi blieb neben dem zweiten Stuhl stehen. Ein Teil von ihr hatte angenommen, Liviana würde sich freuen, nicht mehr allein zu sein, und im Nachhinein kam sie sich deshalb ziemlich dumm vor. Sie an ihrer Stelle wäre mittlerweile nur noch froh, hier wegzukommen – nicht darüber, jemandem gegenüber zu stehen, von dem sie annehmen musste, dass er den Beschuss mit Fragen fortsetzen würde. »Ich wollte Euch Gesellschaft leisten. Aber das war vermutlich keine gute Idee.«

Liviana zuckte mit den Schultern. »Sind Partner nicht normalerweise gleichberechtigt?«

»Es ist mein erster Tag«, schränkte Skadi ein. Als Liviana nicht antwortete, setzte sie sich auf die Kante ihres Stuhls. Jederzeit bereit, aufzuspringen und zu gehen, falls sich abzeichnete, dass Liviana ihre Gesellschaft nicht wollte. »Gleichberechtigt werde ich hier wohl nie sein. Aber ich brauche das Geld.«

Ein Grinsen huschte über Livianas Lippen, so unvermittelt, als hätte sie sich vorgenommen, ernst zu bleiben, es dann aber doch nicht geschafft. »Scheiß erster Tag«, meinte sie und streckte die Hand aus. »Liv.«

»Skadi.« Sie spürte, wie sich Livs Grinsen auf sie übertrug. Eine treffendere Beschreibung hätte sie nicht geben können, auch wenn ihre weniger zynisch ausgefallen wäre. Für einen ersten Tag waren definitiv zu viele Dinge geschehen, auf die sie eigentlich noch ein paar Wochen warten wollte. Und das würde sich in den nächsten Tagen nicht ändern. »Ich hoffe, er hat nur schlecht angefangen und wird nicht noch schlimmer.«

»Geht mir genauso«, murmelte Liv. »Auch wenn du mir nur Gesellschaft leisten willst: Hast du zufällig eine Ahnung, wann ich gehen darf?«

Skadi registrierte überrascht, wie selbstverständlich Liv nach dem gegenseitigen Vorstellen zum Du überging. Bei Keldan war sie konsequent bei der höflichen Variante geblieben. Was aber auch darauf zurückzuführen sein könnte, dass sie ihn spätestens nach den ersten Fragen nicht mehr leiden konnte. »Bald, denke ich. Vorausgesetzt, das andere Verhör fördert nicht etwas Belastendes zutage.«

Liv schnitt eine Grimasse. »Ich war zuerst dran, weil dein Freund–«

»Partner.«

»–der Ansicht war, aus mir schneller etwas rauszukriegen als aus Evan, oder? Ich hätte mich nicht verunsichern lassen sollen.«

»Keiner von euch beiden hat den Mord begangen«, antwortete Skadi verwirrt. »Was soll es da rauszukriegen geben?«

»Etwas, das reicht, um es uns in die Schuhe zu schieben. Das hat man davon, die Wächter zu informieren.« Liv lehnte sich zurück und rutschte so weit auf ihrem Stuhl herunter, dass sie nur noch knapp darauf sitzen konnte. Skadi vermutete, dass das ihre Technik war, ihre Unsicherheit zu verbergen. Als sie sie unter den blau gefärbten Ponyfransen hervor anfunkelte, hatte sie dennoch das Gefühl, persönlich für die Entscheidungen der Wächter verantwortlich zu sein.

Sie räusperte sich. »Ich glaube nicht, dass dir jemand etwas in die Schuhe schieben will. Keldan hält es im Übrigen auch nicht für wahrscheinlich, dass ihr etwas mit dem Mord zu tun habt. Aber wenn man jede unwahrscheinliche Spur außer Acht lässt, übersieht man die richtige schnell.«

»Und das weißt du, weil heute dein erster Tag ist?«

»Das weiß ich, weil es das einzig Logische ist.«

Liv hob eine Augenbraue, schwieg jedoch. Allmählich fragte Skadi sich, ob es wirklich eine gute Idee gewesen war, zu ihr zu gehen. Offensichtlich war sie froh über die Ablenkung und sah in ihr – soweit Skadi es einschätzte – eher jemanden, dem sie vertrauen konnte, als in Keldan. Aber genauso sehr schien sie darauf aus zu sein, ihren Ärger an irgendjemandem auszulassen.

»Evan bringt mich um, wenn er mitbekommt, dass ich gesagt habe, er würde den Mord gerne selbst aufklären«, sagte Liv. Dann, als hätte sie in Skadis Miene etwas von deren Schock gesehen, fügte sie hinzu: »Das war symbolisch gemeint.«

Skadi nickte. Natürlich war es metaphorisch gemeint – aber die letzten Stunden hatten ihren Nerven in Zusammenhang mit *jemanden umbringen* dermaßen überreizt, dass sie nicht verhindern konnte, im ersten Moment etwas Ernstgemeintes darin zu sehen. Nicht, dass jemand ein Recht hatte, Sklaven zu töten. Das war genauso verboten wie jeder andere Mord. »Dann bringt Keldan mich um, weil ich mich mit dir unterhalte.«

»Sag bloß, das darfst du nicht?«

»Er hat es mir nicht untersagt«, antwortete Skadi und warf einen Blick zur Tür. »Aber ich glaube nicht, dass er sonderlich begeistert darüber sein wird. Du weißt schon, erster Tag. Eigentlich sollte ich dich nur im Auge behalten.«

»Tust du doch.« Liv starrte den Spiegel an. »Wusste ich doch, dass auf der anderen Seite jemand ist.«

Skadi folgte ihrem Blick. Wenn sie nicht selbst auf der anderen Seite gestanden hätte, könnte sie nicht glauben, dass man durch den Spiegel hindurchsehen konnte. Von hier aus sah er nicht anders aus als jeder kleine oder große Spiegel, den man auf dem Markt kaufen konnte. Skadi konnte problemlos beobachten, wie Livs Blick über die Scheibe wanderte, und sogar die unterschiedlichen Blautöne in ihrem Haar wahrnehmen. Als sie sich selbst ansah, stellte sie fest, dass das Licht aus der Kugel an der Decke nicht nur Liv blasser machte. Ein Teil ihrer Haarsträhnen hatten sich aus dem Zopf gelöst und sie versuchte notdürftig, sie wieder zu richten. »War das geraten oder erkennst du da wirklich etwas?«

»Geraten«, gab Liv zu. »Es erschien mir zwar sinnvoll, dass jemand da ist und mich beobachtet, aber sicher sein konnte ich nicht.« Sie neigte den Kopf zur Seite.

Im selben Moment nahm Skadi aus den Augenwinkeln wahr, wie sich die Türklinke bewegte, und beeilte sich, eine möglichst unbeteiligte Miene aufzusetzen. Als Keldan einen Augenblick später in der Tür erschien, schaffte sie es, nicht überrascht auszusehen.
Im Gegensatz zu ihm. »Skadi. Ich dachte, du wärst nebenan.«
»War ich auch.«
Keldan erwiderte nichts. Er musterte sie einen Moment und wandte sich dann an Liv. »Du kannst gehen.«

Sie nahm sich gerade genug Zeit, den Stuhl mit einem lauten Quietschen nach hinten zu schieben und so langsam den Raum zu verlassen, dass man glauben könnte, sie hätte es nicht eilig. Skadi lauschte ihren beschleunigten Schritten, als sie aus ihrem Blickfeld verschwunden war. Verabschieden hielt Liv offensichtlich für unnötig. Obwohl Skadi unsicher war, ob sie an ihrer Stelle anders gehandelt hätte.

»Was hast du von diesem Evan erfahren?«

»Nicht mehr als von ihr«, antwortete Keldan. »Er war kooperationsbereiter als erwartet, aber ich glaube nicht, dass sie irgendetwas Nützliches wissen. Falls doch, hat er versprochen, wiederzukommen.«

Skadi dachte an Livs Bemerkung, dass Evan nicht begeistert sein würde, dass die Wächter Dank ihr von seinem Interesse an dem Mord wussten. Sie bezweifelte, dass einer der beiden freiwillig einen Fuß in die Burg setzen würde. Erst recht dann nicht, wenn sie etwas erfuhren, das den Wächtern unbekannt war.

Die Verhöre waren nur der Auftakt zu einer Reihe von weiteren Ereignissen an diesem Tag. Wenn Skadi gehofft hatte, danach nach Hause zu können, hatte sie sich getäuscht. Der nächste Punkt war etwas deutlich Unangenehmeres: eine Besprechung bezüglich des weiteren Vorgehens. Bei der neben Keldan drei weitere Wächter dabei waren. Skadi fühlte sich schon mit Betreten des Raums unwohl, was vorrangig daran lag, dass sie einen der anderen Wächter bereits kannte. Krähe schien ihre Begeisterung über das Wiedersehen zu teilen.

»Arbeiten wir neuerdings mit Kleinkriminellen zusammen?«, fragte er spöttisch.

Skadi gab sich Mühe, ihn zu ignorieren. Dass nie bewiesen wurde, dass sie gegen ein Gesetz verstoßen hatte, schien für ihn keine Rolle zu spielen. Entweder war er von vornherein von ihrer Schuld überzeugt, weil es eine Anhörung gegeben hatte, oder sein Ziel war es lediglich, Keldan eins auszuwischen. In beiden Fällen spielte seine Motivation keine Rolle für die Zukunft. Skadi hatte das starke Gefühl, dass er ihr auch bei näherem Kennenlernen nicht freundlicher gegenüber stehen würde. Wenn sie könnte, würde sie ihm bei jeder Gelegenheit aus dem Weg gehen – was im selben Moment, in dem sie den Raum betreten hatte, unmöglich geworden war. Keldan hatte ihr auf dem Weg hierher erzählt, dass ein Mord zu wichtig war, um ihn allein zu verfolgen. Stattdessen würde ein Team gebildet werden. Und augenscheinlich gehörte Krähe dazu.

Ob es zu spät war, um ihre eigene Mitarbeit aufzukündigen?

»Abgesehen davon, dass Skadi nie verurteilt wurde, könntest du deine Energie besser in die Aufklärung des Falls stecken, Ciril«, entgegnete Keldan. Sein höfliches Lächeln erschwerte es Skadi zu beurteilen, wie er tatsächlich zu Krähe – Ciril – stand. Sie meinte, eine unterschwellige Aggression zwischen den beiden zu spüren. Doch das konnte auch auf Krähes Verhalten ihr gegenüber zurückzuführen sein.

Skadi versuchte, sich in eine der Ecken des Raumes zu manövrieren und von dort aus stillschweigend zuzusehen. Als hätte er ihren Plan erraten, versperrte Keldan ihr den Weg und deutete auf den Stuhl vor ihr. Er wartete so lange, bis Skadi sich widerwillig gesetzt hatte, ehe er sich auf dem Platz neben ihr niederließ. Skadi kam sich vollkommen fehl am Platz vor. Jetzt, wo sie saß und um sich herum ausschließlich schwarze Schwingen sah, umso mehr.

Es war offensichtlich eine Art Besprechungsraum, gemacht für Situationen wie diese. Die lange Wand gegenüber den Fenstern wurde von einer Schiefertafel eingenommen. In der Mitte hing eine Zeichnung von der Toten – das war alles. Skadi konnte sich lebhaft vorstellen, dass manchmal die gesamte Tafel ausgefüllt war, voll mit Indizien, Vermutungen und Verdächtigen. Ob das auch bei diesem Fall geschehen würde, blieb abzuwarten.

»Da gibts nicht viel aufzuklären, wenn ihr mich fragt«, brummte Ciril. »Offensichtlich war sie dumm genug, mitten in der Nacht durch das Ostviertel zu laufen. Dort werden jeden Tag Leute überfallen.«

»Überfallen, ja, aber nicht ermordet«, widersprach die Wächterin links von Skadi ruhig. »Nur weil es im Ostviertel passiert ist, heißt das nicht, dass wir mit weniger Sorgfalt an die Aufklärung herangehen dürfen.«

Sie hielt sie es offenbar nicht für nötig, sich vorzustellen. Womöglich waren die Wächter so sehr daran gewöhnt, bei derartigen Besprechungen unter sich zu sein, dass sie Skadis Unwissen nicht einmal wahrnahmen. Trotz dessen war die Wächterin Skadi sympathisch, soweit sie es bisher beurteilen konnte. Dass sie ein Opfer des ärmsten Viertels genauso bedeutsam fand wie jedes andere, sprach für sie.

Als Skadi den Blick über den runden Tisch schweifen ließ, stellte sie fest, dass die Wächterin die älteste Anwesende war. Neben Krähe, der nur etwas älter als Keldan sein konnte, saß eine junge Wächterin mit wachsamen mandelförmigen Augen. Als ihr Blick Skadis traf, zuckte ihre linke Augenbraue fragend nach oben.

»Das wollte Ciril auch nicht andeuten, Aline«, wandte sie sich an die ältere Wächterin. »Wir wissen, welche Verantwortung mit einem solchen Fall einhergeht. Und wir fühlen uns geehrt, dass du uns für dieses Team ausgewählt hast.«

Aline sah nacheinander jeden von ihnen an, und selbst Skadi spürte, welche Botschaft darin lag: *Lasst es mich nicht bereuen.* Dann nickte sie. »Was haben wir?«

Ciril räusperte sich und stand auf. »Cassie und ich haben in den Büchern nachgesehen. Der Name des Opfers war Maria Thompson. Sie hat am Rand des Ostviertels gelebt und sich offenbar mit wechselnden Aushilfsarbeiten über Wasser gehalten. Sie ist nie auffällig geworden. Falls sie hier Familie hat, ist darüber nichts vermerkt.«

Er nahm ein Stück weiße Kreide und schrieb den Namen der Toten über die Zeichnung. Daneben vermerkte er ihren Wohnort. »Welcher Art sie angehört, können wir nicht feststellen – es scheint von allem etwas dabei zu sein. Wahrscheinlich waren schon ihre Eltern Mischwesen. Sie ist verblutet, nachdem ihr die Kehle aufgeschlitzt wurde. Weitere Verletzungen konnten wir nicht feststellen. In der ersten Vermutung ist ein Überfall naheliegend.«

Skadi beobachtete interessiert, wie Krähe ohne Weiteres die Rolle als Wortführer in Anspruch genommen hatte. Aline war ihrer Einschätzung nach nur hier, um eine gewisse Anleitung und Hilfe, vielleicht auch Kontrolle zu geben. Die eigentliche Arbeit sollten Krähe, seine Freundin – Cassie? – und Keldan erledigen. Nicht zu vergessen Skadi selbst, obwohl sie Zweifel hatte, inwiefern sie eine tragende Rolle bei dem Ganzen spielen würde. Auf jeden Fall hatte sie den Eindruck, als hätte keiner des *Teams* jemals zuvor einen Mord aufgeklärt. Zusammen mit dieser Erkenntnis schlich sich Skepsis in Skadis Gedanken, ob sie diese Feuerprobe bestehen würden.

Dass Keldan Krähe den Anfang überließ, überraschte Skadi dennoch. Schließlich waren sie es gewesen, die die Tote von allen Anwesenden zuerst gesehen hatten, und sie war davon überzeugt, dass diese ersten Eindrücke genannt werden sollten. Aber solange sie nicht herausgefunden hatte, ob und welche Hierarchie in diesem Raum herrschte, zögerte sie, sich einzubringen.

Als Krähe *Überfall* an die Tafel schrieb, räusperte sich Keldan. »Ein Überfall ist nicht sehr wahrscheinlich.«

»Hast du dafür auch eindeutige Hinweise oder ist das wieder nur so ein Gefühl von dir?«, fragte Cassie. Sie lehnte sich so weit mit ihrem Stuhl zurück, dass der umzukippen drohte, und setzte ein überlegenes Grinsen auf. »Oder sollte ich sagen, deine Intuition?«

Keldans Miene verdüsterte sich. Skadi überlegte, was in der Vergangenheit vorgefallen war, um eine solche Frage zu rechtfertigen. Zumal Intuition nichts Schlechtes war. Man konnte sie lediglich nicht mit Beweisen gleichsetzen.

»Der Zustand, in dem wir die Tote gefunden haben, passt nicht zu einem Überfall«, wandte Skadi zaghaft ein. »Wäre es darum gegangen, ihr Gewalt anzutun, hätte sie weitere Verletzungen gehabt. Ausrauben wollte ihr Mörder sie auch nicht. Abgesehen davon, dass sie kaum etwas Wertvolles bei sich gehabt haben kann, hat er ihren Ring zurückgelassen. Zumal Diebe sie eher niedergeschlagen und dann ausgeraubt hätten, anstatt ihr die Kehle durchzuschneiden.«

Das folgende Schweigen konnte nur wenige Atemzüge angehalten haben, doch Skadi kam es vor wie Stunden. Mit einem Mal von allen angesehen zu werden, ließ sie an ihrer eigenen Aussage zweifeln. Zumindest solange, bis Krähe nickte und *Überfall* mit einem Fragezeichen versah. Er hätte sie mit nichts anderem mehr überraschen können. Offenbar war er professionell genug, um auch den Beitrag von jemandem anzuerkennen, der in seinen Augen ein Verbrecher war. »Das macht Sinn. Wir sollten es dennoch nicht völlig ausschließen. Was ist mit den beiden Zeugen?«

»Keiner von ihnen hat etwas mit dem Mord zu tun«, antwortete Keldan. Er mied konsequent den Blick zu Cassie. »Falls doch, müssen sie unabhängig voneinander hervorragende Lügner sein. Sie haben die Tote zufällig gefunden, mehr aber auch nicht. Sorgen bereitet mir nur die Aussage des Mädchens, dass ihr Herr sich für den Mord interessiert. Gut möglich, dass sie uns in den Ermittlungen herumpfuschen werden.«

Diese Möglichkeit hatte Skadi bisher nicht bedacht. Sie hatte selbst gehört, wie Liv das gesagt hatte, hatte dem Ganzen aber keine weitere Beachtung geschenkt. Wer beschäftigte sich schon – abgesehen von den Wächtern – mit Morden? Noch dazu, wenn die Möglichkeit bestand, dass man selbst umso mehr als Täter infrage kam, je mehr man sich damit beschäftigte.

»Falls sie das tun, werden wir sie unter Arrest stellen müssen«, bemerkte Aline. »Zu ihrer eigenen Sicherheit.«

11. LIV

Als ich den Verhörraum verließ, verschwendete ich keinen Gedanken an Evan. Wenn ich Skadi Glauben schenken konnte, musste er nach mir in den Genuss eines Gesprächs mit dem Wächter gekommen sein. Dass der wiederum erneut bei mir aufgetaucht war, sprach dafür, dass Evans Verhör ebenfalls beendet war. Ich bezweifelte, dass man ihn nicht gehen gelassen hatte. Falls doch, war es mir in diesem Moment herzlich egal. Wenn er nicht darauf bestanden hätte, bei der Toten zu bleiben anstatt ordnungsgemäß die Wächter zu holen, wären wir gar nicht erst in dieser Situation gelandet. Beinahe wäre ich wegen ihm aufgeflogen. Die Wächter hätten nur auf die Idee kommen müssen, meinen vollständigen Namen erfahren zu wollen und ihn mit den Büchern abzugleichen. Im Nachhinein gesehen hatte ich verdammtes Glück. Es wäre alles andere als unüblich gewesen, meine Vergangenheit zu überprüfen – besonders in Zusammenhang mit einem Mordfall. Dieser Keldan musste von Anfang an davon überzeugt gewesen sein, dass zumindest ich unschuldig war. Oder er wollte sein Urteil nicht davon beeinflussen lassen, was ich früher getan hatte. Das reichte fast, um ihn sympathisch zu machen.

Ich hoffte trotzdem, ihn nie wieder zu sehen.

Eine fremde Wächterin fing mich am Ende des Ganges ab und brachte mich schweigend nach draußen. Als ich endlich das Tor erreichte, lehnte Evan an der Mauer, wippte mit dem rechten Fuß auf und ab, und sah abwechselnd zwischen den Wachposten und dem Innenhof hin und her. Er entdeckte mich und seine Miene hellte sich auf – wohingegen ich am liebsten auf der Stelle umgekehrt wäre. Eine schwache Vorahnung sagte mir, dass ihn das Verhör wesentlich weniger beeindruckt hatte als mich. Ich hatte insgeheim gehofft, dass er mittlerweile zur Vernunft gekommen wäre oder, dass Keldan ihn weit genug eingeschüchtert hatte, um von der selbstständigen Aufklärung des Mordes abzukommen. Stattdessen warf er mir einen vorwurfsvollen Blick zu, als wir die Burg verließen.

»Ich war kurz davor, dich suchen zu gehen. Warum hat das so lange gedauert?«

»Weil ich nicht früher gehen durfte«, gab ich zurück und beschleunigte meine Schritte. »Es hätte nicht so lange gedauert, wenn wir uns von Anfang an aus dieser Sache herausgehalten hätten. Gehen wir jetzt wenigstens nach Hause?«

Evan passte sich problemlos meiner Geschwindigkeit an. »Natürlich nicht. Wir müssen unseren Vorsprung nutzen, solange wir ihn noch haben.«

»Unseren Vorsprung?«, wiederholte ich verständnislos. »Welchen verdammten Vorsprung denn? Falls es dir nicht aufgefallen sein sollte, Evan: Wir waren gerade zwei Stunden in dieser Burg, weil die uns verdächtigen, etwas mit dem Mord zu tun zu haben!«

»Verdächtigt haben.« Er schleuste mich von der Hauptstraße weg in eine Nebengasse, die mit ziemlicher Sicherheit Richtung Osten führte. Dass ich zunehmend langsamer wurde, glich er aus, indem er kurzerhand meinen Arm nahm und mich mit sich zog. »Falls sie jemals ernsthaft uns im Verdacht hatten, dürfte der sich inzwischen gelegt haben. Und wir haben sehr wohl einen Vorsprung. Während die Wächter noch beschäftigt sein dürften, sich einen Plan zurechtzulegen und über die bekannten Details zu diskutieren, können wir aktiv Nachforschungen anstellen.«

Einen Plan zurechtlegen – das war etwas, das wir dringend auch tun sollten. Im besten Fall sollte der beinhalten, uns nicht mehr in die Nähe der Wächter oder des Fundorts der Toten zu begeben, bis Gras über die Sache gewachsen war. Ich stemmte mich mit aller Kraft gegen Evans Zug, fest entschlossen, das Ganze *jetzt* zu klären. Bevor er mich sonst wohin schleppen konnte. Es gelang mir, mich loszureißen. Im ersten Impuls wollte ich Evan an den Kopf werfen, wie verrückt das war, doch ich hielt mich zurück. Irgendetwas sagte mir, dass ich damit keinen Erfolg haben würde.

»Glaubst du wirklich, dass es ihnen egal sein wird, wenn wir uns in ihre Tätigkeit einmischen?«, fragte ich. »Diese Frau wurde ermordet. Wir können nicht drauf loslaufen und versuchen, ihren Tod aufzuklären. Früher oder später werden die Wächter das mitbekommen. Und ich wette, dass sie uns eigene Ermittlungen verbieten, uns vielleicht sogar erneut verdächtigen werden.«

Evan warf einen Blick über seine Schulter und trat einen Schritt näher. »Wir haben nichts getan, wofür sie uns belangen könnten. Wenn wir vorsichtig sind, werden sie uns nicht einmal bemerken. Ich hätte nicht gedacht, dass ausgerechnet du Angst vor den Wächtern hättest.«

»Habe ich nicht«, widersprach ich. Nicht in dem Sinne, wie ich mich vor Raphael fürchtete jedenfalls. »Aber ich hänge an meiner Freiheit. Und ich bin nicht so dumm, zu glauben, dass man die Wächter unterschätzen sollte. Abgesehen davon haben die viel bessere Möglichkeiten, den Täter zu finden.«

»Dann sehe ich das Problem nicht.« Evan grinste und entblößte eine Reihe von strahlend weißen Zähnen. »Wie du selbst so treffend bemerkt hast, haben wir nur äußerst beschränkte Wege zur Verfügung, uns mit diesem Mord zu beschäftigen. Vermutlich sind sie sogar derart nutzlos, dass wir nicht einmal ansatzweise der Lösung näherkommen. Was spricht also dagegen, es zumindest zu versuchen? Wenn die Wächter sich von unserem Tun gestört fühlen, werden sie uns das schon sagen.«

Ich schwieg. So betrachtet, war nichts Verwerfliches daran, uns mit dem Mord zu beschäftigen. Mir fiel nichts ein, das noch dagegen sprechen konnte. Mir war klar, dass Evan genau darauf hinauswollte, dass er seine Argumentation extra so gewählt hatte, damit ich keinen Grund finden konnte, ihm erneut zu widersprechen. Ich knirschte mit den Zähnen. So ein Mist.

»Du hast zugestimmt, mir zu helfen«, fügte Evan hinzu. »Jetzt wäre der Zeitpunkt, deinen Teil der Abmachung zu erfüllen.«

»Das weiß ich«, murmelte ich. Wenn ich geahnt hätte, worauf das hinauslaufen würde, hätte ich mich nie auf dieses Vorhaben eingelassen. Was war überhaupt in mich gefahren, einzuwilligen? Das widersprach jedem meiner Grundsätze. Insbesondere dem, in brenzligen Situationen die Flucht zu ergreifen.

»Sehr gut. Dann können wir jetzt ja weiter, nicht wahr?«

Evan setzte sich während des Sprechens in Bewegung, und diesmal folgte ich ihm. Nicht, weil ich ihm darin zustimmte, den Mord unbedingt selbst aufklären zu müssen. Vielmehr, weil ich im Moment nicht wusste, was ich sonst tun sollte. Davon abhalten konnte ich ihn offensichtlich nicht. Und wenn ich wollte, dass er *seinen* Teil der Abmachung erfüllte, musste ich ihm wohl oder übel helfen. Linda hatte recht behalten: Irgendwann funktionierte Weglaufen nicht mehr.

Mein erster Eindruck hatte mich nicht getäuscht. Wir waren auf dem Weg ins Ostviertel, zum zweiten Mal an diesem Tag. Ich war mir nicht sicher, was Evan vorhaben könnte, verzichtete jedoch auch darauf, ihn zu fragen. Viele Möglichkeiten gab es nicht. Er könnte erneut zum Tatort wollen, in der Hoffnung, dass die Wächter dort irgendetwas übersehen und zurückgelassen hatten, das uns helfen konnte. Oder er hatte eine Idee, wer etwas über die Tote wissen könnte. Lediglich den Gedanken, er könnte seine Einkäufe auf dem Schwarzmarkt nachholen wollen, verwarf ich wieder. Dafür hätte er es nicht so eilig.

»Genau genommen haben wir sogar zwei Vorteile, die wir den Wächtern voraushaben«, bemerkte Evan.
»Die da wären?«
»Wir sind keine Wächter.«
Ich warf ihm einen skeptischen Blick zu, unsicher ob er das ernst meinte oder mich auf den Arm nehmen wollte. »Was soll daran bitte vorteilhaft sein?«
Wir näherten uns der Gasse, die wir vor wenigen Stunden betreten hatten. Sie unterschied sich in keiner Weise von den anderen in dieser Gegend, und doch erinnerte ich mich bestens daran, dass es genau diese und keine andere war. Evan offensichtlich auch. Er sah sich unauffällig um und bog dann ab.
»Wenn ich das richtig einschätze, kommst du aus dem Ostviertel – oder hast zumindest eine ganze Weile dort gelebt«, antwortete er. »Also sag du es mir. Mit wem würden die Leute dort eher reden: Mit den Wächtern oder mit uns?«
Ich zuckte mit den Schultern. »Weder noch.«
»Was?«
»Sie reden ungern mit jemandem, der herumläuft und Fragen stellt. Man muss einer von ihnen sein, sonst hat man schlechte Karten.«
Evan hob eine Augenbraue. »Du bist doch eine von denen.«
War traf es eher. »Nicht mehr. Selbst wenn ich ohne dich mit ihnen reden würde, würden sie mir misstrauen. Niemand im Ostviertel könnte sich eine Sklavin leisten. Und Sklaven laufen wiederum nicht aus eigenem Antrieb allein herum und stellen Fragen.«
»Du bist nur pro forma eine Sklavin.«
»Das weiß aber keiner außer uns.«
Als wir uns der entscheidenden Kreuzung näherten, verlangsamten wir beide unsere Schritte. Evan bedeutete mir, zu warten, während er sich bis zur Ecke schlich und einen Blick dahinter warf. Ich blieb unschlüssig stehen und sah unwillkürlich zurück. War es möglich, dass die Wächter noch hier waren? An einem Tatort würden sich die meis-

ten unmittelbaren Hinweise finden lassen, und ich bezweifelte, dass sie riskieren wollten, irgendeinen davon zu verlieren.

»Sie sind weg«, sagte Evan. »Aber das kommt mir irgendwie zu leicht vor.«

Zu leicht – diesem Eindruck musste ich zustimmen, als ich neben ihm ankam und die inzwischen leere Gasse betrachtete. Sie hatten die Leiche mitgenommen, und auf den ersten Blick ließ sich keine Absperrung oder Ähnliches erkennen. »Vielleicht rechnen sie nicht damit, dass jemand zufällig hier auftaucht. Oder sie haben schon alles, was man finden könnte, mitgenommen.«

»Aber würden sie nicht dennoch verhindern wollen, dass jemand hier herumläuft? Der Täter könnte doch zurückkommen und seine Spuren verwischen wollen.«

Er musterte abwartend die Gasse und schien zu überlegen, ob er dem Anschein trauen sollte oder nicht. Ich verlegte mich darauf, wieder die Umgebung zu beobachten. Obwohl diese Gasse nur selten benutzt werden dürfte, fühlte ich mich, als müssten jeden Augenblick Hunderte Neuankömmlinge um die Ecke biegen. Vielleicht wollten die Wächter auch später zurückkommen, um den Ort des Mordes näher zu untersuchen? Das würde in meinen Augen mehr Sinn machen als ihr scheinbares Vergessen, Sicherheitsmaßnahmen zu ergreifen. Aber hätten sie dann nicht jemanden zurückgelassen? Auch bei näherem Hinsehen konnte ich niemanden in den Schatten der Häuser entdecken. Es war alles genauso, wie wir es zuletzt vorgefunden hatten – von der fehlenden Leiche abgesehen. Derselbe schlammige Boden, derselbe Müll am Rand und dieselben bröckelnden Hauswände. Nicht einmal der Geruch nach Blut hatte sich verflüchtigt.

»Was solls«, murmelte Evan. »Wenn sie es uns so leicht machen wollen …«

Er setzte den ersten Schritt nach vorne. Dann schoss ein Blitz durch die Gasse, erhellte jede noch so kleine Mauerritze und bündelte sich dort, wo Evans Fuß war.

»Verdammt!«, fluchte er und sprang so hastig zurück, dass er stolperte und nach hinten fiel.

»Schutzzauber«, kommentierte ich. »Damit hätten wir rechnen müssen.«

»Und das ist dir nicht eingefallen, bevor ich ihn abbekommen habe?« Er rappelte sich langsam auf, darauf bedacht, dem Schutzzauber nicht noch einmal zu nahe zu kommen, und klopfte sich die Hände an der Hose ab.

Ich lächelte. »Nein. Aber genau wegen solchen Dingen mache ich ungern den ersten Schritt.«

»Wärmsten Dank«, erwiderte er. »Hast du wenigstens eine Idee, wie wir das Ding loswerden?«

Schutzzauber waren eine der besten Erfindungen, die die Magier hervorgebracht hatten. Je nachdem, für welchen Verwendungszweck sie gedacht waren, gab es verschiedene Varianten. Besonders mächtige mussten direkt von Magiern – im besten Fall von mehreren auf einmal – gesprochen werden. Kleinere ließen sich dagegen an Gegenstände binden und bei Bedarf nutzen. Auf dem Schwarzmarkt wurde oft damit gehandelt, und mit Sicherheit wurden einige Exemplare auch von den hiesigen Schmugglern unter die Leute gebracht.

Der hier war einer von der kleinen Sorte. Andernfalls wäre Evan nicht so schnell wieder aufgestanden. Ich suchte den Boden nach Auffälligkeiten ab, entdeckte eine halbrunde Glasscherbe, die nicht so recht zu den anderen passen wollte, und streckte bedächtig die Hand danach aus. Sie ließ sich aufheben, ohne dass der Schutzzauber mich erwischte, und als ich mit dem Daumen darüber rieb, ging ein letztes, schwaches Flimmern durch die Gasse. »Wir müssen daran denken, ihn wieder zu aktivieren.«

»Werden wir«, sagte Evan, blieb jedoch stehen. »Nach dir.«

»Ich habe den Schutzzauber doch entfernt«, erwiderte ich. »Du kannst dir alles hier ansehen, nur zu.« Dass ich mich selbst nicht von der Stelle rührte, hatte seinen Grund. Es lag nicht nur daran, dass ich möglichst wenig mit dem Mord zu tun haben wollte – was auch den Tatort betraf. Dazu kam meine Befürchtung, es nicht nur mit einem Schutzzauber zu tun zu haben. Weitere Quellen konnte ich nicht erkennen, doch wer wusste schon, ob die Wächter es bei einem einzigen belassen hatten?

Evan schüttelte den Kopf. »Einmal von dem Ding erwischt zu werden, reicht mir, danke.«

»Wer von uns beiden wollte denn hierher?« Ich drehte mich demonstrativ zurück zu der Straße, von der wir gekommen waren. »Von mir aus können wir auch wieder gehen.«

Das Argument reichte offenbar, um Evans Vorsicht sinken zu lassen. Er warf mir einen Blick zu, der andeutete, dass er mich beim nächsten Mal persönlich vorwärts schieben würde, falls ich mich getäuscht hatte und ihn ein weiterer Schutzzauber erwartete. Vorsichtshalber entfernte ich mich ein Stück, als er sich auf den Fundort der Toten zubewegte. Anfangs waren seine Schritte zaghaft, tastend, doch mit jedem weiteren schien das Misstrauen weiter von Evan abzufallen. Als er beinahe den dunkleren Fleck am Boden erreicht hatte, hielt ich den Atem an – doch es geschah nichts. Offenbar hatten die Wächter sich wirklich auf diesen einen Schutz beschränkt.

Ich folgte Evan dennoch nur zögernd. Ein Teil von mir rechnete trotz allem damit, dass die Wächter jederzeit wiederkommen würden, und mit jeder vergangenen Minute wurde das wahrscheinlicher. Was sie tun würden, wenn sie uns hier erwischten, wollte ich mir nicht vorstellen. Weitere Stunden in einem Verhörraum zu verbringen und zu beantworten, was wir hier getrieben hatten, entsprach nicht meiner Vorstellung eines angenehmen Nachmittags.

»Was hoffst du eigentlich, hier zu finden?« Ich blieb ein paar Schritte von ihm entfernt stehen und behielt die Kreuzung hinter uns im Auge. *Wenn* ein Wächter hier auftauchte, würden wir schnell rennen müssen. Weshalb es auch ausschied, den Schutzzauber um uns herum aufzuspannen.

Evan lief in langsam größer werdenden Kreisen um die Stelle, an der die Tote gelegen hatte, den Blick fest auf den Boden gerichtet.
»Nichts Bestimmtes. Ich will nur etwas überprüfen.«
»Dauert das noch lange? Ich will hier echt nur ungern stehen, wenn die Wächter wiederkommen.«
»Du könntest mir helfen«, sagte er.
Vielleicht hätte ich das sogar getan, hätte ich nicht in diesem Moment Stimmen gehört. Mein Herzschlag schoss in die Höhe. Zwei Atemzüge später stand ich neben Evan und versuchte ihn mit mir zu ziehen. Dabei musste er sie schon vor mir gehört haben. »Wir müssen gehen«, drängte ich.
Er schüttelte mich ab. »Gleich.«
»Nicht gleich«, zischte ich. »Jetzt sofort. Wenn sie uns erwischen, kannst du es komplett vergessen, selbst den Mörder zu finden.«
Die Stimmen wurden lauter, deutlicher. Sie würden in wenigen Augenblicken um die Ecke biegen, uns sehen und …
Wir warteten nicht lange genug, um den Gedankengang Realität werden zu sehen. Ich aktivierte den Schutzzauber, warf ihn dorthin, wo ich ihn aufgehoben hatte, und wurde gleich darauf von Evan hinter einen Stapel leerer Holzkisten gezogen. Es war kein gutes Versteck – es war sogar ausgesprochen schlecht –, doch es war das einzige, das wir rechtzeitig erreichen konnten. Ich presse mich fester gegen die Wand in meinem Rücken, als ich Schritte hörte. Zu leise, um das Rauschen in meinen Ohren zu übertönen. Die Holzkisten hatten Schlitze, gerade breit genug, um zu erkennen, dass es sich bei den Neuankömmlingen wie erwartet um zwei Wächter handelte. Ich hielt den Atem an. Würden sie erkennen, dass jemand hier gewesen war? Falls ja, würden sie auf den Gedanken kommen, dass wir noch hier waren?
Einer von beiden trat einen Schritt nach vorne und warf irgendetwas. Das Kraftfeld des Schutzzaubers flammte auf. Sie nickten sich zu, unterhielten sich erneut – und verließen die Gasse.

Evan stieß hörbar den Atem aus. »Eine Patrouille. Sie haben nur nachgesehen, ob der Schutzzauber intakt ist.«

»Das war viel zu knapp«, erwiderte ich und senkte die Stimme. »Wenn diese Kisten nicht hier gestanden hätten–«

»–hätten wir uns jetzt eine gute Ausrede überlegen müssen, ich weiß.« Evan trat einen Schritt zurück. Wir hatten Glück. In unserer jetzigen Position befanden wir uns außerhalb des Schutzzaubers. Ein paar Schritt weiter und wir wären im schlimmsten Fall darin gefangen gewesen. Je nachdem, ob er dafür ausgelegt war, nur Einflüsse von außerhalb oder auch von innen abzuwehren. Der Nachteil war: Der Weg zurück, wie wir ihn gekommen waren, war versperrt.

»Aber immerhin hat sich mein Verdacht bestätigt. Als wir die Tote gefunden haben, hatte sie etwas in der rechten Hand, das ich ihr abnehmen konnte, bevor du den Wächter gerufen hast. Und sie hat es bestimmt nicht hier aufgehoben.« An der Stelle ließ er sich Zeit, um mir einen weiteren vorwurfsvollen Blick zuzuwerfen und besagten Gegenstand aus einer seiner Taschen zu kramen. »Das ist unser zweiter Vorteil gegenüber den Wächtern. Ich bezweifle jedenfalls, dass sie ihn grundlos festgehalten hat.«

Ich starrte unseren *zweiten Vorteil* an, ohne Evans Begeisterung nachvollziehen zu können. »Das ist ein Stein.«

»Aber kein gewöhnlicher Stein«, erklärte er. »Oder kennst du normale Steine, die eine nahezu perfekte Würfelform haben und gleichmäßig schwarz sind?«

»Nein«, gab ich zu. Doch je länger ich den Stein betrachtete, desto mehr verstärkte sich mein Unbehagen. Evan hatte recht – grundlos würde die Tote ihn nicht in der Hand gehalten haben, als sie getötet wurde. Aber ich bezweifelte, dass mir der Grund gefallen würde. »Solche Steine werden oft für magische Zwecke genutzt. Wir sollten vorsichtig damit sein. Sehr vorsichtig.«

Evan nickte. »Daran habe ich auch gedacht. Meiner Erfahrung nach, sind derartige Artefakte alles andere alles billig. Wie kommt also eine arme Frau aus dem Ostviertel daran? Gekauft haben wird sie ihn nicht. Und wenn sie ihn gefunden hätte, hätte sie ihn versteckt und dann so schnell wie möglich verkauft.«

Außer, sie hatte Erfahrung damit. Ich an ihrer Stelle hätte ihn behalten, wenn ich gewusst hätte, für was er gedacht war.»Oder es ist doch ein gewöhnlicher Stein«, wandte ich ein.»Vielleicht einer, der für einen Zauber gedacht war, aber noch nicht mit ihm verbunden wurde. In beiden Fällen verstehe ich nicht, wie uns das weiterhelfen soll.«

»Ihr Mörder könnte ihn ihr gegeben haben«, schlug Evan vor und wandte sich dem weiteren Verlauf der Gasse zu. Dem einzigen Weg, dem wir jetzt noch folgen konnten. »Und von hier muss sie demnach gekommen sein.«

Es gefiel mir nicht, den Weg zu gehen, von dem die Tote gekommen war. Besonders dann nicht, wenn wir einen merkwürdigen Stein bei uns hatten, der aller Wahrscheinlichkeit nach mit einem Zauber belegt war, und ihr vielleicht von dem Mörder Höchstselbst übergeben wurde. Es tröstete mich nur bedingt, dass es helllichter Tag und ich nicht allein war.

»Wir sollten wir ihn lieber hier lassen«, sagte ich.

»Das ist unser wichtigstes Beweisstück. Wir können ihn unmöglich zurücklassen.« Evan sah sich aufmerksam auf unserem Weg um, als würde er fest damit rechnen, hier einen weiteren Hinweis auf den Mörder zu finden. Für meine Begriffe verschwendete er damit seine Zeit. Es gab mittlerweile nichts mehr außer blanken Mauern von Häusern, die auf dieser Seite nicht einmal Fenster hatten. Und der Boden war zu oft betreten worden, um verlässliche Zeichen wie Fußspuren wiedergeben zu können.

»Was wir aber tun sollten«, fuhr er fort, »ist es, den Zauber zu bestimmen und unschädlich zu machen. Hier.«

Ich zuckte zurück, als er mir den Stein in die Hand drückte. Er fühlte sich warm an, unerwartet glatt, die Ecken und Kanten waren stumpf. »Was soll ich jetzt damit?«

»Du bist zur Hälfte Magierin«, antwortete Evan. »Müsstest du Magie nicht spüren können?«

»Nicht unbedingt.« Ich blieb stehen und umschloss den Stein zögernd mit der Faust. Manche magische Objekte reagierten auf die Anwesenheit von Magierblut, und ich war mir unsicher, ob das bei diesem hier ebenfalls der Fall sein könnte. »Wenn die Magie zu schwach oder absichtlich gut versteckt ist, spüre ich sie nicht. Außerdem bin ich aus der Übung – ich habe jahrelang nicht mehr versucht, Magie zu spüren … oder sie zu nutzen.«

Evan blieb ein paar Schritte vor mir stehen. Ich fühlte seinen Blick auf mir, als ich die Augen schloss, um mich besser auf den Stein zu konzentrieren. Es hatte Zeiten gegeben, in denen ich mehrmals täglich mit Magie zu tun hatte, es sogar schaffte, eigene Zauber zu wirken. Doch das war lange her. Und eigentlich hatte ich mir selbst das Versprechen abgenommen, es nie mehr zu tun, solange die Wächter Wind davon bekommen konnten. Aber einen Stein darauf zu testen, ob er mit einem Zauber belegt war, sollte in Ordnung sein. Zumal es immens wichtig war, zu wissen, ob wir es mit einem Zauber zu tun hatten, der uns womöglich schaden konnte.

In den ersten Augenblicken geschah nichts. Dann fühlte ich ein leichtes Kribbeln in meiner Hand, ausgehend von der Stelle, wo der Stein lag. Es war nicht mehr als eine feine Berührung, vergleichbar mit dem Gefühl, wenn jemand mit den Fingerspitzen über die eigene Haut fuhr. Und es breitete sich aus. Als es meinen gesamten Arm erfüllte, wandelte sich mein Empfinden darüber. Mit einem Mal fühlte es sich nicht mehr angenehm an, sondern bedrohlich, als hätten sich die Fingerspitzen in eine Hand verwandelt, die sich mit aller Kraft um meinen Arm schloss.

Der Stein fiel klackend zu Boden, während ich hastig davon zurücktrat. Evan streckte die Hand danach aus. Als er mich ansah, hielt er inne. »Was ist?«

»Du hattest recht«, antwortete ich unbehaglich. »Es liegt ein Zauber darauf. Ich kann nicht sagen, welcher, aber es ist nichts Gutes. Je länger ich ihn in der Hand hatte, desto bedrohlicher fühlte es sich an. Als würde er seine Kraft daraus ziehen, mir meine zu nehmen.«

»Verstehe.« Evan betrachtete den Stein abwägend. Dann, als hätte er sich dazu entschlossen, dass er ihm nicht schaden würde, hob er ihn vorsichtig auf. »Ist das eine normale Reaktion? Ich meine, ist es dir schon mal passiert, dass ein Zauber sich so für dich angefühlt hat?«

Ich schüttelte den Kopf. Gleichzeitig behielt ich den Stein im Auge, innerlich davon überzeugt, dass er in Evan auch etwas hervorrufen musste. Nicht so stark wie bei mir, aber zumindest ein Echo von dem, was ich gespürt hatte, sollte bei ihm ankommen. Wenn ich als Halb-Magierin etwas derart Starkes fühlte, musste es auch für Nicht-Magier spürbar sein. Oder? Ich hatte zu wenig Erfahrung in diesen Dingen, um es mit Sicherheit sagen zu können. »Meistens fühle ich nur ein leichtes Kribbeln – so war es hier am Anfang auch. Aber dann hat es sich verwandelt, ist stärker geworden und irgendwie ... unheimlich. Was auch immer dieser Zauber bewirkt, er ist sehr mächtig. Bemerkst du wirklich nichts?«

Er schwieg einen Moment. Dann schloss er wie zuvor ich die Augen und umfasste den Stein fester. Es vergingen mehrere Augenblicke, während denen ich zu befürchten begann, der Stein hätte seine Macht derart auf Evan ausgebreitet, dass er ihn nicht mehr loslassen konnte – bis er mich wieder ansah und mit den Schultern zuckte. »Für mich ist es ein gewöhnlicher Stein. Wenn man ihn länger festhält, wird er wärmer, aber das ist nichts Ungewöhnliches. Ich denke, es ist besser, wenn ich ihn vorerst behalte.«

»Ich hatte auch nicht vor, ihn wieder anzufassen«, sagte ich. »Aber das gefällt mir trotzdem nicht, Evan. Kann sein, dass er unser wichtigstes – und einziges – Beweisstück ist. Das ändert nichts daran, dass er gefährlich ist. Wir sollten ihn den Wächtern übergeben. Die können bestimmt auch herausfinden, von wem der Zauber stammt.«

»Die Wächter sind die letzten, an die wir uns damit wenden werden.« Er musterte den Stein ein letztes Mal, ehe er ihn in seine Tasche gleiten ließ. »Wir können nicht ausschließen, dass einer von ihnen etwas damit zu tun hat. Und ich wäre dir sehr verbunden, wenn du dich diesmal auch daran hältst und nicht wieder hinter meinem Rücken die Wächter informierst.«

Als wäre damit alles Wesentliche gesagt, wandte Evan sich von mir ab und ging weiter. Ich musste mir einen Ruck geben, um zu ihm aufzuschließen. Meiner Meinung nach wurde das Ganze immer verrückter. Nicht nur, dass dieser Stein einen gefährlichen Zauber beherbergte, von dem wir keine Ahnung hatten, was er bewirken konnte. Dazu kam noch, dass Evan ihn in der Hand des Mordopfers gefunden hatte, was die unangenehme Vermutung nahelegte, einen Zusammenhang zwischen beiden herstellen zu können. Und, nicht zu vergessen, zählte der Stein durch diesen Zauber mit Sicherheit zu den verbotenen Objekten. Wenn die Wächter uns damit erwischten, hatten wir diesmal garantiert eine Strafe am Hals. Es wäre das einzig Sinnvolle, ihn abzugeben. Oder ihn direkt im Fluss zu versenken, wo er keinen Schaden mehr anrichten konnte.

»Hast du schon einmal daran gedacht, dass du überreagieren könntest?«, fragte ich. »Da Verbindungen siehst, wo überhaupt keine sind? Ich meine, warum sollte ein Wächter ausgerechnet diesen Mord begangen haben? Wir haben weder Beweise dafür noch fällt mir ein passendes Motiv ein.«

Evan warf mir einen gereizten Blick zu. »Willst du damit sagen, ich wäre verrückt?«

Nein. Nur verdammt paranoid, dachte ich. »Ich glaube nur, dass du so sehr darauf fixiert bist, Verbrechen der Wächter aufzudecken, dass du bestimmte Dinge … außer Acht lässt«, antwortete ich bedächtig. »Zum Beispiel die Möglichkeit, dass es eben kein Wächter war.«

Wir blieben an der nächsten Kreuzung stehen. Bis hierher hatte sich in der Gasse kein Hinweis auf den Mörder oder den Tathergang finden lassen, und ich glaubte auch nicht daran, dass es noch passieren würde. Positiv war zumindest, dass wir jetzt einen Ausgang gefunden hatten. Kreuzungen waren immer gut, wenn man gezwungen war, einer engen Gasse zu folgen, von der man nicht wusste, wohin sie einen führen würde.

»Ganz im Gegenteil«, erwiderte Evan. »Ich glaube, dass jeder in Verdacht kommt, auch die Wächter. Dass sie das ähnlich sehen, halte ich für unwahrscheinlich. Sieh es, wie du willst, Liv. Ich halte es besonders bei einem Mord für wichtig, niemanden im Vorfeld als Täter auszuschließen.«

»Ich habe nie etwas anderes behauptet«, widersprach ich. »Aber ich befürchte, dass du das eigentliche Ziel – den Mord aufzuklären – aus den Augen verlierst.«

Insgeheim hatte ich mich darauf eingestellt, jetzt eine längere Diskussion führen zu müssen, die damit endete, dass Evan wütend auf mich wurde und mir erneut vorhielt, meinen Teil der Abmachung erfüllen zu müssen. Als er mich stumm ansah, wartete ich auf genau diese Antwort. Stattdessen schlich sich ein schiefes Lächeln auf seine Lippen. »Mag sein, dass das passiert. Deshalb bist du ja da, um mich davon abzuhalten.«

Er wartete meine Antwort nicht ab und sah abwechselnd in die drei Richtungen der Kreuzung. »Ich war noch nie hier, aber wenn mich nicht alles täuscht, könnte der rechte Weg zum Schwarzmarkt führen. Wenn wir Glück haben, ist es nicht allzuweit.«

Irgendetwas sagte mir, dass das letzte Wort in dieser Angelegenheit noch nicht gesprochen war. Doch mir fehlte die Motivation, um mich darüber mit Evan zu streiten. Für den Augenblick reichte es mir, dass er mir zustimmte und es nicht abstritt, zu sehr die Wächter als Täter im Blick zu haben.

Fürs Erste galt es zu verhindern, auf dem Schwarzmarkt zu landen. Ich fühlte mich unangenehm an heute Morgen erinnert, als ich das Gleiche versucht hatte. »Warum ausgerechnet dorthin? Wir könnten zurück zu dir nach Hause gehen und uns überlegen, was unsere nächsten Schritte sein sollen. Außerdem müssen wir doch unseren Vorsprung vor den Wächtern nutzen, solange wir ihn noch haben.«

Evan warf mir im Gehen einen fragenden Blick zu, in dem ein Hauch von Belustigung mitschwang. »Woher kommt dieser plötzliche Stimmungswandel? Zuletzt warst du nicht gerade begeistert von der Idee, uns neben den Wächtern mit dem Mord zu beschäftigen.«

»Da du dich davon nicht abbringen lässt, habe ich meine Meinung eben geändert«, sagte ich. Und vor allem wollte ich Raphael nicht begegnen.

»Unter anderen Umständen würde ich das gutheißen«, sagte Evan und bog nach kurzem Überlegen an der nächsten Kreuzung links ab. »Aber ich glaube eher, dass du irgendein Problem mit dem Schwarzmarkt hast. Dir hat es schon am Morgen nicht gefallen, dass ich dahin wollte.«

Ich überlegte, ob es helfen würde, ihm die falsche Richtung zu weisen. Diese Straßen gehörten zu jenen, die ich kannte, und es wäre ein Leichtes, andere Abzweigungen zu nehmen. Vorausgesetzt, Evan würde nicht selbst ungefähr wissen, in welche Himmelsrichtung er musste. Und früher oder später würden wir sowieso einen Stadtteil erreichen, der ihm vertraut war. »Sagen wir, es gibt dort ein paar Leute, die ich ungern wiedersehen würde.«

»Damit wirst du wohl leben müssen. Wenn wir herausfinden wollen, was für ein Zauber das ist, haben wir dort die größten Chancen.«

Die Straßen wurden mit jeder weiteren Kreuzung breiter und innerhalb von wenigen Minuten mündete unser Weg in einen kleinen Platz, auf dem manchmal Händler standen und ihre Waren anboten. Heute war er wie leer gefegt. Im Gegensatz zu dem Gasthaus auf der anderen Seite. Von hier aus konnte ich sehen, wie sich ständig wechselnde Gestalten hinter den Fenstern bewegten, bis die Tür aufschwang und einzelne Betrunkene ausspuckte. Dabei war längst nicht die Sonne untergegangen.

»Ich könnte auch hier warten«, schlug ich im letzten Versuch vor. »Vielleicht sehe ich sogar etwas Verdächtiges, das uns weiterhilft.«

Evan war bereits ein paar Schritte in Richtung des Gasthauses gegangen. Jetzt drehte er sich um und verdrehte die Augen. »Stell dich nicht so an, Livi. Mich haut jeder Magier problemlos übers Ohr. Es hat keinen Sinn, wenn ich da allein hingehe.«

Ich fuhr zusammen. »Nenn mich nicht so!«

»Was?«, fragte er verständnislos.

»Entweder Liviana oder Liv«, sagte ich. »Aber auf keinen Fall Livi. Und ich weiß, dass sie dich über den Tisch ziehen würden. Jeder, der nicht selbst Magie im Blut hat, ist in der Hinsicht ein leichtes Opfer. Das heißt aber nicht, dass ich deshalb gerne dorthin will.«

»Du musst ja auch nicht gerne dorthin gehen«, antwortete er. »Außerdem bist du nicht allein da. Was soll schon passieren? Dass dich jemand mitten auf dem Schwarzmarkt niederschlägt und in eine andere Stadt verschleppt?«

Die Variante war nicht annähernd so weit hergeholt, wie er wahrscheinlich dachte. Zumal ich bezweifelte, dass er mich vor Raphaels Untergebenen schützen könnte, wenn es hart auf hart kam. Niemand konnte das. Außer vielleicht ein Wächter, obwohl ich selbst da Zweifel hatte. Ab einer bestimmten Anzahl von Gegnern hatte ein einzelner Kämpfer keine Chance mehr.

Dennoch folgte ich Evan, wenn auch so dicht hinter ihm, dass ich hoffte, mich auf diese Weise verstecken zu können. Eines konnte ich nämlich nicht bestreiten: Der Schwarzmarkt war der einzige Ort, an dem wir jemanden finden konnten, der uns etwas über den Zauber auf dem Stein sagte. Bei den Magiern auf dem freien Markt musste man damit rechnen, dass sie bei erstbester Gelegenheit damit zu den Wächtern gehen würden, oder uns vorsichtshalber gar nicht erst als Kunden akzeptierten. Und ohne zu wissen, mit was genau wir es zu tun hatten, war es ein viel zu hohes Risiko, den Stein zu behalten. Hoch genug, um dafür selbst Raphael in Kauf zu nehmen.

Als wir das Gasthaus betraten, schlug uns jene stickige Luft entgegen, die entstand, wenn man in einem Raum nie die Fenster öffnete und sich Unmengen von Leuten darin aufhielten. Begleitet von dem beständigen Lachen und Brüllen, in dem die einzelnen Stimmen untrennbar ineinander verschwammen, herrschte hier eine Atmosphäre, in der ich ungern länger verweilte. Evan verzog keine Miene, woraus ich schloss, dass er daran gewöhnt war – in gewisser Weise. Ich hatte geahnt, dass er nicht zum ersten oder zweiten Mal auf dem Schwarzmarkt sein würde, aber allmählich begann ich mich zu fragen, wie oft er tatsächlich dort war. Und ob ich ihn schon einmal gesehen hatte.

Wir liefen im Slalom um die verteilten Tische, wichen im Weg stehenden Leuten aus und passierten den kantigen Felsen, um den herum das Gasthaus angeblich errichtet wurde. Daher auch der Name *Schwarzer Stein*. Nicht unbedingt das Originellste.

Wie der *Schwarze Stein* zum Zugang zum Schwarzmarkt wurde, wusste mittlerweile niemand mehr. Die Frage war wohl, was zuerst da war. Auf jeden Fall waren ein paar Magier der Ansicht gewesen, dass man den Schwarzmarkt am besten vor den Wächtern schützen konnte, indem man ihn mit mehreren Schutzzaubern belegte, die sich nur an einer bestimmten Stelle durchqueren ließen. Um genau zu sein, durch eine Geheimtür in einer Nische am Ende des Raumes. Es war nicht selten, dass man hier Paare antraf, die den Sichtschutz für andere Zwecke nutzten, doch heute war alles leer.

Evan drückte eine der Holzlatten weg und schlüpfte durch die Lücke. Ich zauderte, bevor ich es ihm gleichtat. Kurz war ich sogar darauf gefasst gewesen, direkt dahinter auf Raphaels Untergebene zu treffen. Doch zumindest diese Befürchtung bewahrheitete sich nicht. Der Beobachtungsposten, der Alarm geben sollte, wenn sich Wächter näherten, stand ein paar Schritte entfernt, machte jedoch keine Anstalten, auf mich loszugehen.

Ich senkte instinktiv den Kopf und verwünschte mich dafür, nicht irgendetwas an meinem Erscheinungsbild geändert zu haben. Eine neue Haarfarbe hätte schon geholfen – Blau war nicht die ungewöhnlichste hier, aber immer noch auffälliger als Braun oder Blond.

Evan drehte leicht den Kopf in meine Richtung, während wir weitergingen. Ich war so dicht hinter ihm, dass ich aufpassen musste, nicht zu schnell zu laufen und ihn dabei zu treten. »Meinst du nicht, dass du dich damit noch auffälliger verhältst?«

»Kann sein«, antwortete ich, behielt meine Position aber bei. Besser so, als bei nächster Gelegenheit von jemandem erkannt zu werden. Außerdem war es nicht wirklich auffällig. Auf dem Schwarzmarkt gab es zu viele andere Leute, die sich zu verstecken versuchten, um damit eine Ausnahme zu sein.

Kurz fragte ich mich, ob ich nach Linda Ausschau halten sollte, verwarf den Gedanken aber wieder. Damit würde ich definitiv erreichen, dass mich jemand erkannte, und ich wollte verhindern, dass sie deshalb Probleme mit Raphael bekam. Es war nicht einmal auszuschließen, dass er schon ein Auge auf sie hatte. Irgendjemand hatte ihm mit Sicherheit gesagt, dass wir befreundet waren.

Wir passierten unbehelligt die ersten Stände, und ich begann Hoffnung zu schöpfen. Vielleicht hatte Raphael von meiner Schuld abgesehen, nachdem ich verschwunden war. Oder er war mit etwas Wichtigerem beschäftigt. Mir wäre beides recht. Noch viel lieber wäre es mir, wenn er inzwischen von den Wächtern verhaftet worden oder in eine andere Stadt gezogen wäre. Aber um daran zu glauben, war selbst meine Hoffnung nicht groß genug.

Evan schien genau zu wissen, zu wem er wollte. Er wählte unseren Weg mit einer derartigen Zielstrebigkeit, dass ich davon überzeugt war, er wäre ihn schon mehrmals gegangen – oder hätte es zumindest vorgehabt. Denn als wir ein provisorisches Zelt aus hellen Stoffbahnen erreichten, das meinem früheren nicht unähnlich war, zögerte er doch. Ich wagte mich lang genug aus meiner Deckung, um festzustellen, dass ich auf diesem Teil des Schwarzmarktes nur selten gewesen war. Wenn irgend möglich, wollte ich nichts mit Magiern zu tun haben, und vermied es, mit ihnen Geschäfte zu machen. Meine Erfahrung hatte gezeigt, dass man sich damit im schlimmsten Fall selbst in Gefahr brachte, anstatt eine hilfreiche Lösung zu erhalten. Und Magiern in dieser Gegend sollte man erst recht nicht leichtfertig vertrauen.

Entweder sah Evan das anders als ich oder er hielt diesen Magier wirklich für eine gute Wahl. Er gab sich einen spürbaren Ruck und trat durch eine beiseitegezogene Stoffbahn ein – nicht ohne zuvor überraschend nach meinem Arm zu greifen und mich mit sich zu ziehen. Ich wäre ihm auch ohne diese Maßnahme gefolgt, schon um nicht alleine vor dem Zelt warten zu müssen. Aber vielleicht rechnete er damit, dass ich mich kurzerhand aus dem Staub machen würde, denn er ließ mich auch im Inneren nicht los.

Das Zelt bot genug Platz für einen schmalen Tisch mit einer Öllampe und einen Stuhl, auf dem eine alte Frau saß und ein Buch las. Sie hob weder den Blick, als wir das Zelt betraten, noch legte sie das Buch beiseite. Ich versuchte, mich an sie zu erinnern, scheiterte jedoch. Sie war eine von den Personen, die einem jeden Tag begegneten, ohne dass man sich später an sie erinnern konnte. Sie musste ein ganzes Stück kleiner als ich sein und sah so zerbrechlich auf ihrem Stuhl aus, dass mich ein Anflug von Enttäuschung überrollte. Irgendwie hatte ich mit jemand … Eindrucksvollerem gerechnet.

Evan musste den Kopf einziehen, um nicht an die Zeltdecke zu stoßen. Er trat mit mir im Schlepptau dichter vor den Tisch und räusperte sich. Ich zweifelte bereits daran, dass die alte Magierin überhaupt etwas hören konnte.

»Wir stören Euch nur ungern, aber wir glauben, dass Ihr uns bei etwas behilflich sein könntet«, hob er an. »Etwas, das von großer Bedeutung für uns ist.«

Die Alte blätterte die nächste Seite ihres Buches um. »Ich verkaufe keine Liebeszauber. Und Ihr werdet auch niemanden sonst finden, der das tut. Falls doch, ist er ein Schwindler.«

Ich schielte aus den Augenwinkeln zu Evan, auf der Suche nach Anzeichen dafür, dass er mit einer solchen Reaktion gerechnet hatte. Seine irritierte Miene und das hastige Loslassen meines Armes wären amüsant gewesen, wenn wir nicht aus einem wichtigen Grund hier wären.

»Wir brauchen keinen Liebeszauber«, antwortete er mit Nachdruck. »Wir sind auf der Suche nach jemandem, der sich mit verzauberten Objekten auskennt.«

Die Magierin zog mit nervtötender Ruhe ein Lesezeichen aus dem Chaos auf ihrem Tisch hervor und markierte damit ihre zuletzt gelesene Seite, ehe sie das Buch endlich beiseitelegte. »Seid Ihr wenigstens sicher, dass es sich um ein solches Objekt handelt und man Euch nicht betrogen hat?«

»Ja«, sagte ich. Das Gefühl, das mich bei stärkerer Konzentration auf den Stein erfasst hatte, erzeugte auch im Nachhinein noch einen Kloß in meinem Hals.

Ich beobachtete angespannt, wie die Alte seufzte und die Hand ausstreckte. Sie rechnete vermutlich damit, dass wir ihr etwas Unbedeutendes zeigen wollten, mit dem sie jeden Tag zu tun hatte. Ein kleiner Schutzzauber etwa. Würde sie das gleiche fühlen wie ich? Sie müsste es sogar weitaus intensiver spüren, vorausgesetzt sie hatte ihre Sinne nicht dagegen verschlossen. Als Evan den Stein hervorzog und ihr vorsichtig übergab, hielt ich den Atem an. Sie zuckte kaum merklich zurück, schloss die Augen und runzelte die Stirn.

Es vergingen einige Augenblicke, in denen sie sich nicht regte. Evan und ich tauschten einen ratlosen Blick, unsicher, ob und wann wir sie wieder ansprechen sollten. Dann legte sie den Stein rasch auf den Tisch, als hätte sie sich daran verbrannt, könnte sich aber noch davon abhalten, ihn fallen zu lassen.

»Auf diesem Stein liegt ein mächtiger Zauber«, sagte sie, ohne den Blick von dem Stein zu lösen. In ihrer Stimme schwang etwas mit, das ich nicht zu deuten wusste. Eine Art Erschöpfung, die jenen Leuten zu eigen war, die ein langes Leben hinter sich hatten, das oft genug seine schlechten Seiten gezeigt hatte. »Aber er wird von einer dunklen Energie überlagert. Irgendjemand hat ihn genutzt, um etwas Grausames zu tun. Man spürt deutlich die zurückgebliebenen Schwingungen. Ihr solltet Euch von demjenigen fernhalten, von dem Ihr ihn habt.«

War es das, was auch ich gefühlt hatte? Ich konnte es nicht sagen. Für mich war es allein eine nicht fassbare Bedrohung gewesen, doch das konnten durchaus jene Schwingungen sein. Manchmal spürte man an magischen Objekten Nachwirkungen ihrer letzten Besitzer. Insbesondere bei Schutzzaubern und Ähnlichen, wenn die Gefühle desjenigen in diesem Moment stark genug gewesen waren.

»Wir haben ihn gefunden«, sagte Evan. »Deshalb sind wir zu Euch gekommen. Könnt Ihr sagen, um welchen Zauber es sich handelt? Oder was er bezwecken könnte?«

Die Alte zögerte, bevor sie den Kopf schüttelte. »Nein.«

Lüge, spürte ich überrascht. Wenn auch eine schwache. Sie wusste, dass sie zumindest irgendetwas über den Zauber herausfinden konnte. Evan berührte mich leicht am Arm; eine stumme Aufforderung, ihm mitzuteilen, ob wir hier gehen konnten oder es weiterversuchen sollten. Als ich nicht reagierte, streckte er die Hand nach dem Stein aus, und ich hielt ihn doch noch zurück.

»Eine Frau wurde ermordet«, ergänzte ich leise. »Wir haben sie ganz in der Nähe gefunden. Und sie hatte diesen Stein bei sich.«

Zum ersten Mal seit unserer Ankunft sah die Magierin mich direkt an. Betroffenheit huschte über ihre Miene. Man konnte über den Schwarzmarkt sagen, was man wollte: An Morde waren auch die Leute hier nicht gewöhnt.

»Wir versuchen, herauszufinden, wer der Täter ist. Um ihr Gerechtigkeit zukommen zu lassen.« Evan sah unser Gegenüber mit ernster Miene an und schob den Stein ein Stück näher zu ihr. »Es würde uns wirklich sehr helfen, wenn Ihr uns etwas darüber sagen könntet.«

Ihr war anzusehen, dass sie am liebsten ablehnen würde und den Moment verwünschte, in dem wir ihr Zelt betreten hatten. Dennoch zögerte sie. Ich begann zu ahnen, dass sie mir in gewisser Hinsicht nicht unähnlich war. Eigentlich wollte sie nichts mit diesem Stein zu tun haben, sah sich aber gleichzeitig in der Verpflichtung, bei der Aufklärung des Mordes zu helfen. Wenn schon nicht, um der getöteten Frau Gerechtigkeit zu verschaffen, dann weil es nicht gut war, wenn in ihrer Nähe ein Mörder sein Unwesen trieb.

»Ich kann es versuchen«, sagte sie schließlich. »Aber es wird eine Weile dauern. Ich werde Ruhe und vor allem Zeit brauchen, um den Zauber zu durchdringen.«

»Wie lange genau?«, fragte Evan.

»Ich weiß es nicht. Mehrere Stunden womöglich. Ihr müsstet ihn mir überlassen und morgen zurückkommen.«

Obwohl das die beste Antwort war, die wir in dieser Situation erhalten konnten, zögerte Evan. Er nahm den Stein zu meiner Verblüffung wieder an sich. »Um ehrlich zu sein, hatte ich nicht vor, ihn längere Zeit aus der Hand zu geben.«

Die Alte warf mir einen verwirrten Blick zu, den ich nur mit einem Schulterzucken beantworten konnte. Es war verständlich, dass Evan Sorge hatte, der Stein könnte uns vollkommen abhandenkommen, wenn wir ihn aus den Augen ließen, aber das rechtfertigte seine Entscheidung nicht. Auf diese Art würden wir überhaupt nichts mehr über den Stein erfahren.

»Ihr müsst nicht befürchten, dass ich ihn während Eurer Abwesenheit verkaufe oder vernichte«, sagte sie, und ich spürte, dass es die Wahrheit war. »Ich will versuchen, Euch zu helfen, um den Mörder unschädlich zu machen. Aber dafür werdet Ihr ein gewisses Risiko eingehen müssen.«

»Sie hat recht, Evan. Es wäre dumm, ihr Angebot abzulehnen.«

Evan sah unschlüssig von dem Stein in seiner Hand zu mir und wieder zurück. Einen Moment lang befürchtete ich, er würde tatsächlich ohne Weiteres das Zelt verlassen, doch er nickte. »Einverstanden. Dann werden wir morgen wieder hier sein.«

Wir verließen das Zelt und insgeheim war ich so froh darüber, dass der Stein zumindest heute nicht mehr unser Problem war, dass ich meine eigentliche Sorge bezüglich des Schwarzmarktes vergaß. Ich dachte nicht mehr an Raphael und seine Untergebenen – bis wir ein paar Schritte gegangen waren. Als hätten sie nur auf uns gewartet, lösten sich aus den Schatten der anderen Stände einzelne Gestalten und versperrten uns den Weg. Ich wich zurück. Drehte mich um, sah, dass sie auch hinter uns waren, und schob mich wieder näher an Evan. Sie waren zu acht, allesamt bewaffnet. Und keiner machte auch nur eine ansatzweise freundliche Miene.

»Lass mich raten. Das sind die Leute, denen du nicht begegnen wolltest?«, murmelte Evan. Ihm war nicht anzumerken, ob er sich durch die anderen Männer bedroht fühlte. Im Gegensatz zu mir schaffte er es, eine gelangweilte Miene beizubehalten und sah zwischen den beiden Männern vor ihm hin und her. »Kann ich Euch irgendwie behilflich sein?«

»Ihr interessiert uns nicht«, erwiderte der größere der beiden. Sein Gesichtsausdruck sollte wohl besonders finster werden, doch es sah eher aus, als würde er angestrengt versuchen, sich nicht zu übergeben. Was nichts daran änderte, dass mich seine Anwesenheit sehr wohl einschüchterte. »Wir wollen nur die Magierin, die versucht, sich hinter Euch zu verkriechen.«

Ich wagte es, einen kurzen Blick an Evan vorbei zu werfen. »Genau genommen bin ich nur zur Hälfte–«

»–was auch immer«, unterbrach mich jemand. »Ehrlich, Livi, als ob es eine Rolle spielen würde, ob du eine richtige Magierin bist oder nicht.«

Evan reagierte ebenso schnell wie ich. Im selben Maß, wie ich mich erschrocken nach links bewegte, drehte er sich. Als Raphael sich durch den Kreis seiner Handlanger schob, standen wir wieder in der gleichen Position wie zuvor. Nur um einen Viertel Kreis gedreht.

»Ich finde schon, dass das einen Unterschied macht«, erwiderte ich kleinlaut. »Wenn du einen Zauber brauchst, bin ich die falsche Ansprechpartnerin.«

Es war das schwächste Argument, das ich vorbringen konnte, und das war allen Anwesenden klar. Sie waren schließlich nicht gekommen, um mit einer Magierin zu sprechen, sondern weil ich meine Schulden nicht bezahlt hatte. Obwohl es mir nichts nützen würde, versteckte ich mich weiter hinter Evan. Es war angenehmer, nur vorsichtig an ihm vorbei zu spähen, als Raphael direkt gegenüber zu stehen.

»Ich weiß nicht, welche Ansprüche Ihr an Liviana zu haben glaubt, aber in jedem Fall muss ich Euch enttäuschen«, sagte Evan. »Sie ist inzwischen mein Eigentum.«

Erwartungsgemäß prallte das an Raphael ab. Er löste seinen Blick kurz von mir, um Evan anzusehen. Für Außenstehende hätte sein Lächeln freundlich wirken können, doch ich kannte ihn mittlerweile gut genug, um zu wissen, dass etwas anderes dahinter steckte. »Dass sie eine Sklavin geworden ist, wusste ich bisher nicht. Aber umso besser. Das erspart mir Arbeit.«

Evan spannte sich merklich an. »Ich habe nicht vor, sie zu verkaufen, falls Ihr das annehmt. Auch nicht an Euch.«

Im Nachhinein gesehen, hätte ich ihn auf die Begegnung mit Raphael vorbereiten sollen. Doch ein Teil von mir hatte gehofft, dass Raphael von mir ablassen würde, wenn er feststellte, dass ich eine Sklavin war. Vergeblich, offensichtlich. Ich sah mich unauffällig nach möglichen Fluchtwegen um, mit einem ernüchternden Ergebnis. Was wir auch tun würden, wir würden unmöglich aus diesem Kreis ausbrechen können. Wir waren nicht nur in der Unterzahl, sondern noch dazu unbewaffnet und nicht kampferfahren. Angst kroch in mir hoch.

»Und ich hatte nicht vor, sie Euch abzukaufen«, erwiderte Raphael liebenswürdig. »Was nicht heißt, dass ich auf sie verzichten werde. Sie wusste, dass das passieren würde, wenn sie ihre Schulden nicht begleicht. Wenn Ihr auch nur halb so klug seid, wie Ihr ausseht, verlasst Ihr diesen Ort jetzt protestlos. Ohne Livi.«

Evan rührte sich nicht von der Stelle. »Wie hoch sind ihre Schulden? Ich begleiche sie, wenn Ihr im Gegenzug Liviana in Frieden lasst.«

Ich stieß langsam die Luft aus, die ich unwillkürlich angehalten hatte. Nicht, dass ich damit gerechnet hätte, dass Evan mich Raphael überlassen würde. Aber ich machte mir auch keine Illusionen. Es war unmöglich, Raphael zu entkommen. Meine Schulden zu bezahlen, war eine nahe liegende Möglichkeit, aber ich war nicht sicher, ob es funktionieren würde.

Ein ungeduldiger Zug legte sich um Raphaels volle Lippen. Als er einen Schritt näher kam, wäre ich am liebsten weiter zurückgewichen, würde der Weg dort nicht versperrt sein. »Mit den angefallenen Zinsen vermutlich höher als der Preis, den Ihr für sie bezahlt habt. Seid nicht dumm – verschwindet, anstatt Euch wegen ihr Ärger einzuhandeln.«

»Ich habe 550 Silberstücke für sie bezahlt. Reicht das?«

Diese Summe genügte, um Raphael innehalten zu lassen. Sie lag ein ganzes Stück über meinen Schulden, selbst wenn er in den letzten Tagen noch Zinsen darauf gerechnet hatte. Er musterte Evan erneut, intensiver diesmal, als wäre ihm gerade ein Gedanke gekommen, den er überprüfen musste. »Das Doppelte, und Ihr seid mich los.«

Ich hatte Mühe, mir meinen Protest zu verkneifen. Das war weder fair noch entsprach es auch nur annähernd dem, was ich ihm schuldete. Im Gegenteil – diese Summe hätte er von mir innerhalb eines gesamten Jahres eingefordert, wenn ich meinen Tribut weiterhin an ihn abgerichtet hätte. Aber sobald ich mich einmischte, würde Raphael seine Forderung noch erhöhen, selbst wenn sie ungerechtfertigt war.

Ich erinnerte mich daran, mit welcher Ruhe Evan mit Xenerion über meinen Kaufpreis verhandelt hatte. Aber das hier war eine andere Situation. Xenerion war darauf angewiesen gewesen, mit Evan einig zu werden. Auf Raphael traf das bei Weitem nicht zu.

Für einen Moment wirkte Evan, als würde er ernsthaft überlegen, Raphael zu sagen, für wie übertrieben er diese Forderung hielt. Dann glitt sein Blick über die Männer, die uns umzingelt hatten, und er schien zu entscheiden, dass es das beste Angebot war, das er erhalten würde. »So viel Geld habe ich nicht bei mir. Wir werden morgen sowieso wieder hier sein, dann kann ich es Euch geben.«

»Glaubt Ihr wirklich, ich wäre so dämlich, darauf einzugehen?«, fragte Raphael spöttisch. »Livi ist schon in den vergangenen Tagen spurlos verschwunden gewesen. Das wird mir sicher nicht noch einmal passieren. Ihr habt eine Stunde, und Ihr geht allein. Ich unterhalte mich derweil mit Livi und wenn Ihr zu spät kommt, ist unsere Abmachung hinfällig. Einverstanden?«

Evan zögerte. »Während dieser Stunde wird ihr nichts geschehen. Das ist meine Bedingung.«

»Von mir aus.« Raphael hob leicht die Hand. Ehe ich reagieren konnte, ergriffen die beiden Männer hinter mir meine Arme und zogen mich weg von Evan. Ich wehrte mich nicht, doch das hielt sie nicht davon ab, ihre Hände schraubstockartig um meine Arme zu legen und mit jeder Bewegung meinerseits fester zuzugreifen. Trotz dessen schaffte ich es, gefasst zu bleiben. Es war ein ungerechter Deal, aber es war immerhin überhaupt einer. Als Raphael aufgetaucht war, hatte ich nicht mehr daran geglaubt, ihm entkommen zu können – bis jetzt. Ich musste nur diese eine Stunde überstehen.

Dann schlug die Uhr des nächsten Glockenturms zur vollen Stunde. Raphael grinste. »Das war Euer Stichwort, meint Ihr nicht?«

Meine betont gelassene Haltung bröckelte zunehmend, je mehr Zeit verging. Es wäre mir lieb gewesen, genau an dem Platz zu warten, an dem Raphaels Leute uns aufgelauert hatten. Es wäre nicht angenehm gewesen, eine Stunde lang dort zu stehen, doch zumindest wären dann die anderen Stände und Marktbesucher in der Nähe gewesen. Ich glaubte nicht daran, dass jemand eingreifen würde, wenn Raphael sein Wort brach, aber ich hatte noch nie gesehen, wie er oder seine Untergebenen jemandem auf offener Straße etwas angetan hatten.

Stattdessen brachten sie mich in eines der wenigen befestigten Häuser auf dem Schwarzmarkt, zerrten mich in einen kellerähnlichen Raum und platzierten mich auf einem Holzstuhl. Ich fühlte mich unangenehm stark an das Verhör bei den Wächtern erinnert – mit dem Unterschied, dass die nicht darauf bestanden hatten, mich an den Stuhl zu fesseln.

»Sind die Fesseln wirklich nötig?«

»Nein.« Raphael saß mir gegenüber, hatte die Füße auf dem Tisch zwischen uns platziert und säuberte mit seinem Dolch seine Fingernägel. »Aber ich will uns beiden die Probleme ersparen, die entstehen, wenn du versuchst, dich selbst zu retten.«

Traute er mir das wirklich zu? Ich müsste schon verdammt verzweifelt sein, um den Gedanken an Flucht in die Tat umzusetzen. Raphael hätte den Dolch geworfen, ehe ich auch nur aufgestanden und einen Schritt vom Stuhl weggemacht hätte. Und wenn der mich nicht treffen und ich es irgendwie an Raphael vorbeischaffen würde, wartete hinter der Tür zur Treppe einer seiner Leute. Die anderen Türen hier würden entweder das gleiche Ergebnis hervorbringen oder mich in eine Sackgasse führen. Ich musste wohl oder übel darauf vertrauen, dass Evan rechtzeitig hier eintraf.

»Weißt du, Livi, ich war wirklich enttäuscht, als du verschwunden bist. Obwohl ich dir doch extra eine zweite Chance gegeben habe.«

»Ich hatte auch nicht geplant, von einem Sklavenhändler überfallen zu werden«, antwortete ich. »Er hat mir leider nicht geglaubt, dass ich noch etwas Dringendes erledigen musste.«

Raphael warf mir einen langen Blick zu, ehe er sich wieder seinen Fingernägeln zuwandte. »Deinen Humor hast du also nicht verloren. Du hättest dem Händler meinen Namen nennen können. Ich bin sicher, dass er dich dann schnurstracks zu mir gebracht hätte.«

Womöglich hätte Xenerion das tatsächlich – aber zusätzlich zur Sklaverei noch Raphael in die Hände zu fallen, war zu diesem Zeitpunkt das komplette Gegenteil meines Ziels gewesen.

Ich schwieg unschlüssig. Ein Teil von mir drängte mich dazu, Raphael irgendwie zu beschäftigen, doch ich wusste nicht wie. Jedes Gesprächsthema, das ich normalerweise wählen würde, erschien mir in Anbetracht der gesamten Situation unpassend. Wer unterhielt sich schon mit seinem Entführer über das Wetter? Auf dem Weg hierher war mir auch nichts auf dem Schwarzmarkt aufgefallen, das ich zur Sprache bringen konnte.

Mit einer Ausnahme, wenn ich es genau bedachte.

»Was hältst du von dem Mord?«, fragte ich.

Er betrachtete kritisch seine Hand und legte dann den Dolch auf den Tisch. »Welcher Mord?«

Selbst wenn ich nicht gespürt hätte, dass seine scheinbare Unwissenheit eine Lüge war, hätte ich sie als solche erkannt. Raphael war ein Meister darin, seine wahren Gefühle zu verbergen, doch diesmal wäre es glaubhafter gewesen, es nicht zu tun. »Der Mord, der nur ein paar Straßen von hier entfernt gestern Nacht geschehen ist«, präzisierte ich. »Diese Neuigkeit hat dich spätestens am Mittag erreicht. Bereitet dir das gar keine Sorgen? Ein Mord so nah beim Schwarzmarkt?«

»Warum sollte es? Ob hier jemand getötet wird oder nicht, interessiert mich nicht«, erwiderte er.

Ich rutschte auf meinem Stuhl hin und her, halb in der Hoffnung, die Fesseln etwas lockern zu können. Das klang zumindest nicht so, als wäre er in diese Sache verwickelt. Was insofern positiv war, dass ich nicht befürchten musste, das Schicksal der Frau zu teilen. »Die Wächter werden sich verstärkt in der Gegend herumtreiben. Vielleicht kommen sie dann auf den Gedanken, dem Schwarzmarkt einen Besuch abzustatten.«

Falls dieser Aspekt Raphael beunruhigte, ließ er es sich nicht anmerken. Er machte eine wegwerfende Handbewegung. »Dafür müssten sie ihn erst einmal finden, Livi. Lassen wir dieses unsinnige Thema. Mich würde es vielmehr interessieren, wie es sich denn so als Bluthure lebt.«

Irgendetwas in seinem Tonfall irritierte mich. Es war zu schnell verschwunden, um es genauer ausmachen zu können, doch es reichte, um mich vorsichtiger zu machen. »Das kann ich dir auch nicht sagen«, antwortete ich bedächtig.

»Was soll das schon wieder heißen?«

»Es heißt, dass Evan kein Blut von mir trinkt.« Beziehungsweise, dass er es bisher nicht getan hatte. Ich war relativ sicher, ihm glauben zu können, dass er es auch nicht vorhatte. Aber eben auch nur relativ. Ob ich ihm wirklich vertrauen konnte, würde sich erst in den nächsten Wochen zeigen.

Raphael runzelte die Stirn. »Er ist ein Blutsauger, Livi. Mach dich nicht lächerlich. Wofür soll er dich denn sonst gekauft haben?«

»Um …« Ich hielt inne und überlegte fieberhaft, welcher erfundene Grund am plausibelsten erscheinen würde. Die Wahrheit würde mir mit Sicherheit nicht über die Lippen kommen. Sonst kam Raphael noch auf den Gedanken, dass es äußerst praktisch wäre, zu wissen, wer ihn anlog. »Um ihm Gesellschaft zu leisten.«

Für einen Moment starrte Raphael mich einfach nur an. Dann begann er zu lachen. »Also eine richtige Hure. Du bist tief gefallen, Livi.«

Ich verzichtete darauf, ihn zu korrigieren. Diese Erklärung kaufte er mir offensichtlich ab, und das war das Einzige, das für mich zählte. Gleichzeitig begann ich mich zu fragen, wie viel Zeit inzwischen vergangen war. Müsste Evan nicht schon längst wieder aufgetaucht sein? Ich war mir nicht sicher, was der schnellste Weg von hier zu seinem

Haus war, aber allmählich begann ich mir Sorgen zu machen. Wenn er geahnt hätte, nicht innerhalb einer Stunde zurück zu sein, wäre er doch nicht darauf eingegangen. Oder?

»Es hätte mich wirklich interessiert«, sinnierte Raphael. »Zumal du dich immer von allen Vampiren ferngehalten hast. Aber das können wir ja nachholen.«

Diesmal hörte ich es ganz deutlich. Das, was mich an seinem Tonfall so beunruhigt hatte, war die unterdrückte Vorfreude darin. Von der Sorte, die Leuten zu eigen war, die ein brisantes Geheimnis kannten, es jenen in ihrem Umfeld aber erst zum passenden Zeitpunkt mitteilen wollten. Von einem unguten Gefühl ergriffen, ruckte ich unauffällig an meinen Fesseln – erfolglos. »Was meinst du damit?«

»Du erinnerst dich doch daran, dass ich dir dabei helfen werde, deine Schulden zu begleichen. Auf welche Art auch immer.« Er grinste, nahm die Beine vom Tisch und lehnte sich näher zu mir. »Mit Blut kann man eine Menge Geld machen, wenn man die richtigen Kunden hat. Innerhalb der ersten Woche wirst du sämtliche Schulden abgearbeitet haben, wenn man es denn arbeiten nennen kann. Und alles Weitere wird mir einen hübschen Gewinn bringen.«

Ich spürte, wie mir besagtes Blut aus dem Gesicht wich. Wenn mich jemand gefragt hätte, auf welche Art sich Raphael sein Geld von mir wiederbeschaffen wollte, hätte ich ihm nicht antworten können. Vielleicht hatte ich insgeheim damit gerechnet, dass er mich kurzerhand selbst als Sklavin verkaufen würde oder irgendeine Arbeit verrichten ließ, die sonst niemand machen wollte. Der Gedanke, er könnte mich Vampiren anbieten, war mir nicht gekommen. Oder ich hatte ihn erfolgreich verdrängt.

Zugegeben, ich hatte ja selbst überlegt, ob ich diese Möglichkeit nutzen sollte. Aber dann hätte ich mir ausgesucht, wer von mir trinken durfte, und vor allem wie oft. Es hätte nicht allzu viel gebraucht, um das nötige Geld zusammenzubringen. Nur dass Raphael in der Hinsicht ganz andere Pläne hatte.

»Und stell dir nur mal vor«, fuhr Raphael vergnügt fort, »ich habe sogar schon den ersten Kunden. Offenbar bist du dem ein oder anderen aufgefallen.«

Eine der Türen links von uns schob sich langsam auf, als hätte dahinter jemand nur auf dieses Stichwort gewartet. Es war eine Vampirin und kurz schöpfte ich so etwas wie Hoffnung, dass es nicht so schlimm werden würde – bis ich den Hunger in ihren Augen sah. Augen, die mich durch ihre unterschiedliche Farbe so sehr an Evan erinnerten und gleichzeitig keinen größeren Unterschied darstellen könnten. Ich kannte Evan noch nicht lange, aber er hatte mich definitiv noch nie *so* angesehen. Als wäre ich ein besonders appetitliches Stück Fleisch, nachdem jemand wochenlang nur von einigen Salatblättern gelebt hatte.

Die Vampirin machte einen Schritt in meine Richtung und ich ergriff die Flucht. Die Beine des Stuhls schabten quietschend über den Steinboden, als ich Stück für Stück wegrutschte. Erst als Raphaels tadelnder Blick auf mir zu liegen kam, zwang ich mich, meine Panik zu unterdrücken. Nicht, dass es einen großen Unterschied gemacht hätte. Ich war ohnehin nur wenige Schritt weit gekommen.

»Das ist gegen die Abmachung«, stieß ich hervor. »Die Stunde ist noch nicht um.«

Die Vampirin war stehen geblieben und ihr Blick zuckte zwischen Raphael und mir hin und her. Ich spürte regelrecht, wie sie sich vorstellte, den verbliebenen Abstand zu überwinden und ihre Zähne in die weiche Haut unterhalb meines Kinns zu versenken. Bisher hatte ich Vampire nie als bedrohlich wahrgenommen – aber das war unheimlich.

Raphael zuckte mit den Schultern. »Aber so gut wie. Und sind wir mal ehrlich: Er wird sowieso nicht hier auftauchen. Irgendwann auf dem Weg wird ihm klar geworden sein, dass es sich nicht lohnt, so viel Geld für dich auszugeben, und dass er bei dem nächsten Sklavenhändler eine günstigere Alternative finden wird.«

»Das ist nicht wahr«, widersprach ich. Die Zweifel, die sich in meine Gedanken schlichen, konnte ich nur mühsam verdrängen. Evan würde schon allein deshalb kommen, weil er auf die Schnelle keine neue Seherin finden würde. Ich war seine Möglichkeit, die Verbrechen der Wächter aufzuklären. Etwas, auf das er viel zu stark fixiert war, um wegen finanzieller Ausgaben darauf zu verzichten. »Evan würde mich nicht zurücklassen.«

Aber was, wenn er es nicht freiwillig tat? Wenn er auf dem Weg aufgehalten wurde? Mir wurde mit einem Mal klar, dass er keine Chance hätte, rechtzeitig hier zu sein, wenn Raphael es verhindern wollte. Das würde auch erklären, warum Raphael so sicher war, dass Evan nicht mehr kommen würde.

»Die Hoffnung stirbt zuletzt, nicht wahr? Aber er wird sicher nichts dagegen haben, wenn wir trotzdem schon anfangen. Man teilt schließlich immer gerne.«

Das war das Stichwort. Die Vampirin setzte ihren Weg zu mir fort, überraschend langsam, was in Kombination mit ihrem Lächeln wohl beruhigend wirken sollte. Ich rutschte weiter. Sie würde mich nicht töten, darauf würde Raphael achten. Es würde auch nicht besonders wehtun, wenn ich mich nicht wehrte. Es wäre das Einfachste, es geschehen zu lassen, wäre da nicht der Gedanke, dass ich damit die Grenze zu Raphaels Besitztümern endgültig überschreiten würde. Als würde das jegliche Abmachung für ungültig erklären, die er mit Evan getroffen hatte.

»Ist dir bewusst, wie lächerlich du dich machst, Livi?« Raphael verfolgte mein beständiges Wegrücken mit hochgezogenen Augenbrauen, machte aber keine Anstalten, etwas dagegen zu unternehmen. »Du bist erstens viel zu langsam und zweitens wirst du gleich gegen die Wand stoßen.«

»Du musst wirklich keine Angst haben«, fügte die Vampirin mit sanfter Stimme hinzu. Dass sie sich abwesend über die Lippen leckte, nahm dem Ganzen die gewünschte Wirkung wieder.

Ich hatte den halben Raum durchquert, und da ich in der Mitte gestartet war, wartete allein die Wand auf mich. Mein Blick flog zur Tür. *Jetzt* wäre wirklich der richtige Zeitpunkt für Evans Ankunft.

»Ich halte das für keine gute Idee«, plapperte ich los. »Evan hat mir irgendetwas eingeflößt, das mit Sicherheit noch in meinem Blut vorhanden ist. Gut möglich, dass das etwas war, das Vampiren nicht bekommt. Besser, wir warten damit ein paar Stunden, bis es vollständig verschwunden ist. Nur um kein unnötiges Risiko einzugehen, meine ich.«

»Ich hatte dir eine originellere Ausrede zugetraut«, antwortete Raphael. »Aber wenn es sonst nichts einzuwenden gibt …«

Das gäbe es durchaus – nur würde er nichts davon als Argument gelten lassen. Ich drückte mich tiefer auf den Stuhl. Vielleicht könnte ich es schaffen, die Fesseln mit Magie zu lösen. Aber war es das wert? Ich hatte schließlich nicht grundlos seit Jahren darauf verzichtet. Zumal es fragwürdig war, ob ich das in der wenigen verbleibenden Zeit schaffen würde.

Die Vampirin hatte mich erreicht, beugte sich zu mir herunter und … die Tür zur Treppe flog auf. Wir erstarrten beide. Die Vampirin mit gebleckten Zähnen über meinem Hals, ich so weit auf dem Stuhl zur Seite gebeugt, dass er bedenklich schwankte. Raphael warf einen unwirschen Blick zu dem Störenfried.

»Alicia«, bemerkte Evan. Er blieb kurz auf der Türschwelle stehen und sah sich um, ehe er mit ausgesprochener Ruhe den Raum betrat. »Tu mir den Gefallen und nimm deine Zähne von meinem Eigentum.«

Schon wieder dieses hässliche Wort. Evan spielte seine Rolle als Sklavenhalter gut, das musste ich ihm lassen. Ich war nicht einmal überrascht, dass er die Vampirin zu kennen schien. Dafür überwog die Erleichterung zu sehr, als sie seiner Aufforderung folgte und sich von mir entfernte. Mein Stuhl kippte zurück in einen sicheren Stand und ich gestattete es mir, durchzuatmen.

Evan ging an Raphael vorbei und ließ dabei einen schweren Beutel auf den Tisch fallen. Einen Augenblick später meinte ich, die Schläge der Turmuhr aus der Ferne zu hören. »Ihr habt offenbar angenommen, dass ich es mir anders überlegt hätte. Tut mir leid, Euch enttäuschen zu müssen.«

Er wartete Raphaels Antwort nicht ab – der ausnahmsweise zu verblüfft zu sein schien, um etwas zu erwidern – und kam zu mir. Ich fing seinen Blick auf, als er in die Hocke ging, um die Fesseln durchzuschneiden. »Gehts dir gut?«, fragte er leise.

»Gerade noch so«, murmelte ich. »Du hast dir viel Zeit gelassen.«

»Entschuldige. Ich wurde aufgehalten.«

Vermutlich von niemand anderem als Raphaels Leuten. Also hatte ich recht gehabt: Er hatte Vorkehrungen getroffen, um Evan davon abzuhalten, rechtzeitig zu kommen. Das Ganze hatte nur einen Vorteil: Damit war seine letzte Gelegenheit gescheitert, die Abmachung zu sabotieren.

»Offensichtlich habe ich mich damit getäuscht«, antwortete Raphael schließlich. Er zog den Beutel zu sich heran und warf einen skeptischen Blick hinein. Was er sah, löste eine Miene aus, die irgendwo zwischen Gier und Enttäuschung schwankte. Es war eine große Menge Geld, doch er ging wohl noch immer davon aus, über die Jahre mehr Gewinn mit mir machen zu können.

Ich hatte Mühe zu glauben, dass er es dabei belassen würde. Das Selbstbewusstsein, mit dem Evan an ihm vorbeiging, konnte ich nicht annähernd imitieren. Ich beschränkte mich darauf, mich dicht hinter Evan zu halten, und keinen Blick mehr zu Raphael zu riskieren. Die Vampirin Alicia blieb zurück.

Wir schafften es bis zur Tür, ohne von Raphael aufgehalten worden zu sein. Evan drehte sich auf der Schwelle um. »Es hat mich gefreut, mit Euch Geschäfte zu machen.«

Raphael warf ihm einen Blick zu, der Tote auferstehen lassen könnte. »Die Freude lag ganz auf meiner Seite.«

12. SKADI

Skadi begann ernsthaft zu bereuen, sich auf die Rolle als Beraterin eingelassen zu haben. Die Besprechung mit Krähe, Aline und Cassandra – deren vollen Name Keldan ihr im Nachhinein genannt hatte – hatte sie stärker erschöpft, als sie es sich selbst eingestehen wollte. Sie war es nicht gewohnt, solchen Diskussionen beizuwohnen. Erst recht nicht, nachdem sie ein Mordopfer gefunden, einem Verhör zugesehen, und mit einer Zeugin gesprochen hatte. Es waren ihrer Meinung nach genug Ereignisse für einen Tag, dabei war gerade mal später Nachmittag. Es blieb genug Zeit, um weitere entscheidende Schritte zur Aufklärung des Mordes durchzuführen. Zumindest war Krähe dieser Ansicht. Und da schnelles Handeln besonders in Fällen wie diesen unerlässlich war, hatten ihm alle anderen zugestimmt.

Es blieb zu hoffen, dass sie Erfolg haben würden. Bisher waren ihre Erkenntnisse nicht annähernd ausreichend, um den Mörder zu identifizieren. Im Gegenteil. Wenn Skadi daran zurückdachte, was letztlich auf der Schiefertafel festgehalten wurde, zweifelte sie daran, ohne ein Wunder den Fall lösen zu können. Sie hatten sich darauf geeinigt, dass die Frau nicht getötet wurde, um sie auszurauben. Weitere mögliche Motive waren Rache, Eifersucht, Angst, dass sie jemandem etwas verraten könnte, und schließlich pure Mordlust – sofern man das als Motiv zählen konnte. Keins davon erschien mehr oder weniger wahrscheinlich als eines der anderen, was vor allem daran lag, dass ihnen weitere Beweise fehlten. Sie konnten nur vermuten, warum die Frau in dieser Gasse gewesen war, ob ihr dort jemand aufgelauert hatte oder zufällig begegnet war, ob sie denjenigen kannte, und aus welchem Grund die Tat geschehen war. In dieser Gegend konnte man laut Aline nicht damit rechnen, Zeugen ausfindig zu machen. Falls jemand etwas gesehen oder gehört hatte, würde er sein Bestes gegeben haben, das Ganze sofort wieder zu vergessen.

Auch die Untersuchung der Toten hatte nur ihr bisheriges Wissen bestätigt. Sie hatte nichts Verdächtiges bei sich, das einen Hinweis geben könnte. Auch keine früheren Verletzungen, die auf ein gewalttätiges Umfeld hingedeutet hätten.

Alles in allem konnte Skadi die Erkenntnisse in zwei Worten zusammenfassen: fast nichts. Sie hatten Glück, dass die Frau zumindest nicht illegal in der Stadt war und im Verzeichnis der Bewohner gefunden wurde. Es verschaffte ihnen den Ansatzpunkt, mit Nachbarn zu sprechen, vielleicht sogar Familie oder Freunde ausfindig zu machen. Irgendjemand musste etwas Nützliches wissen.

»Was machen wir, wenn ihre Familie einfach nicht in den Büchern eingetragen wurde?«, fragte Skadi. »Wenn sie doch Kinder hatte, die den ganzen Tag darauf gewartet haben, dass ihre Mutter nach Hause kommt?«

Warum ausgerechnet Keldan und ihr die Aufgabe zugefallen war, sich in der Wohnung der Toten umzusehen, konnte Skadi sich nicht erklären. Sie wurde das Gefühl nicht los, dass Krähe lediglich selbst darauf verzichten wollte. Und allmählich wurde ihr auch klar, warum. Wer überbrachte schon gern jemandem die Nachricht, dass ein Angehöriger getötet worden war?

»Dann werden wir ihnen diese Nachricht so schonend wie möglich beibringen.« Keldan warf ihr einen aufmunternden Blick zu. »Ich weiß, dass dir die Vorstellung nicht gefällt. Aber uns könnte nichts Besseres passieren, als Familienmitglieder anzutreffen. Kinder einmal ausgenommen. Das erhöht die Chance, mehr über sie zu erfahren und den Täter zu finden. Falls jemand da ist, überlass mir das Reden.«

»Ich hatte nichts anderes vor«, antwortete Skadi. »Und ich weiß, dass wir diese Informationen gut gebrauchen könnten. Ich muss nur daran denken, wie ich mich fühlen würde, wenn mir jemand diese Nachricht überbringen würde.«

Die Tote hatte am äußersten Ende des Ostviertels gelebt. Obwohl sie laut Keldan den kürzesten Weg nutzten, waren sie bereits seit beinahe einer Stunde unterwegs. Zumindest vermutete Skadi das. Hier draußen gab es keine Turmuhren mehr, die es ihr verraten könnten. Stattdessen prägten windschiefe Hütten mit löchrigen Dächern das Straßenbild.

Keldan räusperte sich. »Hast du Familie, Skadi?«

»Nicht hier. Aber das macht es nur schlimmer. Mir würde die Nachricht wahrscheinlich durch einen Falken überbracht werden.« *Wenn überhaupt*, dachte sie unbehaglich. Dafür müsste jemand daran denken, sie zu informieren – was, falls ihre Eltern gleichzeitig ums Leben kommen sollten, unwahrscheinlich war.

Der Gedanke an ihre Eltern weckte Sehnsucht in Skadi. Sie hatte sie nicht einmal besucht, seit sie nach Brient gekommen war. Vielleicht würde sie durch die Arbeit bei den Wächtern endlich genug Geld für die Reise ansparen können. Als Keldan nichts erwiderte, beschloss sie, schleunigst das Thema zu wechseln. Bevor er ihr das Heimweh ansehen konnte.

Passenderweise waren sie gerade vor einem der Häuser stehen geblieben. Es war eines der wenigen hier, die mehr als einen Stock hatten und aus Steinen gebaut waren, doch am Gesamtbild änderte das nicht viel. Die Fensterläden hingen schief in ihren Angeln, in den Mauern klafften bedenkliche Löcher und jemand hatte eine Leiter an das obere Fenster gelehnt, als würde die Treppe im Inneren kaputt sein. Skadi legte den Kopf in den Nacken und musterte das Dach. Einst musste es mit Ziegeln gedeckt gewesen sein, aber jetzt war das meiste notdürftig mit Stroh geflickt. Es erinnerte Skadi stark an den Turm, in dem sie lebte. »Das ist es also?«

»Angeblich ja«, sagte Keldan. »Obwohl es meiner Meinung nach fraglich ist, ob hier überhaupt noch jemand wohnt. Das sieht alles ziemlich verlassen aus.«

Skadi schüttelte den Kopf. »Das täuscht. Es müsste drinnen schon überflutet oder verbrannt sein, damit niemand darin lebt. Im Vergleich zu einigen anderen Hütten hier schneidet es etwas besser ab.«

Dennoch zögerte sie, hineinzugehen. Falls sie dort auf Bekannte oder Familie der Toten treffen sollten, wollte sie nicht diejenige sein, die ihnen zuerst gegenüberstand. Diese Rolle würde sie mit Freuden Keldan überlassen.

»Einen Versuch ist es jedenfalls wert«, sagte er. »Wenn wir Glück haben, finden wir sogar einen Hinweis auf den Mörder.«

Oder den Mörder selbst, dachte Skadi unbehaglich. Es erschien ihr zwar unwahrscheinlich, dass jemand, der mit dem Opfer zusammengelebt hatte, sie kaltblütig töten und dann so weiter machen würde wie bisher, aber auszuschließen war es nicht.

Keldan hob an der Tür die Hand, als wollte er klopfen, überlegte es sich dann aber anders und schob sie ohne Umschweife auf. Dahinter offenbarte sich ein düsterer Gang, der dringend ein zusätzliches Fenster benötigt hätte. Skadi hielt auf der Türschwelle inne, um sich an die neuen Lichtverhältnisse zu gewöhnen, und lauschte auf Geräusche, die auf weitere Bewohner hinwiesen. Sie meinte, von irgendwoher das Knarzen von Holzdielen zu hören, doch das konnte ebenso gut durch den Wind draußen entstanden sein. Dennoch bezweifelte sie, dass sie allein waren.

»Sie hat im Erdgeschoss gelebt«, meldete Keldan vom Ende des Ganges. »Das hier müsste die richtige Tür sein.«

Er wartete, bis Skadi zu ihm aufgeschlossen hatte, und klopfte dann. Der Nachhall dessen war deutlich hinter der Tür zu hören. Skadi überprüfte erneut, ob sie so stand, dass ein potenzieller Bewohner zuerst Keldan und dann sie sah, und spürte Nervosität in sich hochkriechen. Es vergingen einige Augenblicke, ohne dass jemand reagierte. Auch dann nicht, als Keldan erneut klopfte. Entweder war wirklich niemand dort oder er wollte die Tür nicht öffnen.

»Irgendwie fühlt sich das falsch an«, murmelte Skadi. »Sollten wir nicht lieber bei den anderen Leuten hier nachfragen, ob uns jemand helfen kann?«

Keldan schüttelte den Kopf und drückte die Klinke herunter. Abgeschlossen. Er verlegte sich darauf, fest daran zu rütteln, was für Skadis Empfinden bereits zu viel Lärm machte. »Es ist davon auszugehen, dass da drin nützliche Hinweise sind. Außerdem sind wir hier im äußersten Ostviertel. Wir müssten großes Glück haben, um jemanden zu finden, der mit uns redet und uns auch hilft.«

Dann trat er einen Schritt zurück und warf sich gegen die Tür. Das Schloss gab mit einem hässlichen Splittern nach, die Tür schwang auf und abgestandene Luft schlug ihnen entgegen. Es war nur ein Zimmer, ähnlich dem von Skadi. Das Fenster auf der gegenüberliegenden Seite war mit einem dicken Tuch verhängt, das noch weniger Licht hereinließ, als es auf dem Gang der Fall gewesen war. Keldan durchquerte zielstrebig den Raum, stolperte auf halber Strecke über irgendetwas, hielt gerade noch das Gleichgewicht und riss das Tuch mit einem Ruck herunter.

Warmes Tageslicht floss in die Schatten. Im Hellen wirkte der Raum etwas kleiner, was vor allem daran lag, dass er mit allerlei Dingen vollgestopft war. Skadi entdeckte mehrere provisorische Regale, gefüllt mit matten Gläsern in den verschiedensten Farben und Formen. Die Regale waren nicht das einzige, das von den Gläsern in Beschlag genommen wurde – dem schmalen Bett, dem Tisch und dem Boden erging es genauso. Wohin man auch sah, es gab keinen Fleck, der verschont geblieben war.

»Sieht aus, als hätte sie eine Vorliebe für Gläser gehabt.« Skadi löste den Blick von einem tiefschwarzen Exemplar und sah zu, wie Keldan sich einen Weg durch das Chaos bahnte. *Das* erklärte auch, worüber er vorhin gestolpert war. Sie selbst stand auf der Türschwelle.

Er hob eines der Gläser vom Bett auf und schüttelte es, als würde er hoffen, darin etwas zu finden. »Noch dazu für leere. Ich bin nicht sicher, ob ich darüber froh oder enttäuscht sein soll.«

»Froh, denke ich«, sagte Skadi. »Stell dir vor, sie hätte tote Tiere gesammelt und da drin aufbewahrt. Oder lebende.«

Keldan erstarrte mitten in der Bewegung, warf ihr einen abschätzenden Blick zu, und stellte das Glas vorsichtig zurück. »Das war hoffentlich ein Scherz, und keine Beobachtung.«

»Wenn ich etwas sehe, sage ich Bescheid. Vorausgesetzt, du glaubst immer noch, dass wir hier wertvolle Hinweise finden können.« Skadis Ansicht nach hatte es wenig Sinn, hierzubleiben. Die Gläser waren ungewöhnlich, aber lange kein Verbrechen oder Grund, warum jemand die Besitzerin getötet haben könnte.

Als Keldan darin fortfuhr, die Gläser einzeln zu schütteln, folgte Skadi ihm unschlüssig. Je länger man die Anordnung der Gläser betrachtete, desto mehr kristallisierte sich eine gewisse Ordnung dahinter heraus. Auf den ersten Blick wirkte es wie das reinste Chaos, doch in Wirklichkeit hatte ein System dahinter gesteckt – bis Keldan angefangen hatte, es zu zerstören.

»Es ist nicht gesagt, dass wir hier nichts Nützliches finden«, sagte er. »Vielleicht hat sie in einem der Gläser etwas versteckt. Briefe oder ein Tagebuch wären fantastisch, aber ich bezweifle, dass wir so viel Glück haben.«

Skadi ahnte, worauf er hinauswollte. Sie starrte die Masse an Gläsern an, sah das schwindende Licht durch das Fenster und trat hastig einen Schritt zurück. »Weißt du, eigentlich muss ich–«

»–mir helfen«, unterbrach er sie heiter. »Das wollte ich auch gerade ansprechen. Je schneller du dich daran beteiligst, die Gläser zu untersuchen, desto eher können wir diesen Ort verlassen.«

Mit einem Mal wären zurückgebliebene Familienmitglieder Skadi doch lieber gewesen. Denen hätte man zwar beibringen müssen, dass jemand aus ihrer Mitte getötet worden war, aber im Vergleich zu dem Berg an Arbeit, den sie jetzt vor sich sah, wäre das das geringere Übel gewesen. Wenn sie wenigstens etwas selbstsüchtiger wäre. Dann könnte sie jetzt einfach verschwinden, mit oder ohne Notlüge, anstatt sich dazu verpflichtet zu fühlen, Keldan zu helfen.

»Man könnte meinen, Kr- … ich meine Ciril hätte das gewusst«, murmelte sie. »Als hätte er uns nur deshalb damit beauftragt, weil er wusste, was uns erwarten würde.«

Sie waren dazu übergegangen, jedes der überprüften Gläser kurzerhand auf das Bett zu stellen, weil Skadi mehrmals ein Glas in der Hand hatte, das sich Keldan schon angesehen hatte. Es hatte den angenehmen Effekt, dass man den Eindruck hatte, einen beständigen Fortschritt zu machen. Jedenfalls solange, wie man sich auf den Haufen geschaffter Arbeit statt auf jenen der noch offenen konzentrierte. Allmählich kam es ihr nicht einmal mehr merkwürdig oder unangenehm vor, die Sachen einer Toten zu durchsuchen.

Nicht, dass es das wirklich besser machte. Sie würde die ganze Woche von Gläsern träumen.

»Oder er war der Meinung, dass wir am ehesten etwas Brauchbares herausfinden würden. Es ist nichts Verwerfliches, jeden nach seinen Stärken einzusetzen.«

Skadi hielt inne. Das Glas, das sie gerade untersuchte, war derart verstaubt, dass ihre Fingerkuppen sich dunkel färbten. »Dann ist es deine Stärke, ein Zimmer voller alter Gläser zu durchsuchen?«

»Nein«, erwiderte er amüsiert, »das ist eher deine, wenn wir sie schon jemandem zuordnen müssen. Ich bin besser darin, mit den Leuten zu reden, die von einem Verbrechen betroffen oder Zeugen sind. Und da durchaus anzunehmen war, dass wir hier jemanden antreffen …«

Eigentlich wollte Skadi antworten, dass *das* ganz sicher nicht ihre Stärke war, hätte sie nicht in diesem Moment eine Auffälligkeit in dem nächsten Glas entdeckt. Es war in einem dunklen Blauton gehalten, und doch meinte sie, bei genauem Hinsehen zu erkennen, dass eine Stelle weniger Licht hindurch ließ als der Rest. Als sie vorsichtig in das Glas fasste und ihre Fingerspitzen raues Material ertasteten, beschleunigte sich ihr Herzschlag. Sie zog das Papier heraus, stellte fest, dass es sich um einen schmalen Streifen handelte, und faltete ihn so behutsam wie möglich auf. Das Papier war dünner als gewöhnlich, als wäre es in der Vergangenheit oft hervorgeholt und betrachtet worden. Gleichzeitig fühlte es sich leicht feucht an und Skadi begann zu befürchten, dass sich das darauf Geschriebene längst aufgelöst hatte.

»Ich habe etwas gefunden«, bemerkte sie und öffnete die letzte Falte. Die Schrift war hell, fast verblasst, doch die kantigen Buchstaben waren klar genug, um sie entziffern zu können.

Ich hoffe, wir können Freunde bleiben. L.

Enttäuschung verdrängte Skadis Aufregung darüber, etwas entdeckt zu haben. Sie hatte gehofft, etwas anderes vorzufinden, etwas weniger … Nebensächliches. Wenn wenigstens der vollständige Name darauf gestanden hätte, dann gäbe es einen möglichen Anhaltspunkt, an dem sie weitersuchen konnten. Aber das?

»Darf ich?«, fragte Keldan und streckte die Hand nach dem Zettel aus.

Skadi übergab ihn ihm wortlos, sah zu, wie er ihn las, und warf einen weiteren Blick in das Glas. Nur für den Fall, dass dort ein Gegenstück zu dem Zettel existierte. »Ich glaube nicht, dass uns das weiterhelfen wird.«

»Vielleicht nicht auf den ersten Blick«, sagte er nachdenklich. »Aber kommt es dir nicht merkwürdig vor, dass sie diese Nachricht in einem der Gläser aufbewahrt hat? Es klingt nicht so, als hätten sie sich noch besonders gern gehabt. Eher als hätten sie sich gestritten oder etwas in der Art.«

Skadi sah an Keldan vorbei zu den Gläsern, die sie bereits untersucht hatten. Viel seltsamer als die Nachricht selbst kam es ihr vor, dass die Tote sie in diesem Glas aufbewahrt hatte. Was unterschied es so sehr von den anderen? Oder war es bloßer Zufall, ausgerechnet dort etwas gefunden zu haben? »Sie müssen sich früher sehr nahe gestanden haben. Vielleicht war der Zettel für sie ein Symbol dafür, dass es Hoffnung auf Versöhnung gibt. Oder er war die einzige materielle Erinnerung, die sie an die Vergangenheit hatte.«

»Das würde wohl erklären, warum sie ihn aufbewahrt hat«, murmelte Keldan. »Es ist besser als nichts. Die Frage ist: Besteht die Chance, dass wir in den anderen Gläsern ebenfalls etwas finden?«

Obwohl sie beide nicht daran glaubten, in dem übrigen Zimmer und den anderen Gläsern noch etwas Nützliches zu finden, hatten sie schweigend weitergesucht. Die Tote hatte keine persönlichen Besitztümer – von den Gläsern abgesehen – und es gab nichts außer der Nachricht, das auf ihre Vergangenheit, Familie oder Freunde hingewiesen hätte. Skadi musste daran denken, dass man bei ihr selbst ein ganz ähnliches Ergebnis erhalten würde. Dennoch war sie enttäuscht. Die Tote war mehrere Jahre älter als sie gewesen und hatte mit Sicherheit deutlich länger in dieser Stadt gelebt. Irgendwie war sich Skadi sicher gewesen, dass sie in dieser Zeit etwas ansammeln hätte müssen, das etwas über ihr Leben verriet.

Vielleicht hatte sie das auch getan. Nur in einer Form, die niemand außer ihr verstand.

Keldan hatte darauf bestanden, sich bei den Nachbarn umzuhören, während Skadi die letzten Gläser durchgesehen hatte. Erfolglos – er war nach wenigen Minuten frustriert zurückgekommen, weil niemand ihm die Tür geöffnet hatte. Bei noch lebenden Leuten einzubrechen verstieß gegen die Gesetze, selbst wenn es dazu dienen sollte, einen Mord aufzuklären. Er hatte zwar selbst vorhergesagt, dass es unwahrscheinlich war, jemanden zu finden, der ihnen helfen würde, aber insgeheim schien er doch fest vom Gegenteil ausgegangen zu sein. Skadi vermutete, dass es ihn weniger gestört hätte, wenn die anderen Bewohner seine Fragen angehört und ihm dann gesagt hätten, dass sie sie nicht beantworten konnten. Prinzipiell die Tür nicht zu öffnen, weil ein Wächter davor stand, sprach nicht gerade für das Vertrauen der Leute hier in sie.

Mit etwas Glück hätten sie mit Skadi gesprochen. Doch sie machte sich keine Illusionen. Wenn die Wände hier nur halb so dünn waren wie die in dem alten Wachturm, hatte jeder in diesem Haus mitbekommen, dass sie mit Keldan zusammenarbeitete.

Also waren sie zur Burg zurückgekehrt, mit einem ernüchternden Ergebnis. Sie kamen zwar nicht mit leeren Händen, aber auch nicht mit hilfreichen Erkenntnissen. Zu allem Überfluss hatte Skadi das unangenehme Gefühl, dass sich daran auch nicht so schnell etwas ändern würde. Im Moment machte es den Eindruck, als hätte die Tote ein einsames, zurückgezogenes Leben geführt, ohne nennenswerten Kontakt zum Rest der Stadt. Trotz dessen ihren Mörder zu finden, erschien ihr nahezu unmöglich.

Die Sonne verschwand hinter den Häusern, als sie die Burg betraten, und Skadi hatte Mühe, ihr Gähnen zu unterdrücken. Gefühlt war an diesem Tag genug geschehen, um damit zwei oder drei zu füllen. Und augenscheinlich gab es immer noch etwas zu tun, das nicht bis zum nächsten Morgen warten konnte.

Skadi hatte erwartet, dass sie sich zum Abschluss des Tages mit den anderen treffen und das Vorgehen für den nächsten Tag besprechen würden. Doch anstatt zu dem Raum zu gehen, in dem sie sich vor einigen Stunden beraten hatten, nahm Keldan eine Treppe nach unten. Skadi zögerte einen Moment, ihm dorthin zu folgen. Ja, die Burg diente den Wächtern auch zum Leben und womöglich gab es dort unten etwas, an das sie gerade nicht im Entferntesten dachte. Aber das änderte nichts daran, dass die Treppe unter die Erde führte. In Skadis Vorstellung von der Burg befanden sich dort vor allem Verliese, in denen Verbrecher auf ihre Verurteilung warteten oder ihre Strafe verbüßten. Was nicht unbedingt ein Ort war, den sie hier kennenlernen wollte.

Erst, als Keldan sich auf halber Strecke umdrehte und sie fragte, worauf sie wartete, gab sie sich einen Ruck. Er würde sie nicht dort runter führen, weil ihm plötzlich der Gedanke gekommen war, dass es besser wäre, sie einzusperren. Zumal es dafür keinen Grund gab.

Dennoch konnte sie ein leichtes Unbehagen nicht unterdrücken, als sie Keldan durch die schmalen Gänge folgte. Im Gegensatz zu dem oberen Teil der Burg hatte man hier alle paar Schritte Fackeln an den Wänden angebracht, die tanzende Schatten auf die grob gehauenen Steine der Mauern warfen. Es hätte allein durch diese Fackeln warm sein müssen, doch die Atmosphäre ließ Skadi frösteln. Es war einschüchternd, als hätte sie nicht das Recht, hier zu sein. Sie gab sich Mühe, besonders leise aufzutreten – und zuckte zusammen, als Keldan in normaler Lautstärke anfing zu sprechen.

»Dieses Gewölbe gehörte ursprünglich gar nicht zur Burg«, erklärte er. »Es ist erst vor ein paar Jahrzehnten entdeckt worden, weil jemand der Meinung war, dass es hier noch irgendwo einen Weinkeller geben muss. Dass stattdessen ein ganzes Tunnelsystem auftauchen würde, hat keiner erwartet.«

»Tunnelsystem?«, wiederholte Skadi. »Willst du damit sagen, dass es noch mehr davon gibt?«

»Ja. Vermutlich erstreckt es sich unterhalb der gesamten Stadt. Beziehungsweise hat es das in der Vergangenheit getan. Es gab Versuche, alle Tunnel zu erkunden und eine vollständige Karte zu zeichnen, aber die sind immer im Sande verlaufen. Viele sind eingestürzt oder einbruchsgefährdet, andere stehen unter Wasser.«

Skadi nahm sich einen Moment Zeit, um sich vorzustellen, was das bedeuten musste. Unterirdische Tunnel, die sich unter jedem Viertel erstreckten ... wie konnte es sein, dass sie noch nie davon gehört hatte? Hatten die Wächter dieses Wissen für sich behalten oder interessierte sich niemand anderes dafür? Die Tunnel mussten uralt sein, vielleicht sogar älter als die Stadt selbst. Irgendjemand hatte das Wissen darüber sicher überliefert. Andererseits musste Skadi zugeben, dass sie ein solches Geheimnis ebenfalls nicht leichtfertig teilen würde. Die Tunnel erlaubten es jenen, die darüber Bescheid wussten, ungesehen durch die Stadt zu gelangen. Das konnte in vieler Hinsicht ein enormer Vorteil sein.

»Aber ist das dann kein großes Risiko?«, wandte sie ein. »Wenn man durch die Tunnel überall hingelangen kann, was hält andere davon ab, die umgekehrte Richtung zu nutzen? Könnte man problemlos in die Burg hereinspazieren, wenn man wollte?«

Keldan schüttelte den Kopf und bog nach links ab. Darin würde für Skadi das nächste Problem liegen – sie hatte schon jetzt hoffnungslos die Orientierung verloren. Es sah alles zu gleich aus. »Wir haben die Tunnel, die hierher führen, mit Toren gesichert. Wenn man kein Wächter ist, dürfte es sehr schwer werden, die zu öffnen.«

Wie groß das Gebiet war, das die Wächter damit für sich beanspruchten, erwähnte er nicht. Skadi überlegte noch, wie man einen potenziellen Eingang zu den Tunneln finden könnte, als ihr Weg mit einer Tür aus Eisen endete.

Keldan zog sie schwungvoll auf und ließ Skadi den Vortritt. »Eine Holztür hätte wohl auch ihren Zweck erfüllt, aber wir wollen verhindern, dass sich ein möglicher Brand bis hierher ausbreiten könnte.«

Die Frage nach dem Warum blieb Skadi im Hals stecken. Sie blieb neben der Tür stehen und musterte ehrfürchtig die Halle, die sich vor ihr erstreckte. Sie war aus den gleichen Steinen gefertigt wie die Tunnel, doch hier hingen keine Fackeln an den Wänden. Regale voller Bücher füllten die Halle, Reihe um Reihe. So weit, dass jene ganz hinten ineinander zu verschwimmen schienen. Jedes einzelne war gut dreimal so hoch wie Skadi, und an jedem Zweiten baumelte eine magische Glaskugel, die warmes Licht ausstrahlte. Sie suchte nach einer Leiter, um an die obersten Bücher zu kommen, bis sie sich daran erinnerte, dass das Ganze ja den Wächtern gehörte. Damit einer von ihnen eine Leiter bräuchte, musste schon etwas sehr Ungewöhnliches passieren.

»Und das«, sagte Keldan hinter ihr, »sind unsere Bücher mit allen wichtigen Informationen. Beeindruckend, nicht wahr?«

»Kann man so sagen«, murmelte Skadi. Sie hatte bisher nie darüber nachgedacht, wo die Wächter ihr Wissen aufbewahrten. Aber selbst wenn sie es getan hätte, wäre sie nicht auf eine derart unvorstellbare Menge an Büchern gekommen. Ein Teil von ihr drängte darauf, etwas zu rufen. Nur, um zu sehen, ob ein Echo zurückkommen würde. »Was ist das?«

»So ziemlich alles, was sich im Laufe der Jahre ansammelt. Aufzeichnungen über Verbrechen – gelöste und ungelöste –, Beschwerden, Anklagen ... Und natürlich über die Bürger der Stadt. Nicht zu vergessen das gesammelte Wissen über Magie, Geschichte, Heilkunst und Ähnliches.« Er berührte sie kurz am Arm, wie um sie daran zu erinnern, dass sie nicht hier waren, um die Halle zu bestaunen, und ging dann in Richtung eines Tisches am Rand.

Skadi folgte ihm langsamer. Es fiel ihr schwer, sich von dem Anblick zu lösen. »Dann steht also hier, wer wo lebt, schon mal eine Anhörung hatte oder verurteilt wurde?«

»Unter anderem, ja«, antwortete Keldan. Er fing ihren Blick auf und schien ihre Gedanken zu erraten. »Wir werden nicht nachsehen, was alles zu dir darin steht, Skadi. Selbst wenn es dich noch so sehr interessiert.«

»Du meinst, ich werde es nicht sehen«, präzisierte sie. »Vermutlich hast du schon längst nachgeschaut.«

»Selbstverständlich. Ich musste ja wissen, wen ich da als Beraterin haben will. Es wäre schlecht gewesen, wenn du schon mehrere Diebstähle oder Ähnliches begangen hättest.«

Skadi konnte nicht leugnen, dass das ein berechtigter Grund war. Dennoch ... es war merkwürdig, einerseits zu wissen, dass irgendwo hier Informationen über sie gesammelt wurden, und andererseits nicht nachsehen zu dürfen, um welche es sich handelte. Womöglich waren Dinge dabei, über die sie selbst nicht einmal Bescheid wusste. Der Gedanke daran war unheimlich und gleichzeitig so interessant, dass sie echtes Bedauern darüber verspürte.

»Dann wäre es nur fair, wenn ich lesen dürfte, was über dich darin steht«, sagte sie. »Damit ich weiß, mit wem ich eigentlich zusammenarbeite.«

Keldan hatte sich über ein Buch auf dem Tisch gebeugt, das dessen gesamte Fläche einnahm. Die aufgeschlagenen Seiten enthielten jeweils fein säuberlich aufgereihte Einträge in drei Spalten, die so klein geschrieben waren, dass Skadi sie von ihrer Position aus nicht entziffern konnte. Ein Grinsen flackerte über Keldans Gesicht, während er mit dem Finger die Liste entlangfuhr. »Ich fürchte, du wirst dich damit begnügen müssen, auf dem herkömmlichen Weg mehr über mich zu erfahren. Es verstößt gegen unsere Grundsätze, ohne triftigen Grund in den Büchern zu lesen.«

»Und selbst wenn ihr es tut, dann nur die Informationen, die für diesen Grund relevant sind, richtig?« Skadi gab es auf, zu versuchen, die Schrift zu entziffern, und drehte sich wieder zu den Regalen. »Wie schafft man es, diese ganzen Bücher aktuell zu halten? Das kann man doch unmöglich alles selbst eintragen.«

»Es stecken eine Menge Zauber dahinter«, antwortete Keldan. »Die Namen sind beispielsweise alle mit dem Blut der jeweiligen Person verbunden – wenn man also nicht weiß, wer vor einem steht, lässt sich das bei Bedarf recht einfach überprüfen. Wenn jemand stirbt, erscheint das Sterbedatum auch von selbst an der richtigen Stelle.«

Dass die Wächter mit dem Blut jedes Einzelnen ermitteln konnten, um wen es sich handelte – sofern er in den Büchern verzeichnet war –, wusste Skadi, doch erst jetzt verstand sie, dass man dadurch viel mehr herausfinden konnte. Je länger sie darüber nachdachte, desto froher war sie, dass es zu den Grundsätzen der Wächter gehörte, nicht ohne Weiteres alles zu lesen. »Aber es wird nicht irgendwo festgehalten, wer gegen ein Gesetz verstoßen hat, oder? Sonst könnten wir uns die ganze Arbeit ja sparen.«

»Nein, so leicht ist es leider nicht.« Er trat neben sie und musterte ebenfalls die Bücherreihen. »Bin gleich wieder da.«

»Wo–«, setzte Skadi an. Im selben Moment flog Keldan los, und ihr blieb nichts anderes übrig, als ihm nachzusehen. So zielstrebig, wie er zwischen den Reihen verschwand, wusste er offensichtlich genau, was er suchte und wo es zu finden war. Skadi konnte nur raten, wie man hier den Überblick behielt. Es gab sicher ein System, um die Bücher wiederzufinden, aber Skadi hatte den Verdacht, dass man mehr als ein paar Stunden brauchte, um es zu verstehen.

Unschlüssig, was sie jetzt tun sollte, ging sie um den Tisch herum und betrachtete das riesige Buch. Von dieser Position aus konnte sie lesen, um was es sich handelte. Namen, alphabetisch aufgelistet und mit einer Kombination aus Buchstaben und Zahlen am Ende, die wohl für das jeweilige Buch standen. Noch während Skadis Blick über die Reihen wanderte, tauchte mittendrin ein neuer Name auf, reihte sich an der passenden Stelle ein, und die anderen rutschten weiter, um ihm Platz zu machen. Offenbar hatte sich gerade ein neuer Bewohner der Stadt bei den Wächtern angemeldet. Andererseits … Keldan hatte hier wahrscheinlich nach dem Namen der Toten gesucht. War das hier dann vielleicht das Buch mit dem Verzeichnis über alle Verstorbenen? Skadi hätte es leicht herausfinden können, indem sie ihren eigenen Namen suchte. Aber bevor sie die Gelegenheit dazu hatte, näherte sich Keldan wieder und sie trat unauffällig einen Schritt von dem Tisch zurück.

»Hatte Ciril nicht etwas davon gesagt, schon in den Büchern nachgesehen zu haben?«, fragte sie.

»Ja, aber da wussten wir noch nicht, dass die Tote offenbar eine Verbindung zu jemandem hatte, dessen Name mit L anfängt«, sagte Keldan. »Es ist unwahrscheinlich, dass wir etwas finden werden, aber vielleicht haben wir Glück.«

Das Buch, das er dabei hatte, war von normaler Größe und damit mindestens zehnmal kleiner als jenes auf dem Tisch. Keldan störte sich nicht daran, dass der Tisch schon belegt war, und platzierte das kleine Buch kurzerhand auf dem großen.

Skadi sah zu, wie er die letzten Seiten – erneut eine Liste mit Namen – durchblätterte. »Warum sollte der Name von einem einfachen Freund darin stehen?«

»Vielleicht war es nicht immer nur ein Freund. Oder eine Freundin, das sollten wir nicht ausschließen. Es könnte sein, dass die beiden mal zusammen gegen ein Gesetz verstoßen haben – das kommt häufiger vor, als man denkt.«

»Diesmal nicht«, widersprach Skadi. Als Keldan sie irritiert ansah, zuckte sie mit den Schultern. »Ciril hat gesagt, dass sie nie auffällig geworden ist. Entweder hat er gelogen oder wir werden in der Hinsicht nichts finden.«

»Du hast recht«, antwortete er stirnrunzelnd. »Daran hatte ich nicht mehr gedacht. Aber es könnte dennoch sein, dass wir etwas finden. Vielleicht waren sie einmal ein Paar und haben sich später getrennt.«

Skadi rutschte näher an den Tisch heran, als Keldan weiter in die Mitte des Buchs blätterte. Das war *die* Gelegenheit, um zu sehen, was genau in diesen Büchern festgehalten wurde. Auch wenn es nur am Beispiel einer Fremden war. »Das steht da drin?«

»Wenn man einen festen Bund eingegangen ist, ja.« Er hielt inne, warf ihr einen abwägenden Blick zu, und klappte das Buch halb zu. »Hör mal, Skadi, eigentlich ist es nicht üblich, dass Berater das sehen dürfen. Es ist nicht verboten, aber von manchen von uns nicht gern gesehen. Du musst mir versprechen, dass du diese Informationen angemessen behandelst. Du wirst weder ohne Erlaubnis etwas lesen, das nicht zu unserem Opfer gehört, noch etwas davon jemand anderem mitteilen.«

Diesmal zögerte Skadi. Sie gab ungern Versprechen, von denen sie sich nicht vollkommen sicher sein konnte, sie zu halten. »Wenn das so unüblich ist, warum lässt du mich dann überhaupt reinsehen?«

»Weil ich nichts übersehen will«, antwortete er. »Und weil ich dir vertraue, schätze ich. Zumindest in der Hinsicht, dass du diese Gelegenheit nicht missbrauchen wirst.«

Das kam überraschend. An Keldans Stelle würde Skadi sich nicht vertrauen, nicht jetzt schon jedenfalls. Dass er es tat, genügte, um sie davon abzuhalten, dieses Vertrauen zu missbrauchen. Sie würde ihr Bestes geben, um nichts zu tun, das es Keldan bereuen lassen könnte, ihr dieses Vertrauen geschenkt zu haben. »Ich verspreche es.«

13. LIV

Wir verließen den Schwarzmarkt schweigend. Nachdem die Gefahr durch Raphael jetzt gebannt zu sein schien, hätte ich Linda suchen und mit ihr sprechen können. Doch mir fehlte die Energie dazu. Erst die ermordete Frau, dann die Befragung bei den Wächtern und jetzt mein Beinahe-Übergang zu Raphaels lebender Blutquelle. Selbst die Hälfte davon hätte gereicht, um mich so sehr ermüden zu lassen, dass ich nur noch nach Hause wollte. Was auch immer man gerade als mein Zuhause bezeichnen wollte.

Evan erging es offenbar nicht anders. Er schien tief in Gedanken versunken zu sein und als ich einen Blick auf seine düstere Miene warf, hielt ich es für besser, ihn nicht darauf anzusprechen. Dafür würde später genug Zeit sein. Ich hielt es nach wie vor nicht für die klügste Idee, uns in den Mord einzumischen. Wir riskierten damit, gleich zwei Parteien zu verärgern: Die Wächter, die nicht begeistert sein dürften, dass wir ihnen in die Quere kamen, und den Mörder selbst. Es war nicht auszuschließen, dass er uns erkannte, bevor wir ihn kannten. Und wenn er ernsthaft annahm, dass wir eine Gefahr für ihn darstellten, gab es womöglich demnächst zwei weitere Leichen.

Gleichzeitig wollte mir der Stein, den wir bei der Toten gefunden hatten, nicht aus dem Kopf gehen. Würde die Magierin etwas herausfinden, das uns weiterhelfen konnte? Im besten Fall hatte ich mich getäuscht und es lag kein unheimlicher Zauber darauf. Aber falls doch ... Vielleicht gehörte das alles zum Plan des Mörders. Womöglich war das seine Technik, neue Opfer zu finden: Einen schwarzen Stein bei der Toten zurücklassen und darauf vertrauen, dass ihn schon irgendjemand aufheben würde. Am liebsten wäre es mir, wenn die Magierin ihn hinter unserem Rücken an die Wächter übergeben würde. Dann könnten die sich mit der potenziellen Gefahr herumärgern.

»Ich verstehe wirklich nicht, warum du schon wieder davon anfängst«, sagte Evan. »Wir hatten das doch schon zu Genüge ausdiskutiert. Wenn *wir* nicht den Mord aufklären, wird niemand die Wächter erwischen, falls es einer von ihnen war.«

»Ausdiskutiert kann man es nicht nennen«, wandte ich halbherzig ein. »Du hast meine Bedenken nicht mal angehört.«

Er warf mir über den Tisch hinweg einen genervten Blick zu und widmete sich dann wieder seinem Stück Kuchen. »Weil sie keine Rolle spielen. Wir sind zu zweit, Liv. Uns wird schon niemand hinterrücks umbringen, weil wir versuchen, ihn aufzuspüren.«

Es war das erste Mal, dass ich zum Frühstück mehrere Sorten Kuchen und Torten vorgefunden hatte, und unter anderen Umständen hätte ich so viel davon gegessen, dass mir schlecht geworden wäre. Aber Evans beständige Weigerung, meine Sorgen ernst zu nehmen, verdarb mir gründlich den Appetit. »Als ob das einen entscheidenden Unterschied machen würde. Du weißt doch überhaupt nicht, wer das gewesen sein könnte. Wenn es in Wirklichkeit nicht nur eine Person, sondern mehrere waren, können sie uns problemlos trotzdem um die Ecke bringen. Oder sie beauftragen jemanden, der verdammt gut darin ist.«

»Du siehst Gefahren, wo keine sind«, entgegnete er. »Und je länger du darüber nachdenkst, desto mehr scheinen dir einzufallen. Willst du das Stück nicht mehr?«

Ich zögerte kurz – dann schob ich meinen Teller von mir. »Ich bilde mir das nicht ein. Im Gegensatz zu dir hatte ich in den letzten Jahren täglich mit Leuten zu tun, die ständig gegen das Gesetz verstoßen. Du hast Raphael doch erlebt. Wenn jemand wie er dahintersteckt, wird das glatter Selbstmord.«

Evan hob eine Augenbraue. »Aber er hat nichts damit zu tun, stimmts?«

»Nein«, antwortete ich widerstrebend, »aber das heißt nicht, dass es nicht jemand gewesen sein kann, der ähnlich denkt und handelt. Und überhaupt: Falls tatsächlich einer von den Wächtern der Mörder ist, wird der uns schneller hinter Gitter bringen, als wir diesen Kuchen essen können. Als ich zugestimmt habe, dir zu helfen, habe ich damit gerechnet, dass wir ein paar Diebstähle untersuchen. Nicht, dass wir uns in einen Mord einmischen, der uns am Ende selbst das Leben kostet.«

Bis dahin hatte sich Evan durch unsere Diskussion nicht davon abhalten lassen, weiter zu essen. Jetzt ließ er die Gabel sinken und starrte mich derart intensiv an, dass ich mich automatisch tiefer in meinen Sessel drückte. »Was soll das heißen?«

»Das heißt, dass ich da nicht mehr mitmache«, murmelte ich und betrachtete höchst interessiert die Fransen der Tischdecke. Als Evan schwieg, warf ich ihm unter gesenkten Lidern einen vorsichtigen Blick zu, stellte fest, dass er mich unverändert anstarrte, und widmete mich wieder den Fransen. »Ich meine, ich weiß ja nicht mal, warum wir das wirklich tun. Da steckt doch mehr dahinter als ein bloßer Gerechtigkeitswille. Aber solange ich den wahren Grund nicht kenne, nicht weiß, ob es sich lohnt, dieses Risiko einzugehen, sehe ich keinen Sinn darin, dir zu helfen. Nicht wenn es um etwas geht, bei dem ich mir mehr Ärger einhandeln könnte, als ich eh schon habe. Lieber bleibe ich eine Sklavin, als am Ende selbst ermordet zu werden.«

»Das ist es also?«, fragte Evan tonlos. »Du gibst nach gerade mal einem Tag auf, weil du dir Sorgen um deine eigene Haut machst?«

So, wie ich es immer tat – aber das wollte ich ihm dann doch nicht so direkt sagen. »Sieht ganz danach aus.«

Es war positiv, dass er nicht wütend wurde. Ich an seiner Stelle hätte mich angeschrien, was mir denn einfiele, plötzlich meine Meinung zu ändern. Andererseits hatte er womöglich schon längst damit gerechnet, dass ich einen Rückzieher machen würde. Ich hatte in der vergangenen Nacht lange darüber nachgedacht, und war dennoch erst jetzt zu einem Ergebnis gekommen. Als ich zugestimmt hatte, ihm zu helfen, hatte mich einen Wimpernschlag lang die gleiche Euphorie darüber erfasst, der gleiche Wunsch, für mehr Gerechtigkeit zu sorgen, wie ihn Evan verspüren musste. Ein Teil dieses Wunsches war noch da, aber er war zu schwach, um gegen die bestehenden Tatsachen anzukommen. Selbst der Wunsch nach Freiheit schaffte das nicht.

Ich wusste nicht, was aus mir werden würde, jetzt wo ich entschieden hatte, meinen Teil unserer Vereinbarung nicht einzuhalten. Insgeheim hoffte ich, dass Evan mir erlauben würde, dennoch hierzubleiben. Gleichzeitig fürchtete ich mich davor. Er würde nicht von dem Mord ablassen und solange ich bei ihm blieb, würde ich unweigerlich in das Ganze hineingezogen werden. Ob ich es nun wollte oder nicht.

Es gab nicht viele Alternativen. Er würde mir vermutlich nicht helfen, einen Wächter zu finden, der mich aus dem Sklavendasein entließ, ohne Fragen zu stellen. Aber ich traute es ihm auch nicht zu, mich an den Nächstbesten zu verkaufen.

»Du hast recht«, sagte Evan schließlich. »Es könnte gefährlicher werden als ich glaube. Und es stimmt, dass es mir nicht um die bloße Gerechtigkeit geht.«

Ich wartete, verblüfft, dass er mir zugestimmt hatte. »Sondern?«

Er löste endlich den Blick von mir und ließ ihn durch den Raum schweifen. Scheinbar auf der Suche nach etwas, ohne dass ich mir erklären konnte, was es sein sollte. Das Esszimmer war der einzige

Raum in diesem Haus, der so eingerichtet war, dass er wirklich ins Nordviertel passte. Glänzende Eichenholzdielen, in denen sich das Licht von Dutzenden magischen Kugeln auf Kronleuchtern spiegelte, eine Tafel, an der eine Familie inklusive aller entfernten Cousins und Großtanten passen würde, und glitzernde Buntglasfenster, die zum Garten hinausführten. Die Sessel waren weicher als mein Bett, mit Samt überzogen und mit Stickereien aus Goldfäden verziert. Allein einer davon war mehr wert, als ich in meinem bisherigen Leben verdient hatte.

»Ich konnte nie viel mit dieser Zurschaustellung von Vermögen anfangen«, sagte Evan. Als er mich diesmal ansah, lag etwas in seinem schiefen Lächeln, das ich nicht deuten konnte. »Aber Emma ... Emma hat es geliebt. Sie wurde nie müde, immer neue Gründe zu erfinden, um ein Fest geben zu können. Zu sehen, wie die Lichter nachts gefunkelt haben, sich mit den Gästen zu unterhalten, und zu tanzen war ihre größte Freude. Vielleicht habe ich es deshalb nicht übers Herz gebracht, hier drin etwas zu verändern – obwohl es schon lange her ist, dass hier jemand getanzt hat.«

Ich begann zu ahnen, worauf das Ganze hinauslaufen würde. Evan wollte der Antwort auf meine Frage nicht ausweichen, obwohl es sich im ersten Moment so angehört hatte. Aber ich war nicht mehr sicher, ob ich sie wirklich hören wollte. Es war nicht schwer zu erraten, dass Emmas Geschichte kein gutes Ende nehmen würde. Andernfalls wäre Evan nicht ganz allein in diesem Haus. Die Gästezimmer wären nicht verlassen. Und ich wäre überhaupt nicht hier.

»Was ist geschehen?«, fragte ich leise.

Er senkte den Blick auf seine Hände. »Fast so sehr wie eigene Feste hat sie es geliebt, Zeit mit ihrer besten Freundin zu verbringen. Sie hat oft bei ihr übernachtet, wenn es zu spät wurde – deshalb habe ich mir nichts dabei gedacht, als sie an diesem Abend nicht nach Hause kam. Bis am Morgen zwei Wächter vor der Tür standen und mir mitgeteilt haben, dass Emma einen Unfall hatte. Sie ist im Fluss ertrunken.«

Die Erinnerung daran, wie Evan auf dem Cello gespielt hatte, welche Sehnsucht darin mitgeschwungen war, schnürte mir die Kehle zu. »Das tut mir leid, Evan.«

Er zuckte mit den Schultern, doch ich nahm ihm die Gleichgültigkeit nicht ab. Egal, wie lange Emmas Tod inzwischen her war, selbst ich sah, dass er ihn noch immer belastete. »Das Problem ist, dass ich nicht glauben kann, dass es ein Unfall war. Emma ist diesen Weg unzählige Male gegangen. So oft, dass sie ihn mit geschlossenen Augen hätte bewältigen können, wenn sie es gewollt hätte.«

Ich zögerte. Auf der einen Seite ahnte ich nur, welchen Schmerz Emmas Tod für Evan bedeutete, aber auf der anderen hörte ich heraus, was er zwischen den Zeilen andeuten wollte. Zusammen mit seinem unerschütterlichen Willen, die Verbrechen der Wächter aufzuklären, seiner Bereitschaft, sogar selbst zu unerlaubten Methoden zu greifen, um sein Ziel zu erreichen, ergab das ein eindeutiges Bild. Die Geschichte war tragisch, ohne Zweifel. Aber ich konnte diesem Bild dennoch nicht zustimmen. »Das schließt nicht aus, dass es kein Unfall war. Das ... ist schließlich das Wesen von Unfällen, nicht? Sie passieren einfach so, ohne dass jemand etwas dafür kann. Vielleicht war sie in Gedanken, ist zu nah ans Wasser gegangen und ausgerutscht.«

»Nein.« Evan schüttelte den Kopf, so leicht, dass ich mir nicht sicher war, ob er mir widersprach oder sich selbst. »Nein, so kann es nicht gewesen sein. Sie trug unser Kind unter dem Herzen, Liv. Emma war übervorsichtig bei allem, was sie tat, seit sie es wusste.«

Dieses Detail erschütterte mich mehr, als ich es geahnt hätte. Nicht einmal, weil Emma ausgerechnet schwanger gestorben war. Viel mehr traf es mich, Evans Gedanken zu folgen. Dass die Wächter am Tod einer Frau Schuld sein sollten, war schlimm genug. Aber wenn das wahr war, und jene Frau bald ein Kind zur Welt gebracht hätte, war das Ausmaß des Ganzen unvorstellbar. Ich *wollte* nicht glauben, dass die Wächter zu einer solchen Tat in der Lage sein sollten. Doch der Gedanke hatte sich festgesetzt und begann, Wurzeln zu schlagen.

Ich holte tief Luft. »Nur, damit ich das richtig verstehe: Du glaubst also, dass die Wächter Emma getötet haben?«

»Ich glaube, dass sie etwas mit ihrem Tod zu tun haben«, schränkte er ein.

»Aber warum sollten sie das tun? Es ist doch ihre Pflicht, genau solche Dinge zu verhindern. Ich kann mir nicht vorstellen, was sie dazu bewegt haben könnte, Emma nicht zu helfen ... oder sogar ihren Tod zu verursachen.«

»So ging es mir am Anfang auch.« Ein bitteres Lächeln huschte über seine Lippen, ehe es von einem ernsten Ausdruck abgelöst wurde. »Bis ich herausgefunden habe, dass es Wächter gibt, die Verbindungen zwischen unterschiedlichen Arten nicht gutheißen. Emma war eine Magierin.«

Ich holte tief Luft. »Woher weißt du das? Immerhin ist es ausdrücklich erlaubt, dass unterschiedliche Arten einen festen Bund miteinander eingehen, wenn beide das wollen. Wenn es Wächter gäbe, die das missbilligen, hätten sie sich dafür eingesetzt, dass das verboten wird.«

»Die Gesetze werden immer noch vom Stadtrat verabschiedet«, erinnerte er mich. »Die Wächter haben keinen Sitz darin. Auch wenn ihr Einfluss noch so groß ist: In dieser Hinsicht haben sie keine Macht.«

Mit der richtigen Mischung aus Drohungen und Bestechungen sehr wohl. Ich schüttelte den Kopf. »Dann macht es erst recht keinen Sinn. Wenn es Wächter mit solchen Ansichten geben *würde*, würden sie die gut verbergen. Woher hast du dieses Wissen?«

Evan zögerte. Ich ahnte, dass er Informationen zurückhielt, die er in den vergangenen Jahren gesammelt hatte, und überlegte, wann er sie mir anvertrauen konnte. Ob er es überhaupt tun sollte, statt sie bis zum passenden Zeitpunkt für sich zu behalten. »Es gibt da eine Gruppe unterschiedlicher Arten, die diese Ansichten vertreten. Viele davon aus der Mittel- und Oberschicht. Sie treffen sich einmal im Monat an einem geheimen Ort, und vor zwei Jahren hat mich jemand eingeladen, an einem solchen Treffen teilzunehmen. Ich hatte gehofft, etwas Hilfreiches zu erfahren, doch sie haben sich nur gegenseitig darüber beschwert, wie schlimm Mischwesen sind. Aber ich habe dort Wächter gesehen. Und die waren nicht da, um sicherzustellen, dass niemand die Einrichtung klaut.«

Evan ließ mir Zeit, um über diese Behauptung nachzudenken – und die brauchte ich dringend. Ich hatte mit vielem gerechnet. Zweifelhafte Beweise, die für die Schuld der Wächter sprachen, Anschuldigungen, die sich aus einem Streit ergeben hatten, oder sogar Vermutungen zu Racheaktionen. Aber das, was er mir erzählt hatte, überstieg das alles bei Weitem. Es gab immer Leute, die etwas gegen Beziehungen jeglicher Natur zwischen unterschiedlichen Arten hatten. Jene, die darin etwas Widernatürliches sahen und ihren Kindern verboten, auch nur darüber nachzudenken, mit jemandem zu spielen, der nicht zu ihrer Art gehörte. Aber meistens waren diese Leute nichts weiter als ein lästiges Ärgernis. Ein Schmutzfleck, von dem man wusste, dass er da war, der einen aber nicht genug störte, um ihn weiter zu beachten. Ich wäre nicht im Traum darauf gekommen, dass einer von ihnen unserer Gesellschaft ernsthaft schaden konnte.

Bei den Wächtern sah das anders aus.

Falls Evans Informationen stimmten und sie – besser gesagt ein Teil von ihnen – Mischwesen wie mich missbilligten, konnte sich das zu einer Katastrophe ausweiten. Sie müssten nur genug der ihren auf ihre Seite ziehen, davon überzeugen, dass sie im Recht waren, und Argumente aufführen, warum eine Welt, in der jede Art unter sich blieb, besser und friedlicher wäre. Wer würde sie davon abhalten, ihre Pläne umzusetzen? Der Stadtrat? Er mochte offiziell über den Wächtern stehen, aber ich machte mir nichts vor: Ratsmitglieder konnten durch andere ersetzt werden, die die richtige Gesinnung hatten. Ich kannte niemanden, der sich den Wächtern entgegenstellen würde, wenn es hart auf hart kam. Die meisten würden es akzeptieren, so wie sie alles akzeptierten, was die Wächter taten. Und die anderen würden sich ihnen anschließen, weil sie sich einen Vorteil davon erhofften, oder sich aus dem Staub machen – wovon ich mich nicht zwangsläufig ausschließen wollte.

Wie genau die Pläne jener Wächter aussahen, wusste Evan nicht. Die Sicherheit in Bezug auf Emmas Tod musste er in den vergangenen Jahren beständig aufgebaut haben. Er ließ keinen meiner Zweifel zu, dass es trotz allem ein schrecklicher Unfall gewesen sein könnte. Nicht weniger ... aber auch nicht mehr. In seinen Augen wollten die Wächter damals verhindern, dass ihr Kind geboren werden konnte, und hatten deshalb bei einer passenden Gelegenheit seiner Frau den Garaus gemacht.

So sehr mich die Vorstellung von Wächtern mit derartigen Werten beunruhigte, konnte ich dennoch nicht glauben, dass sie deshalb zu Mördern geworden sein sollten. Meiner Meinung nach würden sie andere Wege finden, ihre Ideale umzusetzen. Weitaus effektivere, als ein einzelnes Ungeborenes aus der Welt zu schaffen.

Ich verschwieg Evan, dass ich ihm in dieser Hinsicht nicht zustimmte. Seine Offenbarung hatte mich davon abgehalten, ihm meine Hilfe endgültig zu entziehen. Diesen Wächtern das Handwerk zu legen, war etwas, für das es sich lohnte, sich in ihre Machenschaften einzumischen. Ob es sich auch lohnen würde, dafür in den Kerker zu wandern oder gar mit dem Leben zu bezahlen, hoffte ich nie herausfinden zu müssen.

Abgesehen davon zweifelte ich jedoch stark daran, dass uns die ermordete Frau dabei helfen würde. Ich konnte keinen Zusammenhang zu Emmas Tod sehen, der einen Hinweis auf denselben Täter gegeben hätte. Sie war zwar laut Evan ebenfalls ein Mischwesen, aber das traf schätzungsweise auf ein Drittel der Stadtbevölkerung zu. Wenn sie schwanger und im Fluss gefunden worden wäre, hätte die Sache anders ausgesehen. Meiner Einschätzung nach war Emma einem Unfall zum Opfer gefallen und Evan interpretierte zu viel in ihren Tod hinein, weil er versuchte, ihn auf diese Art zu verarbeiten. Aber das änderte nichts daran, dass wir es jetzt tatsächlich mit einem Mordopfer zu tun hatten.

»Meinst du nicht, es wäre besser, das den Wächtern zu überlassen?« Ich schob mich unwillkürlich wieder hinter Evan, als wir erneut den Schwarzmarkt betraten. Einigung mit Raphael hin oder her – ihm war zuzutrauen, dass er es sich anders überlegte, wenn er mich hier entdeckte. »Sie könnten doch Verdacht schöpfen, wenn wir uns da nicht raushalten. Es wäre viel schlauer, sie aus dem Hintergrund zu beobachten, um sie in Sicherheit zu wiegen.«

Evan warf mir über die Schulter einen fragenden Blick zu. »Du hast die Strategie gewechselt, kann das sein?«

Offenbar nicht erfolgreich, wenn sogar ihm das auffiel. »Ich weiß nicht, was du meinst. Ich hatte nie irgendeine Strategie.«

»Natürlich nicht«, erwiderte er. »Du hast deine Meinung nur von *Wir sollten den Mord den Wächtern überlassen, weil sie uns sonst verdächtigen* zu *Wir sollten es lassen, weil sie sonst ahnen, dass wir ihnen auf der Spur sind* gewechselt. Das Ergebnis bleibt dasselbe, genau wie meine Antwort.«

Ich zuckte mit den Schultern. »Manchmal ist der Weg das Ziel, hab ich mal gehört.«

»Ich glaube nicht, dass sich das auf Situationen wie diese hier bezieht. Ehrlich, Liv, du kannst mir nicht weismachen wollen, dass es dich überhaupt nicht reizt, den Mörder zu finden. Denk doch nur mal an diesen Stein. Interessiert es dich nicht, was es damit auf sich hat?«

Wir verließen unbeschadet den Teil des Marktes, an dem Raphael besonders häufig anzutreffen war. Ich warf im Vorbeigehen einen Blick auf die Stelle, an der vor wenigen Tagen mein Zelt gestanden hatte. Mittlerweile war es durch den Tisch eines Mannes ersetzt worden, der Pelze jeder Größe darauf ausgebreitet hatte. »Es reizt mich auch oft, mit Zaubertränken herumzuexperimentieren. Das heißt nicht, dass ich so dumm bin, das Ganze in die Tat umzusetzen. Und was den Stein angeht – eben weil er mich interessiert, halte ich ihn für äußerst bedenklich. So etwas schafft nicht jeder beliebige Magier.«

»Umso besser, dass wir bald wissen, was es damit auf sich hat«, antwortete er vergnügt. »Vielleicht haben wir sogar so viel Glück, dass sie den Ursprung des Steins zurückverfolgen konnte.«

Ich verzichtete darauf, ihm zu sagen, dass ich das als alles andere als Glück bezeichnen würde. Den einzigen Vorteil, den ich darin sah, war es, die Identität des Mörders auf diese Art zu erfahren und ihm dann aus dem Weg gehen zu können. »Ich glaube nicht, dass es so leicht wird. Wahrscheinlich hat er einen Mittelsmann benutzt, anstatt den Zauber selbst zu wirken. Oder es war doch Zufall, dass der Stein ausgerechnet dann bei der Toten war, als sie getötet wurde. Es könnte ebenso gut ein Geschenk gewesen sein.«

Als wir vor dem Zelt der alten Magierin stehen blieben, sah Evan mich sichtlich entnervt an. »Fallen dir eigentlich zu allen Dingen hundert Erklärungen ein?«

»Nicht immer«, antwortete ich. »Manchmal sind es auch mehr.«

»Was du nicht sagst. Dann sollte ich mich wahrscheinlich glücklich schätzen.«

»Das solltest du wirklich. Es ist immer besser, alle Möglichkeiten zu durchdenken, statt sich auf eine einzige zu konzentrieren.«

Von mir aus hätten wir das Thema gerne vertiefen können, doch Evan schüttelte lediglich den Kopf und betrat das Zelt. Wenn ich ehrlich war, musste ich ihm sogar recht geben. Es *war* mehr als unwahrscheinlich, dass uns dieser Stein nicht einen Hinweis auf den Mörder geben würde. Eine andere Erklärung hätte bei einem toten Magier oder einem Bewohner der wohlhabenderen Gegenden Sinn gemacht, aber nicht einmal ich konnte mir erklären, wie die Tote an den Stein gekommen sein sollte. Was mich nicht davon abhielt, auf das Beste zu hoffen.

Die alte Magierin war auch diesmal in ihr Buch vertieft. Sie wirkte nicht anders als gestern – keine dunklen Ringe unter den Augen, keine zitternden Hände und auch sonst nichts, das auf eine schlaflose Nacht hindeuten würde. Doch im Gegensatz zu gestern hob sie diesmal direkt den Blick, als wir vor ihr standen.

Evan lächelte höflich. »Ich hoffe, wir sind nicht zu früh?«

»Nein«, antwortete sie und sah kurz von ihm zu mir. »Aber ich war nicht sicher, ob Ihr überhaupt zurückkommen würdet.«

»Warum nicht?«, fragte ich.

Sie hob leicht die Schultern, beugte sich nach unten und kramte in einer Tasche auf dem Boden herum. Als sie sich wieder aufrichtete, legte sie den Stein auf den Tisch. »Ihr seid nicht die Ersten, die ein magisches Objekt finden und mich fragen, was es damit auf sich hat, Mädchen. Den meisten wird aber kurz danach klar, dass sie es doch lieber nicht wissen wollen. Sie machen sich Sorgen, etwas entdeckt zu haben, das ihnen schaden statt nutzen wird.«

»Wie auch immer«, warf Evan ein. »Wir gehören nicht zu dieser Sorte Eurer Kunden.«

»In Wahrheit sind diese Sorgen meist überflüssig«, fuhr die Magierin fort. Evans Bemerkung überging sie. »Es gibt nur selten Fälle, in denen ich etwas erhalte, das wirklich gefährlich ist. Und noch seltener würde ich jemandem raten, sich damit an die Wächter zu wenden. Aber dieser Stein …«

Sie hielt inne und musterte den Stein, als würde sie überlegen, wie sie ihre Bedenken am besten formulieren sollte. Ich gab mir Mühe, mich von ihrer Einleitung nicht beunruhigen zu lassen. Dass der Stein keinen gewöhnlichen Zauber enthielt, war mir in dem Moment bewusst gewesen, in dem ich ihn in der Hand gehalten hatte. Ich musterte Evan aus den Augenwinkeln. Er sah angespannt aus, aber längst nicht so beunruhigt wie ich ihn am liebsten sehen würde. In diesem Zustand musste die Magierin schon sehr überzeugende Argumente liefern, um ihn dazu zu bringen, den Stein den Wächter zu überlassen.

»Es hat ein paar Stunden gedauert, um den Zauber zu durchdringen«, sagte sie schließlich. »Es ist kein alltäglicher. Ich habe wenig

Erfahrung mit dieser Sorte von Zaubern, aber meiner Meinung nach handelt es sich um einen Aufspürungszauber. Es muss irgendwo ein Gegenstück geben, mit dem er verbunden ist. Etwas, das dem Besitzer hilft, den Stein zu finden.«

Ein Schauer kroch über meinen Rücken und mich überrollte das Bedürfnis, mich umzudrehen und nach jenem Besitzer Ausschau zu halten. Aufspürungszauber waren verboten, zu Recht. Wer damit umgehen konnte, konnte jederzeit jemanden finden, egal wo er sich aufhielt oder wie gut er sich versteckte. In seltenen Fällen nutzten die Wächter sie, doch selbst dafür gab es meines Wissens Regeln und Vorschriften. Dieser hier war mit Sicherheit nicht legal. Und wenn er von dem Mörder stammte ... was hielt ihn davon ab, dem Zauber zu folgen und uns zu finden?

Evan betrachtete stirnrunzelnd den Stein. »Könnt Ihr auch sagen, wie dieser Zauber funktioniert?«

»Nein.« Sie schwieg einen Moment. Erneut wanderte ihr Blick zwischen Evan und mir hin und her. »Das ist nicht so einfach, wie Ihr offenbar glaubt. Ich kann sagen, dass er nicht auf jeden reagiert. Aber nicht, auf wen genau. Das zu beurteilen, übersteigt meine Fähigkeiten. Wenn man bedenkt, wo Ihr ihn gefunden habt, kann jeder seine Schlüsse über den Zweck dieses Steins ziehen. Falls Ihr etwas auf meinen Rat gebt: Bringt ihn zu den Wächtern. Oder riskiert es, dem Schicksal dieser armen Frau zu folgen.«

»Du hast nicht vor, ihren Rat zu befolgen, nicht wahr?«, fragte ich, als wir das Zelt verließen. »Du hast nicht einmal vor, darüber nachzudenken.«

Evan hatte sich darauf beschränkt, der Magierin zu danken und sie für ihre Hilfe zu bezahlen. Er hatte mit keinem Wort verlauten lassen, ob ihn ihre Worte beunruhigt oder zumindest dazu angeregt hatten, sein Vorhaben zu überdenken. Ich hatte es wiederum ihm überlassen, den Stein an sich zu nehmen. Jetzt drehte er ihn abwesend zwischen

Daumen und Zeigefinger und schien nicht einmal auf die Idee zu kommen, ihn irgendwo zu verwahren, wo er uns nicht gefährlich werden konnte. Sofern es einen solchen Ort überhaupt gab. »Ich habe sehr wohl darüber nachgedacht, Liv. Zugegeben, nicht sonderlich lange – aber es hat gereicht, um die wichtigsten Erkenntnisse zu bekommen.«

»Die da wären?«

»Der Mörder hat den Stein genutzt, um sein Opfer aufzuspüren.«

Ich wartete. Das *war* die wichtigste Erkenntnis, aber vor allem war es diejenige, die mir die meisten Sorgen bereitete. »Darauf bin ich auch schon gekommen. Und weiter?«

»Das Opfer war ein Mischwesen«, antwortete er langsam. »Und du spürst etwas, wenn du den Stein berührst, ich aber nicht. Die Magierin meinte, dass der Stein nicht auf jeden reagiert. Was, wenn er nur bei Mischwesen anschlägt?«

»Das ist nur eine Vermutung. Noch dazu eine weit hergeholte. Ich könnte es auch nur gespürt haben, weil ich genug Magierin bin, um einen Teil des Zaubers wahrzunehmen«, sagte ich. Gleichzeitig beschlich mich das Gefühl, dass das Ganze nicht so unwahrscheinlich war, wie ich es mir einzureden versuchte. *Falls* Evan recht behalten sollte und die Wächter hinter dem Mord steckten, würde es perfekt passen – ein Zauber, der einen zu jemandem führte, der kein reines Blut hatte.

»Wir bräuchten jemanden, der es ausprobiert«, dachte ich laut. »Oder noch besser einen Magier, der uns genau sagen kann, was es damit auf sich hat.«

Evan nickte. »Einen solchen Magier werden wir wohl kaum finden – außer wir geraten zufällig an jenen, der den Stein hergestellt hat. Was nicht unbedingt wünschenswert ist. Hast du nicht eine Freundin hier, die uns helfen könnte?«

Ich blieb stehen, so unvermittelt, dass Evan drei Schritte weiter ging, ehe er meine Abwesenheit bemerkte und sich umdrehte. Beinahe hätte ich ihm sogar den fragenden Ausdruck geglaubt. »Wie kommst du darauf?«

»Ich habe euch mal zusammen hier gesehen«, antwortete er unbefangen. »Es kam mir vor, als wärt ihr sehr vertraut. Aber ich kann mich natürlich auch getäuscht haben.«

Ein Teil von mir wollte wissen, wann und wo genau Evan Linda und mich gesehen hatte, doch ich hielt mich zurück. Es gab zu viele Möglichkeiten, um mich an jede zu erinnern, und letztlich spielte es auch keine Rolle. Viel stärker war das Bedürfnis, Linda davor zu bewahren, in diese Sache hineingezogen zu werden. »Sie wird uns nicht helfen können. Ich weiß nicht einmal, wo sie ist.«

»Das macht nichts«, sagte Evan. »Ich weiß es nämlich. Sie kommt gerade auf uns zu.«

Ich fuhr zusammen, überlegte noch, ob ich es schaffen würde, irgendwie zu verschwinden – dann berührte mich jemand am Arm.

»Liv?« Linda musterte mich prüfend, als wäre sie unsicher, ob ich wirklich ich war. Einen Wimpernschlag später erhellte ein breites Grinsen ihre Miene und sie zog mich in eine feste Umarmung. »Ich dachte schon, meine Augen hätten mich getäuscht. Aber du bist es wirklich!«

»Ich freue mich auch, dich zu sehen.« Und das tat ich wirklich, obwohl es mir dennoch lieber wäre, sie nicht getroffen zu haben. Ich begegnete über ihre Schulter hinweg Evans Blick und versuchte ihm klar zu machen, dass wir Linda diesen Stein auf keinen Fall in die Hand drücken würden. Er zuckte mit den Schultern und schüttelte den Kopf.

»Das will ich doch hoffen«, sagte Linda und trat einen Schritt zurück. »Ich habe gehört, dass du gestern hier warst. Erst verschwindest du, als hätte dich der Erdboden verschluckt, und dann denkst du nicht mal daran, mich zu besuchen. Andererseits«, fügte sie mit einem Blick zu Evan hinzu, »habe ich den Verdacht, dass *du* dafür verantwortlich bist, dass Liv nicht früher vorbeigekommen ist.«

Er grinste. »Da muss ein Missverständnis vorliegen. Möchtest du uns nicht einander vorstellen, Liv?«

»Nein. Wir müssen jetzt sowieso los.«

»Unsinn, wir haben noch viel Zeit«, erwiderte er und wandte sich wieder an Linda. »Evan. Und du bist?«

»Eigentlich hier, um allein mit Liv zu reden«, sagte sie. »Wenn das möglich wäre.«

Evans Lächeln verrutschte, und ich applaudierte Linda im Stillen. Sie traute ihm nicht und obwohl ich wusste, dass er ihr nicht gefährlich werden würde, war ich froh darüber.

»Das wäre mir auch lieber«, fügte ich hinzu.

Einen Moment lang schien Evan mit dem Gedanken zu spielen, zu widersprechen und auf dem Gegenteil zu bestehen. Dann nickte er und entfernte sich von uns. Nicht, ohne mir einen vielsagenden Blick zuzuwerfen.

Linda wartete, bis er außer Hörweite war. Als sie mich wieder ansah, spiegelte sich Sorge in ihrer Miene. »Ich hatte das Schlimmste befürchtet, als du verschwunden warst. Niemand wusste, wo du sein könntest, in deiner Wohnung bist du nicht mehr aufgetaucht, selbst Raphael war verärgert – er dachte, du hättest die Stadt verlassen. Was ist passiert? Warum bist du plötzlich eine Sklavin? Hat Raphael dich doch noch erwischt und es sich nicht anmerken lassen? Oder … bist du den Wächtern in die Hände gefallen?«

Einfach die Stadt zu verlassen, wäre im Nachhinein die bessere Variante gewesen. Ich schüttelte den Kopf. »Nein, das habe ich mir selbst zuzuschreiben. Ich war unvorsichtig und bin von einem Händler geschnappt worden. Das war an dem Tag, an dem wir uns zuletzt gesehen haben und ich hatte keine Möglichkeit, dir Bescheid zu geben. Aber Evan ist in Ordnung. Es hätte mich schlechter treffen können.«

»Schön und gut, aber warum hast du dich nicht an die Wächter gewandt?«, fragte sie stirnrunzelnd. »Du bist ja offensichtlich zu Unrecht von diesem Händler zur Sklavin gemacht worden. Wir könnten sogar jetzt noch zu ihnen und das rückgängig machen. Wenn dieser Evan ein Problem ist, kann ich ihn ablenken.«

Ich zögerte. »Daran habe ich auch gedacht. Aber ich kann nicht – lange Geschichte. Irgendwann vielleicht. Im Moment gehts mir gut, der Rest wird schon irgendwie.«

»Du solltest das nicht auf die leichte Schulter nehmen«, antwortete sie. »Wenn du nicht von den Wächtern verurteilt wurdest, wird es umso schwerer, dieses Amulett loszuwerden. Schließlich läuft deine Strafe nicht ab. Du kannst nicht ernsthaft dein Leben lang jemand anderem dienen wollen.«

Ich schüttelte den Kopf. »Das habe ich nicht vor. Evan und ich sind ... Geschäftspartner. Ich helfe ihm bei etwas und dafür hilft er mir danach.«

Es war ihr anzusehen, dass sie mir das Ganze nicht abkaufte. Ich war dankbar, dass sie dennoch auf weitere Fragen verzichtete. Zumal uns nicht viel Zeit blieb: Evan kam wieder in unsere Richtung, offenbar davon überzeugt, dass das genug Privatsphäre gewesen war.

Lindas Blick zuckte zu ihm und sie senkte die Stimme. »Trotzdem: Falls du etwas brauchst, bin ich immer für dich da. Auch wenn du dich entschließt, doch noch zu den Wächtern zu gehen.«

Ich kam nicht mehr dazu, zu antworten. Evan hatte uns erreicht und schenkte Linda erneut ein Lächeln. »Tut mir leid, euch stören zu müssen, aber allmählich läuft uns die Zeit davon. Aber es wäre wunderbar, wenn du uns kurz bei etwas behilflich sein könntest.«

Mein Gesichtsausdruck musste mich verraten haben. Als Evan seine Bitte ausgesprochen hatte, machte Linda einen aufgeschlossenen Eindruck – bis sie mich ansah. Ihre Miene verdüsterte sich und sie trat einen Schritt zurück. »Ich glaube nicht, dass ich euch helfen kann. Bei was auch immer.«

»Ich *weiß* sogar, dass du es kannst«, widersprach Evan. »Könntest du das kurz halten?«

»Das–«, hob ich an, doch ich war zu langsam. Evan hatte Linda den Stein in die Hand gedrückt, bevor sie die Gelegenheit hatte, sich dagegen zu entscheiden. Ich konnte nicht sagen, was ich erwartet hatte – dass der Stein aufleuchten oder hinter uns der Mörder auftauchen würde vielleicht. Ich hielt den Atem an, ein oder zwei Wimpernschläge lang. Dann schüttelte ich die Erstarrung ab und riss Linda den Stein aus der Hand.

»Das reicht«, beschied ich. »Schlimm genug, dass wir dieses Ding mit uns herumschleppen.«

Evan und Linda starrten mich gleichermaßen verblüfft an, wenn wohl auch aus verschiedenen Gründen. Ich war zu abgelenkt, um die Botschaften hinter Evans Mimik zu verstehen. Das Gefühl von Machtlosigkeit und Angst kroch aus dem Stein in meine Hand, begann meinen Arm empor zu schlängeln und den Rest meines Körpers zu erfassen. Tiefe Hoffnungslosigkeit erfasste mich, stürzte mich in ein finsteres Loch – und dann entriss Evan mir den Stein. Ich zog scharf die Luft ein. Beim letzten Mal war es nicht so schlimm gewesen. Oder bildete ich mir das ein?

Linda sah von mir zu ihm. »Was geht hier eigentlich vor?«

»Das versuchen wir herauszufinden«, sagte Evan. Sein Blick huschte abwägend zu mir. »Bevor Liv dir den Stein weggenommen hat … hast du da etwas gespürt? Etwas, das man nicht fühlen sollte, wenn man einen einfachen Stein berührt?«

»Offensichtlich nicht das gleiche wie Liv«, antwortete sie. »Außer, du findest es mittlerweile unheimlich, wenn dir etwas ein angenehmes Gefühl bereitet.«

Ich schwieg. Von einem guten Gefühl konnte ich wirklich nicht reden, von den ersten winzigen Augenblicken einmal abgesehen. Ich war nicht sicher, ob ich es gut oder bedenklich finden sollte, dass Linda etwas Positives empfunden hatte. Sie hätte gar nichts fühlen dürfen. Nicht ohne Magierblut in ihren Adern.

Außer ... Evan hatte recht und der Stein verhielt sich bei Mischwesen anders als bei reinrassigen. Was wiederum bedeutete, dass ich ihn ohne das Erbe meiner Mutter ebenfalls als angenehm wahrnehmen würde, anstatt das Unheil hinter dem Zauber zu spüren.

»Das hat uns sehr geholfen«, sagte Evan, »aber ich glaube, ich sollte Liv jetzt besser nach Hause bringen.«

»Du musst mich nirgends hinbringen. Mir gehts gut«, murmelte ich. »Aber versprich mir etwas, Linda: Wenn dir irgendjemand so einen Stein geben will, nimm ihn nicht an. Oder wirf ihn bei der ersten Gelegenheit weg.«

Linda runzelte die Stirn. Einen Moment lang fürchtete ich, sie würde mich auslachen. Doch statt das Ganze mit einem Schulterzucken abzutun, griff sie nach meiner Hand und drückte sie leicht. »Danke für die Warnung. Obwohl ich das Gefühl habe, dass du sie dringender bräuchtest.«

Möglich, dachte ich, als sie zurück zu ihrem Stand ging. *Aber dafür ist es inzwischen längst zu spät.*

14. SKADI

Skadi schaffte es, im Halbschlaf auszuharren – jenem Zustand, in der die bewussten Gedanken zwischenzeitlich mit Träumen verschwammen und sich einen Moment später wieder klärten, ohne dass es einem merkwürdig vorkam. Ihre Gedanken verweilten bei dem vergangenen Tag, ihrem kurzen Gespräch mit Magnus beim nach Hause kommen, und flossen zu den Tunneln unter der Stadt. Sie stand erneut in der Halle der Wächter, bestaunte Dutzende Bücher, die mit winzigen Flügeln durch den Raum schwebten, und wusste, dass ihr nicht viel Zeit an diesem magischen Ort blieb. An der Tür zu den Tunneln klopfte jemand. Erst leise, mahnend, dass sie nicht hier sein durfte. Dann mit einer solchen Intensität, dass es einem Hämmern glich. Skadi fragte sich, warum diejenigen auf der anderen Seite nicht die Klinke benutzten und darauf zu bestehen schienen, dass sie die Tür öffnete. Hatte sie sie verschlossen? Sie konnte sich nicht erinnern. Aber es war auch nicht wichtig. Sie hatte die Halle längst verlassen, war in einer Glasflasche von der Größe eines Hauses gelandet ... und das Klopfen hielt an.

Skadi schlug die Augen auf. Der Nachhall ihrer verworrenen Träume hinterließ ein dumpfes Gefühl in ihr. Sie lauschte einen Augenblick, doch das Klopfen hatte aufgehört. Offenbar hatte es nur in ihrem Traum existiert, wenn auch mit beunruhigender Intensität. Als ihre Lider erneut zufielen, kämpfte Skadi nicht dagegen an. Der letzte

Tag war lang genug gewesen – es sprach nichts dagegen, heute etwas später aufzustehen.

»Verdammt, Skadi!«, fluchte jemand in unmittelbarer Nähe. »Wenn du nicht sofort ein Lebenszeichen von dir gibst–«

Sie fuhr hoch, verheddert sich in der Bettdecke und knallte auf den Boden, ehe der Besucher zu Ende gesprochen hatte. Was auch immer er vorgehabt hatte, Skadis unsanftes Aufstehen hatte ihm wohl als Lebenszeichen gereicht. Stille breitete sich aus, während Skadi sich aufrappelte. Sie war nicht sicher, ob der andere lediglich wartete, dass sie die Tür öffnete, oder ob er doch Anstalten machte, das zu tun, was er nicht mehr ausgesprochen hatte. Magnus saß hellwach auf dem Stuhl, den Blick fest auf die Tür gerichtet, und gab ein missbilligendes Geräusch von sich, als Skadi sich in Bewegung setzte. Er war vermutlich schon beim ersten Klopfen wach gewesen. Obwohl Skadi im Moment ganz andere Probleme hatte, versetzte es ihr einen Stich, dass er sie nicht geweckt hatte. Ganz so, als würde er hoffen, dass der Besucher aufgab und wieder verschwand, während Skadi schlief. Unabhängig davon, ob es um etwas Wichtiges ging oder nicht.

Es gab nicht viele Möglichkeiten, wer der morgendliche Störenfried sein könnte. In einem weniger verschlafenen Zustand hätte Skadi ihn bereits an seiner Stimme erkannt. Sie wäre darauf vorbereitet gewesen. Stattdessen rutschte ihr beim Öffnen der Tür statt einer Begrüßung etwas anderes heraus. »Was machst du denn hier?«

Keldans Blick huschte über sie hinweg. »Dich wecken, selbstverständlich. Da du es schon für nötig hältst, bis in den späten Vormittag zu schlafen. Oder täuscht mich mein Eindruck da?«

»Nein«, murmelte Skadi und unterdrückte ein Gähnen. »Ich hatte auch nicht vor, so spät aufzustehen. Tut mir leid.«

Er nickte. Als Skadi seinem Blick folgte, stellte sie fest, dass er bei Magnus hängen geblieben war. »Dachte ich mir schon, deshalb bin ich ja hier. Wir haben ein zweites Opfer.«

»Was?«

»Ein zweites Opfer«, wiederholte er mit Nachdruck. »Und wir sollten zusehen, dass wir schleunigst dorthin kommen.«

Als sie kurz darauf neben Keldan im Laufschritt durch die Straßen lief, hatte Skadi immer noch Schwierigkeiten, diese Information zu verdauen. Es mochte daran liegen, dass sie das Frühstück auslassen musste, doch der Gedanke an ein neues Mordopfer bereitete ihr Bauchkrämpfe. Es war erst einen knappen Tag her, dass sie die tote Frau entdeckt hatten. Und sie hatte noch nicht mal deren Ermordung vollkommen realisiert.

»Ich verstehe nicht ganz«, setzte sie an und rang nach Atem. Fliegend wäre Keldan wesentlich schneller gewesen, und im ersten Moment hatte sie angenommen, er würde aus Rücksichtnahme auf sie zu Fuß gehen. Dass er dabei ein beachtliches Tempo anschlagen würde, hatte sie nicht bedacht. »Warum ausgerechnet wir dorthin müssen. Kümmert sich nicht derjenige Wächter darum, der in der Nähe ist?«

»Das haben sie auch«, erwiderte er. »Aber es gab eindeutige Hinweise, dass ein Zusammenhang zu unserem Mord besteht. Also haben sie mich informiert und ich habe mich wiederum auf die Suche nach dir gemacht.«

Und ich wünschte, du hättest es nicht getan, dachte Skadi. Warum ausgerechnet jetzt? Warum konnte der Mörder nicht mit seinem nächsten Opfer warten, bis sie zumindest die Umstände des ersten einigermaßen geklärt hatten? Oder noch besser – warum ließ er das Töten nicht direkt sein? Dass sie das Motiv beim ersten nicht eindeutig benennen konnten, war schlimm genug. Aber wenn bei diesem Opfer der Täter wirklich derselbe war ...

»Was heißt *eindeutige Hinweise*?«, fragte sie. »Ist es wieder eine Frau aus dem Ostviertel? Ist sie am selben Ort gefunden worden?«

Keldan schüttelte den Kopf. »Ein Mann diesmal, vermutlich wohlhabend. Und er wurde zwar im Ostviertel gefunden, aber kurz vor der Brücke nach Norden.«

»Das ist das komplette Gegenteil von unserem anderen Opfer«, stellte Skadi fest.

»Ja. Aber ihm wurde ebenfalls die Kehle durchgeschnitten«, fügte er hinzu. »Außerdem sind das die ersten zwei Morde des Jahres, und sie haben direkt hintereinander stattgefunden. Die Wahrscheinlichkeit, dass da kein Zusammenhang ist, ist sehr gering.«

Skadi verzichtete darauf, ihm beizupflichten. Es war offensichtlich, dass sie hier in etwas hineingeraten war, das von Tag zu Tag schlimmere Ausmaße annahm. Falls nicht beide Opfer dem Täter gemeinsam Unrecht getan hatten, würde es morgen mit ziemlicher Sicherheit einen dritten Toten geben.

Sie hätte gern Magnus gefragt, was er von dem Ganzen hielt. Doch obwohl er vor ihrem Aufbruch mit Keldan in ihre Jackentasche geklettert war, glaubte sie nicht daran, dass er eine Meinung zu den Morden äußern würde. Er begleitete sie zwar – aber das wohl auch nur, um sie nicht mit Keldan allein zu lassen.

Als sie die letzte Kreuzung vor dem Tatort erreichten, sahen sie die Menge Schaulustiger, die sich darum versammelt hatte. Im Gegensatz zum letzten Mal handelte es sich hier nicht um eine verwinkelte Gasse, die am helllichten Tag selten von jemandem betreten wurde. Wie Keldan gesagt hatte, wurde der Mann kurz vor der Brücke nach Norden getötet. Vermutlich war der erste Passant bei Morgengrauen darüber gestolpert und hatte schleunigst die Wächter alarmiert.

Skadis Unbehagen wuchs beständig, während sie sich in Keldans Windschatten durch die Menge drängelte. Weiter vorne hatten andere Wächter mehrere Schritt weit Platz um die Leiche herum freigehalten, doch das änderte nichts an der Tatsache, dass sie Zuschauer hatten. Sie blieb am Rand stehen. Nah genug am Wasser, um keine Aufmerksamkeit auf sich zu ziehen, und weit genug von der Menge entfernt, um sich nicht von ihnen bedrängt zu fühlen. Keldan war weiter gegangen und sprach mit einem der anderen Wächter. Skadi wusste, dass es zu ihrer Aufgabe gehörte, neben ihm zu stehen und jedes Detail in sich aufzunehmen, doch sie brachte es nicht über sich. Insgeheim ahnte sie, dass es hier nicht viel gab, das ihnen neue Erkenntnisse bringen würde.

Ihr Blick huschte zu der Leiche. Es war immer noch ein scheußliches Gefühl von Hilflosigkeit, Angst und unerklärlicher Wut, das sie beim Anblick des Toten durchströmte. Aber es war leichter auszuhalten als am Tag zuvor, weil sie wusste, was sie erwartete. Obwohl der Gegensatz zwischen beiden Opfern nicht größer sein könnte, fühlte Skadi sich unmittelbar an Maria Thompson erinnert. Der Mann war wesentlich jünger als die getötete Frau, wahrscheinlich um die fünfundzwanzig Jahre alt, und seine Kleidung war selbst von Skadis Position aus als wesentlich teurer zu erkennen. Doch er lag in der gleichen Haltung auf dem Boden: Auf dem Rücken, die Arme locker neben dem Körper, als hätte sie jemand sorgsam so platziert. In seiner Miene konnte Skadi keine Angst erkennen. Nur Überraschung.

Nicht zu vergessen, hatte er die gleiche klaffende Wunde in der Kehle.

Skadi wandte sich schaudernd ab. Es stimmte, dieser Mord hatte auf den ersten Blick mehr Gemeinsamkeiten mit dem letzten als ihr lieb war. Für sie selbst war der Tote kein Anblick, den sie längere Zeit ertragen wollte oder konnte. Die Zuschauer um sie herum schienen damit kein Problem zu haben. In ihren Gesichtern lag eine merkwürdige Faszination, gelegentlich gemischt mit Besorgnis und Abscheu. Sie schienen es spannend zu finden, dass hier jemand getötet wurde – noch dazu jemand, der offensichtlich aus dem Nordviertel stammte –, aber keinen Gedanken daran zu verschwenden, dass es ebenso gut sie selbst hätte treffen können. Oder immer noch treffen könnte. Andererseits wussten sie womöglich nicht einmal, dass das hier der zweite Mord seiner Art war. Skadi konnte sich nicht erinnern, ob beschlossen wurde, die Bevölkerung über den ersten zu informieren.

Dennoch empfand Skadi es als falsch, dass überhaupt jemand dort stand und gaffte. Es war ein bunt gemischtes Publikum. Sie entdeckte flüsternde junge Frauen, ältere Männer, die penibel darauf achteten, dass niemand ihre kostbare Kleidung berührte, Magier, Vampire, und … zwei Gesichter, die ihr mehr als bekannt vorkamen. Sie blinzelte, sah kurz weg und wieder hin, nur um festzustellen, dass sie sich nicht getäuscht hatte. Halb versteckt hinter eine Gruppe diskutierender Elben standen Liv und Evan.

Als Liv in ihre Richtung sah, wandte Skadi hastig den Blick ab. Bevor sie sich endgültig entschieden hatte, ob sie das Auftauchen der beiden melden sollte oder nicht, stand Keldan neben ihr.

»Sie haben sich bemüht, nichts zu verändern, aber es ist nicht auszuschließen, dass irgendjemand vor uns hier war«, sagte er. Dann hielt er inne, als wollte er fortfahren, bevor etwas anderes seine Aufmerksamkeit erregt hatte. »Stimmt etwas nicht?«

Skadi zögerte. Einerseits wollte sie Liv nicht unnötig in Bedrängnis bringen. Es konnte schließlich Zufall sein, dass sie und Evan hier waren, und ein Teil von ihr hatte das Mädchen mit den blauen Haaren ins Herz geschlossen. Aber es ging nichtsdestotrotz um zwei Morde. »Ist dir aufgefallen, dass Evan und Liv hier sind? Die beiden, die gestern die Tote gefunden haben.«

Keldan fuhr zusammen. »Das darf doch nicht wahr sein! Bist du dir sicher?«

»Ja«, bestätigte sie. »Hinter den Elben rechts von uns. Glaubst du, sie haben doch mehr damit zu tun, als sie zugegeben haben?«

»Vielleicht.« Er warf einen raschen Blick in die Richtung der beiden und verengte die Augen. »Es erscheint mir ein zu großer Zufall, dass sie hier sind. Ich werde ihnen den Weg abschneiden, bevor sie verschwinden können. Behältst du sie im Auge?«

Sie nickte, obwohl sie ahnte, dass es nicht viel bringen würde. Wenn sie Liv nicht vollkommen falsch einschätzte, würde sie die Flucht ergreifen, ehe Keldan einen Schritt vom Tatort weggemacht hatte. Ihnen musste bewusst sein, wie verdächtig ihre Anwesenheit hier wirkte. Wenn sie zufällig gerade vorbeigekommen waren, wäre es klüger gewesen, weiterzugehen, anstatt sich der gaffenden Menge anzuschließen.

Keldan wählte einen weiten Bogen, um sich von ihnen zu entfernen. Er sprach auf dem Weg mit einem der anderen Wächter und es machte sogar auf Skadi den Eindruck, als würde er ihm Bescheid geben, dass er kurz etwas erledigen musste. Sie selbst schob sich näher zu der Leiche, ohne sie tatsächlich wahrzunehmen. Aus den Augenwinkeln beobachtete sie weiterhin Liv und Evan, die den Schutz der Gruppe Elben verlassen hatten und nun in erster Reihe standen. Liv hatte die Stirn gerunzelt, offensichtlich nicht begeistert von der Situation, in der sie sich befand. Evan dagegen starrte unverhohlen die Leiche an. Skadi musste daran denken, wie Liv gesagt hatte, Evan würde sich für den Mord an dem ersten Opfer interessieren. Sie hatte angenommen, dass er die Frau womöglich entfernt kannte oder sich nur deshalb für sie interessierte, weil er sie gefunden hatte. Im Moment sah es aber vielmehr danach aus, als würden Morde ihn generell faszinieren – stark genug, um sich auf einen Streit mit den Wächtern einzulassen. Dass die beiden nicht aus Livs Antrieb hier waren, wurde mit jedem weiteren Moment deutlicher.

Skadi sah, dass Keldan sich wieder der Gruppe näherte, und lenkte ihre Aufmerksamkeit vollständig auf den toten Mann. Auch wenn es auf den ersten Blick so aussah, als gäbe es hier keine neuen Hinweise, konnte sie es nicht mit ihrem Gewissen vereinbaren, nicht genauer hinzusehen. Womöglich fand sich hier das entscheidende Detail, das den Mörder entlarvte. Wenn sie verhindern wollten, dass morgen das nächste Opfer mit aufgeschlitzter Kehle gefunden wurde, musste sie ihren Teil dazu beitragen.

Die anderen Wächter rührten sich nicht, als Skadi neben dem Mann in die Knie ging. Beim letzten Mal war sie sich unsicher gewesen, ob ihr Verdacht korrekt war. Ob die Frau wirklich kein Opfer eines Raubüberfalls geworden war und man den Ring an ihrer Hand schlichtweg übersehen hatte. Bei diesem Mann war es eindeutig, dass sie sich nicht geirrt hatte. Er trug eine Goldkette, die nachlässig unter sein Hemd gesteckt war. Dazu an jedem Finger der rechten Hand einen Ring, deren bunte Steine sich gegenseitig zu übertrumpfen versuchten. Selbst seine Gürtelschnalle machte den Eindruck, als wäre sie aus purem Silber gefertigt worden. Skadi konnte innerlich nur den Kopf schütteln. Zum einen hatte sie kein Verständnis dafür, dass manche Leute mit ihrem Reichtum derart prahlen mussten, zum anderen wunderte es sie, dass er überhaupt nachts im Ostviertel gewesen war, ohne niedergeschlagen zu werden. Allein mit einem dieser Ringe könnte man ein angenehmes Leben führen, wenn man keine allzu hohen Ansprüche hatte. Es war leichtsinnig, so ausstaffiert durch die ärmste Gegend der Stadt zu laufen.

Merkwürdig war vor allem, dass er an der rechten Hand fünf Ringe trug, an der linken aber keinen einzigen. Skadi zögerte. Die Hand war kühl, doch das Wissen, dass sie einem Toten gehörte, kostete Skadi mehr Überwindung als die Berührung selbst. Sie drehte sie mit den Fingerspitzen um, auf der Suche nach Spuren für das frühere Vorhandensein von weiteren Ringen. Im selben Moment fiel etwas zu Boden. Ein winziger Stein in Würfelform, von derart tiefen Schwarz, dass er das Licht in sich aufzunehmen schien. Er musste sich aus der Hand des Toten gelöst haben, als Skadi sie bewegt hatte.

Sie streckte die Finger aus, um ihn aufzuheben.

»Nicht!« Jemand packte sie an der Schulter und zog sie mit einem Ruck zurück.

Sie landete unsanft auf dem Hintern, sah über sich Liv. Dann tauchte Evan in ihrem Blickfeld auf, zielstrebig dabei, sich selbst zu der Leiche herunterzubeugen – doch diesmal war er es, der fortgerissen wurde.

»Finger weg«, grollte Keldan, packte auch Liv am Arm und zog beide außer Reichweite.

Skadi kam wieder auf die Beine und versuchte zu verstehen, was gerade passiert war. Sie hatte den Eindruck gehabt, dass Liv sie von dem Stein weggezogen hatte, um sie zu schützen. Aber warum sollte Evan dann einen Augenblick später auftauchen und den Stein selbst nehmen wollen? Sie tauschte einen Blick mit Keldan, der in erster Linie wütend aussah, und starrte dann wieder den Stein an. Magnus hatte bei ihrem Sturz unbemerkt ihre Tasche verlassen, war bis zur Hand des Toten gelaufen und beäugte den Stein mit gesträubten Fell. Egal, ob er gerade sauer auf sie war oder nicht – das war ein eindeutiges Zeichen, dass hier etwas ganz und gar nicht stimmte. Als sie erneut daneben in die Knie ging, meldete sich Liv zum zweiten Mal zu Wort.

»Nicht anfassen«, warnte sie. »Bitte.«

Man musste ihnen zugutehalten, dass keiner von beiden versucht hatte, die Flucht zu ergreifen. Sie hätten auch denkbar schlechte Karten gehabt, aber in dem Blick, den Evan Liv zuwarf, stand deutlich, was er von ihrem Einschreiten hielt.

Keldan sah von einem zum anderem. Er schien darüber nachzudenken, ob er sie loslassen konnte, entschied sich dann aber dagegen. »Ihr habt einiges zu erklären, glaube ich.«

Es war bizarr, sich in beinahe haargenau der gleichen Situation wiederzufinden, wie einen Tag zuvor. Wieder war sie in dem Verhörraum, saß Liv mit den blauen Haaren gegenüber und überlegte, wie sie beide hier gelandet waren. Keiner von ihnen hatte damit gerechnet, sich so schnell ausgerechnet hier wiederzusehen.

Die einzigen Unterschiede zum letzten Mal ließen sich an einer Hand abzählen: Diesmal war sie gemeinsam mit Keldan hier und nicht als Beobachterin auf der anderen Seite des Spiegels. Neben Liv saß Evan, weil er sich geweigert hatte, irgendetwas zu sagen, wenn sie getrennt wurden. Skadi musste zugeben, dass das ein cleverer Zug war. Solange beide zusammen waren, konnte Evan Liv davon abhalten, etwas zu verraten, das seiner Meinung nach geheim bleiben sollte.

Der letzte Unterschied bestand darin, dass Magnus auf Skadis Schulter saß. Sie konnte selbst jetzt nicht glauben, dass er sich dazu überwunden hatte, sie in die Wächterburg zu begleiten. Sein Einlenken ließ sich nicht auf ihre Bitte diesbezüglich zurückführen, so viel war ihr klar. Und das war die Tatsache, die sie am meisten beunruhigte. Es musste etwas Bedeutsames an diesem Stein sein, wenn Magnus deswegen sogar seine Abneigung den Wächtern gegenüber aufs Eis legte.

Trotz Livs Warnung hatte Keldan den Stein an sich genommen. Er stand vor dem Spiegel, hatte ihnen den Rücken zugedreht und betrachtete den schwarzen Würfel konzentriert. Man könnte annehmen, er wäre allein hier oder hätte vergessen, dass er es nicht war. Wäre sein Blick im Spiegel nicht in jenem Moment ihrem begegnet, als Evan sich ungeduldig räusperte, hätte Skadi es sogar selbst geglaubt.

»Wenn Ihr uns schon hierher bringt, wäre es sehr freundlich, unsere Zeit nicht ewig zu vergeuden«, bemerkte Evan. »Es gibt noch einige andere Dinge, die ich heute erledigen wollte.«

Skadi musste sich zusammenreißen, um ihn nicht ununterbrochen anzustarren. Sie kannte keine Vampire persönlich und dementsprechend hatte sie nie die Gelegenheit gehabt, einem gegenüber zu sitzen und seine unterschiedlich farbigen Augen zu bewundern. Immer wenn sie dachte, sich inzwischen daran gewöhnt zu haben, ertappte sie sich erneut beim Starren. Wenn sie Glück hatte, wirkte es so, als würde sie ihn derart intensiv ansehen, um eine mögliche Lüge zu entlarven oder um ihn einzuschüchtern – und nicht, weil sie seine Augen faszinierend fand.

Keldan musterte ihn durch den Spiegel. »Was für Dinge denn genau?«

»Keine, die Euch etwas angehen würden.«

»Wie etwa, in der Nähe der nächsten Leiche aufzutauchen?«, fragte Skadi. Sie erinnerte sich daran, wie ihre Anhörung bei den Wächtern verlaufen war, und musste sich eingestehen, dass sie eine ähnliche

Technik zu verfolgen begann. Fragen stellen, die entweder aus dem Zusammenhang gerissen waren oder eine Anschuldigung enthielten. Die Erkenntnis verengte ihre Kehle. Krähe wäre stolz auf sie.

Liv zuckte zusammen. »Warum sollten wir so etwas vorhaben?«

»Das fragen wir uns auch.« Keldan verließ seinen Platz am Spiegel, blieb neben Skadi stehen und stütze die Unterarme auf die Lehne seines Stuhls. Als Skadi das Bild im Spiegel betrachtete, stellte sie fest, dass er die dunklen Schwingen etwas weiter ausgebreitet hatte als normalerweise. Von seinem üblichen Lächeln war nichts mehr übrig. Sie war plötzlich ungeheuer froh, nicht auf der anderen Seite des Tischs zu sitzen. »Wie kann es sein, dass ihr die erste Tote findet und am Tag danach neben dem zweiten auftaucht?«

Evan lehnte sich betont unbesorgt zurück und zuckte mit den Schultern. »Wie wir die tote Frau gefunden haben, solltet Ihr noch wissen. Und was den heute angeht, stellt Ihr hoffentlich jedem die gleiche Frage, der zufällig in der Nähe war und einen Blick riskiert hat. Vielleicht wäre es aber sinnvoller, den Mörder zu suchen.«

Im Gegensatz zu Liv schien er sich weder unwohl zu fühlen noch Angst zu haben. Oder er versuchte, es durch den kaum verhohlenen Spott zu überspielen – obwohl Skadi nicht daran glaubte, dass er damit die richtige Technik gewählt hatte. Früher oder später würde Keldans Geduldsfaden reißen.

Fürs Erste beschränkte er sich darauf, direkt Liv anzusehen. »Wenn ihr nur zufällig in der Nähe wart, warum seid ihr dann längere Zeit stehen geblieben? Der Anblick von einer Toten pro Woche sollte doch eigentlich genügen.«

»Weil wir–«, hob Evan an.

»Dass *Ihr* eine Antwort habt, weiß ich«, unterbrach Keldan ihn. »Ich würde sie aber gerne von Liviana hören.«

Liv rutschte auf ihrem Stuhl hin und her und warf Evan einen hilfesuchenden Blick zu. Als er nicht reagierte, huschte ihr Blick weiter zu Skadi, die selbst nur den Kopf schütteln konnte. Sie hätte ihr nicht helfen können, selbst wenn sie gewollt hätte. Aber so, wie die Dinge lagen, konnte sie so oder so nichts tun. Sie wollte nicht glauben, dass die beiden etwas mit den Morden zu tun hatten. Doch sie konnte auch nicht leugnen, dass immer mehr dafür sprach.

»Wir wollten sehen, ob es genauso passiert ist, wie bei der Frau, die wir gefunden haben«, antwortete Liv leise. »Weil das bedeuten würde, dass sie keine Einzeltat war. Sondern, dass hier etwas Größeres vorgeht. Wir haben nicht damit gerechnet, dass wir deshalb Schwierigkeiten bekommen würden.«

Doch, dachte Skadi und hatte wieder das Bild vor Augen, wie unwohl sich Liv in der gaffenden Menge gefühlt zu haben schien. *Mindestens du hast damit gerechnet.*

»Ich würde es nicht direkt Schwierigkeiten nennen«, meinte Skadi. Keldans Blick, der deutlich das Gegenteil sagte, ignorierte sie. »Aber man kann nicht leugnen, dass es verdächtig ist, dass ihr in der Nähe von beiden Opfern aufgetaucht seid. Wir versuchen nur, den Zusammenhang zu sehen. Es würde uns sehr helfen, wenn ihr uns alles sagt, was euch zu dem Ganzen einfällt.«

Liv und Evan tauschten einen Blick, der Skadi Böses ahnen ließ. Einen Moment später schüttelten beide den Kopf.

»Da gibt es nichts«, behauptete Evan. »Aber wenn ich mir selbst eine Frage erlauben darf: Wie steht es denn bei den Ermittlungen zu dem ersten Mord? Ist die Festnahme des Täters schon in Aussicht oder müssen wir demnächst aufpassen, nicht mehr im Dunkeln durch die Stadt zu laufen?«

Keldan richtete sich auf. »Das ist eine Frage, die Euch nicht zusteht. Selbst dann nicht, wenn Ihr nicht als Täter in Frage kommen würdet. Was hat es mit diesem Stein auf sich?«

Falls die Beschuldigung, er könne der Mörder sein, Evan beunruhigte, dann nicht mehr als eine Fliege, die er in seinem Essen gefunden hatte. Er runzelte kurz die Stirn, äußerte sich jedoch nicht.

»Du hast mich nicht grundlos davon abgehalten, den Stein zu berühren«, wandte Skadi sich eindringlich an Liv. »Was war der Grund dafür? Wenn er gefährlich ist, müssen wir das wissen.«

Ihr war anzusehen, dass sie mit sich rang. Ihr Blick huschte von Skadi zu Evan und zurück, bis er am Tisch hängen blieb. Sie starrte fest darauf und schwieg.

»Das hatte ich befürchtet«, sagte Keldan. »Aber ich will euch noch einmal daran erinnern, was das für euch bedeutet. Wir wissen, dass ihr uns etwas über diesen Stein verschweigt. Und da der direkt bei dem Toten gefunden wurde, würde mehr Wissen über ihn dabei helfen, den Mörder zu finden. Indem ihr euch weigert, dieses Wissen mit uns zu teilen, behindert ihr die Ermittlungen und schützt indirekt den Mörder.«

Evan verschränkte die Arme und erwiderte Keldans Blick. »Und das heißt?«

»Das heißt, dass ich euch solange hierbehalten kann, bis euch wieder etwas einfällt«, entgegnete er.

Skadi war sich nicht hundertprozentig sicher, ob er das wirklich durfte oder nur bluffte. Sie kannte sich gerade weit genug mit den Gesetzen innerhalb der Wächtergemeinschaft aus, um ihre Rechte zu kennen, wenn sie selbst in einer Anhörung landete. Solange es keine eindeutigen Beweise gab, durfte niemand einfach festgehalten werden. Aber es hatten genug Zeugen gesehen, wie Liv Skadi von dem Stein weggezogen hatte – das konnte durchaus als Beweis für Wissen, das sie ihnen absichtlich verschwiegen, genügen.

»Ich glaube nicht, dass Ihr dazu berechtigt seid«, meinte Evan. Diesmal schwangen in seiner Stimme Zweifel mit. »Wir haben gegen kein Gesetz verstoßen.«

Keldan sah ihn unverwandt an. »Wollt Ihr es darauf anlegen?«

»Ehrlich gesagt–«

»Vielleicht«, warf Liv ein, »können wir uns ja auch auf einen … Kompromiss einigen.« Sie hielt inne, wartete und strich sich eine

Haarsträhne aus der Stirn. »Ich meine, es ist doch so: Ihr wollt Informationen von uns über den Stein. Wir wollen Informationen darüber, was ihr in Bezug auf den Mörder herausgefunden habt. Es wäre das Einfachste, uns gegenseitig darüber auszutauschen.«

Und es würde verhindern, dass Liv und Evan in einer Zelle landeten. Skadi hatte das starke Gefühl, dass das Livs Hauptmotivation hinter dem Vorschlag war. Sie hielt den Atem an. Das war ein gewagter Vorschlag, geradezu verrückt – unmöglich, dass die beiden Männer dem zustimmen würden. Evan war anzusehen, dass er die Zusammenarbeit mit den Wächtern fast so sehr verabscheute wie Magnus, und Keldan würde seine eigenen Prinzipien über den Haufen werfen, wenn er darauf einging.

Und doch ... protestierte keiner von beiden sofort. Sie musterten sich nur gegenseitig, abwartend, dass der jeweils andere den ersten Schritt machen würde. Skadi sah weitere wertvolle Zeit durch ihre Finger rinnen und stand ruckartig auf. »Ich denke, das sollten wir noch einmal besprechen.«

»Sehe ich genauso«, sagte Evan. »Vor allem solltet ihr uns zugestehen, uns zu beraten, ohne dass wir durch diesen Spiegel beobachtet und belauscht werden.«

Keldan zögerte. »Wir werden direkt vor der Tür sein. Glaubt nicht, dass ihr ohne Weiteres verschwinden könnt.«

Evan verzichtete auf eine Antwort und sie schwiegen allesamt, bis Skadi und Keldan den Raum verlassen und die Tür hinter sich geschlossen hatten.

»Glaubst du, das ist eine gute Idee?«, fragte Skadi. »Wenn sie doch mit dem Mörder unter einer Decke stecken ...«

»Ich weiß.« Er lehnte sich gegen die Tür und schloss die Augen. »Das Problem ist, dass ich auch das Gefühl habe, dass dieser Stein wichtiger ist, als wir es uns gerade vorstellen können. Wir können damit zwar zu einem unserer eigenen Berater gehen, aber es ist nicht sicher, dass der alles herausfindet, was die beiden darüber wissen.

Oder er braucht dafür so lange, dass in der Zeit dem nächsten Opfer die Kehle durchgeschnitten wird. Und ehrlich gesagt glaube ich nicht, dass sie etwas mit den Morden zu tun haben. Evans Interesse an ihrer Aufklärung ist zu groß und Liv hätte es nicht verbergen können, wenn einer von ihnen jemanden umgebracht hätte.«

Magnus wechselte seine Haltung auf Skadis Schulter und gab ein zustimmendes Geräusch von sich. Sie wusste nicht, wen er damit mehr überraschte.

Skadi spiegelte Keldans Position an der gegenüberliegenden Wand und dachte nach. Die Vorteile einer Zusammenarbeit mit Evan und Liv lagen auf der Hand, besonders in Anbetracht der wenigen verbliebenen Zeit. Aber waren sie das Risiko auch wert? »Du hast mir erzählt, dass ich keine Informationen an Außenstehende weitergeben darf. Könnte man bei den beiden überhaupt eine Ausnahme machen?«

Keldan runzelte die Stirn, öffnete ein Auge, sah sie mit einer gewissen Anerkennung an, und schloss es wieder. »Nein. Das ist das zweite Problem. Theoretisch könnten wir sie als Berater für diesen Fall engagieren, aber ich glaube nicht, dass sie die notwendigen Voraussetzungen dafür erfüllen. Wir müssten inoffiziell mit ihnen zusammenarbeiten.«

»Was dazu führen könnte, dass wir Schwierigkeiten bekommen«, schloss Skadi. »Wenn sie irgendetwas von dem weitergeben, was wir ihnen erzählen, wird es unangenehm.«

Er nickte. »Richtig. Besser gesagt, werde ich Schwierigkeiten bekommen, weil ich die Verantwortung für dich trage. Aber wenn es dabei hilft, weitere Tote zu verhindern, nehme ich die mit Freuden in Kauf.«

Skadi schwieg, bis er die Augen wieder öffnete und sie ansah. Sie musste zugeben, dass sie das nicht erwartet hatte. Im Gegenteil: Sie war davon überzeugt, dass er die Einhaltung von Regeln über alles stellen würde. Aber offensichtlich hatte sie sich getäuscht.

»Was ist mit Ciril und den anderen? Werden wir ihnen davon erzählen?«

»Nur wenn wir wollen, dass sie das Ganze aufhalten.« Ein zynisches Lächeln huschte über seine Lippen. »Sie halten nichts von Intuition. Solange wir keine Beweise haben, dass eine Zusammenarbeit uns mehr Vor- als Nachteile bringt, haben wir keine Chance.«

»Verstehe«, murmelte Skadi. Sie hätte gern gefragt, wann er denn das letzte Mal auf seine Intuition vertraut hatte und dabei mit Ciril oder Cassandra in Konflikt gekommen war. Doch bevor sie dazu ansetzen konnte, hatte er ihr schon den Rücken zugewandt und eine Hand auf der Klinke.

»Nur, um das klarzustellen«, setzte er an, »wir vertrauen ihnen nicht. Wir werden ihnen nur die allernötigsten Dinge sagen, und auch die nur, wenn wir uns sicher sind, dass sie damit keine Dummheiten anstellen können. Wir werden sie nicht davon abhalten können, ihre eigenen Nachforschungen anzustellen – das haben sie ja offensichtlich schon getan –, aber auf diese Art können wir sie zumindest im Auge behalten.«

Skadi lächelte schwach. »Vorausgesetzt, sie stimmen zu.«

»Oh, ich bin sicher, das werden sie.«

15. LIV

Im Nachhinein konnte ich nicht sagen, was mich auf den Gedanken gebracht hatte, einen Kompromiss mit den Wächtern vorzuschlagen. Es war abzusehen, dass ich damit auf taube Ohren stoßen würde – warum sollten sie darauf eingehen, wenn sie uns festnehmen konnten, bis wir von selbst sagten, was sie hören wollten? Und Evans Reaktion ahnte ich, bevor er die Gelegenheit hatte, sie zu äußern.

»Bist du jetzt vollkommen wahnsinnig?«, fragte er entgeistert. Sein Blick huschte abwägend zu der Tür, die sich hinter Skadi und Keldan geschlossen hatte, und dann zu dem Spiegel an der Wand. Trotz allem schien er nicht daran zu glauben, dass man uns nicht beobachten würde. Als er fortfuhr, senkte er die Stimme. »Du weißt genau, dass wir nicht mit denen zusammenarbeiten können.«

Ich seufzte, und überlegte zum zweiten Mal, warum ich überhaupt eingegriffen hatte. »Hast du einen besseren Vorschlag? Bisher scheint es darauf hinauszulaufen, dass wir in irgendeiner Zelle verrotten, bis wir ihnen etwas über den Stein sagen.«

»Was nur passiert ist, weil du sie warnen musstest«, erwiderte er. »Ansonsten wüssten sie nicht, dass wir etwas wissen.«

»Und wenn ich es nicht getan hätte, wären wir auch nicht weiter als vorher«, hielt ich dagegen. »Abgesehen davon hast du selbst gesehen, dass der Mörder sich nicht viel Zeit lässt. Nur weil du es mit deinem

Gewissen vereinbaren kannst, die Wächter nicht zu warnen, heißt das nicht, dass das auch für mich gilt.«

Schlimm genug, dass wir Linda diesen unheimlichen Stein in die Hand gedrückt hatten. Ich hatte es nicht über mich gebracht zuzusehen, wie Skadi ahnungslos den gleichen Fehler wie die beiden Opfer gemacht hätte – so sinnlos das im Nachhinein auch war. Schließlich hätte sie den Stein ohnehin den Wächtern übergeben.

Evan wich meinem Blick aus und schwieg. Ich ahnte, dass es ihm in Wirklichkeit nicht so gleichgültig war, ob jemand zu Schaden kam, wie er vorgab. Letztlich hielt ihn nur seine feste Überzeugung, dass ein Teil der Wächter etwas mit den Morden zu tun haben könnte, davon ab, das Richtige zu tun. Und er war schlau genug, um das zu wissen.

»Wie auch immer. Wenn wir ihnen vertrauen, hätten wir uns das Ganze auch sparen können«, sagte er schließlich.

»Ich habe nie gesagt, dass wir ihnen vertrauen sollen. Aber sie haben Informationen, an die wir nie ohne sie kommen werden. Informationen, mit denen wir vorankommen könnten, anstatt uns im Kreis zu drehen.« Ich hielt inne, wartete, ob er zumindest bereit war, mir zuzuhören. *Wirklich* zuzuhören und nicht nur die Worte an sich vorbeiplätschern zu lassen. Wann war ich überhaupt in der Situation gelandet, diejenige von uns zu sein, die darauf bestand, weiter zu machen? Hatte ich gestern nicht noch gehofft, dass Evan von diesem Vorhaben ablassen würde? Aber da wusste ich auch noch nicht, dass ein weiterer Mann ums Leben gekommen war und die Wächter scheinbar selbst im Dunkeln tappten. »Wenn wir nicht darauf eingehen, wird wirklich alles umsonst sein, Evan.«

Evan stieß ein kurzes, bitteres Lachen aus. »Du stellst dir das so unkompliziert vor, Liv. Ich glaube nicht, dass dieser Keldan uns einen Deut weiter trauen wird als wir ihm. Dementsprechend werden sie uns die wichtigen Informationen weiter vorenthalten. Ein oder zwei Brocken werden sie uns möglicherweise hinwerfen, aber nicht genug, um auf gleicher Höhe mit ihnen zu sein. Geschweige denn, um einen Vorsprung zu haben.«

»Und wir?«, fragte ich. »Wer sagt, dass wir ihnen alles erzählen, das wir wissen? Denk doch mal nach: Aus einer dieser Kerkerzellen wirst du Emmas Tod garantiert nicht aufklären können.«

»Nein«, gab er zu. Dann starrte er an mir vorbei zur Tür. »Aber das gleiche könnte ich dir sagen. Denk nach, Liv. Was werden sie wohl tun, wenn wir einwilligen, mit ihnen zusammen zu arbeiten? Sie werden das Ganze nicht ohne Hintergrundinformationen durchziehen.«

Ich begann, auf den Hinterbeinen meines Stuhls zu kippeln. Das war ein Punkt, den ich bisher erfolgreich verdrängt hatte. »Das werden sie so oder so tun. Aber eventuell zu unseren Bedingungen, wenn wir es geschickt anstellen.«

Er hob eine Augenbraue. »*Wenn* wir das tun, solltest du mir sagen, was in deiner Vergangenheit vorgefallen ist.«

»Wahrscheinlich«, antwortete ich. »Heißt das, dass du mir zustimmst? Dass es das beste ist, mit den Wächtern zusammen zu arbeiten?«

Evan machte eine nichtssagende Handbewegung, stützte den Kopf in die rechte Hand und fuhr sich mit der Linken in den Nacken. Ich schwieg, darauf bedacht, seinen Gedankengang nicht zu unterbrechen. Wie man es auch drehte, wir hatten keine andere Chance. Von außen würde es so aussehen, als hätten wir uns nach langem Abwägen dafür entschieden, uns zu einer Zusammenarbeit herabzulassen. Aber tatsächlich war das das einzig Sinnvolle, das wir tun konnten. Im schlimmsten Fall war diese Tatsache Keldan und Skadi ebenso sehr bewusst wie wir wussten, dass sie auf unsere Informationen angewiesen waren. Vor allem darauf, sie möglichst schnell zu erhalten.

»Ich weiß, dass wir keine andere Wahl haben«, murmelte Evan, »aber wohl ist mir dabei nicht. Wir werden aufpassen müssen. Damit, was wir ihnen sagen, was wir tun, und was wir ihnen glauben. Und wir müssen von Anfang an unsere Bedingungen festlegen.«

Ich nickte. So viel war mir klar. »Und die wären?«

»Sie dürfen uns nicht auf Schritt und Tritt kontrollieren«, sagte er. »Deine Vergangenheit darf keine Rolle spielen. Sie dürfen das, was wir ihnen erzählen, nicht weitergeben. Und wir müssen sicherstellen, dass sie nichts mit dem Mord zu tun haben.«

Mein Stuhl knallte mit allen vier Beinen zurück auf den Boden. »Was?«

Evan rutschte näher zu mir heran, sah mich jedoch nicht an. Sein Blick blieb auf die Tür gerichtet. »Wir fragen sie, ganz einfach. Wenn sie die Wahrheit sagen und unschuldig sind, können wir beruhigt mit ihnen zusammenarbeiten.«

»Und wenn nicht?«, zischte ich. »Was soll ich bitte tun, wenn ich merke, dass sie lügen? Wenn ich ihnen das ins Gesicht sage, kommen wir hier nie wieder raus.«

»Dann müssen wir uns überlegen, wie wir sie auffliegen lassen.«

Bevor ich weiter protestieren konnte, klopfte es und wir rutschten auseinander. Einen Moment später betraten Keldan und Skadi den Raum, beide mit ernster Miene, der nicht zu entnehmen war, wie sie sich entschieden hatten.

Ich gab mir Mühe, ein ähnlich undurchdringliches Gesicht aufzusetzen. Evan war weitaus besser darin als ich – wenn man ihn ansah, könnte man meinen, dass nicht wir die Verdächtigen waren, sondern die anderen beiden.

Diesmal blieb Keldan nicht stehen, sondern nahm neben Skadi Platz. »Ich glaube, es ist unnötig zu erwähnen, dass beide Seiten von diesem Austausch profitieren würden. Wir können euch selbstverständlich nicht alle Ermittlungsfortschritte mitteilen, da ihr dem Kreis der Verdächtigen angehört. Aber unter bestimmten Bedingungen wäre eine Zusammenarbeit möglich.«

Evan hob einen Mundwinkel. »Bedingungen ist ein gutes Stichwort. Die haben wir nämlich auch.«

»Was Ihr nicht sagt«, erwiderte Keldan. »Ich bin nicht sicher, ob Ihr in der Position seid, zu verhandeln.«

»Aber Ihr?«, rutschte mir heraus.

Seine Miene verdüsterte sich, und ich war überzeugt, dass er gerade überlegte, ob es nicht doch eine andere Möglichkeit gab – eine, bei der er nicht mit jemandem zusammenarbeiten musste, der sich ihm nicht bedingungslos unterordnen würde. Er wusste ebenso gut wie ich, dass keiner von uns in einer besseren Position war als die andere Seite.

»Wie wäre es, wenn wir erst die jeweiligen Bedingungen nennen, bevor wir festlegen, ob sie erfüllt werden können oder nicht?«, fragte Skadi. Die Ratte auf ihrer Schulter nickte bekräftigend. Ob sie verstand, was hier vor sich ging? *So* intelligent konnten diese Tiere meiner Meinung nach dann doch nicht sein.

Evan warf mir einen bedeutungsvollen Blick zu, ehe er sich weiter über den Tisch lehnte. »Dann bin ich so frei, anzufangen. Hat einer von Euch etwas mit den Morden zu tun?«

Er hatte ausgerechnet den Moment abgepasst, in dem Skadi zu einem Glas mit Wasser gegriffen und einen Schluck daraus genommen hatte. Sie verschluckte sich prompt und begann so jämmerlich zu husten, dass ich Mitleid mit ihr bekam. Bei ihr konnte ich mir auch ohne eine Antwort denken, dass sie frei von jeder Schuld war. Niemand beteiligte sich an einem Mord und reagierte dann so überzeugend schockiert beim Fund der Leiche.

Im Gegensatz zu ihr hatte Keldan seine Emotionen unter Kontrolle. Er sah Evan unverändert ernst an. Nur die Schärfe in seiner Stimme verriet, dass diese Frage ihn aus dem Konzept gebracht hatte. »Selbstverständlich nicht. Wie kommt Ihr auf eine derart absurde Idee?«

Wahrheit, spürte ich erleichtert. Evans Verdächtigungen hatten sich weit genug auf mich übertragen, um zu befürchten, dem Mörder direkt gegenüber zu sitzen. Dass dem nicht so war, beruhigte mich ungemein. Es hieß nicht, dass automatisch jeder Wächter unschuldig war, und doch fühlte es sich in diesem Moment für mich so an. Keldan gab mir das Vertrauen in die Wächter zurück, das sich unter Evans Einfluss beständig verflüchtigt hatte.

Evan dachte nicht daran, sofort auf Keldans Frage zu antworten. Stattdessen sah er auffordernd Skadi an. Sie beruhigte sich gerade wieder von dem Hustenanfall, schien zu bemerken, dass auch von ihr eine Antwort erwartet wurde, und strich sich eine Haarsträhne aus der Stirn. Früher hatten meine Haare einen ähnlichen Farbton, doch ich bezweifelte, dass sie je wieder zu diesem satten Braun finden würden.

»Ich habe auch nichts damit zu tun«, sagte sie hastig.

Erwartungsgemäß war auch das keine Lüge. Ich überlegte, ob ich es wagen konnte, Evan ein Zeichen zu geben, verzichtete aber lieber darauf. Dass einer der beiden Verdacht schöpfte und nachhakte, warum ausgerechnet ich ihre Antworten abnickte, fehlte gerade noch.

»Ich habe gerne eine eindeutige Ausgangslage«, sagte Evan. »Es hätte ja wenig Sinn, gemeinsam nach einem Mörder zu suchen, der schon vor uns sitzt. Was unsere anderen Bedingungen angeht: Wir werden weiter auf freiem Fuß bleiben, ohne von Euch oder in Eurem Auftrag bespitzelt zu werden. Außerdem werdet Ihr unsere Informationen an niemanden weitergeben, außer es ist unvermeidlich. Und wenn im Rahmen der Ermittlungen etwas zutage kommt, das uns zulasten gelegt werden könnte, werdet Ihr darüber hinwegsehen.«

Keldan verengte die Augen. Genau genommen hätten die beiden die Verhandlungen auch allein führen können. Skadi und ich schienen nur dazu da zu sein, sie von kopflosen Taten abzuhalten. »Den ersten beiden Punkten kann ich zustimmen. Dem letzten definitiv nicht. Ich kann nicht über Verbrechen hinwegsehen.«

»Selbst dann nicht, wenn es dabei hilft, einen Mörder dingfest zu machen? Ich verspreche Euch, dass es nichts ist, das damit vergleichbar wäre. Aber nicht jeder hat eine makellose Vergangenheit.«

Es war nicht schwer, Keldans Gedanken zu erraten, als sein Blick zu mir wanderte. In seiner Weltanschauung musste ich etwas getan haben, das über einen Taschendiebstahl hinausging, um im Status einer Sklavin gelandet zu sein. Dementsprechend verbüßte ich meine Strafe gerade – was ihn nicht davon abhielt, herausfinden zu wollen, welche Tat dahinter steckte. Zu dumm, dass er nichts finden würde.

»Es spielt keine Rolle, wobei es helfen würde«, widersprach er gedehnt. »Es verstößt gegen unsere Grundsätze, wegzusehen, wenn jemand ein Gesetz bricht. Davon kann und werde ich keine Ausnahme machen.«

Evan zuckte mit den Schultern. »Bedauerlich. Dann wird aus unserer Zusammenarbeit nichts werden.«

Ich fragte mich insgeheim, wie er es schaffte, so ruhig zu bleiben. Ganz so, als wären wirklich wir in der überlegenen Position und könnten es uns leisten, sie abzuweisen. Dahinter musste jahrelanges Training stecken. Oder eine spezielle Technik. Bei Gelegenheit sollte ich ihn danach fragen. Nichts war schlimmer, als genau sagen zu können, ob jemand die Wahrheit sagte, und selbst in dieser Hinsicht ein offenes Buch zu sein.

Als sich Schweigen im Raum ausbreitete, traf Skadis Blick meinen. Ich sah darin die Entschlossenheit, das Ganze irgendwie hinzubekommen. Einen Moment später öffnete sie den Mund, doch Keldan kam ihr zuvor.

»Wenn ich einen von Euch auf frischer Tat ertappe, kann ich nichts tun. Aber es wäre möglich, dass ich bei einem bloßen Verdacht nicht weiter nachforschen werde. Oder im Nachhinein nicht eindeutig sagen kann, ob ich im Dunkeln wirklich Euch gesehen habe«, sagte er widerwillig. »Mehr kann ich Euch nicht zugestehen.«

»Das genügt vollkommen«, versicherte Evan ihm. »Wir haben nicht vor, uns erwischen zu lassen, nicht wahr, Liv?«

Ich nickte zögernd, unsicher, ob das der richtige Zeitpunkt für Scherze war. Meiner Meinung nach sollten wir gar nichts tun, das uns in weitere Schwierigkeiten bringen konnte. Weder mit Keldan im Rücken noch ohne ihn. Skadis Ratte schien mir zuzustimmen. Falls man ihren intensiven Blick auf mir so deuten konnte.

Keldan sah zwischen uns hin und her, und ich fühlte mich, als wüsste er ganz genau, dass es anders kommen würde. »Im Gegenzug werdet Ihr niemandem etwas von dieser Zusammenarbeit erzählen. Wenn die falschen Leute davon erfahren, wird man sie im schlimmsten Fall unterbinden. Und davon hätte keiner von uns etwas. Gleiches gilt für alle Informationen, die Ihr von uns erhaltet. Bewahrt Stillschweigen, das ist meine Bedingung.«

»Ihr wollt uns keine Vorschriften machen, was wir tun dürfen?«, fragte ich irritiert.

Er schüttelte den Kopf. »Ich glaube nicht, dass es einen Sinn hat, Euch etwas zu verbieten. Ihr werdet es so oder so tun.«

Das stimmte allerdings. Dennoch überraschte mich seine Haltung. Ihm musste *wirklich* stark daran gelegen sein, schnellstmöglich den Mörder auszumachen, wenn er dafür sogar über uns hinwegsah. Bei unserer letzten Begegnung hatte ich nicht das Gefühl, als würde es ihm gefallen, wenn sich andere in seine Ermittlungen einmischten.

»Außerdem«, fuhr er hörbar abgeneigt fort, »kann ich nicht bestreiten, dass Ihr Aspekte in Erfahrung bringen könntet, an die wir nicht ohne Weiteres herankommen.«

Evan neigte den Kopf zur Seite. »Und es wäre höchst bedauerlich, wenn diese Informationen nicht ans Licht kommen würden, nicht wahr?«

Worauf Keldan genau anspielte, ging wohl allen mit gemischten Gefühlen durch den Kopf. Ich hielt es für bedenklich, dass wir augenscheinlich die Erlaubnis hatten, illegale Methoden anzuwenden – wenn auch nur indirekt und mit der Einschränkung, dass wir uns dabei nicht erwischen lassen durften. Zum einen gab es mit diesem Freibrief fast nichts mehr, das Evan von waghalsigen Aktionen abhalten würde, zum anderen erschütterte es mein Vertrauen in die Wächter weiter. Vielleicht hasste Keldan sich selbst dafür und tat es auch nur, weil sonst noch mehr Unschuldige sterben würden. Nichtsdestotrotz war das etwas, das kein Wächter tun sollte. Meiner Meinung nach zumindest.

»Da wir nun alle Bedingungen geklärt haben«, warf Skadi ein, »und sozusagen Partner sind, können wir uns doch auch alle duzen, oder? Ich weiß nicht, wie ihr das seht, aber ich denke, dass wir allmählich unsere Zeit verschwenden. Während wir hier sitzen, wählt der Mörder womöglich sein nächstes Opfer aus.«

»Richtig.« Keldan nickte und fixierte wieder Evan. Dann, als hätte er es sich anders überlegt, wanderte sein Blick zurück zu mir. »Was hat es also mit diesem Stein auf sich?«

Ich zögerte. Das war die einzige Information, die wir anzubieten hatten. Ohne sie hatten wir keine Absicherung, dass wir im Gegenzug ebenfalls etwas erhalten würden. »Er ist gefährlich. Es liegt ein mächtiger Zauber darauf.«

Keldan und Skadi tauschten einen raschen Blick, doch vielmehr fesselte Skadis Ratte meine Aufmerksamkeit. Bei der Erwähnung des Zaubers hatte sie sich aufgerichtet, geradezu … interessiert. Ich war zunehmend davon überzeugt, dass das kein normales Nagetier war.

»Woher wisst ihr das?«, fragte Skadi.

Diesmal schwieg ich. Es war ratsamer, Evan die Entscheidung zu überlassen, ob und wie viel von der Wahrheit wir ihnen erzählen sollten. Er schien ebenso unschlüssig zu sein. Mit jedem Augenblick, der in Schweigen verstrich, wurde das leichte Lächeln auf Keldans Lippen angestrengter, und mir wurde mit einem Schlag klar, was für ein Drahtseilakt das Ganze war. Gaben wir ihnen zu viele Informationen, mussten wir damit rechen, dass sie ihren Teil der Abmachung nicht einhielten. Gaben wir ihnen dagegen zu wenig, könnten sie annehmen, dass wir uns nur wichtig machen wollten. Was darauf hinauslaufen würde, auch in diesem Fall keine Gegenleistung erwarten zu können.

Ich war kurz davor, selbst etwas hinzuzufügen. Dann holte Evan tief Luft und legte unseren Stein auf den Tisch. »Wir haben einen identischen Stein in der Nähe des ersten Opfers gefunden. Zu weit entfernt, um anzunehmen, er hätte etwas mit dem Mord zu tun«, betonte er. »Aber wir waren neugierig und haben ihn zu einer Magierin gebracht. Sie konnte uns nicht sagen, um welchen Zauber es sich genau handelt, aber sie war definitiv beunruhigt.«

Ein Muskel an Keldans Kiefer zuckte, doch er behielt seine Beherrschung bei. Ich ahnte, dass er uns am liebsten eine Standpauke halten würde, weil wir ihnen den Stein nicht sofort gebracht hatten. Ich rechnete es ihm hoch an, dass er es nicht tat. »Wenn man bedenkt, dass beide Steine bei den Opfern gefunden wurden, liegt ein Zusammenhang nahe. Es ist der erste Hinweis, der uns vorwärtsbringen könnte. Danke dafür.«

»Das gehört schließlich zu unserer Abmachung«, erwiderte Evan. »Ich nehme an, ihr werdet den Stein selbst einem Magier vorlegen?«

»Ja. Mit etwas Glück kann er uns mehr darüber sagen. Wenn nicht über den Verwendungszweck, dann vielleicht über seinen Ursprung.«

Sowohl Keldan als auch Skadi machten den Eindruck, als würden sie so schnell wie möglich verschwinden wollen – wohl zu jenem anderen Magier. Ich wartete und sah von einem zum anderem. »Wir haben euch gesagt, was wir wissen. Was ist mit euch?«

»Wie schon erwähnt, können wir euch nicht alles mitteilen«, sagte Keldan. Sein Zögern war so kurz, dass es fast als Kunstpause durchgegangen wäre. »Und um ehrlich zu sein, wissen wir im Moment nicht nennenswert mehr, als ihr schon herausgefunden haben dürftet. Ich könnte euch höchstens den Namen und die Adresse des ersten Opfers geben, falls ihr euch dort umhören wollt.«

Evan schüttelte den Kopf. »Danke, wir verzichten.«

»Was?«, fragte Skadi verständnislos und sprach damit das aus, was mir durch den Kopf ging. Wenn sie uns schon nicht viel geben konnten oder wollten, sollten wir doch jede noch so kleine Chance nutzen.

»Wir haben andere Pläne für heute.« Evan lächelte höflich und stand auf. Meines Wissens hatten wir heute überhaupt nichts vor. Was vor allem daran lag, dass wir in einer Sackgasse steckten und nicht wussten, wo wir weitermachen sollten.

Keldan erhob sich zeitgleich. Als Skadi seinem Beispiel folgte, schaffte ich es endlich, ebenfalls meinen Stuhl zu verlassen. Nicht, dass das viel genützt hätte. Zwischen uns und der Tür stand noch immer ein Wächter, der zwar inoffiziell jetzt mit uns zusammenarbeitete, aber dennoch misstrauisch blieb. »Darf ich fragen, was?«

»Wir besuchen nur jemanden«, antwortete Evan. »Ich nehme an, ihr findet uns, wenn ihr einen weiteren Austausch für sinnvoll haltet?«

Ich war davon überzeugt, dass Keldan sich nicht mit dieser fadenscheinigen Erklärung zufriedengeben würde. Einen Moment lang wirkte es, als würde er erneut nachfragen oder gar anbieten wollen, mitzukommen. Doch er beschränkte sich auf ein Nicken.

Wir verließen die Burg kurz nach Mittag so, wie es sich für unschuldige Einheimische gehörte: Hastig und darauf bedacht, niemandem in die Augen zu sehen. Obwohl es diesmal anders ausgegangen war als unser letztes Verhör, fühlte es sich doch genauso an. Selbst der Tatendrang in Evans Augen war der gleiche und es hätte mich nicht gewundert, wenn er auf meine Frage, was wir nun wirklich vorhatten, mit »Wir müssen unseren Vorsprung nutzen« geantwortet hätte.

»Wir statten jemandem einen Besuch ab«, wiederholte er stattdessen. »Einen Überraschungsbesuch sozusagen.«

»Aha. Und wem?« Ich passte mich seinen raschen Schritten an, so gut es möglich war, ohne zu rennen.

»Der Mutter des zweiten Opfers. Wir sind mit Sicherheit schneller da, als die Wächter jemanden schicken können. Das sollte reichen, um ihr ein paar Details über ihren Sohn abzuluchsen.«

Es überraschte mich weitaus weniger als gedacht. Ich musste zugeben, dass es nicht dumm war, vor den Wächtern mit den Angehörigen zu sprechen, wenn wir ihnen einen Schritt voraus sein wollten. Zumal es derzeit das Einzige war, das wir tun konnten. Es machte auch Sinn, diese Absicht vor Keldan und Skadi verbergen zu wollen. Gäbe es da nicht einen winzigen Haken. »Dann hätten wir nach dem Namen und der Adresse des Toten fragen sollen. Oder willst du von Tür zu Tür laufen, in der Hoffnung, zufällig eine trauernde Mutter zu finden?« Ich hielt inne, als mir ein neuer Gedanke kam. »Womöglich weiß sie nicht einmal, dass ihr Sohn tot ist.«

»Das macht nichts.« Evan grinste. »Da ich weiß, wo der Tote gewohnt hat, können wir uns die Suche sparen.«

»Du *weißt*, wo er gelebt hat? Soll das heißen, du kanntest ihn?«

Er zuckte mit den Schultern. »Kennen ist übertrieben. Aber wenn man aufmerksam ist, merkt man sich irgendwann, wo bestimmte Nachbarn leben. In der Hinsicht sollte ich dich noch vorwarnen: Das wird kein angenehmer Besuch werden. Für keinen von uns beiden, aber besonders für dich nicht.«

Nachbarn. Daran hätte ich denken sollen. Aber nur weil der Tote offensichtlich der reichen Bevölkerungsgruppe angehörte, hieß das nicht automatisch, dass Evan ihn schon einmal gesehen haben musste. Ich freute mich kurz darüber, dann zumindest keinen Schlägern über den Weg laufen zu müssen – bis sein letzter Satz völlig zu mir durchdrang. »Was soll das heißen, es wird unangenehm?«

»Nun«, setzte er an, »du hast doch sicher eine Vorstellung davon, wie die meisten Bewohner des Nordviertels sich verhalten. Verzehnfache die Arroganz und Herablassung dieser Vorstellung und du bist bei dem Charakter von Rosalie angekommen.«

»Und zu dieser Frau willst du?«, fragte ich skeptisch. »Ich glaube nicht, dass die mit uns reden wird. Wahrscheinlich wird sie uns nicht mal in ihr Haus lassen.«

Evan warf mir einen vielsagenden Blick zu. »Versuchen müssen wir es zumindest. Ich wette, dass die Wächter auch keine größeren Chancen haben als wir. Vor allem, wenn sie mit der Tür ins Haus fallen. Man braucht eine gute Taktik, um Rosalie das zu entlocken, was man wissen will.«

Für mich klang das nach einem Plan, der zum Scheitern verurteilt war – ganz gleich, ob man die richtige Taktik kannte oder nicht. Es war selten, dass ich bisher mit Leuten zu tun hatte, auf die Evans Beschreibung zutraf. Entweder hatte ich sie aus der Ferne auf der Straße gesehen oder sie waren auf dem Schwarzmarkt aufgetaucht und wollten die Zukunft vorhergesagt haben. Bei solchen Gelegenheiten hatte ich gelernt, dass sie vorzugsweise jeden auf eine Art betrachteten, die der Musterung eines Wurms gleichkam. Und dass sie nie das taten, was man von ihnen wollte. Nicht freiwillig zumindest. »Ich nehme an, du hast eine solche Taktik?«

»Es ist eigentlich ganz einfach«, antwortete er. »Man muss sie glauben lassen, dass alles was sie tun, ihre eigene Idee war.«

Ich musste zugeben, dass dieses Vorgehen vermutlich bei jedem funktionieren würde, der stark genug von sich selbst überzeugt war. Das Problem lag meiner Meinung nach eher darin, das Ganze umzusetzen. Wie brachte man jemanden dazu, selbst auf den Gedanken zu kommen, etwas zu tun, das man von ihm wollte? Und, was noch dazu kam, wie stellte man das an, wenn man nicht einmal bis zu dieser Person vordringen konnte?

»Ich glaube, du bist der Einzige, der das als einfach bezeichnet«, sagte ich. »Es sei denn, du kennst diese Rosalie gut genug, um zu wissen, wie sie sich in welchen Situationen verhält.«

Wir nahmen dieselbe Brücke nach Norden, an der am Morgen die Leiche des zweiten Opfers gefunden w. Die Wächter hatten auch diesen Ort vollständig aufgeräumt. Nichts deutete mehr auf das begangene Verbrechen hin, nicht einmal ein Schutzzauber war zurückgelassen worden. Die ersten Passanten liefen genauso über die Fundstelle, wie sie es an jedem anderen Tag auch getan hätten. Es war, als wäre der Mord mehrere Wochen her anstatt wenige Stunden.

Dennoch schwieg Evan, bis wir die Brücke hinter uns gelassen hatten. »Ich habe sie ein paar Mal auf Festen erlebt, zu denen Emma und ich eingeladen waren. Es genügt, um sie einigermaßen einschätzen zu können.«

»Also wird sie dich erkennen? Dann sind unsere Chancen vielleicht doch nicht so schlecht, wie ich dachte.«

»Nicht unbedingt«, schränkte er ein. »Ich habe mich schon lange nicht mehr auf irgendwelchen Festen blicken lassen. Wahrscheinlich wird sie sich erinnern, mich schon mal irgendwo gesehen zu haben, aber mehr nicht.«

Es klang, als wäre ihm diese Variante deutlich lieber, und ich verzichtete darauf, weiter nachzuhaken. Gut möglich, dass er ungern über Emma sprach und es tunlichst vermied, an ihre gemeinsame Vergangenheit erinnert zu werden. Ihr plötzlicher Tod war sicher nicht an ihren Freunden, Bekannten und sonstigen Gästen ihrer Feste vorbeigegangen. Falls Rosalie sich daran erinnerte und auf den Gedanken kam, über die alten Zeiten zu plaudern, wollte ich nicht in Evans Haut stecken.

Allmählich begann ich, mich besser im Nordviertel zurechtzufinden. Ich hätte den Weg zu Evans Haus noch immer nicht ohne Probleme gefunden, aber inzwischen kamen mir einzelne Gebäude bekannt genug vor, um sie einordnen zu können. Evan hatte nicht übertrieben, als er Rosalie als Nachbarin bezeichnet hatte. Die Villa, vor der wir in sicherer Entfernung stehen blieben, war nur zwei oder drei Straßen von seinem Haus entfernt. Trotz dieser Nähe hätte zwischen den beiden Gebäuden kein größerer Unterschied bestehen können. Eine geschwungene Treppe führte vorbei an zwei Teichen zur Eingangstür, die wiederum von einem eigenen Torbogen überspannt wurde. Links und rechts davon trugen Säulen das Vordach, umgeben von akkurat geschnittenen Büschen in funkelnden Töpfen. Das Stockwerk darüber trumpfte mit Statuen in Mauernischen und mannshohen Fenstern auf, gekrönt von einem Dach, dessen Giebel mit goldenen Verzierungen ausgestattet war. Das komplette Gebäude bestand aus weißem Stein, auf dem ich nicht die kleinste Verschmutzung entdecken konnte, und der das Sonnenlicht geradewegs zu uns zurückwarf. Als ich meinen Blick endlich losreißen konnte, tanzten bunte Punkte vor meinen Augen.

»Bist du wirklich sicher, das wir *da* rein wollen?«, fragte ich.

Evan musterte die Villa, doch im Gegensatz zu mir schien er über den bloßen Prunk hinwegzusehen und nach etwas anderem zu suchen. »Es ist verdächtig ruhig. Normalerweise sieht man hier immer jemanden geschäftig hin und her rennen.«

»Ist das gut oder schlecht?«

»Keine Ahnung«, erwiderte er. Einen Moment lang betrachtete er das Haus noch. Dann zuckte er mit den Schultern, sah mich an, und ging auf die Treppe zu . »Finden wir's raus.«

Als ich ihm folgte, stellte ich fest, dass sich das zu unserem normalen Vorgehen entwickelt hatte. Evan hatte eine – mehr oder weniger gute – Idee, ging schlichtweg drauf los und ich folgte ihm – ebenfalls mehr oder weniger – freiwillig. Bisher waren wir dabei immer glimpflich davongekommen, doch ich nahm mir fest vor, das in Zukunft zu ändern. Wir sollten wenigstens einen Plan haben und durchsprechen, bevor wir uns in das Chaos stürzten. Vor allem sollte der Plan enthalten, wie wir schnellstmöglich abhauen konnten.

Angesichts der Stille, die das Haus umgab, schlich ich die Treppe nach oben und tat mein Möglichstes, um jedes Geräusch zu vermeiden. In den beiden Teichen schwammen rotgoldene Karpfen. Ich überlegte, wie viel Geld man mit einem dieser Fische wohl machen könnte, wenn man einen Käufer fand. Bevor ich zu einem Ergebnis kam, erreichte Evan die Tür und zog an einer schmalen Kordel an der Seite. Das Klingeln der Glocke dröhnte in meinen Ohren und ich ging unwillkürlich einen Schritt zurück. Der Nachhall verklang irgendwo im Inneren des Hauses, dann herrschte wieder Stille.

»Scheint, als wäre keiner Zuhause«, bemerkte ich.

Evan schüttelte den Kopf. »Das glaube ich nicht. Lass uns einen Moment warten.«

Also warteten wir. Evan direkt vor der Tür, ich zwei Schritte daneben, rechts von mir ein Busch in Kugelform, links eine Säule, die ein winziges Loch hatte. Ich war versucht, die Hand auszustrecken und zu prüfen, ob der Busch überhaupt echt war, als sich Schritte aus dem Inneren näherten.

Evans Miene hellte sich auf. »Na al–«

Die Tür wurde aufgerissen, und er verstummte. Ein Mann von der Statur eines Schranks stand uns gegenüber. Er war zwei Köpfe größer als Evan und doppelt so breit, wobei alles an ihm aus Muskeln zu bestehen schien. Mein Fluchtinstinkt schrillte auf, und ich hatte mich schon halb zur Treppe gewandt, ehe der Mann etwas gesagt hatte.

»Die Lady ist nicht zu sprechen. Verschwindet«, knurrte er und knallte die Tür wieder zu.

Ich hätte ihn beim Wort genommen, doch Evan blieb wie angewurzelt stehen. Als ich zähneknirschend umkehrte, hob er erneut die Hand zu der Kordel.

»Nein!«, entfuhr es mir. Evan hielt inne. Lang genug, um mich bis zu ihm kommen zu lassen und mir einen fragenden Blick zuzuwerfen. »Das ist eine verdammt miese Idee, Evan.«

»Ich weiß.« Er nickte – und zog an der Kordel.

So schnell, wie diesmal die Tür aufging, musste der Bewacher direkt dahinter gewartet haben. Ich konnte gerade noch einen Schritt zurückweichen. Dann packte der Mann Evan kurzerhand am Kragen und hob ihn mehrere handbreit hoch. »Was habt Ihr an *verschwindet* nicht verstanden?«

Evans Hände fuhren hektisch nach vorn, versuchten den Griff des anderen Mannes zu lösen, und scheiterten. »Wir ... wollten nur ...«

Der Mann zog ihn ein Stück höher und Evans Gesicht lief rot an. Statt einer Erklärung verließ ein Röcheln seine Kehle.

»Wahrsagen«, warf ich ein. Als er sich mir zuwandte, Evan immer noch mit einer Hand in der Luft haltend, hatte ich Mühe, nicht doch wegzulaufen. Dafür hatte ich die Gelegenheit zu sehen, dass um den Hals des Mannes ein ähnliches Amulett wie um meinen hing. »Mein … Herr nahm an, dass deine Herrin Interesse daran haben könnte, sich wahrsagen zu lassen. Natürlich ohne jegliche Kosten.«

Sein Blick wanderte abwägend zwischen mir und Evan hin und her. Er schien nicht wenig Lust zu haben, Evan die Treppe hinunterzuwerfen – und mich direkt hinterher –, doch dann ließ er ihn los. Evan knallte auf den Boden, verlor das Gleichgewicht und landete keuchend auf allen vieren. Der Sklave sah mich emotionslos an. »Ich frage nach, ob sie das will.«

Er verschwand, und kaum, dass er die Tür wieder geschlossen hatte, fragte ich mich, was ich da eigentlich getan hatte. Evan kam auf die Beine, weiterhin nach Luft ringend. »*Wahrsagen?*«

»Mir ist nichts Besseres eingefallen«, verteidigte ich mich. »Ich hatte keine Zeit zum Nachdenken. Und du konntest ja offensichtlich nichts Sinnvolles beitragen.«

»Ich war damit beschäftigt, nicht zu ersticken«, erwiderte er gereizt. Als hätte er aus seinem Fehler gelernt, entfernte er sich ein gutes Stück weit von der Tür und blieb neben mir stehen. »Wenn er mir Zeit gegeben hätte, etwas zu sagen …«

»Wäre dir auch nichts Besseres eingefallen.« Ich rückte näher an die Treppe heran. In Anbetracht der gerade erlebten Situation behagte es mir nicht, direkt neben Evan zu stehen. Wenn der Sklave seinen Frust an irgendjemandem auslassen sollte, dann eher an ihm als an mir. Schließlich war es seine Idee gewesen, hierher zu kommen. Und trotz deutlichem »Verschwindet« noch einmal zu läuten.

»Doch, wäre es. Zumindest wäre mir etwas Umsetzbares eingefallen. Es bringt uns nichts, reinzukommen und dann wieder rausgeworfen zu werden, weil wir überhaupt nicht wahrsagen können.«

»Ich habe damit meinen Lebensunterhalt verdient, bevor ich bei dir gelandet bin«, hielt ich dagegen. »Und oft genug waren Leute wie Rosalie meine Kunden. Den Teil bekomme ich schon hin. Aber um den Rest musst du dich kümmern.«

Evan öffnete und schloss den Mund, als wollte er mir widersprechen, hätte es sich aber im letzten Moment anders überlegt. Dann musterte er mich von Kopf bis Fuß und seufzte, ehe er sich wieder der Tür zuwandte. »Die Frage ist, ob sie uns das Schauspiel abnimmt. Hast du irgendwelche Requisiten, die das Ganze glaubhafter machen würden?«

Ich schüttelte den Kopf. »Die hat mir Xenerion abgenommen, als er mich überfallen hat.«

»Dann sollten wir es uns womöglich doch noch einmal überlegen, lieber zu verschwinden«, murmelte er.

»Was?« Ich wartete, überzeugt davon, mich verhört zu haben. Doch anstatt sich zu korrigieren, schwieg Evan. »Das ist ein Scherz, oder? Du wolltest doch unbedingt herkommen.«

»Da wusste ich auch noch nicht, dass sie einen sieben Fuß großen Wachhund hat«, erwiderte er. »Wenn wir Pech haben–«

Was auch immer er noch hinzufügen wollte – die auffliegende Tür unterbrach ihn. Wir wichen gleichzeitig zurück, unwillkürlich damit rechnend, dass wir nun wirklich mit Gewalt von diesem Grundstück entfernt werden würden. Der Wachhund, wie ihn Evan bezeichnet hatte, starrte uns mit einer Intensität an, als könnte er uns dadurch auf der Stelle in einen Haufen Staub verwandeln. Ich hielt den Atem an, bereit sofort loszurennen, wenn er einen Schritt auf uns zu machen würde, und ich spürte die gleiche Anspannung in Evan.

Als der Wachhund statt einem Angriff beiseitetrat und uns die Tür aufhielt, rührte sich keiner von uns.

»Was ist?«, grollte er. »Wollt Ihr nun reinkommen oder nicht?«

Ein Ruck ging durch Evan. Er straffte die Schultern und bevor ich ihn davon abhalten konnte, war er bereits ins Innere der Villa getreten. Ich fragte mich, was mit seinen eben geäußerten Zweifeln geschehen war. Reinkommen hieß nicht, dass wir auch unversehrt wieder herauskommen würden.

»Trödel nicht zu lange, Liv«, rief Evan irgendwo aus dem Inneren. Als ich mich an dem Wachhund vorbeischob und sorgsam darauf achtete, ihm nicht in die Augen zu sehen, wünschte ich mir mit aller Kraft, es nicht zu bereuen.

Andererseits – gab es eigentlich irgendetwas, seit Evan mich gekauft hatte, das ich nicht bereute?

Das Innere der Villa stellte sich als ebenso protzig heraus wie das Äußere. In die tiefschwarzen Bodenplatten waren goldene Muster eingearbeitet, die Wände waren mit Gemälden behängt und als ich den Blick zu dem funkelnden Kronleuchter mit Hunderten Kerzen hob, stellte ich fest, dass die Decke ebenfalls ein Gemälde darstellte. Zu verblasst, um Details erkennen zu können, doch es reichte, um mich zu beeindrucken. Ich hatte Skrupel, durch dieses Haus zu laufen und womöglich irgendetwas dreckig oder gar kaputtzumachen. Auch wenn die armen Bediensteten ohnehin mehrmals täglich putzen mussten – schon um die Wachsflecken am Boden zu beseitigen.

Evan war schon ein ganzes Stück weiter. Er hatte sich nicht damit aufgehalten, die Einrichtung zu bestaunen, sondern war zielstrebig auf den Raum zu meiner Rechten zugegangen. Dafür, dass er angeblich so selten hier gewesen war, wusste er erstaunlich gut, wo er die Hausherrin finden würde. Kurz vor der Tür hielt er inne, um auf mich zu warten. »Überlass mir das Reden«, raunte er mir zu. »Und versuch, so demütig wie irgend möglich auszusehen.«

Wie genau ich das anstellen sollte, ließ er offen. Ich hielt mich einen Schritt hinter ihm, als wir den Raum betraten, den ich als Salon einordnete. Er hatte viel Ähnlichkeit mit dem Saal in Evans Haus – mit dem Unterschied, dass sich hier eine Frau befand.

Evan deutete eine Verbeugung an, gerade so als solche zu erkennen. Ich bezweifelte, dass er das nötig hatte. Es gab kaum jemanden, der derartige Höflichkeitsbekundungen noch durchführte, geschweige denn erwartete. Doch ich konnte mir sehr gut vorstellen, dass Rosalie zu diesen wenigen Leuten gehörte. Zumindest würde sie sich geschmeichelt fühlen, was für uns nur von Vorteil war. Meine Verbeugung fiel etwas deutlicher aus – vorsichtshalber.

Rosalie machte sich nicht die Mühe, ihren samtbezogenen Sessel zu verlassen. Sie bedeutete uns mit einer Handbewegung, näher zu treten. Ich versuchte abzuschätzen, ob sie bereits über den Tod ihres Sohns informiert wurde. Sie trug keine erkennbaren Zeichen der Trauer, hatte weder auf opulenten Schmuck am Hals und Händen verzichtet, noch ihre Kleidung dem Anlass angepasst. Außer man zählte in ihren Kreisen ein hautenges Mieder mitsamt mehrlagigem Tüllrock in Bordeaux als schlicht. Aus ihrer Miene sprach nur milde Langeweile.

»Es ist sehr freundlich, dass Ihr uns empfangt«, sagte Evan. »Wir möchten Euch unser tiefstes Beileid für Euren Verlust aussprechen.«

Ich zuckte zusammen. Das war mit Sicherheit nicht der beste Weg, um ihr die Neuigkeit zu übermitteln.

Ihr angedeutetes Lächeln verkrampfte.

»Wenn Ihr nur deswegen hier seid, hättet Ihr Euch den Weg sparen können«, erwiderte sie scharf. »Ich habe es nicht nötig, von jemandem wie Euch« – sie legte eine Pause ein und sah mich aus zusammengekniffenen Augen an – »Mitleid zu erhalten.«

Mir hätte das gereicht, um schnurstracks zu verschwinden, und der Wachhund schien das ähnlich zu sehen. Er rückte näher an mich heran, und ich wartete nur darauf, dass er eine seiner Pranken ausstrecken und mich aus dem Salon zerren würde. Doch der entscheidende Befehl fehlte. Noch hatte Rosalie nicht das Zeichen gegeben, das uns mindestens einige Prellungen, vielleicht auch direkt Knochenbrüche bescheren würde.

Als Evan einen Blick mit mir tauschte, schaffte er es tatsächlich, eine betroffene Miene aufzusetzen. »Das wollte ich nie andeuten, Mylady. Wir würden uns nie dazu herablassen, Euch zu bemitleiden. Ich hoffe, Ihr könnt mir dieses Missverständnis verzeihen.«

Ob es die Entschuldigung, die zerknirschte Miene oder die überformelle Anrede war – Rosalie wirkte besänftigt genug, um den Wachhund dazu zu bringen, sich wieder von mir zu entfernen. Doch ich ahnte, dass ihre Stimmung innerhalb weniger Augenblicke in das Gegenteil umschlagen konnte. Solange wir uns noch in ihrem Haus befanden, waren wir nicht außer Gefahr.

Sie schlug die Beine übereinander, lehnte sich in ihrem Sessel zurück und ließ den Blick von Evan zu mir und wieder zurück schwenken. Vermutlich überlegte sie, ob ich ihre kostbaren Möbel unwiderruflich zerstören würde, wenn sie uns anbot, uns zu setzen. Es kam mir mit jedem Augenblick, den ich sie länger kannte, schwieriger vor, unseren Plan durchzuführen. Wie sollte man diese Frau davon überzeugen, unsere Ideen selbst gehabt zu haben?

»Jakob hat erwähnt, Ihr würdet zu den Wahrsagern gehören«, bemerkte sie. »Ist das wahr?«

Jakob hieß der Wachhund also. Dass er einen ganz normalen Namen hatte, machte ihn für mich dennoch nicht sympathischer.

Evan setzte das breiteste Lächeln auf, das ich je an ihm gesehen hatte. Er warf einen raschen Blick zu Jakob und trat dann einen Schritt auf Rosalie zu. »Natürlich. Liviana ist in der ganzen Stadt für ihr Können bekannt. Sie gehört zu den Besten ihres Faches.«

Ich versuchte, ihm klarzumachen, dass er übertrieb und gerade alles noch schlimmer machte, doch er ignorierte mich geflissentlich und richtete seine gesamte Aufmerksamkeit auf Rosalie.

Die wiederum nutzte die Zeit, um mich weiterhin zu mustern und die gepuderte Nase zu rümpfen. »Was Ihr nicht sagt. Wenn sie wirklich so gut ist, wie Ihr behauptet, solltet Ihr ihr mehr als diese Lumpen als Kleidung zur Verfügung stellen. Das Aussehen von Sklaven fällt immer auf ihren Herrn zurück, falls Euch das noch niemand mitgeteilt hat.«

Was vermutlich auch für Benehmen und Verhalten galt. Wenn ich mich nicht täuschte, hatte Rosalie gerade Evan beleidigt – wenn auch nur, indem sie mich beleidigt hatte. In einer anderen Situation hätte ich dieses Verhalten amüsant gefunden. Doch jetzt war ich zu sehr damit beschäftigt, zu überlegen, wie ich mein angebliches Talent so nutzen konnte, dass sie davon überzeugt war. Bei meinen früheren Kunden war das einfach gewesen. Sie waren schließlich zu mir gekommen, mit der indirekten Absicht, mir auch zu glauben. Rosalie dagegen wirkte, als würde sie das Ganze nur aus Neugierde machen wollen – nicht, weil es etwas gab, an das sie glauben wollte. Und je dicker Evan auf die Lügenschicht auftrug, desto komplizierter würde es für mich werden.

»Ich werde mich bei Gelegenheit darum kümmern«, antwortete er mit einem gezwungenen Lächeln. »Aber ich kann Euch versichern, dass Livianas Erscheinung über ihr Können hinwegtäuscht. Sie kann Euch dabei helfen, Antworten auf ungeklärte Fragen zu finden. Fragen, die Ihr niemandem mehr stellen könnt. Sie kann Euch helfen, Klarheit in einige verschwommene Bereiche Eures Lebens zu bringen.«

Und sie wird nicht mehr lange leben, wenn du so weiter machst, fügte ich im Stillen hinzu. Glaubte er wirklich, ich könnte all diese Dinge? Oder verließ er sich allein darauf, dass ich es schon irgendwie hinbekommen würde?

Ich gab es auf, Evan darauf aufmerksam machen zu wollen, dass er gerade einen gewaltigen Fehler begann, und trat selbst einen Schritt nach vorn. »Ehrlich gesagt stimmt das nicht ganz. Ich–«

»Willst du damit andeuten, dein Herr würde lügen?«, unterbrach Rosalie mich scharf. Evan bedachte mich nach einem Moment der Überraschung mit dem gleichen ärgerlichen Blick wie sie.

»Nein«, antwortete ich. »Nicht … direkt zumindest. Aber er übertreibt manchmal ein wenig.«

Oder auch ein wenig mehr. Ich hatte gehofft, dass Evan jetzt einlenken und das Ganze richtigstellen würde. Dass er irgendwie erklären würde, warum er etwas erzählt hatte, das nicht annähernd der Wahrheit entsprach. Rosalie hatte offenbar die gleiche Annahme – ihr Blick wanderte zurück zu Evan, diesmal mit zusammengezogenen Brauen.

Er hob entschuldigend die Schultern und lächelte. »Ihr habt mich ertappt. Tatsächlich bin ich erst seit wenigen Tagen Livianas Besitzer, und weiß noch nicht genug über ihre Gabe, um ihr gesamtes Ausmaß zu verstehen. Es ist besser, sie erklärt es Euch selbst.«

Mein entrüstetes *Was* ließ sich gerade noch in einem Husten verstecken. So hatten wir das nicht abgemacht. Was war mit der Anweisung, ihn reden zu lassen und selbst den Mund zu halten?

Ich räusperte mich. Meine Gedanken rasten auf der Suche nach einer Antwort, die weder zu verrückt noch zu gewöhnlich war. Irrsinnigerweise blieben sie bei meiner Mutter hängen – und lieferten mir die rettende Idee. Magie hatte ihre Grenzen, und innerhalb dieser gab es weitere Regeln, die man beachten musste, wenn man sich nicht in ernsthafte Schwierigkeiten bringen wollte. Warum sollte es beim Wahrsagen anders sein?

»Es ist nicht so, dass ich alle Fragen beantworten kann«, erklärte ich. »Es gibt … Regeln, an die ich mich halten muss. Ich darf die natürliche Ordnung der Dinge nicht durcheinanderbringen. Wenn es vorherbestimmt ist, dass Ihr keine Antwort auf eine bestimmte Frage erhaltet, dann kann auch ich sie Euch nicht geben. Besonders in Hinblick auf die Zukunft ist alles sehr vage. Und auch in der Vergangenheit sind manche Aspekte für mich verboten. Außerdem–«

Rosalie schnitt mir mit einer scharfen Handbewegung das Wort ab. »Diese Erklärungen interessieren mich nicht. Sag mir, was du kannst, nicht was du nicht kannst.«

»Nun ...« Ich zögerte, sah wieder zu Evan und hoffte, dass er mir helfen würde. Das war der Moment, in dem ich Rosalie auf die richtige Spur bringen musste, den Weg, der sie zu den Antworten führen würde, die wir brauchten. Doch ich hatte keinen Schimmer, wie ich das anstellen sollte. Oder welche Antworten wir eigentlich konkret brauchten. Beim nächsten Mal mussten wir vorher darüber sprechen, anstatt uns darauf zu verlassen, dass Evans Plan schon funktionieren würde.

»Ich dachte mir, dass Ihr möglicherweise ungeklärte Fragen in Bezug auf Euren Sohn habt«, sagte Evan behutsam. »Deshalb sind wir auch hier. Ich habe selbst eine geliebte Person verloren, ohne jemals alle Antworten zu erhalten. Dieses Schicksal würde ich Euch gerne ersparen.«

Im ersten Moment huschte Zorn über Rosalies Miene. Ich befürchtete, dass es nun endgültig vorbei war. Doch dann wandelte sich ihr Gesichtsausdruck, wurde weicher, verletzlicher. Mit einem Mal ahnte ich, dass sich unter ihrer überheblichen Fassade wirklich eine trauernde Mutter verbarg. Sie schloss kurz die Augen und nickte. Als sie antwortete, hatte die Schärfe ihre Stimme verlassen. »Wenn das möglich ist, wäre ich Euch sehr dankbar.«

»Ich werde mein Bestes geben«, sagte ich leise. Als ich die Hoffnung in ihren Augen sah, wünschte ich mir, das tatsächlich tun zu können. Ich wusste, dass ich ihr keine Gewissheit verschaffen konnte, dass ich sie wahrscheinlich anlügen würde, um unser Ziel zu erreichen. Und obwohl ich das mein ganzes Leben getan hatte, hasste ich mich gerade dafür.

Rosalie schwieg lange. Ich war nicht sicher, ob sie annahm, ich würde Zeit brauchen, um mich vorzubereiten, oder ob sie es war, die diese Zeit benötigte. Womöglich suchte sie nach einer passenden Frage, versuchte, aus dem Chaos ihrer Gedanken und Erinnerungen das richtige herauszupicken. Weder Evan noch ich wagten es, sie zu unterbrechen. Nachdem mich mein anfängliches Unbehagen verlassen hatte, hätte ich noch eine Weile hier stehen und die Einrichtung bewundern können. Wäre da nicht das Wissen, dass uns die Zeit davon lief und der Mörder bald sein nächstes Opfer aussuchen würde. Und – wenn auch weniger bedeutsam – die Sicherheit, dass die Wächter demnächst hier auftauchen würden.

»Ich nehme an, du kannst mir nicht den Namen desjenigen sagen, der ihm das angetan hat«, begann sie schließlich. »Aber ich frage mich immerzu, ob ich es hätte verhindern können.«

Ich schluckte. Zumindest in dieser Hinsicht war ich mir sicher, die Wahrheit sagen zu können. »Nein. Er war zur falschen Zeit am falschen Ort. Niemand hätte das verhindern können.«

»Ich verstehe.« Rosalie seufzte. »Es war dieses … Etablissement, nicht wahr? Ich habe mir nie den Namen gemerkt, aber ich habe geahnt, dass es meinem Sohn nur Schwierigkeiten bringen würde. Er dachte, ich merke es nicht, wenn er sich nachts herausgeschlichen hat, um sich im Ostviertel herumzutreiben.«

Evan richtete sich weiter auf und kam meiner Antwort zuvor. »Verzeiht, aber was macht Euch so sicher, dass es im Ostviertel war? Falls Ihr Euch täuscht, wird Liviana keine klare Antwort erhalten.«

»Jakob ist ihm einmal gefolgt«, erwiderte sie. »Ich habe mir Sorgen gemacht, weil ich nicht wusste, woher er in den frühen Morgenstunden kommt.«

Ich beschloss, Evans Taktik ebenfalls zu folgen, und drehte mich um. Zwischenzeitlich hatte ich Jakobs Anwesenheit vergessen, doch er stand weiterhin neben der Tür und trug eine ausdruckslose Miene zur Schau. Er ließ sich nicht anmerken, ob er mitbekommen hatte, dass Rosalie über ihn gesprochen hatte. Ich bemühte mich um ein ehrliches Lächeln, trotz der Erinnerung daran, wie er vor wenigen Minuten Evan mühelos in die Luft gehoben hatte. »Kannst du dich daran erinnern, wie dieser Ort hieß? Oder kannst du ihn mir beschreiben? Es gibt zu viele Möglichkeiten, um eine klare Antwort sehen zu können.«

Sein Blick wanderte zu Rosalie. Ich nahm an, dass sie nickte, denn als er seine Aufmerksamkeit wieder auf mich richtete, legte er die Stirn in tiefe Falten. »Bin nicht sicher. Es war sehr dunkel. Ich habe aber mal durchs Fenster reingesehen und mich über den Stein mitten im Raum gewundert.«

Ich fuhr zusammen. Gleichzeitig schoss Rosalie aus ihrem Sessel hoch. »Was ist? Siehst du nun etwas?«

»Ja«, sagte ich. Sie glaubte daran, dass dieses Etablissement, wie sie es nannte, Schuld am Tod ihres Sohns trug. Ich wusste nicht, ob es besser war, sie in diesem Glauben zu bestärken oder ihn ihr zu nehmen. Aber ich wusste, was ich selbst glaubte – und so sehr mich diese Erkenntnis auch beunruhigte, verdiente Rosalie es doch, sie zu hören. »Ihr habt recht. Es hat etwas mit diesem Ort zu tun. Ich kann nicht genau sagen was, oder ob es anders gekommen wäre, wenn er nicht dort gewesen wäre. Aber es besteht eindeutig ein Zusammenhang.«

»Ich wusste es«, murmelte sie. Ihre Unterlippe begann zu zittern, hörte auch dann nicht auf, als sie tief Luft holte. »Er hat sich nie mit *langweiligen* Aktivitäten zufriedengegeben. Immer musste es mehr sein, risikoreicher, gefährlicher – wenn ich nur etwas dagegen getan hätte ...«

»Ihr hättet nichts dagegen tun können«, warf ich ein. Selbst überrascht, wie sanft meine Stimme klang. »Manchmal sieht das Schicksal vor, bedeutsame Personen früher aus ihrem Leben zu holen. Das hier war nicht seine Welt – er ist jetzt an einem besseren Ort.«

Rosalie blinzelte hektisch. Ich wandte den Blick ab und begegnete geradewegs Evans. Er nickte mir leicht zu, doch ich konnte den Stolz in seinen Augen nicht ertragen. Es hatte sich noch nie so falsch angefühlt, jemandem vorzumachen, ich wäre eine Wahrsagerin.

16. SKADI

Skadi konnte nach wie vor nicht glauben, dass Keldan eingewilligt hatte, mit Liv und Evan zusammenzuarbeiten. Es brachte ihr Bild von ihm gewaltig ins Wanken, und sie war nicht sicher, ob das positiv oder negativ war. Sie hatte fest angenommen, dass er nie etwas tun würde, das gegen das Gesetz oder die allgemeinen Normen und Grundsätze verstoßen würde. Doch nun hatte er geradezu gegen alles verstoßen, gegen das man nur verstoßen konnte. Nicht nur, dass sie mit Verdächtigen in einem Mordfall gemeinsame Sache machten. Er hatte auch eingewilligt, ihnen Informationen zukommen zu lassen, die nach seiner eigenen Aussage an niemanden außerhalb der Wächtergemeinschaft gelangen durften, und er wollte das alles den anderen Wächtern verschweigen. Man musste sich nicht mit den Regeln der Wächter auskennen, um zu wissen, dass allein dieser Entschluss zeigte, dass das Ganze eigentlich falsch war.

Andererseits musste Skadi zustimmen, dass sie jede Hilfe bei der Suche nach dem Mörder brauchten, die sie kriegen konnten. Sie mussten damit rechnen, dass bald der nächste Unschuldige sterben würde – wenn nicht in dieser Nacht, dann in der darauf. Aber war es richtig, ein Verbrechen zu begehen, um ein anderes zu verhindern? Selbst dann, wenn man die beiden in keine ernsthafte Relation zueinander setzen konnte? Skadi war nie in der Situation gewesen, über derartige Gewissensfragen nachdenken zu müssen. Je länger sie grübelte, desto mehr zweifelte sie an ihren Grundsätzen. Sie war selbst nie fehlerfrei gewesen und hatte es in Kauf genommen, zu schmuggeln, um ihren Lebensunterhalt zu bestreiten. Aber sie hatte nie angenommen, dass auch die Wächter zu solchen Methoden greifen würden. Wenn Keldan das tat ... wer versicherte ihr, dass die anderen Wächter es nicht ähnlich hielten? Dass sie nicht auch über die Jahre hinweg gegen ihre eigenen Gesetze verstießen, um ihrer Bestimmung nachzukommen? Die Vorstellung, wie weit das Ganze gehen könnte, jagte Skadi Angst ein. Doch sie wagte es nicht, Keldan darauf anzusprechen. Er würde ihr doch nur das Gegenteil versichern, schon weil er selbst nicht daran glauben wollte.

In jedem Fall würde Skadi ihr Abkommen mit Liv und Evan niemandem verraten. Ganz gleich, was sie von der Methode hielt – es war wichtiger, Leben zu retten. Irgendwann würde sie mit jemandem darüber reden, mit Magnus oder Keldan oder beiden. Aber nicht jetzt. Jetzt musste sie die nächste Besprechung verfolgen und hoffen, dass dabei etwas herauskam, das ihnen helfen würde.

Es war derselbe Raum wie am Tag zuvor, mit denselben Teilnehmern. Nur eine Sache hatte sich verändert: Neben der Zeichnung des ersten Opfers hing eine weitere, die die ebenmäßigen Gesichtszüge des jungen Mannes aus dem Nordviertel trug. Dass nach einem Tag bereits ein zweites Opfer gefunden wurde, war an keinem von ihnen spurlos vorbeigegangen. Die Atmosphäre war drückend, von dem Wissen belastet, dass heute noch nicht der schlimmste Tag war. Sie gaben sich allesamt Mühe, optimistische Mienen aufzusetzen, doch Skadi bezweifelte, dass jeder von ihnen daran glaubt. Inzwischen sollte jedem klar geworden sein, was das zweite Opfer bedeutete.

Krähe war der Erste, der das Schweigen brach. Er räusperte sich und sah einmal um den Tisch herum. »Ich glaube, ich muss niemandem sagen, dass höchste Dringlichkeit angebracht ist. Wir haben ein zweites Opfer, obwohl wir beim ersten keinen Schritt weiter sind. Vielleicht ist es nicht derselbe Täter, sondern nur zufällig ein ähnliches Muster in kurzer Zeit. Aber darauf können wir uns nicht verlassen.«

Keldan nickte. »Wenn er mit derselben Geschwindigkeit vorgeht wie bisher, haben wir morgen den nächsten Toten. Je nachdem, ob der Mörder nur seine persönliche Liste abarbeitet oder wahllos mordet, wird uns jeder weitere Tag ein Leben kosten.«

Obwohl Skadi sich nicht mehr so unwohl fühlte wie bei der ersten Besprechung, bereute sie es, keine Zeit gehabt zu haben, mit Keldan davor unter vier Augen zu sprechen. Sie wusste nicht, wie viel von dem Verhör von Liv und Evan sie hier preisgeben durften, ebenso wenig ob Keldan einen Plan hatte, den sie mit einer unbedachten Bemerkung zerstören konnte. Außerdem hatte sie vergessen, ihn zu fragen, ob es besser war, jeden ihrer Gedanken hier zu äußern oder doch zu schweigen. Als niemand etwas auf seine Bemerkung erwiderte, warf sie einen Blick zu Aline, die sich in ihrem Stuhl zurückgelehnt hatte und keine Anstalten machte, einzugreifen. Skadi fragte sich, wie lange sie das durchhalten würde. Als anzunehmen war, dass es bei einem Opfer bleiben würde, hatte es vielleicht noch Sinn ergeben, eine in dieser Hinsicht unerfahrene Gruppe junger Wächter mit der Aufklärung zu beauftragen. Aber hatte sie wirklich genug Vertrauen, um es dabei zu belassen?

»Ich weiß nicht, wie das hier normalerweise gehandhabt wird«, sagte Skadi. »Aber ... wäre es nicht besser, wenn wir uns Hilfe suchen? Wenn mehr Wächter sich an der Suche nach dem Mörder beteiligen würden?«

Cassandra zog eine Grimasse, die man allenfalls als gekränkt bezeichnen konnte. »Du traust uns wohl nicht zu, das allein hinzubekommen? Nur zu deiner Information – es ist unüblich, ein Team zu erweitern, wenn es keinen berechtigten Grund dafür gibt.«

»Cassandra hat recht«, fügte Aline hinzu. »Ich verstehe, dass du dir Sorgen machst, Skadi. Aber für den Moment gibt es keine Notwendigkeit für zusätzliche Kräfte. Im Gegenteil. Je mehr Außenstehende wir jetzt hinzuholen, desto länger wird es dauern, alle einzuweisen und sich die Bedenken von jedem Einzelnen anzuhören. Ihr solltet euch darauf konzentrieren, den Mörder zu finden. Jede Minute zählt.«

Skadi nickte, mehr der Form halber als aus echtem Verständnis. Sie wäre auch nicht mehr dazu gekommen, ihre Bedenken näher zu erläutern. Krähe hatte den Augenblick genutzt, um aufzustehen und ungeduldig auf und ab wippend neben der Tafel zu stehen.

»Sehe ich genauso«, sagte er. »Also – habt ihr im Haus des ersten Opfers etwas gefunden, das uns weiterhilft?«

Keldan tauschte einen raschen Blick mit Skadi. »Nicht wirklich. Sie hat offenbar sehr zurückgezogen und allein gelebt, und hatte eine Leidenschaft für Gläser. Wir haben in einem von ihnen eine Botschaft von einem gewissen L gefunden. Aber es war nicht möglich, eine Verbindung zu jemandem herzustellen, dessen Name mit diesem Buchstaben anfängt.«

»Gläser?«, wiederholte Cassandra verständnislos.

Krähe überging ihre Frage, schrieb ein L an die Tafel und zog eine Linie zwischen ihm und dem Namen der Toten. »Was stand in der Botschaft?«

»Nicht viel. *Ich hoffe, wir können Freunde bleiben.* Mehr nicht.«

»Die Nachbarn wollten auch nicht mit uns reden«, fügte Skadi hinzu. »Vielleicht hätte einer von ihnen gewusst, wer L ist.«

Sie war enttäuscht gewesen, als sie trotz aller Suche mit Keldan nichts in den Büchern in der unterirdischen Halle gefunden hatte. Die Tote hatte entweder zu niemandem eine ernsthafte Verbindung gehabt – schon gar nicht zu jemandem, der L sein könnte – oder sie hatte diese Verbindung gut zu verbergen gewusst. Laut Keldan wurde früher oder später jeder mit irgendjemand anderem zusammen in den Büchern erfasst. Sei es, weil man eine Lebensgemeinschaft einging, zusammen wohnte, sich bei den Wächtern über jemanden beschwerte oder selbst Grund zur Beschwerde wurde. Es gab *immer* etwas. Bei den meisten Leuten jedenfalls.

In dieser Hinsicht war es sogar gut, dass ein zweites Opfer aufgetaucht war – sofern man irgendetwas Gutes daran finden konnte. Je mehr Informationen sie bekamen, desto besser war es.

»Einen Versuch war es zumindest wert. Wenn wir in Zukunft jemandem begegnen, der L sein könnte, sollten wir genauer hinsehen«, sagte Krähe.

Liv, dachte Skadi. Bei ihr würde der Name passen. Aber sie hatte mit Keldan über diese Möglichkeit diskutiert und sie waren sich einig gewesen, dass das ein interessanter Zufall war, aber auch nicht mehr. Liv war zu jung, um ernsthaft mit dem ersten Opfer befreundet gewesen zu sein, und hatte auch nicht den Eindruck gemacht, sie je zuvor gesehen zu haben.

Krähe trat einen Schritt von der Tafel weg und legte den Kopf auf dieselbe Art zur Seite, wie er es bei Skadis Anhörung getan hatte. »Scheint, als müssten wir darauf hoffen, mehr über das zweite Opfer herauszufinden. Sein Name ist Nicolas Bellin, er lebt im Nordviertel und hat einige kleinere Delikte auf dem Kerbholz. Diebstähle, Schlägereien, Ruhestörungen, solche Sachen. Nichts Großes.«

»Gab es eine Verbindung zu der ersten Toten?«, fragte Cassandra. »Hat er sie mal bestohlen oder etwas in der Art?«

Krähe schüttelte den Kopf. »Nichts. Es könnten ebenso gut zwei verschiedene Mörder sein, die nichts miteinander zu tun haben.«

»Das glaube ich nicht«, warf Keldan ein. »Es muss derselbe Täter gewesen sein. Oder eine Gruppe von Tätern, aber es war kein Zufall, dass beide Opfer so kurz hintereinander getötet wurden.«

»Wenn du jetzt wieder sagst, dass dir das deine Intuition eingeflüstert hat, rede ich kein Wort mehr mit dir.« Cassandra begann wieder mit ihrem Stuhl zu kippeln. Ein Teil von Skadi hatte das dringende Bedürfnis, sie mit einem winzigen Stoß zu Fall zu bringen. Irgendwann sollte sie Keldan fragen, was die gemeinsame Geschichte der beiden war. Grundlos ritt sie immerhin nicht jedes Mal auf diesem Thema herum.

»Wir sollten nicht im Vorhinein ausschließen, dass die beiden Morde nichts miteinander zu tun hatten«, sagte Skadi. »Beide Opfer wurden auf die gleiche Art getötet, jeweils in der Nacht und im Ostviertel.«

»Abgesehen davon waren sie die genauen Gegenteile. Eine älter, arm, aus dem Ostviertel und eine unbestimmbare Art, der andere jung, reich, aus dem Nordviertel und halb Mensch, halb Elb.« Krähe kritzelte weitere Informationen auf die Tafel und verband sie mit gegensätzlichen Pfeilen. »Eine, die zurückgezogen gelebt und sich nie etwas zu Schulden kommen lassen hat und einer, der mit seinen Verstößen gegen das Gesetz regelrecht Aufmerksamkeit gesucht hat. Wenn es wirklich ein und derselbe Mörder war ... woher sollte er zwei derart gegensätzliche Personen kennen?«

»Das dürfte die Frage sein, die uns zu ihm führt. Im Übrigen gibt es ein weiteres Indiz für einen Zusammenhang zwischen beiden«, sagte Keldan. Er warf Cassandra einen vielsagenden Blick zu und legte etwas auf dem Tisch ab. »Diesen Stein haben wir heute bei dem zweiten Opfer gefunden. Und es gibt Zeugen, die bestätigen, dass bei der ersten Toten ebenfalls ein solcher Stein lag.«

Krähe erstarrte mitten in der Bewegung, einen Rechtschreibfehler an der Tafel zu korrigieren. Cassandra kippte mit ihrem Stuhl zurück in eine normale Position und selbst Aline sah von ihren Notizen auf. In Skadis Tasche regte sich Magnus, der sich bis dahin mucksmäuschenstill verhalten hatte. Skadi ahnte, dass es ihm nicht passte, die anderen von dem Stein in Kenntnis zu setzen. Er wusste irgendetwas darüber, obwohl er sich weigerte, es ihr zu erzählen. Ginge es nach ihm, wüsste nicht einmal Keldan davon – und ihm konnte Skadi so etwas nun wirklich nicht verheimlichen. Besonders dann, wenn er bei der Entdeckung dabei war.

Überraschend war für Skadi nur, dass Keldan den ersten Stein nicht vollständig verschwieg. Ohne ihn könnten sie zwar keine Verbindung zwischen den Morden nachweisen, aber nichtsdestotrotz brachten sie damit wieder Liv und Evan ins Spiel. Dabei mussten sie doch gerade das vermeiden.

Krähe beugte sich näher über den Stein. »Was soll das sein? Ein Würfel ohne Zahlen?«

»Das wissen wir nicht«, erwiderte Keldan. »Aber es ist anzunehmen, dass ein Zauber darauf liegt. Wir sind noch nicht dazu gekommen, unseren Berater dafür heranzuziehen.«

»Wenn die Zeugen sagen, dass bei dem ersten Opfer ein ähnlicher Stein gefunden wurde – warum haben wir ihn nicht?«

Keldan und Skadi wechselten einen Blick, in stiller Frage, wie sie das erklären sollten. Es wäre einfacher gewesen, wenn sie den anderen Stein ebenfalls besitzen würden, doch Evan hatte sich geweigert, ihn ihnen zu überlassen. Ungeachtet der Tatsache, dass er ihn selbst als Gefahr bezeichnet hatte.

»Er muss verloren gegangen sein«, sagte Skadi. »Womöglich ist er irgendwo im Schlamm stecken geblieben und der Mörder kam später zurück, um ihn zu holen.«

Die Antwort schien Krähe nicht völlig zu überzeugen, doch er verzichtete darauf, weiter nachzuhaken. Stattdessen nahm er den Stein in die Hand und betrachtete ihn interessiert von allen Seiten. »So etwas bei Nicolas gefunden zu haben, ist nicht verwunderlich. Aber wenn die Tote ebenfalls einen bei sich hatte, wirft das ein neues Licht auf die ganze Sache. Das könnte der Schlüssel zum Mörder sein.«

»Wenn wir ihn zu ihm zurückverfolgen können, ja«, gab Keldan zu. »Vor allem müssen wir herausfinden, ob wirklich ein Zauber darauf liegt und ob er womöglich gefährlich ist. Von da aus könnten wir eine Chance haben. Skadi und ich werden uns darum kümmern.«

Als Keldan die Hand nach dem Stein ausstreckte, zögerte Krähe. Es widerstrebte ihm sichtlich, diese Aufgabe nicht selbst wahrnehmen zu können. Es hätte Skadi nicht verwundert, wenn ihm eine Ausrede eingefallen wäre, warum es besser war, wenn er diesen Part übernahm.

»Wir sollten auch nicht vergessen, mit der Familie des zweiten Opfers zu sprechen«, sagte Skadi. »Vielleicht habt ihr ja mehr Erfolg als wir gestern.«

»Warte mal, soll das heißen, wir sollen–«

»Ja, Cassie«, unterbrach Krähe sie. »Diesmal werden wir unser Glück mit den Angehörigen versuchen. Außer du hast eine bessere Idee, was wir machen könnten.«

Cassandra schwieg, und Krähe übergab Keldan den Stein. Ob er anders gehandelt hätte, wenn Keldan nicht schon gesagt hätte, dass er und Skadi sich darum kümmern würden, bezweifelte sie nicht. Wahrscheinlich wäre es ihm am liebsten, sämtlichen Erfolg versprechenden Hinweisen selbst nachzugehen. Und solange das nicht möglich war, musste er sich wohl oder übel damit begnügen, Kompromisse einzugehen. Skadi war diese Variante in jedem Fall am liebsten. Nach dem Gläser-Haus am Tag zuvor konnte sie hervorragend darauf verzichten, erneut Verwandten eines Opfers einen Besuch abzustatten.

Skadi hatte nie darüber nachgedacht, ob und wo die anderen Berater der Wächter in der Burg waren. Genau genommen war sie immer stillschweigend davon ausgegangen, dass die Wächter sie bei Bedarf aufsuchten – nicht, dass sie in irgendeinem Teil der Burg sitzen und … was auch immer tun würden. Dass Keldan sie nun ausgerechnet zurück in die unterirdischen Gänge führte, überraschte sie. Er hatte zuvor erzählt, dass die Gänge weitläufig waren, doch sie hatte nicht damit gerechnet, dass hier unten etwas anderes als die Halle der Bücher sein würde.

»Glaubst du, dieser Berater kann uns wirklich helfen? Evan und Liv haben doch auch schon mit einer Magierin gesprochen, die ihnen nicht viel darüber sagen konnte«, sagte Skadi.

Keldan hob einen Mundwinkel. »Er heißt Pierre, Skadi. Und ich glaube wirklich, dass er uns helfen kann. Selbst wenn die Magierin nur wenig herausgefunden hat, besteht die Chance, dass er mehr weiß. Außerdem können wir nicht sicher sein, dass die beiden uns die volle Wahrheit gesagt haben. Irgendetwas verschweigen sie uns mit Sicherheit.«

Magnus nickte zustimmend, als wäre er davon überzeugt, dass Liv und Evan nicht mehr als die halbe Wahrheit erzählt hatten. Er war bei der Erwähnung des Magiers aus Skadis Tasche geklettert und hatte sich stattdessen auf ihrer Schulter niedergelassen. Skadi konnte seine Entrüstung nicht nachvollziehen – sie gaben schließlich auch nicht all ihre Erkenntnisse weiter. Zumal Magnus Keldan damit zustimmte. Es war merkwürdig genug, dass er es wagte, innerhalb der Wächterburg aus seinem Versteck zu kommen. Entweder war er so sehr an dem Stein interessiert, dass er selbst seine Abneigung überwand, oder es hatte einen anderen Grund.

Wenn er ihn ihr zumindest mitteilen würde – dann wäre sie weitaus weniger beunruhigt. Dafür, dass er ihr immer abgeraten hatte, sich den Wächtern zu nähern und am Tag zuvor nicht einmal in die Nähe der Burg kommen wollte, hatte sich seine Einstellung erstaunlich schnell geändert.

»Dass sie uns nicht alles erzählen, ist doch verständlich, oder?«, bemerkte sie. »Ich würde es an ihrer Stelle auch nicht tun. Dann hätten sie uns ja nichts mehr voraus.«

»Nur, dass sie uns nicht voraus sein sollten«, erwiderte Keldan. »Mich würde es vielmehr interessieren, was ihre Motivation hinter dem Ganzen ist. Aber sie beißen sich wohl eher die Zunge ab, als uns das zu verraten.«

»Vielleicht kannten sie das erste Opfer doch besser als sie uns weismachen wollen«, schlug Skadi vor.

Keldan nickte gedankenverloren – und schüttelte gleich darauf den Kopf. »Nein, das kann ich mir nicht vorstellen. Ich habe vielmehr das Gefühl, dass sie etwas wissen, das wir nicht wissen. Und dass dieses Wissen sie dazu treibt, selbst nach dem Mörder zu suchen. Ich habe nur nicht die leiseste Ahnung, was das sein könnte.«

Dieses Gefühl teilte Skadi nicht. Doch sie musste zugeben, dass sie im Gegensatz zu Keldan vollkommen ratlos war, was Liv und Evan dazu brachte, den Mörder zu jagen. Jede mögliche Erklärung war für sie gleichermaßen logisch wie unlogisch, bei keiner einzigen hatte sie das Gefühl, dass es die richtige war. In dieser Hinsicht beneidete sie Keldan um seine Intuition. Sie mochte nicht von jedem wertgeschätzt werden, aber Skadi würde viel dafür geben, diese unbestimmte Gewissheit zu haben. Von etwas überzeugt zu sein, obwohl man keine Fakten hatte, die dafür sprachen, und nicht zu zweifeln, wenn man sie doch fand.

»Darf ich dich etwas fragen?« Magnus presste seine Krallen in ihre Schulter, offenbar in der Überzeugung, dass sie sich das sofort anders überlegen sollte. Er konnte nicht wissen, was Skadi Keldan fragen wollte. Doch die Tatsache, dass es etwas Persönliches sein musste, genügte ihm offenbar schon, um es als inakzeptabel einzustufen.

Sie war immer dankbar für seinen Rat, auch wenn sie ihn in letzter Zeit meist missachtet hatte. Aber ihr entzog sich das Verständnis, warum sie keine Freundschaft mit Keldan schließen sollte, und sie wurde Magnus' ständiges Misstrauen ihm gegenüber leid. Also ignorierte sie ihn. Es war ohnehin zu spät für einen Rückzieher – Keldan hatte schon genickt und sah sie derart aufmerksam an, dass sie sich nicht etwas ausdenken wollte.

»Warum hat Cassandra so ein Problem damit, dass du auf deine Intuition hörst?«, fragte sie. »Sie scheint jede Gelegenheit zu ergreifen, darauf herumzureiten.«

»Ich hätte mir denken können, dass dir das auffallen würde«, murmelte Keldan. Er blieb vor einer Tür stehen, lehnte sich an die Wand daneben und verschränkte die Arme. »Cassie ist in mancher Hinsicht etwas ... schwierig. Wir waren früher mal gemeinsam zu Kontrollgängen im Ostviertel eingeteilt. Es war mein erster Nachteinsatz und ich hatte ständig das Gefühl, als würde uns jeden Moment jemand aus den Schatten anspringen. Bei einem Haus war ich vollkommen davon überzeugt, dass jemand hinter den dunklen Fenstern stand. Wir waren zu dem Zeitpunkt schon länger einer Gruppe Schmuggler auf der Spur, und ich war sicher, jemanden dort drin von solchen Geschäften reden gehört zu haben. Also habe ich Cassie überzeugt, Verstärkung zu holen. Lange Rede, kurzer Sinn: Als wir das Haus schließlich gestürmt haben, war niemand darin. Und sie nimmt es mir immer noch übel, deshalb vor den älteren Wächtern, die wir zur Verstärkung geholt hatten, dumm dagestanden zu haben.«

Bei der Erwähnung der Schmugglergruppe wurde Skadis Mund trocken. Sie hatte das beunruhigende Gefühl, dass Keldan merken musste, wie sie auf die Erwähnung der Schmuggler reagierte. Es hatte sich damals bestimmt nicht um dieselben Leute gehandelt, für die sie gearbeitet hatte … oder? So sehr sie es sich auch wünschte, sie konnte es nicht völlig ausschließen. »Tut mir leid, dass Cassandra dir das nachträgt«, sagte sie. »Aber, diese Schmugglergruppe – wenn sie nicht dort waren, habt ihr sie dann später gefunden?«

»Nein.« Er zuckte mit den Schultern und wandte sich wieder der Tür zu. Als er die Hand auf dem Türgriff ablegte, musterte er sie. »Deshalb hattest du ja auch eine Anhörung. Wir sprechen mit jedem, der in irgendeiner Weise mit denen in Verbindung gebracht wird, und sei es nur Gerüchten zufolge. Durch sie gelangen zu viele Dinge in die Stadt, die nicht hierher gehören.«

Skadi folgte ihm langsam, als er den Raum vor ihnen betrat. Aus dieser Perspektive hatte sie das Schmuggeln nie betrachtet. Sie war der Meinung gewesen, die Wächter würden das Ganze vor allem stoppen wollen, weil so ein Teil der Abgaben an sie verloren ging. Ob sie auch schon etwas geschmuggelt hatte, das nicht nur zur Vermeidung eines höheren Preises heimlich in die Stadt gelangen sollte?

Ein Knall, gefolgt von einer blauen Rauchwolke riss sie aus ihren Überlegungen. Sie wich hastig zurück, mit einem Mal vollkommen ihrer Sicht beraubt, während sie sich krampfhaft bemühte, so flach wie möglich zu atmen.

»Nicht die Tür öffnen!«, rief eine schwache Stimme aus der Wolke.

Skadi stieß gegen jemanden, von dem sie annahm, dass es Keldan sein musste, und klammerte sich an seinem Arm fest. »Was meint er damit, dass wir die Tür zulassen sollen?«, fragte sie hustend. »Das ist doch verrückt!«

»Wenn ich es weiß, sage ich es dir«, erwiderte Keldan. Er schien zu überlegen, ob er die Anweisung missachten sollte – was aus Skadis Sicht definitiv die beste Variante wäre. Sie spürte, wie er sich in Bewegung setzte. Doch statt den Weg zurück zur Tür zu suchen, drückte er sie auf den Boden.

Der Rauch war dort nicht verschwunden, aber deutlich weniger dicht. Es reichte, um nicht mit jedem Atemzug husten zu müssen, und einige handbreit weit zu sehen. Skadis Augen tränten und sie blinzelte energisch, um ihr geringes Sichtfeld bestmöglich ausnutzen zu können. Magnus war zurück in ihre Jacke geflitzt, wo die Luft hoffentlich besser war. Keldan lag direkt neben ihr und starrte angestrengt durch die Wolke. Und als wäre die gesamte Situation nicht schon merkwürdig genug, spürte sie einen seiner Flügel halb auf sich liegen. Schwer und warm, fast wie eine leidenschaftliche Umarmung. Sie räusperte sich mehrmals. »Und jetzt? Wir können doch nicht hier liegen bleiben und hoffen, dass der Rauch von allein verschwindet.«

»Ich fürchte, uns bleibt nicht viel anderes übrig«, murmelte er. »Wahrscheinlich ist Pierre schon dabei, etwas dagegen zu tun. Hoffen wir, dass es nicht lange dauert.«

Skadi drehte den Kopf zu ihm. »Soll das ein Scherz sein?«

»Sehe ich so aus, als wäre mir nach Scherzen zumute?« Er zog die Brauen nach oben und machte eine vage Handbewegung in die Richtung, aus der die andere Stimme gekommen war. »Ist nicht das erste Mal, dass so etwas passiert. Was glaubst du, warum Ciril eingewilligt hat, uns das machen zu lassen?«

»Ich hatte angenommen, weil wir den Stein gefunden haben«, sagte sie. Das erklärte auch, warum sie in die unterirdischen Gänge mussten. Wenn regelmäßig solche Dinge geschahen, konnte Skadi gut verstehen, dass die Wächter Pierre nicht in den oberen Räumen der Burg haben wollten. Hier unten konnte er vermutlich weniger Schaden anrichten. Obwohl die Frage eher war: Warum arbeitete er überhaupt als Berater, wenn er offenbar dazu neigte, Experimente durchzuführen, die schief gingen? Skadi konnte sich jedenfalls schwerlich vorstellen, dass eine tiefblaue Rauchwolke einem sinnvollen Zweck diente.

Keldan gab ein Geräusch von sich, das wie eine Mischung aus Lachen und Schnauben klang. »Nein, so leicht ist es leider nicht. Aber kommt es nur mir so vor oder wird der Rauch allmählich weniger?«

»Weiß nicht«, antwortete sie, »meine Augen brennen zu sehr, um einen Unterschied auszumachen.«

Sie gab sich Mühe, etwas zu finden, das ihr als Orientierung dienen konnte – eine Musterung im Boden etwa, die sie anfangs gerade so und nun deutlich erkennen konnte – und je länger sie sich darauf konzentrierte, desto verschwommener erschien ihr alles. Erst als sie den Blick wieder auf Keldan richtete, stellte sie fest, dass er recht hatte. Mittlerweile konnte sie nicht mehr nur sein Gesicht, sondern seinen gesamten Körper sehen. Noch immer durch einen blauen Schleier, aber mit jedem weiteren Augenblick verflüchtigte sich mehr davon.

Dann trat ein Paar glänzender Schuhe in ihr Blickfeld. »Das tut mir schrecklich leid, ich hatte nicht damit gerechnet, heute Gäste zu bekommen. Ihr könnt jetzt wieder aufstehen. Außer ihr wollt auf dem Boden liegen bleiben, aber dann muss ich euch bitten, ein Stück weiter zur Wand zu rutschen.«

Skadi tauschte einen Blick mit Keldan, während sie sich aufrichteten, und fragte sich, warum er sie nicht vorgewarnt hatte. Dass dieser Magier nicht dem entsprach, was sie sich unter einem Berater der Wächter vorgestellt hatte, hätte er sich denken können. Und das, obwohl ihre Erwartungen gering gewesen waren – immerhin hatte man sie auch ohne überragende Fähigkeiten eingestellt. Aber dieser Mann war das genaue Gegenteil ihrer Vorstellung. Mehrere handbreit kleiner als sie, dafür doppelt so breit, mit einem rotgoldenen Bart, der einzelne Brandspuren aufwies, und großen blassen Augen, die hektisch zwischen ihr, Keldan und dem gesamten Raum hin und her huschten. Auf dem Kittel, den er sich übergeworfen hatte, prangten bunte Flecken, deren Ursprung Skadi nicht einmal erraten konnte.

»Wir haben auch nicht vor, lange zu stören«, sagte Keldan und schaffte es im Gegensatz zu Skadi, zu lächeln. »Es gibt nur eine kleine Sache, zu der wir eine Frage haben. Ihr kennt Euch doch mit magischen Objekten aus?«

»Natürlich tue ich das«, erwiderte er entrüstet. »Aber für kleine Sachen fehlt mir die Zeit. Ich bin mitten in einer weitreichenden Entdeckung. Wenn es also nicht *wirklich* wichtig ist–«

»–ist es«, unterbrach Keldan ihn. »Es ist sogar von immenser Bedeutung. Ihr könntet damit den Hauptteil zur Lösung eines Falls beitragen, an dem wir gerade verzweifeln.«

Pierre runzelte die Stirn. »Nun, wenn das so ist ... Aber lasst mich meine Erkenntnisse aufschreiben, ehe ich sie vergesse.«

Skadi sah zu, wie er zu einem Tisch mit allerlei Gläsern – vermutlich die Quelle der Rauchwolke – ging, und senkte die Stimme. »Sind wir wirklich verzweifelt?«

»Verzweifelt genug für das hier jedenfalls«, flüsterte Keldan. »Er ist besser, als man glaubt, aber es ist trotzdem anstrengend.«

Dem stimmte Skadi aus ganzen Herzen zu. Sie war froh, nur daneben stehen und Keldan das Reden überlassen zu können. Sie bezweifelte, dass sie die Geduld aufbringen würde, trotz allem ruhig und lächelnd darauf zu warten, dass Pierre seine Gedanken zu Papier gebracht hatte.

Als er sich ihnen wieder näherte, ließ Keldan ihm keine Gelegenheit, noch etwas anderes machen zu wollen. »Es geht um diesen Stein«, sagte er und drückte ihn Pierre energisch in die Hand. »Wir müssen alles wissen, was Ihr uns darüber sagen könnt. Vornehmlich, welchem Zweck er dient.«

Der Magier zuckte im selben Moment zurück, als er den Stein berührte. Wüsste Skadi es nicht besser, hätte sie angenommen, er hätte sich daran verbrannt. Doch er blieb stehen, verzichtete sogar auf eine Antwort und kniff die Augen zusammen. Sie zuckten unter den Lidern hin und her.

Wenn Skadi die Möglichkeit gehabt hätte, sich auszusuchen, als was sie auf die Welt gekommen wäre, hätte sie sich für die Magier entschieden. In ihrer Vorstellung konnte es nichts Besseres geben, als Magie nutzen zu können. *Wirklich* nutzen, nicht nur auf magische Objekte zugreifen und darauf vertrauen zu müssen, dass sie funktionierten, wie sie es tat. Selbst Magie wirken zu können, und sei es nur in geringen Mengen, verschaffte einem unzählige Vorteile in dieser Welt. Nicht jeder Magier hatte die gleichhen Fähigkeiten und Kräfte, doch die meisten waren in der Lage, damit ihren Lebensunterhalt zu verdienen. Sei es, indem sie Zauber für andere wirkten, Zaubertränke brauten oder magische Objekte anfertigten – nicht zuletzt für die Wächter. Allein die verzauberten Spiegel in den Verhörräumen mussten ihrem Erschaffer ein kleines Vermögen eingebracht haben.

In diesem Moment kam sie nicht umhin, sich zu fragen, was in Pierre vorging, während er den Stein festhielt. Konnte er etwas sehen oder fühlen? Spürte er, welche Bedeutung der Zauber auf dem Stein hatte oder erkannte er nur ein Muster, das er bekannten Zaubern zuordnen musste? Was es auch war, es ging rasend schnell. Skadi überlegte gerade, ob sie sich weiter in dem Raum umsehen durfte, als er wieder die Augen aufschlug. Der Blick, mit dem er Keldan bedachte, hatte nichts mehr von jenem überheblichen wenige Momente zuvor.

»Dieser Zauber wurde von jemandem mit großer Macht gewirkt. Es ist schwer, ihn zu durchdringen. Der Stein ist voller dunkler Schwingungen – deshalb gehe ich davon aus, dass er im Zusammenhang mit einem Gewaltverbrechen gefunden wurde. Er soll ein positives Gefühl vermitteln, aber davon spüre ich nichts ...«

Keldan hob eine Augenbraue. »Und?«

»Nichts und.« Der Magier zuckte mit den Schultern, musterte erneut den Stein, und schüttelte schließlich den Kopf. »Dahinter steckt noch etwas anderes. Ich brauche mehr Zeit, um das zu entschlüsseln. Ich kann euch nur sagen, dass auf den ersten Blick keine Gefahr davon ausgeht.«

Das klang derart unwahrscheinlich, dass Skadi überlegte, ob sie sich womöglich verhört hatte. Er musste *eine* statt *keine* Gefahr gesagt haben. Alles andere ergab in ihren Augen keinen Sinn. Warum sonst hätten Liv und Evan davon ausgehen sollen, dass es riskant war, den Stein auch nur zu berühren? Zugegeben – weder hatte Keldan etwas von einer Auswirkung auf ihn erwähnt, noch ging der Magier davon aus, Probleme damit zu bekommen.

»Seid Ihr sicher?«, hakte Keldan nach. »Uns wurde von anderer Stelle gesagt, dass im Umgang mit diesem Stein äußerste Vorsicht geboten ist.«

Der Magier schnaubte. »Natürlich bin ich mir sicher. Wer auch immer das erzählt hat, versteht nichts von seinem Handwerk.«

– *Unsinn. Der einzige Scharlatan hier ist er.*

Skadi fuhr zusammen. Es war nicht sie gewesen, die diese Worte gedacht hatte, dennoch sie waren in ihrem Kopf aufgetaucht. Auf eine Art, die sie bisher nur drei Mal gehört hatte.

– *Magnus?*, dachte sie zögernd. *Bist du das?*

– *Wer denn sonst?*, erwiderte er. *Wenn ihr auf diesen Idioten hört, endet das in einer Katastrophe. Der Zauber auf dem Stein ist sehr wohl gefährlich.*

Sie holte tief Luft, fing Keldans fragenden Blick auf und zwang sich zu einem Lächeln. Magnus' plötzlicher Entschluss, mit ihr zu sprechen, hatte sie aus der Bahn geworfen. Das hatte er bisher so selten getan, dass sie vergessen hatte, wie er sich anhörte. Eine dunkle Stimme, die sich nicht so recht mit seiner körperlichen Erscheinung in Einklang bringen ließ, mit einem amüsierten Unterton, der selbst bei diesem ernsten Thema nicht verschwunden war. Nach dem ersten Schock, dass er mit ihr sprach, folgte der zweite: Eben weil er es so selten tat, musste es ihm sehr wichtig sein. Es wäre ihr lieber gewesen, ihn auch anzusehen, doch er blieb hartnäckig in ihrer Tasche.

– *Dann weißt du mehr darüber?*, fragte sie.

– *Ich weiß genug.* Er hielt inne. Mehrere Atemzüge lang, sodass Skadi befürchtete, er würde ihr nicht mehr mitteilen wollen.

– *Er hat insofern recht, dass der Stein seinen Opfern ein gutes Gefühl vorgaukelt*, fuhr Magnus schließlich fort. *Aber nur jenen, auf die er es abgesehen hat. Währenddessen führt er den Besitzer eines Gegenstücks zu ihnen. Der sie dann tötet.*

»Skadi?« Keldan unterbrach ihre rasenden Gedanken, bevor sie Magnus antworten konnte. »Hast du noch irgendwelche Fragen?«

Sie schüttelte den Kopf, ohne darüber nachzudenken. Die beiden mussten etwas besprochen haben. Doch sie war zu abgelenkt gewesen, um zuzuhören. Pierre sah sie erwartungsvoll an – sie konnte nur nicht sagen, ob er auf eine Verabschiedung oder irgendwelche lobenden Worte hoffte.

»Ich glaube nur«, setzte sie an, »dass das wenig Sinn macht. Wenn hinter dem guten Gefühl noch etwas anderes steckt, muss das doch etwas Gefährliches sein. Wäre es nicht möglich, dass … das als Ablenkung dienen soll?«

»Ablenkung?«, wiederholte Pierre. »Wovon denn?«

Skadi zögerte. Sie hatte das dringende Bedürfnis, Magnus' Informationen weiterzugeben, doch sie wusste nicht wie. Direkt zu verraten, dass sie mit ihm darüber gesprochen hatte, war eine schlechte Idee. Entweder würden die anderen beiden sie für verrückt halten oder ihr nicht glauben, dass eine Ratte so etwas wissen konnte. »Von dem Zauber, der dahinter steckt. Der muss doch einem bestimmten Zweck dienen, oder?«

– *Dem Zweck, Mischwesen aufzuspüren*, fügte Magnus hinzu. *Damit man sie dann in aller Ruhe umbringen kann.*

In einer anderen Situation hätte dieses Detail Skadi den Atem geraubt. Jetzt reichte es nur noch, um sie die Stirn runzeln zu lassen.

– Woher weißt du das alles?

»Das glaube ich auch«, sagte Keldan in diesem Moment. »Grundlos hatten nicht beide Opfer einen solchen Stein bei sich.«

»Es gibt immer Zufälle«, entgegnete Pierre. »Ich bestreite nicht, dass da noch etwas ist. Aber es mit Sicherheit nichts, das jemanden verletzen oder gar töten würde.«

– Magnus?, fragte Skadi. *Bist du noch da?*

Er schwieg. Ob endgültig oder nur für einen kurzen Moment, war ungewiss. Skadi hatte sich längst damit abgefunden, dass er nicht dauerhaft mit ihr sprechen würde. Sie hoffte, dass es diesmal anders war, doch sie glaubte nicht daran. Ohne eine Begründung, woher er über den Stein Bescheid wusste, musste sie wohl oder übel darauf vertrauen, dass er die Wahrheit sagte.

»Das muss er auch nicht.« Sie dachte daran, wie überrascht die beiden Opfer ausgesehen hatten. Wenn der Stein wirklich ein gutes Gefühl vermittelte, mussten sie angenommen haben, demjenigen, der ihn ihnen gegeben hatte, trauen zu können. »Es reicht schon, wenn er den Mörder zu seinen Opfern führt. Wäre das möglich?«

Pierre nickte widerstrebend. »Durchaus.«

»Es würde Sinn ergeben«, sinnierte Keldan. »Der Mörder gibt jemandem einen solchen Stein. Derjenige wird von einem guten Gefühl durchströmt und kann sich nicht vorstellen, dass der ursprüngliche Besitzer ihm Böses wollen könnte. Dann folgt der Mörder ihm mithilfe des Steins, wartet eine günstige Gelegenheit ab, und schneidet ihm die Kehle durch. Es gibt nur einen Haken: Warum habe ich nichts von diesem guten Gefühl gespürt? Ich hatte den Stein lang genug in der Hand.«

Skadi streckte die Hand aus. »Darf ich es probieren?«

Sie ahnte, dass auch sie nichts spüren würde. Als Pierre ihr den Stein übergab, war er warm – so wie jeder andere Stein auch, den man längere Zeit in der Hand gehalten hatte. Doch sie spürte weder ein aufkeimendes Glücksgefühl noch etwas in der gegenteiligen Richtung. Wüsste sie es nicht besser, würde sie annehmen, einen normalen Stein festzuhalten. »Ich fühle auch nichts.«

»Also ist eure Theorie falsch«, schloss Pierre abfällig und nahm ihr den Stein wieder ab.

»Nicht unbedingt«, widersprach Skadi. »Die Opfer waren beide Mischwesen – im Gegensatz zu uns. Vielleicht reagiert der Stein nur auf sie.«

Der Magier wurde merklich blasser. Er korrigierte seinen bestürzten Gesichtsausdruck blitzschnell, doch der Augenblick reichte, um zu zeigen, dass er diese Möglichkeit für wahrscheinlich hielt.

Keldan stieß langsam die Luft aus. »Und ich dachte, es könnte nicht mehr schlimmer werden.«

Das hatte Skadi auch angenommen. Dass sie nun vermutlich wussten, was hinter dem Stein und der Absicht des Mörders steckte, half ihnen nur bedingt. Die Vorstellung, dass sie gerade nur ein winzigen Teil von etwas viel Größerem herausgefunden hatten, jagte einen Schauer über ihren Rücken.

– Was deine Frage von vorhin angeht, sagte Magnus. *Ich habe selbst vor vielen Jahren solche Steine hergestellt. Daher weiß ich, wozu sie dienen.*

Skadi erstarrte. *– Was?*

Eine Antwort erhielt sie nicht.

17. LIV

Als wir Rosalies Haus betreten hatten, hatte ich nicht daran geglaubt, dass wir ohne Verletzungen wieder herauskommen würden. Dass wir stattdessen mit einem freundlichen Lächeln und der Bitte, wiederzukommen, verabschiedet würden, hätte Grund zur Freude sein sollen. Vielleicht wäre es das auch gewesen, wenn die Erkenntnisse aus dem Gespräch mich nicht derart beunruhigen würden.

»Glaubst du, dass sie recht und Nicolas Tod etwas mit dem *Schwarzen Stein* zu tun hat?«, fragte Evan, als wir die geschwungene Eingangstreppe hinter uns ließen. Es war inzwischen kurz nach Mittag und ich war froh, dass Rosalie uns vor dem Aufbruch etwas zu Essen aufgedrängt hatte.

»Ich befürchte es zumindest«, gab ich zu. »Es muss ja nicht mal das Gasthaus selbst sein. Vielleicht ist es auch der Schwarzmarkt ... obwohl ich mich nicht erinnern kann, jemanden wie Nicolas jemals dort gesehen zu haben.«

»Das muss nichts heißen. Er könnte erst vor Kurzem darauf gestoßen und dann jemandem begegnet sein, der ihn deshalb umbringen wollte.« Evan blieb an der nächsten Kreuzung stehen, um eine Gruppe Passanten vorbeizulassen. Dicht darauf folgten zwei Wächter, die zielstrebig auf Rosalies Haus zugingen. Als ich nicht rechtzeitig auswich, stieß mich die Wächterin mit einem säuerlichen Blick aus dem Weg – fest genug, um schmerzhaft gegen die Wand zu knallen.

»Steh hier nicht so nutzlos rum«, zischte sie mir zu.

Ich blinzelte verblüfft. »Deshalb müsst Ihr mich doch nicht gleich angreifen. Die Straße ist breit genug für alle von uns.«

Sie war bereits weitergegangen und wirbelte herum, die feste Absicht im Gesicht, zurückzukommen und … was auch immer zu tun. Es hätte mich interessiert, was sie vorhatte, doch ihr Begleiter war ebenfalls stehen geblieben.

»Lass es, Cassie«, sagte er. »Wir haben Wichtigeres zu tun.«

Cassie war sichtlich anderer Meinung, begnügte sich aber damit, mir einen weiteren giftigen Blick zuzuwerfen, ehe sie sich umdrehte. Evan hatte das Ganze schweigend verfolgt. Als er nun neben mich trat und den beiden Wächtern nachsah, runzelte er die Stirn. »Ich habe dir doch von den Gerüchten über einige der Wächter erzählt …«

»Wenn jemand zu dieser Gruppe gehören könnte, dann wohl sie«, fuhr ich fort. »Das glaube ich sofort. Zumindest wenn es danach geht, wie schlecht ihre Laune ist. Dagegen ist dieser Keldan ja sogar nett.«

Sie blieben vor der mannshohen Tür stehen. Ich hätte es mindestens Cassie gegönnt, wenn ihnen der Zutritt verweigert worden wäre, oder – noch besser – sie auf dieselbe Art empfangen worden wären wie wir. Doch sie wurden widerstandslos eingelassen. Einen Moment später ging mir auf, wie knapp wir daran vorbeigeschrammt waren, ihnen im Haus zu begegnen. Es blieb zu hoffen, dass Rosalie kein Wort über uns verlauten lassen würde. Oder dass die zwei in diesem Fall keinen Verdacht schöpfen würden, dass wir eine Verbindung zu den Morden hatten.

»So weit würde ich dann doch nicht gehen«, sagte Evan und wandte sich von dem Haus ab. »Wie auch immer. Jetzt wissen wir immerhin, wohin wir als Nächstes müssen. Unabhängig davon, ob es dort wirklich eine Verbindung zum Täter gibt oder nicht. Der *Schwarze Stein* dürfte der letzte Ort sein, den Nicolas lebend verlassen hat. Vielleicht erinnert sich jemand an ihn und kann uns mehr erzählen. Oder jemand hat etwas über diese Steine gehört.«

Ich blieb stehen, als er sich nach Osten wandte. »Nein.«

Er hielt inne. »Wie bitte?«

Dafür, dass wir uns erst so kurze Zeit kannten, hatten wir Situationen wie diese schon viel zu oft durchgemacht. Momente, in denen Evan etwas vorhatte, das ich als bedenklich einstufte. Jedes Mal war ich ihm entweder sofort gefolgt oder hatte die Diskussion darüber verloren. Noch einmal würde mir das nicht passieren. »Wir arbeiten zusammen, Evan, schon vergessen? Kann sein, dass es am Anfang nur darum ging, dass ich dir helfen sollte, aber darüber sind wir längst hinaus. Ich helfe dir, weil ich verhindern will, dass weitere Leute ermordet werden. Und weil ich nicht zulassen kann, dass diese Gruppe Wächter an die Macht kommt und eine Artentrennung durchsetzt. Aber dazu gehört, dass wir gemeinsam entscheiden, was wir als Nächstes tun.«

Evan musterte mich wortlos. Entweder hatte ihm meine Erklärung die Sprache verschlagen oder er nahm an, dass ich ihn auf den Arm nehmen und gleich die Pointe auflösen wollte.

»Das heißt, dass nicht du eine Entscheidung triffst, sondern wir beide zusammen«, fügte ich hinzu.

»Ich weiß, was gemeinsam bedeutet«, erwiderte er unwirsch. »Müssen wir das unbedingt jetzt besprechen? Je mehr Zeit wir vergeuden, desto wahrscheinlicher ist es, dass heute Nacht noch jemand umgebracht wird.«

»Ja, müssen wir.« Ich sollte nicht erklären müssen, warum es mir wichtig war, bei solchen Entscheidungen ein Mitspracherecht zu haben. Evan war intelligent genug, um das selbst zu wissen. »Wenn wir es jetzt klären, vergeuden wir außerdem später weniger Zeit.«

Er seufzte. »Dann lass uns wenigstens dabei schon mal loslaufen. Dass es keinen Sinn hat, hierzubleiben, siehst du doch hoffentlich genauso, oder?«

Ich musste ihm zugutehalten, dass er diesmal wartete, bis ich nickte, ehe er auf dem Absatz kehrtmachte und weiterging. Das war ein Kompromiss, mit dem ich leben konnte – vorausgesetzt, er war auch wirklich dazu bereit, diesen Punkt jetzt ein für alle Mal zu klären, anstatt ihn erneut zu verschieben.

»Warum ist es für dich so schlimm, mich mitentscheiden zu lassen?«, fragte ich und schloss zu ihm auf.

Evan zuckte mit den Schultern. »Warum ist es für dich so schlimm, mich die Entscheidung treffen zu lassen? Du hast am Anfang selbst darauf beharrt, dass du eigentlich nichts mit alldem zu tun haben willst.«

»Stimmt. Aber mittlerweile bin ich zu tief drin, um mich da raushalten zu können. Dann will ich zumindest auch an den Entscheidungen beteiligt sein, die mich den Hals kosten könnten, anstatt dir blind zu folgen.«

Er setzte zu einer Antwort an, von der ich überzeugt war, dass sie *Es wird keinen von uns den Hals kosten* lauten würde. Dann überlegte er es sich offensichtlich anders, räusperte sich stattdessen und warf mir einen Blick zu, dessen Bedeutung ich erst einen Moment später verstand. Er war unsicher. »Das verstehe ich, Liv, wirklich. Aber auf der anderen Seite bin ich mir immer noch nicht sicher, ob wir dasselbe Ziel verfolgen.«

Ich runzelte die Stirn. »Das verstehe ich wiederum nicht. Wir wollen doch beide den Mörder stoppen, oder nicht?«

»Natürlich«, antwortete er. »Nur will ich auch dafür sorgen, dass die Machenschaften der Wächter dabei aufgedeckt werden. Und ich habe das Gefühl, dass du das nicht willst.«

Das war es also. Er ging immer noch davon aus, dass mir das Ganze nicht halb so wichtig war wie ihm – was vermutlich der Wahrheit entsprach. Doch das war keine Rechtfertigung, kein nachvollziehbarer Grund, warum er mich außen vor lassen wollte. Nicht, wenn er uns damit beide ins Verderben riss. »Das will ich auch, Evan. Zumindest will ich verhindern, dass ein Teil von ihnen es durchsetzt, dass jede Art nur noch unter sich zu bleiben hat.«

Diesmal war es Evan, der kurzerhand stehen blieb, und mich aufmerksam ansah. »Aber? Wir wissen beide, dass du noch etwas hinzufügen willst.«

Ich verschränkte die Arme, stellte fest, dass ich damit eher wie ein trotziges Kind wirkte, und ließ sie wieder sinken. Er hatte recht, ich wollte etwas hinzufügen. Ich wusste nur nicht wie, ohne ihm etwas an den Kopf zu werfen, das er mir übel nehmen würde. »Ich kann mir nicht vorstellen, dass die Wächter hinter den Morden stecken. Nicht einmal ein Teil von ihnen. Sie wären nicht so dumm, die Leichen liegen zu lassen.«

Evan verdrehte die Augen. »Niemand mit etwas Verstand wäre so dumm. Also haben wir es hier entweder mit jemandem ohne jegliche Intelligenz zu tun – der dann schnell gefasst werden dürfte – oder derjenige legt es darauf an, dass man die Toten findet. Wer weiß, welcher ausgeklügelte Plan dahinter steckt. Vielleicht wollen sie damit Angst verbreiten und dadurch die Bevölkerung empfänglicher für ihre Ideen machen.«

»Das ist doch egal«, stieß ich hervor. »Wir wissen, dass jemand durch die Stadt läuft und scheinbar wahllos mordet! Reicht das nicht? Kannst du nicht deine Verschwörungstheorien über die Wächter in den Hintergrund rücken, bis diesem Verrückten das Handwerk gelegt ist? Danach können wir von mir aus so viele Nachforschungen wie nötig betreiben und jedes noch so unbedeutende Vergehen der Wächter verfolgen. Aber nicht jetzt, Evan. Nicht, wenn wir deshalb gegen sie arbeiten und dadurch verhindern, dass sie den Mörder finden!«

Ich hatte nicht vorgehabt, ihn anzuschreien. In meiner Vorstellung hatte ich ihm das ruhig und sachlich erzählt, darauf bedacht, ihn mit den reinen Worten zu überzeugen. Ich hatte sie mir sogar genau zurechtgelegt, mit detaillierten, eindringlichen Formulierungen. Dennoch waren sie schlichtweg aus mir herausgeplatzt.

Und ich befürchtete, dass ich damit alles zunichtegemacht hatte.

Evan wandte den Blick von mir ab. Ich zog die Schultern hoch, darauf gefasst, dass er mich genauso anfahren würde wie ich ihn. Seine Argumente kannte ich ja schon: Dass man die Wächter trotz allem nicht als Täter ausschließen konnte, dass wir nicht sicher sein konnten, ob wir sie schützten, indem wir sie einbezogen. Dass er davon überzeugt war, sie hätten Emma auf dem Gewissen. Ich wartete nur darauf, dass er sie mir erneut vorhalten würde.

»Du hast recht«, antwortete er schließlich so leise, dass ich sicher war, mich verhört zu haben. »Das alles geht längst über mein persönliches Vergeltungsbedürfnis hinaus. Besser gesagt sollte es das. Aber ich kann nicht anders. Ich kann nicht verhindern, dass ich jeden weiteren Toten persönlich nehme. Als wäre es immer wieder Emma, der das Leben genommen wird.«

Ich schluckte. »Das verstehe ich, irgendwie. Und ich will nicht bestreiten, dass Emmas Tod kein Unfall gewesen sein muss. Vielleicht hat sie wirklich jemand ermordet. Und vielleicht stecken dieselben Leute dahinter wie hinter den jetzigen Morden. Aber das müssen nicht unbedingt die Wächter sein. Hast du schon einmal daran gedacht, dass es jemand anderes war und sie Emma wirklich nur im Fluss gefunden haben?«

»Nein.« Er sah mich an, und tat es doch wieder nicht. Es war, als würde er durch mich hindurchsehen, zu einem Ort, zu dem ich ihm nicht folgen konnte. Gerade als ich begann, mir Sorgen zu machen, blinzelte er und verließ seine Gedanken offenbar. »Auf diese Idee bin ich noch nicht gekommen. Möglich wäre es wohl.«

Ich nickte. Es war gut, dass ihm das klar geworden war. Mit etwas Glück reichte es, um ihn davon abzuhalten, weiterhin vorrangig die Wächter im Verdacht zu haben. »Wir brauchen Hilfe. Allein schaffen wir das nicht.«

»Du willst zurück zu Keldan und Skadi, richtig?«

»Wir können ihnen vertrauen, Evan«, antwortete ich. »Wenn ich sie richtig einschätze, würden sie auch einen der ihren überführen, wenn er wirklich etwas mit den Morden zu tun hat.«
»Dann sollte ich hoffen, dass du dich nicht irrst.«

Im Nachhinein stellte sich heraus, dass wir bei der gesamten Abmachung mit Keldan und Skadi eines nicht bedacht hatten – keiner von uns hatte zur Sprache gebracht, wie wir uns gegenseitig erreichen und über neue Erkenntnisse informieren würden. Evan wohl, weil er es sowieso nie vorgehabt hatte, und ich … ich war in diesem Moment nur froh gewesen, heil aus der ganzen Sache herausgekommen zu sein.

Vor der Burg herumzulungern und darauf zu warten, dass einer von beiden zufällig herauskommen würde, wäre Zeitverschwendung. Ohne Weiteres hineinzumarschieren und darauf zu bestehen, mit ihnen zu sprechen, würde dagegen nur Aufmerksamkeit auf uns ziehen, die wir vermeiden wollten – gleiches galt für den Versuch, einen Boten zu schicken. In Ermangelung einer anderen Methode trat das ein, was ich ursprünglich vermeiden wollte: Evans Vorschlag, vorerst allein zum *Schwarzen Stein* zu gehen, war die einzige Variante, die in unserer derzeitigen Situation Sinn ergab.

»Nur, damit ich das richtig verstehe«, sagte ich, »wir wollen da rein gehen, so unauffällig wie möglich alles beobachten und uns einen Verdächtigen merken, sobald wir einen sehen.«

Evan nickte. »Das ist der Plan, ja.«

»Dann verstehe ich nur eins nicht: Wie erkennen wir denn einen Verdächtigen? Es wird niemand in einer Ecke stehen und diese unheimlichen Steine verticken.« Ich blieb am Rand des Gasthauses stehen und warf einen Blick durch die verstaubten Fenster. »Erst recht nicht um diese Tageszeit.«

Es war nicht wirklich leerer, als es spätabends oder nachts der Fall war. Doch selbst in einer heruntergekommenen Schenke wie dieser veränderte sich die Kundschaft mit schwindendem Licht. Jetzt bestand die Mehrheit der Gäste aus Reisenden oder Arbeitern, die ihre Pause hier verbrachten. Und natürlich einige wenige, die ohnehin hier zu wohnen schienen. Es würde dauern, bis sich der Teil der Gesellschaft einfand, dem man nicht im Dunkeln begegnen wollte.

Evan zuckte mit den Schultern und wippte ungeduldig auf und ab. »Wir werden sehen. Er wäre doch nicht der Erste, der die düsteren Ecken für zwielichtige Geschäfte nutzen würde. Das könnte uns zumindest einen Anhaltspunkt geben.«

»Vorausgesetzt, er wäre so dumm«, hielt ich dagegen. »Wenn er das wirklich tun würde, könnte man die Morde problemlos zu ihm zurückverfolgen. Irgendjemandem wäre so etwas sicher aufgefallen.«

»Das erinnert mich daran, dass wir uns nicht nur umsehen, sondern vor allem umhören sollten«, sagte er. »Ein Grund mehr, warum es besser ist, die Wächter noch nicht informiert zu haben. Sobald die anfangen, hier Fragen zu stellen, wird keiner mehr antworten.«

Als er sich mit einem letzten Blick ins Innere von dem Fenster abwandte und zur Tür schlenderte, blieb ich zurück. Ich versuchte, ihn möglichst objektiv zu betrachten, angefangen beim tadellosen Zustand seiner Kleidung über seine aufrechte Haltung bis zu dem aufmerksamen Blick, aus dem ein Hauch Überheblichkeit sprach. *Ihm* würde hier auch niemand Fragen beantworten. Doch das wollte ich ihm nicht sagen. Und wer wusste schon, ob er mich nicht überraschen würde. Reden konnte er, sogar ziemlich überzeugend. Aber es war fraglich, ob sich die Leute hier genauso davon um den Finger wickeln lassen würden wie Rosalie.

Evan hatte nicht gewartet, bis ich ihm folgte. Als ich durch den Türspalt schlüpfte, strebte er bereits auf einen Tisch in der linken hinteren Ecke zu. Einen von der Sorte, für die man sich nur entschied, wenn man entweder etwas verbergen oder absolut ungestört sein wollte – halb hinter einem Wandvorsprung versteckt und so gestellt, dass man den Raum im Blick hatte, ohne selbst gesehen zu werden.

»Hast du dich entschieden, dass es doch sinnvoller wäre, sich nicht umzuhören?«, fragte ich und quetschte mich auf den Stuhl an seiner rechten Seite.

»Nein, warum sollte ich?« Er ließ den Blick über die übrigen Anwesenden schweifen, und ich war insgeheim froh darüber, dass es hier hinten so dunkel war. Es wäre nicht das erste Mal, dass jemand einen Streit provozierte, indem er jemand anderen zu lange angesehen hatte.

Ich musterte die Menge ebenfalls, auf der Suche nach bekannten Gesichtern. Ich würde nicht ausschließen, hier zufällig über Raphael zu stolpern. Auf Anhieb entdeckte ich niemanden, den ich näher kannte. Nur den ein oder anderen, den ich gelegentlich auf dem Schwarzmarkt gesehen hatte. »Weil wir hier hinten niemanden belauschen können.«

»Ich weiß«, antwortete er. »Für den Moment genügt es ja auch, wenn wir uns einen Überblick über die Lage verschaffen. Siehst du jemanden, der dir verdächtig vorkommt? Oder dem du einen Mord zutrauen würdest?«

»Einen Mord ja«, murmelte ich. »Nur nicht die Intelligenz, dabei nicht erwischt zu werden. Und einen Verdächtigen ...« Ich beobachtete die übrigen Anwesenden, suchte nach Gesten, Mimiken und Haltungen, die darauf hindeuten könnten, dass jemand gerade erst eine Frau und einen jungen Mann getötet hatte und in diesem Moment womöglich sein nächstes Opfer auswählte ... und scheiterte. Es gab zwei Männer an der Theke, deren Statur und grimmige Mienen andeuteten, dass sie ihre Probleme lieber mit Schlägen als mit Worten klärten. Aber einen Mord, zwei sogar? Das traute ich ihnen nicht zu. Ebenso wenig einem der anderen. »Ich wüsste niemanden. Man merkt keinem an, falls er oder sie kaltblütig mordet. Vermutlich kann man es hervorragend verstecken, wenn man zu solchen Taten fähig ist.«

Evan lehnte sich zurück und gab dem Wirt ein Zeichen. »Möglicherweise ist es aber auch ein besonders auffälliges Verhalten, dass den

Täter so unauffällig macht. Lass uns eine Weile hier warten und beobachten. Wenn wir niemanden finden, wissen wir zumindest, dass er nicht hier ist.«

»Dass er heute nicht hier ist«, korrigierte ich. »Oder dass er zu clever für uns ist.«

Ich fragte mich, ob Evan recht behalten würde oder ob wir doch nur wertvolle Zeit verschwendeten. Selbst wenn der Mörder hier auftauchte, bezweifelte ich, dass wir ihn erkennen würden. Nicht zuletzt, falls es sich in Wirklichkeit um eine Gruppe von Tätern handelte.

»Ob die Wächter inzwischen mehr herausgefunden haben?«, wechselte ich das Thema, als Evan nicht antwortete. »Auf mich haben sie nicht den Eindruck gemacht, als wüssten sie mehr, als sie zugeben wollen.«

Ein Grinsen huschte über Evans Lippen. »Den Eindruck hatte ich auch. Es schien ganz so, als wären sie so verzweifelt, dass sie sich um jeden Preis mit uns einigen mussten.«

»Mhm. Aber irgendetwas müssen sie doch haben, oder?« Ich hielt inne, als der Wirt wortlos zwei Schüsseln mit rotbrauner Suppe vor uns abstellte. Zumindest war sie heiß genug, um zu dampfen.

»Ich meine«, fuhr ich fort, »das sind schließlich die Wächter. Die können unmöglich weniger herausgefunden haben als wir.«

»Wer weiß.« Evan rührte gedankenverloren in seiner Suppe. Ich wartete darauf, dass er sie als Erster probieren würde. Obwohl mein Magen sich in Aussicht einer heißen Mahlzeit erwartungsvoll zusammenkrampfte, wollte ich kein unnötiges Risiko eingehen. Sonderlich vertrauenserweckend sahen die winzigen Stückchen zumindest nicht aus. Doch Evan beschränkte sich darauf, die Richtung seiner Rührbewegung zu wechseln. »Vielleicht haben sie über das erste Opfer etwas erfahren, das von Bedeutung ist. Der Teil fehlt uns leider.«

»Wenn es etwas Wichtiges war, hätten sie es uns eh nicht gesagt. Dann würden wir ja definitiv mehr wissen als sie.« Ein daumengroßer Brocken undefinierbaren Ursprungs rutschte langsam von meinem

Löffel herunter und landet mit einem Platschen zurück in der Suppe. Ich verzog das Gesicht und ließ den Rest hinterherplumpsen.

Evan nickte, probierte einen Löffel voll Suppe – und musste im nächsten Moment derart stark husten, dass sich vereinzelte Gesichter zu uns umdrehten. »Schärfer ... als erwartet«, keuchte er. »Wie kann man so etwas freiwillig essen?«

Ich probierte zögernd einen deutlich kleineren Schluck. Scharf hieß nicht abscheulich, und ich hatte zu viel Hunger, um es nicht wenigstens zu versuchen. Überraschend gut. Entweder wurde Evans Portion ein gutes Stück stärker gewürzt oder er reagierte empfindlicher auf die leichte Schärfe. Mich durchströmte lediglich angenehme Wärme.

»Wenn du deine Suppe nicht willst, nehme ich sie gerne«, meinte ich. »Mir schmeckt sie.«

»Tatsächlich?«

Ich fuhr zusammen, ließ den Löffel fallen und spritzte dabei den halben Tisch voll. Der Mann neben mir war wie aus dem Nichts aufgetaucht. Ich hatte ihn nicht kommen sehen – und Evan offensichtlich auch nicht, sonst hätte er mich darauf aufmerksam gemacht. Dabei hatten wir diesen Tisch doch ausgewählt, um solche Überraschungen zu verhindern.

»Es gibt nicht viele hier, die das von sich behaupten können«, fügte er hinzu und trat vollends an unseren Tisch. Strohiges Haar fiel ihm in schiefen Strähnen bis knapp über nichtssagende braune Augen, die von mir zu Evan und wieder zurück wanderten. Er war schmächtig und konnte nicht größer als ich sein, obwohl er mehrere Jahre älter sein musste. Zusammen mit der ausgeblichenen Kleidung ahnte ich, warum wir ihn nicht früher bemerkt hatten: Er war derart unauffällig, dass wir ihn unter den übrigen Gästen nicht wahrgenommen hatten. Noch dazu musste er sich entlang des Wandvorsprungs geschlichen haben, um nicht direkt auf uns zuzukommen.

Doch ich musste ihn schon einmal gesehen haben. Er kam mir bekannt vor. Ich konnte nur nicht sagen, woher.

»Können wir etwas für Euch tun?«, fragte Evan und überging die Bemerkung des anderen kurzerhand.

Er schüttelte den Kopf. »Dachte eher, ich könnte etwas für Euch tun. Hab Euch noch nie hier sitzen gesehen.« Sein Blick kehrte zurück zu mir und glitt fragend über mich. »Dich kenne ich aber. Du bist doch die Wahrsagerin vom Schwarzmarkt, oder? Ich war vor einigen Tagen bei dir, hast mir sehr geholfen.«

Obwohl sein Lächeln nichts als Freundlichkeit zeigte, traf mich die Erinnerung an diese Begegnung wie ein Schlag ins Gesicht. Deshalb kam er mir so bekannt vor. Das war der Tag, an dem Raphael mir gesagt hatte, dass seine Geduld am Ende war. Durch alle darauf folgenden Ereignisse hatte ich vollkommen vergessen, dass ich davor mit diesem Mann zu tun und ihn als ungewöhnlichen Kunden eingestuft hatte. Er schuldete mir immer noch meinen Lohn.

»Ich war die Wahrsagerin«, murmelte ich. »Jetzt bin ich es nicht mehr.«

»Schade«, antwortete er. »Du kannst das wirklich gut.«

Evan räusperte sich. »Ihr meintet, Ihr könntet etwas für uns tun. Was führt Euch zu dieser Annahme?«

In seinem Tonfall schwang etwas mit, das über Ungeduld, gestört worden zu sein, hinausging. Sein Blick zuckte mehrmals zu mir und ich ahnte, dass er versuchte, mir etwas mitzuteilen, doch mir fehlte die Konzentration, um darauf einzugehen. Da war noch etwas, das in meiner Erinnerung schwebte, ohne dass ich es fassen konnte. Etwas, das diesen Mann betraf. Ich glaubte, bei unserer ersten Begegnung ein unangenehmes Gefühl gehabt zu haben, das ich selbst nicht begründen konnte. Ich horchte in mich hinein und suchte danach, doch diesmal war es nicht da.

Der Mann lächelte erneut und griff nach dem freien Stuhl gegenüber von mir. »Darf ich?«

Er wartete Evans Nicken nicht ab. Bevor einer von uns widersprechen konnte, ließ er sich auf der Stuhlkante nieder, stützte die Ellenbogen auf dem Tisch ab und senkte die Stimme. »Ihr passt nicht hierher. Jemand wie Ihr würde sich nicht in die hinterste Ecke dieser Schenke setzen und das Gebräu probieren, das der Wirt Suppe nennt. Nicht ohne guten Grund.«

Wir schwiegen beide. Ich, weil ich ihm insgeheim zustimmte und sowieso nicht gewusst hätte, was ich darauf erwidern sollte. Evan verfolgte wahrscheinlich die Technik, jemanden zum Sprechen zu bringen, indem man selbst still blieb. Seine Miene war wie üblich undurchdringlich.

»Ihr sucht etwas, hab ich recht? Vielleicht kann ich Euch dabei helfen, es zu finden.«

Das war der Moment, in dem ich mir wünschte, kurz mit Evan verschwinden und in Ruhe besprechen zu können, was wir tun sollten. Es war naheliegend, die Gelegenheit zu nutzen, sich diskret nach dem Mörder umzuhören. Wäre da nicht die Frage, was sich der Unbekannte davon versprach, uns zu helfen. Eine Sache hatten wir bei der Überlegung, uns hier umzuhören, außerdem vergessen: Wie stellten wir das an, ohne von dem Mörder – oder möglichen Komplizen – selbst als Gefahr eingestuft zu werden?

»Ihr habt recht«, erwiderte Evan gedehnt. »Wir könnten etwas Hilfe gebrauchen.«

»Aber was wollt Ihr im Gegenzug?«, warf ich ein.

Er zwinkerte mir zu. »Ist es verwerflich, jemandem aus reiner Nächstenliebe helfen zu wollen?«

Diese Formulierung erinnerte mich so stark an Raphael, dass ich ernsthaft zu überlegen begann, ob er mit ihm zusammenarbeitete. Meine Antwort fiel schärfer aus als beabsichtigt. »Es ist unglaubwürdig.«

»Was Liv damit ausdrücken will, ist die Erfahrung, dass man nur selten jemanden findet, der für seine Hilfe keine Gegenleistung erwartet.« Evan musterte mich tadelnd. Der Vorwurf in seiner Stimme war echt.

»Kann ich verstehen«, antwortete der andere Mann leichthin. »In dieser Gegend gibts nicht viele, die keine Hintergedanken haben. Aber vielleicht ist das heute meine gute Tat.«

Ich schnaubte. Wie er so treffend bemerkt hatte – in dieser Gegend gab es kaum jemanden, der etwas tat, ohne sich davon einen Vorteil zu versprechen. Und diese wenigen Leute trieben sich nicht hier oder auf dem Schwarzmarkt herum. »Wohl kaum.«

»Glaubt, was Ihr wollt. Manchmal sollte man Hilfe einfach annehmen, statt nach dem Grund dafür zu fragen.«

Evan trat mir unter dem Tisch so fest auf den Fuß, dass ich meine Antwort gegen einen Schmerzenslaut eintauschte. Dann lächelte er unseren Helfer an, offenbar fest entschlossen, mir keine Gelegenheit zu geben, zu einer neuen Erwiderung anzusetzen. »Das tun wir mit dem größten Vergnügen. Dürften wir auch Euren Namen erfahren?«

»Samuel«, antwortete er. »Und Ihr seid ...?«

Lüge, durchzuckte es mich. Dass er uns nicht seinen richtigen Namen gesagt hatte, beunruhigte mich mehr, als es sollt. Es gab Dutzende Gründe, warum man seine wahre Identität verschleierte. Aber wenn man bedachte, dass man ohne den vollständigen Namen ohnehin nicht viel ausrichten konnte, schieden die meisten dieser Gründe aus.

»Evan. Liv kennt Ihr ja bereits«, sagte Evan.

Ich ignorierte seinen beschwörenden Blick, der mich dazu drängte, nichts zu tun, das Samuel verärgern könnte. »Ihr habt gelogen. Samuel ist nicht Euer richtiger Name.«

Samuel runzelte die Stirn und sah zu Evan, offensichtlich verwirrt. Ich beobachtete genau, ob ihn meine Bemerkung verunsichern oder aus dem Konzept bringen würde, doch er blieb vollkommen ruhig. Entweder hatte er damit gerechnet, dass ich seine Lüge aufdecken würde – obwohl er dann nicht so verwirrt aussehen würde –, oder er hatte kein Problem damit, entlarvt worden zu sein.

Evans Lächeln wurde eine Spur angespannter. »Liv ist Wahrsagerin. Habt Ihr das zwischenzeitlich vergessen? Lügen ist in ihrer Gegenwart nicht die klügste Idee.«

»Daran hab ich nicht mehr gedacht«, murmelte Samuel. »Ist aber auch egal. Ich habe meine Gründe, nicht meinen echten Namen zu nennen.«

Dass er diesmal die Wahrheit sagte, verwunderte mich nicht. Eigentlich hätte es mich nicht einmal überraschen sollen, dass er seinen Namen geändert hatte, und doch reichte diese eine Lüge zusammen mit meinem unguten Gefühl bei unserer ersten Begegnung, um mich aufmerksamer werden zu lassen. Ich konnte nach wie vor nicht vollständig kontrollieren, wann meine Gabe einsetzte und mir verriet, ob jemand die Wahrheit sagte. Doch ich konnte zumindest nachhelfen, indem ich mich genau auf seine Worte konzentrierte.

»Nun, das ist auch nicht wichtig.« Evan räusperte sich und lehnte sich näher zu Samuel. »Es gibt jemanden, der mir eine stattliche Summe Geld schuldet – und angeblich ist er des Öfteren hier gewesen. Unglücklicherweise ist er heute Morgen tot vor einer Brücke gefunden worden.«

Samuel hob eine Augenbraue. »Was wollt Ihr dann hier? Tot ist tot.«

»Richtig«, sagte Evan. »Aber das ändert nichts daran, dass er mir ein halbes Vermögen schuldet. Und da er es nicht mehr zahlen kann, muss es eben seine Familie tun. Die werden sich aber leichter überzeugen lassen, wenn alle seine Gläubiger gemeinsam auftauchen.«

»Also sucht Ihr Leute, die ihn gekannt haben und denen er auch was geschuldet hat.«

»Dafür würde es schon reichen zu wissen, ob er wirklich oft hier war«, antwortete ich. »Er hat genauso wenig hier rein gepasst wie Evan. Wahrscheinlich sogar noch weniger. Er hat nicht versteckt, dass er aus dem Nordviertel kam und reiche Verwandte hat. Schwarze Haare, einen Haufen Ringe an der rechten Hand und vielleicht zwanzig Jahre alt. Könnt Ihr Euch erinnern, ihn schon mal hier gesehen zu haben?«

Samuel stützte das Kinn auf eine Hand und schien angestrengt nachzudenken. Ich musste zugeben, dass meine Beschreibung nicht die beste war, doch auf der anderen Seite konnte es nicht viele Männer geben, die hier ein- und ausgingen und so aussahen. Im Gegenteil. Wenn das zweite Opfer wirklich regelmäßig hier gewesen war, müsste sich jeder an ihn erinnern.

»Ich bin nicht sicher«, antwortete er langsam. »Gut möglich, dass hier irgendwann mal so jemand aufgetaucht ist. Aber ich denke nicht, dass derjenige, der Euch etwas geschuldet hat, in letzter Zeit hier war. Oder dass jemand anderes ihn kennt.«

Ich bekam kein eindeutiges Gefühl, ob er damit die Wahrheit sagte oder log. Es schien ganz so, als wäre er sich selbst nicht sicher bei dem, was er sagte. Keine eindeutige Lüge – aber auch keine überzeugte Wahrheit. Was daran liegen könnte, dass er die Antwort mehr als schwammig formuliert hatte. Früher war das meine Taktik gewesen, wenn ich nicht genau identifizieren konnte, was meine Kunden hören wollten.

Als Evan mich ansah, zuckte ich mit den Schultern. Eine klarere Antwort würden wir nicht bekommen.

»Es ist natürlich möglich, dass an den Gerüchten, er wäre hier gewesen, nichts dran ist«, sagte Evan. »Einen Versuch war es wert. Oder er hat sich verkleidet, wenn er hergekommen ist. Ist Euch jemand Ungewöhnliches aufgefallen? Jemand, der womöglich etwas verbergen wollte?«

»Der etwas verbergen wollte?«, wiederholte Samuel und lachte. »Das trifft auf jeden hier zu. Selbst auf Euch, möchte ich wetten.«

»Genauso wie auf Euch«, erwiderte ich.

Er grinste. »Stimmt. Scheint so, als könnte ich Euch doch nicht helfen. Außer, Ihr habt noch ein anderes Problem. Ein paar außergewöhnliche Besorgungen oder etwas in der Art.«

»Danke, wir verzichten.« Evan schüttelte entschieden den Kopf und stand auf. »Offenbar verschwenden wir hier nur unsere Zeit.«

Er war bereits auf dem Weg zum Ausgang, ehe ich realisierte, dass er wirklich schon verschwinden wollte. Als ich mich an Samuel vorbeidrängelte, grinste er mich erneut an und einen Augenblick befürchtete ich, er würde doch noch irgendeine Gegenleistung für seine miserable Hilfe verlangen. Doch er beschränkte sich darauf, Evans Suppe zu sich heranzuziehen und den Löffel hinein zu tunken.

Evan wartete vor der Tür und sah unruhig von einer Seite der Straße zur anderen. »Was ist? Hat er die Wahrheit gesagt?«

»Keine Ahnung«, antwortete ich. »Das war zu vage, um Lüge und Wahrheit heraushören zu können. Wahrscheinlich hatte er es von Anfang an auf die Suppe abgesehen und hätte uns noch alles Mögliche erzählt. Oder er dachte echt, wir wären an etwas anderem interessiert.« Ich hielt inne und dachte an meine erste Begegnung mit diesem Samuel zurück. »Als er mich zum Wahrsagen besucht hat, hatte ich schon ein sonderbares Gefühl bei ihm. Vermutlich können wir ihm so oder so nicht trauen, egal was er gesagt hätte.«

»Ich hatte mir mehr davon erhofft«, gab Evan zu. »Auch davon, dort drin zu sitzen und Augen und Ohren offen zu halten. Aber ich habe das Gefühl, dass uns keiner etwas anderes erzählen wird.«

»Das Gefühl habe ich auch.« Es hatte begonnen zu regnen und ich trat einen Schritt zur Seite, um unter dem intakten Rest des Vordachs zu stehen. Das Wetter trug nicht zur Verbesserung unserer Situation bei. Außer der Mörder hatte keine Lust, nass zu werden, und verzichtete deshalb heute darauf, seinem nächsten Opfer zu folgen. »Da drin gehen zu viele illegale Dinge vor, als dass jemand Fremden etwas anvertrauen würde.«

»Nett von dir, dass du mir das sagst, nachdem wir drin waren«, sagte Evan. »Allmählich gehen mir die Ideen aus. Wir könnten versuchen, uns auf dem Schwarzmarkt umzuhören, aber da werden wir wohl genauso wenig Erfolg haben.«

Ich hätte gern behauptet, dass es mir anders ging und ich wusste, was wir als Nächstes tun könnten – doch das wäre eine Lüge gewesen, die uns noch dazu nichts gebracht hätte. Dass sich das zweite Opfer angeblich oft im *Schwarzen Stein* aufgehalten hatte, war unser einziger Anhaltspunkt gewesen. Als ich jetzt meine Gedanken nach einer Alternative durchsuchte, empfing mich nur gähnende Leere. Ich war erschöpft, und ich hatte keine Lust mehr auf das alles. »Vielleicht sollten wir erst mal nach Hause gehen«, schlug ich stattdessen vor. »Da ist es zumindest trocken.«

18. SKADI

Magnus' Behauptung, einst selbst derartige Steine hergestellt zu haben, ging Skadi nicht mehr aus dem Kopf. Sie konnte nicht glauben, dass er dazu in der Lage sein sollte – ganz gleich, wie misstrauisch er sich manchmal den Wächtern gegenüber verhielt und dass es ihm lieber gewesen wäre, wenn sie weiterhin geschmuggelt hätte. Diese Steine dienten offensichtlich dazu, all jene aufzuspüren, die man nicht als reinrassig bezeichnen konnte, und sie zu töten. *Magnus'* Steine mussten dazu gedient haben. Wäre es nicht so, hätte er nicht derart genau sagen können, wozu sie da waren.

Sie hatte mehrmals versucht, ihn darauf anzusprechen und um eine Erklärung gebeten. Er hatte nicht geantwortet. Nicht einmal dann, als sie ihn auf dem Weg nach oben aus ihrer Tasche geholt und eindringlich angesehen hatte. Es war genauso wie immer: Für einen kurzen Moment ließ er sich dazu herab, mit ihr zu sprechen, nur um danach in sein übliches Schweigen zu verfallen. Bei den vergangenen Malen hatte diese Tatsache Skadi nur mäßig gestört. Sie war davon ausgegangen, dass es ihn zu sehr anstrengen würde, auf direktem Weg mit ihr zu kommunizieren, weswegen er es nur in seltenen Fällen tat. Obwohl sie nicht ausschließen konnte, dass das der Wahrheit entsprach, wurmte sie die ganze Angelegenheit. Wenn abzusehen war, dass er ihr keine weitere Erklärung liefern konnte, hätte er ihr nicht sagen dürfen, woher er so viel über die Steine wusste.

Je länger sie darüber nachdachte, desto mehr wünschte sie sich, er hätte es ihr nicht gesagt. Jetzt ergab es zwar Sinn, dass er seit dem Fund des Steins aufgeregt war und sogar die Wächter in Kauf genommen hatte, doch das war ein geringer Trost. Nicht zu wissen, was sie mit dieser Information anfangen sollte, war viel schlimmer. Es erschien ihr falsch, Magnus an die Wächter zu verraten – trotz oder vielleicht gerade, weil er ihr diese Information anvertraut hatte. Auf der anderen Seite musste sie damit rechnen, dass er deutlich mehr wusste, als er ihr in diesen wenigen Minuten gesagt hatte. War es möglich, dass er sogar den Täter kannte? Oder wusste, wie sie ihn finden könnten? Als Skadi begriffen hatte, dass sie auch auf diese Fragen keine Antworten von Magnus erhalten würde, war sie kurz davor gewesen, ihn wegzuschicken. Nach Hause, oder wohin auch immer, solange es nur weg von ihr war.

Sie wusste nicht, warum sie sich letztlich doch dagegen entschieden hatte. Wahrscheinlich überwog die Hoffnung, er würde ihnen helfen, gegenüber der Furcht vor dem Gegenteil.

Auf dem Weg zurück in den oberirdischen Teil der Burg verlor Keldan kein Wort. Nicht darüber, was er von ihren Erkenntnissen hielt, und auch nicht darüber, was sie als Nächstes tun würden. Den Stein hatten sie bei dem Magier gelassen, in der Hoffnung, dass er etwas Genaueres darüber herausfinden würde.

Als sie den Besprechungsraum betraten, war er ebenso leer gefegt wie Skadis Gedanken. Krähe und Cassie waren vermutlich noch bei den Angehörigen des zweiten Opfers, und Aline dürfte Besseres zu tun haben, als tatenlos darauf zu warten, dass einer von ihnen zurückkehrte.

Es erschien Skadi weiterhin zweifelhaft, ob sie ohne Hilfe von weiteren Wächtern Erfolg haben würden. Im Augenblick hatten sie zwar etwas, das man als Motiv bezeichnen konnte – sofern sie damit richtig lagen –, doch das brachte sie nicht nennenswert weiter. Außer jemand verbreitete lautstark in der Stadt, dass er Mischwesen nicht ausstehen konnte und am liebsten alle tot sehen würde.

»Ich hätte nicht gedacht, dass es so schlimm werden könnte«, bemerkte Keldan gedankenverloren. Er stand vor der Schiefertafel und musterte die wenigen Informationen darauf, als könnte er ihnen die Identität des Mörders entlocken. »Ein Mord ist schlimm. Ein zweiter ist schrecklich. Aber das Ganze scheint auf etwas zuzusteuern, das hundertmal schwerwiegender ist. Wenn wir diese Leute nicht fassen, könnte es sich von Serienmord zu Massenmord entwickeln.«

Skadi setzte sich neben ihn auf den Tisch. »Du glaubst, dass er oder sie immer weiter machen wird?«

»Ja. Das ist das Einzige, was Sinn ergibt.« Er nahm ein Stück Kreide, drehte es zwischen Daumen und Zeigefinger und zerbröselte die Einzelteile, als es auseinanderbrach. »Die Opfer haben keine Gemeinsamkeit, die erklären würde, warum ausgerechnet sie getötet wurden. Sie sind sogar das genaue Gegenteil voneinander. Wahrscheinlich hatten sie nie miteinander zu tun. Aber sie tragen beide das Erbe mehrerer Arten in sich.«

»Und sie waren beide nachts oder spätabends im Ostviertel unterwegs«, ergänzte Skadi. »Das sollten wir nicht vergessen. Es muss einen Grund geben, warum sie beide dort gefunden wurden. Und der wird wohl kaum sein, dass der Mörder keine Lust hatte, eine weitere Strecke zurückzulegen.«

»Warum nicht? Die beiden könnten Experimente gewesen sein. Tests, ob die Verfolgung mit den Steinen überhaupt funktioniert. Es kann bloßer Zufall sein, dass es ausgerechnet sie getroffen hat.«

Zufall. Das wäre die einfachste Erklärung. Aber Skadi war der Überzeugung, dass es nur sehr wenige Dinge gab, die aus Zufall geschahen. Es war nicht bloß Zufall, dass ausgerechnet sie gemeinsam mit Magnus, der etwas über die Steine wusste, Beraterin für diesen Fall geworden war. Und genauso wenig konnte es ihrer Meinung nach Zufall sein, dass zwei auf den ersten Blick so unterschiedliche Personen als Opfer ausgewählt wurden. »Es muss eine Verbindung geben. Wir haben sie nur noch nicht gefunden.«

»Dann wäre es nur schön, wenn wir sie möglichst bald finden«, murmelte Keldan. »Wenn wir Glück haben, haben Ciril und Cassandra etwas herausgefunden, das uns hilft.«

»Oder Liv und Evan«, sagte Skadi leise. »Die beiden könnten unsere größte Hoffnung sein. Immerhin haben sie den Stein sehr schnell als etwas Gefährliches eingestuft.«

Keldan nickte, doch überzeugt wirkte er nicht. Hätte Skadi seinen Gefühlszustand bezüglich Liv und Evan einschätzen müssen, würde sie sagen, dass er auf eine Enttäuschung gefasst war und nur zu einem kleinen Teil hoffte, er würde sich irren. Er schien die beiden schon aufgegeben zu haben, bevor sie die Chance hatten, sich zu beweisen.

Skadi seufzte. Es war deprimierend, Keldan derart antriebslos zu sehen. Sie kannten sich zwar nicht lange, doch in dieser Zeit hatte sie nicht einmal erlebt, dass er ans Aufgeben dachte. Geschweige denn es wirklich tat.

»Was ist mit deiner Intuition passiert?«, fragte sie. »Vor drei Stunden warst du noch sicher, dass die beiden uns bei den Ermittlungen eine große Hilfe sein würden.«

»Könnten«, erwiderte er. »Ich denke, sie könnten uns eine Hilfe sein. Aber allmählich frage ich mich, ob uns überhaupt etwas helfen kann. Was wir auch tun, in ein paar Stunden wird der nächste Unschuldige sterben. Falls der Mörder nicht plötzlich Gewissensbisse bekommt und sich selbst stellt.«

Skadi schwieg. Was hätte sie auch sagen sollen? Dass das schon nicht passieren würde? Dass sie in den nächsten Stunden den Mörder fassen würden? Das wäre eine Verleugnung der Tatsachen, und das half keinem. Nicht ihnen, nicht dem nächsten Opfer – höchstens dem Mörder. Sie wünschte, Magnus würde sich dazu bringen lassen, ihr mehr über den Stein und jene, die damit zu tun hatten, zu erzählen. Oder ihr zumindest den Grund verraten, warum er es nicht tat.

Aufgebrachte Stimmen verrieten die Rückkehr der anderen, bevor sie die Tür öffnen konnten. Skadi rutschte im selben Moment vom Tisch, als Krähe und Cassandra sich in den Raum quetschten, huschte zu ihrem üblichen Platz und setzte sich. Keldan warf den anderen beiden einen Blick zu, der voller Hoffnung war – die gleich darauf wieder verblasste. Denn keiner von ihnen machte einen zufriedenen Eindruck.

»Ihr seid also auch schon zurück«, bemerkte Krähe. Er zog seinen Stuhl mit einer ruckartigen Bewegung zurück, ließ sich darauf fallen und verschränkte die Arme. Skadi konnte nicht sagen, was es war, doch etwas an ihm strahlte puren Ärger und Frustration aus. »Ich hoffe, ihr habt mehr zustande bekommen, als diese Tafel anzustarren.«

»Wohl kaum.« Cassandra tat es ihm gleich und nahm ihren Platz ein, um mit ihrem Stuhl auf den Hinterbeinen zu balancieren. So oft, wie sie das tat, war es ein Wunder, dass sie bei keiner der bisherigen Sitzungen umgefallen war. »Der Stein ist wahrscheinlich genau das, was man auf den ersten Blick denkt. Ein ganz normaler, verdammter Stein.«

Skadi dachte an die Geschichte, die Keldan ihr über ihn und Cassandra erzählt hatte. Sie hatte angenommen, dass die junge Wächterin die damalige Kränkung inzwischen verarbeitet hatte und nur noch gelegentlich Keldan damit aufzog. Dass sie es vor allem nicht tat, wenn wichtigere Dinge zu besprechen waren. Stattdessen spielte der erste Satz, den sie äußerte, auf erneutes Versagen von Keldan an.

Das war eine Sache, die sie beim besten Willen nicht nachvollziehen konnte. Warum musste man auf anderen herumhacken, weil man selbst nicht mit etwas abgeschlossen hatte? Damals war ihnen die Anerkennung der anderen Wächter verwehrt geblieben – aber das war kein Grund, das Ganze auf jede sich bietende Gelegenheit zu übertragen.

»Wir haben einiges erfahren«, antwortete Keldan ruhig. Er sah zwischen Krähe und Cassandra hin und her, machte jedoch keine Anstalten, sich ebenfalls zu setzen. »Dafür scheint bei euch irgendetwas schief gelaufen zu sein. Oder woher kommt eure schlechte Laune?«

»Ich habe keine schlechte Laune«, fauchte Cassandra.

»Merkt man.« Skadi zuckte mit den Schultern, als Cassandra ihr einen mörderischen Blick zuwarf. Da sie die andere ohnehin nicht ins Herz geschlossen hatte, konnte sie gut mit ihrer Ablehnung leben. »Ich will dich dann nur nicht erleben, wenn du keine gute Laune hast.«

»Wir hatten uns nur mehr von unserem Ausflug erhofft«, sagte Krähe. »Die Mutter des Toten war nicht sonderlich mitteilsam. Sie hat uns die meisten Fragen mit knappen Erwiderungen und Gegenfragen beantwortet. Hat uns vorgeworfen, dass wir unsere Aufgaben unzureichend erledigen, den Täter schon längst hätten fassen sollen, und sowieso viel zu viel Zeit damit verschwenden, mit ihr zu sprechen. Am Ende ist nur herausgekommen, dass ihr Sohn keine Feinde hatte, sich mit allen gut verstanden hat und einem unglücklichen Zufall zum Opfer gefallen sein muss. Und da wir nicht nur unsere, sondern auch ihre Zeit verschwenden, hat sie uns kurzerhand rausgeworfen. Ich finde, das rechtfertigt etwas schlechte Laune.«

Skadi verkniff sich die Frage, wie man zwei Wächter hinauswerfen sollte, ohne gehörigen Ärger zu bekommen. Es war zwar jeder Bewohner der Stadt verpflichtet, den Wächtern bei ihren Ermittlungen zu helfen, doch es hatte ebenso jeder das Recht, frei über sein Eigentum zu verfügen, sofern derjenige nicht zu den Verdächtigen gehörte. Man verstieß gegen kein Gesetz, wenn man jemanden aus seinem Haus verwies. Selbst wenn es sich dabei um Wächter handelte, die sich nur zähneknirschend dazu überreden ließen.

Keldan nickte. »Schade. Ich dachte wirklich, wir würden diesmal mehr Glück haben. Habt ihr sie gefragt, ob ihr Sohn jemanden kannte, dessen Name mit L beginnt?«

»Ja«, sagte Krähe, »und nein, sie wusste niemanden. Ich bezweifle, dass sie irgendwelche Freunde von ihm kannte. Ich hätte sie ihr an seiner Stelle jedenfalls nicht vorgestellt.«

»Wäre eh Zufall gewesen«, fügte Cassandra hinzu. »Es gibt zwischen den Opfern keinen Zusammenhang. Je eher wir das akzeptieren, desto besser.«

»Doch, gibt es«, widersprach Skadi. »Diese Steine, die bei ihnen gefunden wurden–«

»Dieser eine Stein«, fiel sie ihr ins Wort. »Bei dem anderem verlassen wir uns nur darauf, dass eure Zeugen euch nicht angelogen haben.«

Spätestens jetzt wäre endgültig klar geworden, dass Cassandras Laune das Gegenteil von gut war. Skadi fragte sich, ob das allein an dem Besuch bei der Mutter des Toten lag, oder ob noch etwas anderes geschehen war, das sie dermaßen in Rage brachte. Sie verschränkte unter dem Tisch die Hände ineinander und versuchte, die Wächterin nicht weiter zu beachten. Es war nichts Persönliches, das wusste sie. Doch es fühlte sich dennoch so an, als wollte Cassandra ihr das Leben so schwer wie möglich machen.

»Diese Steine sind die wichtigste Verbindung, die wir haben«, fuhr sie fort. »Und es sind mit Sicherheit keine normalen Steine. Pierre hat festgestellt, dass ein mächtiger Zauber darauf liegt.«

»Pierre ist nicht ganz klar im Kopf. Dem würde ich nicht vertrauen.«

Krähe schlug mit der flachen Hand auf den Tisch, und Skadi fuhr zusammen. »Es reicht, Cassie! Wenn du unbedingt deinen Ärger an etwas auslassen musst, such dir etwas, das du zerschlagen kannst. Wir haben keine Zeit für solche Kindereien. Entweder reißt du dich jetzt zusammen oder verschwindest.«

Keldan hatte das Ganze schweigend beobachtet. Als Skadi nun seinen Blick suchte, hob er eine Augenbraue. Die Stille, die im Raum zurückgeblieben war, schien die Zeit anzuhalten. Skadi wartete darauf, dass Cassandra aufspringen und aus dem Raum stürmen oder direkt Krähe anschreien würde. Doch sie schwieg, presste die Lippen zusammen und senkte den Blick. Zu allem Überfluss hatte Skadi das starke Gefühl, dass Cassandra auf eine ähnliche Ansprache von Keldan oder ihr nicht so reagiert hätte. An Krähes Meinung schien ihr etwas zu liegen – und Skadi war umso dankbarer, dass er eingegriffen hatte.

»Ciril hat recht«, bemerkte Keldan. »Wir können es uns nicht leisten, unsere Zeit damit zu verschwenden, uns gegenseitig anzuschreien. Es ist wichtig, alle Wege im Blick zu behalten, anstatt uns starr auf eine mögliche Lösung zu konzentrieren. Aber dabei müssen wir alle Überlegungen einbeziehen – auch jene, die einer von uns im ersten Moment als unrealistisch einschätzt.«

Cassandras gemurmelte Antwort war zu leise, um sie zu verstehen. Skadi vermutete, dass es nichts Nettes gewesen war. Vermutlich etwas in der Richtung, sie wäre nicht diejenige, die sich auf etwas derart Irrationales wie Intuition verließ.

»Vor allem sollten wir persönliche Differenzen außen vor lassen«, fügte Krähe hinzu. Sein Blick glitt dabei derart eindringlich über Cassandra, dass Skadi kurz davor war zu fragen, ob noch mehr dahinter steckte. Sie würde wohl von keinem von beiden eine Antwort erhalten – und so verblüfft, wie Keldan einen Moment lang aussah, wusste nicht einmal er es. »Also«, fuhr Krähe fort, »was hat Pierre noch über diesen Zauber gesagt?«

»Nicht sonderlich viel«, antwortete Skadi zögernd. »Er braucht etwas Zeit, um ihn zu entschlüsseln. Der Zauber selbst schadet wohl niemandem, aber es ist sehr wahrscheinlich, dass man mit einem passenden Gegenstück die Steine aufspüren kann.«

»Stimmt. Wenn er jemandem schaden würde, hätten wir es schon bemerkt.« Er neigte den Kopf auf die gleiche Art zur Seite, wie er es bei ihrem Verhör getan hatte. Mit dem Unterschied, dass er Skadi nun nicht mehr einschüchterte, sondern zu ihren Verbündeten gehörte. Es kam ihr vor, als wäre seit damals ein halbes Jahr vergangen. Stattdessen waren es ... sechs Tage? Oder sieben?

»Wenn es sich um einen Aufspürungszauber handelt, müsste er ihn doch erkennen«, warf Cassandra ein. »Und nein, damit will ich keinen weiteren Streit anfangen. Aber es wäre schließlich nicht das erste Mal, dass er so etwas in der Hand hat.«

Keldan schüttelte den Kopf. »Nicht zwingend. Soweit ich weiß, ist jeder komplexe Zauber etwas anders, je nachdem, wer ihn gewirkt hat und zu was er dienen soll. Vielleicht ist es ein ähnliches Muster, aber sicher nicht das gleiche.«

»Wir können das ohnehin nicht vollständig verstehen«, sagte Krähe. »Aber wenn diese Steine wirklich dazu dienen, seine Opfer zu finden, ist das von Vorteil für uns. Wenn wir verbreiten, dass die Steine gefährlich sind, können wir dem Mörder seine Arbeit erschweren.«

»Oder wir verbauen uns damit die einzige Spur, die wir haben.« Cassandra sah erwartungsvoll in die Runde. Als niemand antwortete, verdrehte sie die Augen. »Denkt doch mal nach. Wenn wir dafür sorgen, dass er mit den Steinen nicht mehr arbeiten kann, wird er einen anderen Weg finden. Und er wird sie schnellstmöglich loswerden, damit niemand sie bei ihm findet und Verdacht schöpft. Aber wenn wir die Füße stillhalten, haben wir eine Chance. Wir müssen nur jemanden finden, der einen solchen Stein erhalten hat, und fragen, woher er ihn hat.«

»Jeder, von dem wir wissen, dass er so einen Stein bekommen hat, ist tot«, sagte Keldan. »Ich glaube nicht, dass der Mörder vor ein paar Tagen einen großen Sack verteilt hat und sich jetzt nach und nach jemanden aussucht.«

Skadi hörte der folgenden Diskussion nur mit halben Ohr zu. Ihrer Meinung nach spielte es keine Rolle, ob der Mörder die Steine alle auf einmal oder einzeln verteilt hatte, oder ob er aufgeben würde, wenn er sie nicht mehr benutzen konnte. Es war nicht nachvollziehbar, warum er die Steine überhaupt am Tatort zurückgelassen hatte. Sie bezweifelte, dass seine übrigen Taten einen besonderen Sinn hatten – falls doch, war er vermutlich der Einzige, der ihn sah.

Viel wichtiger war doch die Frage, wie sie ihn am nächsten Mord hindern sollten. Mit etwas Glück würde er eine Pause einlegen, bis die Wogen sich glätteten. Im schlimmsten Fall versuchte er aber, noch schneller zu handeln, weil er ahnte, dass er nicht unendlich viel Zeit hatte.

»Können wir nicht irgendetwas tun?«, fragte sie, als endlich Stille eintrat. »Ich meine, mehr als über Lösungen zu diskutieren. Es muss doch etwas geben, womit wir es ihm schwerer machen können, weitere Morde zu begehen. Wenn wir ihn schon nicht aufhalten können, sollten wir ihn zumindest hinhalten.«

Krähe runzelte die Stirn. »Nicht viel. Wir können den Leuten ja schlecht verbieten, das Haus zu verlassen.«

»Nicht vollständig«, schränkte Keldan ein. »Aber wir könnten eine Ausgangssperre einberufen. Die Morde sind beide nachts geschehen. Wenn nach Anbruch der Dunkelheit niemand mehr draußen herumläuft, könnte das helfen.«

»Ihr seid ja witzig.« Cassandra kippte mit ihrem Stuhl zurück in eine normale Position und stützte sich mit den Unterarmen auf dem Tisch ab. »Wir können nicht einfach eine Ausgangssperre verhängen, weil zwei Leute ermordet wurden. Wenn Aline jetzt hier wäre, würde sie euch genau dasselbe sagen.«

»Warum nicht?«, fragte Skadi.

»Weil man dafür einen guten Grund braucht. Einen sehr guten Grund, und dazu zählt das hier nicht.«

Aber wenn das nicht zählt, dachte Skadi, *was denn sonst? Eine drohende Katastrophe?*

»Wie wäre es damit, dass wir etwas Größerem auf der Spur sind? Dass wir davon ausgehen müssen, dass es nicht bei diesen beiden Morden bleiben wird?«, sagte Keldan. »Es spricht einiges dafür, dass der Mörder es auf Mischwesen abgesehen hat: Es war die einzige Gemeinsamkeit der beiden Opfer, der Aufspürungszauber reagiert nur auf sie, und es gibt kein nachvollziehbares Motiv für die Taten. Außerdem, dass jemand etwas gegen die Mischung der einzelnen Arten hat und das Ganze aus seiner Sicht bereinigen will.«

Krähe stieß einen Fluch aus, Cassandra verzog skeptisch das Gesicht. Keiner von ihnen schien diese Variante zuvor in Erwägung gezogen zu haben, doch jetzt konnte Skadi geradezu beobachten, wie sich der Gedanke in ihren Köpfen festsetzte.

»Wenn das wirklich wahr ist«, sagte Krähe langsam, »könnte es funktionieren. Und wenn wir einmal dabei sind, den Rat davon zu überzeugen, sollten wir zusätzliche Patrouillen anordnen.«

19. LIV

Es war merkwürdig, wie sich das Zeitempfinden veränderte. Die ersten Tage mit Evan hatten sich doppelt so lang angefühlt, und gleichzeitig viel zu kurz. Ich hatte am Abend daran zurückgedacht, was passiert war, und mich gefragt, ob das wirklich innerhalb einiger Stunden geschehen sein konnte. Es war kein Vergleich zu dem, wie es sich jetzt anfühlte. Vor drei Tagen war das zweite Opfer gefunden worden und wir hatten uns mit Keldan und Skadi darauf geeinigt, zusammenzuarbeiten. Jeder von uns war davon überzeugt gewesen, dass der Mörder sein Werk fortsetzen und an jedem weiteren Tag ein neues Opfer töten würde. Wir hatten angespannt auf den nächsten Morgen gewartet, weil wir es erneut nicht geschafft hatten, ihn aufzuspüren.

Doch nichts war geschehen.

Oder zumindest hatte niemand eine weitere Leiche gefunden. Im schlimmsten Fall hatte der Mörder seine Taktik geändert und beschlossen, sie lieber zu verstecken anstatt sie auf offener Straße zu präsentieren, im besten hatte er entschieden, damit aufhören zu müssen. Ich war nicht sicher, was angenehmer für uns wäre. Es wäre gut, wenn keine weiteren Toten auftauchen würden, doch auf der anderen Seite würde das nicht die Vergangenheit ändern. Wir würden wissen, dass sich irgendwo in dieser Stadt jemand herumtrieb, der sich nach Belieben dazu entscheiden konnte, sein Werk fortzusetzen – und solange wir ihn nicht fanden, würde unterschwellig die Angst davor bleiben.

Ich hatte mit Evan darüber gerätselt, was der Grund für die ausbleibenden Morde sein könnte. Er nahm an, dass der Mörder womöglich nur ausprobieren wollte, ob die Steine funktionierten und wie weit er gehen konnte. Dass diese beiden Taten nur die Generalprobe waren, auf die irgendwann ein größeres Stück folgen musste. Es war einer der Gedanken, die mich bis in meine Träume verfolgten und schweißgebadet aufwachen ließen. Ganz gleich, wie sicher ich mir bei Evan vorkam, wie sehr ich mich von alldem abgeschnitten fühlte, wenn ich in meinem Bett lag und in die Dunkelheit starrte: Ich gehörte zu den potenziellen Opfern. Falls sich jemand dazu entschloss, jeden, in dessen Adern kein reines Blut floss, zu vernichten, würden sie auch vor mir nicht halt machen.

Es war mir lieber, daran zu glauben, dass die Maßnahmen der Wächter Wirkung zeigten. Die Ausgangssperre bei Anbruch der Dunkelheit würde auf Dauer lästig werden, doch für den Augenblick war ich froh darüber. Sie verhinderte beispielsweise, dass Evan nachts auf eine seiner kopflosen Ideen kam und sie auch umsetzte.

Was nicht hieß, dass er vollkommen darauf verzichtete. Aber je länger es ruhig blieb, desto mehr verringerte sich sein Tatendrang. Nicht zuletzt lag es wohl daran, dass keiner von uns wusste, was wir tun sollten. Unsere wenigen Spuren waren im Sand verlaufen, ohne einen weiteren Mord würden wir keine neuen finden, und Keldan und Skadi hatten sich ebenfalls nicht blicken lassen. Selbst zu ihnen zu gehen, kam für Evan nicht in Frage. Solange sie uns nicht kontaktierten, hatten sie seiner Ansicht nach auch keine neuen Informationen.

Stattdessen blieben wir im Haus und nutzten die Zeit dazu, nachzudenken. Mal zusammen, mal allein, in der Hoffnung, dass wir irgendein winziges Detail übersehen hatten. Ich hatte schon nach einer Stunde festgestellt, dass sich meine Gedanken nur im Kreis bewegten.

Sie kamen zu keinem Ergebnis. Meistens verließen sie ihre vorgegebene Bahn schleichend, so leise, dass ich es erst bemerkte, als es zu spät war.

So wie jetzt. Schon wieder.

Ich stellte das Buch in meiner Hand zurück, ohne es geöffnet zu haben. Ich hatte gehofft, mich in der Bibliothek besser konzentrieren zu können, vielleicht sogar in einem der Bücher auf etwas zu stoßen, das uns weiterhelfen könnte. Das Problem lag nur darin, dass ich keinen Schimmer hatte, wo ich anfangen sollte.

Evan hatte seine Sammlung akribisch geordnet. Ich schlenderte entlang einer Reihe Erzählungen und Legenden, vorbei an Schriften über Pflanzen, Tiere und Gesteinsarten. Nach der Treppe nach oben folgten schwere Geschichtsbücher, die zu empfindlich aussahen, um sie herauszuziehen. Meine Finger glitten nachlässig über die Rücken und färbten sich dunkel vor Staub. Insgeheim hoffte ich zu spüren, wann ich das richtige Buch passierte.

Nein, damit machte ich mir selbst etwas vor. Ich wusste ganz genau, dass ich auf diese Art keinen Schritt weiter kommen würde. Ich hatte keine Lust, die Bücher zu einem der Tische zu schleppen und stundenlang darin zu blättern, obwohl ich sicher war, ohnehin nichts zu finden. Evans unterschwellige Vorwürfe, ich würde mir keine Mühe geben, wollte ich mir aber noch weniger antun.

Als ich die Galerie zur Hälfte umrundet hatte, hielt ich inne. Von hier aus wirkte der Raum anders als von unten. Immer noch imposant, doch auf eine andere Art. Weniger erdrückend, sondern vielmehr, als würde er mich mit offenen Armen empfangen und mir all seine Schätze zeigen wollen. Je länger ich die Regale unter mir musterte, desto unwahrscheinlicher erschien es mir, dass Evan alle Bücher selbst hierhergebracht hatte. Das war Arbeit von Jahrzehnten, und so alt war er nicht. Vampire alterten immerhin ebenso wie wir anderen.

Vielleicht hatten hier Dutzende Leute über die Jahre hinweg neue Bücher hinzugefügt. So viele, dass nicht einmal Evan wusste, was sich hier finden ließ. In Büchern konnte man einiges verstecken – hinter den Regalen und in den Zwischenräumen sogar noch mehr. Nicht zu vergessen diese Nische in der linken Ecke, die aussah, als würde sie einen weiteren Raum verbergen.

Ich dachte nicht lange darüber nach. Mit einem letzten Blick zur Tür näherte ich mich der Nische und hielt einen Moment davor inne. Sie wäre mir nicht aufgefallen, wenn sie ebenso wie die anderen ein Regal beherbergen würde. Platz genug wäre gewesen, doch irgendjemand hatte entschieden, die Wand leer zu lassen – mit gutem Grund. Ich drückte leicht gegen das Holz, spürte eine Bewegung und erstarrte. Dann presste ich mich mit dem gesamten Körper dagegen. Die Wand ächzte. Sie gab mit einem Ruck nach, nahm mir mein Gleichgewicht und ich stolperte verblüfft ins Innere. Trotz allem hatte ich nicht ernsthaft damit gerechnet, hier auf ein Geheimversteck zu stoßen.

Staub, war das Erste, das mir durch den Kopf schoss. Ich trat hustend einen Schritt zurück, sah zu, wie sich die aufgewirbelte Wolke langsam senkte, und spürte einen Anflug von Enttäuschung. Ich hatte zu schnell gehandelt, um mir eine genaue Vorstellung auszumalen, doch *das* war nicht, was ich mir erhofft hatte. Hinter der Wand verbarg sich ein Raum, der diesen Namen nicht verdiente. Kammer oder Schrank traf es eher.

Meine Hoffnung, in dem versteckten Schrank etwas Bedeutsames zu finden, löste sich in Luft auf. Offenbar hatte er für jeden früheren Bewohner als Ort gedient, an dem man Dinge hinterlegte, die man aus dem Blick haben wollte. Ein paar zerknitterte Kleider, Hüte, zwei Dolche, deren Spitzen abgebrochen waren, eine Babywiege mit gesplittertem Kopfteil – die mir einen Schauer über den Rücken jagte. Evan musste sie nach Emmas Tod hierhin verbannt haben, ihrem Zustand zufolge, nachdem er darauf eingeschlagen hatte. Ich strich zögernd mit einem Finger darüber und versuchte mir vorzustellen, wie ein Kind darin lag und Evan sanft die Wiege zum Schaukeln brachte. Schwermut legte sich um mein Herz. Familie war etwas, das niemandem genommen werden sollte, egal auf welche Weise.

Das Läuten kam derart unerwartet, dass ich zur Seite stolperte, Halt suchte und dabei ein Tuch herunterriss. Ich hatte nie darauf geachtet, ob es eine Glocke an Evans Tür gab – irgendwie war ich der Meinung gewesen, der runde Türklopfer würde genügen. Unsicher, ob ich mich getäuscht hatte, hielt ich inne. Das Haus blieb still. Falls Evan die Glocke gehört hatte, hatte er sich offenbar entschieden, nicht zu öffnen. Falls er es aber nicht mitbekommen hatte ... war es dann meine Pflicht, an seiner Stelle zu gehen? Wir hatten nie darüber gesprochen, ob hier gelegentlich jemand auftauchte, der zu Evan wollen könnte. Oder wie ich mich verhalten sollte, wenn es doch einmal passierte. Ich hatte nicht den Eindruck gehabt, als hätte er noch Freunde, die vorbeischauen könnten. Jeder andere mögliche Besucher könnte jemand sein, den er absichtlich nicht hereinlassen wollte.

Da ich nicht wusste, wer herein durfte und wer nicht, war es besser, so zu tun, als hätte ich nichts gehört.

Als ich den Schrank verlassen wollte, blitzte etwas auf. Ein Gemälde mit einem vergoldeten Rahmen, halb so groß wie ich, das unter dem Tuch verborgen gewesen sein musste. Ich hob das Bild behutsam auf und trat einen Schritt näher zum nächsten Fenster. Als ich über den Staub wischte, verwandelten sich die Schemen in zwei Personen. Eine junge Frau mit dem sternförmigen Mal der Magier auf der Hand, und ... Evan. Beide standen in einem Garten, in einer halben Umarmung. Obwohl sie dem Betrachter zugewandt waren, schienen sie den Maler nicht einmal bemerkt zu haben. Sie waren vollkommen versunken in den Blick des anderen. Emma war größer als ich, mit langen dunkelroten Locken und riesigen tiefblauen Augen. Sie war schön ... und ich fühlte mich scheußlich, weil ich tatsächlich eifersüchtig war.

Ich hatte Evan schon auf viele Arten lächeln sehen. Höflich, zuvorkommend, erfreut, aufgeregt, bedauernd, ironisch – doch nie auf die

Weise, wie er Emma auf dem Gemälde anlächelte. Dabei war es nicht einmal ein besonders ausdrucksstarkes Lächeln. Es war schlichte Zufriedenheit. Nicht mehr, aber auch nicht weniger. Vielleicht war es gerade diese Unkompliziertheit, die mir am meisten zu schaffen machte. Ich hatte Evan nicht ein einziges Mal wirklich zufrieden gesehen. Obwohl ich nicht wusste, wie lange Emma schon tot war, ergriff mich eine Welle tiefer Traurigkeit. Dass er dafür brannte, ihren Tod aufzuklären, war mir längst klar, doch ich hatte nie bedacht, dass er das Ganze nicht hinter sich gelassen haben könnte.

Als das Läuten zum zweiten Mal durch das Haus hallte, hob ich den Blick und lauschte. Einen Moment später näherten sich Stimmen. Ich sprang zurück in den Schrank, verstaute das Gemälde an seinem Platz hinter der Wiege, verließ ihn wieder, schloss die Tür und zog gerade noch das nächstbeste Buch aus dem Regal. Dann beobachtete ich, wie Evan unter mir die Bibliothek betrat. Wenn ich einen Augenblick später reagiert oder die Tür geklemmt hätte, wäre es ein Kunststück gewesen, meine Entdeckung zu verheimlichen.

»Ich hatte nicht damit gerechnet, dass ausgerechnet ihr hier auftauchen würdet. Sonst hätte ich früher geöffnet«, erklärte Evan. In der Mitte des Raumes blieb er stehen und drehte sich um. Hinter ihm erschienen Keldan und Skadi. »Ihr könnt euch setzen, wenn ihr wollt. Ich suche nur schnell Liv–«

»Ist nicht nötig«, rief ich. »Ich bin hier.«

Evans Blick flog nach oben, verweilte kurz bei mir und huschte einen Wimpernschlag lang zu dem versteckten Schrank. »Was tust du da oben?«

Ich wedelte mit dem Buch, in der Hoffnung, dass ich zumindest schlau genug gewesen war, es richtig herum zu halten. Wenigstens konnte er mir auf die Entfernung nicht ansehen, dass ich log. »Ich habe mir ein paar Bücher angesehen. Aber offensichtlich haben wir jetzt Wichtigeres zu tun, von daher …«

Ich drehte mich um, bevor er antworten konnte, und suchte die Lücke, aus der ich das Buch hatte. Es war ungewohnt, Evan so direkt anzulügen – vor allem, da ich ahnte, dass er es mir ernsthaft übel nehmen könnte, herumgeschnüffelt zu haben. Wären Keldan und Skadi nicht anwesend, hätte er womöglich sogar nachgefragt, was ich ausgerechnet mit einem Buch über die Architektur der letzten Jahrzehnte wollte. Es war sicher kein Zufall, dass die langweiligsten Werke hier hinten standen. Selbst wenn er keinen Überblick über die Inhalte der restlichen Bibliothek hatte: Über diese eine Ecke war er sich im Klaren.

Als ich die letzten Stufen hinter mich brachte, hatten sich die anderen verteilt. Evan lehnte an dem Regal neben dem Erker, Skadi und Keldan hatten sich zwei der Stühle genommen und sie in seine Nähe geschoben. Ich entschied mich für die Fensterbank, erwiderte Skadis Lächeln und registrierte, dass ihre Ratte heute nicht auf ihrer Schulter saß. Sie hatte mich derart nachhaltig beeindruckt, dass ich sogar ihre Abwesenheit bemerkte. Ungewöhnlich.

»Gibt es ein neues Opfer?«, fragte Evan. »Oder womit haben wir uns diesen Besuch verdient?«

Er konnte die Hoffnung in seiner Stimme nicht vollständig verbergen. Ich hätte nicht sagen können, was mich mehr erschreckte: Dass Evan ein weiteres Opfer als etwas regelrecht Gutes ansah, oder dass es mir genauso ging. So tragisch ein weiterer Mord auch wäre, er würde uns neue Hinweise liefern. Hinweise, die uns womöglich endlich ans Ziel brachten und den Mörder entlarvten.

Keldan schüttelte den Kopf. »Wenn dann wissen wir es nicht. Nein, wir sind gekommen, weil wir uns fragen, ob ihr inzwischen neue Informationen habt.«

»Das ist ja ein Zufall«, antwortete Evan. »Stellt euch vor, das gleiche haben wir uns auch gefragt.«

Ich hatte Mühe, mein aufsteigendes Lachen zu unterdrücken. Es war leicht, vorherzusehen, wie dieses Gespräch weitergehen würde.

Wenn die beiden nur gekommen waren, weil sie uns nach neuen Erkenntnissen fragen wollten, und man von uns auf sie schloss, war der Umkehrschluss ironisch – keiner von uns war einen Schritt weiter gekommen. Aber wir hofften alle, dass es den anderen besser ergangen war. Und in dem Bemühen, sich das eigene Versagen nicht anmerken zu lassen, würden sowohl Evan als auch Keldan darauf bestehen, dass der andere damit begann, etwas zu erzählen.

Als Skadis Blick meinen suchte, las ich darin eine ähnliche Erkenntnis.

»Dann ist es umso besser, dass wir hier sind, nicht wahr?« Keldan lächelte, doch anstatt weiterhin Evan anzusehen, musterte er nun mich. Dieselbe Taktik wie beim letzten Mal. Nur, dass sie diesmal nicht funktionieren würde. Ich hatte keinen Grund, ihm zu antworten. Evan war besser als ich darin, solche Spiele zu spielen – jeder der Anwesenden wusste das. Freiwillig würde ich mich nicht in diese Rolle drängen lassen.

»Selbstverständlich werden wir im Gegenzug von unseren Erfahrungen berichten«, fuhr er fort. »Ihr habt beim letzten Mal erwähnt, dass ihr jemandem einen Besuch abstatten wolltet. Habt ihr dort etwas Nützliches erfahren?«

Evan räusperte sich. »Ich wüsste lieber zuerst, was ihr uns über diese Steine sagen könnt. Wir haben schließlich immer noch einen hier, und wenn er gefährlicher ist als wir annehmen, will ich das so schnell wie möglich wissen.«

Verärgerung huschte über die Miene des Wächters, zu schnell, um sie persönlich zu nehmen. Er kaschierte sie mit einem Lächeln, das dem von Evan ähnlicher war, als sie beide wahrscheinlich ahnten. Dann tauschte er einen Blick mit Skadi. Es überraschte mich, dass er wartete, bis sie nickte, ehe er antwortete. »Verständlich. Obwohl das letztlich allein euch zuzuschreiben wäre. Ihr hättet uns den Stein jederzeit übergeben können.«

»Ihr hattet recht«, fügte Skadi hinzu. »Der Zauber ist zwar nicht unmittelbar gefährlich, doch in den falschen Händen kann er großen Schaden anrichten. Unser Berater hat festgestellt, dass es sich um einen Aufspürungszauber handelt. Wer das Gegenstück besitzt, kann damit die Steine finden, wenn er will.«

»Aber dann hätte der Mörder doch schon längst hier auftauchen müssen, oder?«, fragte ich arglos. »Oder er hätte uns verfolgt, während wir durch die Stadt gelaufen sind.«

»Nicht unbedingt«, antwortete sie zögernd. »Der Zauber reagiert nicht auf jeden. Wir glauben–«

»Das reicht für den Moment.« Keldan stand auf und schlenderte zu dem Regal rechts von ihm. Er zog eines der Bücher heraus, um darin zu blättern. »Ihr wolltet uns doch noch erzählen, was ihr herausgefunden habt.«

Ich musste zugeben, dass er die ganze Sache äußerst geschickt anging. Er musste davon ausgehen, dass es gerade die Information war, bei der er Skadi unterbrochen hatte, die uns besonders interessierte. Dass wir längst selbst den Verdacht hatten, der Zauber würde nur auf Mischwesen reagieren, musste ihm unmöglich erscheinen.

Evan zuckte mit den Schultern. »Wir haben nichts herausgefunden. Abgesehen davon, dass das zweite Opfer keine Feinde hatte, aber das wisst ihr vermutlich schon. Ihr glaubt, dass der Zauber auf jeden reagiert, der nicht reinen Blutes ist, habe ich recht?«

Keldan schlug ruckartig das Buch zu. »Wie kommt ihr darauf?«

»Wir haben es ausprobiert«, antwortete ich und beobachtete, wie Unglaube und ein Anflug von Besorgnis über seine Miene huschten. »Nicht direkt natürlich. Aber Evan spürt nichts, wenn er den Stein berührt. Ich schon, und eine Bekannte von mir ebenfalls. Es war naheliegend, dass der Zauber auswählt, zu wem er jemanden führt.«

»Das war sehr gefährlich«, wandte Skadi ein. »Wenn ihr nicht wusstet, wofür der Zauber genau gedacht ist, seid ihr damit ein hohes Risiko eingegangen. Der Mörder hätte ebenso gut die Gelegenheit nutzen können, dich als nächstes Opfer auszuwählen ... Er könnte es immer noch tun.«

»Nein, so dumm ist er nicht.« Evan nahm den Stein aus seiner Tasche und drehte ihn so hin und her, dass er das einfallende Sonnenlicht reflektierte. »Allein die Tatsache, dass er diese Steine benutzt, spricht für eine hervorragende Planung und Organisation. Irgendjemand hat sich genau überlegt, wie er am besten seine Opfer aufspüren und töten kann. Die ersten beiden Opfer waren womöglich sogar Versuche, um das Ganze auszuprobieren, bevor man es in größerem Ausmaß durchführt. Jemand, der so etwas tut, würde nicht unüberlegt handeln. Mag sein, dass er festgestellt hat, dass er uns folgen könnte, als Liv den Stein in der Hand hatte. Aber das hat sie nie nachts oder allein getan. Schon das wird ihn davon abgehalten haben, zuzuschlagen.«

Ich war nicht sicher, wer von uns mehr von dieser Ansprache überrascht war. Wenn ich nur annähernd so verblüfft aussah, wie Keldan und Skadi, traf es wohl in gleichem Maße auf uns alle zu. Ich hatte Evan nicht zugetraut, derart viel von unseren Überlegungen preiszugeben. Er musste inzwischen *wirklich* verzweifelt sein.

»Ich verstehe, worauf du anspielst«, sagte Keldan bedächtig. »Und ja, das glauben wir auch. Ich würde noch einen Schritt weiter gehen. Für eine einzige Person ist das alles zu viel. Es erscheint mir unwahrscheinlich, dass jemand diese Steine besorgen kann, in der Lage ist, kaltblütig zu morden, vorher geeignete Opfer und Orte auszusuchen, und dabei keine Spuren außer jenen Steinen zu hinterlassen. Noch dazu scheint der Mörder sich sicher zu sein, dass ihm nichts passieren kann – andernfalls würde er versuchen, die Leichen zu verstecken.«

»Außer er *will*, dass sie gefunden werden«, warf ich ein. »Vielleicht steckt hinter alldem mehr als das bloße Töten von jenen, die seiner Meinung nach offenbar nicht das Leben verdient haben. Vielleicht steckt eine Botschaft dahinter ... die wir nur nicht verstehen.«

»Möglich. Aber in erster Linie bleibt trotzdem der Gedanke, dass er Hilfe haben muss. Um es allein zu machen, hätte er jahrelang planen müssen, und dann hätte er ebenso gut weitere Geduld aufbringen können, um das Ganze bis ins kleinste Detail zu perfektionieren. Anstatt jetzt festzustellen, dass irgendetwas nicht so funktioniert, wie er es will.«

Ich beobachtete aus den Augenwinkeln Evan, der den Stein sinken lassen hatte und Keldan anstarrte, als hätte er einen Geist gesehen. Den anderen beiden schien es nicht aufzufallen – oder sie versteckten es gut. Ich hätte mir denken können, dass Evans Reaktion darauf, dass Keldan eine Gruppe von Tätern für wahrscheinlich hielt, nicht normal ausfallen würde. Diese Theorie passte perfekt zu seiner eigenen. Mit der Ausnahme, dass Keldan es sicher nicht in Erwägung zog, seine eigenen Leute könnten etwas damit zu tun haben. »Was macht dich so sicher, dass etwas nicht funktioniert?«

»Wenn alles planmäßig funktionieren würde, hätte er nicht aufgehört«, antwortete Skadi an Keldans Stelle. »Irgendetwas muss ihn dazu gebracht haben, eine Pause zu machen. Vielleicht ist etwas passiert, dass ihn an seiner Unverwundbarkeit zweifeln lässt.«

Evan fasste sich im selben Moment wieder, als Keldan das Buch zurückstellte und sich ihm mit einem fragenden Ausdruck zuwandte. Er räusperte sich, bemüht, sein Verhalten zu überspielen. »Wie auch immer. Wir sollten froh sein, dass er eine Pause macht und uns so etwas mehr Zeit verschafft. Dass mehr als ein einzelner Täter dahintersteckt, klingt plausibel. Habt ihr einen Verdacht, wo ihr eine solche Gruppe finden könntet?«

»Nein. Wir hatten gehofft, ihr hättet etwas herausgefunden, das uns weiterhilft.«

»Bedauerlicherweise nicht«, antwortete Evan. »Wenn wir etwas hören, werden wir euch informieren. Wenn das dann alles war?«

»Nun …« Skadi und Keldan tauschten einen Blick, der sich bestenfalls als irritiert beschreiben ließ. Ich hätte gern etwas getan, das Evans

Plan unterstützte, wenn ich denn gewusst hätte, was er vorhatte. In den letzten Minuten musste irgendein Satz gefallen sein, der in ihm eine Idee geweckt hatte, doch ich hatte keinen Schimmer, welcher es gewesen sein könnte.

Skadi war schon aufgestanden, als Keldan mich hoffnungsvoll ansah. »Falls dir noch etwas einfällt–«

Ich schüttelte den Kopf. »Evan hat alles gesagt. Aber ich werde dran denken.«

Er nickte zögernd, fast widerwillig. Ich betrachtete angestrengt meine Stiefel, als Evan ihn und Skadi zur Tür brachte. Obwohl ich nicht direkt gelogen hatte, hatte ich das starke Gefühl, dass Keldan argwöhnte, dass hier etwas nicht stimmte. Wahrscheinlich konnte er es nicht einmal an konkreten Fakten festmachen, ebenso wenig wie ich. Er ahnte etwas, und aus irgendeinem Grund bereitete mir das Sorgen.

Als Evan zurückkehrte, war er wie ausgewechselt. Der resignierte Evan der letzten beiden Tage war verschwunden und hatte jenem energiegeladenen Platz gemacht, den ich kennengelernt hatte. Gemeinsam mit dem Funkeln in den Augen, das immer auftrat, wenn er eine Idee hatte, die uns in Schwierigkeiten bringen würde.

»Das war doch mal eine nette Überraschung«, meinte er, ließ sich auf Skadis Stuhl fallen und legte die Füße auf dem anderen ab. »Sie müssen mit ihrer Weisheit komplett am Ende sein, wenn sie uns sogar alles erzählen, ohne eine Gegenleistung zu verlangen. Nur aus der bloßen Hoffnung, uns würde dazu womöglich etwas einfallen.«

»Wir sind genauso ahnungslos wie sie«, erinnerte ich ihn. »Wir sitzen alle im selben Boot, Evan.«

»Tun wir das?« Er grinste. »Im Gegensatz zu ihnen weiß ich, wo wir unsere Suche fortsetzen können. Erinnerst du dich an die Gruppe, von der ich dir erzählt habe? Wenn mehr als ein einzelner Täter dahinter steckt, könnte jemand dort etwas darüber wissen.«

»Und das hast du Skadi und Keldan verschwiegen, weil du der Meinung bist, dass wir nichts herausfinden werden, wenn sie anfangen, sich dort einzumischen, richtig?« Ich verschränkte meine Hände, stütze das Kinn darauf und gab mir Mühe, ruhig zu bleiben. Die Frage war rhetorisch gemeint. Natürlich war das Evans Intention hinter seinem Schweigen. In gewissem Maße konnte ich sie sogar nachvollziehen, doch das bedeutete nicht, dass ich sie deshalb gut hieß. Für mich klang das schon deshalb nach einer schlechten Idee, weil wir uns dann allein mit einer Gruppe unbekannter Größe anlegen mussten, die nicht davor zurückschreckte, jemanden umzubringen, wenn es sein musste. »Warum kommst jetzt auf die Idee, zu denen zu wollen? Ich dachte, bei deinem letzten Besuch ist nichts herausgekommen.«

Evan zuckte mit den Schultern. »Sie alle verbindet die Meinung, dass gemeinsame Nachkommen verschiedener Arten nicht normal sind und verboten werden sollten. Die einen sind radikaler als die anderen, manche wollen es auf einem friedlichen Weg lösen, andere gehen nur zu den Treffen, weil sie ihr Ansehen nicht verlieren wollen. Offiziell wollen sie nur aufklären, weshalb prinzipiell jeder kommen und sich ihre Meinung anhören kann. Möglicherweise sind die radikalen Mitglieder in den letzten Monaten aber stärker geworden.«

»Aha.« Ich lehnte mich zurück. »Also willst du auf gut Glück noch mal dorthin gehen? Ich glaube nicht, dass die so dämlich sein werden, jedem stolz zu verkünden, dass sie zwei Mischwesen ins Jenseits befördert haben.«

»Du wärst überrascht«, murmelte er. »Natürlich glaube ich das nicht. Aber die Chance, dort etwas zu finden oder zu hören, das uns näher zum Mörder bringt, ist deutlich höher als alles, was wir sonst tun könnten. Und nicht ich, sondern wir gehen. Heute Nacht würde sich anbieten.«

»*Heute Nacht?*«, wiederholte ich entsetzt. Ich sah aus dem Fenster, nur um sicherzugehen, dass ich mich nicht getäuscht hatte – es war bereits später Nachmittag. »Das ist ein Scherz. Wir müssen das planen, überlegen, wie wir dort rein und vor allem wieder rauskommen, und ... und ... wir können heute Nacht nicht dahin. Oder hast du schon die Ausgangssperre vergessen? Wenn die Wächter uns draußen erwischen, halten sie uns endgültig für die Täter. Außerdem wird dieses Treffen deshalb ohnehin nicht stattfinden.«

Er hob eine Augenbraue. »Dafür, dass du auf dem Schwarzmarkt gearbeitet hast, bist du manchmal ziemlich naiv, Liv. Keiner von denen wird sich an die Ausgangssperre halten. Die Treffen finden an jedem Letzten des Monats statt, und der ist nun mal heute. Wenn wir keinen Monat vergeuden wollen, müssen wir gehen.«

»Ich fasse es immer noch nicht, dass wir das wirklich machen«, flüsterte ich. »Das ist mit Abstand die schlechteste Idee, die du je hattest – und da waren schon einige dabei, von denen ich dachte, dass man sie nicht überbieten könnte.«

Evan spähte um die Ecke, runzelte die Stirn und presste sich wieder neben mich gegen die Wand. »Wer sagt, dass meine verrücktesten Ideen erst dann kamen, als wir uns kennengelernt haben? So schlimm ist es nicht. Die meisten Leute schwingen große Reden, sind aber zu feige, um etwas zu tun. Sie werden uns schon nicht umbringen. Zumal wir es ohnehin nicht zu dem Treffen schaffen, wenn diese Wächter nicht bald verschwinden.«

»Was hast du erwartet? Irgendwie müssen sie ja die Ausgangssperre durchsetzen. Aber sie werden nicht ewig dort stehen. Außerdem untertreibst du. Wenn dein Verdacht wahr ist und der Mörder zu diesen Leuten zählt, wird der nicht dreimal überlegen, ob er uns aus dem Weg räumen sollte.«

Nicht zuletzt würden wir keine Chance haben, wenn die falschen Leute bemerkten, warum wir eigentlich zu dem Treffen kamen. Wenn er unter seinesgleichen war, würde der Mörder im Zweifel jede Unterstützung bekommen, die er brauchte. Vielleicht nicht unbedingt, um uns zu töten – davon wussten die meisten hoffentlich nichts –, aber immerhin, um uns an einen Ort zu bringen, an dem uns niemand so schnell finden würde. Zu zweit gegen eine ganze Gruppe anzukommen, war unmöglich. Selbst dann, wenn wir beide kämpfen könnten.

Es blieb zu hoffen, dass Evans Optimismus berechtigt war. Meine Zweifel hatte er zwar mit logisch klingenden Argumenten widerlegt, doch das mulmige Gefühl ließ sich nicht vertreiben. Wie man es auch drehte, aus meiner Sicht wagten wir uns in die Höhle der Löwen. Ohne ausreichende Vorbereitung.

»Dann darf er eben nicht merken, dass wir ihm auf der Spur sind.« Evan warf erneut einen Blick auf die andere Straßenseite, und sein Gesicht hellte sich auf. »Sie sind weg.«

Wir huschten geduckt über die Straße, bogen in eine schmale Gasse ab und hielten uns von da an rechts. Es war ein Spießrutenlauf – auf jeder größeren Straße gingen Wächter auf und ab, hielten an beliebten Treffpunkten an, und warteten in der Nähe von Schenken und Pubs. Manche trugen Öllampen oder Fackeln bei sich, weshalb wir ihnen problemlos ausweichen konnten. Gefährlich wurden die, die regungslos in den Schatten warteten und sich erst dann bemerkbar machten, wenn man direkt neben ihnen stand. Offiziell durfte sich niemand außer ihnen noch draußen aufhalten, aber je weiter Evan und ich von Haus zu Haus schlichen, desto öfter sahen wir andere, die das gleiche taten. Die einen mehr, die anderen weniger gut. Wir hielten immer öfter inne, weil vor uns jemand einem der Wächter in die Arme gelaufen war. Dennoch konnte man sich mühelos an den Wächtern vorbeischleichen. Man musste nur vorsichtig sein, Geduld haben, und die Stadt gut genug kennen, um sich auch in den dunkelsten Gassen nicht zu verirren.

Evan hatte mir nicht gesagt, wohin genau wir wollten. Ein Haus irgendwo im Ostviertel, wo regelmäßig die Treffen stattfanden. Jedenfalls war es so, als er vor zwei Jahren dort gewesen war.

»Das Wichtigste«, fuhr er an der nächsten Kreuzung fort, »ist Anpassung. Sie dürfen keinen Verdacht schöpfen, dass wir ihre Meinung nicht teilen. Wenn wir das hinbekommen, wird auch der Mörder nicht die Eingebung bekommen, uns loswerden zu wollen.«

Ich zupfte an dem Kleid herum, das er mir nach langem Zögern aus Emmas Schrank gegeben hatte. Es war mir zu groß, erwartungsgemäß. Nicht nur deshalb wäre es mir lieber gewesen, meine eigene Kleidung anzubehalten. Jedes Mal, wenn Evan mich ansah, blitzte Schmerz in seinen Augen auf. Doch er beharrte darauf, dass man mich in meinen Sachen nicht einmal hereinlassen würde. Falls doch wäre ich damit dermaßen aufgefallen, dass wir uns nirgends problemlos umhören oder umsehen könnten. Ich hatte immer noch den Verdacht, dass er damit übertrieben hatte. Wenn angeblich jeder zu diesen Treffen gehen konnte, der sich dafür interessierte, müssten sie auch alle aus den ärmeren Gegenden akzeptieren. »Ich glaube nicht, dass ich denen weismachen kann, meine eigene Existenz zu missbilligen.«

»Musst du auch nicht«, antwortete er. »Lass einfach mich reden, solange niemand direkt dich anspricht. Und versuch, nicht schockiert auszusehen, wenn jemand etwas Unpassendes sagt. Abgesehen davon weiß schließlich niemand dort, dass du halb Magierin, halb Mensch bist.«

»Und es wäre mir lieb, wenn das auch so bleibt.« Ich dachte daran, dass es für Evan gereicht hatte, mein Blut zu riechen, um festzustellen, dass ich beide Arten in mir trug. Wenn andere Vampire auf diesem Treffen anwesend waren, sollte ich zusehen, mich nicht zu verletzen. Mitten unter jenen zu sein, die mich entweder tot oder zumindest möglichst weit weg sehen würden, war alles andere als eine angenehme Vorstellung. Erst recht dann, wenn ich mich dort nicht gut genug auskannte, um einen geeigneten Fluchtweg im Hinterkopf zu haben. »Nicht, dass du unter Anpassung verstehst, ein Mischwesen zur allgemeinen Opferung mitzubringen.«

Evan verdrehte die Augen. »Mach dich nicht lächerlich, Liv. Dort wird niemand geopfert.«

Noch nicht, fügte ich gedanklich hinzu. Wer wusste schon, wie zutreffend Evans Informationen waren. Am Ende waren sie veraltet und mittlerweile hatte man Opfer eingeführt. Zur Ehrung des Mörders sozusagen.

»Das da ist es übrigens«, bemerkte er und zeigte auf ein Haus links vor uns.

Ich sah mich stirnrunzelnd nach etwas um, das er meinen könnte. Dort, wohin er gezeigt hatte, stand nur ein einziges Haus – doch das konnte es beim besten Willen nicht sein. »Sollte das ein makabrer Scherz werden? Das ist das Geisterhaus.«

»Das ... Geisterhaus?«

»Ja.« Ich suchte in seiner Miene nach Anzeichen dafür, dass er ähnlich verwirrt war wie ich, fand jedoch nichts. »So nennen es die Kinder hier in der Gegend. Man könnte auch sagen, Ruine. Jedenfalls ist es nichts, in dem ein Treffen einer selbst ernannten Elitegesellschaft stattfinden könnte.«

»Auf den ersten Blick, nichts«, stimmte er mir zu. »Lass uns näher herangehen, dann siehst du, was ich meine.«

Ich bezweifelte, dass es etwas ändern würde, ob wir direkt vor der Ruine standen oder nicht. Das Haus musste einst eine Villa gewesen sein, doch inzwischen war es zum größten Teil in sich zusammengefallen. Ich hatte es oft genug bei Tageslicht gesehen, um mich nicht von den weichen Zügen der Dunkelheit täuschen zu lassen. Die einzigen, die meiner Meinung nach hier leben könnten, waren die Ärmsten der Armen, denen ein trockenes Plätzchen wichtiger war als die Tatsache, dass das Dach jederzeit einbrechen konnte.

Evan ging derart zielstrebig auf den Eingang mit dem gesprungenen Türgiebel zu, dass ich glauben könnte, er würde etwas anderes als die Ruine sehen. Ich wollte ihn fragen, ob er das Haus nicht doch verwechselt hatte – und trat im selben Moment über eine unsichtbare

Grenze. Der Anblick vor mir veränderte sich. Aus kniehohem Unkraut wurde ein gepflegter Garten, die zertrümmerten Stufen hatten keinen einzigen Riss mehr, die Löcher in den Wänden waren verschwunden. Warmes Licht und leise Stimmen drangen aus den Fenstern, in denen eben noch alles dunkel war. Es war, als wäre man zurück in jene Zeit gereist, in der das Haus intakt und bewohnt gewesen war.

»Beeindruckend, nicht wahr?«, sagte Evan. »Einer der besten Tarnzauber der Stadt, möchte ich behaupten. Vom Schwarzmarkt einmal abgesehen.«

Ich nickte mechanisch. Daran hatte ich keinen Augenblick gedacht, doch im Nachhinein passte es perfekt. Das erklärte auch, warum sich angeblich niemand hier Sorgen über die Ausgangssperre machte. Hinter dem Tarnzauber konnte man tun, was man wollte, ohne von jemandem auf der anderen Seite bemerkt zu werden. Deshalb hatte ich auch nie zuvor etwas von diesen merkwürdigen Treffen erfahren. Wer nicht genau wusste, dass er hierher kommen musste, würde ahnungslos vorbeilaufen.

Der nächste Gedanke, der mir kam, beunruhigte mich deutlich mehr. Das hier wäre ein perfektes Versteck für den Mörder.

Evan hatte recht behalten. Man konnte nicht ins Innere, ohne zuvor einen Türsteher zu passieren. Der Mann musterte uns aufmerksam von Kopf bis Fuß, ehe er einen Schritt zurücktrat und uns eintreten ließ.

»Das hatte ich mir schwieriger vorgestellt«, raunte ich Evan im Vorbeigehen zu. »Er hat ja nicht einmal gefragt, wer wir sind oder was wir hier wollen.«

»Wer diesen Ort kennt, muss nicht erklären, warum er hier ist«, murmelte er. »Die meisten kommen sowieso auf Einladung von irgendjemandem.«

Wir blieben am Rand der Eingangshalle stehen, die mich an jene in Rosalie Haus erinnerte. Ein ähnlicher Kronleuchter voller Kerzen, von denen gelegentlich Wachs heruntertropfte, eine geschwungene Treppe nach oben und goldgerahmte Bilder an den Wänden.

Ich hatte nicht darüber nachgedacht, wie viele Leute hier sein würden, doch die tatsächliche Anzahl schockierte mich. In der gesamten Halle hatten sich Gruppen von mehreren Frauen und Männern gebildet, das gleiche auf der Treppe und in den Räumen, die ich von hier aus sehen konnte. Sie standen gerade weit genug voneinander entfernt, um die einzelnen Gruppen unterscheiden zu können, doch so eng, dass die vorbeischlendernden Leute Schwierigkeiten hatten, durchzukommen. Die Mehrheit trug dunkle Kleidung aus glänzenden Stoffen, und plötzlich war ich froh, dass Evan mir das Kleid aufgedrängt hatte. Niemand hier schien etwas zu tragen, das mehrere Jahre alt oder gar schmutzig war.

»Evan«, flötete jemand rechts vor mir. »Mit dir habe ich heute überhaupt nicht gerechnet.«

Ich zuckte zusammen und gab mir Mühe, mir nicht anmerken zu lassen, wie sehr es mich überrumpelte, dass jemand Evan erkannt hatte. Eine Frau mit honigfarbenem Haar kam lächelnd auf uns zu. Viel schlimmer als die Erkenntnis, dass sie Evan kennen musste, war die Tatsache, dass sie sogar mir bekannt vorkam. Ich konnte nicht sofort zuordnen, woher – dann war sie nah genug, um ihr graues und braunes Auge zu sehen, und ich fuhr zum zweiten Mal zusammen. Das war jene Vampirin, die Raphael in seinem Keller als erste Kundin ausgewählt hatte, um meine Schulden abzuzahlen.

»Alicia«, antwortete Evan lächelnd. »Wenn ich gewusst hätte, dass du auch kommen würdest, hätte ich dich gebeten, meine Begleitung zu sein.«

Sie hob einen Mundwinkel. »Daran habe ich keinen Zweifel. Aber wenn ich mich richtig erinnere, warst du mit einer Magierin verheiratet. Wie kommt es, dass du deine Meinung geändert hast?«

Er zögerte. Gerade lang genug, damit es mir auffiel, doch Alicia war zu sehr davon abgelenkt, mich interessiert zu betrachten. »Ich habe eingesehen, dass wir nie zueinander gepasst haben. Dass sie gestorben ist, war letztlich ein Zeichen, dass man nicht gegen die Natur handeln sollte.«

Lüge, spürte ich erleichtert. Ich begann zu verstehen, was Evan wirklich meinte, als er gesagt hatte, ich solle meine Reaktion unter Kontrolle behalten, wenn jemand etwas Unpassendes von sich gab. Damit hatte er in erster Linie sich selbst gemeint.

»Wie schön, dass du noch auf den richtigen Pfad gefunden hast«, erwiderte sie. »Es ist nie zu spät, um das Richtige zu tun.«

Ein Teil von mir hätte am liebsten gefragt, was das Richtige war, doch ich hielt mich zurück. Alicia glaubte daran, auf dem *wahren* Pfad zu sein. Ich wollte nicht wissen, was sie mir voller Ernsthaftigkeit auf Nachfrage erzählt hätte.

Als Evan nicht antwortete, trat sie einen Schritt näher. Ich stellte mich darauf ein, dass sie ihn als neues Mitglied ihres Glaubens umarmen wollte und wich unauffällig zurück. Doch statt zu Evan zu gehen, wandte sie sich mir zu, schob eine Hand in meine Haare und neigte meinen Kopf zur Seite. »Und deine hübsche Sklavin hast du auch mitgebracht. Es war wirklich schade, dass du uns bei Raphael so abrupt auseinandergerissen hast. Wir hätten noch viel Spaß miteinander gehabt, nicht wahr, Liebes?«

Mein Herz raste so schnell, als wäre ich gerade um mein Leben gerannt. Ich kämpfte darum, mich nicht zu bewegen und darauf zu vertrauen, dass Evan das nicht zulassen würde. Alicias Hand in meinem Nacken war angenehm kühl – das einzige gute Gefühl, das ich mit ihrer Nähe in Verbindung bringen konnte. Und das einzige, auf das ich mich in diesem Moment konzentrierte.

»Ich weiß nicht«, brachte ich hervor.

Alicia beugte sich näher zu mir, und der Geruch nach Rosen stach mir in die Nase. Sie warf Evan einen verschwörerischen Blick zu. »Ich darf doch?«

Nein, protestierte ich innerlich. Auf keinen Fall.

Evan schüttelte bedauernd den Kopf. »Ich teile nicht gerne, tut mir leid.«

Einen Atemzug lang dachte ich, dass Alicia diese Antwort nicht akzeptieren und sich darüber hinwegsetzen würde. Dann ließ sie mich los und zuckte mit den Schultern. »Wie du meinst. Falls du es dir anders überlegst …«

Als wäre damit alles gesagt, zog sie ab und verschwand in der Menge. Ich atmete langsam aus. Das war knapp. Warum war diese Frau immer der Meinung, ohne mein Einverständnis von mir trinken zu dürfen? »Was war das denn?«

Evan zog mich weiter vom Eingang weg in eine ruhigere Ecke, als die nächsten Gäste die Halle betraten. »Ich habe dir gesagt, dass ich nichts von Sklaverei halte – das gilt aber nicht für die meisten anderen hier. Der größte Teil der anwesenden Vampire hat entweder selbst einen Blutsklaven oder hofft, dass die anderen ihre mit ihm teilen.«

»Das ist …« Ich schüttelte den Kopf, unfähig, ein geeignetes Wort dafür zu finden. »Sehr freundlich, dass du darauf verzichtet hast, mich zugunsten des Anscheins an Alicia zu verleihen.«

»So schlimm es ist es gar nicht«, bemerkte er.

»Woher willst du das wissen? Hast du schon mal jemanden von dir trinken lassen?«

»Nein. Aber ich kann dir versichern, dass man auf der anderen Seite durchaus bemerkt, wie sich sein Gegenüber fühlt.« Sein Blick wanderte suchend durch die Halle, ohne dass ich sagen könnte, wonach er Ausschau hielt. »Oder findest du, dass irgendeiner von ihnen unglücklich aussieht?«

Für mich lag das Hauptproblem in dieser Hinsicht darin, nicht auf Anhieb sagen zu können, welcher von den Anwesenden überhaupt einem Vampir als lebendige Nahrungsquelle diente. Sklaven im Allgemeinen ließen sich ja an dem blutroten Anhänger um ihren Hals erkennen, doch niemandem stand auf die Stirn geschrieben, dass er sein Blut mehr oder weniger freiwillig hergab.

Abgesehen von dem jungen Mann, in dessen Hals Alicia gerade ihre Zähne versenkte. Bei der Vorstellung, dass beinahe mir diese Rolle zugefallen wäre, wurde mir flau im Magen. Evan hatte durchaus nicht unrecht – der Mann machte einen entspannten, zufriedenen Eindruck, mit einem fast seligen Lächeln auf den Lippen.

»Ich kann mir nicht vorstellen, dass es angenehm ist, wenn jemand die eigenen Erinnerungen und Gedanken sehen kann«, erwiderte ich. »Vielleicht dann, wenn man nichts zu verbergen hat. Aber ansonsten?«

Evans Mundwinkel zuckten. »Also hast du etwas zu verbergen?«

»Jeder hat etwas zu verbergen.«

»Wahrscheinlich«, räumte er ein. »Aber das interessiert die wenigsten. Oft ist es sogar so, dass andere das, was man selbst als etwas Schlimmes einschätzt, als normal ansehen.«

Das war leicht gesagt, wenn man höchstens ein paar kleinere Notlügen auf dem Gewissen hatte. Für mich war es weiterhin unvorstellbar, jemanden in meinen Kopf zu lassen. Im absoluten Notfall vielleicht. Aber selbst dann würde ich mich darum bemühen, an irgendetwas Belangloses zu denken.

»Außerdem ist es ja nicht so, als würden wir wirklich alles sehen können«, fügte er hinzu. »Es ist eher so, als würde man für einen kurzen Moment eine Verbindung zu dem anderen aufbauen, die über das normale Miteinander hinausgeht. Es ist, als wäre man für diesen Augenblick eins, mit gemeinsamen Gedanken und Gefühlen. Und das kann etwas sehr Schönes sein.«

»Wenn du das sagst.« Ob man das als etwas Gutes oder Schlechtes wahrnahm, hing meiner Meinung nach vor allem davon ab, mit wem man das zweifelhafte Vergnügen hatte. Mit dem Mörder wäre das bestimmt etwas ganz Besonderes.

Vielleicht reagierte ich tatsächlich über. Das Ganze war mit Sicherheit weniger unangenehm, als ich es mir vorstellte, und in vielen Fällen auch von Vorteil. Vampire bemerkten Krankheiten früher als jeder andere es von außen könnte, und ich hatte schon von Leuten gehört, die entspannter und ruhiger waren, nachdem sie ihr Blut gespendet hatten. Der reine Prozess ... damit könnte ich leben. Nur nicht damit, was derjenige zufällig in meinen Erinnerungen sehen könnte. Flammen loderten vor meinem inneren Auge auf und ich schüttelte hastig den Kopf, um das Bild zu vertreiben.

Evans Blick klebte an Alicia und dem jungen Mann, und er schien mich fast vergessen zu haben. Ich dachte unbehaglich daran, noch nie gesehen zu haben, wie er an das Blut kam, das er von Zeit zu Zeit benötigte. Und ich konnte gut darauf verzichten, es jetzt zu sehen.

»Woher kennst du sie überhaupt?«, wechselte ich das Thema. »Alicia, meine ich. Es klang fast so, als wärt ihr alte Freunde.«

»Freunde«, wiederholte Evan spöttisch und löste endlich den Blick von den beiden. »So weit würde ich nicht gehen. Sie ist gelegentlich auf Emmas Festen aufgetaucht und wollte mich davon überzeugen, dass wir doch viel besser zusammenpassen würden, weil wir schließlich zur selben Art gehören. Sie war auch diejenige, die mich auf diese Treffen hier gebracht hat.«

»Klingt sehr sympathisch«, murmelte ich. »Sie wird aber nicht auf die Idee kommen, deine Motivation, hier zu sein, anzuzweifeln, oder?«

»Ich denke nicht. Dafür will sie zu sehr daran glauben, dass jeder ihre Überzeugung teilen sollte.«

Ich nickte. Den Eindruck hatte ich ebenfalls gehabt – vor allem schien sie unbedingt daran glauben zu wollen, dass Evan ihre Meinung teilte. Was an und für sich von Vorteil für uns war, solange sie nicht auf die Idee kam, deshalb in Zukunft regelmäßig bei ihm aufzutauchen. Oder sich beim Rest des Treffens an uns zu hängen. »Was machen wir jetzt? Hier herumzustehen, wird uns nicht weiterbringen.«

»Wir sollten uns etwas umsehen«, schlug er vor. »Im besten Fall sehen wir jemanden, den wir kennen und der nicht hier sein sollte.«

Es war leichter gesagt als getan, in dieser Menge jemanden zu finden, ohne direkt nach ihm zu suchen. Wir schlenderten durch die Halle und die beiden Räume links davon, Evan immer einen halben Schritt voraus. Irgendjemand hatte ihm ein Glas in die Hand gedrückt, an dem er gelegentlich nippte – mich hatte man bei der Verteilung geflissentlich übersehen. Generell schien man hier das Motto zu verfolgen, dass Sklaven nicht beachtet wurden, für manche Leute sogar unsichtbar waren. Ich entdeckte mehrmals andere, die meine Situation teilten, und regelrecht mit dem nächsten Möbelstück oder einer nahe liegenden Wand verschmolzen. Wenn Evan sich von jemandem in ein Gespräch verwickeln ließ, beachtete mich keiner. Es hatte den Vorteil, dass ich mich ungestört umhören konnte, solange ich den Blick gesenkt hielt.

Die meisten Gespräche waren überraschend uninteressant. Sie drehten sich um alles: Die wirtschaftliche Lage, Familiensituationen, kürzliche Todesfälle, Neuerwerbungen und Möglichkeiten, wie man das Beste aus seinem Geld machen konnte. Was fehlte, war nur das Thema, weswegen dieses Treffen überhaupt stattfand. Es dauerte eine Weile, bis ich feststellte, warum ich weder die Morde noch die angeblich nötige Vermeidung von Mischwesen in den Gesprächen ausmachen konnte. Anstatt sich direkt darüber zu unterhalten, wurden die Botschaften subtil ausgetauscht. Wenn man nicht wusste, worum es ging, überhörte man es. Doch sobald ich stärker darauf achtete, war plötzlich in jedem zweiten Satz ein Hinweis versteckt. Die Geschäfte der Magier liefen schlecht, weil Halb-Magier ihre Dienste weitaus günstiger anboten. Das schwarze Schaf der Familie – halb Vampir, halb Elb – hatte wieder einmal die letzte Geburtstagsfeier verdorben. Und sowieso wurden Mischwesen schneller zu Straftätern als alle anderen.

Als wir das Geisterhaus betreten hatten, war ich noch optimistisch gewesen. Doch je länger wir uns durch die Menge bewegten, desto stärker hatte ich das Gefühl, als würde mir die Kontrolle entgleiten. Es waren so *viele*. So viele, die mal mehr, mal weniger intensiv daran glaubten, dass die Mischwesen letztlich an all ihren Problemen schuld waren. Ihnen war nicht bewusst, wie verrückt diese Anschauung war. Sie hatten Gespräche wie diese gehört, und dann hatten sie endlich eine Erklärung für all die Dinge, die in ihrem Leben schief liefen. Der Mörder war nur die Spitze des Eisbergs. Das Stück, das aufgetaucht und plötzlich sichtbar war. Von dem man annahm, dass es der schlimmste Teil war. Dabei ging es so viel tiefer.

Das alles schockierte mich. Noch schlimmer war nur die Tatsache, dass ich einen Wächter hier entdeckte.

»Evan«, sagte ich. »Siehst du den Wächter dort vorne?«

Er nickte bestätigend. »Was ist mit ihm?«

»Er kommt mir bekannt vor. Haben wir den schon mal zusammen in der Burg gesehen?«

Der Wächter stand am Fuß der Treppe, in eine Unterhaltung mit einem hochgewachsenen Elben vertieft. Ich kannte nicht besonders viele Wächter – genau genommen war Keldan der einzige –, und obwohl mir auf der Straße schon einige begegnet waren, kam es mir sonderbar vor, dass ich mich genau an diesen erinnerte. Zugegeben, schulterlange schwarze Haare hatten die wenigsten, aber dennoch. Ich musste irgendetwas mit ihm in Verbindung bringen, das sich von alltäglichen Situationen unterschied.

»Nicht, dass ich wüsste«, antwortete Evan nach kurzem Nachdenken. »Ich kann mich auch täuschen, aber normalerweise bleiben mir Gesichter gut im Gedächtnis.«

»Mir nicht. Deshalb ist es ja so merkwürdig.« Ich beobachtete den Wächter aufmerksam, doch mir fiel beim besten Willen nichts ein, woher ich ihn kennen könnte. Dann gab er dem Elben die Hand – und die Erinnerung durchfuhr mich wie ein Blitzschlag.

»Das gibts doch nicht!«, sagte ich. »Dieser Wächter hat gemeinsam mit einem anderen Geschäfte mit dem Sklavenhändler gemacht, bevor der mich überfallen hat. Ich habe sie nachts in einer Gasse dabei beobachtet, wie sie mit ihm gesprochen und Geld von ihm entgegengenommen haben.«

»Bist du sicher?«, hakte Evan nach. »Nichts gegen dein Wahrnehmungsvermögen, aber nachts kann man sich leicht täuschen.«

»Mehr als sicher. Sie haben mich nämlich bemerkt und gefragt, ob sie mich nach Hause bringen sollen. Der da meinte noch, ich solle vorsichtig sein.« Mit gutem Grund, wenn man es im Nachhinein betrachtete. Mich indirekt zu warnen war dennoch keine Entschuldigung dafür, dass sie mir nicht aktiv geholfen hatten.

»Geschäfte von Wächtern mit Sklavenhändlern sind nie etwas Gutes. Insbesondere, wenn sie nachts in einer dunklen Gasse stattfinden«, entschied Evan. »Wir sollten ihm folgen. Wenn er zu so etwas im Stande ist, könnte er auch etwas mit den Morden zu tun haben.«

Als wäre das längst beschlossene Sache, setzte er sich in Bewegung, als der Wächter die Treppe verließ. Ich folgte ihm hastig und überlegte fieberhaft, wie ich ihn bremsen könnte. Gerade *weil* der Wächter womöglich etwas mit den Morden zu tun haben könnte, war es zu riskant, ihm auf gut Glück zu folgen. »Und was willst du machen, wenn wir ihn eingeholt haben?«, flüsterte ich. »Am Rande fragen, ob er zufällig das ein oder andere Verbrechen deckt?«

Evan zuckte mit den Schultern. »Vielleicht. Kommt darauf an, wie kooperationsbereit er wirkt. Wenn sich eine gute Gelegenheit ergibt, müssen wir sie nur ergreifen. Im schlimmsten Fall müssen wir ihn dazu zwingen, unsere Fragen zu beantworten.«

»Und wie willst du *das* wieder anstellen?«, fragte ich entgeistert. »Ihn niederschlagen und in irgendeinem dunklen Raum festhalten, bis er redet? Das ist ein verdammter Wächter, Evan! So einfach ist das nicht.«

»Es ist immer nur so schwer, wie man es sich selbst macht«, entgegnete er. »Hab ein bisschen Vertrauen, Liv. Wir schauen spontan, was machbar ist und was nicht.«

»Also schauen wir auch spontan, was wir tun, wenn er uns danach vor das nächste Gericht zerren will?«

Er schüttelte den Kopf und warf mir einen vielsagenden Blick zu. »Wie wir das vermeiden, sehen wir, wenn es so weit ist. Erst mal müssen wir dafür sorgen, dass er uns nicht abschüttelt.«

20. SKADI

»Ich hätte nie gedacht, dass ausgerechnet du so etwas tun würdest«, murmelte Skadi. »Wahrscheinlich werde ich sogar morgen früh aufwachen und glauben, dass ich das nur geträumt habe.«

»Was genau meinst du?«, erwiderte Keldan.

»Alles«, antwortete sie. »Die Tatsache, dass du einen Zauber in Evans Haus zurückgelassen hast, um sie zu bespitzeln. Ich meine, ist das überhaupt erlaubt? Und dass wir diese Informationen jetzt benutzen, um ihnen zu folgen, obwohl sie uns absichtlich nicht von ihrem Vorhaben erzählt haben, gefällt mir auch nicht. Wir haben versprochen, uns nicht in ihre Angelegenheiten einzumischen und sie vor allem nicht auszuspionieren. Das kommt mir alles so falsch vor.«

Keldan seufzte und blieb an der Brücke zum Ostviertel stehen. »Warum fallen dir diese Fragen erst jetzt ein? Das ist ein denkbar schlechter Zeitpunkt, um Skrupel zu kriegen.«

Dass jetzt der falsche Augenblick war, um alles, was ihr auf der Seele lag, zu klären, war Skadi nur allzu bewusst. Sie standen mitten in der Nacht auf einer ausgestorbenen Straße, würden womöglich jeden Moment einem patrouillierenden Wächter ihre Anwesenheit erklären müssen, und waren ohnehin nicht sicher, ob sie mit ihrem Vorhaben richtig handelten oder jemandem davon hätten erzählen müssen. Aber sie konnte nicht anders. Es war schlimm genug, dass sie überhaupt so lange gewartet hatte, um das anzusprechen.

»Genau das ist es ja«, sagte Skadi leise. »Mir fallen diese Fragen nicht erst jetzt ein – ich trage sie schon den ganzen Tag mit mir herum. Aber es kommt mir merkwürdig vor, dass ausgerechnet ich diejenige von uns beiden bin, die dieses Vorgehen fraglich findet. Als wir uns kennengelernt haben, war ich davon überzeugt, dass du unumstößliche Prinzipien hast.«

In der Dunkelheit war es unmöglich, Keldans Miene zu deuten. Sein Schweigen war das einzige Indiz, das Skadi zeigte, dass er ihre Bedenken nicht ohne Weiteres abtun wollte. Sie hätten ihren Weg fortsetzen können, es vermutlich sogar tun sollen. Und umso dankbarer war Skadi, dass Keldan nicht darauf bestand.

»Es ehrt mich, dass du eine so hohe Meinung von mir hast«, sagte er schließlich. »Ich habe auch immer angenommen, feste Prinzipien zu haben. Aber offenbar sind sie deutlich leichter durcheinanderzubringen, als ich dachte. Diese Morde und das, was möglicherweise dahinter steckt, haben einiges geändert. Ich verstehe deine Bedenken, dass es nicht richtig ist, Evan und Liviana zu hintergehen – ich habe genau die gleichen. Vor einer Woche hätte ich mich selbst dafür verachtet, mein eigenes Wort zu brechen.«

»Doch das hat sich geändert«, fügte Skadi hinzu.

Er nickte. »Ja. So falsch es mir auch erscheint, im Vergleich zu den Morden ist es nichts. Wir müssen das Ganze beenden, bevor es noch schlimmer wird. Dass Liv und Evan mehr wissen könnten, als sie uns gegenüber zugeben, war nur eine Vermutung. Sie werden sicher nicht erfreut sein, wenn sie bemerken, dass wir sie belauscht haben. Aber wenn wir dafür endlich vorankommen und sogar den Mörder finden könnten, ist es mir das wert.«

»Außerdem«, fuhr er einen Moment später deutlich leiser fort, »beunruhigt mich Evans Behauptung, auch einige Wächter würden zu diesen merkwürdigen Treffen gehen. Ich muss wissen, ob das der

Wahrheit entspricht. Ob wirklich ein Teil meiner Leute der Meinung ist, dass Mischwesen verboten werden sollten.«

Skadi schwieg. Vorrangig, weil sie nicht wusste, was sie darauf antworten sollte. Sie zweifelte nicht daran, dass Keldan ehrlich zu ihr war, womöglich sogar ehrlicher, als sie es selbst gewollt hätte. Sie hatte auch nicht mit einer anderen Antwort gerechnet. Doch insgeheim hatte sie darauf gehofft, dass er etwas weniger ... Menschliches sagen würde. Etwas, das einen logischen Hintergrund hatte, anstatt schonungslos direkt zu sagen, dass er seine eigenen Prinzipien hinterfragte und überging – selbst wenn es für eine gute Sache war. Sie selbst hätte an seiner Stelle am Ende wohl nicht anders gehandelt, doch sie war keine Wächterin. Ihr funkelndes Bild, in dem die Wächter immer wussten, was richtig und zu tun war, in dem sie gerecht urteilten und nie zweifelten, hatte in den letzten Tagen seinen Glanz verloren und Risse bekommen. Keldans Antwort sorgte endgültig dafür, dass Skadi sich der Realität stellen musste: Die Wächter waren letztlich wie jeder andere Bewohner dieser Stadt. Auch sie hatten ihre Schwächen, auch bei ihnen gab es nicht nur gute Seiten.

»Ich ... verstehe«, sagte sie schließlich. »Manchmal muss man ein Unheil anrichten, um ein Größeres zu verhindern.«

»So kann man es wohl ausdrücken.« Keldan hielt inne, als ein anderer Wächter in die Straße einbog. Er hob grüßend eine Hand, während Skadis Herz einen Schlag aussetzte. Doch anstatt auf sie zuzukommen und sie zur Rede zu stellen, erwiderte der andere Wächter den Gruß und nahm die nächste Abzweigung Richtung Süden. »Wahrscheinlich lässt sich darüber streiten, ob man so etwas wie Recht oder Unrecht aufwiegen kann, und ob man nicht alles verschlimmert, wenn man selbst zu unlauteren Methoden greift.«

»Ich glaube, wenn man mit guten Absichten handelt, und das tut, von dem man selbst überzeugt ist, es sei das Richtige, sind unlautere Methoden erlaubt«, antwortete Skadi. »Eine andere Wahl haben wir auch nicht, nicht wahr?«

Keldan schüttelte den Kopf. Diesmal meinte Skadi, den Anflug eines Lächelns auf seinen Lippen gesehen zu haben. »Nein. Aber wir können das Beste daraus machen.«

Es war theoretisch nicht schwierig, den Ort zu finden, an den Liv und Evan gegangen waren. Das Signal, das Liv beim Fund des ersten Opfers gesendet hatte, ließ sich noch Wochen später zurückverfolgen – für den Fall, dass der jeweilige Wächter im Nachhinein sichergehen wollte, dass es dem Sklaven, der ein derartiges Notsignal abgegeben hatte, gut ging. Normalerweise nutzte man das Ganze nur, wenn ein begründeter Anlass zur Sorge bestand. Womit es nur eine weitere unausgesprochene Regel war, die sie an diesem Abend brachen.

Obwohl Skadi keinen Moment daran gezweifelt hatte, dass sie auf diese Art den richtigen Weg finden würden, traute sie am Zielort ihren Augen nicht. In ihrer Vorstellung musste dieses merkwürdige Fest zwar irgendwo stattfinden, wo nicht jeder Beliebige hereinschneien konnte, doch die Realität übertraf dieses Kriterium bei Weitem. »Bist du sicher, dass wir hier richtig sind?«, fragte sie. »Ich habe dieses Haus nie von innen gesehen, aber von außen macht es keinen besonders angenehmen Eindruck.«

Keldan musterte das Haus mit zusammengekniffenen Augen. »Ja, das müsste es sein. Hier endet das Signal. Womöglich versucht hier jemand, sich das heruntergekommene Äußere zu Nutzen zu machen. Ich würde jedenfalls nicht von allein auf den Gedanken kommen, dort hineinzugehen.«

»Ich auch nicht«, stimmte Skadi zu. »Die Frage ist, ob wir uns dennoch hineinwagen können oder ob wir damit rechnen müssen, dass dann alles über uns zusammenbricht.«

Es gefiel ihr nicht, dass es sich bei dem Gebäude ausgerechnet um das Geisterhaus handelte. Das Schmugglerversteck war nur eine Straße davon entfernt, und wenn sie es sich aussuchen könnte, wäre sie eher am anderen Ende der Stadt.

Magnus sah das Ganze als Grund genug an, um Skadis Tasche zu verlassen und sich auf seinem alten Platz auf ihrer Schulter niederzulassen. Einen Moment lang fühlte es sich so an, wie es immer gewesen war, seit sie sich kennengelernt hatten – dann erinnerte sich Skadi an Magnus' Offenbarung, und das vertraute Gefühl verschwand.

»Einstürzen wird es wohl nicht direkt, aber ich befürchte, dass hier dennoch nicht alles mit rechten Dingen zugeht. Wer weiß, ob man einen geheimen Eingang kennen muss und andernfalls direkt in eine Falle läuft.« Keldan neigte den Kopf zur Seite, offensichtlich auf der Suche nach Auffälligkeiten an dem Gebäude vor ihnen.

Skadi beteiligte sich weniger enthusiastisch daran. Wäre es noch hell gewesen, hätten sie vielleicht etwas sehen können, doch nachts ließ sich auf diese Entfernung nicht einmal ein Stein von einem Loch im Boden unterscheiden. Alles, was sie von der Ruine erkennen konnte, wirkte auch auf den zweiten und dritten Blick nicht einladend. Weder sah sie ein Licht aufglimmen, noch etwas, das auf die Anwesenheit von anderen schließen ließ. »Aber Evan hat doch erwähnt, dass jeder dieses Treffen besuchen kann, der Interesse daran hat. Setzt das nicht voraus, dass man hineinkommt, ohne über einen Geheimgang informiert worden zu sein?«

Er nickte bestätigend und trat einen Schritt auf die Ruine zu. »Scheint, als müssten wir es selbst herausfinden.«

»Oder«, erwiderte Skadi, »wir warten ab, wohin die beiden dort vorne wollen.«

Keldan erstarrte mitten in der Bewegung. Die zwei Personen, die Skadi links von ihnen ausgemacht hatte, steuerten geradewegs auf die Ruine zu. Sie sahen sich derart nachlässig um, dass es nicht einmal den zusätzlichen Schatten des Gebäudes hinter Skadi und Keldan gebraucht hätte, um sie zu verbergen. Es war schwer zu sagen, zu welchem Zweck die beiden hier sein könnten. Sie bewegten sich zu hastig, um zu den Bewohnern des Ostviertels zu gehören, die darin geübt waren, um diese Tageszeit ungesehen ihren Geschäften nachzugehen – zumal Skadi sich nicht vorstellen konnte, welche Geschäfte man ausgerechnet an diesem Ort durchführen sollte. Dass es sich um Gäste des Treffens handelte, war eine logischere Schlussfolgerung. Skadi behielt sie mühsam zwischen den anderen Schatten im Blick, doch von einem Moment zum nächsten waren sie verschwunden. Sie blinzelte irritiert, suchte die Stelle ab, an der sie sie eben noch gesehen hatte, und wartete auf eine Bewegung.

»Täusche ich mich, oder haben sie sich gerade in Luft aufgelöst?«, fragte Keldan.

Skadi schüttelte hilflos den Kopf. Sie hatte einen ähnlichen Gedanken gehabt, doch im Gegensatz zu Keldan war sie davon ausgegangen, die zwei in der Dunkelheit schlichtweg verloren zu haben. Aber wenn sie *beide* die Gestalten plötzlich aus den Augen verloren hatten, musste mehr dahinter stecken. »In ein Versteck können sie nicht gegangen sein, oder? Von hier aus sieht es nicht so aus, als gäbe es an dieser Stelle mehr als Gras.«

»Und selbst in diesem Gras kann man nicht von einem Augenblick zum nächsten verschwinden«, erwiderte Keldan. »Lass uns nachsehen gehen. Viele andere Erklärungen gibt es nicht mehr.«

Die Frage war, ob eine dieser anderen Erklärungen ihnen gefiel. Skadi folgte Keldan in einem Abstand, der gerade groß genug war, um jegliche Gefahren zuerst auf ihn statt auf sie zu lenken. Sie musste an den Spitznamen des Gebäudes denken. Solange sie sorglos daran vorbeilaufen konnte, hatte sie nicht viel auf diese Geschichte gegeben, doch die Aussicht, sich jetzt hineinzuwagen, behagte ihr nicht. Selbst mit Keldan an ihrer Seite glaubte sie nicht daran, im Zweifel gegen einen verärgerten Geist bestehen zu können – nicht ausgerechnet nachts, wenn sie angeblich am stärksten waren.

Das regenfeuchte Gras strich ihr über die Knie, und irgendwo links von ihr huschte etwas raschelnd davon. Skadi sah dem Geräusch unwillkürlich nach, konnte jedoch nichts Auffälliges entdecken. Etwa an dieser Stelle waren die beiden Personen verschwunden. Es beruhigte

Skadi, nicht doch über zwei leblose Körper zu stolpern. Dann, mit einem Mal schien sie durch eine unsichtbare Nebelwand zu laufen. Einen Wimpernschlag lang verstummte das Rauschen des Grases im Wind.

Das Haus veränderte sich schlagartig. Zerstörte Gebäudeteile waren repariert, warmes Licht und das Summen Dutzender Stimmen drang aus den Fenstern. Skadi blieb überwältigt stehen. Sie schloss mehrmals die Augen, um sicherzugehen, dass die Illusion nicht einer Lichtspiegelung gleich verschwand, doch nichts veränderte sich.

»Ein Tarnzauber«, sagte Keldan anerkennend. »Noch dazu in diesem Ausmaß. Irgendjemand hat hier eine Menge Arbeit reingesteckt.«

Magnus nickte bestätigend. Es hätte Skadi inzwischen nicht mehr verwundert, wenn er ihr gesagt hätte, in seiner Vergangenheit ebenfalls an einer solchen Verschleierung der Wirklichkeit beteiligt gewesen zu sein. Sie konnte nicht einschätzen, wie viel Aufwand es für einen durchschnittlich begabten Magier war, ein Haus von dieser Größe inklusive aller Geräusche zu verstecken. Zu viel, wahrscheinlich. Zumal derartige Praktiken normalerweise nicht gern von den Wächtern gesehen wurden. Es war nicht verboten, doch auch nicht sonderlich beliebt – außer bei jenen, die in den Genuss von der Nutzung eines solchen Zaubers kamen. Es war ein idealer Ort, um all das zu tun, von dem man nicht wollte, dass die Öffentlichkeit etwas davon erfuhr.

Perfekt, um es als Ausgangspunkt für zwei Morde zu nutzen.

Der Türsteher zog eine skeptische Miene, machte jedoch keine Anstalten, sie aufzuhalten. Dass er es nicht bedenklich fand, zwei völlig Fremde – von denen einer ein Wächter war – hineinzulassen, beruhigte und verunsicherte Skadi zugleich. Auf der einen Seite hieß es, dass tatsächlich theoretisch jeder kommen konnte, der wollte, weswegen wohl keine unangenehmen Fragen der anderen Gäste zu befürchten waren. Andererseits wollte niemand, der etwas zu verbergen hatte, einen Wächter in seiner Nähe. Normalerweise.

Außer, es gab Wächter, die die eigenen Ansichten teilten.

Als sie die Eingangshalle betraten, verstand Skadi, warum der Türsteher dennoch skeptisch gewesen war. Der größte Teil der Männer und Frauen, die sie auf Anhieb überblicken konnte, trug elegante Kleidung. Ganz im Gegensatz zu Keldan und ihr.

»Das wirkt eher wie ein Fest der wohlhabenden Gesellschaft als wie ein Treffen von Fanatikern«, sagte sie.

»Ich hatte nicht erwartet, dass so viele Leute hier sein würden«, antwortete Keldan düster. »Wenn auch nur die Hälfte von denen radikal genug ist, um die Morde gutzuheißen …«

Skadi schüttelte den Kopf, als ihr ein Sklave im Vorbeigehen etwas zu Trinken anbot. »Das kann ich mir nicht vorstellen. Oder vielmehr hoffe ich es. Sie können doch unmöglich alle wirklich wollen, dass Mischwesen verboten werden … oder Schlimmeres.«

»Nicht alle. Mit etwas Glück würde es genügen, die Anführer auszumachen und von ihrem Tun abzubringen.« Er ließ den Blick über die Menge schweifen und zuckte hilflos mit den Schultern. »Vorausgesetzt, wir könnten ihnen etwas nachweisen, womit man sie unschädlich machen könnte. Im Moment habe ich eher den Eindruck, als würden dann hundert Zeugen auftauchen, die ihre Unschuld beteuern könnten.«

Und wenn zu den Zeugen Wächter zählten, war ohnehin alles verloren, fügte Skadi gedanklich hinzu. Wer wusste schon, wie tief das alles inzwischen ging. Sie konnten nicht einmal ausschließen, dass es längst mehrere Wächter gab, die regelmäßig Vergehen von einigen Anwesenden vertuschten. Zweimal hatte sie bereits eins der markanten Flügelpaare in der Menge aufblitzen sehen, ohne die zugehörigen Gesichter zu erkennen. Sie fragte sich, wie es Keldan ging. Zu sehen, dass Bekannte, Freunde oder jemand, der ein Vorbild für ihn war, sich hier aufhielt, musste sich wie ein Schlag ins Gesicht anfühlen.

»Vielleicht schätzen wir das auch vollkommen falsch ein«, sagte sie leise. »Vielleicht wissen die meisten hier nicht, worum es eigentlich geht. Oder sie sind hier, um es herauszufinden und dann etwas dagegen unternehmen zu können. Vielleicht haben sie auch Versprechungen auf etwas erhalten, das nichts mit dem eigentlichen Ziel der Anführer zu tun hat.«

Ein schwaches Lächeln wanderte über seine Lippen. Eines von der Sorte, die man dann aufsetzte, wenn einem eher nach dem Gegenteil zumute war. »Das sind viele Vielleichts, Skadi. Ich hoffe, dass du recht hast. Aber selbst wenn es wirklich so wäre – diese Leute sind hier. Egal, aus welchem Grund, allein mit ihrer Anwesenheit unterstützen sie diese Ansichten. Im schlimmsten Fall hören sie hier auf eine Art davon, die sie dazu bringt, sie zu teilen.«

»Wenn wir den Mörder gefunden haben«, antwortete Skadi, »müssen wir das hier aufhalten. So schnell wie möglich.«

Keldan nickte. »Es wäre das Beste, mit dem Mörder auch die Rädelsführer hier zu finden. Das ist die geeignetste Chance, um zu verhindern, dass sie sich herausreden können und wieder auf freiem Fuß sind, ehe auch nur das nächste Jahr anbricht.«

Skadi stimmte ihm aus ganzem Herzen zu, doch je länger sie die Menge beobachtete, desto mehr zweifelte sie daran, dass dieser Wunsch realistisch war. Wie um alles in der Welt sollten sie hier den Mörder oder einen Hinweis auf ihn finden? Es könnte jeder von ihnen sein – oder keiner. Sie waren ja nicht einmal sicher, dass er hier war.

Sie versuchte, ihren Blick von den einzelnen Gesichtern zu lösen, und stattdessen die Menge als Ganzes zu betrachten. Ein einziges dunkel gefärbtes Wesen, dessen Bestandteile sich regelmäßig verschoben, ohne das Wesen selbst zu beeinträchtigen. Es herrschte eine Harmonie, die man auf den ersten Blick nicht wahrnahm – sanfte Wellen, deren Richtung man nie vorhersehen konnte. Und zwei Bewegungen, die das Gesamtbild störten.

Skadi kniff die Augen zusammen, bis aus dem Wesen wieder einzelne Personen wurden, die sich ihrer Wirkung als Ganzes nicht bewusst sein dürften. Auch ohne sofort ihre Gesichter gesehen zu haben, konnte sie sich denken, wer die Störungen waren. »Ich habe Liv und Evan gefunden. Sie sind dort hinten, neben dem Gemälde von einem violett blühenden Baum.«

Keldans Blick wanderte auf der Suche nach Skadis Beschreibung durch den Raum, bis er stirnrunzelnd innehielt. »Was tun sie da?«

»Sieht aus, als würden sie jemanden beobachten«, antwortete Skadi. Um genau zu sein, machten beide den Eindruck, als würden sie versuchen, unsichtbar zu werden. Es faszinierte Skadi, wie unterschiedlich sie diese Aufgabe angingen – und es vermutlich selbst nicht merkten. Evan passte sich den anderen Gästen an, mit einer ähnlich aufrechten Haltung und einem angedeuteten Lächeln, das man fast als arrogant bezeichnen könnte. Eigentlich viel zu auffällig, doch inmitten von Leuten, die sich genauso verhielten, verschmolz er mit der Menge. Liv dagegen tat das Gegenteil. Es gab nichts Konkretes, an dem Skadi ihre Beobachtung festmachen konnte, doch irgendetwas an Livs Verhalten führte dazu, dass die anderen Gäste über sie hinwegzusehen schienen. So, wie sie über die anderen anwesenden Diener und Sklaven hinwegsahen.

Und so, wie sie wohl auch Skadi übersahen.

»Aber wen?«, murmelte Keldan. »Und vor allem: Warum? Glaubst du, sie haben jemanden gefunden, der mit den Morden zu tun haben könnte?«

Skadi zuckte mit den Schultern. »Wir könnten sie fragen.«

»Damit sie sofort wieder verschwinden und ihre Erkenntnisse für sich behalten?« Er schüttelte den Kopf. »Nein, das Risiko gehe ich nicht ein. Wir werden sie im Auge behalten und versuchen, herauszufinden, wen sie beschatten.«

»Also versuchen wir, nicht dabei aufzufallen, wie wir sie beobachten, während sie versuchen, nicht demjenigen aufzufallen, den sie beobachten? Das wird schwierig.«

»Aber nicht unmöglich«, erwiderte Keldan. Als Liv und Evan weitergingen, setzte auch er sich in Bewegung. »So groß kann das Haus nicht sein. Es sind genug Gäste da, um nicht bemerkt zu werden, und wir haben den Vorteil, dass sie nicht mit uns rechnen.«

Skadi schlängelte sich durch die Lücken in der Menge, bevor Keldan es schaffte, sich auf direktem Weg vorbeizudrängeln. Es klang so einfach, wie er es ausdrückte. Doch etwas in ihr war davon überzeugt, dass es nicht annähernd so leicht werden würde. Es mochten zwar genug Leute anwesend sein, um sich schneller zu verstecken als auf einem offenen Platz, aber das würde dennoch nicht lange gut gehen. »Liv ist zu vorsichtig«, meinte sie. »Sie wird uns eher früh als spät bemerken.«

»Selbstverständlich wird sie das«, sagte Keldan. Er schloss zu ihr auf, nur um sich einen Augenblick danach doch wieder dicht hinter ihr zu halten und ihr durch die Lücken zu folgen. »Die eigentliche Frage ist, ob sie Evan dann noch von dem abhalten kann, was er vorhat. Was auch immer das ist.«

»Du glaubst nicht, dass sie das alles gemeinsam geplant haben?«

Er schüttelte den Kopf. »Evan ist eindeutig die treibende Kraft. Wenn du mich fragst, ist Liv da irgendwie reingerutscht und versucht jetzt, das Beste daraus zu machen.«

Genau wie ich, dachte Skadi. Vielleicht waren sie und das Mädchen mit den blauen Haaren sich doch ähnlicher, als sie gedacht hatte.

Ihre Antwort blieb ihr im Hals stecken, als ihr Blick von Liv aus weiter schweifte und geradewegs bei dem von einem anderen Wächter mit markanten schwarzen Haaren hängen blieb. Sie reagierte instinktiv, wechselte die Richtung und steuerte in eine Gruppe Magier hinein, hinter denen sie sich verbergen konnte.

Keldan folgte ihr mit verständnisloser Miene und sah sich immer wieder nach Evan und Liv um. »Dient es einem bestimmten Zweck, von den beiden weg- anstatt auf sie zuzugehen?«

»Ich glaube, ich habe jemanden gesehen, den ich kenne«, sagte Skadi. »Das ... hat mich aus dem Konzept gebracht. Und ich hielt es für besser, dass er uns nicht sieht.«

»Tatsächlich? Wen denn?«

Ein Teil von Skadi hätte gern gelogen. Sie befürchtete, dass Keldan seine Reaktion nicht unter Kontrolle haben würde. Wahrscheinlich hätte er ihr die Lüge sogar geglaubt. »Ciril, glaube ich.«

Keldan fuhr zusammen. »Was? Bist du dir sicher?«

»Wenn es nicht zufällig einen anderen Wächter gibt, der ihm sehr ähnlich sieht – ja.« Skadis Gedanken rasten. Wenn sie sich nicht getäuscht hatte, konnte das alles ändern. Falls Ciril in irgendeiner Weise mit dem Mörder in Verbindung stand, konnte er ihm alles über die Ermittlungen erzählt haben. Jedes Detail, von dem sie angenommen hatten, es könnte sie weiterbringen, könnte sie in Wirklichkeit einen Schritt in die falsche Richtung gelenkt haben.

»Dafür gibt es sicher eine vernünftige Erklärung«, sagte Keldan. Er atmete tief ein und wandte sich in die Richtung, aus der sie eben erst gekommen waren. »Wahrscheinlich hat er von irgendwem selbst von diesem Fest erfahren und wollte sich genau wie wir umhören, um dem Mörder auf die Spur zu kommen.«

Diesmal zögerte er weniger, die Leute vor sich schlichtweg zur Seite zu schieben, um sich einen Weg zu bahnen. Skadi hatte Mühe, mit ihm mitzuhalten. Sie ahnte, was er vorhatte, und sie hatte das dringende Gefühl, es verhindern zu müssen. »Du kannst ihn jetzt nicht ansprechen, Keldan.«

»Natürlich kann ich das.«

»Aber damit gefährdest du alles«, protestierte sie. »Sowohl unser Vorhaben als auch seine potenziellen Erkenntnisse. Wenn du ihn jetzt zur Rede stellst, warum er hier ist, wird das für keinen von uns Vorteile mit sich bringen.«

Keldan brach im nächsten Raum aus der Menge aus und drehte sich an einem freien Stück neben der Wand zu Skadi. »Und was soll ich deiner Meinung nach sonst machen? So tun, als wäre er nicht hier, während mir ununterbrochen die Frage durch den Kopf geht, ob er alle Ermittlungen zu den Morden sabotiert hat?«

Sie hob hilflos die Schultern. »Wir können ihn morgen fragen. Wie du schon gesagt hast: Wahrscheinlich gibt es eine harmlose Erklärung für seine Anwesenheit. Falls er uns sieht, wird er sicher das Gleiche denken. Bis dahin sollten wir weiter Liv und Evan folgen.«

Magnus, der sich die ganze Zeit still verhalten hatte, nickte zustimmend. Obwohl Keldan auf seinen Rat nichts geben würde, freute Skadi sich über die Unterstützung. Selbst dann noch, als er ihre Schulter verließ und zurück in ihre Tasche flitzte.

»Ich kann nicht versprechen, dass ich mich zurückhalten kann, wenn wir ihm über den Weg laufen«, antwortete Keldan widerstrebend. »Aber ich verstehe, was du meinst. Für den Moment ist es wichtiger, die beiden im Auge zu behalten.«

21. LIV

Ich war nach wie vor nicht begeistert, dem Wächter zu folgen. Es behagte mir nicht, dass Evan so sorglos mit der Tatsache umging, dass man im Zweifel immer eher dem Wächter als uns Glauben schenken würde. Wir konnten noch so sehr beteuern, irgendetwas herausgefunden zu haben – wenn der Wächter etwas davon ahnte, würde er uns in Verruf bringen, bevor wir ihn verraten konnten.

Was nicht besonders schwer wäre, wenn man bedachte, dass wir ohnehin als verdächtig galten.

Abgesehen davon wusste ich nicht, was es uns bringen sollte, beständig in der Nähe des Wächters zu bleiben, ohne nah genug an ihn heranzukommen, um etwas von dem zu verstehen, was er sagte. Wir liefen von einem Zimmer ins andere, taten so, als würden wir uns die Gemälde an den Wänden ansehen und Evan wimmelte jeden ab, der versuchte, mit ihm ins Gespräch zu kommen. Ich ahnte, dass er etwas plante und es mir absichtlich verschwieg. Jedes Mal, wenn ich ihn darauf ansprach, wie lange wir das Ganze noch treiben wollten, brachte er eine andere Ausrede vor. Es ergab durchaus Sinn, den Wächter als potenziellen Helfer des Mörders ins Auge zu fassen. Aber auch nicht wesentlich mehr als alle anderen hier. Obwohl ich sicher war, dass dieser Mann Geschäfte mit Xenerion machte – oder zumindest gemacht hatte –, zweifelte ich daran, dass er deshalb auch mit den Morden in Verbindung stand. Letztlich hatte wohl jeder schon einmal etwas getan, das nicht vollständig mit den Gesetzen und Regeln dieser Gesellschaft in Einklang stand. Selbst die Wächter.

Zu allem Überfluss überkam mich irgendwann das Gefühl, beständig angestarrt zu werden. Nicht für wenige Augenblicke, wie es vorkam, wenn jemand den Raum betrat und die anderen Gäste musterte, sondern dauerhaft. Als wären nicht wir diejenigen, die jemanden verfolgten, und hätten stattdessen selbst jemanden auf den Fersen.

»Hier stimmt etwas nicht, Evan«, stellte ich fest. »Wir sollten verschwinden.«

»Gibt es irgendetwas hier, das *nicht* nicht stimmt?«, antwortete er. »Wenn wir jetzt gehen, haben wir nichts erreicht. Ausgerechnet jetzt, wo es spannend wird.«

Spannend. Das war also seine Bezeichnung für die Tatsache, dass der Wächter mittlerweile zwei Treppen nach oben genommen und damit den belebten Teil des Gebäudes verlassen hatte. Ihm hierhin zu folgen, hatte weitaus mehr Fingerspitzengefühl erfordert als bisher, und wir waren mehrmals beinahe entdeckt worden. Als er in einen Gang abgebogen war, der als Sackgasse endete, hatten wir uns in der Nähe positioniert, um die Lage zu besprechen. Zugegeben: Mich interessierte es auch, was er hier oben zu suchen hatte. Oder was wir finden würden, wenn wir uns die Zeit nahmen, uns ausgiebig umzusehen. Aber im Gegensatz zu Evan überwog meine Vorsicht gegenüber meiner Neugier.

»Außerdem ist hier niemand, der uns stören könnte«, fügte Evan hinzu. »Das sollten wir ausnutzen.«

Ich verdrehe die Augen. »Das Problem an verlassenen Orten wie diesem ist, dass sie eigentlich nicht verlassen sind. Es wird nicht lange dauern, bis jemand hier auftaucht. Und derjenige wird uns sicher nicht freundlich zunicken und darauf verzichten zu fragen, was wir hier zu suchen haben.«

»Nicht, wenn wir glaubhaft so tun, als hätten wir jedes Recht, hier zu sein.« Er grinste und warf einen Blick in den Gang, in dem der Wächter verschwunden war. Die Entschlusskraft, die danach in seinem Blick lag, beunruhigte mich. »Warte hier. Wenn jemand kommt, mach dich irgendwie bemerkbar und lenk ihn ab.«

Ich sah zweifelnd den Weg zurück, den wir gekommen waren. Hier oben war das Haus verwinkelt. Statt wenigen großen Räumen schien es unzählige kleine zu geben, mit ebenso vielen Gängen, die sich an den unwahrscheinlichsten Stellen trafen und dann eine Biegung machten, wenn man es am wenigsten erwartete. Es konnte jederzeit jemand wie aus dem Nichts auftauchen, bevor ich es auch nur ahnte. Wie sollte ich unter diesen Umständen ein glaubhaftes Ablenkungsmanöver entwickeln? Noch dazu als Sklavin, auf die hier niemand hören würde. »Und was willst du währenddessen tun?«

Dass Evan längst verschwunden war, realisierte ich erst, als ich keine Antwort erhielt. Ich verfluchte ihn im Stillen dafür. Weniger, weil er mich hier stehen gelassen hatte. Es störte mich vielmehr, dass er mit Sicherheit etwas tat, das entweder höchst gefährlich war oder zumindest einige Schwierigkeiten mit sich bringen würde. Das war das eigentliche Problem daran, dass er allein gegangen war. Ich konnte ihn so nicht davon abhalten, sich selbst um Kopf und Kragen zu bringen.

Schritte in der Nähe ließen mich aufhorchen. Mein Puls schoss in die Höhe und hämmerte in meinen Ohren, während ich mich fester gegen die Wand presste. Ein Teil von mir wollte weglaufen, sich verstecken, vielleicht sogar Evan suchen, damit er das Ganze regeln konnte. Ich war kein guter Redner, verdammt. Ich konnte nicht überzeugend lügen, und schon gar nicht jemanden dazu bringen, sein eigentliches Vorhaben zu vergessen. Es hatte seinen Grund, dass ich derartige Situationen normalerweise mied.

Dass ich dennoch stehen blieb, überraschte mich selbst. Ich suchte nach einer Erklärung, überlegte, was ich tun könnte, um den Neuankömmling loszuwerden. Würde man mir abnehmen, dass ich mich auf der Suche nach jemandem verirrt hatte? Das wäre wenigstens die halbe Wahrheit.

Die Schritte waren fast bei mir angelangt. Ich bildete mir ein, mehrere Personen zu hören, und bekam Panik. Mich einem einzigen Mann entgegenzustellen, lag gerade noch im Bereich des Möglichen. Aber einer ganzen Gruppe?

Dicht neben der Ecke hielten die Schritte inne. Ich atmete so flach wie möglich und drängte die anderen stumm dazu, sich umzudrehen und zu verschwinden. Oder geradeaus zu gehen, ohne mich zu entdecken. Warum hatten sie überhaupt angehalten? Wussten sie, dass ich hier war? Ahnten es zumindest?

Ein Rascheln durchbrach die Stille. Dann flitzte etwas kleines Schwarzes an mir vorbei und meine gesamte Anspannung entlud sich in einem Quietschen, das ich nicht rechtzeitig unterdrücken konnte. Bevor ich den vertrauten Anblick der Ratte zuordnen konnte, folgten ihr die beiden Personen, die ich hier als Letztes erwartet hatte.

»Was in aller Welt tut ihr hier?«, stieß ich hervor. Die Erleichterung, es nicht mit jemandem zu tun zu haben, der zu den Besitzern des Hauses gehörte, verschwand einen Augenblick später. Dass Skadi und Keldan hier waren, war nur geringfügig besser. Mir ging auf, dass ich sie genauso ablenken musste wie jeden anderen.

Keldans Blick hatte nur kurz auf mir gelegen, ehe er weiter geschweift war. »Das gleiche wie ihr, nehme ich an. Wo ist Evan?«

»Er ... ähm ... wollte sich erleichtern«, antwortete ich.

»Hier oben.« Er hob eine Augenbraue und schüttelte den Kopf. »Nimm es mir bitte nicht übel, aber du bist eine miserable Lügnerin.«

Ich zuckte mit den Schultern und sah zu, wie Skadis Ratte an ihrem Bein nach oben kletterte und in ihrer Tasche verschwand. Ich konnte ihm schlecht etwas übel nehmen, das mir selbst bewusst war. »Du bist nicht besser. Statt zu lügen, antwortest du nicht konkret. Was macht ihr wirklich hier? Und vor allem – wie seid ihr hierher gekommen?«

Es sollte dazu dienen, Zeit zu schinden. Genug, um mir die Gelegenheit zu geben, Evan zu warnen und zu warten, dass er wieder auftauchte. Doch einen Moment später beschlich mich ein anderer, scheußlicher Gedanke. Wenn der Wächter, dem wir gefolgt waren, von diesem Treffen wusste ... warum dann nicht auch Keldan?

»Wir sind euch gefolgt«, antwortete Skadi schuldbewusst. »Wir dachten, man könnte hier etwas über den Mörder erfahren.«

Wahrheit, spürte ich. Das erklärte mein Gefühl, beobachtet zu werden. Besser, als wenn sie doch etwas mit dem Mörder zu tun hatten. Aber dennoch nicht gut. »Was ist mit unserer Abmachung, dass ihr uns nicht bespitzelt? Brecht ihr immer so schnell euer Wort?«

Keldan zuckte zusammen, und wandte endlich den Blick von dem Gang ab. »Ich habe keine andere Möglichkeit gesehen. Es war offensichtlich, dass ihr etwas vor uns verbergt. Abgesehen davon–«

Er unterbrach sich, als hinter mir eine Tür aufging. Ich wirbelte herum, sah Evan, dem die Überraschung ins Gesicht geschrieben stand, und zögerte einen Augenblick zu lang. Evan reagierte schnell, doch Keldan war schneller. Kurz bevor Evan die Tür wieder hinter sich zuziehen konnte, schob der junge Wächter einen Fuß in den Spalt.

Und eines konnte man definitiv nicht leugnen – Evan war kein Krieger. Zwei, drei Atemzüge später hatte Keldan seinen Widerstand überwunden und die Tür aufgezogen. Ich traute mich nicht, meinen Platz zu verlassen und näher zu treten. Es reichte, von hier aus das Wechselspiel von Erschrecken, Irritation und Unglaube auf der Miene des Wächters zu beobachten. Als es schließlich bei mühsam unterdrücktem Zorn innehielt, trat ich unwillkürlich einen Schritt zurück. Keldan zog Evan grob aus dem Raum heraus, schloss die Tür, und kam mit ihm im Schlepptau zurück. Ich warf einen raschen Blick zu Skadi, die ähnlich verwirrt aussah, wie ich mich fühlte. Dann waren sie bei uns, Evan riss sich los und stellte sich neben mich – was dazu führte, dass Keldan sich vor uns beiden statt nur vor ihm aufbaute.

»Seid ihr von allen guten Geistern verlassen?«, fuhr er uns an. Als wäre ihm plötzlich bewusst geworden, dass es nicht das Klügste war, das ganze Haus auf uns aufmerksam zu machen, senkte er die Stimme. »Ist euch eigentlich klar, was ihr damit anrichten könnt? Man könnte meinen, ihr wolltet auf dem direkten Weg in den nächsten Kerker!«

Ich räusperte mich, als er Luft holte und zweifelsohne seine Standpauke fortsetzen wollte. Der scharfe Blick, den ich mir dafür einfing, ließ es mich fast bereuen. »Tut mir leid, dich unterbrechen zu müssen«, sagte ich kleinlaut. »Aber ich wüsste wirklich gern den Grund für die Maßregelung, *bevor* ich sie mir anhören muss.«

Er presste die Kiefer zusammen, fuhr auf dem Absatz herum und stapfte zurück zu der Tür. Ich rührte mich nicht. Auch dann nicht, als er sie öffnete und mir einen auffordernden Blick zuwarf. Ganz gleich, was Evan dort angestellt hatte – wenn es Keldan derart wütend machte, wollte ich nicht in seiner Nähe sein, um es anzusehen.

»Komm schon, Liv. So schlimm wird es wohl nicht sein.« Skadi lächelte ermutigend. Sie nahm meine Hand und zog mich mit erstaunlicher Kraft mit sich.

Als ich gezwungenermaßen in den Raum hineinsah, begann ich Keldans Reaktion zu verstehen. »Oh.«

»Ja, *oh*«, erwiderte er. »Was fällt euch ein, einen Wächter niederzuschlagen und zu fesseln? Das ist unverantwortlich, dumm und verrückt!«

»Ich habe ihn nicht niedergeschlagen«, meldete sich Evan zu Wort. »Ich habe ihm nur etwas eingeflößt, das ihn kurz schlafen lässt. Er müsste bald wieder aufwachen.«

»Und du glaubst ernsthaft, das würde irgendeinen Unterschied machen?«, fragte Keldan ungläubig. »Wie stellt ihr euch das vor? Soll ich so tun, als hätte ich nichts gesehen und sorglos wieder verschwinden? Ich hatte euch gewarnt, dass ich nicht darüber hinwegsehen kann, wenn ich euch erwische!«

Evan öffnete den Mund, überlegte es sich dann aber offensichtlich anders. Ich hätte gern gesagt, dass wir ja nicht wissen konnten, dass die beiden hier auftauchen würden, ließ es aber lieber bleiben. Also schwiegen wir beide.

Stattdessen trat Skadi einen Schritt vor. »Ihr habt doch sicher einen Grund, das zu tun, nicht wahr?«

»Das wäre auch keine Entschuldigung für ihr Handeln«, grollte Keldan.

»Nein, aber wir sollten es uns trotzdem anhören«, antwortete sie. »Ohne ihnen dabei ins Wort zu fallen.«

Ich war mir sicher, dass Keldan das anders sah, doch er nickte widerstrebend. Etwas in mir überlegte, warum er sich überhaupt erst mit uns herumschlug, anstatt den anderen Wächter zu befreien. Diese Frage auszusprechen, wäre aber wohl nur ein Funken auf Zunder.

»Wir haben Grund zur Annahme, dass er illegalen Geschäften nachgeht«, sagte Evan schließlich. »Deshalb hielten wir es für angebracht, ihm ein paar Fragen zu stellen.«

»Was bringt euch zu dieser Annahme?«, fragte Skadi.

Diesmal zögerte Evan mit der Antwort. Ich ahnte, dass er nicht ohne mein Einverständnis davon erzählen wollte. Wenn ich es vermeiden könnte, würde ich es weiterhin verschweigen – schon, um die unweigerlich folgenden Fragen zu verhindern. Doch so wie die Dinge standen, hatten wir ohnehin schon verloren. Ich traute es Keldan zu, seine Ankündigung wahr zu machen und uns vor das nächste Gericht zu bringen. Unsere einzige Chance bestand darin, ihn auf unsere Seite zu ziehen.

»Ich bin keine rechtmäßig verurteilte Sklavin«, sagte ich. »Mich hat ein Sklavenhändler überfallen. Und davor habe ich gesehen, wie dieser Wächter und ein anderer mit ihm Geschäfte gemacht haben.«

Keldans Wut schien mit einem Mal verflogen zu ein. »Warum hast du dich dann nicht an uns gewandt? Es ist ein schweres Verbrechen, jemanden ohne Verurteilung zum Sklaven zu machen.«

»Ist eine lange Geschichte«, murmelte ich. »Und es wäre mir lieber, nicht darüber zu reden.«

Er antwortete nicht. Sein Blick lag auf dem anderen Wächter.

»Wenn Ciril das wirklich getan hat«, sagte Skadi leise, »können wir nicht ausschließen, dass er doch etwas mit den Morden zu tun hat. Oder, dass er zumindest Informationen dazu weitergegeben hat.«

»Moment – was?« Evan sah von einem zum anderem, ehe er den schlafenden Wächter anstarrte. »Was soll das heißen, er könnte Informationen weitergegeben haben?«

»Wir arbeiten zusammen an diesem Fall«, antwortete Keldan tonlos. »Möglich wäre es.«

Eine Erinnerung tauchte am Rand meiner Gedanken auf. Als wir Rosalies Haus verlassen hatten, war ich so sehr von der unfreundlichen Wächterin abgelenkt gewesen, dass ich nicht sonderlich auf den anderen Wächter geachtet hatte. Jetzt dämmerte mir, dass es derselbe gewesen war. Ich hatte ihn in diesem Moment schlichtweg nicht erkannt.

»Dann ist es umso wichtiger, dass wir ihn fragen, was er hier will«, sagte Evan. »Wenn er nichts mit den Morden zu tun hat, umso besser. Aber falls doch ...«

Keldan schüttelte den Kopf. »Das wäre Zeitverschwendung. Ciril ist einer der besten in Sachen Vernehmung, die wir haben. Es würde mehrere Tage dauern, bis wir sicher wären, dass er die Wahrheit sagt.«

»Und was wäre, wenn ich zuverlässig sagen könnte, ob er lügt oder nicht?«

Der Blick, den er und Skadi mir zuwarfen, war identisch. »Wie soll das gehen?«

Ich zwang mich zu einem Lächeln, und hoffte, dass ich es nicht bereuen würde. »Ich bin eine Seherin – ich fühle es.«

Das Schweigen in dem winzigen Raum war erdrückend. Wir warteten darauf, dass dieser Ciril endlich aufwachte, in dem sicheren Wissen, dass uns die Zeit davon lief. Irgendwann würde ihn jemand vermissen oder auf die Idee kommen, den Raum selbst für private Gespräche nutzen zu wollen.

Es hatte mich überrascht, dass Keldan schließlich eingelenkt hatte. Vor allem, dass er darauf bestand, selbst bei dem Verhör dabei zu sein. Ich war nicht sicher, ob er mir glaubte, dass ich Lüge von Wahrheit unterscheiden konnte, doch er glaubte offenbar zumindest daran, dass Ciril gegen das Gesetz verstoßen hatte.

Irgendwann fühlte es sich fast normal an. Wir standen zu viert vor dem Stuhl, sahen gelegentlich aus dem Fenster oder zur Tür, und starrten ansonsten auf den Boden. Von den anderen Gästen weiter unten im Haus hörte man hier oben nichts und meine Sorge vor der Entdeckung verflüchtigte sich allmählich. Ich stellte fest, dass der Stuhl im Boden verankert war. Zusammen mit Evans Erklärung, die Seile hätten darauf gelegen, kam mir der unangenehme Verdacht, dass dieser Raum öfter diesem Zweck diente. Ich wollte mir nicht vorstellen, welche Überraschungen noch in diesem Haus lauerten.

Als Ciril sich endlich regte, fuhren wir alle zusammen. Er blinzelte mehrmals, hob den Kopf und sah stirnrunzelnd von seinen Fesseln zu uns und wieder zurück. Die schulterlangen schwarzen Haare waren ihm ins Gesicht gefallen und er schüttelte sie mit einer ungeduldigen Bewegung weg. Erwartungsgemäß blieb sein Blick an Keldan hängen. »Ich hoffe, du hast eine gute Erklärung dafür.«

»Die wollte ich eigentlich von dir hören«, erwiderte Keldan. »Im Übrigen ist das nicht in meinem Auftrag geschehen.«

»Was du nicht sagst.« Ciril neigte den Kopf zur Seite. »Warum lässt du es dann zu?«

Es war bewundernswert, mit welcher Ruhe Keldan auf ihn herabsah. In ihm musste die Frage brodeln, ob er die ganze Zeit von dem anderen Wächter hintergangen worden war – jemand mit weniger

Selbstbeherrschung hätte ihn deshalb schon längst angebrüllt. »Ich wollte es verhindern. Aber dann habe ich ein paar Dinge über dich gehört, die meine Meinung geändert haben. Beantworte unsere Fragen und du kannst gehen.«

Ciril lächelte spöttisch. »Natürlich. Für wie dumm hältst du mich? Wenn ihr mich gehen lasst, hält mich nichts davon ab, das Ganze sofort zu melden. Und das wirst du wiederum wohl kaum riskieren.«

»Ich aber schon«, wandte Evan ein. »Hast du etwas mit den Morden zu tun?«

Der Wächter musterte ihn abschätzend. »Wer bist du überhaupt?«

»Antworte einfach, Ciril«, sagte Keldan.

Ciril sah eindringlich von ihm zu Skadi, dann zu mir und schließlich zu Evan. Einen Moment lang wirkte es, als würde er die Antwort erneut verweigern – dann seufzte er. »Natürlich habe ich nichts mit den Morden zu tun. Dass du mir das überhaupt zutraust, ist schon enttäuschend, Keldan.«

Die anderen achteten nicht weiter auf ihn. Ihre Blicke richteten sich ausschließlich auf mich, und ich nickte. »Er sagt die Wahrheit.«

Die Erleichterung, die Keldan durchströmte, war fast greifbar. Skadi schien ebenfalls froh zu sein, während Evan eher enttäuscht wirkte. Ich fühlte nichts von alldem. Es war gut, dass er nichts mit den Morden zu tun hatte, und gleichzeitig war es schlecht. Denn wenn er es nicht war, standen wir wieder ganz am Anfang. Nicht zuletzt hatte er nicht unrecht: Ihn jetzt gehen zu lassen, würde uns in Schwierigkeiten bringen. Ich sorgte mich darüber, was wir stattdessen tun sollten.

Keldans Lächeln verweilte nur wenige Wimpernschläge, ehe es von der ernsten Miene abgelöst wurde. »Was tust du dann hier?«

»Dasselbe könnte ich euch fragen.«

»Wir suchen nach Hinweisen auf den Mörder«, antwortete Skadi.

Ciril zuckte mit den Schultern. »Ich auch.«

Wahrheit, spürte ich – und doch wieder nicht. Die halbe Wahrheit, sozusagen. »Das stimmt nicht ganz, hab ich recht?«

»Es hat keinen Zweck, sie anzulügen«, fügte Evan hinzu. »Sie spürt das.«

»Herzlichen Dank für die Warnung«, sagte Ciril. Er ließ sich Zeit mit seiner Antwort. Ich ahnte, dass er nun sorgfältiger auf seine Worte achtete, genau überlegte, was er sagen konnte, um nicht als Lügner eingestuft zu werden. »Ich war schon öfter hier. Es gibt die ein oder andere Ansicht, die ich mit den Gastgebern teile.«

Ich kam nicht einmal dazu, seine Worte abzunicken. Evan trat einen Schritt auf ihn zu und verengte die Augen. »Beispielsweise, dass die Entstehung von Mischwesen verhindert werden muss?«

Ciril schloss einen Moment die Augen. Dann erwiderte er Evans Blick und nickte langsam. »Hört zu, ich habe meine Gründe für diese Meinung.«

»Dass ich nicht lache«, stieß Evan hervor.

»Aber ich würde deshalb nie so weit gehen, sie töten zu wollen«, fuhr der Wächter ungerührt fort. »Oder solche Taten gutzuheißen.«

Auch das war die Wahrheit, doch das interessierte mich in diesem Augenblick nicht. Ich musste daran denken, wie er mir in dieser dunklen Gasse gesagt hatte, ich solle vorsichtig sein, und mich dann dennoch Xenerion überlassen hatte. »Aber dafür unterstützt du es, dass wir illegal zu Sklaven gemacht werden?«, fragte ich. »Das ist keinen Deut besser.«

Er wich meinem Blick aus. »Ich wusste, dass ich dich schon einmal gesehen habe. Man trifft sich immer zweimal im Leben, was?« Er hielt inne, doch ich hatte wenig Lust, ihm darauf zu antworten. »Das ist nichts, worauf ich stolz bin. Ich dachte eine Weile, dass es der richtige Weg ist, aber inzwischen hat sich meine Meinung geändert. Und ich bereue es, überhaupt damit angefangen zu haben.«

»Das sollen wir dir glauben?«, fragte Evan bitter.

»Ja«, sagte ich. »Das sollten wir. Er bereut es wirklich.«

Evan war anzusehen, dass ihm das Gegenteil lieber gewesen wäre. Er *wollte* das Böse in Ciril sehen, wollte, dass er jedes seiner Vorurteile den Wächtern gegenüber verkörperte. Echte Reue zerstörte dieses Bild.

Skadi räusperte sich. »Mich würde noch interessieren, warum du Mischwesen für schlecht hältst. Warum ... alle hier das tun. Was spricht dagegen, dass sich Angehörige unterschiedlicher Arten lieben? Wir können doch alle voneinander und von den Fähigkeiten der anderen profitieren.«

Ein einzelner Muskel zuckte am Kiefer des Wächters – abgesehen davon hatte er seine Miene unter Kontrolle. »Ich bin nicht *alle* hier. Erweist mir den Respekt, das zu bedenken. Für einen Teil der Anwesenden ist es eine Prinzipienfrage: Sie glauben, dass wir nicht grundlos als unterschiedliche Arten begonnen haben und jeder jahrhundertelang unter sich geblieben ist. Ihrer Meinung nach verstoßen Mischwesen gegen den Willen der Götter.«

»Götter«, wiederholte Skadi. »Ich wusste nicht, dass noch jemand an sie glaubt.«

Ciril zuckte mit den Schultern. »Es gibt immer jemanden, der an der Vergangenheit festhält. Was den Rest angeht: Einige Beobachtungen sprechen dafür, dass das Erbe mehrerer Arten jemanden sprunghafter macht. Risikobereiter. Weniger empathisch. Anfälliger dafür, Verbrechen zu begehen.« Er suchte meinen Blick. »Tut mir leid. Das ist nichts Persönliches.«

Ich wich zurück. Das war verrückt. Wahnsinnig. Völlig aus der Luft gegriffen.

Und doch stieg Scham in mir hoch. Erinnerungen kämpften sich aus dem hintersten Winkel meines Gedächtnisses empor, wechselten sich blitzartig mit neueren ab. Der Schwarzmarkt, Feuer, Flucht. Ich blinzelte hastig und biss mir so fest auf die Zunge, dass ich Blut schmeckte. Das war falsch. Man wurde doch nicht zum Verbrecher, weil man von mehr als einer Art abstammte! Da war nichts in mir, das mich dazu drängte, zu stehlen oder jemanden zu verletzen. Ich war nicht ... böse.

»Das ist Schwachsinn«, sagte Evan. »Wer glaubt so einen Mist?«

»Leute, die einen Sündenbock brauchen«, antwortete Keldan. »Ich habe meine Zweifel, dass diese Behauptung auf fundierten Studien gründet.«

Ciril sah wieder zu mir, doch ich schaffte es nicht, den Blickkontakt zu halten. Es war zu spät, um zu verbergen, wie sehr seine Worte mich getroffen hatten. Aber ich wollte ihm nicht die Genugtuung geben, die Tränen in meinen Augen zu sehen. »Ich behaupte nicht, dass alles davon wahr ist. Es lässt sich aber nicht leugnen, dass der Anteil an verurteilten Mischwesen deutlich höher ist, als der aller anderen Arten.«

»Dafür werden sie auch öfter verdächtigt und als potenzielle Täter in Betracht gezogen«, wandte Skadi ein. »Es würde mich nicht wundern, wenn Mischwesen grundsätzlich öfter kontrolliert oder von anderen Leuten angeschwärzt werden. Vor allem, wenn man bedenkt, dass ihr Anteil in den ärmeren Bevölkerungsgruppen immer noch höher ist als in den wohlhabenden. Man kann das nicht objektiv aus den Verurteilungen ableiten.«

»Darin muss ich dir recht geben«, antwortete er. »Das Ganze ist zu wenig erforscht, um sagen zu können, wie viel Wahrheit darin steckt. Wie gesagt: Ich gehöre nicht zu den Fanatikern dieser Gruppe. Ich bin hier, weil ich wissen will, wie viel an dieser Theorie dran ist. Nicht mehr und nicht weniger.«

Schweigen. Ich hätte mich und alle anderen meiner Art gern verteidigt, doch als ich den Mund öffnete, fand ich keine Worte dafür. Stattdessen versuchte ich, das Ganze zu vergessen. Es als das anzusehen, was es war: Irrsinn.

Als niemand mehr etwas hinzufügte, ging Keldan auf Ciril zu, und löste seine Fesseln. »Danke für deine Ehrlichkeit. Es tut mir leid, dass wir zu derart radikalen Maßnahmen greifen mussten.«

Ciril sah ihn ungläubig an. »Ihr lasst mich gehen?«

Keldan zuckte mit den Schultern und trat einen Schritt zurück. »Wir schweigen über deine ehemalige Zusammenarbeit mit den Sklavenhändlern, und du schweigst über das, was hier passiert ist. Einverstanden?«

Er zögerte, ehe er Keldans ausgestreckte Hand ergriff. »Einverstanden.«

»Das war beruhigend und erschütternd zugleich«, sagte Keldan, als Ciril den Raum verlassen hatte. »Ich hätte nicht im Traum gedacht, dass ausgerechnet er zu diesen Verrückten gehört.«

»Aber er wird sich doch daran halten, uns nicht zu verraten, oder?« Evan lehnte am Rand des Fensters und sah abwägend in die Dunkelheit. »Weder an die Wächter noch an seine *Freunde* hier.«

»Ich denke schon. Er wird nicht das Risiko eingehen, dass wir im Gegenzug gegen ihn aussagen.«

Ich hielt mich aus der folgenden Diskussion über Cirils Verhalten heraus. Viel wichtiger war für mich die Frage, ob uns das jetzt überhaupt irgendwie weitergebracht hatte. Wir wussten, dass dieser eine Wächter nicht mit dem Mörder kooperierte, aber damit waren wir dem eigentlichen Täter ebenso wenig auf der Spur wie zuvor. Wir hätten ihn fragen sollen, was er über die Gastgeber und die anderen Gäste wusste, ob irgendeiner von denen als Täter in Frage kam. Jetzt hatten wir erneut unseren einzigen Anhaltspunkt verloren, ohne im Gegenzug einen neuen gefunden zu haben.

»Alles in Ordnung?«, fragte Evan leise. Er hatte seinen Fensterplatz verlassen und sich so neben mich gestellt, dass er mich von Skadi und Keldan abschirmte. Die beiden waren noch in ihr Gespräch vertieft.

Ich schluckte. »Klar. Abgesehen davon, dass wir vermutlich immer noch unter einem Dach mit einem Mörder sind.«

»Ich brauche nicht deine Gabe, um zu wissen, dass das eine Lüge war«, antwortete er. »Du darfst dir Cirils Gerede nicht zu Herzen nehmen, Liv. Nichts davon ist wahr.«

»Weiß ich doch.« Ich zwang ein Lächeln auf meine Lippen. Natürlich glaubte ich Ciril nicht. Aber seine Worte hatten sich in dem Moment in mein Gedächtnis gebrannt, als er sie ausgesprochen hatte. Der Schaden war angerichtet. Und wenn ich jetzt anfing, mit jemandem darüber zu reden, würde ich endgültig meine Fassung verlieren.

Ich wandte mich ab. »Was machen wir jetzt?«, fragte ich laut. »Der Wächter war der einzige potenzielle Verdächtige, den wir bisher hier entdeckt haben.«

Evan warf mir einen langen Blick zu, ehe er nickte. »Wir sind uns wahrscheinlich einig, dass irgendetwas an diesem Ort nicht stimmt. Ich bin dafür, dass wir das Haus durchsuchen.«

»Das ist nicht ungefährlich«, gab Keldan zu bedenken. »Keiner hier wird begeistert davon sein, wenn wir uns ohne ihr Einverständnis umsehen.«

»Was uns nicht davon abhalten sollte. Allein dieser Raum ist schon unheimlich genug. Irgendwo muss selbst der Mörder leben und seine Steine lagern – wenn nicht hier, wo dann?« Obwohl ich es nie zugegeben hätte, fühlte ich mich in Keldans Anwesenheit deutlich sicherer. Sicher genug, um sogar dieses Geisterhaus auf den Kopf zu stellen. Wenn uns jemand erwischte, würden sie sich allein durch seine Anwesenheit zurückhalten. Und falls nicht, hatten wir mit ihm deutlich höhere Chancen, heil hier rauszukommen, als allein.

»Sie hat recht«, sagte Skadi. »Dieser Ort ist perfekt. Niemand würde ihn hier vermuten, weil kaum jemand überhaupt weiß, dass das Haus in Wirklichkeit keine Ruine ist. Ich würde sogar wetten, dass er heute hier ist.«

»Zum Greifen nah, und wir haben keinen Schimmer, wer er sein könnte. Welch Ironie«, murmelte Evan. »Also ist es beschlossene Sache: Wir sehen uns hier weiter um, möglichst ohne aufzufliegen. Am besten teilen wir uns auf.«

Ich zuckte zusammen. Das war nicht das, was ich geplant hatte – dann waren wir ja genauso verwundbar wie zuvor. »Muss das sein?«

»Wenn wir uns nicht aufteilen, sind wir zu auffällig. Wir durchsuchen den Ostflügel, ihr nehmt den anderen«, entschied Keldan. Er gab Skadi ein Zeichen, ihm zu folgen, und ging zur Tür. Mit der Hand auf dem Griff drehte er sich noch einmal um und sah uns ernst an. »Seid vorsichtig. Wir wissen nicht, was diesen Leuten zuzutrauen ist.«

»Er macht sich Sorgen um uns«, sagte Evan verblüfft. »Das ist das Netteste, was er je für uns getan hat.«

»Das würde ich nicht gerade als etwas Gutes einstufen. Wenn er das schon tut, muss er einen Grund dafür haben.« Ich folgte ihm widerwillig auf den Gang hinaus. Fluchtwege. Das war etwas, das wir bisher mit keinem Wort erwähnt hatten, und allmählich bereute ich es. Man sollte immer wissen, wie man im Zweifel am schnellsten verschwinden konnte. Zumindest dann, wenn man in einem Kampf den Kürzeren ziehen würde. »Wir sollten das Ganze so schnell wie möglich hinter uns bringen und uns dann aus dem Staub machen. Ich bin nicht scharf darauf, den Mörder an einem anderen Ort als vor dem Gericht kennenzulernen.«

Evan hob einen Mundwinkel. »Du machst dir zu viele Sorgen, Liv. Keldan ist in der Nähe, und dieser Ciril läuft sicher auch noch irgendwo hier herum. Das sind schon zwei Männer, die einen weiteren Mord verhindern werden.«

»Wenn sie rechtzeitig davon Wind bekommen«, entgegnete ich. »Du hast leicht Reden. Dich würden sie wahrscheinlich nicht umbringen.«

»Da wäre ich mir nicht so sicher. Im Zweifel opfern sie wohl jeden, der ihre Pläne zunichtemachen könnte.«

Ich stieß langsam die Luft aus. »Falls du jemals in der Nähe bist, wenn jemand beruhigt werden muss – geh bitte weiter und überlass das anderen.«

Evan lachte leise, und ich hatte Mühe, gegen das nervöse Kichern in meiner Kehle anzukämpfen. Das war nicht der richtige Ort oder

Augenblick, um sich zu amüsieren. Schon gar nicht, solange wir nicht wussten, ob hinter einer der unzähligen Türen jemand stand und uns zuhörte. In diesem Teil des Hauses erahnte man, dass sein Besitzer ihn weitaus weniger wertschätzte als die unteren Räume. Es brannten nur noch an jeder Kreuzung Öllampen, die Strecken dazwischen waren zum Teil stockfinster oder vom Mondlicht durch die Fenster erhellt. Der Teppich war ausgetreten, und in den Ecken sammelten sich Spinnweben. Evan probierte jede Tür aus, doch die meisten waren verschlossen. Hinter den anderen verbargen sich verstaubte Räume, deren Möbel mit Tüchern bedeckt waren.

Ich bezweifelte, hier etwas oder jemanden zu finden, doch das war mir mehr als recht. Von mir aus konnten sich gerne Keldan und Skadi im Westflügel mit potenziellen Verstecken und plötzlich auftauchenden Gästen herumärgern. Sofern dort überhaupt etwas anders war als hier.

Obwohl meine Anspannung allmählich auf ein erträgliches Maß sank, hielt ich mich immer zwei Schritte hinter Evan. Zum einen, um regelmäßig einen Blick zurückzuwerfen und sicherzugehen, dass uns niemand folgte, zum anderen, um mich verstecken zu können, falls eine Tür doch ein unangenehmes Geheimnis verbarg.

»Scheint ganz so, als wäre hier nichts«, flüsterte ich.

»Man könnte es meinen«, antwortete Evan mit gesenkter Stimme. »Aber etwas kommt mir daran komisch vor: Wenn hier nichts und niemand ist, und auch keiner vorhat, herzukommen … warum sind dann überhaupt Öllampen an?«

Ich schluckte und spürte, wie mir ein Schauer über den Rücken rann. Da war etwas dran. »Vielleicht für den Fall, dass sich jemand verirrt? Obwohl Lampen dann eigentlich kontraproduktiv wären.«

»Eben. Und ich kann mir nicht vorstellen, dass die Besitzer es sich leisten können, etwas zu beleuchten, das sie ohnehin nicht nutzen.« Je weiter er ging, desto vorsichtiger schien er zu werden. Mittlerweile hatten wir unsere Schritte verlangsamt und schlichen über den verschlissenen Teppich, als würden wir damit rechnen, jeden Moment jemandem zu begegnen. Meine Gedanken kreisten darum, was jemand im hintersten Teil des Hauses verstecken sollte – mit dem Ergebnis, dass es in jedem Fall etwas Schlechtes sein würde. Wohl keine Gefangenen, die aus dem Weg geräumt werden mussten, aber wer konnte das schon genau sagen. Vielleicht hatten die Besitzer etwas gegen Keller und nutzten stattdessen lieber die oberen Zimmer.

Evan hielt plötzlich inne, und ich stolperte gegen ihn.

»Was ist?«, wisperte ich.

»Ich glaube, ich habe eben jemanden gehört«, murmelte er. »Siehst du die Tür dort vorne?«

Es war nicht schwer zu erraten, welche er meinte. Wie in den Gängen zuvor waren die Türen geschlossen. Aber unter einer war ein schmaler Lichtstreifen zu sehen.

Wir verharrten regungslos und lauschten. In den ersten Momenten waren mein Herzschlag und Atem das einzige, das ich wahrnahm. Dann meinte ich, zwei Stimmen zu hören. Zu leise, um die genauen Worte zu verstehen. Aber auch zu laut, um einen anderen Ursprung als die Tür zu haben.

Evan sah mich fragend an. Als ich nickte, legte er einen Finger an die Lippen und näherte sich bedächtig der Tür. Er blieb einen halben Schritt daneben stehen, presste sich an die Wand und lauschte. Dann gab er mir ein Zeichen.

Ich schlich mit wackligen Beinen zu ihm und hoffte inständig, dass ich nicht über meine eigenen Füße stolperte oder ein anderes Geräusch machte. Niesen zum Beispiel, wie ich es bei der Beobachtung von Xenerion und den beiden Wächtern getan hatte.

Die Stimmen waren nach wie vor leise. Ich konzentrierte mich mit aller Kraft auf sie, doch es dauerte einen Augenblick, bis ich aus einzelnen Wortfetzen einen Zusammenhang deuten konnte.

»So geht das nicht weiter«, sagte eine Frau. »Wir hatten abgemacht, dass du eine große Menge dieser Missgeburten zur Strecke bringst.

Nicht nur zwei, nach denen du aufhörst. Das reicht nicht, nicht mal annähernd«

Wir fuhren gleichzeitig zusammen. Damit war klar, worum es hier ging. Dort drin musste der Mörder sein – und offensichtlich seine Auftraggeberin.

»Ist nicht so einfach«, erwiderte eine männliche Stimme. »Mir sind nicht nur die Wächter auf der Spur. Ein Vampir und seine Sklavin schnüffeln auch noch rum. Sie haben einen der Steine.«

Evan hob überrascht eine Augenbraue. Er suchte meinen Blick und formte stumm eine Frage, doch ich schüttelte den Kopf. Selbst wenn ich besser darin wäre, Lippen zu lesen, hätte ich jetzt keine Konzentration dafür. Ich überlegte, ob ich eine der beiden Stimmen schon einmal gehört hatte. Möglich wäre es, aber bei dieser Lautstärke war es unmöglich, sicher zu sein.

»Und das wundert dich?«, fragte sie. »Warum hast du die Steine auch dort liegen lassen? Es ist nur eine Frage der Zeit, bis jemand einen Weg findet, die Richtung umzukehren.« Die Stimme entfernte sich langsam und kam wieder näher, als würde ihre Besitzerin im Raum hin und her gehen. »Das reicht noch nicht. Diese Idioten müssen verstehen, dass wir alle ohne die Mischwesen besser dran sind.«

»Wenn du mir sagst, wie ich das anstellen soll«, antwortete er. »Solange die Ausgangssperre da ist, kann ich nichts tun. Hab nicht vor, für die schlechte Bezahlung im Kerker zu landen.«

»Dann tu es tagsüber«, zischte sie. »Es kann doch wohl nicht so schwer sein, noch ein paar dieser Kreaturen umzubringen.«

In diesem Moment nahm ich eine Bewegung aus den Augenwinkeln wahr. Ich schnellte herum, sah am anderen Ende des Ganges eine Gruppe Männer auftauchen, und erstarrte. »Evan?«

Er wandte den Blick, als die Gruppe uns entdeckte und mit schnellen Schritten auf uns zukam. »Verdammt«, fluchte er, nahm meinen Arm und zog mich mit sich. »Lauf!«

Der rationale Teil von mir wies mich darauf hin, dass wir in diesem Haus schlechte Chancen hatten, gegen jemanden anzukommen, der sich im Gegensatz zu uns hier auskannte. Mit Weglaufen würden wir nicht weit kommen. Die einzige Möglichkeit bestand darin, die Treppen zu finden und zurück zu den anderen Gästen zu gelangen. Ihre Anwesenheit würde uns schützen. Vielleicht.

Vergessen waren der Mörder und seine Auftraggeberin. Als wir an der nächsten Kreuzung rechts abbogen, trommelten die Schritte unserer Verfolger bereits so dicht hinter uns, dass einige von ihnen die Abzweigung verfehlten. Ich überholte Evan, kämpfte gegen den Drang an, ihn zurückzulassen und meine eigene Haut zu retten, warf einen Blick über die Schulter und bereute es sofort. Sie waren *wirklich* dicht hinter uns. Die Entschlossenheit stand ihnen ins Gesicht geschrieben. Sie würden uns kriegen, und wenn es das Letzte war, das sie heute taten.

Wir schlitterten um die nächste Ecke, hinein in einen weiteren düsteren Gang. Ich wünschte mir sehnlichst, Keldan würde aus heiterem Himmel auftauchen, doch wir blieben allein. Es war still, von unserem Keuchen und dem der anderen Männer abgesehen. Keiner von ihnen rief uns zu, dass wir stehen bleiben sollten. Jeder von uns wusste, dass das zwecklos wäre.

Wenn ich doch nur kämpfen könnte, dachte ich panisch, schlug an einer Kreuzung einen Haken – und stoppte ruckartig, als vor mir weitere Männer auftauchten. Ich wirbelte herum, um einen der anderen beiden Wege zu nehmen, doch es war zu spät. Sie waren nicht versehentlich an der ersten Abbiegung weitergelaufen. Stattdessen hatten sie uns gezielt den Weg abgeschnitten.

Evan und ich standen Rücken an Rücken in der Mitte des Ganges, während die beiden Gruppen sich mit jener Gelassenheit näherten, die jemand verspürte, der wusste, dass er längst gewonnen hatte. Ich suchte erfolglos nach einer Lücke oder einem freundlichen Gesicht.

»Ich fürchte, hier handelt es sich um ein gewaltiges Missverständnis«, hob Evan an. »Wir haben uns offenbar im Raum geirrt. Man hat uns gesagt, wir sollen hier oben an einer Besprechung teilnehmen, doch es ist niemand aufgetaucht.«
»Eine Besprechung«, wiederholte einer der Männer spöttisch. »Mit wem denn, wenn ich mir die Frage erlauben darf?«
Evan zögerte. »Nun …«
»Ich kenne jeden, der die Erlaubnis hat, hier oben zu sein«, erwiderte der andere. »Und ihr zwei gehört nicht dazu.«

Wir wehrten uns nicht. Es war offensichtlich, dass Evan und ich keine Chance gegen die vierfache Überzahl hatten, und keiner von uns wollte herausfinden, wie weit diese Männer im Zweifel gehen würden. Im ersten Moment hoffte ich noch, dass sie sich damit zufriedengeben würden, uns aus dem Haus zu werfen, so wie man es normalerweise mit Gästen tat, die unerlaubt herumschnüffelten. Doch sie wählten eine schmale Hintertreppe, die einst als Dienstbotengang gedient haben musste und geradewegs an den anderen Gästen und der Eingangstür vorbeiführte. Ich hörte sie durch die Wand aus dünnen Holzplatten und wünschte mir, auf der anderen Seite zu sein. Auch wenn sie hier augenscheinlich für die groben Arbeiten zuständig waren – ganz dumm waren die Männer nicht. Zumindest nicht dumm genug, um nicht bemerkt zu haben, dass wir den Mörder und seine Auftraggeberin belauscht hatten. Im schlimmsten Fall gingen sie sogar davon aus, dass wir sie gesehen und somit Beweise gesammelt hatten, die dringend im Verborgenen bleiben mussten.
Ich starrte den breiten Rücken vor mir an und überlegte, ob es nicht doch sinnvoller wäre, einen Fluchtversuch zu wagen. Der Gang war so schmal, dass immer nur zwei Personen nebeneinander gehen konnten. Vor mir waren drei der Männer, neben mir ein weiterer. Dann folgte Evan mit den anderen vieren. Mit dem Überraschungsmoment und einer geeigneten Waffe hätten wir es vielleicht schaffen können.

Wenn schon keine Flucht, dann genug Tumult, um Keldan und Skadi zu alarmieren.

»Wenn ich mir die Frage erlauben dürfte«, setzte Evan hinter mir an. »Was habt Ihr mit uns vor? So sehr ich diese Führung zu schätzen weiß, ihr Sinn erschließt sich mir noch nicht.«

Wären wir in umgekehrter Reihenfolge gelaufen, hätte ich ihn dafür getreten. Dachte er wirklich, das würde unsere Situation in irgendeiner Art verbessern?

Er erhielt keine Antwort. Ich flehte ihn innerlich an, das nicht zum Anlass zu nehmen, weiterhin auszuprobieren, wie weit die Geduld der Männer reichte. Im selben Augenblick stoppte die Prozession. Metall rasselte, als würde jemand einen Bund Schlüssel schütteln, um den passenden zu finden. Dann folgte das Quietschen rostiger Scharniere und bevor ich mich darauf einstellen konnte, wurde ich nach vorn gezogen und zwei Stufen hinab in ein finsteres Loch gestoßen. Evan folgte dicht hinter mir, stolperte gegen mich und brachte damit uns beide zu Fall. Die Tür aus vergitterten Eisenstäben schloss sich mit dem gleichen scheußlichen Quietschen wieder. Ich rappelte mich auf, um zuzusehen, wie die Männer verschwanden. Das war es also. Ich hatte immer gedacht, höchstens im Kerker der Wächter zu landen – nicht in einem von einer Gruppe Fanatiker, die Mischwesen umbringen ließ.

»Dann sind wir ja wieder vollzählig«, bemerkte jemand hinter mir.

Als ich mich umdrehte, sank mein letzter Hoffnungsschimmer. Keldan und Skadi kamen aus dem Teil des Kerkers, den das Licht auf dem Gang nicht mehr erhellte.

Evan stand auf und klopfte sich stirnrunzelnd die Hände ab. »Was macht ihr denn hier? Dass Liv und ich nicht gegen diese Kerle ankommen, ist offensichtlich. Aber dir hätte ich das durchaus zugetraut.«

»Selbstverständlich«, antwortete Keldan mit der Gelassenheit eines Mannes, der sich seiner Fähigkeiten vollauf bewusst war und nicht damit prahlen musste. »Ich hielt es aber für sinnvoller, abzuwarten und zu sehen, was sie vorhaben. Gewalt ist meistens keine Lösung.«

In Evans Miene spiegelte sich die gleiche Entgeisterung, die ich empfand. »Du wolltest lieber warten? Worauf denn? Dass sie uns umbringen?«

»Wir waren in unmittelbarer Nähe der anderen Gäste«, schaltete sich Skadi ein. »Wir wollten sie nicht gefährden. Außerdem war nicht abzusehen, ob sich dann noch mehr von ihnen auf die Seite unserer Gegner schlagen würden. Und ich glaube nicht, dass sie uns töten werden.«

Ich setzte mich auf die obere Treppenstufe und stützte den Kopf in die Hände. Mit dieser Einstellung wollten sie Verbrecher dingfest machen? Das funktionierte nicht, wenn man jedem nur das Beste zutraute. »Doch, werden sie. Oder sie lassen uns hier unten verrotten«, antwortete ich und nickte in Keldans Richtung. »Sie haben *ihn* hier eingesperrt. Niemand ist so blöd und sperrt einen Wächter ein, wenn er ihn wieder gehen lassen will.«

Sie zuckte mit den Schultern. »Und deine Lösung ist es, zu resignieren?«

»Meine Lösung hatte beinhaltet, dass ihr beide hier einmarschiert und uns rausholt. Das fällt aber ja nun weg.«

»Vorhin warst du noch verärgert, weil wir überhaupt hier sind«, erwiderte Skadi.

Meine Antwort wäre alles andere als freundlich ausgefallen. Trotz, oder vielleicht gerade weil sie recht hatte. Aber Keldan war schneller und räusperte sich entschieden. »Es bringt uns in keinem Fall etwas, zu streiten. Habt ihr irgendetwas herausgefunden, bevor sie euch geschnappt haben?«

Evans Blick wanderte zu mir, und ich erwiderte ihn unschlüssig. Es war nach wie vor merkwürdig, mit Keldan und Skadi zusammenzuarbeiten. Das Bedürfnis, wertvolle Informationen für uns zu behalten, anstatt sie weiterzugeben, war unverändert stark. Schon die Tatsache, dass wir alle zusammen in diesem Kerker hockten, sollte zeigen, dass unser Misstrauen ungerechtfertigt war. Doch alte Gewohnheiten ließen sich schwer ablegen.

»Es wäre möglich, dass wir etwas gehört haben«, antwortete Evan sorgsam. »Könnte sein, dass es der Mörder war, der sich mit seiner Auftraggeberin unterhalten hat.«

»Ihr habt *was*?«, fragte Skadi.

Keldan schüttelte sichtlich entnervt den Kopf. »Tut mir bitte einen Gefallen und hört auf, so zu tun, als wären wir der Feind. Wir kommen hier ohnehin nur gemeinsam heraus. Habt ihr nun etwas gehört oder nicht? Mir fehlt die Geduld für diese verschwommenen Antworten.«

»Dann solltet ihr aufhören, uns wie den Feind zu behandeln«, konterte Evan. »Einem gleichberechtigten Partner wäret ihr sicher nicht heimlich hierher gefolgt.«

»Wir–«

»Das hat doch keinen Sinn«, unterbrach ich Keldan. »Du hast eben selbst gesagt, dass es uns nichts bringt, zu streiten. Ja, wir haben etwas gehört. Es war definitiv der Mörder dabei, und eine Frau, die klang, als hätte sie ihn damit beauftragt, jemanden zu töten. Offenbar hat er kalte Füße bekommen und hat Angst, erwischt zu werden. Sie will aber, dass noch mehr Mischwesen getötet werden.«

Skadi erbleichte, und Keldan schloss kurz die Augen, als würde er innerlich bis zehn zählen. »Habt ihr sie gesehen? Oder könntet ihr sie anders identifizieren?«

»Falls wir hier rauskommen, meinst du wohl«, murmelte Evan. »Nicht direkt. Die Tür war geschlossen. Ich glaube, die Stimme des Mannes schon einmal gehört zu haben, aber beschwören würde ich es nicht. Sie haben ziemlich leise geredet.«

Ich nickte. »Mir kam sie auch bekannt vor, aber mein Gedächtnis ist in der Hinsicht grauenhaft. Hast du einen Verdacht, wer es gewesen sein könnte?«

»Kurz dachte ich, es wäre dieser merkwürdige Samuel«, antwortete er, »aber das kann ich mir schwerlich vorstellen. Er hat nicht wie ein Mörder gewirkt. Verschlagen, ja, aber nicht … skrupellos.«

»Samuel?«, wiederholte Keldan eindringlich. »Wer ist das?«

»Wissen wir nicht. Er wollte uns nicht seinen richtigen Namen sagen.« Ich zuckte mit den Schultern und dachte über Evans Verdacht nach. Möglich wäre es, doch sicher sein konnte ich nicht. Zwei Stimmen allein aus der Erinnerung miteinander zu vergleichen, wenn man sie beide nur ein- oder zweimal gehört hatte, war verdammt schwierig.

»Wir haben uns in einer Taverne umgehört, in der angeblich das zweite Opfer oft zu Gast war«, ergänzte Evan. »Dieser Samuel hat angeboten, uns zu helfen, konnte uns aber nicht viel sagen. Das ist auch der Grund, warum er als Mörder ausscheidet. Wenn er es gewesen wäre, hätte er das zweite Opfer in der Taverne sehen müssen – hat er aber angeblich nicht.«

»Aber er hat es so schwammig formuliert, dass ich nicht erkennen konnte, ob er die Wahrheit sagt oder nicht«, gab ich zu bedenken.

»Nur, um das zusammenzufassen: Ihr seid in dieser Taverne einem Mann begegnet, der euch seine Hilfe angeboten, dann aber bei seinen Antworten entweder gelogen oder sie uneindeutig formuliert hat. Evan glaubt, dessen Stimme in dem Mörder erkannt zu haben, den ihr wahrscheinlich belauscht habt.« Skadi sah erst Evan, dann mich an, ehe ihr konzentrierter Blick bei Keldan hängen blieb. »Reicht das denn, um ihn festzunehmen und richtig zu befragen?«

Keldan hatte begonnen, von der linken Wand zur rechten und wieder zurückzulaufen. Ich beobachtete fasziniert, wie er dabei immer mit genau so viel Abstand umdrehte, dass seine Flügel die Steine beinahe streiften. »Ja. Die Frage ist, ob man in einem Verhör genug aus ihm herausbekommen würde, um ihn zu überführen. Vor allem, ob er sich dazu bringen lassen würde, seine Auftraggeber zu nennen. Es scheint schließlich so, als wären die das eigentliche Problem.«

Schweigen breitete sich aus. Keldan ging weiter auf und ab, und dachte offensichtlich über unseren Verdacht nach, Skadi starrte auf den Boden, und Evan lehnte mit geschlossenen Augen an der Wand. Ich überlegte, ob ich die Aufforderung, intensiv über etwas nachzudenken, verpasst hatte. Es war merkwürdig, dass keine so rechte Freude aufkommen wollte, obwohl wir den Mörder – vermutlich – identifiziert hatten. Natürlich war es möglich, dass Evan sich irrte, doch auf der anderen Seite passte das alles zu gut zusammen. Und falls wir Samuel unrecht taten, wussten wir jetzt immerhin, dass der Mörder in diesem Haus ein- und ausgehen musste. Mit etwas Verstärkung könnte man sogar alles durchsuchen lassen.

Das Problem lag auf der Hand. Solange wir hier unten feststeckten, würden wir überhaupt nichts tun. »Ich weiß ja nicht, wie ihr das seht, aber ich würde dann gerne hier verschwinden«, sagte ich. »Diese Typen werden irgendwann wiederkommen. Und ich glaube nicht, dass sie uns dann rauslassen.«

»Wenn du einen Weg nach draußen kennst, nur zu«, murmelte Evan. Er öffnete träge sein grünes Auge und sah von mir zur Tür. »Das Wesen von Kerkern bedingt leider, dass man sie nicht einfach wieder verlässt.«

Ich widersprach nicht. Dieses passive Verhalten war ich nicht von ihm gewohnt, und allmählich begann ich mir Sorgen zu machen, dass er bald einschlief. Oder krank wurde. Keins von beidem konnten wir jetzt gebrauchen.

»Die Tür ist verschlossen und weiter hinten gibt es auch keinen Ausgang«, bestätigte Keldan. »Es sieht ganz danach aus, als bliebe uns nichts anderes übrig, als auf sie zu warten. Falls sie doch beschließen, uns hier zu lassen, wird Ciril morgen Verdacht schöpfen und uns suchen.«

Ich hob eine Augenbraue. »Kannst du das garantieren?«

Sein Zögern reichte mir als Antwort. Wenn nicht einmal er vollkommen davon überzeugt war, dass der andere Wächter nach uns suchen würde, würde ich es erst recht nicht tun. Kurz überlegte ich, ob ich mit dem Sklavenamulett Hilfe holen könnte – so wie ich es getan hatte, als wir das erste Opfer gefunden hatten. Aber das Signal erreichte immer nur den nächsten Wächter. Dummerweise war das hier Keldan, also schied auch diese Möglichkeit aus.»Und was dann? *Wenn* sie wiederkommen, werden sie vorsichtig sein. Weder Evan noch ich können ernsthaft kämpfen, Skadi vermutlich auch nicht. Willst du es mit acht Mann allein aufnehmen, obwohl du in der unterlegenen Ausgangsposition bist?«

»Wenn es sein muss, ja.«

Skadi hob zögernd eine Hand, um auf sich aufmerksam zu machen. »Ich wüsste vielleicht noch einen anderen Weg. Magnus kann uns helfen.«

Evan schlug die Augen auf. »Sehr gut. Wie kontaktieren wir ihn, wer auch immer er ist?«

»Gar nicht«, antwortete sie. »Er ist schon hier.«

Als wäre das ein vereinbartes Signal gewesen, kletterte die Ratte aus ihrer Tasche über ihren Arm und ließ sich auf ihrer Schulter nieder. Es dauerte mehrere Augenblicke, bis ich begriff, wer Magnus war.

»Magnus ist eine Ratte?«, fragte Evan ungläubig. Er hatte sich bei Skadis Vorschlag halb aufgerichtet, und lehnte sich jetzt wieder gegen die Wand. »Also bleiben wir doch hier.«

»Keine gewöhnliche Ratte«, korrigierte Skadi. »Er ist ... ich weiß auch nicht genau. Aber auf jeden Fall solltet ihr ihn nicht unterschätzen.«

Die Ratte – *Magnus* – nickte bekräftigend. Er tippelte auf Skadis ausgestreckte Hand, während sie auf die Tür zuging. Wenige handbreit davor starrte er das Schloss an – und es klickte. Skadi lächelte und zog mühelos die Tür auf.

Magie, durchschoss es mich. Magnus hatte gerade Magie gewirkt, einen der einfachsten Zauber, die es gab. So banal, dass theoretisch ich es an seiner Stelle hätte tun können – oder ich hätte uns stattdessen alle in die Luft gesprengt. Die Erklärung, dass Tiere mittlerweile Magie nutzen konnten, erschien mir zu absurd. Aber warum war dann ein Magier in der Gestalt einer Ratte unterwegs? Ich konnte mich nicht erinnern, jemals von so etwas gehört zu haben.

»Ich glaubs nicht«, bemerkte Evan.

Skadi blieb auf der Schwelle stehen und drehte sich um. »Was ist? Wollen wir hierbleiben oder gehen?«

Wir entschieden uns, nicht den eigentlichen Weg nach oben zu nehmen. Die Gefahr, irgendwo einer Wache zu begegnen, war zu groß. Wir wollten vermeiden, dass jemand von unserer Flucht erfuhr. Mit etwas Glück kamen sie erst am Morgen zurück – dann hätten wir genug Zeit, um Verstärkung zu holen und zurückzukommen.

Dass wir überhaupt einen anderen Weg nutzen konnten, hatten wir dem ursprünglichen Besitzer des Hauses zu verdanken. Er hielt es offenbar für nützlich, Zugang zu einem Netz aus Tunneln zu haben, das unter der gesamten Stadt verlief. Die jetzigen Besitzer hatten diesen Zugang nicht versperrt. Vielleicht, weil der Mörder sich auf diese Art selbst ungesehen durch die Stadt bewegen konnte.

Keldan hatte uns hörbar widerstrebend erklärt, dass die Wächter dieses Netz schon seit Jahren kannten und nutzten. Ich hätte dennoch lieber den oberirdischen Weg benutzt. Mir war nicht wohl dabei, zu wissen, dass über uns mehrere Schritt Erde waren und jeder Zeit herabstürzen könnten. Der Gang war so schmal, dass wir nur hintereinander laufen konnten und Keldans Flügel an den Wänden entlang schabten. Ich bezweifelte, dass wir im Zweifel schnell genug rennen würden, um nicht lebendig begraben zu werden.

Je weiter wir vorankamen, desto mehr fühlte ich mich, als würden die Wände auf mich zukommen. Ich begann zu fürchten, dass wir für immer hier unten herumirren mussten. Obwohl Keldan Erfahrung mit diesen Tunneln hatte, konnte er nicht sagen, wann wir sie wieder verlassen konnten. Es gab wohl an vielen Stellen in der Stadt Ausgänge, doch ein Teil davon war nicht mehr zugänglich oder den Wächtern nicht bekannt. Es war fast unmöglich, hier unten den Überblick zu behalten, in welche Richtung wir gingen. Ich versuchte, gedanklich einer Karte zu folgen, scheiterte aber nach der dritten Biegung. Falls Keldan besser darin war und sich ernsthaft orientieren konnte, wo wir waren – und wo dementsprechend der nächste Ausgang war –, hatte er meine Hochachtung.

Dazu kam der Zeitdruck, der auf uns lastete. Wir waren nicht sicher, ob uns jemand folgen würde. Ausschließen konnten wir es nicht. Und früher oder später würde das Öl aus der Lampe, die Keldan aus dem Gang entwendet hatte, verbraucht sein. Wenn wir bis dahin keinen Ausgang gefunden hatten oder zumindest den von den Wächtern genutzten Teil der Tunnel erreichten, würden wir im Dunkeln stehen.

Zehn Schritt unter der Erde, Wände, zwischen denen ich nicht einmal meine Arme ausstrecken konnte, und bald alles in so tiefer Finsternis, dass man nicht unterscheiden konnte, ob man die Augen geöffnet oder geschlossen hatte. Plus die Option, dass gewaltbereite Männer auf dem Weg waren, um uns wieder einzufangen. Schlimmer konnte der Albtraum wirklich nicht mehr werden.

»Müsste sich nicht langsam etwas verändern?«, fragte Skadi vor mir. »Die Tunnel unter der Burg sind doch nicht so schmal.«

»Wir wissen nicht, wer diesen Tunnel gebaut hat«, erwiderte Keldan. »Gut möglich, dass er nicht zum restlichen System gehört. Aber irgendwohin muss er schließlich führen.«

Mir wäre es lieber gewesen, er hätte diese Bemerkung für sich behalten. Die Logik sagte eindeutig, dass niemand einen solchen Tunnel ohne Ausgang erschaffen würde, doch meine Gedanken waren schon weitergewandert, bevor dieser Einwand sie stoppen konnte. Die bildhafte Vorstellung, wie wir nach mehreren Stunden eine Sackgasse erreichten, schob sich vor mein inneres Auge und ließ sich auch mit dem besten Willen nicht vertreiben.

»Wartet.« Evan hatte die Worte nur gemurmelt, doch wir blieben so ruckartig stehen, als hätte er sie geschrien. Ich drehte mich und stellte fest, dass er einige Schritte hinter mir innegehalten hatte. Er stand gerade noch im Schein der Öllampe.

»Ich glaube, wir bekommen Gesellschaft«, fügte er hinzu.

Vermutlich war das Geräusch noch so leise, dass wir anderen sie nicht einmal wahrnehmen konnten. Dennoch lauschte ich konzentriert. Unser leiser Atem war das einzige, das ich hörte. Und dann, als würde er aus weiter Entfernung kommen, drang der Nachhall von Stimmen an mein Ohr.

Keldan neigte konzentriert den Kopf in die Richtung, aus der wir gekommen waren. »Verstehst du, was sie sagen?«

»Nein«, antwortete Evan. »Aber ich höre ihre Schritte. Sie kommen schnell näher.«

Das war der Augenblick, in dem ich zum ersten Mal in meinem Leben einen Wächter fluchen hörte.

Wir drehten uns wortlos um und hasteten weiter. Die engen Wände verhinderten, dass wir schnell vorankamen, doch es würde hoffentlich auch unsere Verfolger bremsen. Diesmal würden sie uns wohl nicht einfach in einen Kerker stecken und darauf vertrauen, dass das schon reichen würde, um uns unschädlich zu machen.

»Einen Vorteil hat das Ganze zumindest«, sagte ich atemlos. »Wenn sie der Meinung sind, sich beeilen zu müssen, muss es einen Weg nach draußen geben. Wäre das hier eine Sackgasse, könnten sie getrost am Eingang warten, bis wir zurückkommen.«

Skadi warf einen Blick über die Schulter. »Dann sollten wir hoffen, dass wir schneller sind als sie.«

Die Veränderung des Tunnels geschah schleichend. Ich hätte nicht sagen können, wann er sich verbreiterte, doch je weiter wir vorankamen, desto mehr Platz hatten wir. Genug, um irgendwann nebeneinander laufen zu können. Ich schöpfte Hoffnung, dass das ein Zeichen war, dass wir bald am Ziel waren, doch auch sie verschwand und machte der altbekannten Furcht Platz. Mittlerweile waren die Schritte nah genug, damit selbst ich sie hören konnte. Der Schall in dem Tunnel machte es schwierig, die genaue Entfernung abzuschätzen, aber es war auch so klar, dass wir offenkundig zu langsam waren.

»Der Gang verbreitert sich dort vorne«, meldete Keldan. »Normalerweise bedeutet das, dass es mehrere Abzweigungen gibt. Vielleicht können wir sie dort abschütteln.«

Evan lief inzwischen neben mir und schüttelte den Kopf. »Das schaffen wir nicht. Sie sind zu nah dran und werden den Lichtschein sehen. Aber ich vermute, dass es keine Option ist, die Lampe zu löschen.«

Ich warf unwillkürlich einen Blick zurück, halb in der Erwartung, irgendwo hinter uns einen weiteren Lichtschein zu sehen. »Was verstehst du genau unter zu nah?«

»Vierzig, fünfzig Schritt vielleicht«, erwiderte er. »Hinter der nächsten Kurve.«

Es war zu wenig Zeit, um lange darüber nachzudenken, was wir tun sollten. Der Gang endete wie von Keldan vorhergesagt auf einem annähernd runden Platz von gut zehn Schritt Durchmesser. Drei weitere Gänge führten von ihm weg: geradeaus, links, und rechts von uns.

Das eintönige Stampfen schwerer Stiefel näherte sich mit beängstigender Geschwindigkeit. Keldan wartete, bis wir uns in der Mitte des Platzes verteilt hatten. Er zog einen schmalen Holzstab zwischen den Flügeln hervor, drückte Evan die Lampe in die Hand und positionierte sich entschlossen vor dem Gang, den wir verlassen hatten. Einen Moment lang fragte ich mich, warum er kein Schwert oder eine andere, *richtige* Waffe dabei hatte – dann wurde mir klar, dass die sicher nicht übersehen, sondern ihm abgenommen worden wäre. »Nehmt den linken Weg«, sagte er eindringlich. »Wenn ich mich nicht täusche, könnte er euch in die Nähe der Burg führen.«

Mein Instinkt reagierte schneller als die anderen. Ich stand schon mit einem Fuß in besagtem Gang, als ich feststellte, dass Skadi und sogar Evan zögerten.

»Ich lasse dich nicht hier alleine stehen«, verkündete Skadi.

»Red keinen Unsinn«, entgegnete Keldan scharf. »Du hast nie gelernt, zu kämpfen oder dich zu verteidigen. Ich halte sie solange auf, wie ich kann, aber dafür müsst ihr jetzt verschwinden.«

Zu meiner Überraschung schüttelte Evan bedächtig den Kopf. »Nein. Mag sein, dass keiner von uns so gut ausgebildet ist wie du, aber wir können helfen. Allein wirst du ohnehin nicht mit ihnen fertig. Während du mit der Hälfte beschäftigt wärst, würde der Rest uns folgen. Besser, wir bleiben hier und können uns auf sie einstellen.«

Keldan öffnete den Mund, um zu widersprechen, und ich hätte ihm gern beigepflichtet, wären in diesem Augenblick nicht die ersten Männer um die Ecke gebogen. Bei den ersten beiden hatte Keldan das Überraschungsmoment auf seiner Seite. Er schwang den Stab in einem Halbkreis, der beiden die Füße wegriss. Der dritte stolperte über sie, stieß einen warnenden Schrei aus – und verstummte keuchend, als der Stab ihm die Luft aus den Lungen presste.

Die anderen waren vorsichtiger. Evan stellte die Lampe neben dem rechten Tunnel ab und empfing seinen Gegner mit erhobenen Fäusten. Ich zuckte zurück, als er einen Treffer landete und dabei selbst einen Schlag in den Magen einstecken musste. Jede Faser in mir schrie danach, die Flucht zu ergreifen. Das Muster war tief in mir, altbewährt und schon so oft genutzt, dass mein Körper nicht auf den Befehl warten wollte. Meine Beine zuckten, bereit los zu sprinten. Ich wäre vermutlich sogar problemlos davongekommen, weil niemand auf mich achtete. Doch etwas hielt mich davon ab. Zu meiner Schande musste ich zugeben, dass es nicht die Sorge oder ein Verantwortungsgefühl gegenüber den anderen war. Es gefiel mir schlichtweg nicht, im Dunkeln durch die Tunnel zu rennen. Und um zur Lampe zu kommen, müsste ich einmal quer über den Platz.

Ein hoher Schrei riss mich aus der Überlegung, ob ich es ungesehen bis dorthin schaffen würde. Mein Blick zuckte zu Skadi, die von einem der Männer ergriffen und fortgezogen wurde. Sie trat nach ihm, versuchte sich loszureißen und erreichte damit nur, dass er ihren Arm auf dem Rücken verdrehte. Keldan war mit drei anderen beschäftig, Evan mit zweien, und die letzten beiden kamen gerade wieder auf die Füße.

»Verflucht aber auch«, murmelte ich, und rannte los.

Er sah mich nicht kommen. Ich rechnete mir keine großen Chancen aus, gegen einen doppelt so schweren Hünen anzukommen, doch Skadi musste mich aus den Augenwinkeln gesehen haben. Sie lehnte sich mit aller Kraft in die entgegengesetzte Richtung, ungeachtet der Schmerzen, die sie dabei durch den verdrehten Arm haben musste. Ich prallte mit voller Geschwindigkeit gegen ihren Peiniger, brachte ihn zum Straucheln und einen Wimpernschlag später stürzten wir zu dritt zu Boden. Er ließ im Fallen Skadi los. Ich rollte von meinem eigenen Schwung getragen einige Schritte weiter, spürte meinen rechten Arm von dem Aufprall taub werden, und kam schwankend auf die Füße.

»Danke«, keuchte Skadi neben mir. Sie ergriff meine ausgestreckte Hand und ließ sich von mir auf die Füße ziehen. Unser Gegner war einen Tick langsamer, doch lange nicht langsam genug, um uns die Zeit zu verschaffen, eine wirksame Taktik gegen ihn zu entwickeln.

Wir wichen zurück, als er auf uns zu kam. Auf seinen Lippen lag ein grimmiges Lächeln und er rieb sich vielsagend die Knöchel der rechten Hand. Seine unterschiedlich farbigen Augen funkelten im Schein der Lampe. Vampir, ausgerechnet. »Ihr hättet im Kerker bleiben sollen.«

»Wahrscheinlich«, gab ich zu. Aus den Augenwinkeln beobachtete ich, wie sich einer der Männer, die Keldan bei ihrem Eintreffen zu Boden geschickt hatte, in unsere Richtung wandte. Flucht, war mein einziger Gedanke. Doch die Möglichkeit dazu hatte ich mir in dem Moment verwehrt, in dem ich Skadi zu Hilfe gekommen war.

Der Vampir entschied sich offenbar dazu, dass ich die größere Gefahr war. Vielleicht nahm er es mir auch übel, dass ich es gewagt hatte, ihn anzugreifen. Mit jedem Schritt, den ich zurückmachte, tat er zwei auf mich zu, während er sich gleichzeitig leicht schräg hielt, um mich von Skadi und den anderen zu trennen. Ich sah mich hilflos um, hoffte, dass Keldan oder Evan inzwischen ihre Gegner losgeworden waren – doch keiner von beiden achtete auf mich. Linda hätte gewusst, was in dieser Situation zu tun war. Sie hätte ohne zu zögern einen direkten Angriff gewagt, der den Mann vor mir außer Gefecht gesetzt hätte. Aber ich war nicht Linda. Statt aktiv etwas zu tun, stolperte ich über meine eigenen Füße und stieß schließlich mit dem Rücken gegen die Wand.

»Ich wette, du bist selbst so ein dreckiges Mischblut«, knurrte der Vampir und spuckte vor mir auf den Boden. »Wird Zeit, dass dir jemand Manieren beibringt.«

Ich sah den Schlag im letzten Moment kommen und ließ mich fallen. Statt in mein Gesicht schlug der Mann mit aller Kraft gegen die Steinwand und ein scheußliches Knacken ertönte. Bevor ich aus seiner Reichweite krabbeln konnte, packte er mich fluchend am Kragen und zerrte mich zurück in die Senkrechte. Er stieß mich hart gegen die Wand. Der Schmerz, der mir dabei durch die Schulter fuhr, schickte bunte Punkte vor meine Augen. Mein Gegner nutzte die Gelegenheit, um erneut auszuholen, und mir einen Schlag in den Magen zu versetzen. Ich wollte mich krümmen, konnte es aber nicht, weil er mich festhielt, und stieß stattdessen ein ersticktes Keuchen aus. Übelkeit überrollte mich und ich würgte, ohne etwas hervorbringen zu können. Tränen stiegen mir in die Augen, als er mich von der Wand wegriss und zurück zu Boden warf. Ich rollte mich zusammen, unfähig, auch nur einen Schritt weit zu fliehen, wartete darauf, dass er zutreten würde und hoffte, dass ich möglichst schnell ohnmächtig wurde. Er bleckte die Zähne und hob einen Fuß. Ich nahm hilflos die Hände über den Kopf, in der sinnlosen Hoffnung, mich schützen zu können, sah den Fuß näherkommen – und seinen Besitzer ebenso plötzlich quer durch den Raum davon fliegen.

Ich blinzelte ungläubig. Als ich mich vorsichtig aufrichtete, lag mein Angreifer stöhnend am anderen Ende des Raums an der Wand und hielt sich den blutenden Kopf. Keiner der anderen war in meiner Nähe, niemand, der ihn von mir wegziehen hätte können. Also war ich das gewesen? Die Vorstellung war abwegiger als alles andere. Ich hatte zu lange keine Magie genutzt, und solch eine Kraft hätte ich ohnehin nicht aufgebracht. Nicht, ohne es zu merken. Ich stand zitternd auf. Als ich meine aufgeschürfte Handfläche rieb, fiel mein Blick auf den Ring, den Linda mir geschenkt hatte. Sie hatte gesagt, ich würde ihn brauchen ... aber sollte er mich wirklich gerade geschützt haben?

Es gab keine andere Möglichkeit. Außer Skadis sonderbare Ratte hätte sich plötzlich entschlossen, einzugreifen – was mehr als unwahrscheinlich war. Ich wollte die Wirkung nicht erneut erproben, doch als ich mich umsah, stellte ich fest, dass mir keine andere Wahl blieb. Offenbar waren die Männer im Gegensatz zu uns mehr als nur kampferfahren. Andernfalls wäre Keldan längst mit ihnen fertig geworden. Er war nach wie vor ihr gefährlichster Gegner und so hielten sie ihn weiterhin zu dritt in Schach, doch sie waren vorsichtig. Sie wichen mit erstaunlicher Geschwindigkeit dem Holzstab aus, tänzelten immer dann näher, wenn Keldan auf einen der anderen losging, und schafften es so mehrmals beinahe, ihn zu treffen. Evan war dafür mit einem einzelnen Angreifer beschäftigt, der die feinen Gesichtszüge der Elben hatte. Das war schlecht – Elben hatten ein natürliches Talent für den Nahkampf. Während ich sie beobachtete, steckte Evan einen weiteren Schlag gegen die Brust ein. Dann schaffte er es, auszuweichen, brach dem Elben die Nase, trat ein paar Schritte zurück und sah sich ebenfalls um. Als sein Blick auf mir liegen blieb, bemühte ich mich um ein Lächeln. Vermutlich sah ich etwas besser aus als er – mir waren zumindest die aufgeplatzte Lippe und das anschwellende Auge erspart geblieben.

Er nickte mir zu, dann wandten wir uns gemeinsam zu Skadi, um ihr zu helfen. Sie war ähnlich wie ich von einem der Männer gegen eine Wand gedrängt worden, tauchte unter seinem Arm durch und versuchte gleichzeitig, ihm ein Bein wegzutreten. Evan näherte sich von der Seite und versetzte dem Kerl einen Schlag gegen die Kehle, der ihn nach Luft ringend zu Boden gehen ließ. Der Vampir, der mich zuvor angegriffen hatte, hatte sich zurück auf die Füße gekämpft und humpelte entschlossen auf uns zu. Blut rann aus einer Platzwunde auf seiner Stirn, doch er ließ sich nicht davon stören, dass es ihm in die Augen lief. Evan drehte sich im selben Augenblick um, als der andere mit einem wütenden Schrei ausholte, und ich warf mich kurz entschlossen mit erhobenen Händen dazwischen. Ich hatte die Augen fest zusammengekniffen, in der festen Erwartung, gleich mit höllischen Kopfschmerzen auf dem Boden zu liegen. Doch der erwartete Schmerz blieb aus. Der wütende Schrei verwandelte sich in ein frustriertes Jaulen. Als ich zögernd die Augen wieder öffnete, stand der Mann zwar immer noch vor mir, doch er hielt sich die blutende rechte Hand, deren Finger schlaff herunterhingen.

»Wusst ich's doch«, knurrte er. »Verfluchte Halbhexe.«

Ich verzichtete darauf, klarzustellen, dass ich überhaupt nichts tat. Ich war viel zu verblüfft über die Erkenntnis, dass Lindas Ring mich tatsächlich schützte, wenn ich ihn erhoben hielt.

»Äußerst nützlich«, raunte Evan mir schwer atmend ins Ohr. »Du hast nicht zufällig noch mehr solcher Tricks drauf?«

Ich drehte den Kopf, ohne meine restliche Position zu verändern. Da ich mich vor ihn gestellt hatte, waren wir nur wenige handbreit voneinander entfernt. Schräg auf meiner anderen Seite stand Skadi und schob sich näher zu mir. Beide profitierten davon, dass der Mann vor uns nicht an mir vorbeikam. Nicht mit einem Angriff zumindest.

»Das bin nicht ich«, zischte ich. Es blieb zu hoffen, dass der Lärm von Keldan und seinen Gegnern mich übertönte. Sonst könnte ich dem Vampir vor uns gleich meine Antwort entgegenbrüllen. »Aber falls einer von euch beiden irgendwelche magischen Gegenstände bei sich hat, könnte uns das vielleicht helfen.«

Hilfe war in diesem Fall auch dringend nötig. Obwohl wir jeden der Männer nach und nach kurzzeitig verwunden konnten, war keiner derart verletzt, dass er nicht mehr kämpfen könnte. Das war eine Lektion, die ich von Linda gelernt hatte: Wenn man nicht trainiert war, musste man einen Kampf so schnell wie möglich beenden. Denn der andere hatte mit Sicherheit mehr Ausdauer als man selbst. Lange würden wir das nicht mehr durchhalten. Nicht einmal Keldan, der gerade endlich einen seiner Gegner mit dem Kampfstab am Kopf erwischte.

Der Vampir vor mir schien es sich zur persönlichen Aufgabe gemacht zu haben, mich zur Strecke zu bringen. Nachdem seine rechte Hand nicht mehr zu gebrauchen war, zog er mit der Linken ein Messer. Ich zuckte zurück, als er damit auf meine Brust zielte, und hatte Mühe, die Hände dennoch erhoben zu halten. Mehrere handbreit vor mir blieb die Klinge in der Luft stecken, begann an der Spitze zu glühen und sich zu verbiegen, bis sie so heiß zu werden schien, dass ihr Besitzer sie fluchend fallen ließ.

»Ich könnte etwas haben«, bemerkte Skadi zögernd.

Als ich zu ihr sah, hätte ich beinahe die Hand mit Lindas Ring gesenkt. »Woher hast du die?«

Sie zuckte mit den Schultern. »Ist das wichtig?«

»Ja, weil die genauso aussieht wie meine. Bevor sie mir gestohlen wurde.« Ich nahm die Kristallkugel vorsichtig entgegen, und drehte mich mit, als der Mann vor mir damit begann, um uns herum zu laufen. Er warf einen misstrauischen Blick auf die Kugel. Dann zuckten seine Augen von mir zu seinen Komplizen, die mit Keldan beschäftigt oder dabei waren, wieder aufzustehen.

Ich setzte mein bestes drohendes Lächeln auf, obwohl ich keinen Schimmer hatte, zu was die Kristallkugel zu gebrauchen war. Wie man sie zum Leuchten brachte, wusste ich immerhin noch. Als das farbige Glimmen nach und nach stärker wurde, wich der Mann einen Schritt zurück.

»Ihr könntet verschwinden«, schlug ich vor und zwang mich, ihm zu folgen. »Dann würde niemandem etwas passieren.«

Einer von Keldans Gegnern hörte meine Worte, hob stirnrunzelnd den Kopf und knallte einen Augenblick später rücklings zu Boden. Einer von denen, die sich inzwischen wieder aufgerappelt hatten, stellte sich neben den vor mir und hielt sich die stark blutende Nase. »Was stehst'n hier so rum?«

»Sie ist ne Hexe«, entgegnete der Vampir aufgebracht. »Ne halbe jedenfalls. Ich komm nicht an sie ran.«

»Ihr solltet wirklich abhauen. Das wird sonst gleich sehr ungemütlich«, sagte Evan.

Ich wünschte, ich hätte auch nur annähernd so ein Vertrauen in meine Fähigkeiten – beziehungsweise in die der Kristallkugel – wie er. Die beiden sahen zwar eingeschüchtert aus, würden aber dennoch nicht die Flucht ergreifen. Sie waren in der Überzahl, und dass ich bisher mit einem Angriff gewartet hatte, musste sie skeptisch stimmen. Wir hatten vielleicht eine Chance. Doch wenn wir diese nicht nutzten, würden wir endgültig verlieren.

Offenbar gab ich eine Erscheinung ab, die eindrucksvoll genug war, um sie mit jedem Schritt, den ich nach vorn tat, einen zurückweichen zu lassen. Evan und Skadi folgten mir auf dem Fuß. Während wir auf diese Art in einem Halbkreis auf Keldan zugingen, gesellten sich die übrigen Männer dazu. Sie waren dumm genug, nicht auf den Gedanken zu kommen, uns einzukreisen. Stattdessen sammelten sie sich alle auf einem Haufen, starrten mich finster an, und trauten sich doch nicht, etwas anderes zu tun. In einer Hand die leuchtende Kristallkugel, die andere mit dem Ring vor mir ausgestreckt, kam ich mir vor wie die größte Hochstaplerin aller Zeiten. Es war fast so wie bei meinen früheren Kunden. Nur, dass diesmal mein Leben davon abhing, dass ich meine Rolle glaubhaft spielte.

Keldan bemerkte uns, als wir nur noch einige Schritte von ihm entfernt waren. Er brach mit einem eleganten Rückwärtssalto aus dem Kreis seiner Gegner aus, landete einen Moment später neben mir, und hob eine Augenbraue. »Du scheinst Eindruck auf sie gemacht zu haben.«

»Hoffen wir nur, dass es etwas bringt«, murmelte ich so leise, dass die anderen es nicht hören konnten. »Ich weiß nicht, was passiert, wenn ich diese Kugel werfe. Aber wir sollten die Gelegenheit nutzen und so schnell wie möglich losrennen.«

Er nickte leicht und trat zurück. Ich beobachtete aus den Augenwinkeln, wie er Skadi und Evan mit sich zog. Die übrig gebliebenen Männer standen mir nun in einer engen Gruppe gegenüber. Einer musterte mich von Kopf bis Fuß, ehe sein Blick zu Keldan und den anderen beiden wanderte. Ich sah die Erkenntnis, was wir vorhatten, in seinen Augen aufblitzen – und warf die Kugel.

Ich nahm mir nicht die Zeit, das Ergebnis zu beobachten. Noch während die Kugel durch die Luft segelte, wirbelte ich herum und schaffte zwei Schritte. Dann durchdrang gleißend helles Licht den unterirdischen Raum und eine Druckwelle riss mich von den Füßen.

Ein hohes, nervtötendes Piepen schrillte in meinen Ohren. Ich kroch auf Händen und Knien vorwärts, und blinzelte krampfhaft, um die schwarzen Flecken vor meinen Augen loszuwerden. Dann zog mich jemand auf die Füße. Wir schwankten, weil mein Gleichgewichtssinn mich kurz verlassen hatte. Starke Arme zogen mich weiter, hinein in einen der Tunnel, obwohl ich nicht sagen könnte, welcher es war. Vor mir meinte ich, zwei weitere Gestalten auszumachen, die mit einer Lampe vorauseilten. Ein Teil von mir wollte sich umdrehen, nachsehen, was die Kristallkugel angerichtet hatte, doch wir waren schon zu weit entfernt.

Meine Augen erholten sich zuerst. Dann wurde das Piepen leiser und verstummte schließlich ganz. Ich stellte fest, dass Keldan immer noch meinen Arm hielt. Dieser Tunnel war breiter als jener, aus dem wir gekommen waren und erlaubte es problemlos, nebeneinander zu laufen.

»Geht es wieder?«, fragte er besorgt.

»Muss wohl«, krächzte ich und räusperte mich. »Werden ... werden sie uns weiter folgen?« Ich fürchtete mich vor der Antwort. Weniger davor, dass wir es immer noch nicht geschafft hatten. Viel mehr hatte ich Angst, diese Männer umgebracht zu haben. Auch wenn es nur indirekt ich war. Nichtsdestotrotz war ich diejenige, die die Kugel geworfen hatte.

Keldan warf einen Blick über die Schulter und schüttelte den Kopf. »Wahrscheinlich nicht. Deine Zauberkugel hat zwar nur starkes Licht und eine Druckwelle erzeugt, aber das sollte sie für einen Moment außer Gefecht gesetzt haben. Und wenn sie wieder in der Lage sind, aufrecht zu gehen und richtig zu sehen, werden sie wohl keine Lust haben, das Ganze noch mal auszuprobieren. Falls doch, sind wir längst weg.«

Ich atmete erleichtert aus. »Gut. Ich hätte sie nicht töten wollen.«

Ein sanftes Lächeln huschte über seine Lippen, das ich noch nie an ihm gesehen hatte. Genau genommen hatte ich es bisher an keinem Wächter gesehen. »Verständlich. Das hast du wirklich gut gemacht, Liv. Ohne dich wären wir jetzt entweder zurück in dem Kerker oder mindestens bewusstlos.«

»Mhm.« Ich biss mir auf die Innenseite meiner Wange und wich seinem Blick aus. Lob war ich nicht gewohnt. Und von ihm hatte ich es am wenigsten erwartet. »Eigentlich wollte ich abhauen.«

»Ich weiß«, antwortete er. »Ich habe gesehen, wie du mit dir gerungen hast. Aber du hast dich dagegen entschieden, und das ist das Einzige, das zählt.«

Ich schwieg. Wenn er mich nicht immer noch stützen würde, wäre ich peinlich berührt ein Stück nach vorne gegangen. Das Problem war, dass ich meinen Beinen noch nicht genug traute, um auf diese Stütze zu verzichten.

Keldan sollte recht behalten – in mehrfacher Hinsicht. Unsere Feinde verzichteten darauf, uns weiter zu folgen, und wir erreichten nach etwa einer weiteren halben Stunde schließlich die Tunnel unter der Burg. Ich registrierte erstaunt, dass die Wächter diese Tunnel schon deutlich länger nutzen mussten, als ich angenommen hatte. In regelmäßigen Abständen fanden sich Fackeln an den Wänden, die selbst zu dieser Uhrzeit noch brannten. Außerdem waren diese Teile der Tunnel durch Tore von den übrigen abgeschnitten, die sich nur von Wächtern öffnen ließen. Eine nachvollziehbare Sicherheitsmaßnahme, wenn man bedachte, dass es ohne diese ein Kinderspiel wäre, in die Burg einzudringen. Und dennoch fragte ich mich, was sie hier ohne das Wissen der übrigen Stadt taten oder lagerten, um es unter der Erde zu verstecken.

Wir kamen an mehreren anderen Wächtern vorbei, doch Keldan wimmelte ihre Fragen, was wir in den Tunneln zu suchen gehabt hatten, warum wir derart mitgenommen aussahen oder woher wir kamen, galant ab. Ich war froh darüber. Unter keinen Umständen hätte ich jetzt noch irgendjemandem Rede und Antwort stehen wollen. Ich war müde, mein gesamter Körper schmerzte, und meine Gedanken drehten sich in einem unaufhörlichen Karussell. Wir waren zwar jetzt entkommen, doch das änderte nichts daran, dass sie uns gesehen hatten. Sie wussten, dass wir zu viel erfahren hatten. Wahrscheinlich wussten sie sogar, wie sie uns finden konnten und würden nicht lange damit warten. Die Vorstellung, zurück zu Evans Haus zu gehen und dort möglicherweise bereits erwartet zu werden, jagte mir Schauer über den Rücken.

Keldan bestand darauf, unverzüglich die Ergebnisse der heutigen Nacht zu besprechen, bevor wir schlafen gingen und dabei wichtige Details vergaßen. Ich bezweifelte, dass wir zu dieser späten Stunde überhaupt noch irgendetwas Sinnvolles zusammenbekommen würden. Evan wirkte ebenfalls, als würde er jeden Augenblick einschlafen und Skadi gähnte ununterbrochen. Neben Keldan schien nur Magnus, die Ratte, hellwach zu sein. Im Nachhinein fragte ich mich, warum er uns eigentlich bei dem Kampf nicht geholfen hatte. Als Magier hätte er durchaus dazu in der Lage sein müssen – sofern er nicht doch etwas vollkommen anderes war.

»Um das zusammenzufassen«, sagte Keldan gerade und sah nacheinander jeden von uns an. »Es gibt eine nicht zu unterschätzende große Gruppe Fanatiker, die der Ansicht sind, eine Welt ohne Mischwesen wäre besser. Ein Teil von ihnen ist definitiv auch zu Gewalt bereit.«

»Und es gibt Wächter, die dazugehören«, ergänzte Evan. »Und ihre Machenschaften möglicherweise decken.«

Keldan presste die Lippen zusammen und nickte. Er starrte die Schiefertafel an der Wand vor uns an, auf der sie offensichtlich die Ergebnisse der vergangenen Tage festgehalten hatten. Ich las die Namen der beiden Opfer, mögliche Verbindungen zwischen ihnen und Vermutungen, die mit Fragezeichen versehen waren.

»Aber Ciril gehört immerhin nicht zu den Mördern. Das heißt, ihm können wir vertrauen – obwohl er einige Ansichten dieser Leute teilt. Vielleicht hat er etwas herausgefunden, das uns weiterbringt.« Skadi lächelte mit einem Optimismus, den ich nicht teilte. Wenn dieser Ciril nichts mit den Mördern zu tun hatte, stand er ihnen auch nicht nah genug, um entsprechende Informationen zu erhalten.

»Wir vermuten, dass ein Teil von ihnen etwas mit den Morden zu tun hat, weil ihr den Mörder und eine Frau dort gehört habt«, sagte Keldan. »Aber wir haben keine weiteren Beweise in diesem Haus gefunden, oder? Es ist gut möglich, dass kaum jemand dort etwas von den Morden wusste, und die Täter lediglich die Gelegenheit für ein kurzes Treffen genutzt haben.«

Evan runzelte die Stirn. »Aber vielleicht hätten wir noch etwas gefunden, wenn wir nicht unterbrochen worden wären. Und vollkommen ahnungslos war dort mit Sicherheit keiner. Die meisten werden eins und eins zusammengezählt oder es von jemand anderem erfahren haben. Wir wissen, dass der Mörder dort war.«

»Und wir glauben zu wissen, wer er ist«, fügte ich hinzu. »Das sollte doch reichen, um jemanden festzunehmen und die übrigen Informationen von ihm zu erfahren.«

Keldan seufzte und schüttelte den Kopf. »Ich wünschte, es wäre so einfach. Aber wir haben keine eindeutigen Beweise. Wir könnten ihn zwar ein paar Stunden festhalten, aber so, wie er bisher gehandelt hat, ist er klug genug, um nichts dazu zu sagen. Die Tatsache, dass ihr glaubt, seine Stimme erkannt zu haben, wird nicht genügen. Und ohne einen glaubhaften Beweis für die Anschuldigungen müssen wir ihn spätestens nach einem Tag gehen lassen.«

Das sollte es also sein? Das war die gerühmte Rechtsprechung der Wächter? Solange man nicht beweisen konnte, dass jemand schuldig war, konnte man ihn nicht festsetzen? Ich war enttäuscht. Ein Geständnis würden wir diesem Samuel schwerlich abluchsen können. Erst recht nicht, nachdem er wusste, dass ihn jemand belauscht und womöglich erkannt hatte.

»Außerdem wissen wir nicht, wie wir ihn finden sollen«, gab Skadi zu bedenken. »Er wird sich bestimmt versteckt halten, jetzt, wo er damit rechnen muss, aufgeflogen zu sein. Wenn er schlau ist, wird er sowohl die Schenke, in der ihr in getroffen habt, als auch das Geisterhaus meiden.«

»Nicht zu vergessen die Drahtzieherin. Sie ist das eigentliche Problem. Aber wenn wir den Mörder festnehmen, ist sie gewarnt und wird untertauchen oder sich aus dem Staub machen.« Ich stütze mein Kinn auf eine Hand und kämpfte darum, die Augen offen zu halten. Zu einem anderen Ergebnis würden wir heute nicht mehr kommen. Den Mörder schnappen konnten wir nicht, weil wir zum einen nicht wussten, wo er war, und zum anderen damit riskieren würden, seine Auftraggeberin entwischen zu lassen.

»Richtig.« Keldan massierte sich mit Daumen und Zeigefinger die Nasenwurzel und schloss für einen Moment die Augen. »So sehr es mir auch widerstrebt – es scheint ganz so, als dürften wir nichts überstürzen.«

Als ich wenig später auf einem schmalen Bett saß und den Mond hinter den Fensterscheiben beobachtete, war von meiner vorigen Müdigkeit nichts mehr übrig. Keldans Ankündigung, wir würden in Gästezimmern der Burg schlafen, hatte wie ein Eimer kaltes Wasser gewirkt. Er bestand darauf, nicht zuletzt, weil uns niemand erlauben würde, während der Ausgangssperre die Burg zu verlassen. Obwohl ich auch nicht unbedingt den weiten Weg bis zu Evans Haus zurücklegen wollte, wäre mir jede andere Lösung lieber gewesen. Über Nacht hierzubleiben, weckte in mir das Gefühl, eingesperrt zu sein. Ich konnte nicht anders, als einen längeren Aufenthalt in der Burg mit einer Gefangenschaft in Verbindung zu bringen. So irrsinnig es auch war: Ein Teil von mir fürchtete, in den Kerker geschleppt zu werden, sobald ich die Augen schloss.

Also wartete ich stattdessen darauf, dass Evan aus dem Badezimmer kam, um mich irgendwie abzulenken. Vielleicht würde ich es dann schaffen, zu schlafen. Die Gewissheit, nicht allein hier zu sein, beruhigte mich ein wenig. Wir hatten uns im stillen Einvernehmen entschieden, eines der Zimmer zu nehmen, das zwei Betten enthielt. Egal, wie gut wir in den letzten Stunden zusammengearbeitet hatten, den Wächtern gänzlich vertrauen wollte keiner von uns.

Als Evan schließlich zurückkam, war er noch blasser als zuvor. Die ersten Blutergüsse zeichneten sich in schillernden Lilatönen auf seiner Haut ab, und ich fragte mich unwillkürlich, ob ich genauso scheußlich aussah. Ich hatte weniger Prügel einstecken müssen als er, aber dennoch ahnte ich, dass man mir das Ganze ebenso sehr ansah wie ihm.

»Du schläfst noch nicht?«, bemerkte er.

»Es gefällt mir nicht, über Nacht hierzubleiben«, gab ich zu. »Ich muss mich wohl erst an den Gedanken gewöhnen. Willst du noch irgendwohin?«

Evan hatte darauf verzichtet, die Schuhe auszuziehen. Stattdessen hatte er seine Jacke genommen und war wieder umgedreht. Auf der Türschwelle hielt er inne. »Ich ... muss noch etwas erledigen.«

»Das kannst du nicht«, erwiderte ich irritiert. »Du hast Keldan doch gehört. Sie lassen jetzt niemanden mehr raus.«

»Dann schleiche ich mich eben weg. Es gibt immer einen Weg, ungesehen zu verschwinden.«

Den gab es tatsächlich. Aber ich zweifelte daran, dass dieser Weg in der Burg jedem zugänglich oder bekannt war. Die Tunnel gehörten wohl dazu – aber da kam er allein nicht weit. »So dringend kann es doch nicht sein, oder? Wenn wir bis Sonnenaufgang warten, kann uns niemand mehr davon abhalten zu gehen.«

Er zögerte. Dann wandte er sich mir wieder zu und lehnte sich gegen die Tür. »Doch, ist es. Ich brauche Blut, Liv. Dass ich das letzte Mal etwas zu mir genommen habe, ist so lange her, dass ich mich nicht erinnern kann, wann es war – und das ist ein verdammt schlechtes Zeichen. So lange habe ich es noch nie herausgezögert, und ich bin nicht sicher, was passiert, wenn ich noch länger warte.«

Ich zuckte bei seinen Worten zusammen. Nur ein wenig, doch Evans Reaktion zeigte, dass er es bemerkt hatte. Sein Blick verdüsterte sich, ehe er mir auswich. Das deckte sich mit den Beobachtungen, die ich im Laufe des Abends gemacht hatte. Ich musste daran denken, dass ich noch nie gesehen hatte, wie Evan Blut trank, unser Gespräch darauf, und daran, wie seine Augen an Alicia und dem jungen Sklaven gehangen hatten. Das erklärte auch, warum er zunehmend erschöpfter gewirkt hatte.

Ich wusste nicht genug über Vampire, um sagen zu können, was geschah, wenn sie zu lange kein Blut zu sich nahmen. Sie brauchten es zum Leben, so viel konnte ich zumindest sagen. Und es war nicht schwer, festzustellen, dass es Evan alles andere als gut ging. »Und du glaubst, dass es wirklich nicht länger warten kann?«

Er hob eine Augenbraue. Das Lächeln, zu dem sich seine Lippen verzogen, war zynisch. »Wenn du mehrere Stunden oder Tage kein Wasser getrunken hast – kannst du dann sagen, dass es noch Zeit hat, bis du wieder etwas trinkst?«

Ich schüttelte den Kopf. Mit diesem Vergleich konnte ich einigermaßen verstehen, was gerade in ihm vorging. Trotzdem gab es keine Möglichkeit, die Burg zu verlassen. Außer er sagte den Wachen am Tor die Wahrheit. Ich war mir nur nicht sicher, ob sie ihm glauben und das als Grund genug ansehen würden, dass er die Ausgangssperre brechen durfte. »Wir könnten Keldan fragen. Vielleicht gibt es hier ja … Vorräte. Oder so.«

»Glaubst du das wirklich?«, fragte er. »Es ist nett von dir, dass du nach einer Lösung suchst, Liv, aber ich sollte mich jetzt wirklich auf den Weg machen.«

Er schloss einen Moment die Augen, als würde er Kraft sammeln. Dann sah ich zu, wie er sich umdrehte und zum zweiten Mal die Hand auf die Klinke legte. Etwas in mir hatte das starke Bedürfnis, ihn davon abzuhalten, zu gehen. Ich wollte nicht allein hierbleiben. Vor allem aber machte ich mir Sorgen um Evan. Irgendwie war er in den vergangenen Tagen zu einem Freund geworden. Dem einzigen, den ich abgesehen von Linda hatte. »Was ist mit den Männern, die uns verfolgt haben? Vielleicht warten die da draußen darauf, dass einer von uns vorbeikommt. Ein drittes Mal werden sie ihre Chance sicher nicht verstreichen lassen.«

Evan lehnte die Stirn gegen die Tür und atmete tief ein. »Lass gut sein, Liv. Das wird schon nicht–«

»Und wenn du von mir trinkst?«, unterbrach ich ihn zaghaft. Im nächsten Moment hätte ich mich dafür ohrfeigen können. Ich hatte nicht darüber nachgedacht, keinen Moment lang.

»Was?«, fragte er und warf mir einen fassungslosen Blick zu. »Vor ein paar Stunden hast du selbst gesagt, dass du so etwas nie wollen würdest.«

Ein Teil von mir nickte eifrig, doch äußerlich blieb ich still. Ich wusste, dass das die Gelegenheit war, einen Rückzieher zu machen. Es wäre ein Leichtes, zuzustimmen und zu sagen, dass mir das nur so herausgerutscht war. Oder ich überwand mich und verhinderte, dass Evan dem Mörder praktisch in die Arme lief. So schlimm würde es schon nicht werden.

Wenn ich mir das oft genug sagte, würde ich es vielleicht sogar selbst glauben.

»Und du hast gesagt, dass es überhaupt nicht schlimm ist und sogar etwas Schönes sein kann«, antwortete ich. »Ich vertraue dir … denke ich.«

Er sah mich schweigend an. Es wäre mir lieber gewesen, er würde nicht so lange darüber nachdenken. Je länger er es herauszögerte, desto größer war die Wahrscheinlichkeit, dass ich doch noch kalte Füße bekam. »Ich wünschte, ich hätte deine Fähigkeit zu erkennen, ob jemand lügt oder nicht.«

»Die willst du nicht«, sagte ich. »Man erfährt zu oft Dinge, die man nicht wissen will.«

»Möglich.« Er lächelte leicht.

Mein Herzschlag schoss in die Höhe, als er zurückkam und sich neben mich setzte. Die Erinnerung, die ich eigentlich vor ihm – vor jedem – verbergen wollte, drängte sich unaufhaltsam in mein Bewusstsein, als wüsste sie genau, dass sie jeden Augenblick enthüllt werden könnte. Ich atmete langsam und bewusst ein und konzentrierte mich stattdessen mit aller Kraft darauf, wie faszinierend es noch immer war, Evan in die unterschiedlich farbigen Augen zu sehen.

Er sah mich ernst an. »Bist du wirklich sicher?«

Ich nickte, weil ich meiner Stimme nicht traute. Es war unwahrscheinlich, dass er nicht bemerkte, wie nervös ich war, doch er ging nicht darauf ein. Ich schloss die Augen, als er sich weiter zu mir drehte und die Lippen zum Übergang von Hals und Schulter senkte. Es kitzelte, als er meine bloße Haut dort berührte, und einen Wimpernschlag später schoss ein kurzer, scharfer Schmerz durch die Stelle – etwa so, als hätte man sich an einer Dorne gestochen. Wärme durchströmte mich. Dann erschienen Bilder vor meinem inneren Auge, Erinnerungen, die nicht meine waren. Ich sah voller Staunen zu, wie sie von einer jungen Frau, die ich als Emma von dem Porträt erkannte, zu funkelnden Ballsälen und stillen grünen Wiesen wechselten. Es gab keine Reihenfolge, und in dem Moment, in dem sie auftauchten, verschwanden sie bereits wieder. Ich sah auch mich, fremde Leute, Wächter, Gebäude und Orte, die mir unbekannt waren – und dazwischen Emma, immer wieder Emma. Mit den Bildern spürte ich eine Ahnung von Gefühlen, als würde ich ihre Oberfläche berühren, aber nicht vollkommen in sie eintauchen.

Dann, als ich mich gerade daran gewöhnt hatte, verschwand alles. Evan löste sich ein Stück weit von mir, leckte sich abwesend einen Blutstropfen von der Lippe und musterte mich aufmerksam.

»Mir gehts gut«, beantwortete ich die unausgesprochene Frage. »Überraschend gut sogar. Ich fühle mich irgendwie …« Ich hielt inne und suchte nach dem richtigen Wort.

»Friedlich«, sagte Evan leise. »So geht es mir zumindest immer.«

Ich nickte. Das passte. Auf eine seltsame Art fühlte ich mich, als wären alle Sorgen von mir genommen. Es war wie ein Rausch von Glücksgefühlen und tiefer Zufriedenheit, der mich alles andere vergessen ließ. Selbst das Pochende der beiden Einstichstellen war ein süßer, angenehmer Schmerz. Als Evan erwähnt hatte, man würde für einen Moment die Gedanken und Gefühle des anderen teilen, hatte ich es mir nicht annähernd so vorgestellt.

»Ist das immer so? Dass man so ... viel wahrnimmt?«

»Nein. Nur, wenn man sich darauf einlässt.« Er schwieg einen Moment und rieb mit dem Daumen über einen aufgeschürften Knöchel der anderen Hand. »Du schämst dich dafür, nicht wahr? Für was auch immer in deiner Vergangenheit geschehen ist.«

Ich presste meine Fingernägel fest in meine Handfläche. *Das* hatte ich kurz verdrängen können. In der Faszination, Evans Erinnerungen zu sehen, hatte ich vergessen, dass er auch meine sah.

»Ich habe nichts Konkretes gesehen«, fuhr er fort. »Aber ich habe dieses Gefühl gespürt, Liv. Du musst nicht darüber reden, wenn du nicht willst. Es ist nur so ... oft hilft es, mit jemandem über so etwas zu sprechen.«

Es war die reine Wahrheit. Er fragte, weil er mir helfen wollte. Nicht, weil er neugierig war oder gar vorhatte, mir deshalb Vorhaltungen zu machen. Irgendwoher nahm ich die Gewissheit, dass er mich nicht dafür verurteilen würde. Vielleicht war es genau das, was mich dazu brachte, zu antworten.

»Da gibt es nicht viel zu erzählen«, sagte ich. »Vor ein paar Jahren habe ich viel mit der Magie herumexperimentiert. Ich wollte nicht glauben, dass ich zu weniger als andere Magier in der Lage sein sollte, nur weil ich zur Hälfte ein Mensch bin. Es war nicht schwierig, an entsprechende Zauber zu gelangen – meine Mutter hat Dutzende Bücher davon besessen. Am Anfang waren es nur kleine Dinge, aber irgendwann wollte ich mehr. Ich wollte beweisen, dass ich genauso viel konnte wie die anderen. Als ich fünfzehn war, war ich an einem Tag unfassbar wütend. Ich weiß nicht einmal mehr warum. Aber ... als ich dann einen Zauber gesprochen habe, hatte ich ihn nicht mehr unter Kontrolle. Eigentlich wollte ich nur das Kaminfeuer entzünden. Stattdessen sind mehrere Häuser am anderen Ende der Stadt in Flammen aufgegangen.«

Ich hielt inne und schluckte, als mich die Erinnerungen überrollten. Unser Haus hatte auf einem Hügel gestanden – es war leicht gewesen, zuzusehen, wie an sechs Stellen plötzlich Flammen emporschossen. Evan nahm meine Hand und drückte sie aufmunternd.

»Sie haben den Zauber bis zu unserem Haus zurückverfolgt«, flüsterte ich. »Alle haben angenommen, meine Mutter müsste es gewesen sein – nicht einmal das haben sie mir zugetraut. Sie hat es nicht bestritten. Und anstatt das Ganze richtigzustellen, habe ich gewartet, bis sie sie mitgenommen hatten, und bin dann abgehauen. So weit weg wie nur möglich, aus lauter Angst, sie würden es herausfinden und mich doch noch in den Kerker werfen. Ich habe zugelassen, dass meine eigene Mutter für etwas verurteilt wurde, das ich getan habe. Weil ich zu feige war, selbst dafür geradezustehen.«

»Es war ein Unfall«, sagte Evan sanft. »Und du warst noch so jung – da handelt man oft unüberlegt. Deine Mutter wollte dich schützen, Liv. Es ist nicht deine Schuld.«

»Doch, ist es.« Ich schniefte, und schaffte es nicht mehr, die Tränen zurückzuhalten. »Ich hätte nicht gehen dürfen. Aber jetzt kann ich auch nicht mehr zurück. Sie wird mir das nie verziehen haben. Nicht mal ich habe es mir verziehen.«

Evan legte einen Arm um meine Schultern und hielt mich schweigend fest, während der gesamte unterdrückte Schmerz der vergangenen Jahre aus mir herausbrach. Ich schluchzte, ohne genau zu wissen, warum überhaupt. Es war ewig her, dass ich derart in Tränen ausgebrochen war. Bis heute hatte ich es mir nie erlaubt. Und selbst jetzt wünschte ich mir, möglichst schnell wieder aufzuhören.

»Ein paar Häuser versehentlich anzuzünden, ist kein sonderlich schweres Vergehen«, bemerkte Evan schließlich leise. »Falls die Wächter in deiner Heimat nicht deutlich strenger sind als hier, wird man deine Mutter höchstens ein paar Monate eingesperrt haben. Wir könnten ihr einen Brief schreiben, wenn du nicht ohne Weiteres zurückgehen willst. Sie wird sich bestimmt freuen.«

»Meinst du wirklich?«, murmelte ich an seiner Schulter.

»Ja«, antwortete, als meine Augen zufielen. »Ganz sicher.«

Am nächsten Morgen erwähnten weder Evan noch ich unser Gespräch mit einem einzigen Wort. Keiner von uns schien recht zu wissen, wie er damit anfangen sollte, und so ließen wir es lieber ganz bleiben. So lief es zumindest aus meiner Sicht ab. Dabei hätte ich gern daran angeknüpft. Nicht, um über mich zu reden – das hatten wir für meinen Geschmack genug getan –, sondern um mehr über dieses Teilen von Gedanken und Erinnerungen zu erfahren. Dass Evan mich nicht im Geringsten für meine Tat verurteilt hatte, hatte eine gewaltige Last von meinen Schultern genommen, derer ich mir zuvor nicht einmal völlig bewusst gewesen war. Jetzt, wo ich keinen Grund mehr dazu hatte, mich davor zu fürchten, empfand ich eine unbezähmbare Neugier darauf. Ich wollte wissen, was Evan noch in meinen Gedanken gesehen hatte, ob Dinge dabei waren, die ich selbst längst vergessen hatte. Und ich fragte mich, wie weit man diesen Austausch treiben konnte. War es möglich, das Ganze gezielt zu nutzen? Sich auf etwas Bestimmtes zu konzentrieren, das man suchte oder jemandem mitteilen wollte? Und erstreckte es sich wirklich nur auf den unmittelbaren Moment des Bluttrinkens, oder könnte man bei einer intensiven Verbindung sogar danach einen gedanklichen Austausch betreiben? So viele Fragen, und ich traute mich nicht, sie zu stellen. Vorher würde ich in Evans Büchern nach einer Antwort suchen.

Vorausgesetzt, wir kamen noch einmal nach Hause. Als wir weit nach Sonnenaufgang aufgestanden waren, hatte uns Keldan eröffnet, dass er es für klüger hielt, wenn wir vorerst in der Burg blieben. Ihm war offenbar der gleiche Gedanke gekommen wie mir und er wollte um jeden Preis verhindern, dass wir den Männern aus dem Geisterhaus allein und unvorbereitet in die Arme liefen. Solange wir noch keinen genauen Plan für das weitere Vorgehen hatten, saßen wir hier fest.

Nicht, dass man uns wirklich dazu zwingen würde, zu bleiben. Aber es war eindeutig gewesen, dass Keldan uns im Zweifel auf dem Fuß folgen würde.

Anstatt also zurück an einen mittlerweile vertrauten Ort zu kehren, saß ich neben Skadi auf den Treppen im Innenhof der Burg und sah den vorbeieilenden Wächtern zu. Evan und Keldan wollten unsere Erkenntnisse mit Ciril besprechen und ihn fragen, ob er weitere Informationen erhalten hatte. Skadi und ich hatten darauf verzichtet, sie zu begleiten. Es wäre wohl nicht dumm gewesen, zu prüfen, ob dieser Ciril die Wahrheit sagte, doch ich war es allmählich leid, immer nur für diesen Zweck hinhalten zu müssen. Die meisten Leute kamen ohne meine Fähigkeit aus. Insbesondere die Wächter waren erschreckend gut darin, Lügen zu erkennen, weshalb ich keinen Grund sah, extra daneben zu stehen. Zumal ich Ciril trotz seiner Abneigung gegen meinesgleichen in der Hinsicht vertraute, dass er den Mörder ebenfalls aufhalten wollte.

»Als ich vor zwei Wochen das erste Mal hier war, hätte ich nie gedacht, mich hier mal wohlzufühlen«, meinte Skadi gedankenverloren.

Ich schloss daraus, dass jenes erste Mal ebenso wenig wie meins ein reiner Freundschaftsbesuch gewesen war. Merkwürdig. Ich konnte mich nicht erinnern, dass Verbrecher – oder auch nur Verdächtige – als Berater eingestellt wurden. Andererseits musste Keldan maßgeblich an dieser Entscheidung beteiligt gewesen sein, und ihn sah ich inzwischen längst nicht mehr als normalen Wächter an. »Ich glaube nicht, dass ich mich hier jemals wohlfühlen werde. Auf jeden Fall habe ich nicht die Absicht, mich daran zu gewöhnen, hier zu sein.«

»Das dachte ich früher auch immer«, antwortete sie. »Bis Keldan auf die Idee kam, ich wäre eine geeignete Beraterin. Ich weiß immer noch nicht, was er sich dabei gedacht hat. Aber ich brauche das Geld.« Sie hielt inne, und beobachtete, wie Magnus von seinem Platz auf der Stufe unter uns aufstand und ein paar Schritte weiter tippelte, um der wandernden Sonne zu folgen. Dann, als wäre ihr plötzlich ein genialer Gedanke gekommen, hellte sich ihre Miene auf. »Du könntest auch Beraterin werden. Es würde eine Menge Arbeit ersparen, wenn man Dank dir wüsste, ob jemand die Wahrheit sagt oder lügt.«

Ich zuckte zurück. »Auf keinen Fall. Eher verlasse ich die Stadt oder gehe wieder auf den Schwarzmarkt, ehe ich den ganzen Tag mit Wächtern in einem fensterlosen Raum sitze und ihnen erzähle, ob sie den richtigen Gefangenen haben oder nicht. Abgesehen davon würden die sicher keine Sklavin einstellen.«

»Aber du wurdest nicht verurteilt«, wandte sie ein. »Wenn wir–«

Ich hob leicht eine Hand, um sie zu unterbrechen. Auf der anderen Seite des Hofes trat eine händeringende Frau begleitet von zwei Wächtern aus dem Hauptgebäude. Sie blieben einen Moment lang dort stehen und diskutierten über etwas. Einer der Wächter schüttelte bedauernd den Kopf, ehe sie zurück ins Haus gingen und die Tür hinter sich schlossen. Die Frau blieb allein zurück. Sie starrte mit hängenden Schultern auf die Tür, und drehte sich dann langsam um, um zum Tor zu schlurfen.

Ich war aufgesprungen, ohne darüber nachzudenken. Skadi folgte mir einen Augenblick später, holte mich noch im Laufen ein und warf mir einen fragenden Blick zu. »Was hast du vor?«

»Ich will fragen, was sie hier wollte«, antwortete ich. »Es scheint ihr wichtig gewesen zu sein. Aber offensichtlich will ihr niemand helfen.«

»Das ist wirklich nett von dir«, sagte sie zögernd und senkte die Stimme, weil wir die Frau fast erreicht hatten. »Aber wenn die Wächter ihr nicht helfen konnten, werden wir es erst recht nicht können.«

Meiner Erfahrung nach gab es eine Menge Dinge, bei denen jemand helfen konnte, wenn die Wächter es nicht getan hatten. Zumeist deshalb, weil sie sehr wohl helfen konnten – sie wollten es schlicht nicht. Ich konnte mir gut vorstellen, dass das bei dieser Frau ebenfalls der Fall gewesen war. Sie trug einen löchrigen, oft geflickten Kittel und einen ebenso dünnen Umhang, dem man ansah, dass er den nächsten Winter nicht überleben würde. Ihre strähnigen Haare waren notdürftig gekämmt, doch man konnte nicht übersehen, wie verfilzt sie waren. Ich kannte Leute wie sie, die gerade genug zum Überleben hatten, und selbst damit oft nicht über die Runden kamen. Bevor ich bei

Xenerion und dann bei Evan gelandet war, hatte ich im Ostviertel gelebt – genau wie sie. Die Armen wurden oft nicht ernst genommen, nicht einmal von allen Wächtern. Was wohl auch der Grund war, warum sie sich nur äußerst selten an sie wandten. Selten genug, um mein Interesse zu wecken, weil diese Frau es dennoch versucht hatte.

»Entschuldigt«, sprach ich sie an. »Ich habe eben gesehen, dass Ihr bei den Wächtern wart. Worum ging es denn? Vielleicht können wir Euch helfen.«

Ihr Blick wurde eine Spur misstrauischer, als sie uns musterte. Mir wurde bewusst, dass ich noch Emmas Kleid trug, und nicht mehr annähernd so aussah wie ein Mädchen aus dem Ostviertel – was Skadi auch nicht tat. Dann lächelte Skadi zögernd, und die Miene der Frau wurde weicher. »Danke. Aber ich wüsst nicht, wie ihr mir helfen sollt. Die Einzigen, die's könnten, haben mich weggeschickt.«

»Ich arbeite für die Wächter«, sagte Skadi. »Vielleicht weiß ich etwas, das Euch weiterbringt. Oder ich kann mich in Eurem Namen erkundigen.«

Man konnte regelrecht zusehen, wie sie mit sich rang. Die Enttäuschung, keine Hilfe von den Wächtern erhalten zu haben, stand ihr ins Gesicht geschrieben, und hielt sie davon ab, uns zu vertrauen. Gleichzeitig war ihr Problem nach wie vor vorhanden – wenn wir die Chance waren, ihr bei der Lösung zu helfen, sollte sie sie nicht einfach wegwerfen.

»Ich wollt nach einer Freundin fragen«, sagte sie schließlich. »Sie ist seit mehreren Tagen nicht zur Arbeit gekommen. Und Zuhause war sie auch nicht. Ich mach mir Sorgen um sie.«

Wir tauschten einen unbehaglichen Blick. Skadi ahnte vermutlich das gleiche wie ich, obwohl ich sehnlichst hoffte, dass es ein Irrtum war. »Kennt Ihr ihren vollständigen Namen?«, fragte ich.

Sie nickte. »Maria Thompson.«

Skadi wurde eine Spur blasser. Sie räusperte sich mehrmals, und ich sah meinen Verdacht bestätigt. Ich konnte mich nicht daran erinnern, wie der Name des ersten Opfers war. Sie dafür offensichtlich schon. »Es tut mir unglaublich leid, Euch das sagen zu müssen. Aber ... Maria ist tot. Sie wurde ermordet.«

Die Frau riss die Augen auf. Sie schüttelte unaufhörlich den Kopf, wandte den Blick ab und blinzelte, als wollte sie die aufsteigenden Tränen unterdrücken. Ich wünschte, wir hätten ihr eine bessere Nachricht geben können. Wenn man jemanden vermisste und sich auf die Suche nach ihm begab, hoffte man immer das Beste. Niemand rechnete damit, dass derjenige tot, sogar ermordet worden sein könnte. Dennoch hatte jeder das Recht, zu erfahren, dass einem seiner Nächsten etwas zugestoßen war. Es war für mich unbegreiflich, warum die Wächter ihr diese Information vorenthalten hatten.

»Ich hab's befürchtet«, flüsterte sie. »Dabei lief's gerade so gut für Maria. Ich dachte, sie könnt endlich glücklich werden. Jetzt, wo Luke aufgetaucht ist und bei uns arbeiten wollte.«

»Luke?«, wiederholte Skadi mit ehrlichem Interesse.

»Ihre Jugendliebe«, antwortete die Frau wehmütig. »Es wird ihn hart treffen. Er ist doch auch nur wegen ihr gekommen – im *Schwarzen Stein* verdient man nicht viel, und er hat nie arm gewirkt.«

Bei der Erwähnung des Gasthauses breitete sich ein mulmiges Gefühl in mir aus. Warum schien mich dieser Ort noch immer zu verfolgen? Selbst jetzt, als ich dem Schwarzmarkt den Rücken gekehrt hatte, tauchte er immer wieder auf.

Skadi sah ungefähr so aus, wie ich mich fühlte. Sie warf mir einen Blick zu, den ich nicht deuten konnte, und brachte ein zittriges Lächeln zustande. »Könntet Ihr Luke beschreiben?«

Die Frau runzelte die Stirn, zuckte jedoch mit den Schultern. »Gibt nicht viel zu sagen. Er ist klein, etwa so wie Ihr, eher schmächtig, braune Augen und helle kurze Haare. Unauffällig.«

Obwohl die Beschreibung auf schätzungsweise ein Zehntel der Männer in dieser Stadt zutreffen konnte, blitzte vor meinem inneren Auge die Erinnerung an Samuel auf. Er passte perfekt auf diese Beschreibung – und wir hatten ihn im *Schwarzen Stein* getroffen. Was wiederum bedeuten würde ... dass er der Mörder sein könnte.

Als Skadi schwieg, nickte ich der Frau zu, bevor sie sich von uns entfernte.

»Jetzt ergibt es endlich alles einen Sinn«, murmelte Skadi aufgeregt. »Es ist wie ein Puzzle, Liv, verstehst du? Wir haben im Haus von Maria Thompson einen Brief von einem gewissen L gefunden – das muss Luke gewesen sein. Der in dem Gasthaus arbeitet, in dem das zweite Opfer oft anzutreffen war–«

»Was er bestritten hat«, warf ich ein. »Zumindest falls Luke und Samuel ein und dieselbe Person sind. Die Beschreibung würde jedenfalls passen.«

»Natürlich hat er es bestritten«, erwiderte sie. »Weil ihn das verraten hätte. Maria hat ebenfalls dort gearbeitet, hat ihre Freundin eben gesagt. Das heißt, er konnte dort problemlos die Gelegenheit gehabt haben, beiden die Steine zu geben. Mit Maria hat er angefangen, weil sie ihm vertraut hat. Und Nicolas Bellin wird zu überheblich gewesen sein, um in ihm eine Gefahr zu vermuten. Evan war sich sicher, in der Stimme des Mörders Samuel – oder Luke, wie er wahrscheinlich wirklich heißt – erkannt zu haben. Wie weit ist dieses Gasthaus von dem Geisterhaus entfernt?«

»Nicht sonderlich weit, schätze ich. Zehn Minuten vielleicht, wenn man die richtigen Wege kennt.« Ich spürte, wie sich ihre Aufregung auf mich übertrug. Sie hatte recht – es passte alles zusammen. »Man könnte leicht dorthin verschwinden. Und auf dem Schwarzmarkt könnte er die Steine bekommen haben. Obwohl, nein. Dann hätte jemand davon erfahren, dass sie hier verkauft wurden.«

Skadi biss sich auf die Unterlippe. »Aber ich könnte wissen, woher er sie hat. Wenn sich mein Verdacht bestätigt ... dann kenne ich diesen Luke.«

22. SKADI

Skadi war nicht sicher, ob sie sich wünschen sollte, dass sie mit ihrem Verdacht richtig lag oder nicht. Falls es so war, kannten sie endlich die Identität des Mörders – seine wahre Identität, nicht nur den Decknamen, den er Liv und Evan genannt hatte. Wenn er es war, würde sich vermutlich auch Skadis Vermutung, wo er die verzauberten Steine herbekommen und versteckt haben könnte, bestätigen. Damit hätten sie genug in der Hand, um ihn festzunehmen. Mit etwas Glück war er auch schlau genug, um seine Auftraggeber zu verraten.

Negativ an alldem wäre nur, dass sie dann unwissentlich mit einem Mann zusammengearbeitet hatte, der ohne Skrupel zwei Morde begangen hatte. Luke, ihr Schmugglerkollege, der bereitwillig gegen die Vorschrift verstoßen hatte, sie sollten sich nicht begegnen. Sie hatte ihn nicht besonders gut gekannt, aber es war dennoch ein beklemmendes Gefühl. Ein Teil von ihr war überzeugt, dass sie es hätte merken müssen. Dass ihr etwas an ihm merkwürdig vorgekommen sein sollte. Doch so war es nie gewesen. Selbst mit dem Wissen, dass ein gewisser L irgendwie in die Morde verstrickt sein könnte, war sie nicht auf den Gedanken gekommen, Luke zu verdächtigen. Es erschien ihr zu abwegig. Er war äußerlich immerhin das komplette Gegenteil von dem, wie man sich einen Mörder vorstellte. Und doch … wenn sie daran dachte, wie er sich beiläufig erkundet hatte, zu welcher Art sie gehörte, stellten sich sämtliche Härchen ihres Körpers auf. Das war kein Zufall gewesen. Womöglich hatte er es in Erwägung gezogen, sie als erstes Opfer auszuwählen.

Egal, ob der Luke, den sie kannte, nun der Täter war oder nicht, sie mussten die Möglichkeit überprüfen. Liv war so freundlich gewesen, nicht zu fragen, woher Skadi ihn kannte, als hätte sie gespürt, dass Skadi nicht darüber sprechen wollte. Schwieriger würde es bei Keldan werden. Er hatte ebenfalls nicht weiter nachgehakt, als sie ihn und Evan geholt hatten. Doch Skadi hatte seine brennende Neugier beinahe körperlich gefühlt, und sie zweifelte nicht daran, dass er bald darauf zurückkommen würde. Spätestens wenn sie das Schmugglerversteck erreichten, würde Skadi nicht mehr verschweigen können, worum es sich dabei handelte.

Also nutzte sie die Zeit auf dem Weg dorthin, um intensiv über eine passende Antwort nachzudenken. Da sie nur zu viert unterwegs waren, könnte sie im Zweifel wohl auf ihrem Recht zu schweigen beharren – aber hätte sie damit wirklich etwas erreicht? Sie hatte die Wahl. Entweder belog sie Keldan, gab zu, tatsächlich geschmuggelt zu haben, oder sagte gar nichts und sorgte damit dafür, dass er ewig daran herumrätseln würde. Mit keiner der Varianten war sie glücklich. Sie wollte nicht Keldans Vertrauen missbrauchen, indem sie log, und genauso wenig wollte sie seine Reaktion auf die Wahrheit sehen.

Sie hätte gern Magnus um Rat gefragt, doch er war nach der Begegnung mit der Freundin von Maria Thompson verschwunden.

Als sie die Brücke nach Osten überquerten, schloss Evan zu ihr auf. »Was macht dich so sicher, zu wissen, wer unser Mörder ist?«

»Ich bin nicht sicher«, widersprach sie. »Ich glaube nur, dass unser bisheriges Wissen über ihn perfekt zu jemandem passt, den ich flüchtig kenne. Vielleicht ist er es nicht, vielleicht aber auch doch. Auf jeden Fall hat er sich mir als Luke vorgestellt und seine Erscheinung deckt sich mit dem, was ihr über diesen Samuel erzählt habt.«

»Was Grund genug ist, ihn sich genauer anzusehen«, fügte Liv hinzu. Sie warf Evan einen flüchtigen, fast unsicheren Blick zu, ehe sie sich wieder zurückfallen ließ. Evan tat es ihr einen Moment später gleich, sodass Keldan an seiner statt an Skadis Seite laufen konnte.

Skadi fragte sich, was in der letzten Nacht zwischen den beiden vorgefallen war. Sie wirkten vertrauter, und gleichzeitig beklommen. Als hätten sie etwas getan, von dem sie im Nachhinein beide nicht sicher waren, ob es richtig war.

»Da steckt doch mehr dahinter, nicht wahr?«, fragte Keldan leise.

»Es gibt einen Grund dafür, dass du dir dieser Sache so sicher bist. Und der beschränkt sich nicht nur darauf, unsere Informationen zu einem stimmigen Bild zusammenzuknüpfen.«

Sie bemühte sich um ein unbekümmertes Lächeln. »Es ist nur so ein Gefühl. Ich habe von dir gelernt, dass man manchmal einfach darauf vertrauen sollte.«

»Tatsächlich?«, fragte er amüsiert. Ein Grinsen durchbrach einen Moment lang seine ernste Miene. »Lass das bloß nicht Cassie hören. Zumindest, falls sich das als Sackgasse erweist. Falls du richtig liegst, kannst du es ihr von mir aus bei jeder Gelegenheit unter die Nase reiben.«

Das würde Skadi in jedem Fall tunlichst unterlassen. Sofern sie überhaupt noch einmal mit der temperamentvollen Wächterin zu tun haben würde, wollte sie es sich nicht mit ihr verderben. Nicht noch mehr als ohnehin schon. »Wir sind gleich da«, bemerkte sie stattdessen. »Ich hoffe, er hat alles beim Alten gelassen und nichts verändert.«

»Er wird wohl nicht damit rechnen, dass du ihn erkennen und dich an sein Versteck erinnern könntest«, sagte Keldan. »Ich wüsste nur gern, ob wir damit rechnen müssen, ihn persönlich anzutreffen. Darauf sollten wir vorbereitet sein.«

Skadi nickte zustimmend. Sie rechnete nicht damit, dass Luke um diese Uhrzeit im Versteck sein würde. Wenn er einen normalen Eindruck hinterlassen und sich damit weniger verdächtig machen wollte, würde er zur Arbeit erscheinen. Selbst dann, wenn er insgeheim befürchtete, am Abend zuvor erkannt worden zu sein. Aber auch wenn er nicht da war, konnte irgendjemand anderes anwesend sein. Er war abgesehen von einem vermummten Organisator der einzige der Schmugglergemeinschaft, den Skadi kennengelernt hatte. Sie konnte nicht einschätzen, ob sie selbst inzwischen ersetzt worden war. Möglich war es.

Um das Risiko möglichst gering zu halten, ließ sie Keldan, Liv und Evan hinter der nächsten Straßenecke warten, während sie selbst sich dem Versteck näherte. Von außen hatte sich nichts verändert. Es war dieselbe verwahrloste Tür, die den Eindruck erwecken sollte, dahinter gäbe es nichts Interessantes. Skadi atmete tief ein. Dann klopfte sie mit dem vereinbarten Zeichen und wartete.

Sie zählte wie üblich langsam von dreißig herunter, dann drückte sie die Tür einen Spalt weit auf. Der winzige Raum lag verlassen da. Sie nahm sich die Zeit, ihn zu betreten und auch hinter die Geheimtür in einen weiteren Raum zu spähen, ehe sie zurück auf die Straße trat und den anderen ein Zeichen gab.

»Das soll es sein?«, fragte Evan skeptisch. Er blieb auf der Türschwelle stehen, als Liv und Keldan Skadi in den Raum folgten. »Sieht mir nicht danach aus, als wäre in letzter Zeit jemand hier gewesen.«

»Vielleicht ist es Absicht«, erwiderte Skadi. »Niemand soll auf die Idee kommen, hier gäbe es irgendetwas von Wert.« Sie durchsuchte halbherzig den Schrank mit der schief hängenden Tür, obwohl sie nicht damit rechnete, ausgerechnet dort etwas zu finden. Doch es war ein willkommener Vorwand, um Keldans aufmerksamen Blick zu entgehen. »Wenn wir Glück haben, hat er hier irgendwo die Steine versteckt.«

»Gibt ja nicht viele Stellen, wo das sein könnte«, murmelte Liv. Sie kniete sich vor dem Kamin auf den staubigen Boden und tastete die Feuerstelle mit einer Routine ab, die zeigte, dass sie so etwas nicht zum ersten Mal tat.

Skadi ließ von dem Schrank ab. Als die beiden Männer ihr ebenfalls die Rücken zudrehten, um den Rest des Raums abzusuchen, tastete sie in der linken Wand nach der bekannten Einkerbung. Das Geheimfach war noch da. Sie öffnete es vollständig, streckte eine Hand hinein – und erstarrte. Ihre Finger ertasteten einen kleinen Beutel voller Steine. Sie zog ihn heraus und öffnete die Schnur mit zitternden Fingern. Es hätten ebenso gut Edelsteine sein können, doch sie erblickte die gleichen tiefschwarzen Würfel, die bei den beiden Opfern gefunden worden waren.

Sie fuhr zusammen, als jemand neben sie trat. Liv warf einen Blick in den Beutel und stieß einen leisen Pfiff aus. »Sieht aus, als hätten wir unseren Mörder. Und er hatte offenbar vor, das halbe Ostviertel umzubringen.«

Ganz so weit wäre Skadi nicht gegangen, doch es war unbestreitbar eine gewaltige Menge dieser Steine, gemessen an dem Zweck, dem sie dienten. Und niemand wusste, ob das alle waren. Vielleicht hatte Luke längst ein zweites Lager angeschafft, in dem er die andere Hälfte hortete. »Ich hatte gehofft, ich hätte mich geirrt«, sagte sie leise.

Keldan nahm den Beutel von ihr entgegen und schüttelte ihn, als hoffte er, unter der obersten Schicht etwas anderes zu finden. Seine Miene war schwer zu deuten. Erleichterung war dabei, und etwas Unglaube. Außerdem etwas, das Skadi bisher nur bei ihm erlebt hatte, wenn er Liv und Evan verhört hatte. Diese Beobachtung bereitete ihr noch mehr Sorgen als die Vorstellung, möglicherweise vor Gericht aussagen zu müssen, was sie auf den Gedanken gebracht hatte, die Steine würden ausgerechnet Luke gehören.

Er schloss schweigend den Beutel. Dann sah er sich noch einmal gründlich in dem Raum um, ehe sein Blick auf Skadi verharrte. »Es ist kein Zufall, dass wir nicht feststellen konnten, woher die Steine kommen, nicht wahr? Weil sie von keinem Magier dieser Stadt hergestellt wurden. Sie wurden illegal hierher gebracht. Man könnte auch sagen, sie wurden geschmuggelt. Und das hier ist augenscheinlich ein

Schmugglerversteck. Das niemand außer den Schmugglern selbst kennen sollte.«

Skadi zwang sich dazu, seinen Blick zu erwidern. Sie sah, wie Evan und Liv zwischen ihnen hin und her schauten, und spürte, dass jeder hier eine Antwort von ihr erwartete. Nach ihrer Anhörung hatte Keldan ihr zu verstehen gegeben, nicht zu glauben, dass sie so unschuldig war, wie sie sich vor ihren Richtern gegeben hatte. Während ihrer Zusammenarbeit hatte er kein Wort mehr darüber verlauten lassen – bis jetzt. Die Erkenntnis, dass er recht gehabt und Skadi gelogen hatte, spiegelte sich in seinen Augen. Skadi wusste nicht, was sie darauf erwidern sollte. Doch sie hatte das dringende Bedürfnis, irgendetwas zu erklären, zu sagen, dass sie nach ihrer Anhörung nie wieder hier gewesen war, geschweige denn geschmuggelt hatte.

Keldan hob abwehrend eine Hand, als sie den Mund öffnete. »Nein, sag nichts. Alles, was irgendwie als Geständnis zu erkennen ist, kann ich nicht ignorieren. Es ist ein ausgesprochen glücklicher Zufall, dass wir auf dieses Versteck gestoßen sind.«

»Manchmal muss man Glück haben«, pflichtete Liv ihm bei. »Gut, dass du dich daran erinnert hast, diesen Luke mal hier reingehen gesehen zu haben.«

Perplex über diesen Umschwung der Situation nickte Skadi nur. Dass Keldan entgegen besseren Wissens darauf verzichtete, sie für das Schmuggeln zu belangen, hätte sie wohl nicht mehr überraschen sollen. Nicht, nachdem in den vergangenen Tagen so viel passiert war, bei dem er nicht genau den Grundsätzen der Wächter gefolgt war. Dennoch war es merkwürdig. Jener glückliche Zufall würde im Zweifel vor Gericht weniger aussagekräftig sein als die Tatsache, dass Skadi gemeinsam mit Luke geschmuggelt hatte.

»Jetzt, da wir diese verdammten Steine schon gefunden haben«, warf Evan ein. »Was machen wir damit? Wir können sie mitnehmen, aber damit haben wir nur einen Aufschub erreicht. Im Moment können wir nicht eindeutig beweisen, dass sie diesem Luke gehören.«

Keldan wog den Beutel nachdenklich in der Hand. »Das ist richtig. Aber–«

Ein deutliches Klopfen unterbrach ihn. Sie erstarrten, und als hätte es ein abgemachtes Zeichen gegeben, wanderten die Blicke von Keldan, Liv und Evan erst zur Tür und dann zu Skadi. Auf das erste Klopfen folgten in rascher Folge weitere. Skadi erkannte das vereinbarte Signal, das jeder der Schmuggler nutzen sollte, um sich als solcher zu identifizieren. Ihre Gedanken rasten. Wenn es ein Fremder war, würden sie keine ernsthaften Probleme bekommen – im Gegensatz zu ihm, wenn er nicht schnell genug war, um abzuhauen. War es jedoch Luke, würde es jede Chance, ihm etwas nachzuweisen, zerstören. Sobald er sie hier sah, würde er wissen, was sie gefunden hatten.

Ihnen blieb vielleicht eine Minute, bis der Neuankömmling hereinkommen würde. Skadi riss Keldan den Beutel aus der Hand, stopfte ihn zurück in das Geheimfach und schloss es. Dann hastete sie zu dem Schrank, öffnete die Tür, tastete die Schrankwand ab und zog einen Augenblick später deren lockeren Flügel auf. Dahinter offenbarte sich ein grob in den Stein geschlagener Raum, der noch dunkler war als das Versteck, in dem sie gerade standen.

Liv verstand als Erste. Ohne zu zögern, schob sie sich durch den geöffneten Spalt. Evan und Keldan folgten ihr eilig, ehe Skadi es ihnen gleichtat und den Schrank hinter ihnen notdürftig schloss. Zwei Atemzüge später hörte sie, wie sich die Tür von draußen öffnete und hielt den Atem an. Sie standen so eng gedrängt zusammen, dass es unmöglich war, keinen der anderen zu berühren, die Luft war stickig und bis auf einen schmalen Lichtstreifen war es stockfinster. Doch sie hatten es rechtzeitig geschafft, sich zu verstecken, und das war die unbequeme Situation mehr als wert.

Keldan beugte sich ein Stück vor, um durch den Spalt nach draußen zu sehen. Er war extra so angelegt worden, dass man den wichtigsten Teil des Raumes überblicken konnte. Den Eingang und das Geheimversteck. Skadi spürte, wie er sich neben ihr anspannte.

»Was geht da vor?«, flüsterte Liv ihr ins Ohr.

»Ich weiß es nicht«, wisperte sie zurück. »Wahrscheinlich ist Luke gekommen, um seine Steine zu holen.«

Sie wünschte sich, selbst etwas sehen zu können. Hier zu stehen, in der ständigen Erwartung, dass der Neuankömmling auf den Gedanken kommen könnte, einen Blick in den Hohlraum hinter dem Schrank zu werfen, darauf zu achten, dass man ja kein Geräusch von sich gab, und weder zu wissen, was wenige Schritte entfernt vorging, noch wie lange man so ausharren musste, ließ einen Schweißtropfen über ihre Wirbelsäule rinnen. Es könnte alles passieren. Im schlimmsten Fall wollte derjenige längere Zeit hier warten und machte es sich gerade am Tisch bequem. Skadi lauschte angespannt. Sie hoffte, einen Hinweis zu erhalten, doch sie hörte lediglich ihren eigenen raschen Atem. Keine Stimmen und keine große Anzahl scharrender Füße. Also war er zumindest allein gekommen.

Skadi hätte nicht sagen können, ob sie Minuten oder doch nur wenige Augenblicke so verharrten. Plötzlich drängte Keldan ein Stück nach hinten, holte Schwung und trat die Wand des Schranks aus dem Weg. Er hatte derart viel Kraft hinein gelegt, dass der Schrank selbst krachend vornüberfiel. Skadi kämpfte noch mit der plötzlichen Helligkeit, als Keldan nach vorn sprang und sie mit sich zu Boden riss. Im nächsten Moment zischte etwas über sie hinweg. Dann wurde alles dunkel.

»Scheiße!«, fluchte Liv.

Skadi rollte sich herum und kam schwankend auf die Füße. In ihrem Kopf drehte sich alles. Sie stolperte über die Überreste des Schrankes und fiel gegen die Wand. Jemand musste die Lampe gelöscht haben. Luke? Oder doch Keldan? Nein, das würde keinen Sinn ergeben.

Sie zwang sich zur Ruhe und lauschte. Es war so still. Als hätte man zusammen mit dem Licht sämtliche Geräusche aus dem Schmugglerversteck verbannt. Die Härchen auf ihrem Nacken richteten sich auf. Keldan war der einzige von ihnen, der gesehen hatte, wer noch außer ihnen hier war. Warum hörte sie nichts von ihm?

Einzelne Holzsplitter knackten unter ihren Füßen, als sie sich zurück zu dem Hohlraum in der Wand tastete. Jeder einzelne dröhnte wie ein Kanonenschuss in ihren Ohren. »Liv?«, wisperte sie.

»Hier«, murmelte jemand neben ihr. Eine Hand fand ihren linken Arm und zog sie zu Boden. Der Geruch von rostigem Metall stieg Skadi in die Nase. Sie tastete panisch nach Livs Hand, die von ihrem Arm herabrutschte.

»Was–?«

»Dolch«, antwortete Liv. »Geht … schon.«

Warme Nässe klebte an Skadis Fingern, als sie Livs Schulter berührte. Ihr Hemd war bis zur Brust feucht.

»Ruhe!«, zischte Evan irgendwo rechts von ihnen.

Skadi setzte schon zu einer Erwiderung an, beherrschte sich jedoch im letzten Moment. Er hatte recht. Es war zu riskant, dem Unbekannten noch deutlicher zu machen, wo sie sich befanden. Sie tastete erneut nach Livs Hand und spürte erleichtert, wie die andere ihren Druck erwiderte. Das war zu viel Blut, um nur ein oberflächlicher Kratzer zu sein. Skadi wünschte sich verzweifelt, etwas über Heilkunst zu wissen. Oder zumindest Licht zu haben, um einschätzen zu können, wie ernst die Lage war.

Etwas knackte neben ihr. Sie fuhr zusammen, fühlte einen Luftzug und kauerte sich tiefer zusammen. Ein weiterer Schritt, diesmal so deutlich hörbar, dass er direkt neben ihr sein musste. Skadi hielt den Atem an. Vielleicht war es Evan oder Keldan, aber wenn nicht …

Der andere rührte sich nicht. Sie starrte mit weit aufgerissenen Augen in die Finsternis, in der verzweifelten Hoffnung, einen dunklen Fleck vom anderen unterscheiden zu können. Aber da war nichts. Vor ihr könnten dreißig Männer stehen und sie würde keinen einzigen erkennen.

Dass es allen anderen in diesem Raum genauso erging, war nur ein geringer Trost.

Minuten vergingen, ohne dass etwas geschah. Skadis Muskeln protestierten gegen die starre Haltung, doch sie wagte es nicht, sich zu bewegen. Gleichzeitig arbeitete ihr Verstand auf Hochtouren. Sie versuchte, die Dunkelheit mit den Bildern aus ihrer Erinnerung zu füllen und einzuschätzen, wo Evan, Keldan und der Unbekannte sich aufhielten. Irgendjemand musste bei der Tür sein, ein anderer in der Nähe des Tisches – oder mitten im Raum. Nicht zu vergessen derjenige, der genau vor ihr stand. Aber wie waren sie überhaupt in diese absurde Lage geraten? Niemand bei klarem Verstand würde sich mit einem Wächter anlegen, noch dazu wenn der Verstärkung in Form von drei weiteren Leuten dabei hatte. Skadi selbst hätte auch auf den Trick mit der Lampe zurückgegriffen, aber die entstehende Verwirrung dann genutzt, um das Weite zu suchen. Sie hielt nicht einmal den Mörder für so dumm, das nicht zu tun.

Ein Rascheln riss sie aus ihren Überlegungen. Etwas Kühles streifte ihren Arm.

Sie ließ sich zurückfallen, noch bevor sie realisierte, dass es sich um einen weiteren Dolch handeln musste. Aber es war zu spät: Der andere hatte sie berührt, hatte gespürt, dass er direkt neben ihr war. Und nicht nur sie ... auch Liv. Die einem weiteren Angriff nicht ausweichen konnte, ihn nicht überleben würde.

Skadi richtete sich auf und warf sich vor, dorthin wo sie die Beine des anderen vermutete. Sie bekam einen Knöchel zu fassen, zog mit aller Kraft daran und sprang selbst auf. Ein dumpfer Aufprall folgte, doch sie hatte sich schon mehrere Schritte entfernt, nicht mehr darum bemüht, leise zu sein. Sie musste ihn von Liv weglocken, und das war die einzige Möglichkeit, die sie dafür sah.

Wenn Magnus doch nur hier wäre.

Sie war auf den Tisch zugelaufen, oder jedenfalls dorthin, wo sie ihn vermutete. Doch statt gegen eine Holzkante, stieß sie gegen einen warmen Körper. Weiche Federn strichen über ihren Arm, und Tränen der Erleichterung schossen ihr in die Augen.

»Keldan«, flüsterte sie.

Er legte seinen Arm um ihre Taille und zog sie rückwärts zu sich. Einer seiner Flügel drückte sich seitlich gegen sie, dann stieß sie mit dem Rücken gegen seine Brust. Wärme umfing sie, aber ... es fühlte sich falsch an. Irgendwas–

»Skadi, nicht! Ich bin hier!« Keldans Stimme kam vom anderen Ende des Verstecks. Ein Zittern fuhr durch Skadis Körper. Dann realisierte sie endlich, was falsch war: Der Wächter hinter ihr war eine Frau. Und anstatt sie loszulassen, verstärkte sie ihren Griff.

»Jeder bleibt, wo er ist«, sagte Cassandra. »Oder Keldan hat gleich keine Beraterin mehr.«

23. LIV

Die Wunde in meiner Schulter glich einem Feuer, das sich unter meiner Haut ausbreitete, und ich konnte nicht sagen, ob Schweiß oder Blut mein Hemd durchnässte. Skadi hatte meine Hand losgelassen. Ich hatte keinen Schimmer, ob sie noch immer neben mir oder schon längst wieder verschwunden war.

Lindas Ring hatte mich nicht beschützt. Als der Dolch angeflogen kam, hatte ich instinktiv die Hand gehoben, doch statt an dem Schild abzuprallen, war er geradewegs hindurchgeflogen. Offensichtlich wirkte der Zauber nur bei direkten Angriffen. Aber die Erkenntnis kam eindeutig zu spät.

Die Kante eines Bretts stach in meinen Rücken. Ich musste vor dem Eingang in das Geheimversteck liegen, konnte mich aber nicht erinnern, wie ich dorthin gekommen war. Einen Moment lang war ich wieder in Xenerions Zelle, umgeben von nichts als wabernder Finsternis und starrte auf den Lichtspalt, der sich unter der Tür abzeichnete – dann berührte etwas mein ausgestrecktes Bein. Ich zuckte zurück, der Lichtspalt vor meinem inneren Auge verschwand. Kein Sklavenhändler, dafür ein Wahnsinniger, der uns alle umbringen wollte. Und der womöglich gerade bemerkt hatte, wo ich war.

Ich zog meine Beine hastig an meinen Körper. Rollte mich so klein wie möglich zusammen und schmeckte Blut, als ich mir die Lippe zerbiss. Das heiße Pochen in meiner Schulter trat in den Hintergrund, überdeckt von dem instinktiven Wissen, dass ich sterben würde, wenn der Mörder mich entdeckte.

Ein Luftzug streifte mich von rechts. Der Aufprall eines Körpers auf dem Boden hallte durch den Raum, dann entfernten sich hastige Schritte von mir.

Skadi, dachte ich noch. *Aber wer–*

Eine Hand presste sich auf meinen Mund. Ich verkrampfte, wand mich, als der zugehörige Körper folgte und mich bewegungsunfähig zu Boden drückte. Die zweite Hand fuhr über meinen Arm, hoch zu meiner Schulter, wo noch immer der Dolch steckte. Er drückte meine Kiefer fester zusammen – und zog den Dolch mit einem Ruck heraus. Ich bäumte mich auf, einen Schrei in meiner Kehle, der nicht herauskonnte. Frischer Schmerz schoss Tränen in meine Augen und vertrieb sämtliche Gegenwehr, die ich noch hätte aufbringen können.

Augenblicke zogen sich wie Jahre. Ich wusste, dass mir nur noch wenige Momente blieben, bis der Mörder mir entweder die Kehle durchschnitt oder den Dolch ins Herz rammte. Doch er ließ sich Zeit. So viel, dass ich unter dem scharfen Geruch nach all dem Blut plötzlich einen anderen, vertrauten wahrnahm.

Evan.

»Skadi, nicht! Ich bin hier!«, rief Keldan.

Ich blinzelte verwirrt, über mir spannte Evan sich an. Dann antwortete eine Frau: »Jeder bleibt, wo er ist. Oder Keldan hat gleich keine Beraterin mehr.«

Ihre Stimme rief ein vages Echo in mir hervor. Es dauerte, bis mein Verstand die einzelnen Informationen richtig verknüpfte. Skadi hatte vorhin jemanden zu Boden geworfen und das konnte keiner von uns gewesen sein. Wem auch immer sie danach in die Arme gelaufen war, sie musste angenommen haben, dass es sich um Keldan handelte. Was nur einen Schluss zuließ: Das war eine Wächterin, die augenscheinlich nicht auf unserer Seite stand. *Sie* musste die Auftraggeberin des Mörders sein … der auch noch irgendwo in der Dunkelheit lauerte.

»Lass Skadi aus dem Spiel, Cassandra«, erwiderte Keldan. Seine Stimme kam von weiter rechts als zuvor. »Wenn ihr freien Abzug wollt, dann geht. Wir werden euch nicht folgen.«

Evan löste seine Hand von meinem Mund und glitt lautlos von mir herunter. »Die Dunkelheit ist ihr einziger Vorteil«, flüsterte er in mein Ohr. »Wir brauchen Licht, Liv.«

Licht ... Magie. Nein. Ein Schauer wanderte über meinen Körper. Das konnte ich nicht. So sehr ich mir selbst gerade Licht wünschte, es musste einen anderen Weg geben. Es war ewig her, seit ich zuletzt gezaubert hatte, und ich war verletzt. Der Schmerz pulsierte noch immer im Takt meines Herzens. Ich würde es nicht kontrollieren können. Statt zu helfen, würde ich uns alle umbringen.

Ich schüttelte hilflos den Kopf, obwohl Evan es unmöglich bemerken konnte. Meiner Stimme traute ich nicht.

»Wir wollen keinen freien Abzug«, antwortete Cassandra. »Davon haben wir nichts, solange du uns an die anderen verraten kannst. Aber wir können deine drei kleinen Helfer gehen lassen, wenn du dich ergibst. Ihnen wird ohnehin niemand glauben.«

Keldan schwieg. Ich wollte aufstehen, schreien, dass er das nicht tun durfte. Die Wächterin log. Selbst wenn sie uns tatsächlich gehen ließen, würden sie uns im Anschluss folgen und töten, sobald Keldan aus dem Weg geräumt war. Doch ich war zu schwach. Es kostete mich alle Kraft, die Augen offen zu halten und mich auf die Stimmen um mich herum zu konzentrieren.

»Du kannst das, Liv«, flüsterte Evan. »Ich glaube an dich.« Damit löste er den letzten Körperkontakt zwischen uns. Ich ahnte, dass er sich von mir entfernte. Ob er auch wusste, was er da tat? Sein gutes Gehör verschaffte ihm den Vorteil, jeden noch so bedächtigen Schritt zu bemerken. Im Gegensatz zu mir musste er ein klares Bild davon haben, wer wo stand – aber das würde ihm gegen eine Wächterin nicht helfen.

»Liv ist verletzt«, sagte Skadi. »Ich weiß nicht, ob wir sie ohne Hilfe–«
Sie atmete scharf ein und verstummte. Ich richtete mich etwas auf. Keldan würde nicht so dumm sein. Er musste wissen, worauf das hinauslief, dass jeder Versuch, uns durch sein Opfer zu retten, nur einen kurzen Aufschub bringen würde. Und – was noch wichtiger war – er konnte nicht zulassen, dass der Mörder und seine Auftraggeberin weiter frei herumliefen und ihren perfiden Plan vollenden konnten.
»Entscheide dich, Keldan«, zischte Cassandra. »Ich zähle bis drei, dann schneide ich ihr die Kehle durch. Eins.«
Ich schloss die Augen, biss die Zähne zusammen und suchte tief in mir nach dem Kribbeln meiner Magie. Es war nicht viel, das ich fand. Ich griff danach. Flammen loderten vor meinem geistigen Auge auf, und ich wich so schnell zurück, dass ich in der Realität gegen die Steinwand prallte. Mein Körper bebte, doch es war immer noch dunkel.
»Zwei.«
Skadi wimmerte. Ich atmete tief ein, kämpfte um meine Konzentration. Evan hatte recht. Ich konnte das, *musste* es können. Den Lichtzauber hatte ich schon als Kind gelernt und unzählige Male angewendet, bis ... bis zu dem Unfall. Ein Unfall, der Jahre her war, der jedem hätte passieren können. Ich hatte mich selbst überschätzt. Das würde nicht noch einmal vorkommen. Ich griff erneut nach der Magie, hielt sie fest, verdrängte die Erinnerung an die lodernden Häuser.
»Drei.«
Gleißende Helligkeit durchflutete den Raum. Skadi schrie auf, stürzte zu Boden und rollte von der Wächterin weg. Ich sah aus den Augenwinkeln, wie Keldan mit einem Satz bei der Wächterin war – dann nahm jemand anderes mein Blickfeld ein. Samuel – Luke – sah mit ernster Miene auf mich hinab, ein langes Messer in der Hand.

»Entschuldige, Wahrsagerin«, sagte er. »Das ist nichts Persönliches.«

»Das hier dafür schon«, knurrte Evan und drückte ihm von hinten den blutigen Dolch gegen die Kehle. »Wenn du deine Anhörung noch erleben willst, legst du jetzt schön langsam das Messer auf den Boden.«

Luke kniff die Augen zusammen. Ich sah nicht mehr, ob er Evans Befehl befolgte. Mein eigenes Sehvermögen löste sich in dunkle Flecken auf.

Drei Tage später saß ich erneut in der Wächterburg. Evan musste mich auf dem Weg dorthin stützen und ich war gerade noch auf den Stuhl gesunken, bevor mich der nächste Schwächeanfall erwischte. Keldan hatte durchgesetzt, dass Evan und ich an dem Verhör von Luke alias Samuel teilnehmen durften. Ich konnte mir nicht vorstellen, wie er das angestellt hatte – offenbar waren alle so dankbar, den mutmaßlichen Mörder gefasst zu haben, dass sie ihre sonst so strengen Regeln für uns lockerten. Zugegeben nur unter der Bedingung, dass wir uns zurückhielten und möglichst nichts sagten.

Somit hatte Luke das Vergnügen, nicht nur einen oder zwei Ermittler, sondern vier vor sich zu haben. Zusätzlich mindestens drei weitere, die uns vom Nebenraum aus beobachteten. Man hatte ihm einen Teller mit Gebäck und etwas zu trinken gebracht, doch er hatte keins von beidem angerührt. Stattdessen saß er mit verschränkten Armen und ausdrucksloser Miene auf seinem Stuhl und starrte auf einen Punkt irgendwo schräg über mir.

Seit wir den Raum betreten hatten, hatte niemand ein Wort verloren. Ich vermutete, dass es sich um eine spezielle Strategie handelte, um den Verdächtigen von allein zum Reden zu bringen. Entweder war Luke sich dessen bewusst und er wollte niemandem die Genugtuung verschaffen, darauf zu reagieren, oder er ahnte, dass jedes Wort ihm zum Verhängnis werden konnte.

Es behagte mir nicht, ihm so gegenüber zu sitzen. Die Wunde in meiner Schulter fing gerade erst an zu heilen und erinnerte mich mit ihrem stetigen Pochen daran, wie knapp ich am Tod vorbeigeschrammt war. Hätte Luke den Dolch etwas tiefer geworfen, würde ich nicht hier sitzen.

Ich beobachtete, wie Keldan schließlich seine Position hinter uns verließ und begann, durch den Raum zu laufen. Er schritt an mir vorbei, dann einmal um den Tisch herum und verlangsamte dabei hinter Luke minimal seine Schritte. Als er die Runde dreimal absolviert hatte, ahnte ich, warum er als Einziger von uns stehen geblieben war. Selbst Luke schaffte es nicht, seine stoische Miene beizubehalten, wenn beständig jemand hinter ihm vorbeilief. Zuerst löste er den Blick von seinem Fixpunkt. Dann presste er die Lippen zusammen, schloss die Augen und stieß mühsam beherrscht die Luft aus.

»Erwartet Ihr wirklich, dass ich gestehe?«

»Nein«, sagte Keldan, ohne seinen Rundgang zu unterbrechen. »Aber ich empfehle es Euch dringend. Wir haben genug Beweise, um Euch auch ohne Geständnis zu verurteilen. Wenn Ihr kooperativ seid, wird sich das strafmildernd auswirken.«

Luke sah zu dem verzauberten Spiegel. »Ich will keine Milderung, sondern einen Freispruch. Dann nenne ich Euch jeden Namen und jedes Detail, das Ihr wissen wollt.«

»Abgelehnt. Wir können niemanden ungestraft davonkommen lassen, der zwei Morde begangen hat.«

»Wie Ihr wollt«, erwiderte Luke gelassen. »Ich bleibe bei meiner Forderung.«

Evan lehnte sich in meine Richtung, als wollte er mir etwas zuflüstern. Als er sprach, war seine Stimme zwar gesenkt, aber laut genug, um von Luke gehört werden zu können. »Ich dachte, er wäre schlauer.«

»Ich auch«, raunte ich zurück. »Aber offenbar ist er genauso dumm wie seine Auftraggeber. Vielleicht sogar noch dümmer.«

Luke runzelte die Stirn, erwiderte jedoch nichts. Dafür schien Skadi zu ahnen, welchen Plan wir verfolgten. Sie rutschte näher zu mir und drehte sich zur Seite, als wäre Luke überhaupt nicht anwesend. »Wahrscheinlich hat er wirklich nur stumpf die Morde ausgeführt. Die Auswahl der Opfer, des Tatzeitpunkts und die Nutzung der Steine muss jemand anderes getroffen und ihm dann mitgeteilt haben«, murmelte sie.

»Wenn ihr das wirklich glaubt, seid ihr die eigentlich Dummen«, bemerkte Luke.

Keldan blieb schräg hinter ihm stehen. »Tatsächlich? Heißt das, Ihr wollt doch noch mehr dazu sagen?«

»Wir können zwar keinen Freispruch erwirken, aber zumindest Eure Strafe verkürzen«, fügte Skadi hinzu. »Wenn du dich entscheidest zu schweigen, wirst du den Rest deines Lebens im Kerker verbringen.«

Luke sah wieder in den Spiegel. »Garantiert Ihr mir das?«

Keldan nickte. »Fangen wir doch mit Eurer Motivation an«, schlug er vor. »Warum habt Ihr zwei Unschuldige getötet?«

Ich bezweifelte, dass das die Antwort war, die wir am dringendsten brauchten. Evan öffnete schon den Mund, als wollte er protestieren, und schloss ihn abrupt, als ich ihm auf den Fuß trat. Ob es uns nun gefiel oder nicht – Keldan hatte im Gegensatz zu uns Erfahrung in solchen Dingen. Wenn er glaubte, dass das die Frage war, mit der wir anfangen sollten, würde das einen Grund haben.

»Jedenfalls nicht, weil ich etwas gegen Mischwesen hätte«, antwortete Luke bedächtig. *Wahrheit*, spürte ich. Der erste positive Aspekt dieses Gesprächs.

»Warum dann?«, fragte Skadi.

Er zögerte kurz und zuckte mit den Schultern. »Ich brauche das Geld.«

Ich fing Keldans Blick auf und schüttelte leicht den Kopf. Diesmal hatte Luke gelogen, wenn auch nicht vollständig. Mein Gefühl sagte mir, dass er das Geld durchaus gebraucht hatte, sich aber sehr wohl bewusst war, dass er es besser auf einem anderen Weg verdienen könnte.

»Wenn Ihr das Geld wirklich brauchen würdet, hättet Ihr Nicolas Bellin sämtliche Wertsachen abgenommen, nachdem Ihr ihn getötet habt«, sagte Keldan. »Die waren mit Sicherheit zehnmal so viel wert wie das, was Ihr von Euren Auftraggebern erhalten habt.«

»Dann sagen wir, ich habe zukunftsorientiert gedacht. Wenn Cassandras Plan aufgegangen wäre, hätten sie und ihre Anhänger bald großen Einfluss in dieser Stadt gehabt. Es ist immer gut, bei solchen Leuten etwas gut zu haben.«

»Und dafür bringst du jemanden um? Einfach, um für den Fall der Fälle vorgesorgt zu haben?«, stieß Evan hervor. Ich berührte ihn am Arm, um ihn daran zu erinnern, dass wir nichts sagen und schon gar nicht fragen durften. Doch er schüttelte mich ab. »Wie viele Leben hättest du dafür noch ausgelöscht, wenn wir dich nicht gefunden hätten?«

»Ich kann damit leben«, antwortete Luke.

»Auch damit, dass Maria dir vertraut hat?«, fragte Skadi leise. »Sie dachte, dass ihr eure alte Freundschaft wieder aufleben lassen könntet. Dabei hast du dir dieses Vertrauen in der Absicht erschlichen, sie zu töten.«

Luke zuckte erneut mit den Schultern. »Sie war das perfekte Opfer. Wie du schon sagtest, hat sie mir vertraut, außerdem gab es niemanden, der sie vermissen würde. Oder der eine konkrete Verbindung zu mir herstellen könnte. Nimms mir nicht übel, Skadi, aber wenn du ein Mischwesen wärst, hätte ich genauso gut dich auswählen können.«

»Mit dem Unterschied, dass ich dir nicht vertraut habe.«

Keldan räusperte sich. »Nun gut, dann war Maria Thompson also dafür geeignet, Eure Strategie auszuprobieren. Warum danach Nicolas Bellin? Welche Verbindung hattet Ihr zu ihm?«

»Keine«, erwiderte Luke. »Er war nur blöd genug, sich im *Schwarzen Stein* herumzutreiben und einen von meinen Steinen anzunehmen.«

Auch das war die Wahrheit. Und es zeigte die entscheidende Lücke in Lukes Plan. Wenn er sein Opfer an einem anderen Ort gesucht hätte, hätten wir wahrscheinlich fünf weitere gebraucht, um eine Verbindung zu ihm herzustellen. Dieses winzige Detail hatte er offenbar nicht bedacht.

»Wie sollte es weitergehen?«, fragte Skadi. »Wolltet ihr wirklich nach und nach alle Mischwesen töten?«

»Natürlich nicht. Das wäre zu viel Arbeit für eine Person gewesen. Soweit ich weiß, ging es darum, diese Steine auszuprobieren und ein bisschen Aufregung zu verursachen.«

Evan hob eine Augenbraue. »Soweit du weißt? Was soll das jetzt wieder heißen?«

»Ich bin nicht blöd«, antwortete Luke. »Es ist nie besonders schlau, den genauen Plan seiner Auftraggeber zu kennen, wenn man damit rechnen muss, dass sie irgendwann auffliegen könnten. Ihr werdet Cassandra selbst fragen müssen.«

Ich war noch nie zuvor bei einer Anhörung gewesen. Wenn es nach mir gegangen wäre, wäre es auch so geblieben. Es war für mich nicht wichtig, zuzusehen oder mir anzuhören, wie sich Cassandra und Luke vor ihren Richtern für ihre Taten rechtfertigten. Solange sie beide eine gerechte Strafe dafür erhielten, war ich vollauf zufrieden.

Evan sah das anders. Nachdem mit Cassandra als ausgehende Kraft der Morde seine Theorie zumindest teilweise bestätigt wurde, wollte er unbedingt bei dem Prozess dabei sein. Er befürchtete, dass sie ein milderes Urteil erhalten würde, weil sie eine Wächterin war, und auch sämtliche Beteuerungen Keldans, dass das nicht geschehen würde, konnten ihn nicht von dem Gedanken abbringen. Es ging so weit, dass er sich bei der erstbesten Gelegenheit in den Anhörungssaal schlich. Zwei, vielleicht drei Minuten später hatte man ihn wieder herausgebracht, mit der dringenden Empfehlung, von solchen Dingen in Zukunft abzusehen. Seitdem saß er mit verschränkten Armen und finsterem Blick neben mir auf einer der Bänke vor dem Saal.

Wir warteten darauf, dass man uns als Zeugen hinein rufen würde. Cassandra und Luke sollten in aller Ausführlichkeit angehört werden, bevor man die anderen potenziell Beteiligten dazu bat. Irgendwann mussten auch Skadi und Keldan noch auftauchen, genauso wie Ciril. Im Gegensatz zu uns schienen sie jedoch zu wissen, dass sie sich mehrere Stunden Zeit lassen konnten und nicht kurz nach Sonnenaufgang hier sein mussten.

Obwohl nicht ich die Angeklagte war, spürte ich bei der Vorstellung, bald vor die Richter treten zu müssen, wie mir der Schweiß ausbrach und meine Hände zu zittern begannen. Wir hatten nicht abgesprochen, wie viel wir preisgeben würden. Ich wusste, dass ich das Recht hatte, bestimmte Dinge zu verschweigen, wenn ich mich damit selbst belasten würde. Aber wenn es danach ginge, könnte ich nichts erzählen. Und wenn ich nichts sagte, würden die beiden womöglich mit ihren Taten davon kommen.

»Man könnte meinen, du würdest damit rechnen, dass jeden Moment jemand herausgestürmt kommt, um dich ebenfalls des Mordes zu beschuldigen«, sagte Evan. »Könntest du aufhören, so herumzuzappeln?«

»Nein«, antwortete ich. »Kann ich nicht. Hast du denn keine Angst, dass sie uns etwas übel nehmen, das wir in den letzten Tagen getan haben?«

Er schüttelte den Kopf. Von außen wirkte er vollkommen entspannt. Ein wenig verärgert zwar, weil man ihn nicht zuschauen ließ, doch im Vergleich zu mir war er die Ruhe selbst. Er hatte sich innerhalb der letzten Stunde kein einziges Mal nennenswert bewegt, während ich abwechselnd aufgestanden und zum Fenster gegangen war und im Sitzen alle paar Augenblicke die Position gewechselt hatte.

Sein Blick hing unentwegt auf der Tür, als könnte er sie allein dadurch dazu bringen, sich zu öffnen.

Ich stieß ihn an der Schulter an, und er zuckte so sehr zusammen, dass er sogar die Augen von der Tür löste.

»Ha!«, murmelte ich. »Du hast doch Angst.«

»Ich bin angespannt«, korrigierte er. »Das ist ein Unterschied. Abgesehen davon haben wir keinen Grund zur Besorgnis. Alles, was wir getan haben, diente dazu, die Morde aufzuklären, also werden sie es nicht so eng sehen. Außer vielleicht die Tatsache, dass wir Ciril kurzzeitig gefangen genommen haben. Dieses Detail sollten wir lieber verschweigen.«

»Ich glaube nicht, dass es so einfach ist. Der Zweck heiligt nicht alle Mittel. Und sie werden bestimmt auch nicht–« Ich unterbrach mich, als ich Schritte hörte.

Keldan und Skadi bogen schweigend um die Ecke, beide in Gedanken vertieft. Skadi sah ähnlich beunruhigt aus, wie ich mich fühlte – ich war nicht sicher, ob ich mich darüber freuen oder vollständig in Panik ausbrechen sollte. Niemand hatte es ausgesprochen, doch seit sie uns das Versteck mit den verzauberten Steinen gezeigt hatte, war klar, dass sie zumindest früher einmal zu den Schmugglern gehört hatte. Ich wusste nicht viel über diese Leute. Nur, dass sie streng auf ihre Geheimhaltung achteten, weil sie seit Jahren von den Wächtern gesucht wurden. Skadi musste befürchten, dass man ihr in dieser Hinsicht auf die Schliche kommen würde, und ich konnte es ihr nicht verdenken. Sie konnte besser lügen als ich. Doch bei so viel, wie man uns fragen würde, würde es schwierig werden, sich nicht versehentlich in den eigenen Lügen zu verstricken.

Sie blieben vor uns stehen und Keldan nickte zur Begrüßung. »Wie lange seid ihr schon hier?«

»Zu lange«, antwortete Evan. »Ich hatte gehofft, sie würden uns zuhören lassen.«

»Da bist du nicht der Einzige.« Skadi ging einen Schritt näher zum Fenster und sah heraus. Als sie offenbar feststellte, nicht das sehen zu können, was sie erwartet hatte, wandte sie sich wieder ab. »Vor dem Tor hat sich eine Menge versammelt, die wissen will, welche Strafe dem Mörder blüht. Und vor allem Cassandra. Es ist wohl irgendwie durchgesickert, dass eine Wächterin etwas mit der ganzen Sache zu tun hat.«

»Wir können froh sein, dass sie sich bisher friedlich verhalten«, fügte Keldan hinzu.

Und dass bisher niemand gefordert hat, die Wächter strenger zu kontrollieren, dachte ich. Für sie war Cassandras Tat letztlich nicht nur Verrat an ihren eigenen Grundsätzen. Sie stellte die Gefahr dar, der Anstoß für eine enorme Veränderung an dem bisherigen System zu sein. Im Moment gab es zwar den Stadtrat mit Vertretern aller Arten, der die Regierung übernahm, doch die Fürsorge für die Einhaltung von Gesetzen und die Bestrafung der Verstöße oblag allein den Wächtern. Cassandras Anteil an den Morden könnte dazu führen, dass jemand eine eigene Überwachung der Wächter forderte. Und Evan würde einer der Ersten sein, der dafür stimmte.

Als die Tür schließlich aufschwang, hatte Evan sich so weit unter Kontrolle gebracht, dass er nicht sofort aufsprang, sondern nur den Blick hob. Ich hätte mich am liebsten hinter ihm versteckt. Ein Teil von mir hoffte inständig, dass man erst ihn und dann mich befragen würde, sodass ich nicht mehr allzu viel sagen musste. Oder, noch besser – wenn man mich vollständig außen vor lassen würde.

Sie baten uns alle vier gemeinsam herein, was mich Hoffnung schöpfen ließ. Sie wollten sicher nicht dieselbe Geschichte mehrmals anhören. Mit etwas Glück durften wir sie zusammen erzählen.

»Ich hatte mir das immer imposanter vorgestellt«, raunte Evan mir zu.

Ich nickte abwesend. Der Saal selbst verdiente diese Bezeichnung kaum. Er war nicht größer als die Eingangshalle des Geisterhauses.

An der hinteren Wand, direkt vor drei raumhohen Fenstern befand sich ein Podest, auf dem fünf Wächter hinter Pulten saßen. Wenn man vor ihnen stand, musste man unweigerlich zu ihnen aufsehen, doch das war auch das einzig Ehrfurchtgebietende hier. Ungefähr zehn Schritte entfernt hatte man links und rechts jeweils eine Bank aufgestellt, die so verloren wirkten wie ein Kind auf einem leer gefegten Marktplatz. Auf der linken saßen Cassandra und Luke, zwischen ihnen ein Wächter, damit sie sich nicht unterhalten konnten, und hinter ihnen drei weitere. Uns brachte man zur rechten Bank. Ich zögerte, mich zu setzen. Auch wenn wir nur Zeugen waren und der Raum alles andere als bedeutsam auf mich wirkte, hatte ich einen gewissen Respekt vor den Richtern. Mich ohne Aufforderung oder Erlaubnis zu setzen, würde meiner Meinung nach kein gutes Licht auf mich werfen.

Für einen Augenblick standen wir regungslos nebeneinander und sahen zu den Richtern auf. Ich schielte zu Skadi und fragte mich, ob sie das Ganze ebenso merkwürdig fand wie ich. Meine Nervosität hatte ihren Höhepunkt erreicht. Je länger wir so dastanden, desto mehr hatte ich das Bedürfnis, lauthals zu lachen – oder zumindest zu kichern. Kurz bevor es aus mir herausbrach, lächelte die Wächterin in der Mitte endlich. »Setzt euch.«

Sie hob eines der Papiere vor ihr, drehte es herum und überflog es. »Ich fürchte, wir müssen noch eine kurze Formalität klären. Mir fehlen die vollständigen Namen von einer gewissen Liviana und einem Evan.«

»Montrose«, antwortete Evan.

Ich sah, dass sich einer der anderen Wächter seinen Namen notierte, und schluckte. Sie hatte gesagt, es wäre nur eine Formalität. Jetzt würde mit Sicherheit niemand loslaufen und überprüfen, ob wir uns etwas zu Schulden kommen gelassen hatten. Ich könnte sogar lügen. Doch ich entschied mich dagegen. »Gray. Liviana Gray.« Ich befürchtete, dass dennoch jemand auf meinen Namen reagieren würde.

Nicht, in der Hinsicht, dass ihn jemand erkannte, sondern das Gegenteil. Galt ich überhaupt noch als verlässliche Zeugin, wenn ich nicht in das Register der Bewohner eingetragen war? Als niemand ungewöhnlich reagierte, atmete ich erleichtert aus und ermahnte mich selbst, mir weniger Gedanken darüber zu machen.

Die Richterin schien meinen tiefsten Wunsch zu spüren und bat Evan als Ersten, nach vorn zu treten. Er begann zu erzählen, angefangen bei dem Augenblick, in dem wir die das erste Opfer gefunden hatten.

Ich lauschte aufmerksam und gab mir alle Mühe, mir jedes der leicht veränderten Details seiner Erzählung einzuprägen. Im Gegensatz zu mir hatte er die Wartezeit offenkundig dafür genutzt, sich unsere Geschichte so zurechtzubiegen, dass unsere gesetzlichen Verstöße verschwanden – oder zumindest weniger schwer wogen. Mit dieser Technik hatten wir wohl die meisten Erfolgschancen. Doch ich konnte mir gleichzeitig nicht vorstellen, dass es niemandem auffiel, wenn Unstimmigkeiten zwischen unseren Versionen auftraten. Er musste sich vollkommen sicher sein, dass man mir nur ergänzende Fragen stellen würde. Wenn überhaupt.

An der Stelle, an der er auf das Geisterhaus kam, runzelte die Richterin zum ersten Mal die Stirn. Der Wächter neben ihr hob die Hand, um Evans Redefluss zu unterbrechen. »Wenn ich das richtig verstanden habe«, hob er an, »lässt sich diese … Vereinigung nur finden, wenn man ähnliche Ansichten wie sie hat. Würdet Ihr Euch also selbst zu deren Anhängern zählen?«

Evan schüttelte den Kopf. »Nein. Aber ich habe mich einmal mit jemandem darüber unterhalten. Meines Wissens ist es auch nicht verboten, bestimmte Ansichten zu haben.«

»Das stimmt«, sagte die Richterin. »Es ist lediglich nicht klar geworden, woher Ihr dieses Haus kanntet. Was mich vielmehr interessiert: Ihr sagtet, das Treffen hätte abends stattgefunden. Das lässt sich nicht mit der Ausgangssperre in Einklang bringen.«

»Wir haben uns an den patrouillierenden Wächtern vorbeigeschlichen«, erwiderte Evan unbewegt. »Ebenso wie die anderen Gäste. Ich vermute, an diesem Abend sind euch vermehrt Verstöße gegen die Sperre gemeldet worden.«

Zwei der rechts sitzenden Wächter tuschelten über diese Bemerkung. Ich bereitete mich innerlich bereits darauf vor, dass sie das zum Anlass nehmen würden, länger auf diesem Thema herumzureiten oder uns gar deshalb eine Strafe aufzubürden. Dann räusperte sich jedoch Keldan neben mir. »Mit Verlaub – die Ausgangssperre diente vornehmlich dem Schutz der Bewohner. Dagegen zu verstoßen lag letztlich im Risiko von jedem selbst. Es dürfte mehr als genug Leute gegeben haben, die sie ebenfalls nicht beachteten.«

»Das sehe ich genauso«, sagte die Richterin und gab Evan ein Zeichen. »Fahrt doch bitte fort.«

Evan hatte die kurze Diskussion mit der Miene eines Mannes verfolgt, der sich bewusst war, zwar etwas falsch gemacht zu haben, dafür aber nicht belangt werden zu können. Dennoch warf er Keldan einen dankbaren Blick für die Unterstützung zu. »Wir haben uns etwas umgehört, aber nichts Verdächtiges festgestellt. Ein oder zwei Stunden später sind wir Keldan und Skadi begegnet. Wir haben uns über unsere Beobachtungen ausgetauscht und beschlossen, das Haus abseits der übrigen Gäste zu erkunden. Dabei sind Liv und ich an einer Tür vorbeigekommen und konnten zufällig mit anhören, wie Cassandra und Luke über die Morde sprachen.«

»Das ist absurd«, rief Cassandra. Sie machte Anstalten, von der Bank aufzustehen, wurde jedoch von dem Wächter neben ihr zurückgehalten. »Ich weiß weder, was mit diesem Haus oder dem Fest gemeint sein soll, noch war ich dort.«

Lüge, spürte ich mit einer Intensität, die mir den Atem raubte. Die junge Wächterin legte offensichtlich alle Hoffnung darein, ihre Richter von ihrer Unschuld zu überzeugen. Solange nur Luke angegeben hatte, mit ihr zusammengearbeitet zu haben, stand Aussage gegen Aussage. Doch je mehr Dinge wir preisgaben, die sie belasten könnten, desto enger wurde es für sie.

Ich behielt meine Erkenntnis für mich. Wir vier wussten ohnehin, dass sie log, denn sowohl Evan als auch ich hatten ihre Stimme in jener der Auftraggeberin des Mörders wiedererkannt. Alle anderen Anwesenden hatten keinen Schimmer, dass ich Lüge von Wahrheit unterscheiden konnte, und ich würde nichts tun, das sie zur gegenteiligen Überzeugung brachte. Keldan hatte verständnisvoll reagiert, als ich ihn gebeten hatte, die anderen Wächter nicht in meine Gabe einzuweihen. Nicht zuletzt, weil es keinen nennenswerten Unterschied machen würde. Selbst wenn man mir glaubte, dass ich zuverlässig entscheiden konnte, wer die Wahrheit sagte und wer nicht – wer garantierte, dass ich selbst nicht log? Das Ganze könnte höchstens eine Unterstützung sein. Einen normalen Prozess würde es nie vollständig ersetzen.

Eine Wächterin, die sich bisher zurückgehalten hatte, lehnte sich in Evans Richtung. Ihre intensiven grünen Augen glitten von ihm zu mir. »Seid Ihr Euch absolut sicher, Cassandra erkannt zu haben?«

Evan schwieg. Da die Wächterin noch immer mich ansah, antwortete ich zögernd. »Nicht ganz. Ich meine, wir könnten uns auch getäuscht haben. Sie haben leise gesprochen, und wir kannten Cassandra vorher nicht, sodass wir keinen Vergleich hatten. Aber es hat eindeutig eine Frau gesprochen. Und es klang so wie sie.«

»Da habt Ihr es«, sagte Cassandra. »Es könnte *jede* andere Frau gewesen sein.«

»Aber nicht jede andere Frau wäre in der Lage gewesen, die Ermittlungen zu sabotieren.« Keldan ignorierte die Tatsache, dass eigentlich Evan befragt wurde, und stellte sich neben ihn. Ebenso sehr schien er die Richter zu ignorieren. Anstatt zu ihnen zu sprechen, hatte er sich Cassandra zugewandt. »Du hast alles getan, um uns von der richtigen Spur abzubringen, Cassie. Als wir von den Steinen gesprochen haben, hast du die Idee als zu abwegig abgetan und versucht, die Erkenntnisse von Pierre herunterzureden. Wenn es nach dir gegangen wäre, hätten wir in einer vollkommen anderen Richtung gesucht. Gelegentlich hast du wieder eingelenkt, weil es dir wahrscheinlich selbst zu auffällig vorkam. Und es würde mich nicht wundern, wenn du bei der nächsten Gelegenheit dafür gesorgt hättest, dass unsere wenigen Indizien wundersamerweise verschwinden.«

»Nimm bitte von solchen Vermutungen Abstand«, wandte die Richterin ein. Abgesehen davon schien sie nicht gewillt zu sein, den Austausch einzuschränken oder zu unterbinden. Ich hatte angenommen, sie würde verlangen, dass Cassandra schwieg und alle anderen nur nacheinander sprachen, doch stattdessen verfolgte sie den Wechsel interessiert.

»Sollte sie ja auch. Hat mir versprochen, aufzupassen, dass mich niemand erwischt«, sagte Luke.

»Das habe ich nicht!« Cassandra warf ihm einen Blick zu, der selbst Raphael beeindruckt hätte. »Ihr wollt mir alle etwas anhängen.«

»Niemand will dir etwas anhängen«, sagte die Richterin. »Wir sind auf der Suche nach der Wahrheit, Cassandra, wie du wissen solltest. Und im Moment verweisen alle Beweise auf dich.«

»Ach ja? Vielleicht solltet lieber ihr Keldan fragen, was er und seine tolle Beraterin überhaupt in diesem Haus gemacht haben.«

Skadi rutschte unruhig neben mir hin und her. Ihr Blick zuckte zu Keldan, der Richterin und zurück zu der Angeklagten. Ich hatte fast vergessen, dass die beiden uns auf kaum legalerem Weg gefolgt waren. Evan hatte in seinem Bericht die Vereinbarung mit ihnen so dargestellt, dass wir in regelmäßigem Informationsaustausch gestanden, jedoch nie auf eigene Faust gehandelt hatten. Wie sie bei dem Fest aufgetaucht waren, hatte er schlicht weggelassen. Wohl in der Hoffnung, es würde niemandem auffallen.

Zugegeben, es war nicht richtig gewesen, dass sie ihr Wort gebrochen hatten. Aber genau genommen hatten sie damit weder gegen ein Gesetz noch gegen irgendwelche Richtlinien verstoßen ... oder?

Keldan wandte sich nun doch von den Angeklagten ab. »Wir sind Evan und Liviana ohne ihr Wissen oder Einverständnis gefolgt«, gab er zu. »Sie hatten uns nicht von dem Fest erzählt, aber wir hatten die Befürchtung, dass sie in Schwierigkeiten geraten könnten, wenn sie schon die Ausgangssperre brachen. Wie sich herausgestellt hat, war es die richtige Entscheidung. Eine Gruppe von Männern hielt es für sinnvoll, uns in ihrem Kerker einzusperren.«

»Ach was«, bemerkte Cassandra. »Ich dachte, sie hätten versucht, euch umzubringen und ihr hättet euch nur verteidigt?«

»Haben wir auch«, sagte Evan. »Das war, nachdem wir aus dem Kerker fliehen konnten. Bei diesem Teil war ich noch nicht. Aber wo wir nun schon dabei sind – danach sind wir durch die Tunnel unter der Stadt bis hierher gelangt.«

»Womit immer noch nicht die absurde Theorie bewiesen ist, ich hätte etwas damit zu tun.«

Die Richterin warf Cassandra einen kurzen Blick zu, überhörte ihren Einwand jedoch. Ich fragte mich, wie lange die junge Wächterin das noch treiben wollte. Es war längst jedem klar, dass Cassandra zu Recht angeklagt war. Wenn nicht durch die anderen Beweise, dann spätestens durch ihr Verhalten, als wir sie und Luke in dem Schmugglerversteck erwischt hatten. Sie konnte noch so oft beteuern, dass sie nichts damit zu tun hatte. Es würde ihr nichts nützen.

»Zu diesem Zeitpunkt war Euch also schon klar, dass der anwesende Angeklagte der Mörder war?«, wandte die Richterin sich an Evan.

»Nicht direkt.« Er tauschte einen Blick mit Keldan. »Wir haben es vermutet, aber sicher waren wir nicht. Das hat sich erst am nächsten Tag herausgestellt, aber das sollten besser Skadi oder Liv erzählen.«

Da niemand festlegte, wer von uns beiden diese Rolle übernehmen sollte, sahen wir uns unschlüssig an. Weder Skadi noch ich wollten mehr sagen als unbedingt nötig – dementsprechend war auch keiner bereit, freiwillig das Wort zu ergreifen. Ich bereitete mich schon darauf vor, ebenso überzeugend wie Evan zu sprechen – beziehungsweise es zu versuchen –, als Skadi schließlich doch noch aufstand. Sie nahm sichtlich zögernd Evans Platz ein, der sich wieder neben mir niederließ. Ich fragte mich plötzlich, ob Magnus sie begleitet hatte. Er saß nicht auf ihrer Schulter. Wenn mein Eindruck stimmte, war er für Skadi eine Vertrauensperson, und um ihretwillen hoffte ich, dass er zu ihrer Unterstützung mitgekommen war.

»Eigentlich war es Zufall«, begann sie. Beim Sprechen verschränkte sie immer wieder ihre Hände, nur um sie einen Moment später wieder zu lösen. »Eine Frau, die sich als Freundin des ersten Opfers bezeichnet hat, war hier, wurde jedoch abgewiesen. Liv und ich haben mit ihr gesprochen, und dabei hat sie einen gewissen Luke erwähnt, der die große Liebe der Toten war und seit wenigen Wochen in derselben Taverne gearbeitet hat. Ihre Beschreibung hat zu demjenigen gepasst, den Evan und Liv als Täter vermutet haben. Mir kam er ebenfalls bekannt vor. Es war nur ein Verdacht, aber ich wollte sichergehen, ob er sich bestätigt. Also sind wir zu einem Keller gegangen, in den ich Luke mehrmals gehen gesehen habe, und haben uns dort etwas umgesehen. Dann sind er und Cassandra jedoch zurückgekommen und haben uns angegriffen. Liv wäre beinahe durch einen Dolch in der Schulter gestorben und … Cassandra war kurz davor, mir die Kehle durchzuschneiden.« Sie schluckte hörbar. »Gemeinsam haben wir es geschafft, sie zu überwältigen. Aber es war knapp.«

Auf ihren Bericht folgte Schweigen. Zwei der fünf Wächter auf dem Podest machten sich Notizen. Die anderen musterten entweder Skadi, Luke und Cassandra, oder uns.

Die Richterin nickte, während sie ihre eigenen Aufzeichnungen durchblätterte. »Der letzte Teil bestätigt die Aussage des Angeklagten. Obwohl er nicht angegeben hat, Euch zu kennen. Wie kommt es, dass Ihr offenbar von diesem Keller wusstet?«

»Ich war oft in der Gegend«, antwortete Skadi bedächtig. »Kennen ist wohl übertrieben, aber wir sind uns schon einmal begegnet. Da ich ihn später öfter gesehen habe, sind er und der Keller mir wohl irgendwie im Gedächtnis geblieben.«

Offenbar zufrieden mit dieser Antwort, gab die Wächterin ihr ein Zeichen, sich wieder setzen zu können. Entweder kam hier niemand auf den Gedanken, Verbindungen zu Schmugglern zu sehen, oder sie wollten nicht im Rahmen dieser Verhandlung darauf zurückkommen. Ich vermutete, dass sie ohnehin keine Beweise gegen Skadis Erklärung gehabt hätten.

Außer, Luke hätte etwas über das Schmuggeln erzählt. Es überraschte mich, dass er sich anscheinend kooperationsbereiter als Cassandra gezeigt hatte. Wahrscheinlich erhoffte er sich damit eine Strafmilderung und hatte festgestellt, dass Leugnen zwecklos war.

»Danke für Eure Aussagen. Falls wir weitere Fragen haben, werden wir auf Euch zukommen.« Die Richterin lächelte höflich. Wäre Keldan nicht aufgestanden, hätte ich nicht verstanden, dass das das Zeichen war, zu gehen. Evan ließ sich weitaus mehr Zeit, offensichtlich enttäuscht, erneut hinausgeschickt zu werden. Es schien ganz so, als würden wir den Rest der Verhandlung nicht mehr erleben. Vielleicht würde man uns noch zur Urteilsverkündung einladen, doch mir wäre auch das Gegenteil recht. Ich war davongekommen, ohne eine einzige Frage beantworten oder sonst irgendetwas sagen zu müssen. Besser hätte es für mich nicht laufen können. Ich hatte mir vollkommen umsonst Sorgen gemacht.

Ich war bereits aufgestanden, hatte mich umgedreht und drei Schritte Richtung Ausgang getan, als mich die Richterin zurückrief. »Eine Frage noch, Liviana.«

Verflucht, dachte ich, und hielt inne. *Zu früh gefreut.*

Sie wartete, bis ich mich halb zu ihr gewandt hatte. Evan und die anderen warteten in der Nähe der Tür, offenbar ähnlich ahnungslos, was sie von mir wollen könnte. »Aufgrund welchen Verbrechens tragt Ihr diese Kette?«, fragte sie. »Ihr müsst wissen, dass ich die zuständige Wächterin für das Verhängen dieser Strafe hier bin. Und ich kann mich nicht erinnern, sie Euch angelegt zu haben. Aber Ihr seid zu jung, um von meinem Vorgänger verurteilt worden zu sein.«

Ich senkte den Blick. Meine Gedanken rasten auf der Suche nach einer Antwort, obwohl ich genau wusste, dass ich keine finden würde. Keine plausible zumindest. Ich könnte behaupten, aus einer anderen Stadt gekommen zu sein, doch das würde sie mir schwerlich glauben. Es kam zu selten vor, dass einem Sklaven vor Ablauf seiner Strafe erlaubt wurde, in eine andere Stadt zu ziehen. Dann erinnerte ich mich daran, wie Evan beteuert hatte, dass meine Tat Zuhause längst niemanden mehr interessieren würde. Dass ich sowieso nicht viel zu befürchten gehabt hätte, weil es ein Unfall gewesen war. Und dass es dementsprechend nicht schlimm wäre, wenn die Wächter darauf bestehen würden, meine Identität zu überprüfen, um mich frei zu lassen.

»Das liegt daran, dass ich nie verurteilt wurde«, sagte ich leise. »Ich bin von einem Sklavenhändler überfallen worden. Er lebt offenbar davon, Unschuldige illegal zu Sklaven zu machen.«

Sie runzelte die Stirn. »Wie kommt es dann, dass Ihr Euch nicht an uns gewandt habt? Illegaler Sklavenhandel ist ein schweres Verbrechen. Ihr habt jedes Recht dazu, aus diesem Zustand entlassen zu werden.«

Ich dachte daran, wie die Freundin des ersten Opfers von den Wächtern weggeschickt wurde. Vielleicht hatte jeder hier die gleichen Rechte. Aber es gab immer noch einen großen Unterschied zwischen denen, deren Sorgen angehört wurden, und dem Rest. »Ehrlich gesagt habe ich nicht daran geglaubt, dass mir überhaupt jemand die Gelegenheit geben würde, mein Anliegen vorzubringen. Jedenfalls nicht in nächster Zeit, wo alle mit den Morden beschäftigt waren.«

Einen Moment lang meinte ich, so etwas wie Schuldbewusstsein über ihre Miene huschen zu sehen. Sie wusste ebenso gut wie ich, dass man nicht ernst genommen wurde, wenn man zu den Bewohnern des Ostviertels gehörte. Obwohl Evans Lebensstandard ein Stück weit auf mich übergegangen war, verriet meine Kleidung, wie ich in den vergangenen Jahren gelebt hatte.

»Ich bedaure es, dass Ihr einen solchen Eindruck bekommen habt«, meinte sie schließlich. Dann stand sie auf, stieg von dem Podest herunter und kam auf mich zu. Ich erstarrte, als sie vor mir stehen blieb. Ihre Fingerspitzen strichen kühl über meinen Nacken, als sie den Verschluss der Kette löste. Dann trat sie einen Schritt zurück. »Ihr seid offiziell frei, Liviana. Falls so etwas noch einmal vorkommen sollte, zögert nicht, Euch an uns zu wenden. Unsere Türen stehen jedem offen ... auch wenn es manchmal nicht so aussieht.«

EPILOG

Skadi

Skadi schlief unruhig. Obwohl sie in dieser Nacht wieder in ihrem eigenen Bett lag, hatte sie Mühe, in einen tiefen Schlaf zu fallen. Sie wachte oft auf, ohne zu wissen, was der Grund dafür sein könnte. Jetzt, wo der Mörder gefasst und die äußeren Umstände aufgeklärt waren, sollte es nichts mehr geben, das sie beunruhigte. Nicht einmal die Bedrohung durch Anhänger von Cassandras Plan bestand mehr – Luke hatte sich offenbar so viel von absoluter Ehrlichkeit versprochen, dass er jeden einzelnen Namen genannt und sogar dazu angegeben hatte, wer von ihnen im Auftrag ihrer Gesinnung Verbrechen begangen hatte. Es hatte ihm ein paar Jahre weniger im Kerker eingebracht, gerade so viel, dass er vor Cassandra freigelassen werden würde. Bis dahin würden mehrere Jahrzehnte ins Land gehen, und Skadi konnte sich nicht vorstellen, dass einer von den beiden ihnen in der Zwischenzeit vom Kerker aus Probleme machen konnte.

Die verzauberten Steine waren beschlagnahmt worden, die Täter verurteilt, und Ciril hatte versprochen, die Aktivitäten der übrigen Gegner von Mischwesen im Auge zu behalten. Noch einmal sollte so etwas nicht geschehen. Vermutlich konnten sie das Schlimmste gerade noch verhindern, doch man konnte nie wissen, ob nicht jemand im Stillen die Pläne fortsetzen wollte

Ihre Tätigkeit als Schmugglerin hatte sie ebenfalls erfolgreich vor den Richtern verbergen können. Keldan hatte das Ganze mit keiner Silbe mehr erwähnt und sie war überzeugt, dass er ihr Geheimnis bewahren würde. Möglicherweise würde er versuchen, mit ihrer Hilfe dem Schmugglerring endgültig das Handwerk zu legen, doch das hatte noch Zeit. Für den Moment war er der Meinung gewesen, sie hätte sich etwas Freizeit verdient.

Was also war es dann, das ihr den Schlaf raubte? Es gab keine störenden Gedanken oder Sorgen, nichts, das ihren Geist wachhalten könnte.

Abgesehen von Magnus' Vergangenheit. Die hatte Skadi ihrer Meinung nach jedoch so weit in die verworrenen Gänge ihres Gedächtnisses geschoben, dass es sie nicht weiter stören sollte.

»Bist du sicher?«, fragte jemand neben ihr. Ein hochgewachsener junger Mann, mit ernsten grauen Augen und einem Umhang, der längst aus der Mode gekommen war. Ebenso wie die sandfarbenen Haare, die niemand mehr derart lang tragen würde, dass sie bis unter die Schulterblätter reichten. Skadi störte sich nicht daran. Das hatte sie noch nie getan, und umso merkwürdiger erschien es ihr, dass sie diese Details plötzlich wahrnahm.

»Ich weiß nicht, ob ich sicher bin«, antwortete sie. »Eigentlich weiß ich nicht einmal, worauf du dich eben bezogen hast. Wahrscheinlich habe ich etwas gesagt, aber ich kann mich nicht daran erinnern.«

Er hob einen Mundwinkel, gerade so weit, dass man es als Lächeln deuten konnte. »Das liegt daran, dass du träumst. Die Gedanken folgen hier anderen Gesetzen. Sie tauchen schneller auf und verschwinden ebenso schnell wieder. Wenn du die Konzentration verlierst, entgleiten sie dir.«

Skadi löste zögernd den Blick von dem Stadttor, das vor ihr aufgetaucht war. Eben waren sie noch in einem Wald gewesen, aber die

Stadt gefiel ihr besser. Etwas zog sie in Richtung Osten. Irgendetwas, das sie unbedingt sehen oder hören musste, wartete dort auf sie. Doch sie wollte hören, was der junge Mann zu sagen hatte. Seine Erklärung, dass das hier ein Traum war, klang in ihren Ohren logisch. Auch wenn sie nicht verstand, woher er wusste, dass sie träumte, ohne dass es ihr selbst aufgefallen war. »Ich kenne dich, oder? Deine Stimme habe ich schon einmal gehört.«

»Ja«, antwortete er. »Aber du kennst mich nur in einer anderen Gestalt. Außerhalb dieses Traums bin ich deutlich kleiner und habe schwarzes Fell mitsamt einem viel zu langem Schwanz, für meinen Geschmack.«

Skadi musterte ihn langsam, während sie ihre Erinnerungen nach einem passenden Bild zu dieser Beschreibung durchforstete. Sie blitzten zu schnell auf, um in diesem Chaos etwas zu finden. Es kam ihr wie eine Ewigkeit vor, bis ein Name auf ihre Zunge gelangte – im selben Moment, als ihr Blick auf das sternförmige Mal der Magier auf seiner linken Hand fiel. »Magnus!«, rief sie. »Ich *wusste*, dass du keine normale Ratte bist.«

»Was du nicht sagst.«

Sie nickte aufgeregt. An manchen Tagen hatte sie überlegt, was – oder wer – Magnus wirklich sein könnte, doch sie wäre nie auf den Gedanken gekommen, ihn sich so vorzustellen. Oder darauf, dass er in einem ihrer Träume auftauchen würde. Bei dieser Überlegung hielt sie inne. Wenn das wirklich ein Traum war, musste auch Magnus von ihr selbst erträumt sein. Das würde bedeuten, dass gar nicht der richtige Magnus war. Und dass alles, was er sagte, nur ein Produkt ihrer eigenen Gedanken war.

»Du kannst mir glauben, dass ich ich bin«, sagte Magnus, als hätte sie das Ganze laut ausgesprochen. »Es ist zwar dein Traum, aber ich war so frei, mich hineinzuschleichen.«

»Oh.« Skadi runzelte die Stirn. Dann zuckte sie mit den Schultern – wenn er das sagte, würde es schon stimmen. Alles andere würde auch keinen Sinn machen. Es konnte unmöglich ihre Idee sein, Magnus so darzustellen.

»Aber warum bist du dann in der echten Welt eine Ratte, wenn du eigentlich so aussiehst?«

»Weil ich tot bin.« Er schwieg, las offenbar Skadis Verwirrung aus ihrer Miene und fügte dann hinzu: »Ich bin gestorben, aber in einem anderen Körper im Reich der Lebenden geblieben, um noch etwas zu erledigen, wenn du so willst.«

Es war nicht unbedingt eine bessere Erklärung, doch sie klang logischer als die reine Aussage, er sei tot. »Das verstehe ich nicht. Wie ist das möglich? Ich dachte immer … naja … tot ist tot.«

Magnus antwortete nicht. Er ging auf eine moosbewachsene Steinbank zu, die aus dem Nichts vor ihnen aufgetaucht war. Skadi folgte ihm langsamer. Sie versuchte noch, zu verstehen, was dieser Traum bedeuten sollte. Beziehungsweise was Magnus damit bezweckte, falls er die Wahrheit sagte und nicht allein ihrem eigenen Kopf entsprungen war. Als sie sich neben ihn setzte, seufzte er.

»Tot ist auch tot, da kann man nichts machen. Wenn es anders wäre, würde ich nicht ein Dasein als Ratte fristen. Aber manchmal bekommt man die Gelegenheit, etwas länger hier zu verweilen, obwohl die eigene Zeit schon abgelaufen ist. Mir wurde zumindest diese Chance geboten. Ich hätte sie wohl auch ablehnen können, aber es war mir lieber, sie zu nutzen.«

»Also bekommt nicht jeder diese Chance?«, fragte Skadi. »Das ist ein wenig unfair, finde ich. Wer entscheidet denn, ob man noch einmal zurückkann? Und anhand welcher Kriterien? Wenn man ohne Probleme am Leben bleiben kann – wenn auch in einem anderen Körper –, dann macht doch der Tod selbst keinen Sinn.«

»Das ist kompliziert.« Magnus vollführte eine vage Handbewegung, wie um zu betonen, dass er es selbst nicht vollkommen verstand. »Das, was ich weiß, darf ich dir eigentlich nicht einmal sagen. Diese Dinge gehören den Toten, und sie sollten auch bei ihnen bleiben. Ich würde es auch nicht unbedingt als Chance bezeichnen, die jeder bekommen sollte. Im Gegenteil. Meiner Meinung nach kann sich jeder glücklich schätzen, wenn er sie nicht bekommt.«

»Warum? Ich glaube, viele Leute hätten sich kurz vor ihrem Tod noch gewünscht, mehr Zeit zu erhalten.« Ein Teil von Skadi wollte Magnus dazu drängen, ihr dennoch von dem Reich der Toten zu erzählen, ganz gleich, ob sie es nicht erfahren durfte. Die Vorstellung, dass irgendjemand entschied, ob man zurück zu den Lebenden durfte oder nicht, war befremdlich. Sie hätte nie gedacht, dass so etwas überhaupt möglich war, doch jetzt überschlugen sich ihre Gedanken geradezu zu diesem Thema. Dass man zurückkonnte, bedeutete unweigerlich, dass es einen weiteren Weg gab. Man versank nicht in ewiger Dunkelheit, wenn man starb, sondern lebte weiter, nur auf eine andere Art und Weise. Vielleicht ... vielleicht konnte man sogar andere Tote wiedersehen. Es gab so vieles, das sie Magnus fragen wollte, doch sie ahnte, dass er ihr keine dieser Fragen beantworten würde.

»Weil ich diese Möglichkeit nicht erhalten habe, um mich zu amüsieren oder ein paar Kleinigkeiten nachzuholen«, erwiderte er. »Ich hatte schon erwähnt, in meiner Vergangenheit bei der Herstellung ebensolcher verzauberter Steine geholfen zu haben, die euer Mörder benutzt hat. Eine andere Stadt, eine andere Zeit, aber sie haben damals dem gleichen Zweck gedient – Mischwesen aufzuspüren und umzubringen, weil sie minderwertig seien. Das Problem ist, dass ich davon wusste. Ich wusste genau, was meine Auftraggeber damit vorhatten, und habe ihren Wunsch dennoch erfüllt. Mein Stolz, einen solchen Zauber geschaffen zu haben, hat die Grausamkeit dieser Leute schlicht überstrahlt. Am Anfang wusste ich nicht, wer alles daran beteiligt war, und als ich es herausfand, war ich nicht einmal sonderlich geschockt. Ich habe ihnen das Werkzeug erschaffen, um das sie gebeten hatten, und über ihre Pläne geschwiegen. Und als Dank haben sie mich ein paar Tage später umgebracht.«

Bitternis schwang in seiner Stimme mit. Skadi war nicht sicher, ob sie sich auf seine eigenen Taten bezog oder darauf, von seinen Auftraggebern so schändlich verraten worden zu sein. Noch weniger wusste sie, was sie darauf erwidern sollte. Die Geschichte war nicht neu für sie. Aus dem Wenigen, das Magnus ihr gesagt hatte, hatte sie sich eine ganz ähnliche zusammengereimt. Weder überraschte sie etwas davon, noch verspürte sie eine vergleichbare Abscheu, wie gegenüber Cassandra und Luke. Genau genommen hatte Magnus nicht besser als die beiden gehandelt. Doch im Gegensatz zu ihnen schien er echte Reue zu empfinden.

»Welche Leute meinst du?«, fragte sie.

»Wächter.« Magnus lächelte grimmig. »Mehr als nur die eine Wächterin, wie es hier der Fall gewesen ist. Sie haben immer noch eine Minderheit gebildet, aber gemeinsam waren sie stark genug, um einige Entscheidungen der anderen bei Abstimmungen abzulehnen. Ich weiß nicht, ob sie die Gelegenheit erhalten haben, außer mir noch jemanden zu töten. Irgendjemand ist ihnen nach dem Mord an mir auf die Schliche gekommen.«

Deshalb hatte er also immer versucht, sie von den Wächtern fernzuhalten. Skadi wollte sich nicht vorstellen, wie es gewesen sein musste, als mehrere Wächter diesem makabren Plan beigewohnt hatten. Cassandra allein war schon unheimlich genug gewesen. »Dann bist du zurückgekommen, um das wieder gutzumachen?«

»Wiedergutmachen kann man so etwas nicht, aber ich wollte zumindest einen Teil meiner Schuld begleichen. Euch dabei zu helfen, die Morde aufzuklären, war das Beste, das ich tun konnte.«

Etwas in seinem Tonfall ließ Skadi aufhorchen. »Warte mal … Als du mich zu diesem merkwürdigen Laden gelotst und behauptet hast, dort könnte ich Arbeit finden –«

»– wusste ich, dass Keldan und die anderen Wächter ihn stürmen würden«, bestätigte er. »Man hört so einiges auf der anderen Seite. Ich dachte mir, es könnte nicht schaden, euch zusammenzubringen.«

»Aber du wusstest nicht schon von vornherein, wer hinter den Morden steckte, oder?«, fragte sie misstrauisch.

»Wer weiß«, sagte Magnus. »Falls ja, hätte ich es euch ohnehin nicht sagen dürfen. Als ich dir gesagt habe, was es mit den Steinen auf sich hat, habe ich mich schon zu sehr eingemischt.«

Zu sehr eingemischt. Skadi rutschte auf der Bank ein Stück tiefer, um den Kopf an der Lehne abzustützen. Wenn die *auf der anderen Seite* auch nur annähernd so umfassend informiert waren, wie sie annahm, hätten sie die Morde sogar verhindern können. Sie verstand, dass es ungeschriebene Gesetze gab, die für die Berührungspunkte der Lebenden mit den Toten galten. Aber dennoch ... Man könnte unfassbar viel Gutes tun, wenn man dieses Wissen nutzen dürfte.

»Und was jetzt?«, fragte sie schließlich. »Du bist doch bestimmt nicht gekommen, nur um mir das alles zu erzählen, oder?«

»Nicht nur. Ein paar Dinge wollte ich dir wirklich erklären. Aber tatsächlich bin ich hier, um mich zu verabschieden, Skadi. Ich habe meine Chance genutzt, und damit ist meine zusätzliche Zeit unter den Lebenden um.«

Skadi sah ihn an, suchte unter diesem fremden Äußeren nach dem Freund, den sie in den vergangenen Monaten gewonnen hatte. Manch einer würde sagen, wahre Freundschaft könnte nicht zwischen einem Menschen und einer Ratte entstehen – selbst dann, wenn diese Ratte eigentlich ein kurzzeitig von den Toten zurückgekehrter Magier war. Doch für sie war Magnus in dieser Zeit zu einer der wichtigsten Personen in ihrem Leben geworden. Dennoch hielt sich ihre Trauer über den Abschied in Grenzen. Sie vermutete, dass es daran lag, dass sie träumte. Im Moment herrschte in ihr eine friedliche Ruhe, die aus dem tiefen Empfinden entstand, dass alles genauso richtig war, wie es gerade kam. »Ich werde dich vermissen«, sagte sie. »Aber ich hoffe, dass du dort drüben glücklicher sein wirst. Jetzt, wo du Wiedergutmachung geleistet hast.«

Magnus stand auf und lächelte, als er auf sie herabsah. »Das ist nett von dir. Tust du mir einen Gefallen? Arbeite weiter mit Keldan zusammen. Ihr seid ein gutes Team. Und es tut dir gut, nicht die ganze Zeit allein in deinem Zimmer zu sitzen. Behalte deine Freundschaft mit ihm, Liviana und Evan. Dann kommst du auch nicht mehr in die Verlegenheit, dich stattdessen mit einer Ratte anfreunden zu müssen.«

Skadi lachte. Sie wollte noch sagen, dass sie besagte Freundschaft mit einer Ratte jederzeit wieder wählen würde, doch Magnus war bereits verschwunden.

Als sie aufwachte, war die Sonne längst aufgegangen. Skadi erinnerte sich lebhaft genau an ihren merkwürdigen Traum. Es kam ihr vollkommen verrückt vor. Sie glaubte nicht daran, dass irgendetwas davon mehr als ein einfacher Traum gewesen war. Nichtsdestotrotz suchte sie das gesamte Zimmer nach Magnus ab. Bis ihr schließlich klar wurde, dass es offenbar doch nicht nur ein Traum gewesen war. Magnus war fort, zurück im Reich der Toten.

Liv

Was wirst du jetzt tun?« Evan warf mir einen kurzen Blick zu, ehe er ihn wieder auf den Weg vor uns richtete. Er hatte vorgeschlagen, spazieren zu gehen, ohne einen speziellen Grund dafür zu nennen. Ich hatte angenommen, dass er etwas Abwechslung wollte – wir waren bisher immer mit den Morden beschäftigt gewesen. So etwas geradezu Sinnloses wie Spaziergehen hatten wir seit unserem Kennenlernen kein einziges Mal getan und ich hatte auch nicht geglaubt, dass wir es je tun würden. Jetzt erst wurde mir klar, was der wirkliche Anlass für Evans Vorschlag war. Er hatte sich nicht die Beine vertreten oder den Park, den wir durchquerten, bewundern wollen. Es ging allein darum, ein Gespräch hinter sich zu bringen, das wir bisher beide nicht anschneiden wollten.

Ich vergrub die Hände tiefer in meinen Jackentaschen und zuckte mit den Schultern. Die Morde waren aufgeklärt, ich war vom Dasein als Sklavin befreit, Raphael sollte prinzipiell auch nichts mehr von mir wollen, und als Belohnung für unsere Hilfe beim Fassen des Mörders hatten wir genug Silberstücke bekommen, um von meinem Anteil fürs Erste gut über die Runden zu kommen. Ich hatte keinen Grund mehr, hierzubleiben. Abgesehen davon, Evan bei der Aufklärung von Emmas Tod zu helfen, und selbst das wäre eher freiwillig. Unsere Abmachung hatte sich schließlich darauf beschränkt, im Allgemeinen zu beweisen, dass die Wächter ebenfalls Verbrechen begingen.

»Keine Ahnung«, antwortete ich ehrlich. »Ich denke, ich werde zurück nach Hause gehen. Auch wenn ich nicht einmal weiß, ob meine Eltern noch dort sind. Nachdem ich weggelaufen war, haben sie nie versucht, mich zu finden. Zumindest dachte ich das immer. Aber wahrscheinlich wussten sie nur nicht, wie sie mich erreichen könnten. Falls sie weggezogen sind, wird mir bestimmt irgendjemand sagen können, wo sie hinwollten.«

»Sie werden sich sicher sehr freuen«, sagte Evan.

»Ich hoffe es. Aber ich will auch nicht noch länger davonlaufen. Das habe ich immerhin in den letzten Wochen gelernt: Es ist oft besser, wenn man sich etwas stellt, anstatt davor zu fliehen.«

»Abgesehen von einem Dutzend Schläger, die hinter einem her sind«, antwortete er trocken. »Da ist Weglaufen im Zweifel die gesündere Variante.«

Ich lächelte kurz, mehr der Form halber. Dass ich bei dieser Begebenheit fast meinem alten Muster gefolgt war, nagte immer noch an mir. Ich hatte es zwar nicht getan, doch wenn ich die Chance dazu gehabt hätte – indem die Lampe näher bei mir gestanden hätte – wäre ich auf und davon gewesen, während meine Freunde um ihre Freiheit kämpften. Letztlich war das auch der Punkt gewesen, der mich davon überzeugt hatte, dass Flucht nicht immer die beste Lösung war. Erst recht dann nicht, wenn man dafür jemanden zurücklassen musste.

»Selbst wenn sie sich nicht freuen, habe ich es immerhin versucht. Das ist wohl das Wichtigste.«

Evan antwortete nicht, und so schwieg auch ich. Der Park war zu dieser Zeit beinahe ausgestorben. Es gab vereinzelte Frauen mit Kindern, die im Gras spielten oder Enten fütterten. Sie alle waren anders gekleidet als ich, selbst die jüngsten Kinder, die freudestrahlend in Pfützen hüpften. Wohlhabende Leute waren die einzigen, die diesen Park besuchten. Es war nicht so, dass es für die anderen verboten wäre. Die meisten Männer und Frauen hatten schlichtweg keine Zeit dafür. Wenn sie nicht arbeiteten oder sich um den Haushalt kümmerten, nutzten sie die wenigen verbliebenen Stunden, um auf zusätzlichem Weg Geld zusammenzubekommen, das sie beiseitelegen konnten. Ihre Kinder spielten auf den Straßen, zwischen Häusern und in Innenhöfen – selbst wenn sie wollten, würden sie nicht den langen Weg quer durch die gesamte Stadt auf sich nehmen, nur um in einem Park spazieren zu gehen.

Ich kam mir fehl am Platz vor. Immer noch. Obwohl ich in den vergangenen Wochen bei Evan gelebt und mit Abstand die meiste Zeit mit ihm verbracht hatte, fühlte ich mich weiterhin wie die Halbmagierin aus einfachen Verhältnissen, die auf dem Schwarzmarkt als Wahrsagerin ihren Lebensunterhalt verdiente. Als ich so neben Evan an den sorgfältig geschnittenen Büschen, plätschernden Springbrunnen und ausladenden Bäumen vorbeischritt, ging mir auf, woher dieses Gefühl rührte. Es lag nicht daran, dass ich mich noch nicht daran gewöhnt hatte, einen höheren Lebensstandard zu führen. Im Gegenteil. Ich stellte fest, dass ich mit genau diesem Lebensstil nichts anfangen konnte. Geld allein machte auf Dauer nicht glücklich – es trug lediglich dazu bei.

»Was hast du jetzt vor?«, griff ich Evans Frage an mich auf. Ich konnte mir nicht vorstellen, was er den ganzen Tag treiben könnte, wenn er nicht mehr nach Beweisen gegen die Wächter suchte.

»Das Gleiche wie sonst, schätze ich«, antwortete er. »Irgendetwas wird sich schon finden. Vielleicht brauchen Keldan und Skadi ja noch einmal Hilfe.«

Ich nickte. Diese Idee gefiel mir besser als meine Vorstellung, wie er Tag für Tag allein in diesem viel zu großem Haus blieb und grübelte. »Bist du eigentlich glücklich?«

»Was?«, fragte er stirnrunzelnd.

»Ich meine ...«, setzte ich an und bereute es augenblicklich, überhaupt gefragt zu haben. Mir war unvermittelt das Gemälde von Evan und Emma durch den Kopf geschossen, doch das konnte ich ihm schlecht sagen. »Also, es ist nur so: Ich habe das Gefühl, dass du ... mhm ... nicht glücklich bist. Obwohl wir den Mörder geschnappt haben.«

Er presste die Kiefer zusammen und trat energischer als nötig einen Stein aus dem Weg. »Meine Frau und mein Kind sind gestorben, Liv. Wie soll ich da bitte glücklich sein?«

»Wie lange ist es denn her?«

Ihm war anzusehen, dass er dieses Gespräch am liebsten sofort abgebrochen hätte. Er wich beharrlich meinem Blick aus und starrte stattdessen fest auf den Boden. Gleichzeitig beschleunigte er seine Schritte, sodass ich Mühe hatte, mit ihm mitzuhalten. »Sechs Jahre. Obwohl ich nicht verstehe, was das damit zu tun haben soll.«

»Sechs Jahre sind eine lange Zeit«, sagte ich vorsichtig. »Ich kann verstehen, dass das immer noch schmerzhaft für dich ist. Aber auf mich wirkt es so, als würdest du dir selbst verbieten, glücklich zu sein, weil du glaubst, dass du das nicht darfst. Nicht, nachdem Emma und das Baby gestorben sind.«

»Und was, glaubst du, gibt dir das Recht, das zu beurteilen?«, entgegnete er schroff. »Ich kann immer noch selbst gut einschätzen, wie es mir geht und was ich fühle.«

Ich antwortete nicht. Meiner Erfahrung nach war es sinnvoller, abzuwarten, bis er sich von selbst beruhigt hatte. Es brachte nichts, mit jemandem zu streiten, wenn man ihm eigentlich helfen wollte. Nicht immer jedenfalls. Und ganz sicher nicht dann, wenn der andere offensichtlich so reagierte, weil man einen wunden Punkt getroffen hatte. Ich hielt mit Evan Schritt und gab mir Mühe, mehr Ruhe auszustrahlen als er. Erst, als seine Schritte langsamer wurden und seine Schultern weniger verkrampft wirkten, brach ich das Schweigen. »Ich habe das Recht, weil ich deine Freundin bin. Freunde tun so etwas füreinander. Sie sprechen auch die unbequemen Wahrheiten aus, wenn es sein muss.«

»Freunde«, wiederholte Evan gedehnt, als würde er den Klang des Wortes ausprobieren wollen. »Ich wusste nicht, dass du uns so siehst.«

Ich zuckte mit den Schultern. »Wie soll ich uns denn sonst sehen? Kurzzeitige Nachbarn in unmittelbarer Umgebung?«

»Keine Ahnung«, sagte er. Dann sah er mich an und schüttelte den Kopf. »Wirklich nicht. Am Anfang habe ich uns eher als eine Art Geschäftspartner wahrgenommen, die beide nur ihren Vorteil aus dieser Zusammenarbeit ziehen wollen. Aber mittlerweile ...«

»Sind wir Freunde«, entschied ich. »Ich habe verdammt wenige Freunde, Evan, also versuch bitte nicht, ihre Anzahl noch weiter zu reduzieren.«

»Tue ich das denn? Wir haben zwar einiges zusammen durchgemacht, aber ich bin nicht sicher, ob man das Ergebnis als Freundschaft zählen kann. Unter normalen Umständen hätten wir uns nie kennengelernt.«

Ich seufzte, und hatte Mühe, meine bisherige Ruhe beizubehalten. Wenn man es so sah, fragte ich mich, warum ich überhaupt auf der Freundschaft zu Evan bestand. Er legte ja offensichtlich keinen besonderen Wert darauf. Dass ich dennoch mein Möglichstes geben wollte, um ihm die Augen für sein eigenes Verhalten zu öffnen, konnte ich mir nicht logisch erklären. Irgendwie sah ich es als meine Pflicht an, ihn davor zu bewahren, den gleichen Fehler wie ich zu machen und sich die Zukunft selbst aufgrund der Vergangenheit zu zerstören.«Es spielt doch keine Rolle, wie wir Freunde geworden sind. Du willst nur vom Thema ablenken.«

»Stimmt. Weil ich nicht darüber reden will.«

»Ich habe mit dir über meine Vergangenheit gesprochen, und du hast mir einen Rat diesbezüglich gegeben«, erinnerte ich ihn. »Lass mich das gleiche für dich tun.«

Evan schnaubte. »Wenn du unbedingt drauf bestehst. Dann gib mir deinen Rat. Erwarte nur nicht, dass ich ihn auch befolgen werde.«

»Ich glaube, du solltest loslassen«, sagte ich. »Das alles. Diese ganze Geschichte mit Emmas Tod und den Verschwörungstheorien, die du deshalb entwickelt hast. Sie ist tot, daran kann man nichts mehr ändern. Und niemand wird mehr eindeutig sagen können, ob es ein Unfall oder doch etwas anderes war. Trotzdem willst du dein ganzes Leben damit vergeuden, der Aufklärung ihres Todes hinterherzujagen. Ich habe Emma zwar nie kennengelernt, aber ich bin überzeugt, dass sie das nie gewollt hätte.«

»Das sagt sich leicht«, murmelte Evan.

Es überraschte mich, dass er sich mit dieser beinahe zustimmenden Antwort zufrieden gab, anstatt mir zu erläutern, warum mein Rat ihn keinen Schritt weiter brachte und obendrein sinnlos war. Ich wartete darauf, dass er etwas entsprechendes hinzufügen oder irgendetwas anderes sagen würde, doch er schwieg. Als ich ihn aus den Augenwinkeln beobachtete, wirkte er tief in Gedanken versunken, und so schloss ich mich seinem Schweigen an.

Wir verließen den Park, ohne uns abzusprechen. Inzwischen kannte ich das Nordviertel gut genug, um zu bemerken, dass Evan nicht den direkten Weg nach Hause wählte. Ich überlegte, ob er den Spaziergang einfach nur fortsetzen wollte oder ein bestimmtes Ziel hatte, kam jedoch zu keinem Ergebnis. *So* gut kannte ich die Gegend dann auch wieder nicht.

»Ich weiß nicht, wie ich das anstellen soll«, sagte er irgendwann. »Ich habe seit Emmas Tod nichts anderes getan, als nach ihrem Mörder zu suchen. Wenn ich damit jetzt aufhöre, habe ich nichts, das ich stattdessen tun kann.«

»Du könntest Keldan fragen, ob du ernsthaft als Berater für die Wächter arbeiten darfst«, schlug ich vor. »Dann kannst du im Prinzip erst mal weiter das tun, was du sonst getan hast. Nur, dass du nicht Emmas Mörder suchst, sondern andere Verbrechen aufklärst.«

Seine Lippen verzogen sich zu einem widerwilligen Lächeln. »Wie lange denkst du schon über diese ganze Sache nach, Liv?«

»Lang genug«, sagte ich. »Du findest die Idee schrecklich, oder?«

»Nicht unbedingt schrecklich«, schränkte er ein. »Ich werde darüber nachdenken. Aber davor sollte ich etwas anderes tun. Sozusagen den Auftakt zum Loslassen.«

»Das da wäre?«

»Mich verabschieden«, erwiderte er. »Sowohl von Emma als auch von dir.«

Er blieb stehen, und als ich seinem Blick die Straße hinunter folgte, entdeckte ich das eiserne, von Efeu überwucherte Tor eines alten Friedhofs. Wir mussten bis zum Stadtrand gegangen sein – so weit außerhalb, dass sich kaum jemand hierher verirrte.

Ich räusperte mich, um die plötzlich aufkommende Schwere in meinem Herzen zu überspielen. »Mich wirst du aber nicht dauerhaft los. Ich komme zurück und besuche euch.«

»Ich hatte nichts anderes erwartet. Aber versuch bitte, dich bis dahin nicht wieder von einem Sklavenhändler überfallen zu lassen.«

Ich nickte. Mein Verstand sagte mir, dass das ein eindeutiger Abschied gewesen war, und ich mich jetzt auf den Weg machen sollte. Es war gerade einmal Mittag. Ich könnte noch einige Meilen hinter mich bringen, bevor ich irgendwo Rast machen musste. Dennoch hielt ich inne und beobachtete Evan. Er starrte noch immer das Friedhofstor an, machte jedoch keine Anstalten, es zu durchqueren.

Sein Lächeln war verschwunden.

»Soll ... soll ich vielleicht mitkommen?«, fragte ich zaghaft.

Meine Stimme riss ihn aus der Erstarrung. Er sah mich an, als wäre er verwundert, dass ich überhaupt noch hier war. Dann, ganz langsam und kaum merklich, nickte er.

Danksagung

Obwohl das erst die zweite „echte" Danksagung ist, die ich schreibe, weiß ich wieder nicht, wie ich beginnen soll. Ich danke meiner Familie – insbesondere meinen Eltern Carmen und Thomas, meinem Stiefvater Torsten, meinem Bruder Hannes und meiner Schwägerin Melli – für ihre Unterstützung (ja, wenn ich mal einen Bestseller schreibe, bekommt ihr etwas von dem Gewinn ab). Tina, für zehn Jahre engste Freundschaft. Max, für Unterricht im Fechten – ich werde dran denken, wenn ich mal eine passende Szene schreibe –, Pfannkuchen am Sonntagmorgen und dafür, dass du für mich ausnahmsweise deutsche Bücher liest. Meinen Testleserinnen Eva, Eileen, Janine, Vanessa, Annika W., Annika H. und Ann, fürs hartnäckige Bohren in Wunden und lobende Worte. Jaqueline für das wundervolle Cover, obwohl ich wieder keinen Plan hatte. Meinen Lesern auf Wattpad – insbesondere Miriam und Saskia – für das begeisterte Verfolgen meiner Geschichten.

Und wie immer Kathi, für alles.

Hey!

Ich freue mich wahnsinnig, dass du Liv und Skadi bei ihrem ersten Fall begleitet hast. Wenn dir das Buch gefallen hat, wird es dich freuen zu hören, dass ihre gemeinsame Geschichte noch weiter gehen wird – bei Evan weiß man schließlich nie, in welche Schwierigkeiten er sich als nächstes stürzt. Um diesbezüglich auf dem Laufenden zu bleiben, kannst du mir zum Beispiel auf einem meiner Social-Media-Kanäle folgen oder bei der Autoreninfo von Amazon auf „Folgen" drücken.

Anna-Lena

Facebook: AnnaLenaStraussAutorin
Instagram: annaiswriting
Wattpad: AliceMontrose

Der Fluch der Hexen, Eisermann Verlag

Hexen vereinen die schlechtesten Eigenschaften in sich: Sie sind selbstsüchtig, verlogen, hinterlistig und immer darauf bedacht, Unheil anzurichten. Eine einfache Handbewegung genügt, um einen Menschen zu verfluchen. Doch was kaum jemand weiß – der eigentliche Fluch liegt auf den Hexen selbst.
Jahrelang hat Katelyn es geschafft, den Fluch der Hexen zu umgehen. Dann begegnet die junge Hexe jedoch Dimitri und begeht einen schwerwiegenden Fehler - er löst den Fluch aus. Fortan ist Katelyn gezwungen, aufzugeben, was sie sich mehr als alles andere wünscht: Ihre Freiheit.

ISBN: 978-3-96173-134-3
14,90 €

Die Autorin

Anna-Lena Strauß gehört zur 99'er Generation, lebt in Thüringen und verschlingt neben Büchern fast alles, was zur Kategorie „Süßes und Kuchen" gezählt werden kann.
Sie träumte sich seit ihrer Kindheit in die Welten verschiedener Bücher und erschafft inzwischen ihre eigenen. Sie liebt es, mitzuerleben, wie aus dem Funken einer Idee eine Geschichte wächst, mit deren Inhalt sie selbst nicht gerechnet hätte. Am liebsten hält sie sich dabei in fantastischen oder historischen Welten auf. Hauptberuflich arbeitet sie als Softwareentwicklerin.
Seit Mai 2015 teilt sie ihre Texte auf der kostenlosen Plattform Wattpad unter dem Pseudonym AliceMontrose. Bestärkt vom Interesse der Leser beschloss sie, den Weg zur Veröffentlichung ihrer Bücher zu wagen. Ihr Debüt „Der Fluch der Hexen" erschien im April 2019 im Eisermann Verlag.

Ingram Content Group UK Ltd.
Milton Keynes UK
UKHW011139230323
419044UK00004B/203